JN126303

自然・風土・環境の英米文学

Yoshiyuki Fujikawa
富士川義之 編

金星堂

自然・風土・環境の英米文学

目次

序にかえて
危機の時代を生きるラスキン
――先駆的なエコロジスト

富士川　義之

エコロジーという言葉を初めて用いたのは、ドイツの動物学者エルンスト・ヘッケルであるとされる。彼は一八六六年にある手紙の中で生物と環境に関わる生態学について、自然界における生物の生存のための複雑な相互関係の研究を、古代ギリシア人の家政をつかさどる機関であるオイコスにたとえて、動植物の間にある複雑な相互関係の研究をする学問をオイコロジーと呼んだ。これは同じオイコスを語源とする経済学（エコノミー）との共通性も多い学問である。

しかし、二十世紀以後の現代生物学においては、生物体内の物理化学的プロセスの解明とその周辺を探究する分野が急速に発展すると、生物学の研究の主流は生理学や生化学や遺伝子学などに移り、生態学は分類学や解剖学や博物学などとともに、もはや時代遅れであるとの印象が一般に広まった。ところが環境破壊や公害問題が表面化するにつれて、それらの諸問題を解決するための有力な手掛かりを与える学問分野として生態学が再び見直されるようになる。そして生態学的判断によって、それら諸問題に対して有効であるとされる対処法や対抗策が練られ、従来の方法論を修正したり、見直したりする動きが顕著となり、それらをまとめて表す用語としてエコロジーという用語が頻繁に使用されるようになった。さらにそうした環境破壊や公害問題などをめぐる活動や運動にエコロジーという言葉が多く使われているうちに、しだいに生態学自体とはあまり関係のない言葉として一人歩きするようになり、現在に至っている。

英国における先駆的なエコロジストとしてのジョン・ラスキンが注目されるようになるのは、エコロジーという用語が一般に広まる一九九〇年代以後のことである。そこで本論考では、経済学の根本となる物質的基盤は金銭や労働や生産にあるのではなく、「きれいな空気、水、大地」であると主張して、十九世紀資本主義の前提条件自体を根底から批判した先駆的なエコロジストとしてのラスキンの思想について、むろん私の理解した限りでという条件付きでかいつまんで随想風に述べることにしたい。最初の拙著『風景の詩学』（白水社、一九八三、新装復刊二〇〇四）を書いた頃からその風景志向において、ワーズワス以後最大の文学者である点で気になる存在であり、幼い頃から自然や芸術とつねに深く情熱的に関わり続けた、ラスキンの生涯の最終局面と遅まきながらようやく向き合う気持ちになったからでもある。

ラスキンの仕事は文学や美術や建築から社会思想や経済理論などに至るまで、すこぶる多岐にわたっているが、彼は一貫して何よりもまず批評家であった。そのことをまず指摘しておきたい。言い換えれば、絵画であれ、建築であれ、文学であれ、それらの傑作を言葉で論じることによって、もうひとつの傑作を、つまり文学作品を創造することが可能であった英国で最初の偉大な批評家であったと見なされている。その意味で彼は、たとえ社会思想や経済理論を話題にしているときでも、つねに文学者として発言している。対象が何であれ、数多くの批判をものともせず、すべてを文学の言葉で語ってしまうという畏るべき偉才の持ち主だったのである。ヴィクトリア朝時代の異端者であった彼の社会思想が、モリスやワイルドやトルストイやガンジーを強く惹きつけ、その美術評論や建築評論をプルーストが愛読したのは、究極のところ、そこに由来するのではあるまいか。

ラスキンが社会思想や経済理論に多大な関心を寄せるようになるのは、一八五五年頃からでそのとき彼は三十六歳であった。主要な関心事が自然や芸術への美的関心から次第に社会の諸問題へと移行し、一八五八年にキリスト教のプロテスタント信仰を喪失したことも相まって、彼は人生最大の転機を迎えることとなる。こうして自然や芸術について論じているときでもほとんどつねに社会との関わりを鋭く意識する、社会および文明批評家としてのラスキンが誕生するのである。たとえば一八四三年、二十四歳のときに第一巻を刊行して名声を得る大作『近代画家論』は、十七年後の一八六〇年に刊行される第五巻で完結するのだが、第二巻までと第三巻以後とでは、その基調に大きな変化が生じている。たとえばアルプスの山々の風景について書いているとき、第二巻まではどちらかと言うと山頂に崇高さや霊性などを幻視して陶然となるような一種高揚したロマンティックな書き方をすることが少なくなかった。だが、第三巻以後では、山頂よりもむしろ山麓の自然環境の破壊や貧しい村の生活のほうに目を向けることが多くなる。自然環境に対するわれわれの精神的態度は根本的にどうあるべきかということに関心を移すからである。つまり第三巻で詳細に説いているように、風景の思想とそのモラルを厳しく問うてゆくようになるからだ。具体例をひとつだけ挙げておこう。

　第五巻にはダービシャーの丘陵地帯を旅していたときの短いエピソードが興味深く語られている。そのときラスキンはひとりの貧しい老人と出会う。老人は「ミズガラシ」（クレソンの仲間の食用の水草）を摘むことを生業(なりわい)としており、ラスキンが話しかけると、老人は若い頃船乗りだったこと、妻が出産時に死んだこと、自分の貧しい生活のことなどについて話しはじめる。この老人はワーズワスの高名な詩「決意と独立」の「ひる取りの老人」を容易に想起させるが、しかしラスキンは、ワーズワスのように、この貧しい水草取りの老人を「石や海の獣」にたとえたり、「土地の霊」化した崇高な存在として讃えたり、神秘化したりするなどということはない。

「確かに、この高地の、イングランドの風景は十分に美しい。しかし、そこには影がある。しかもそれはあちこちでヒースや薔薇の色合いよりもずっと濃い色合いの影なのだ。

ところで、私がこれまでに人間の心の中心的な力を観察して来た限りでは、そうした力が生まれるのは何よりもまず勇敢に、哀れみを抱いて、その影がたとえどこに落ちようとも、その濃い色合いの影がどのような意味を持つかということを見極めようと決意することからなのである。何とか別な場所に目をそらして見たり、気分よく空を見上げたりすることからではなく、身をかがめて恐るべき状態をじっと見つめ、差し当たり空には雲が漂うにまかせておくことからである。ここでは直ぐになすすべもないのだが、道義的な問題がどうあれ、私自身の調査した限りでは、事実は以上の通りなのだ。すべての偉大で美しい作品は、まず暗闇をひるむことなくしっかりと見つめることから生まれるのである」。

ここでラスキンはワーズワスの「ひる取りの老人」と明らかに似通った水草取りの老人との出会いから出発しながらも、ロマン主義詩人とは別方向へと進んでゆく。「ひる取りの老人」という社会の影と出会いながら、ワーズワスが彼をひとりの生きた人間としてではなく、牧歌的な風景の中にたたずむ人物として詩的に美化・神秘化していることに対して批判的である、ということである。彼の目には、ワーズワスは社会の影から目をそらしているとしか見えなかったに違いない。言い換えれば、ラスキンの目には、この水草取りの老人は詩的に美化したり、神秘化したりすべき人間などではなく、要するにひとりの貧困労働者として見えている、ということである。実際、彼はこの貧しい老人の苦しみに対して敏感に反応し憐れみと優しさを感じないではいられないし、その生活苦を、当時のイングランドの社会的・経済的な格差が原因で生じた影の部分があらわになったものとして受け止めずにはいられない。

このような影への注目は、建築はその光の部分だけでなく、影の部分においても考察しなければならないことを強調する『建築の七燈』における言説をはからずも想起させよう。彼にとっては人生における闘いとは、美と醜との間の闘いであり、信仰と不信心との闘いであり、神や自然を敬う思慮分別に支えられた健全な社会と野放図に金を奪い合う弱肉強食の社会との闘いなのである。それほどにラスキンは二元論的な対照法を思考や分析に際しての有力な武器としてしばしば用いる批評家である。この水草取りの老人のエピソードにおける貧困労働者の問題は『近代画家論』完成後に着手される『この最後の者にも』で本格的に取り上げられることとなる。

四つの論文から成る『この最後の者にも』は、ラスキンが書いた政治経済学についての最も重要な著書で、時代や社会に対して抱く彼の尋常ならざる危機感の表明に、多くの読者が意表をつかれ少なからぬ衝撃を受けたのだった。「あなたがたは、人間の絶えざる本能であるとあなたがたが述べたもの——自分の隣人から搾取したいという願望——の上に、政治経済学全体を築いた」ことを証明しようとする著書であったからだ。その「序文」にラスキン自身が書き留めているように、この著書は「大多数の読者によって、猛烈に攻撃された」のだが、しかしながら「私はこれを、私がこれまでに書いたもののうち、つまり最も真実で、最も正しく述べられ、そして最も世を益するものと信じている」と述べているほどの自信作であった。にもかかわらず、猛烈に攻撃されたのは、当時支配的な勢力だった古典学派（アダム・スミス、リカードゥなど）以来の伝統的な政治経済学の原理に対して、これを最も奇怪で信用のおけない学説として大胆にも真っ向から挑戦したからである。

ラスキンが古典経済学の原理を強く批判するのは、要するに伝統的な政治経済学は「人間をたんに貪欲な機械」と見なして人間を物欲の権化と見るような観察をもとに築かれたものと見たからである。あるいはまたアダム・スミスがしきりに推奨した分業というのは、その従事者から大切な生命を少しずつ搾り取る仕組みであり、「人間は部分に分割され、生命の破片やくずになる」のであり、そんな仕組みを考案することは、そもそも人間性についての見方や捉え方が根本的にまちがっていると考えたからである。第一論文では、そのような捉え方の上に立つ自利心の考え方を痛烈に批判し、当時の経済学者たちが「人間の本性の中では偶然的で攪乱的な要素」として軽視する「社会的情愛」に基づく利他的な社会活動こそが、すべてを商品化する金儲け中心の経済の仕組みを抜本的に改革し、労働者に働く喜びを味わわせるものとなるのではないかと提言する。「愛情を含めた正義の均衡」と、それに基づく社会活動が円滑に行われる状態を作り出すためには、一定の保証された賃金と安定雇用が労働者に対して適切になされなければならないとする。そうなれば「三日間過激に労働して、三日間泥酔するのを好む」というような「ふしだらな習慣」を多くの労働者が改めるのではないかとも言う。第三論文で強調されるように、「労働者の全運命は、結局この正当な報酬という重要問題に依存しているのである」。

しかしながら現代社会では、金儲けに熱心な雇用者が労働者から不当に搾取するなど、自分の利益のみに関心があって、労働者の経済状態や労働条件には大して注意を払っていないから、つまり経済を恵まれない人々への憐れみと優しさから見るという利他的な観点を著しく欠いているいるからこそ、貧困や格差問題が生まれるのではないかと、ラスキンは現状を批判する。そして貧困労働者の生活を支える仕組みの根本的な改革の必要性を説いていく。だが、こうした批判が資本家や雇用者からの猛烈な反発を招き寄せる要因ともなったである。第二論文では、さらにこんなことをあからさまに述べて、おそらくは資本家や雇用者たちの神経を逆なでしたに違いないし、その激烈な危機感の表明に度肝を抜かれたことだろう。

「人々はほとんど常に、あたかも富裕が絶体的であって、ある一定の経済学的な教えに従うことによってだれでも富裕になることができるかのように発言し、また書いてもいる。それなのに実際は、富裕は電力のような一種の力であり、ただそれ自身の不均等ないしは反対物をとおしてのみ作用するものである。すなわち、諸君が財布のなかにもっているギニー貨の力は、まったく諸君の隣人の財布にギニー貨が不足していることによるのである。もし隣人がそれに欠乏していなかったならば、それは諸君にとって無益となるであろう。そのギニー貨の有する力の程度は、隣人がそれに対して有する必要ないしは欲望に正確に依存しているのである――それゆえ普通の商業的経済論者(マーカンタイル・エコノミスト)の意味において、みずから富裕になる術は、同時にまた必然的に諸君の隣人を貧乏にしておく術である」。

それゆえ「富裕」となる術は、卒直に言うと、「自分自身に都合の良いように最大限の不平等を作り出す術」にほかならない、ということになる。つまり富裕層は、下層階級の日常生活を非常に都合よく自分たちから隔離し、あまりに都合よくその暮らしぶりが自分たちの目に届かないようにしているために、あの水草取りの老人をほんの一例とするように、貧困労働者の生活苦を知るよしもないのであり、そんなことなどこれっぽっちも考えていないのである。みずから富裕層の一員でもあったラスキンは、四十歳を過ぎた頃から仕事、価値観、富、そして社会的責任に対する富裕層の基本姿勢の過ちに気づき、そうした過ちがなぜ生まれたのかをその本源までさかのぼって探るうちに、政治や経済の仕組みの改革が必要だとする認識を研ぎ澄ますようになっていく。つまり、ラスキンの経済思想が大きな反響を呼んだのは、近代の資本主義社会が「金銭（マモン）の神」という「成り上がりの女神」に奉仕しているということを白日の下にさらしたことにあったのである。私は二十数年前に、ターナーの絵画「ヘスペリスの園で争いのもととなる林檎を選ぶ不和の女神」について、ラスキンがこれを近代人による「マモンの神」崇拝の典型的な寓意画となっていることを明らかにしたことに興味を持ち、その理由を探ってみたことがあるが（「マモンの神――ターナーとラスキン」（『新＝東西文学論』収録、みすず書房、二〇〇三）、そこでも触れたように、ゆがんだ過剰な競争原理に促されるがままに、金銭に支配され、金儲けが生活の目標となっているとするラスキンの近代社会批判は、ジョージ・P・ランドウの言葉を借りると、「象徴的グロテスク」と言ってもよい次元に達している。その意味で『この最後の者にも』は力強い風刺作品としての役割を見事に果たしていると言ってよいだろう。

このような近代資本主義の原理自体を攻撃する際に、ラスキンが噛んで含めるように繰り返し述べていることのひとつは、英国は産業革命以来、経済成長を目指して生産中心主義でずっとやって来たけれども、いまはたんにものを作るだけでなく、商品が豊富に出回っている現在では、いかに消費の正しい方法を見つけ出し、しかもいかにノーブルに、いかに気高くものを消費するかということに発想を根本的に転換すべきときではないかという提言である。換言すれば、お金は使うために稼ぐのである、ということである。

> 「生産とは骨を折って作られたものの中に存在するのではなく、有益に消費できるものの中に存在する。だからこそ国家にとっての問題とは、その国がどれほどの労働力を費やしているのかではなく、どれほどの生命を生産しているのか、ということになる。なぜならば、消費が最終目標であるように、生命は消費の最終目標となるからだ」。

こうしてラスキンは、その政治経済論を通じて当時支配的であった人間は物質的幸福の実現を目指して生きる存在だと考えるベンサムの功利主義に対して「生命なくして富はない（"There is no wealth but life"）。愛、喜び、称賛のすべての力を含む生命の尊重」という、健康で幸福な人生を築くための原理を教える、自らそう呼ぶ「奇妙な経済学」を提案するのである。そうした「生命の尊重」を実現するためには、物質的な価値を作り出す「富裕（リッチ）」に代わって、精神的な価値や文化的な豊かさを生み出す「富（ウエルス）」を重視しなければならないのではないかと説いていく。あるいは、物欲や所有欲に翻弄されてめまぐるしく動き回り、機械文明の奴隷と化している現代人の多くは「感情の欠乏」に陥って卑俗となり、唯一確実なものとして「金銭の神」（マモン）を崇拝しているだけではないかと、鋭い批判の矢を投げつける。つまりラスキンは、つねに物欲や所有欲を原動力にして推進されているために、経済と文化が分離してしまい、文化的な豊かさや趣味が忘れられがちな近代資本主義社会の動向が、果たして人間の生活や精神にとって有益で幸せなものであるのだろうかという、非常に根元的な問いを突き付けていくのである。このようなラスキンの問いかけは、高度資本主義社会の中にあって、しばしば精神的な価値を見失い、混迷状態の中にある、われわれ現代人にとっても決して無縁とは思えないだろう。

ラスキンの政治経済理論の重要な功績は、文化や芸術の成立を支える経済的基盤を明らかにした点にあるが、それ以上に今日のわれわれにとって大層興味深いのは、第四論文の終わり近くで力を込めて語られる、政治経済学の根本的な基礎は自然環境にあるとする、彼の政治的エコロジーの意識である。「生命なくして富はない」にはじまる引用箇所で、その直後につづく一節は、ワーズワスの詩の一節「われわれは讃美、希望、愛に支えられて生きている」を踏まえている。これは長篇詩『逍遥』第四巻からの一節だが、ラスキンはこれを、彼のすべての教育の指針だと語っている（『フォルス・クラヴィゲラ』第五〇書簡）。

これからも知られるように、ラスキンが環境や環境保護への関心を強めていくのは、ワーズワスへの敬愛の念に導かれてのことだった。さらに第四論文の末尾近くではこう述べている。

「イングランド全土が、もしそういう選択をするならば、ひとつの工業都市になるかもしれない。さらに英国の人々は、全人類のために自らを犠牲にして、騒音と暗黒とひどい煤煙の中で見くびられた生活を送ることになるかもしれない。だが、世界中が工場になったり鉱山になることなどはあり得ないことである。いくら創意工夫を凝らしてみても、食べられる鉄は作れないし、水素はワインの代わりにはならない。人間を養うのは貪欲でも憤怒でもない（中略）。沈黙する大気というのは心地よくない。大気は低い音のかすかな流れ――小鳥のさえずり、昆虫のかすかな羽音や鳴き声、大人の太い調子の言葉、子供の気ままな甲高い声――に満ちていてこそ心地よいものなのだ。すべての愛らしいものものもまた必要なことがようやく分かるようになるだろう。栽培される穀物と同じように路傍の野の花も、また飼育される家畜と同じように野鳥や森の動物も必要なことが。人はパンのみにて生きるものではないのだから」。

このあとラスキンは、大気を清浄に保つためには森林地帯を可能な限りもっと広くする必要があること、工場生産の発達は貧困問題の根本的な解決策にはならないこと、生活の質は経済成長のみによるものではないことを力説する。なかんずく彼は、製造業による煤煙や悪臭、有害な化学物質の拡散と臭気、森林破壊や干ばつ、河川の大規模な汚染などによる環境破壊について憤怒を込めて語っている。そして英国人にそうする意思がまだあるのならば、英国の河川を再び「水晶のように清くもできる」し、樹木を多くの土地に植えて大地や大気を再び清浄化し活性化することもできるのだと力説するのである。それは別として最終的な人生局面におけるラスキンには、旧弊な道徳的な見地からの攻撃や容赦なく激しい、なかば偏執狂的な口調が少なからず目について辟易させられることがままあることは否みがたいだろう。しばしばそう評される「獰猛なラスキン」(“Savage Ruskin”)は、正直言って付き合いがたい存在であり、彼の最大の弱点であることは間違いなかろう。しかし、すべての文学テクストは当然ながら選択的に解釈され使用されてよいものである。自然破壊や環境保全をめぐる彼の主張は、われわれ現代人にも馴染みやすい近代的な感性と思考に基づくものであって、その点がわれわれの興味を抱かせるのである。その簡明直截な言葉には今だにわれわれの耳を素直に傾けさせるだけの力感と洞察力がこもっているからだ。多くの人たちが彼を英国の先駆的なエコロジストと呼ぶのは、政治経済学の根本となる物質的な基礎は、本当のところ、金や労働や生産などにあるのではなく、「きれいな空気、水、大地」を維持すべきだと主張したからである。中年期にキリスト教信仰を喪失しながらも、彼は生涯を通じて神は自然に内在するという感覚と思考を捨て去ることはなかったことをここで付言しておきたい。彼にとってはそのような感覚と思考を捨てたことが近代人の不幸の始まりと見ているのである。それにしても「きれいな空気、水、大地」とは現代のエコロジーにおける厳しい実践の現場とは程遠い現実離れした理想論にすぎないのではないかと思う人もいることだろう。だが、そうした根源的な主張を俗説や通説に逆らって歴史上最初に唱えた人物のひとりである点がまさに重要なのではあるまいか。この素朴な主張にほとんど意表をつかれる思いをしながらも共感を覚える人たちが今でも少なからずいるのではないのか。私もそのひとりである。なぜ共感を覚えるのかと言うと、私事にわたり甚だ恐縮だが、もともと文学の中の自然や風景のイメージに心惹かれてきたという嗜好があるだけでなく、年齢を重ねるにつれていつの間にか自分というものが在り、必ずやそれが無くなってしまうという不条理に心を向ける機会が多くなり、振り返ると、自分というものが生かされてきたそもそもの根源に自然の中で遊ぶのが大好きだった子供時代以来、身辺の自然との無意識的な共生があったのではないかということに遅まきながらも気づくようにもなったからである。そういう気づきはコロナ禍で自宅にこもる生活を送っているときに、散歩の途中で目に入る樹木や草花などの自然や自宅の小さな庭の花々や植物に目がいくことが多くなったこととも少しは関係しているのだろう。いささか牽強付会になるかもしれないが、あらゆる生き物が共有し合っている個々の生命体の営みにはそれ自体価値があるのであり、いかなる手段によってであれ、人為的にこれが破壊されることには反抗しなければならぬという思いが以前にもまして一層強まったからでもある。

ところで十九世紀の資本主義やマルクス主義にエコロジカルな思考が欠如していることはよく指摘される通りであろう（もっとも、最近では気候危機と資本主義の関係を晩年のマルクス文献の読み直しを通じてエコロジカルなマルクス像を提示する斎藤幸平の画期的な『人新生の「資本論」』（集英社新書、二〇二〇）が出版されてはいるが）。それはひとまずおくとしてジョナサン・ベイトの『ロマン派のエコロジー――ワーズワスと環境保護の伝統』（一九九一）は、エコロジーの概念の起源を、ワーズワスらのロマン派における人間と自然の相互作用を重視する自然観と環境保護への姿勢に見出す重要な批評書であるが、そのなかでベイトはこう述べている。

「このような人間と自然の相互作用像が古典的マルクス主義の言説には欠けている。マルクスは人間と自然の関係を、弁証法的調和というよりは対立と考えた。人間は自然を支配する力と（マルクスの）「無機的自然を改造する力」を持つことで、動物と区分される。そして自然は生産のための原材料なので、効用価値の視点から捉えられる。社会は経済的基礎の上に法的政治的上部構造を持つという考えは、人間社会の秩序が最終的により大きな自然の秩序に依存するという事実に配慮していない。（中略）しかし東ヨーロッパの産業汚染は、通常のマルクス主義にエコロジカルな思考が欠如していることの記念碑である。資本主義にスリーマイル島があれば、マルクス・レーニン主義にはチェルノブイリがある」（『ロマン派のエコロジー』第二章）。

これを改めて読んでいると、「効用価値の視点」からのみ自然を捉えるというマルクス・レーニン主義の帰結としてチェルノブイリがあったことだけではない。いつ終わるとも知れぬ世界的なコロナ禍の状況で大変だというのに、二〇二二年二月二十四日にロシア軍がウクライナに侵攻し、その数日後にチェルノブイリ原発を攻撃して占拠し、軍事基地化を企図しているのだろうか、いまだ高放射能値の測定される原発の敷地に塹壕を掘るという無謀極まる作業に従事していた事例とか、戦況を有利にするためには核兵器の使用も厭わないと威嚇するロシア大統領を思わず想起してしまう。最近のロシアのマスメディアでは核兵器をどんどん使うことを扇動さえしているという。そうしたロシア軍や大統領やマスメディアの恐るべき野蛮な所業や発言からは、甚だしい人命軽視のみならず、自然を尊重するという「エコロジカルな思考」などこれっぽっちも窺えないことだけは確かである。現代こそまさしくラスキンが十九世紀末を幾度もそう呼んだ「黙示録的な時代」「終末の時代」なのではないか。われわれは文字通りディストピアの世界を生きているのではなかろうか。そういう時代を生き抜いていくためには、ラスキンの思想に耳を傾けるだけの精神的な余裕と能力を何とか持ちたいものだと素朴ながら念じているところでもある。

ともかくラスキンは『近代画家論』以来、近代人が自然を愛することをしばしば軽視しており、近代における自然軽視の風潮を近代人の驕りの明白な表れと見ていたから、経済の急速な進歩による十九世紀末における大規模な工業社会の出現が、いかに自然環境にとって脅威であり、破壊的な結果をもたらしているかという問題に全く目をつぶったまま、政治経済学を論じることの不毛性を折りにふれて訴え続けたのである。彼にとって本当の幸せとは「路傍の小さな苔と大空の雲」（『近代画家論』第三巻「風景のモラル」）をいつも身近に持ち続けることであったからである。

ところが人々は工業化社会や技術文明の大幅な進歩にうつつを抜かして足元の苔を踏みにじり雲の存在を忘れてしまっている。技術文明の急速な進歩が自然界を破壊しつつあることに無関心であり続けている。それは鉄道や電信や蒸気機関や火薬などの普及を無条件で良いものだとする先入観にすっかり囚われてしまっているからであると言う。文明の進歩という美名に目がくらんで、多くの人々が鉄道のことしか知らず、蒸気機関の蒸気と火薬のことしか関心を持たなくなったなら英国の文化はどうなるのか。マモンの神に仕えるのみで、依拠すべき何らの精神的価値を持たない人間ばかりが増え続ける社会とは一体どういう社会なのか。一八六〇年代以降のラスキンが強い危機意識を持って繰り返し問うているのは、そのような切実な文明論的な問いかけであった。こうした問いかけを執拗に繰り出す背景には、危機の時代を生き抜いていくうえで、日常生活の中で本当の幸せをどこに見出したらよいのかという日頃からの強い関心事があってのことである。彼によれば、先に触れた「路傍の小さな苔と大空の雲」をいつも身近に持ち続けることのうちに本当の幸せがあるということになる。その一節の少し前にある『近代画家論』第三巻「風景のモラル」からさらに印象深い一節を引いておこう。幸せな生き方とは何かと誠実に問い続けてきたラスキンの思いのこもった一節である

「穀物が成長し、花々がしぼむのを見守ったり、野良仕事をして荒い息をついたり、読書をし愛し考え希望を持って祈る——こうしたことが人間を幸せにするのである。こうしたことこそが人間がこれまでに持ってきた本当の力であり、これからもこれ以上の力を持つことはないであろう。世界が繁栄するか災難にぶつかるかは、こうした些細な事柄を正しく知り教えることができるか否かにかかっている。鉄やガラス、電気や蒸気とは全く無関係なのである」。

これはむろん半面の真理であり、もとより現実に基づく発言などではない。一種の誇張表現であって額面通りにそのまま受けとめ止めことはできない。第一、世界が繁栄するか災難にぶつかるかは「鉄やガラス」、つまり世界の工

業化とは「全く無関係」であるというのはそもそも間違っている。だが、後期ラスキンの社会意識が当時の現実に基づいているか否かを検討してみても、問題の所在を見失うばかりであろう。ラスキンは明らかにそのような事柄を自らわきまえながら発言しているからだ。そのことは、いまの引用文の直後に「私はユートピアン（空想的理想主義者）であり、世界がいつかこのようなことを見出す時代が来ることを熱烈に信じているほどなのだ」からも知られよう。彼が提案しているのは、要するに、危機の時代を生き抜いていくためには、われわれの自然に対する精神的態度を改めようではないかという呼びかけに尽きるのである。自然との結びつきを回復させる手立てや方法についてもっと真剣に考えようではないかという呼びかけにほかならないのである。このように生命が発するさまざまな自然の声にもっと耳を傾けるべきではないかと呼びかけるラスキンの心の中には、グレゴリー・ベイトソンが優れたエコロジカルな認識論『精神と自然――生きた世界の認識論』で強調する「統一を求める衝動、われわれをその一部として包み込む全世界を聖なるものとして見ようという衝動が働いていた」ことは確かであったに違いない。さらにベイトソンは近代以降、多くの人たちは「世界が一つの美的な秩序のもとに統一されるという感覚を失っている」が、それは重大な「認識論上の誤りである」と指摘する。そして「旧来のさまざまなエピステモロジーにもいろいろと狂ったところはあったにせよ、世界が根本で統一されているという前提は保持していた。その前提を放棄してしまうことは、誤りの重大さにおいて比類なきものであると訴えたい」と述べている。この主張は、ある意味でラスキンの主張の背後にある彼の認識の根本にあるものをも正確に言い当てているのではないかと、最近文庫化された『精神と自然』を久しぶりに再読しているときに、思い当たったのである。ともかくラスキンは自然を無分別に開発し続けることが近い将来大いなる災難を招き寄せると信じ、彼の未来像はともすれば暗鬱なものと化していた。彼にとって外部世界はただ圧倒的な工業社会が存在するのみであり、人々はますます自然との相互交流から遠ざかり、そのためにさまざまな災難が人々にもたらされているとする根本認識に妄執のごとく付きまとわれていた。

さらにまた宗教心の喪失という深刻な内的経験に加えて、三回も求婚し拒絶されながらもどうしようもなく惹かれ続けていた最愛の恋人ローズ・ラ・トゥーシュが一八七五年に二十六歳で亡くなるという予想外の出来事がラスキンの心に深い傷跡を残し、そうした不安定な精神状態の中で絶えずもがきつつも幼い頃からの自然愛に深く根ざす想像力に再び点火しようと多方面にわたる文筆活動を続けていくことになる。こうした内外両面にわたる苛酷な精神的試練が後期ラスキンのエコロジー意識を一層研ぎ澄ませることになる。彼の生涯、特に後半生の大部分は苦難の連続とも言うべきものであって、ついに彼は、失意の境地を脱し得ることなく、その生を終えねばならなかった。そのことを指摘しておかねばならない。

ローズの死後、一時怪しげな交霊会で霊媒を通じて彼女の霊を呼び出すことにのめりこんだり、ヴェネツィアのアカデミア美術館でカルパッチョの絵画「聖女ウルスラ伝」連作と出会い、そこに描かれたブルターニュ王女ウルスラと、同じくイタリア・ルッカのサン・マルティーノ大聖堂の墓所に横臥する若い貴族の娘イラリアの彫像のうちにローズの面影を見出してその模写に熱中したりしているうちに一八七九年頃から周期的に精神の変調をきたしたりしながらも（拙稿「ローズの霊に憑かれて」（『亡霊のイギリス文学』収録、国文社、二〇一二参照）、若年の頃からの自然観察を日記に書き記すということを習慣的に維持し続けていたことがきっかけとなって、一八八〇年八月に湖水地方コニストン湖畔のブラントウッドの別邸の上空の異様な雲の変化に気づくことになる。その異様な雲を彼は「災いの雲」とか「嵐雲」と名づけて一層観察を強化することになる。気がつくと煤煙を含んだ「悪疫の風」も吹いているではないか。彼にとっては、大気汚染は自然界に内在する神を冒涜するに等しいものであった。そしてその詳細な観察記録をまとめて一八八四年に二度にわたり「十九世紀の嵐雲」と題する連続講演をロンドンで行うが、聴衆の反応は概して冷たく多くの人たちから「たわごと」とか「幻想」と見なされてしまう。だが、この講演は大気汚染による異常気象を、雲の変化を通じて科学的に指摘する英国で最初の事例のひとつとなったのである。

この講演でいかにもラスキンらしい預言者風の語調で大気汚染とそのような事態を招いた人間のモラルの問題を取り上げているが、彼がしばしば説く「風景のモラル」の考え方は、明らかに危機的な自然環境の時代にいかに対処すべきかというエコロジカルな思考に由来している。気候温暖化がこのまま進み気温が三度上昇すると、近い将来壊滅的な結果が地球上にもたらされることが大層危惧されている今日、ラスキン研究において特に注目されているのは、環境問題と深く関わる先駆的なエコロジストとしてのラスキンである。「十九世紀の嵐雲」は自然観察や気象学などに甚だ疎い筆者のような読者にはかなり読み解きにくい講演録ではあるが、第一講演の最後のほうにロンドンのハーン・ヒルの自宅の屋根裏部屋から一八七六年頃に見た日没の風景は「自分が見た最後の清らかな日没の一つであった」という印象に残る箇所がある。さらにそれは「ターナーと私がよく目にしたたぐいの時代遅れの日没であった」と皮肉まじりに付言している。一八七九年八月、ブラントウッドの書斎で執筆中の彼は、大気が「煙のような、暑苦しくも汚らわしいもやの塊」に変化した原因を「マンチェスターの悪魔的な暗闇」からの発散物」に由来すると書きつける。「十九世紀の嵐雲」の中核をなす主張は、大空は時代を映し出すというものであった。若年の頃にターナーから雲の見方を学んだ老いたラスキンが「清らかな日没」をいまや見ることもできずに焦燥感を深める一方の八〇年代以後、雲や風などの身近な自然観察を通じて環境問題の悪化に警鐘を鳴らすにいたるまでの内的プロセスがいかなるものであったのか。そのことを身のほど知らずにも何とか少しでも自分なりに明らかにしてみたくて駄弁を連ねてしまったことをご容赦いただきたい。これは『風景の詩学』以来長年にわたり気になっている私の課題のひとつであったのである。

その後ラスキンは、幾度も激しい精神病の発作に襲われながらも自分の前半生の楽しい幸福な思い出のみを書くことを企て、一八八五年から未完の長大な自伝『プラエテリタ』（『思い出の記』）を八九年に思索集中力を失うまで書き継いでいくこととなる。これは十九世紀英国を代表する自伝のひとつとして近年非常に評価が高く数種のペーパーバックが現在出ている。環境汚染に心を痛めながらも、人生のピークは先にあることを確信し続けたラスキン最後の傑作である。

＊本稿はラスキン『この最後の者にも・ごまとゆり』（飯塚一郎・木村正身訳、中公クラシックス、二〇〇八年）収録の解説「ターナー擁護者から先駆的なエコロジストへ——ラスキンの生涯と作品」の一部に基づき、それを大幅に増補改稿したものである。

引用・参考文献

John Ruskin, *Modern Painters*, edited and abridged by David Barrie. Andre Deutsch, 1987.
Unto This Last and Other Writings. Penguin Classics, 1985.
飯塚一郎・木村正身訳『この最後の者にも』中公クラシックス、二〇〇八。
John Ruskin: Selections from His Writings, edited by John D. Rosenberg. University Press of Virginia, 1964.
『ゴシックの本質』川端康雄訳、みすず書房、二〇一一。
富士川義之「ローズの霊に憑かれて」富士川義之・結城英雄編『亡霊のイギリス文学』収録、国文社、二〇一二。
——「マモンの神——ターナーとラスキン」『新＝東西文学論』収録、みすず書房、二〇〇三。
Jonathan Bate, *Romantic Ecology: Wordsworth and the Environmental Tradition*. Routledge, 1991.
小田友弥・石幡直樹訳『ロマン派のエコロジー——ワーズワスと環境保護の伝統』松柏社、二〇〇〇。
グレゴリー・ベイトソン『精神と自然——生きた世界の認識論』佐藤良明訳、岩波文庫、二〇二二。
ジョージ・P・ランドウ『ラスキン——眼差しの哲学者』横山千晶訳、日本経済評論社、二〇一〇。
斎藤幸平『人新世の「資本論」』集英社新書、二〇二〇。
Ruskin and environment: The Storm-cloud of the nineteenth century, edited by Michael Wheeler. Manchester University Press, 1995.
Ruskin, Turner & the Storm Cloud, edited by Suzanne Fagence Cooper and Richard Jones. York Art Gallery, 2019.
Greg Garrard, *Ecocriticism*. The New Critical Idiom Series Second Edition, Routledge, 2011.

第一部

イギリス文学

第一章　ナボトの葡萄畑
——アイルランド的気候風土とスウィフト文学

原田　範行

一　気候風土を内在化させるスウィフト

一七一〇年十月十七日の『タトラー』二三八号は、ウェルギリウスの『アエネイス』を念頭に、次のような書き出しで始まっている。「古代の詩人たちはしばしば海での嵐を描き、当代の詩人たちもこれを模倣しているので、新作英雄詩でも、風が吹き始めたとなると、私は、晴天になるまで一、二枚、飛ばしてしまうのが常だ」（三：二二四）。海上での嵐の描写が迫真性に富むので、こちらは船酔いしてしまう、というわけだ。この記事の筆者はリチャード・スティール。彼はこの後、話題を陸地での驟雨に転じて、ハンフリー・ワグスタッフ氏なる「詩才に富む仲間」を登場させ、その「町の驟雨」という四スタンザ六三行からなる詩を紹介している（三：二二五）。二三八号はそれで終わりだ。「詩才に富む」ワグスタッフ氏の「町の驟雨」とは、いったいどのような詩なのか。第一スタンザの最後の部分を見てみよう。

伸びざかりの麦が驟雨になることを告げると、
古傷は痛み、穴だらけの歯が疼く。
愚か者がコーヒーハウスに入ってきて、
こんな気候風土を嘆いては、痼癪を起す。（三：二二五）(1)

この詩の後半、驟雨によって下水が溢れ出し、その溢れた水の様子やにおいから、「スミスフィールドから来たものか、セント・セパルカーから来たものか」が分かるとあることから（三：二二七）、この「町」とはロンドンのことらしいのだが、「伸びざかりの麦が驟雨を告げる」というあたりは、はたしてロンドンの町中のことなのかどうか、判然としない。

ワグスタッフ氏とは、実はジョナサン・スウィフトのことである。ダブリンに生まれ、当時はアイルランドとイングランドを往還していた彼にしてみれば、醜悪なロンドンの描写の中に、郊外を思わせる「伸びざかりの麦」が混在していても、それほど不思議ではない。興味深いのは、嵐という厳しい自然環境を描く文学的表現が読者の身体にも影響する、というスティールの指摘に対して、スウィフトの場合、逆に、驟雨を予見して先に「古傷」が痛み、「穴だらけの歯」が疼いていること、そして、ボンヤリとしていた「愚か者」がコーヒーハウスに逃げ込んで、「こんな気候風土（Climate）」に文句を言っている、ということである。まずア・プリオリな形で自然環境があり、その優れた描写が人間の心身に影響するというスティール流の思考ではなく、スウィフトの場合、自然は、どうやら彼の身体に既に内在化していて、天候の変化と身体の変化がほとんど抜き差しならぬ関係で結びついている。カーナカンが述べているように、「外界が心の内部に入り込んでいる」のである（九四―九五）。そして、そういう天候の変化が、彼にとっては、自然環境とそこに生きる人々の特性を包括的に表現する「気候風土（Climate）」と言うべきものであったことがうかがえるのである。

本論では、自然環境を自らの身体や想像力の中に内在化させるこうしたスウィフトの気候風土に対する姿勢が、彼の際立った諷刺文学誕生にかかわっていた経緯を、彼の反牧歌的姿勢、ナボトのブドウ畑とのかかわり、透徹した現実認識の三点を軸に考察してみたい。

二　スウィフトの反牧歌的姿勢

先に引用したスウィフトの「町の驟雨」は、実は、ウェルギリウスの『アエネーイス』第四巻における女王ディドーとアエネーアスの結婚披露のくだりのパロディである。結婚披露の最中、空がにわかに曇って豪雨となり、皆が野原の洞穴に逃げ込む、という場面だ。ロンドンのコーヒーハウスをウェルギリウスの描く野原の洞穴になぞらえるあたりは滑稽でさえあるが、こうした牧歌的風景の置き換えやパロディがスウィフト文学にあっては、執拗に、しかもいささか陰惨な光景を伴って繰り返されることには留意すべきであろう。「町の驟雨」と同じく『タトラー』に発表された「朝の風景」（一七〇九）もしかり、「牧歌的対話」（一七三二）や「美しく若いニンフが寝台へ赴く」（一七三四）などの晩年の詩もまたしかり。オヴィディウスの『変身物語』を借用した「ボーシスとフィリーモン」（一七〇九）では、最終的に死を迎えるボーシスとフィリーモンが互いに結びついた二本の木に変身するはずのところを、スウィフトは、もともとボーシスであった木は容赦なく伐採され、それによってフィリーモンであった木も枯れて燃やされてしまう、という悲劇的結末に改変している（スウィフト、『詩集』一〇二―〇六）。既にエーレンプライスやファブリカントが指摘しているように、古代の詩人たちから近代のドライデンやポープに継承されてきた伝統的な牧歌の世界を、スウィフトは、十八世紀のロンドンやダブリンの光景に置き換え、伸びやかな牧歌の世界を陰惨な町の風景に転倒させてしまうのである（エーレンプライス　三：六二六、ファブリカント　五五―五七）。実際、「町の驟雨」でも、ドライデンが『アエネーイス』を英訳する際に、基本的にカプレットを用いながらも一部を効果的にトリプレットにしたという手法を、スウィフトは逆転させ、トリプレットを醜悪な町の描写を強調するために用いている。「町の驟雨」の最終三行がそれだ。

肉屋の店から掃き出された糞、はらわた、血 (Blood)、
溺れた子犬や臭い魚がいずれも泥まみれ (Mud)、
死んだ猫とカブの葉が流れて行く洪水 (Flood)。(『タトラー』三：二二七)

こうしたスウィフトの描写が、同時代人として親交を結んでいたポープなどの表現とは著しく異なっていることは明らかであろう。「春—第一牧歌」を、ポープは典型的な牧歌的描写で始めている。

まずは野原に分け入って、森の調べを歌ってみる、
ウィンザーの祝福された野に見とれて恥じることなどない。
美しきテムズが聖なる泉より静かに流れ出で、
川べりではシチリアの女神たちが歌を歌う。(ポープ　五九—六〇)

『ダンシアッド』(一七二八) をはじめ、ポープには辛辣な諷刺作品が少なくない。だがポープは他方で、ロンドン郊外のトウィッケナムに居を定め、その美しい庭を愛でつつ、多くの牧歌的作品を残している。これに対してスウィフトは、思想信条の点でポープと多くの共通点を持ちつつも、その作品世界の根底に見られるのは、自然描写における明らかな反牧歌的姿勢であった。しかもそれが、「古傷」の痛みや「穴だらけの歯」の疼きといった、かなり強い身体感覚と抜き差しならぬ関係をもって表現されているのである。

スウィフトのこうした反牧歌的姿勢には、彼が生まれ育ったアイルランド各地の風景が深くかかわっていると見ることができよう。イングランドの搾取に苦しむアイルランドの惨状は、晩年の傑作『慎ましやかな提案』(一七二九) に見られる通りだが、例えば青年時代である一六九〇年代に、アイルランド教会の聖職者として赴いたベルファース

ト近郊のキルルートやダブリンから三十マイルほど離れた郊外のララカーなどでの体験も、決して幸福な、牧歌的なものではなかった。彼はいずれの任地においても長続きしていない。それはもちろん、これらの務めが彼の青雲の志と相いれないものであったことにもよるが、それと同時に、こうした郊外の教会が修復不可能なまでに荒廃し、若きスウィフトにはなすすべもなかったという現実によるところも大きい。例えばキルルートについてランダは、「現存する十七世紀の記録によれば、教会は廃墟同然、教会所有の耕地や牧師館については、何も記されていない」という（ランダ　一八）。『ガリヴァー旅行記』（一七二六）刊行直前の一七二五年、スウィフトは「田園生活の祝福」「田園生活の悪弊」という二つの、一見、対照的に見える短詩を書いているが、その内容も、実際には、アイルランドの惨状を二つの側面から歌ったものにほかならない。

債権者から遠く離れ、
ダブリンの文人もおらず、
お歴々の目に留まることもない。（「祝福」スウィフト、『詩集』三〇〇）

友に新しい報せなく
蹄鉄は不足し、
食すは痩せた肉、
教会はもぬけの殻
馬はみな逃げ出し、
藁もなければ麦も草もない
五月なのに十二月のよう、
子どもたちは逃げ出し、

召使いは仕事をしない。（「悪弊」スウィフト、『詩集』三〇〇―〇一）

ポープと親交を結び、トウィッケナムの美しい庭を彼とともに歩むことも少なくなかったスウィフトは、しかし、生涯、貧困に苦しむ祖国アイルランドの惨状から「遠く離れ」ることはなかった。その透徹した現実認識が、彼の一貫した反牧歌的姿勢につながっていたのである。

三　ナボトの葡萄畑とダブリンの近代化

だが彼のこうした現実直視の姿勢は、単に観察者のそれにとどまるものではなかった。彼はアイルランドに暮らし、その気候風土の中にあってさまざまな工夫を重ねつつ、しかし結局は、牧歌的世界を反転させざるをえなかったのである。この点を、彼ととりわけかかわりの深いナボトの葡萄畑と十八世紀初頭のダブリンを中心に検討しておきたい。

スウィフトは一七一三年、ダブリンの聖パトリック大聖堂の首席司祭となった。その翌年、アン女王が亡くなってジョージ一世が王位に就き、それまで彼が支持していたトーリー党政権が瓦解したこともあって、スウィフトはその後、亡くなるまでの約三十年間、生活の大半をダブリンで送っている。ロンドンの政界、もしくはロンドン主教といった立場で力を発揮することがついに叶わず、結局彼は、故郷ダブリンに生活の拠点を定めることになった。しばらくは意気消沈していたように見える彼が、ようやく息を吹き返し、ダブリンを拠点として『ドレイピア書簡』（一七二四）、『ガリヴァー旅行記』、『召使心得』（一七三一年頃に執筆）といった後期の傑作群を生み出すのは、一七二〇年代に入ってからのことである。生涯をダブリンで送る彼の覚悟を示すかのような言論は、例えば、アイルランドでの悪貨流通を阻止した『ドレイピア書簡』などに顕著だが、実はこの時期、スウィフトはもう一つ、そうした覚悟のうかがえる行動を取っている。一七二一年、首席司祭を務める聖パトリック大聖堂の南側に、三エーカーほどの広大な野原を購入し、これを「ナボトの葡萄畑 (Naboth's Vineyard)」と名付けて、作庭に注力したのである。

聖パトリック大聖堂にはもともと半エーカーほどの小さな庭があったのだが、これではスウィフト自身の日々の散歩にも不十分で、ましてや彼の好きな乗馬などはとても覚束ない。これが、ナボトの葡萄畑を購入した直接的な理由であった。ポープがトウィッケナムに居を構えたのが一七一九年のことだから、ポープのトウィッケナムや、あるいは造園家として名高いウィリアム・ケントのチズウィック・ハウスといったイングランドの庭園に刺激を受けたということもあろう。実際、こうしたイングランドの庭園に相当するものが、当時のダブリン近郊にも生まれつつあり、そうした庭園にかかわるトマス・シェリダンやナイトリー・チェットウッド、パトリック・ディラニーなどは、スウィフトの親友でもあった。ナボトの葡萄畑という命名は、サマリア王アハブの要求にもかかわらず、先祖代々の葡萄畑を譲ることのなかったイスラエル人ナボトに因むものである。[2] ナボトは、アハブの妻イゼベルの奸計にかかって殺されてしまうのだが、その後、ナボトの葡萄畑を手に入れたアハブとイゼベルは、神の怒りによって厳しく罰せられることになる。先祖の土地を守ろうとするナボトの覚悟に、ダブリンで生涯を送ろうとするスウィフトの決意が重なっていることは間違いない。

貧困にあえぐ当時のアイルランドの惨状については既に触れたが、それでも十八世紀に入ると、ダブリンを中心に、主にイギリス国教会系の地主、すなわちアイルランドの支配階層の手によって環境整備が徐々に進められていたことは確かである。ダブリンの人口は六万人を越えて、まさに「帝国第二の都市」(『ガリヴァー旅行記』七四二)となり、市街地は区画整理されてリーフィ川沿いには瀟洒な家々が立ち並ぶようになっていた。[3] しかしながら、こうした都市部の改良についてスウィフトは、必ずしも肯定的ではなかった。田園地帯における「人間と自然の搾取」が都市部ではよりはっきりとした形を取っていること、また都市部における「商人や法律家、重臣たちによる富の蓄積」が今度は田園地帯を侵食するに及んでいるということ、つまり都市化や産業化に伴う経済的収益の重視によって、都市部でも田園地帯でも人間的生活環境の破壊が深刻になりつつあることを、スウィフトは強く意識していたのである（ファブリカント　七三）。

実は、都市部の発展と田園地帯の劣化にスウィフトが意識的であったのは、彼が首席司祭を務める聖パトリック大聖堂の場所と環境によるものであったとも言える。大聖堂は、ダブリンの市街地と郊外とのちょうど境目に位置していて、政治的にも社会的にも、支配と被支配が、あるいは整備と未整備が混在する地域であった。この地域は伝統的に「リヴァティーズ」と呼ばれ、住人には労働者階級が多く、後にはアイルランド独立運動の拠点にもなっている。「通りは一様に狭く、家がごちゃごちゃしている（略）一五平方フィートに満たない部屋に一〇人から一六人の老若男女が暮らしているなどという光景に驚くこともしばしばであった」という（マクスウェル　一一五）。近くを流れているのも、リーフィ川ではなく、その支流のポドル川であり、整備が進んだリーフィ川に対して、ポドル川はしばしば氾濫を起こしていた。このような環境の中にあったナボトの葡萄畑に対して、スウィフトは、首席司祭としての務めを果たしつつ、その土地改良に注力していたのである。それは、ポープのトゥイッケナムのように気候風土が温和なイングランドの場合とは明らかに異なるものであったし、また、アイルランド北東部のキャバンにあってスウィフトもしばしば訪れることのあったシェリダンの快適なカントリーハウスなどとも性質を異にするものであった。ナボトの葡萄畑は、あらゆる悲惨さが混然と集約される場所にあったと言ってもよいであろう。

それでもスウィフトは、積極的にこのナボトの葡萄畑の改良に取り組んだ。一七二四年には四百ポンドをつぎ込んで、畑を囲む壁を建設している。強風を避け、壁に囲われた平和な庭を目ざしたのかも知れないが、彼がこの壁を築いた直接的な理由は、畑で実った果実がたびたび盗まれたためであったという（マリンズほか 七一）。気候風土もさることながら、悲惨さの原因の一つは人為的なものであった。また彼は、留守中の畑の管理を助手の牧師に任せていたが、この助手も畑の世話には熱心でなかった。壁は作ったものの、この葡萄畑は「私の健康と財産を駄目にし、意気阻喪させるだろう」（スウィフト、『書簡集』二：五〇〇）といった、スウィフトにしては弱気な発言も、書簡などには残されている。これが、生活者であり、また作庭の実践家でもあったスウィフトにとっての現実だったのである。

［驟雨］に見舞われてコーヒーハウスに飛び込み、「こんな気候風土を嘆いては、癲癇」を起こす「愚か者」とは、実は、後のスウィフト自身を予言するものなのではなかったか。「町の驟雨」の時には、アイルランドとイングランドを往還しつつ、故郷の惨状を凝視するにとどまっていた彼は、今や、その惨状の中心にあって、奮闘しつつ挫折を繰り返していたのである。ポープらとの交流にもかかわらず、諷刺詩に見られる彼の反牧歌的姿勢が終生変わることがなかったのは、ナボトの葡萄畑をめぐるこうした体験も少なからずかかわっていたと見るべきであろう。

四　スウィフトの現実認識

スウィフトの諷刺文学の傑作『ガリヴァー旅行記』は、主人公が小人国リリパットや大人国ブロブディンナグ、空飛ぶ島やその下の洋上に浮かぶ島、フウイヌム（馬）や人間に酷似したヤフーが暮らす島などを経めぐる旅行記である。冒険物語であり、海に出て嵐に遭遇することも少なくないのだから、自然環境の描写が多くあっても不思議はないのだが、しかしこの作品には、そうした描写が著しく少ない。ほぼ同時期に出版されたダニエル・デフォーの『ロビンソン・クルーソー』（一七一九）には、嵐に遭って船が難破する場面や、赤道直下の島の風景が多く描写されていることを考えれば、自然環境の描写の少なさは、この諷刺的作品の際立った特徴の一つと言ってよいだろう。スウィフトは、小人国にあっても大人国にあっても、自然環境を描かず、むしろ町の風景や人々（あるいは馬やヤフー）の暮らしぶりを克明に記しているのである。

もっとも、そのような『ガリヴァー旅行記』にあって、田園風景の自然描写が精彩を放っている場面が一つだけある。第三篇の第四章である。空飛ぶ島ラピュータでは、多くの人々が瞑想と奇妙な学問にしか関心を持っておらず、いささか辟易していたガリヴァーは、下の島バルニバービへ向かう許可を得、このバルニバービで「アカデミー・オブ・プロジェクターズ」なる研究所を訪問しようとする（二五五）。第三篇第四章は、この研究所訪問の直前、主人公が、ラピュータで渡された推薦状の宛先であるムノーディ卿の屋敷を訪れる場面である。卿の屋敷は、バルニバービの首都ラガードにあったが、本邸はそこから二十マイルほど離れた田舎にあるというので、ガリヴァーは卿に案内されて、その本邸をめざす。首都およびその周辺部には廃屋同然の家々が立ち並び、畑を耕す人々も、無駄としか思えない奇妙な労働を繰り返している。ところが、三時間ほど歩いて行くと、風景ががらっと変わって「実に美しい田園風景」が姿を見せ（二五三）、やがて到着した卿の本邸も実に優雅な建物で、その周囲に広がる泉や庭園、散歩道、森なども見事なものであったという。まさに牧歌的、あるいは楽園を思わせる自然描写がなされている。

ところがこの美しい風景は、実は、バルニバービの中で取り残された数少ないものの一つで、やがてはそこも取り壊される運命にあるという。原因は、上の島ラピュータから伝わった、ほとんど迷信的と言ってもよいような科学技術であった。そうした科学技術によって「一人で十人分の仕事ができ」（二五六）、建物もあっという間に完成して永久に修理の必要などない、という触れ込みであったが、いまだにそれが実現していないのだとムノーディ卿はガリヴァーに語るのであった。この第三篇第四章に見られる諷刺は、一見、非常に明快である。次第に浸食されていく美しい田園風景は、都市化、産業化の進みつつある近代社会への批判であり、また、アイルランドを支配して搾取を繰り返すイングランドへの非難でもあろう。落ち着いた環境が破壊されて行く元凶とされている経済と科学技術への妄信は、現代の人間社会にもあてはまるかも知れない。そうした流れに抗うムノーディ卿が政治的な力を剥奪されてしまうというのもまた、現代社会に通じる諷刺である。

だがこの場面には、そうした明快な諷刺とともに、幾つかの複雑な要素が織り込まれてもいる。そもそもこのバルニバービは、第三篇第三章にある通り、「帝国第二の都市」であるリンダリーノを中心に、三年ほど前には、磁石によって上の島を墜落させようという企てを起こし、ラピュータに対して強い異議申し立てをおこなっている。そのバルニバービが、ラピュータの影響を受けた政治家や科学者によって荒廃しつつあるというのだから、問題はむしろ、そうしたラピュータの影響をよしとしてしまうバルニバービの国内にある。ラピュータを仮にイングランドと見立てるならば、それはアイルランド自体の問題ということにもなろう。語り手ガリヴァーの立場も微妙である。厭世的と言ってもよいムノーディ卿の言動に理解を示しつつも、彼はやはり「好奇心が旺盛」で（二五八）、バルニバービにおける奇妙な科学技術神話の元凶と言ってもよい研究所訪問を楽しみにしている。[4] 荒廃が進みつつある牧歌的世界を守ろうとするムノーディ卿の考えに寄り添いつつも、ガリヴァーは結局、諦念に満ちたムノーディ卿を置き去りにしてしまうのだ。

スウィフトの反牧歌的姿勢の背後に、ポープが描くような牧歌的世界への憧憬がまったくなかったとは言えまい。しかしスウィフトは、アイルランドという自身の置かれた生活環境を遠く離れて、そうした牧歌的世界を理想化し夢想するような非現実的な空想を持ち合わせてはいなかった。彼はあくまでも現実を直視し、その現実に、例えばナボトの葡萄畑を通して積極的にかかわり、挫折し、深刻な問題の所在をイングランドの圧政のみならず、アイルランドの人為的な問題の内にも、そしてまた広く、科学技術と経済的収益を重視する近代社会の一般的動向の中にも見出していた。そういう、一様ではなく多様な諷刺的視点こそが、ガリヴァーの微妙な立場と語りの揺れをもたらしていたのである。気候風土を愛でる文学的表現は、古今東西、枚挙に遑がないほどある。逆に、その厳しさへの嘆きを基調とする文学作品も少なくないであろう。だがスウィフトは、そうした自然界と人間社会の間を往還し、往還することで得られた複眼的思考によって浮かび上がる現実を、独自の諷刺的描写に昇華させたと言えるのではあるまいか。諷刺文学の傑作『ガリヴァー旅行記』に自然描写が極端に少ないのは、自然を含めた人間の生活環境そのものを、スウィフトが、彼自身の、そして広く人間社会を取り巻く現実として強く意識していたことによるものと考えられる。

五　アイルランド的気候風土とスウィフト文学

自然や風土を、私たちの生活環境と捉えるならば、その自然や風土には、いわゆる自然環境とともに人為的に生み出されたさまざまな環境が分かちがたく結びついているということになる。スウィフトの「風景」に焦点を当てたファブリカントもまた、そうした立場を取っていて、スウィフトの目にした風景には、自然の風景とともに、さまざまな人為や社会を映し出すものがあり、そのことに注目する必要性を指摘している（ファブリカント　一）。「ヴィジョンとは、目に見えぬものを見る技である」とはスウィフト自身の言葉だが（「さまざまな題目についての思索」一九四）、彼がそのように記す時、彼もまた、見ることのできる一般的な自然風景以上のなにものかを見抜く力を人間の「ヴィジョン」の内に見出していると言えよう。ただ、自然や風土をそこまで広く生活環境と捉えてしまうことは、自然や風土が有する具体性や個別性を曖昧にしてしまう恐れがある。この具体性や個別性は、多様な要素を含みつつも、しかしやはりあくまでも自然や風土として捉えられるべき特質を有するものであって、スウィフト文学を検討する場合にも、検討のための視座を広げすぎる危険は避けなければならないだろう。

ただ、そのことに留意しつつも、スウィフトをめぐるアイルランド的気候風土は、やはりきわめて特異な形で彼の文学作品成立に関わっていたと思われる。まず彼は、「町の驟雨」において「古傷」や「穴だらけの歯」の疼きに言及しているように、周囲の環境を身体感覚によって鋭敏に察知し、それを独特な形で明快に表現する。嗅覚もそうだ。フウイヌムで馬の世界にすっかり親しんでいたガリヴァーは、ロンドンに戻って妻に抱きつかれると悶絶してしまうのだが、その原因は、人間のにおいにあった（『ガリヴァー旅行記』四三四）。牧歌においてはまず描かれることがないであろう人体の醜悪なにおいを彼が表現し得たのは、ダブリンなどで目にしていた浮浪者の群れを直視し、その惨状を体感していたからにほかならない。だが、その体感は、体感であるがゆえに、自らの身体にも深く浸透し、たんにある特定の生活環境に身を置く人間の情感にとどまらない広がりを持つことになる。この一連の流れにこそ、気候風土から人間社会への諷刺へと至る、スウィフト文学のエッセンスがあるように思われる。周囲の環境が、あるいは自然や風土が人間を包摂するのか、逆に、人間が自然や風土を包摂するのか――スウィフト文学における諷刺精神は、まさにこうした自然や風土と人間との、感覚的でもあり思索的でもある往還によって育まれたものであったと言えるのではあるまいか。

ナボトの葡萄畑を必ずしも納得のいく形で耕作することのできなかったスウィフトは、晩年、自らの遺産一万二千ポンドによってダブリンに、人間の「心の健康」に資する病院建設を構想する（マルカム 三二）。病院はスウィフトの没後、一七四七年に開院した。現在のセント・パトリック病院（トリニティ・コレッジ付属）である。アイルランドの気候風土とそこに暮らす人々の暮らしとを往還し続けたスウィフトは、あくまでもムノーディ卿のような諦念に支配されることはなかったのである。

注

（1）本論における引用はすべて拙訳による。

（2）旧約聖書の列王記（上、第二一節）による。

（3）カトリック教徒の人口が多いアイルランドでは、ピーナル法と呼ばれる、イングランドおよびアイルランドにおけるカトリック教徒への差別的法規の影響によって開発が遅れていたが、ダブリンは例外的で、今日のオコンネル・ストリートなどもこの時代に整備された。

（4）ムノーディ卿 (Munodi) の名は、「私は世界を憎む」というラテン語 (mundum odi) に由来する。「好奇心が旺盛」で研究所訪問を楽しみにしているガリヴァーの姿には明らかに科学技術への妄信があり、研究所訪問の顛末を考えれば、そうしたガリヴァーの妄信をスウィフトが諷刺していることは確かだが、他方で、ムノーディ卿を置き去りにすること自体について批判的であるかというと、そこまでの諷刺的表現は見られない。

引用・参考文献

Carnochan, W. B. *Lemuel Gulliver's Mirror for Man*. Berkeley, CA: U of California P, 1968.

Ehrenpreis, Irvin. *Swift: The Man, His Works, and the Age*. 3 vols. London: Methuen, 1983.

Fabricant, Carole. *Swift's Landscape*. Baltimore, MD.: The Johns Hopkins UP, 1982.

Landa, Louis A. *Swift and the Church of Ireland*. Oxford: Clarendon, 1954.

Maxwell, Constantia. *Dublin under the Georges, 1714–1830*. London: Faber, 1956.

Malcolm, Elizabeth. *Swift's Hospital: A History of St Patrick's Hospital, Dublin, 1746–1989*. Dublin: Gill and Macmillan, 1990.

Malins, Edward and the Knight of Glin. "Landscape Gardening by Jonathan Swift and His Friends in Ireland". *Garden History* 2.1 (1973): 69–93.

Pope, Alexander. *Pastoral Poetry and An Essay on Criticism*. Eds. E. Audra and Aubrey Williams. The Twickenham Edition of the Poems of Alexander Pope 1. London: Methuen, 1961.

Swift, Jonathan. *The Correspondence of Jonathan Swift, D.D.* Ed. David Wooley. 4 vols. Frankfurt am Main: Peter Lang, 1999–2007.

——. *Gulliver's Travels*. Ed. David Womersley. The Cambridge Edition of the Works of Jonathan Swift 16. Cambridge: Cambridge UP, 2012.
——. *Jonathan Swift: The Complete Poems*. Ed. Pat Rogers. New Haven: Yale UP, 1983.
——. "Thoughts on Various Subjects". Vol. 11 of *The Works of Dr. Jonathan Swift, Dean of St. Patrick's, Dublin*. London, 1760. 188–212.
The Tatler. Ed. Donald F. Bond. 3 Vols. Oxford: Clarendon, 1987.

第二章　ワーズワスの「クブラ・カーン」批判と「自然への敬虔の念」

道家　英穂

はじめに

『序曲』第八巻でワーズワスは、故郷の湖水地方の美しさを強調するために、「一万本の木を擁する、かの楽園、ジェホールの有名な庭園」（一二二―二三）を引き合いに出し、「私が育ったあの楽園は、これよりも遙かに美しい」（一四四―四五）と言う。(1) ジェホールの庭園とは、清朝皇帝の夏の離宮で、康熙帝が創建し、乾隆帝が規模を拡張して一七九〇年に完成した「万樹園」を指す。現在の河北省にあたる熱河（ローホー）省にあり、ここをジョージ・マッカートニー率いるイギリス最初の中国外交使節団が一七九三年九月に訪れた。ワーズワスが参照したのは、ジョン・バローの『中国旅行記』（一八〇四）にある、そのときの記録である。

しかしジェホールの庭園についての『序曲』の描写を『中国旅行記』と比べてみると、「皇帝は、ジェホールの庭園をわれわれに見せるよう首相に喜んで指示した。それは中国語でワン・シュウ・ユエン、一万本の（もしくは無数の）木の楽園と呼ばれる」（『中国旅行記』一二七）というくだりを除くとあまり共通性がない。むしろ『序曲』のテクストで目を引くのは、ミルトンの『失楽園』を想起させるレトリックとコウルリッジの「クブラ・カーン」への引喩（アリュージョン）である。ワーズワスは特に、「クブラ・カーン」に描かれている「歓楽の館」を「ジェホールの庭園」のなかに配置することで、「ジェホールの庭園」に「クブラ・カーン」の庭園を重ね合わせている。いずれも中国の皇帝が強権をふるって造らせた人工的な庭園で、それらに対して故郷の自然の優位性を主張するのである。それは取りも直さず「クブラ・カーン」という詩の人工性に対する、『序曲』の「自然」の優位性の主張に他ならない。ワーズワスは「クブラ・カーン」をどうとらえ、また『序曲』に描かれた「自然」はどのような性質をもっているのだろうか。

一　いつわりの楽園

ワーズワスが「かの楽園、ジェホールの有名な庭園」を引き合いに出して、自分の育った「あの楽園」のほうが美しいと主張するレトリックは、ミルトンが『失楽園』でエデンの園の美しさを表現するにあたって、エンナの野原、ダプネの森、ニュサの島、アマラ山といったギリシア神話等で楽園とされた場所を列挙し、どんなに美しいとされた場所も「このエデンの楽園にはおよぶべくもなかった」（第四巻二七四―七五）と述べるやり方を踏まえていることが指摘されている。(2)『失楽園』では「エデンの園」だけが本物の楽園で、あとは偽物である。それを踏まえれば、「ジェホールの庭園」もいつわりの楽園ということになる。

「ジェホールの庭園」を描くにあたり、ワーズワスはコウルリッジの「クブラ・カーン」も強く意識している。(3)どちらも（北方民族の）中国皇帝が造営させた宮殿と庭園を描いており、ワーズワスはクブラによるザナドゥの庭園にも批判的なまなざしを向けているように思われる。とくに直接の引喩（アリュージョン）である「歓楽の館」（"domes / Of pleasure" 一三〇―三一）は、「クブラ・カーン」に繰り返し出てくるイメージだが（"A stately pleasure-dome" 二、"the dome of pleasure" 三一、"A sunny pleasure-dome" 三六）、コウルリッジが三箇所のうち二箇所で "pleasure-dome" とハイフンでつなげているのに対し、ワーズワスが "domes / Of pleasure" とわざわざ語句を途中で断ち切って行を変えるという表現の仕方に、皇帝の「歓楽の館」に否定的な姿勢がうかがえよう。ただコウルリッジ自身、ミルトンのエデンの園とは異なり、ザナドゥの庭園を理想郷として描いてはおらず、「クブラ・カーン」に描かれた景色自体が、怪しげな雰囲気を持っている。

コウルリッジは、一八一六年、この詩を出版する際につけた序文で、『パーチャスの旅行記』（初版一六一三）のクビライ汗についての記述がきっかけとなって作品ができたと述べている。彼がこの本の存在を知ったのは、サウジーを通じて、そのなかにあるアロアディンの偽の楽園のエピソードを知る機会を得たからではないかと推測されている。[4] サウジーは当時執筆中の『タラバ、悪を滅ぼす者』（一八〇一）でこの話を材源に用い、第七巻二五六行目につけた自注にもとのテクストをそのまま引用している。これも独裁者が築いた「楽園」の話だ。アロアディンという老人が、ペルシア北東部の谷を囲い込んで、「ミルク、ワイン、蜂蜜、水の流れる小川、豪華に着飾った美しい乙女たちといった、自然と人工により産み出されうるありとあらゆるものを備えつけ、そこを楽園と呼んだ」という。アロアディンは、若者たちに睡眠薬を飲ませてそこに運び込み、四、五日楽しませたあと、再び昏睡させて外に連れ出した。若者たちは、もう一度その楽園に戻りたいがために、アロアディンの暗殺命令に従ったという。『パーチャスの旅行記』はパーチャス自身の見聞によるものではない。当該の記述はマルコ・ポーロの『東方見聞録』から引いたものので、十一世紀から十三世紀にかけて、十字軍指導者などを暗殺したアサシン派の活動を伝説化したものである。[5]

サウジーは同内容の話をパーチャスに加えてオドリクスと、それを脚色したマンデヴィルの旅行記からも自注に引用しているが、あとのふたつには、この楽園では性的な快楽が得られるように書いてある。これらを材源とした『タラバ』第六・七巻の詩の本文では、主人公のタラバが旅の途上で、われ知らずこの楽園に入ってしまう。そこは「大昔に失われた地上のエデン」（第六巻二〇五）と見まがうところだったが、エデンと異なり「テラスのある宮殿や、金糸の織り込まれた豪華な大天幕」（第六巻二〇八―〇九）が、谷間の「かぐわしい木立のなかに」（第六巻二一二）建っている。彼は天幕のなかで酒を勧められたり、娼婦たちのみだらな舞いを見たりし、また別の場所では、ヴェールを取った女たちから乱痴気騒ぎに誘われたりするが、愛するオネイザを思い、誘惑から逃れて森に駆け込む。すると偶然にも、拉致されてそこに連れてこられ、性奴隷にされかかっていたオネイザに遭遇し、彼女を助ける。その後ふたりは、園の住人たちに崇拝されている魔術師アロアディンを倒す。するとたちまち魔法が解けて、「罪の楽園」（第七巻二五六）は滅びる。

「クブラ・カーン」ではセクシュアリティーは表に出ていないものの、以上の背景をふまえると「歓楽の館」には東洋の独裁者の非道と退廃を象徴するニュアンスが伴う。ワーズワスの蔵書目録には『パーチャスの旅行記』と『タラバ』が含まれ、『序曲』第八巻執筆時にはいずれも読んでいたと推測されるので、(6) 彼は「歓楽の館」の含意を承知していただろう。

ワーズワスは、皇帝の命令のもとに無数の人民が汗水流して築いた人工の庭園より、「自由な人間、時や場所や対象を選んで、自分のために働く人間」（『序曲』第八巻一五二―五三）がいる自分の故郷のほうが美しいと言う。このイデオロギーはコウルリッジとサウジーも共有していたはずである。

しかし「クブラ・カーン」の語り手は、独裁者クブラが造営した「歓楽の館」に魅了されているように見える。ワーズワスは途中で行を変えた「歓楽の／館」という引喩（アリュージョン）によって、それを批判したのではないだろうか。

二　『東洋造園論』の影響

「クブラ・カーン」の主要な材源に、チェンバーズの『東洋造園論』（初版一七七二、以下の引用は「クブラ・カーン」

により近い一七七三年の第二版から）がある。[7] チェンバーズは中国庭園の景色を「ここちよい、恐ろしい、驚くべき」（三九）の三つに分類する。このうち「最初のものは、植物界のなかでもとくに華やかで完璧な種類で構成され、そこに川、湖、滝、噴水、などさまざまな水の設備が織り交ぜられる。これらが、人工と自然が提案しうるかぎりのピクチャレスクな形状に組み合わされ配置される。建物や彫刻、絵画も、これらの構成物に彩りを添えるために加えられる」という（三九―四〇）。恐ろしい景色は「陰気な森、日の差さない深い谷、覆い被さるようなむきだしの岩、暗い洞窟、至るところから猛烈な勢いで流れ落ちる滝で構成されている」（四〇）。「森の奥の一番陰鬱な場所には（……）復讐に燃える王に捧げられた神殿」があり、近くの石柱には「悲劇的な出来事の哀愁漂う記述や、多くの恐ろしい残虐行為の様子が刻まれている」。「（高い山々の頂は）多量の炎を噴き上げ、絶えず濃い煙の雲を作って、これらの山々が火山に見えるようにしている」（四一）。

驚くべき景色は、前のふたつの要素を併せ持っており、見物客に「相反する感覚を次々と引き起こして」刺激するよう計算されている。ここを巡る者は「森の暗がりのなかをさまよったあと、断崖の端に立っていることに気づき、ぎらぎらと日の照りつけるなか、周囲の山々から滝が流れ落ち、猛り狂う奔流が足もとの深みへと落ちていくのを見る」（四二）。またくぐっていくにつれ、人工的な雨、突風、炎の噴出、圧縮空気による地震に驚かされる。圧縮空気はさまざまな効果音も生み、責め苦にあう人の叫び、猛獣の咆哮、雷鳴、荒れる海のほか、大砲の爆裂や、ラッパの音など戦争にまつわるさまざまな騒音が聞こえるという。その一方、花咲く茂みのなかを行くと、鳥の歌声やフルートの音色が聞こえる。あるいは壮麗な大天幕に入ると、「ゆったりとして透けたローブに身を包んだ、美しいタタールの乙女たちが」酒や果物を提供してくれる。娘たちは、花の冠をかぶせてくれ、ペルシア絨毯や羽毛のベッドの上で、甘い休息を味わうよういざなってくれる（四二―四四）。

チェンバーズが描き出したのは、少なくとも当時としては実現不可能な、極めて人工的な大人の遊園地である。

「庭園の景色は、英雄詩が散文と異なるように、ありふれた自然とは異なっているべきだ」と彼は言う――「造園家は、詩人のように、想像力を解き放つべきである。自分の主題を高揚させ、装飾し、活気づけ、あるいは目新しさを加える必要があればいつでも、真実の境界さえ飛び超えなくてはならない」（二一）。

チェンバーズは、王太子時代のジョージ三世に建築学のチューターとして仕えていた。『東洋造園論』は、専制君主による庭園の造営を賞賛しトーリー党の専制的なイデオロギーを表しているとして、ウィリアム・メイスンの諷刺詩「サー・ウィリアム・チェンバーズへの英雄的書簡体詩」（一八七三）で批判される。[8]

しかし「クブラ・カーン」には諷刺的と感じ取れる表現は見当たらず、コウルリッジは反体制側だったにも関わらず、チェンバーズの『東洋造園論』の風景描写を大筋において取り入れているように思われる。ただいくつか異なる点もある。「クブラ・カーン」のザナドゥの景色には、『東洋造園論』の「ここちよい、恐ろしい、驚くべき」の要素がそろっているが、クブラの築いた庭園の描写（第一連）は「ここちよい」ものに限られている。『東洋造園論』では、噴煙の上がる火山も戦争を思わせる音響も、すべて作り物だが、「クブラ・カーン」第二連の、火山の爆発と間欠泉の噴出が一体となった「恐ろしい」もしくは「驚くべき」光景は、クブラが造らせたものとは思えない。「戦争を予言する先祖たちの声」（三〇）もクブラの意志とは直接関係がない。

最終第四連では、メイスンが「英雄的書簡体詩」（七八―八〇）で揶揄した、『東洋造園論』の風俗嬢としての「タタールの乙女たち」が、ミューズとしての「アビシニアの乙女」（三九）に昇華されている。クブラが築いた「たぐいまれな造化の奇蹟」である「氷の洞窟を擁する、日の当たる歓楽の館」（三五―三六）を、詩人としての語り手は、このミューズの力を借りて再現できたらと願う。仮定法で述べているので、語り手自身はその域には達していないものの、それができる詩人は「神々の甘露を口にし、楽園のミルクを飲んだ」（五三―五四）神がかった人間として恐れられる。

三　詩論としての「クブラ・カーン」

このように「クブラ・カーン」は、不思議な光景を描いた叙景詩から、詩そのもの、もしくは詩人の想像力をテーマにした詩に変貌する。クブラが独裁的な権力を行使して「歓楽の館」を築いたように、それを詩において再現できる詩人は、神がかった天才である。最後の「楽園のミルクを飲んだ」は『パーチャスの旅行記』の記述に由来する。クビライ汗はザムドゥ（原文ママ）の庭園に一万頭の白馬を飼い、チンギス汗の血統の者のみにその乳を飲むことを許した。また彼は占星術師や魔術師の指示に従って、それを精霊や偶像に飲ませようと、自ら空中や地面に撒いたという（四一五）。「楽園のミルクを飲んだ」詩人とは、クビライ汗のように特権的で、さらには彼が崇める「精霊や偶像」にも匹敵しうる存在ということになる。そしてクブラの勢力が「城壁や塔で囲われた、五マイル四方の肥沃な土地」（「クブラ・カーン」六―七）に限られているのに対し、作者コウルリッジはその外の場所も含め、この作品全部を産み出したといえる。彼は『文学的自叙伝』第一三章で、作品を創造する力を「第二次想像力」と呼び、「それは溶解させ、拡散させ、消散させて、再創造する」と述べた（第一巻三〇四）。独裁者のように世界を作りかえる存在、その独裁者もが崇める神がかった存在が「クブラ・カーン」には想定されている。『序曲』のこの詩への引喩（アリュージョン）には、そのような詩人像への批判も込められているのではないだろうか。

だがコウルリッジ自身は、一八一六年につけた序文で、「クブラ・カーン」は断片に過ぎないと主張している。それによると彼は、一七九七年夏、体調を崩して引きこもっていた田舎家で、気分がすぐれなかったので、鎮痛剤（コウルリッジが詩の草稿につけた注ではアヘン）[9]を飲み、そのまま眠り込んだ。そのとき読んでいたのが、『パーチャスの旅行記』だった。眠っているあいだに、非常にリアルな夢を見、目覚めるなりそれを詩にしようとした。ところがあいにく来客があり、応対に手間取っているうちに、夢の記憶がほとんど消えてしまい、わずかに書き留められたのがこの詩である、というのだ。

この序文の信憑性についてはかねてより疑念が持たれてきた。かつて指摘したことがあるが、この話は『パーチャスの旅行記』のアロアディンの楽園の記述と同じパターンを有している。[10] そのエピソードでは、睡眠薬を飲まされて偽の楽園に連れてこられた若者が、快楽を味わい、再び眠らされて外に出される。若者は楽園に戻ることを希求し、アロアディンの命令に従う。「クブラ・カーン」の作者は、薬の影響で眠っているあいだに見た、おそらくはクブラの宮殿と庭園についてのヴィジョンが失われたことを嘆き、それを取り戻したいと願うのである。序文の内容はパーチャスの話をもとに創作された可能性が高い。そして詩の本文については、ローズの研究以来、その背後にさまざまな材源があることが判明している。[11] この詩の着想が、アヘンによる幻覚によってもたらされたことは否定できないが、序文も含め「クブラ・カーン」全体が、神がかった詩人のヴィジョンをテーマにしつつ、さまざまな材源をもとに合成された極めて人工的な作品であり、チェンバーズが描いた人工の庭園と同じ性質を持っているのである。

ワーズワスの蔵書には『東洋造園論』は含まれておらず、彼がこの論文を読んだ形跡はない。しかし彼は、「クブラ・カーン」にチェンバーズ的な創作理念、「庭園の景色は、英雄詩が散文と異なるように、ありふれた自然とは異なっているべき」で、造園家も詩人も「想像力を解き放って」、「自分の主題を高揚させ、装飾し、活気づけ、あるいは目新しさを加える必要があればいつでも、真実の境界さえ飛び超えなくてはならない」という考え方を鋭く感じ取ったのではあるまいか。そして『序曲』の「ジェホールの庭園」の描写に「クブラ・カーン」への引喩（アリュージョン）を用いることで、それを批判し、人工ではなく、自然を称揚したものと推測できる。

四　「自然の人」ワーズワス

ではコウルリッジは、ワーズワスをどう見ていたのだろうか？　『文学的自叙伝』第一四章で彼は、ワーズワスと『抒情民謡集』を計画するにあたって、互いに異なった種類の詩を書くことにした、と言う。自身は「出来事や人物が、少なくとも部分的には超自然的」な詩を書くのに対し、ワーズワスは日常生活から主題を選び、「日常的な物事に目新しさという魅力を与え、精神の注意を（……）眼前の世界の美しさと驚異に向けることで、超自然に触れたような感情を呼び起こす」ことを目指したという（第二巻六―七）。コウルリッジがワーズワスの特徴をかなり的確に評価していることがわかる。ただワーズワスが超自然は自然を通してしか描けないと考えていたのに対し、コウルリッジは直接描くことができると考えていたようだ。また第二二章では、ワーズワスの欠点として「こまごまとした事実描写」（"matter-of-factness"）が稀ではないことを挙げ、詩とは「もっとも高貴でもっとも哲学的なかたちの書き物」という、アリストテレスが述べた詩の本質と相容れないとしている（第二巻一二六）。

このワーズワスの特徴を、さらに激しく非難したのがブレイクである。ワーズワスの『一八一五年詩集』に書き入れた注解で、「私はワーズワスに、「精神の人」に絶えず反抗する「自然の人」を見る。それゆえ彼は詩人ではなく、本物の詩やインスピレーションに敵対する、異教の哲学者なのだ」と彼は言う。ワーズワスによる序文の冒頭「詩作に必要な能力は、第一に、観察と叙述の力であり（……）」のところには、「ただひとつの能力が詩人を作る――想像力　聖なるヴィジョン」と書き込み、ワーズワスの「虹の詩」の末尾の「願わくは、私の一日一日が、自然への敬虔の念によってつながれんことを」に対し、「自然への敬虔の念などというものは存在しない。「自然の人」は神に敵意を抱いているのだから」とコメントしている（六六五）。[12]

ブレイクは「自然の人」ワーズワスを「神に敵意を抱く」「異教の哲学者」と非難するが、ブレイク自身は、芸術家としての人間を神格化してしまう――「人間は徹頭徹尾想像力である。神は人であり、われわれのうちに存在し、われわれは神のうちに存する」（「バークリーの『サイリス』への注解」六六四）。それは「クブラ・カーン」最終連の、人々から恐れられる神がかった詩人像でもある。「自然への敬虔の念」を重視するワーズワスは、このような芸術観を人間の思いあがりととらえたに違いない。

五　ワーズワスの「自然」

しかし、ワーズワスにとって自然は、ただ外界に存在するものではなかった。『序曲』第八巻で、「ジェホールの庭園」よりも「私が育った楽園のほうが遙かに美しい」という彼は、そこでは自然の「四大や移りゆく季節が、そこにもっとも親しい仕事仲間、すなわち人間の心を見いだす」（一四九―五〇）と言う。ワーズワスが描こうとする詩的風景は、心の内面と外界との「高めあう相互作用」（『序曲』第一二巻三七六―七七）によって生まれるものであった。『序曲』において、ワーズワスが「時のスポット」（第一一巻二五七）と名付けた印象的なエピソードはいずれも内面と外界の相互作用によって生まれた心象風景を描いている。「美と恐怖によって等しく養われて、私は成長した」（第一巻三〇六）と彼が言うように、湖水地方で過ごした少年時代のエピソードには、美しいばかりでなく恐ろしい話も多いが、それも含めてそこは楽園だったといえよう。月夜の晩に、羊飼いのボートを勝手にこぎ出すと、隠れていた岩山が突然姿を現し、追いかけてくる。それは、事実としてはボートが進むにつれて視界が変わり、うしろの山が見えてきたに過ぎない。しかし少年ワーズワスは、オールのひとこぎごとに、のっしのっしと巨人が追いかけてきたように感じ、非常な恐怖に襲われる。そして大人になった詩人ワーズワスは、客観的事実ではなく少年の感覚こそが真実であるとして、自然の背後にひそむ「宇宙の英知と精神」（第一巻四二八）に呼びかける。これも「自然への敬虔の念」のひとつなのだ。

　コウルリッジは「詩もしくは芸術について」（一八一八）と題する講演において、もし芸術家が「単なる自然、所産的自然（ナトゥーラ・ナトゥーラータ）」を模写するのなら、空虚でリアリティーのない作品になってしまう、芸術家は「本質である能産的自然（ナトゥーラ・ナトゥーランス）をつかまなくてはならず、それは高尚な意味での自然と人間の魂の結合を前提として産み出される」と言う（二五七）。「こまごまとした事実描写」が多いとコウルリッジから批判されたワーズワスだが、「時のスポット」のエピソードにおいてはこの能産的自然（ナトゥーラ・ナトゥーランス）が描かれていると言えるだろう。

　『序曲』第一二巻でワーズワスは、自然と人間の心に親和性があることを確信したと述べたうえで、コウルリッジに呼びかけ、次のように言うことを許してほしいと言う。すなわち「詩人とは、まさに預言者のように」「それまで見えていなかったものを知覚できる、ある感覚を、特別なたまものとして持っているもので」、詩人の末席に連なる自分にも「特権」としてのインスピレーションが与えられ、自分の作品が「永続的で、創造的なものとなり、大自然の作品と等しい力」を持つ希望を持ってきたのだと（二七八―三一二）。自然を自在に造り変える神がかった詩人像を批判しながら、自身は、自然と心を結合させることで、それまで見えなかった世界を知覚し、それを詩に表現できると主張する。いくぶん控えめながらワーズワスも預言者的な詩人としての特権意識を持っていたのである。

　ラスキンはワーズワスから多大な影響を受け、『近代画家論』第一巻（一八四三）では彼を高く評価していたが、第三巻（一八五六）に至るとワーズワスを批判し、「彼は自然がワーズワスなしではやっていけないのだとどことなく思い込んでいるふしがあり、彼の喜びのかなりの部分は、自然と同様、自分自身を見つめるところから来ているのである」と言う（第一六章三八節）。ラスキンが念頭に置いているワーズワスの作品は、主に『逍遥』で『序曲』ではなかったが、彼の批判はむしろ『序曲』の方があてはまるだろう。[13] ラスキンはかつて、自然全体に聖性を感じ畏敬の念を覚えた時期もあったが（第一七章一九節）、現在は、自然を神の被造物ととらえるオーソドックスなキリスト教の自然観を抱いており、その観点から物質文明を批判し自然の大切さを説く。人間の精神が活発に働き、周囲の世界をはっきりと冷静に見るようになると、「木々や花々も、いわば神の子どものように見える」と彼は言う。われわれ人間は、同じちりから造られた彼らの仲間であり、ただ聖なる力をより多く分け与えられているという点で優れているにすぎない。木々や花々が神について語る神秘の声に耳を傾け、それらが示す聖なる真理を受け入れれば、人間は「従順で、喜びと感謝にあふれた感情」に満たされるのだ（四一節）。

ブレイクやコウルリッジが、詩人を神格化したのに対し、ワーズワスは自然に聖なるものを見いだした。だがその自然にはワーズワス自身の精神が積極的に関与しており、結局は自身の神格化につながることを、ラスキンはオーソドックスなキリスト教の立場から鋭く感じとったものと思われる。だがラスキンが批判する物質文明をもたらしたのは、人間を被造物の頂点に位置づけることで、他の被造物すなわち自然を神の恵みとして思うがままに利用できるという考え方だったのではあるまいか。これに対し、自然の背後に聖なる存在を直感する『序曲』のワーズワスは、預言者的な詩人としての特権意識を持ちつつも、自然への畏れ、自然への敬虔の念を大切にしたと言えるだろう。

＊本稿は二〇二〇年度専修大学国内研究員としての成果である。

注

（1）私の心がはじめて
美の感覚に目覚めた
あの地域は美しかった――その妙なる美しさは
一万本の木を擁する、かの楽園、
ジェホールの有名な庭園を凌いでいた。
地上最大の帝国のなかから場所を選りすぐり
タタール人の王朝の楽しみのために作られたその庭園は
実在する、あの巨大な城壁（中国の途方もない土塁！）のかなたにあり
無数の人々が忍耐強く駆使した技術と
恵み深い大自然の惜しみない援助のたまものだった。
景色に景色が連なり、絶えず変化し、
柔和、壮大、あるいは華やかに、宮殿や歓楽の
館がきらめき、木陰なす谷間に
東洋の僧院があり、日当たりのよい丘は
寺院をいただく。橋、ゴンドラ、
岩場、洞穴、葉の生い茂る木立、これらの色調が、
互いに溶け合ってなじむようにしつらえられ――
その色の違いは、丹念に目で追っても追いきれぬほど
微妙な変化を見せ、ほとんど消えかかり、また消えてしまう、――かと思うと、
熱帯に棲む鳥の羽のように並んだ色と色とが、
強烈でかつきらびやかに、しかも少しも不調和ではなく
対照を際立たせている。
山々はすべての上にそびえ、すべてを包み込み、

そして流れ、落ち、あるいは眠るようによどむ水が、
風景全体を限りなく豊かにしている。
だがこれよりも遥かに美しいのだ、
私が育ったあの楽園は。

『序曲』第八巻一一九―四五（傍点筆者）

（2）*The Prelude* (1959), p. 569, セリンコートによる注参照。

（3）「クブラ・カーン」

ザナドゥにクブラ・カーンは
堂々たる歓楽の館の造営を命じた。
そこから聖なる河アルフが、
人には計り知れぬ、いくつもの洞窟をくぐり
日の当たらぬ海に注いでいた。
そのために五マイル四方の肥沃な土地が
城壁や塔で囲われた。
あちらにはくねくねと流れる、幾筋もの小川で輝く庭園があり、
たくさんのかぐわしい木々が花を咲かせていた。
こちらには太古からの丘と森が
日の当たる緑地を囲んでいた。

だがおお、あの深い謎めいた亀裂は何だ、
杉の山肌を切り裂いて緑の丘を斜めに走っている！
荒々しい場所だ！　神々しく、魔法にかかったようで
まるで欠けてゆく月のもと
女が魔物の恋人を慕って泣き叫ぶような場所だ。

この亀裂は絶えずふつふつと煮えたぎり、
あたかも大地がせわしなく喘ぐかのように、
そこから力強い噴泉が刻々と噴き出していた。
その素早く間欠的な噴出のなか
巨大な火山岩が放物線をなして飛ぶさまは、跳ね返る霰か
殻竿に打たれた籾殻のようだった。
そしてこの踊り跳ねる岩のなかを、時を同じくして絶えず
亀裂は刻々と聖なる河を噴き上げていた。
五マイルにわたり迷路のようにうねりながら
森や谷を抜けて聖なる河は流れた。
やがて人には計り知れぬ洞窟に至り
生き物の棲まぬ海にごうごうと音を立てて沈んだ。
その轟音のなか、クブラは遠くに聞いた、
戦争を予言する先祖たちの声を！

歓楽の館の影が
河の中流の波間に浮かび、
そこでは噴泉からと洞窟からの
調べが入り交じって聞こえた。
それはたぐいまれな造化の奇蹟だった、
氷の洞窟を擁する、日の当たる歓楽の館は！

ダルシマーを弾く乙女を
私はかつて幻のなかで見た。
それはアビシニアの娘で

ダルシマーを奏でながら
アボラ山のことを歌っていた。
もし彼女の曲と歌とを
心中によみがえらせることができたら
どんなにか深い喜びに満たされ、
朗々と響きわたる楽の音によって、
私はあの館を空中に築くのに、
あの日の当たる館を！　あの氷の洞窟を！
するとそれを聞いた者はみなそこにそれを見、
みな叫ぶだろう、気をつけろ！　気をつけろ！
あいつのきらめく目、あの風になびく髪、
あいつのまわりに輪を三重に描き、
恐れ畏んで目を閉じよ、
あいつは神々の甘露を口にし
楽園のミルクを飲んだのだから。

（4）Butler, 148. Leask, 4–5.
（5）Marco Polo, 56.　マルコ・ポーロ　一八七―九四。アサシンの語源はアラビア語の「ハシシュを飲む者」で、刺客が暗殺の前にハシシュを飲んだとされることに由来し、英語の“assassin”はそこから派生した。*OED* “assassin.”
（6）Wu (1995), 13, 172, 197. Kitson, 201.
（7）本章の内容は、拙論「『タラバ、悪を滅ぼす者』と「クブラ・カーン」の異国表象」の一部と重複するところがある。
（8）Leask, 9. Kitson, 188.
（9）*Poetical Works* II, part 1, 673–74.
（10）Doke, 194–95.
（11）Lowes, 356–413.
（12）富士川　四九―五〇。

（13）『近代画家論』第三巻が出版されたのは、『序曲』出版の六年後の一八五六年（『序曲』一八〇五年版は一九二六年、セリンコートによって初めて出版された）だが、十九世紀のあいだ、ワーズワスは『逍遥』の詩人として知られ、『序曲』が注目されることはなかった。

引用・参考文献

Barrow, John. *Travels in China*. London, 1804.

Blake, William. *The Complete Poetry and Prose*. Ed. David V. Erdman. Rev. ed. Berkeley and Los Angeles: U of California Press, 1982.

Butler, Marilyn. 'Plotting the Revolution: The Political Narratives of Romantic Poetry and Criticism'. *Romantic Revolutions: Criticism and Theory*. Ed. by Kenneth Johnston et al. Bloomington and Indianapolis: Indiana UP, 1990, pp. 133–57.

Chambers, Sir William. *A Dissertation on Oriental Gardening*. 2nd ed. London, 1773.

Coleridge, Samuel Taylor. *Biographia Literaria*. Ed. James Engell and W. Jackson Bate. Princeton: Princeton UP, 1983.

——. "On Poesy or Art", *Biographia Literaria*. Vol. 2. Ed. J. Shawcross. London: Oxford UP, 1907.

——. *Poetical Works*. Ed. J. C. C. Mays. 3 vols in 6 parts. *The Collected Works of Samuel Taylor Coleridge*. Vol. 16. Princeton: Princeton UP, 2001.

Doke, Hideo. "Images of Paradise in Coleridge's 'Kubla Khan,'" *Voyages of Conception: Essays in English Romanticism*. Tokyo: Japan Association of English Romanticism, 2005.

Kitson, Peter J. *Forging Romantic China*. Cambridge: Cambridge UP, 2013.

Leask, Nigel. "Kubla Khan *and Orientalism: The Road to Xanadu Revisited*," *Romanticism*, 4:1, 1998.

Lowes, John Livingston. *The Road to Xanadu*. London: Constable, 1927.

Marco Polo. *The Travels of Marco Polo*. Ed. Manuel Komroff. New York: W. W. Norton, 1953.

Mason, William. *An Heroic Epistle to Sir William Chambers*. 11th ed. London, 1778.

Milton, John. *Paradise Lost*. Ed. Alastair Fowler. 2nd ed. London and New York: Longman, 1998.

OED (*The Oxford English Dictionary*). 2nd ed. Prepared by J. A. Simpson and E. S. C. Weiner. Oxford: Clarendon, 1989.

Purchas, Samuel. *Purchas his Pilgrimage*. 2nd ed. London, 1614.

Ruskin, John. *Modern Painters III: The Works of John Ruskin*. Vol. 5. Ed. Edward Tyas Cook and Alexander Wedderburn. London: George Allen, 1904.

Southey, Robert. *Thalaba the Destroyer: Poetical Works 1793–1810*. Vol. 3. Ed. Tim Fulford. London: Pickering and Chatto, 2004.

Wu, Duncan. *Wordsworth's Reading 1770–1799*. Cambridge: Cambridge UP, 1993.

——. *Wordsworth's Reading 1800–1815*. Cambridge: Cambridge UP, 1995.

Wordsworth, William. *The Poetical Works*. 5 vols. 2nd ed. Ed. E. de Selincourt and Helen Darbishire. Oxford: Clarendon Press, 1952–63.

——. *The Prelude*. Ed. E. de Selincourt. 2nd ed., rev. Helen Darbishire. Oxford: Clarendon Press, 1959.

——. *The Prelude* 1799, 1805, 1850. Ed. Jonathan Wordsworth, M. H. Abrams, and Stephen Gill. New York: Norton, 1979.　本文中の引用はこのテクストの1805年版に基づく。

道家英穂「『タラバ、悪を滅ぼす者』と「クブラ・カーン」の異国表象」『東北ロマン主義研究』第七号、東北ロマン主義・文化研究会、二〇二〇。

富士川義之『風景の詩学』白水社、一九八三、二〇〇四。

マルコ・ポーロ『東方見聞録』愛宕松男訳、平凡社、一九七〇。

第三章　太陽が消えた夏
――バイロンの「暗闇」をめぐる光と闇

上石　実加子

一　タンボラ火山の噴火と気候変動

令和四年一月十五日、南太平洋トンガ沖に位置する海底火山フンガ・トンガ　フンガ・ハアパイが、大規模な噴火を起こしたことは記憶に新しい。海域で起きた火山の噴火では、過去百年で最大級とされている。こうした大規模な火山の噴火は、硫黄成分を含んだ火山ガスが水蒸気と共に成層圏に達し、二酸化硫黄と水蒸気が光化学反応を起こすことで、硫酸塩エアロゾルが生成されるため、「地表に到達する日射量が減衰して一時的に気温を低下させる」（三上ほか　六七六）と考えられている。今後、世界的に急激な気温低下を招くのではないかと懸念されている。

人類史上、大規模な火山噴火が、世界に寒冷化をもたらした例として有名なのが、現在のインドネシア・ジャワ島の東に位置するタンボラ火山の噴火である。一八一五年にタンボラ火山で起きた噴火は、周辺の島スンバワ島やロンボク島のおよそ八万人の命を奪ったとされ、一五〇〇年以降で最も大きな噴火であったといわれる。爆発して大気圏に入った火山灰によって大気の透明性が奪われ、「太陽を徐々に濾過して取り除き、結果的に地表の温度を下げていった」（ベイト　九七）。翌年の一八一六年には、ヨーロッパの至るところで、共通の「暗闇」を引き起こし、記録的な寒さに見舞われ、「この世の終わりという狂信的な恐怖」（ギマランエス　三）が引き起こされた。イギリスでは「一六九〇年以来の寒さ」（平野　一九四）となり、この一八一六年の夏は「夏のない年」(Year without a Summer) として記憶されていくことになる。

イギリスのロマン派詩人ロード・バイロンは、この「夏のない年」にスイスで「暗闇」('Darkness')という詩を書いている。一八一六年の四月から九月にかけて、「一八三日中一三〇日、スイスでは雨が降った」(ベイト 九六)。その七月の平均気温は華氏四・九度、摂氏にするとマイナス一五度である。同年六月にジュネーヴのディオダティ荘に集ったバイロンと数人の仲間たちは、「雨が多く夏とは思えないような陰気で寒々とした日々を過ごし」(田吹 四五八)、悪天候で外出することもままならず、バイロンはひとりずつ幽霊話を作ることを提案する。この時生まれた最も有名な物語が、メアリー・シェリーの『フランケンシュタイン』であったことは周知のとおりである。怪物は氷の世界から、暗闇の中に消えていく最後を迎えるが、「タンボラ火山による気象現象が間接的なインスピレーションを与えている」(フィリップス 六七)のだという指摘もある。

火山の噴火と気候変動との間に因果関係があることを発見した最初の人物はベンジャミン・フランクリンであったが、今でこそ常識となりつつある火山噴火の影響について、当時は、こうした考え方がまだ一般化されてはいなかった。天候が人間の歴史に影響を与えるという概念は、モンテスキューの『法の精神』やフンボルトの『植物地理学論集』の出版以来、広く受け入れられていた。当時、バイロンとシェリーの間では、ナチュラル・ヒストリーに関することが共通の話題となっており、「ビュフォンやキュビエの書物をよく読んで知っていた」(ギマランエス 四)と言われる。この世の終末における最後の人間のぞっとするような姿を描いたバイロンの「暗闇」という詩は、「おそらく絶滅した動物に関するキュビエの研究に刺激されて」(楠本 二三〇)書いたのではないかという指摘もある。

本論は、バイロンが書いたこの終末論的な詩「暗闇」が、罪深い人間への罰として、神が世界の終末をもたらす暗闇ではなく、一八一五年四月に「世界の終末を予言するような力で爆発」(ウッド 二〇一四 二)したタンボラ火山噴火の余波を描いた詩として読むことを出発点としている。そして、この詩のように、この年を前後してヨーロッパに起きた様々な事象に対し、バイロンが自らの関心事をいかに詩の中に描いたのかを、自然、文化、気候の観点からアプローチしていきたい。

二　暗闇について

タンボラ火山噴火の翌年「夏のない年」に書かれたバイロンの詩「暗闇」は、冒頭、極端なまでの暗闇の描写で始まっている。

私は夢をみたが、それが全くの夢だったわけではなかった。
輝く太陽が消滅し、星々は
光がなく道筋も見えない、永遠の宇宙空間の
暗闇に隠れながら、彷徨った。また凍てついた大地は
月のない大気の中で、目が見えず、黒ずみながら揺れ動いた。('Darkness', 1-5)

この詩は、語り手が「夢を見たが、それが全くの夢だったわけではなかった」、つまり、実際に起きたことなのか、そうではないのかがはっきりとしない、曖昧な書き出しから始まっている。

ここで描写されているのは、太陽が完全に消滅してしまったことによる極端なまでの暗闇である。太陽は光と熱をもたらす存在である。「星々」は漆黒の闇に包まれ、普通ならば分かる道も、光がないことで見えなくなり「道のない」(pathless) 空間でどこに行こうか道を探す、彷徨う旅人であるように擬人化されている。詩行に点在する「太陽」

「月」「星」「宇宙空間」といった惑星を想起させる単語から、「星々」は「軌道が失われた」(pathless) 空間に浮かんでいるようにもみえるが、ここでの星は自ら光を放つ科学的な意味での星ではない。その姿は、辺りが暗くなることで光輝くのではなく「暗闇に隠れながら／陰鬱になりながら」(darkling) 怯える旅人そのものである。太陽が消滅し、その熱も無くなったために「凍てついた大地」は、月も無くなってしまったために「目が見えず」(blind) に身を揺っている。擬人化された「星々」と「凍てついた大地」の描写は、人間が恐怖の中で情熱を忘れてしまう詩行へと引き継がれる。朝が来ては去り、また朝が来ても光はもたらさない。太陽の光も熱も無くなった今、人間の心にも熱は失せ、冷たくなり、人はただ、恐怖の中で光を求める身勝手な祈りを捧げるようになる。

人々は篝火の側に住み、あらゆるものを火にくべ、果てはあらゆる者の棲家をも焼き尽くし、都市は次々と火に包まれていく。

人々は燃え盛る家々の周りに集まり
今一度、互いの顔を見合わせたのだ。
幸運だったのは、火山という山の松明が
目の届く範囲内に住んでいた者たちであった。('Darkness', 14–17)

ここで初めて〈火山〉が出てくる。火山の近くに住む人々が幸運であるのは、彼らが山火事の火でモノを見ることができたからである。灯りを得るために、人々はモノを、家を、果ては森を燃やし、その火が燃え尽きてしまうと、地面にひれ伏して泣き叫ぶ者、ただしゃがみ込んで恐ろしい笑みを浮かべる者、呪いの言葉を吐く者の様子が描かれ、「ぞっとするような希望」以外に、人間は感情を失ってしまう。火の明かりを求める人間の恐ろしいまでの「希望」に「絶望している光」(the despairing light) が、人間の「この世のものとは思えない顔つき」を映し出しているのである。この光への転移修飾 (transferred epithet) は、前述した擬人化と同様に、自然界の現象と人間世界をパラレルに置く技法であり、自然と一体になるバイロン独特の自然観に照らして考えることができるだろう。「人間の貪欲や自己本位は、生命体だけではなく、環境を台無しにする」(ネルソン 二)。そしてこの周囲の環境と共に、人間の心も冷え切っていく。詩において太陽が消えてしまうとほとんどすぐに、人間は、自らの弱さと脆さに直面しなければならなくなる。太陽がなければ、人は暖をとるために、灯りをとるために、自分の家を燃やさざるを得なくなる。それは、文明社会の総崩れを象徴するイメージでもある。王たちの玉座や寺院の聖遺物ですら残らない。国家や宗教のような人間の偉大なる組織ですら、実際には無力なのだと詩は示唆している。ウッドはこれが「バイロンの地獄の黙示録」(ウッド 六八) だと指摘している。

三　戦争の記憶と自然

タンボラ火山が噴火した二か月後、すなわち一八一五年六月十八日に、ウォータールーの戦場においてナポレオンの率いるフランス軍は、ウェリントン指揮下のイギリス軍とブリュッヒャー指揮下のプロシア軍を主体とする連合軍に敗退した。実はこの敗退は、火山噴火の影響とみられる悪天候が原因のひとつと考えられている。十九世紀スイスの軍人で戦略家であったアントワーヌ・アンリ・ジョミニは、ナポレオン失脚の要因を四つ挙げ、その三つ目として、当日が「ひどい天候」であったことで「地面がぬかるみ、行軍が非常に困難になり、さらにその日の朝に行われるはずであった攻撃開始が午後一時まで遅延することになった」(ジョミニ 二二三―二四) ことを挙げている。戦いの前夜である一八一五年六月十七日、「大規模な戦闘ができないほどの土砂降りの雨」(ベルト 二二六) となっていた。

翌年、バイロンはウォータールー海戦の戦場を訪れており、『チャイルド・ハロルドの巡礼』第三巻の第一七スタンザで、以下のように読者に呼びかけている。

足を止めよ！　汝は帝国の骸の上を歩んでいる！
地震の獲物が地下に埋葬されているのだ！
この地の目印となる巨大な像はないのか、
勝利を誇示する記念の列柱もないのか。
何もない、しかし教えの正しさはこの方がよく伝わる、
これからもこの地を昔のままにしておくべきだ。
血の雨がどれほど収穫を増やしたことか！
これが汝によって全世界が得たすべきなのか、
並ぶものなき戦場よ！　王作りの勝利か？　(*Childe Harold*, III 17, 1–9)

「帝国の骸」(Empire's dust) は、英国が、ロシア、プロシア、オーストリアを主体とした連合国軍と共にナポレオンを倒した時の、フランス第一帝政の終焉を意味するものである。「地震の獲物」(An Earthquake's spoil) はもちろん実際の地殻変動ではなく、この戦争の規模を物語る表現であり、ここでの "spoil" は戦死して地に埋められた兵士たちや馬、武器等を意味している。バイロンはこの戦争の勝利の誉れを後世に伝える記念碑はないのか、と読者に問いかけながらも、むしろ何もない方が、人の命がどれほど犠牲になったのかが分かるとして、何事もなかったかのように草木が生える戦場には、かつてどれ程の血の雨が降り、兵士たちがそこで死んでいったのかを想像させるのだと語る。ウォータールーの村からシャルルロアに向かって三キロほど南下したところに戦場はあった。なだらかな起伏をなす平原は農地になっていた。もともと農地であった場所に、記念碑を建てるべきではない。昔のままにしておくべ

きだと語り手は言う。何故なら、「自然は歴史を記憶する」（ゼメル　二〇）からであろう。自然を含む風景が人間の行いを物語る。

血の雨が降った焼野原の農地には死者が葬られ、それでも草木は生い茂る。地中にある遺体と地中から芽吹く草花の融合・同化を念頭に置いているかのような、このハーヴェスト・メタファーは、自然界における生命体と人間の生と死のサイクルを一体化させるだけでなく、戦場に降った人間の血の雨が人間の痕跡のない農地に収穫をもたらすパラドクスを伝えている。つまり、「自然は歴史の痕跡を消してしまう」（ゼメル　二〇）ということでもあるのだ。また、戦争によって流れた人の血が、戦争を終結させた土砂降りの雨と相まって、誰に「収穫」をもたらしたのかを、意味深長に問いかけてもいる。

メアリー・アン・マクダネルは、ハロルド・ブルームの言葉を借りながら「ナポレオンに勝利して急に平和が訪れると、資本主義社会に特有のあらゆる災いが一気に押し寄せた」と指摘する。「異常なまでの不景気、失業状態、飢餓」（マクダネル　三六一）である。ナポレオンを打ち負かしたことで、一般大衆の日常生活は何ら改善されることはなかった。一八一六年に「農作物の不作が始まって、ヨーロッパではほとんどの国でも食物暴動が起きた」（ベイト　九七）。ウォータールーの戦いの戦勝者たちが、明日のためのパン切れを求めてロンドンやマンチェスターの街路にあふれていたのである。

四　バイロンのフィルヘレネスとエルギン大理石

一八一六年は、ギリシャの神殿から運ばれてきた大理石が英国政府によって買い取られ、いわば正式に大英博物館に設置された年でもあった。前述のように、自然災害と戦後の不景気がイギリスを襲い、国民が失業と物価高で飢えに苦しんでいる時に、政府が三万五千ポンドという大金を出して大理石を買い取ったことに対する国民の感情は複雑であった。

当時、駐トルコ英国大使だった第七代エルギン卿トマス・ブルースが、オスマン帝国の領土であったアテネのパルテノン神殿から帝国政府の許可を得て、神殿に飾られた彫刻やフリーズ、メトープ等をその壁から引き剥がしてイギリスに持ち去った。引き剥がされてロンドンに運ばれた大理石群はエルギンの名を冠して「エルギン大理石」(Elgin Marbles) と呼ばれる。

国民の気持ちを代弁するような戯画が発表されもした。大理石購入の法案が英国下院特別委員会を通過した三日後のことである。ジョージ・クルックシャンクによる諷刺画は、そのタイトルを「エルギン大理石！　または沢山の家族が「パン」を求めている時に「石ころ」を買おうとしているイギリス人（ジョン・ブル）!!」(The Elgin Marbles! Or John Bull buying Stones at the time his numerous Family want Bread!!) とし、当時の関心の高さがうかがえるものとなっている。

バイロンは、フィルヘレネス（Philhellenes＝ギリシャ愛好家）として、このエルギン卿の取った行動を痛烈に非難した人物のひとりであった。大理石はギリシャに返還すべきであるとする立場は「バイロニズム」と呼ばれた（阿曽村二八九）ほど、バイロンはエルギンによる大理石彫刻の持ち出しを激しく批判して詩に歌いあげた。『チャイルド・ハロルドの巡礼』第二巻の一四スタンザには以下のようにある。

しかし、女神パラスが古い支配の最後の名残りを
見捨てるのを嫌がり留まったところ、あの高見にある

彼方の神殿を略奪したすべての者の中で、
あの最後の、最悪の、愚かな強奪者は誰だったのか？
恥を知れ、カレドニアよ！　あれが汝の子だったとは！
イングランドよ！　私は喜ぶ、彼が汝の子でないことを。
自由に生まれた汝の民は、かつて自由だったものを
容赦すべきなのに、悲しみの社を次々と荒らし、
気の乗らぬ海の上を、はるか遠くまで祭壇を運ぶのだ。(*Childe Harold*, II 14, 1–9)

「気の乗らぬ海の上」とは、一八〇四年に「十七箱の大理石彫刻群を積んでいた軍艦メントル号が沈没したことに関する言及である」（瓜田　三四）。「愚かな強奪者」(dull spoiler) は、エルギン卿のことを指し、エルギンがスコットランド貴族の呼称であることから、「恥を知れ」と「カレドニア」（＝スコットランドの雅称）に呼びかける。エルギン卿がイギリスに運んだ大理石の彫刻は、腕や首のないもので、およそ完全な姿の彫像はありえなかった。オスマン帝国の侵略からすでに破損していたもの、フリーズを引き剥がす工事や彫刻を運び出す過程で大理石は壊れていく。そんな行為を自然界の「海」が快く思うはずがない。

一八〇九年に出版された『イングランドの詩人とスコットランドの評論家』においてバイロンは、エルギンがイギリスに持ち帰った大理石を「フィディアス作の珍奇なもの」(Phidian freaks)、「不具の古物」(maim'd antiques) という強い言葉で痛烈に批判している（マッガン　一二）。フィディアスは古代ギリシャの彫刻家であるが、アテネのパルテノン神殿にあった彫刻やフリーズは「主にフィディアスの作品」（伊藤　七七）とされる。バイロンは「鼻のついた彫刻も、ついていないものも」、「全てフィディアスの作品だとエルギン卿は我々を喜んで説得するだろう」と揶揄するような注をつけている。この時、エルギン卿が持ち帰った「ディニソス像の鼻が欠けていた」（瓜田　三九）ことが、

「梅毒という性病に罹ってエルギン卿自身の鼻が崩れかけていた」（ウッド一九九八、一七五）ことを「鼻」をめぐる因果応報として皮肉交じりに結び付けているのが分かる。

アイスラーが示唆しているように、バイロンはエルギン大理石を「パーク・レインで」見ている（二四二）。つまり、パーク・レインの一角にあったエルギン卿の自宅で見ていたことになる。一八〇七年に初めてイギリスで展示されたときの大理石である。

エルギン大理石がロンドンで一般公開された時、即座にその真価を認めた芸術家たちも少なからずいた。スイスの歴史画家ベンジャミン・ロバート・ヘイドンはそのひとりである。クリクトファー・ヒッチンズは、「エルギン大理石がロンドンに運ばれていなかったら、ヘイドンは、こうした大理石の彫刻を見ることはなかったであろう」（二〇）と振り返る。ヘイドンに連れられてエルギン大理石を見たジョン・キーツは、その感動を詩にしている。こうしたエルギン卿の行為は、文化財保護の立場から見れば、ロンドンに古代ギリシャ時代のオブジェを備えた現代版アテネとして定着させる「愛国的な英国人美術愛好家の行動」（リースク　一〇四—〇五）として見られうる。

一八一二年三月『チャイルド・ハロルドの巡礼』第一巻、第二巻を出版。一躍名を馳せたバイロンは、文壇の花形、「社交界の偶像的存在」でもあった（田吹　六六）。新鮮で若々しく、貴族としての社会的地位を有し、時代の寵児としてどのようなことも許容された。この叙事詩は二年間で一万三千部が売れるという、当時としては大ベストセラーとなり、「バイロンのエルギン卿糾弾は、ロンドン市民に大変な影響力をもった」（瓜田　三四）ばかりでなく、広く当時の欧米知識人に当該問題の存在を知らしめた（阿曽村　二八九）。

アンドリュー・ハベルは、バイロンの上記二つの詩作品が、エルギン大理石をめぐる議論の論調を変えるきっかけとなったことを指摘している。大理石が真正であるか否か、大理石獲得のためにエルギン卿が自分の地位を濫用したかどうかといったこれまでの問いから、誰が「誇り高き国民の貴重な遺産」を所有するのかの問いに変えたのがバイロンであり、この大理石を、「人間が築き上げたギリシャ文化の一部として、その環境の中でこそ意味を持つもの」（ハベル　九三）であることを我々に残したと言えるのかもしれない。

五　バイロンの暗闇の中の光とは

一八一六年、エルギン大理石が大英博物館に設置されたことは、これまでギリシャの土壌で共に息づいてきた空気や太陽、木立ち、風景、生き物たちと、何の接触も持たなくなってしまったことを意味していた。「環境と文化の間の流れを破壊」する行為に、バイロンは異議を唱えたのだとハベルは指摘している（ハベル　九〇）。これまでみてきたように、この年の前年に起きたタンボラ火山の大噴火がもたらした自然と文化のカタストロフィは、奇しくも、同年に、バイロン自身が義姉オーガスタとの不適切な関係から、妻アナベラと別居となり、生まれたばかりの娘エイダを残してイギリスを永久に去ることになった、自らの人生のカタストロフィと奇妙な重なりをみせている。

そんな折に書かれた「暗闇」の詩の終盤において、群衆が次々と餓死していく様子が描かれる。最後に残った「敵同士」の二人は、かつて神殿であった場所で出会い、聖遺物を火にくべるという神聖を汚す行為を犯してまで、協力して生きながらえようとする断末魔が描かれる。互いの恐ろしい形相は「飢餓が悪魔を書いた表情」として表現されている。バイロンの時代、ラダイト運動や人身保護令状の停止、ナポレオン戦争後の政治的不安等、「古くからある秩序が脅威にさらされているように思われた」（ペイン　二〇）という指摘もある。

バイロンの「暗闇」の詩は、最終行で「暗闇が宇宙全体となった」(She was the Universe.) と終わっている。世界が救いのない終焉を迎えたかのように見えるが、擬人化された「暗闇」を指す人称代名詞が“She”という女性形となっていること、このいわば「脅迫的な女性性」（ギマランエス　一三）が「徐々に崩壊する古い世界の男性的な生息圏の上に」君臨する新たな世界秩序の可能性を感じさせているとも読めないだろうか。終末論的なバイロンの詩「暗闇」は、一八一六年のタンボラ火山の大噴火から、同時代の自然と文化と環境の問題を呈示する提言書でありながら、同時に未来の預言書として、未だ光を放っているのである。

引用・参考文献

阿曽村智子「文化多元主義的な世界における「人類の共通遺産」の普遍的価値について——ギリシャの事例——」文京学院大学編『文京学院大学外国語部文京学院短期大学紀要』第一二号、二〇一二年十二月、二七九—三〇一。

Bate, Jonathan. *The Song of the Earth*. London: Picador, 2001.

バイロン『チャイルド・ハロルドの巡礼——物語詩』東中稜代訳、修学社、一九九四。

Eisler, Benita. *Byron: Child of Passion, Fool of Fame*. New York: Vintage Books, 2000.

Guimarães, Paula Alexandra. "The sun shall be darkened": Eco-critical Byron and the Feminine Apocalyptic Sublime in "Darkness" (1816)." CEHUM - Livros e Capítulos de Livros. Universidade do Porto. Faculdade de Letras (FLUP), 2017, pp. 1–17.

平野峰子「地球・地域規模の現象が織り成す景観としてのローマの空」公益社団法人土木学会編『地球環境シンポジウム講演論文集』第八号、二〇〇〇、一九三—九八。

Hitchens, Christopher. "The Elgin Marbles," in *The Elgin Marbles: Should they be returned to Greece?* Ed. Christopher Hitchens with essays by Robert Browning and Graham Binns. London: Verso, 1997, pp. 16–92.

Hubbell, J. Andrew. *Byron's Nature: A Romantic Vision of Cultural Ecology*. London: Palgrave Macmillan 2018.

伊藤健一郎「エルギン・マーブルとキーツ：断片としての芸術」早稲田大学大学院編『早稲田大学大学院教育学研究科紀要　別冊』第一二号—一、二〇〇四年九月、七七—八七。

Jomini, Antoine-Henri. *The Political and Military History of the Campaign of Waterloo* (3 ed.), Trans. by Benet S.V. New York: D. Van

Nostrand, 1864.

楠本哲夫『永遠の巡礼詩人バイロン』三省堂、一九九一。

Leask, Nigel. "Byron and the Eastern Mediterranean: *Childe Harold II* and the 'polemic of Ottoman Greece,'" ed. By Drummond Bone. *The Cambridge Companion to Byron*. Cambridge UP, 2004, pp. 99–117.

Mc Danel, M. "The Napoleon mystique and British poets." *Revista Cientifica General Jose Maria Cordova*. 17 (26), April 2019, pp. 359–77.

McGann, Jerome J. Ed. With an Introduction and Notes. *Lord Byron: The Major Works including Don Juan and Childe Harold's Pilgrimage*. Oxford: Oxford UP, 2008.

三上岳彦・塚原東吾・財城真寿美「一八〇〇年代前半の地球寒冷化——太陽・火山活動との関連」『月刊地球』第二七巻第九号、海洋出版、二〇〇五年九月、六七三—七七。

Nelson, Kristin. "Darkness." *LitCharts*. LitCharts LLC, 31 Aug 2021. Web. 25 Dec 2021, pp. 1–17.

Payne, Geoff. *Dark Imaginings: Ideology and Darkness in the Poetry of Lord Byron*. Bern, Switzerland: Peter Lang, 2008, pp. 20–33.

Phillips, Bill. '*Frankenstein* and Mary Shelley's "Wet Ungenial Summer"', *Atlantis*, 28.2 (December 2006), pp. 59–68.

Semmel, Stuart. "Reading the Tangible Past: British Tourism, Collecting, and Memory after Waterloo." *Representations*, No. 69, Winter, 2000, pp. 9–37.

田吹長彦『ヨーロッパ夢紀行——詩人バイロンの旅——ベルギー・ライン河・スイス編』丸善出版サービスセンター、二〇〇六。

瓜田澄夫「ヘイドンとエルギン大理石」神戸大学編『神戸大学海事科学部紀要』第二号、二〇〇五年七月、三一—四二。

ベルト、J・P『ナポレオン年代記』瓜生洋一・新倉修・長谷川光一・松嶌明男・横山謙一訳、日本評論社、二〇〇一。

Wood, Gillen D'Arcy. "Mourning the Marbles: The Strange Case of Lord Elgin's Nose." *The Wordsworth Circle*, Vol. 29, No. 3, (Summer, 1998), pp. 171–77.

——. *Tambora: The Eruption That Changed the World*. New Jersey: Princeton UP, 2014.

第四章　ロマン派期スコットランドの文学と自然
――ロバート・バーンズ、ウォルター・スコット、ジェイムズ・ホッグ

吉野　由起

一　ロバート・バーンズの詩と自然

動植物に寄せて書かれた二篇の詩「ネズミに寄せて、鋤で巣の中のネズミを掘り起こした際に、一七八五年十一月」("To a Mouse, on turning her up in the Nest, with the Plough, November, 1785") と「山のヒナギクに寄せて、鋤でその一本を掘り返した際に――一七八六年四月」("To a Mountain-Daisy, on turning one down, with the Plough, in April—1786") のなかで、ロバート・バーンズがみずみずしく力強い筆致で描き出す自然と人間との関係は、タイトルに銘された「鋤」という言葉が象徴するように、綺麗ごとではない現実感と緊張感に満ちている。(1) 両作品における自然とは、バーンズの農民としての生業に厳然と関わるものであり、それぞれの根源的な必要に迫られて、穀物や土壌を無心に求める動植物と人間である詩人が対峙する場面には、生物の生を取り巻く不条理な現実の認識と、不条理のなかに生きる命運をともにする者として抱く共感が鋭く交錯する。

おまえのほっそりとした茎を
土の中で押しつぶさなければならないからだ。
今おまえを手元に置くことは、私にはできないのだ、

おまえ、美しい宝石よ
　（中略）
これぞ単純無垢な詩人の定め、
この世の荒波の幸薄い星のもと、
　（中略）
ヒナギクの運命を嘆くおまえにも、
その運命が遠からずやってくるのだ。（"To a Mountain-Daisy" 三―四九行）

農耕に携わる日常のなかで自然と接したバーンズの詩は、しばしば五感に訴えかけ、草や土、汗のにおいも立ちのぼるような臨場感を滲ませる。人間に恩恵も脅威も与え、決して人間の都合や理屈に収まることはない自然界と、自然の恩恵に依存しつつも、制御や加工、破壊を行う人間の世界のあわいである農地は、自然と人間の「矛盾と逆説に満ちた対立」（川崎　七八）もしくは「人間文明の両面価値性（アンヴィヴァレンス）」（ibid., 一四）を体現する境界的な空間である。そこでは、人間が耕した土壌に芽吹いたヒナギクや収穫をかすめ取るネズミと、彼らに共感を寄せつつも、農地から彼らを排除せざるを得ない人間のいたちごっこが展開し、彼らを翻弄する普遍的な不条理が――あるいは、ナイジェル・リースクの指摘によるとスコットランド啓蒙主義のもとで展開した、農業革命を含む「進歩」と「人間の支配」に伴う犠牲が（一五九―六一）――鮮やかに視覚化される。

びくつき、おどおどする、光沢（つや）のある小動物よ、
お前の胸は恐怖でどんなに震えていることか。
　（中略）
本当に残念だ、人間の支配が

自然の社会的結びつきを壊すなんて、

（中略）

私はおまえと同じく土から生まれた哀れな仲間、

（中略）

おまえだって盗みをするだろうと、私は時折思うのだ。

それが何だっていうのだ、かわいそうな小動物よ、おまえだって生きねばならない。（"To a Mouse" 一―一四行）

「ネズミに寄せて」の執筆にあたり、バーンズはアナ・バーボールドの「ネズミの請願」からも想を得たが、バーボールドは、プリーストリ博士によるネズミを使用した実験に対する抗議としてこの詩を書いたとされる（Leask 一五九―六〇）。自然科学の発展の巻き添えとなった動物と人間との関係を近代的な感覚で捉えたバーボールドの詩を、自身も先端的な農業書に通暁し、「改良された農民」であったバーンズがあえて田園詩に書き換え、実験室という舞台を畑に、科学者を農民に置き換えたという作品の成立事情は、自然やアルカイックな前近代と一見親和性をもつようなバーンズの田園詩の人工性と近代性、目の前の同時代の現実世界から急速に失われつつあった前近代的な農地と田園への憧憬を示唆するものであろう。

題材となる出来事の起こった年月をタイトルに銘打った両作品が示すように、バーンズの詩が描出する自然像は――虚構性を帯びるものだとしても――まず詩人個人の実体験と深くかかわりを持つものとして提示され、実在の場所や個体の観察が至近距離でなされ、像を結んだかと思うと、しばしば唐突に、のびやかに、発想や抒情を飛翔させていく。「ヒナギクに寄せて」では、水分を含んだ植物の有機質的なイメージは「宝石」や「星」といった鉱物の硬質なイメージや天体の遠景に転じ、口承伝統の歌謡をもとにしたとされる（Irvine 三四七）「真っ赤な真っ赤なバラ」（"A red red Rose"）では、一本の可憐なバラの花に、素朴な直喩でなぞらえた恋人のイメージが、突如「海という海が干上がり」「岩という岩が太陽に溶ける」(八―九行) 悠久の時の果てる極限的な瞬間の暗示へと飛躍し、このイメージ間の落差と果てしない距離が、別離を前にした語り手個人の感情の激烈さと帰還への願望を体現する。詩の冒頭でみられる具体性と現実感、個人性と、これらから突然時空が飛躍する展開は、「知的感受性の歴史の価値転倒」が起こり、風景のなかに「空間化された時間」を見出し、「地平線、旅、距離、彼方など」を「繰り返し隠喩として」用い、「遠い彼方へのあこがれ」に衝き動かされる、ロマン主義的な衝動(富士川 九―一一)と共振するものであろう。

地誌的なテーマが芽生え、そこから叙情性が生じ(笠原 四)、近代的な「風景」の発見と再創造の場ともなったロマン派の詩にみられる自然像は、しばしば具体性や個人性に根差す素振りを示しつつ、古典古代の田園詩、叙事詩や口承伝統のバラッド等歌謡に由来する修辞法やモチーフ、韻律の借用によってはるか遠くの過去の時空に憧憬し、同時に目前の現実世界に横たわる風景を神話化し、同時代の現実に意味を与える神話や歴史を紡ぎだす舞台装置として加工する。ロマン派期に創作されたスコットランドゆかりの文学作品、たとえば本章で扱うウォルター・スコットとジェイムズ・ホッグの作品群にはこのような例が散見されるが、彼らの作品が造型する自然像と緊密に絡み合う「土地」「場所」「風景」の表象を読み解くうえで、現実世界での出来事を参照することは避けられない。

歴史的現実としてのスコットランドにおけるロマン派の時代とは、一七〇七年の合同法 (Act of Union 1707) によるイングランドとの合同後、数世代の時が経過した時期に該当する。この時期に書かれた文学作品は、土地と場所をめぐる意識や感覚の動揺や混乱といった感覚を織り込むことがあり、自然現象や人間の集落を含む風景の描写も、距離感の混乱とともに、しばしば奇妙に揺れ動く。スコットランドとイングランドの国境周辺地域を指す「議論の余地のある土地 (debatable lands)」という概念は、スコットを媒介に従来この用語を使用していた法律家、歴史家、地図製作者以外にも広まったとされるが (Lamon and Rossington 一)、歴史小説『ウェイヴァリー』においてスコットが「敢えて、人並みに『距離を測る』ことすらできない人物」として造型した主人公(高橋 六)の姿は、同時代の距離感覚の混乱を象徴するものかもしれない。

太古から現在へと連続するはずのものとして描かれた自然の風景は、口承バラッド由来の韻律やモチーフ、歴史上の人物、事件への言及や伝説上の英雄、妖精のイメージとともに歴史化され神話化されるが、興味深いことに、スコットの小説では、人智を超越する前近代的な存在であるはずの自然界や妖精は、人間たちがもたらそうとする時代の変化を後押しすることがある。その一例が歴史小説『アイヴァンホー』である。

二　迷いの森と近代の神話——ウォルター・スコット『アイヴァンホー』

絶大な人気を博した「ウェイヴァリー・ノヴェルズ」の書き手として、スコットランドを舞台とする作品を多数執筆した文豪スコットが、あえてイングランドを舞台に設定した異色の小説『アイヴァンホー』(*Ivanhoe*, 1820) は、物語の本筋から数百年経過した後、おそらくこの作品の刊行当時の読者層から遠くはない時代の近代的な風景描写によって幕を開ける。「大昔」は「だいたい森におおわれていた」地平は、いまや「シェフィールドの町と愉しいドンカスターの町とのあいだの、美しい丘や谷」となっているが、ドン川は依然としてこの「愉しい地方」をうるおし続け、かつて鬱蒼と拡がったシャーウッドの森の名残りもみられる（一五）。

風景描写によって現在のヨークシャーとノッティンガムシャー周辺の地方の過去と現在の間の隔たりと連続性を示しつつ、語り手は「おとぎ話にでてくるウォントリの竜」や「イギリスの歌にうたわれて人気のある勇敢な無法者（ロビンフッド）」、薔薇戦争といった伝説や歴史的事件を織り交ぜ、「リチャード一世の治世の終りに近いころ」へと時をさかのぼる（一五）。はるか彼方の過去の記憶を含ませた風景が歴史ロマンスへの入り口となるこの冒頭部もまた、「記憶の現象への関心」が「風景への関心の増大と切り離しがたく結びついている」（富士川 一〇）「ロマン主義的風景」と見なすことができるだろう。そこには明らかにピクチャレスク的な感覚もこだまする。

川崎寿彦によると「森に対するヨーロッパ人の感覚は、近世・近代に入ってからずいぶん変化した」（一三）。今村隆男は「激動のピクチャレスクの時代に描かれた田園風景」のなかで、「現実の変化が際立ち、それゆえに風景美に最も影響が大きかったと思われるのは森林である」（三二）と指摘するが、『アイヴァンホー』冒頭を飾る風景で特に変化が強調されるのも森である。川崎の指摘では、ラテン語の silvaticus（「森の（人）」を意味する）という言葉は英語の savage と語源的につながり、森は人間への脅威となる〈野蛮〉であると同時に、「恵みの源泉でもあり続けた」（一三）。文明の過程とは「森が切り開かれ、そこに人間の集落が造られ、〈都市〉に育っていく」過程であり、「森を滅ぼす行為にほかならない」(ibid.)。『アイヴァンホー』冒頭を飾るシャーウッドの太古の森が「名残り」程度に縮小し、大部分は野性を喪失し、都市間の「美しい丘や谷」に変貌した風景の下地を成すのも、「木や森の減少を嘆く文学作品が現れ始め」（今村 三二）たピクチャレスクの時代にも現在進行形で続いた森林の伐採と都市の成長であろう。それではこの作品のなかで森はどのような意味を持つのか。

冒頭で風景描写に続き紡ぎ出される物語は、ノルマン・コンクエストの後、一定の時が経過したイングランドの状況を叙述する。

こういう貴族の圧政を増長させ、下層の階級の苦労を増すことになった一つの事情は、ノルマンディのウィリアム公のイングランド征服が生んだいろいろの結果からおこっていた。あれからもう世代は四代もたっていた。しかし、ノルマン人とアングロ・サクソン人の血は敵対しあっていて、まだまじりあってはいなかった。共通のことば、お互いの利益、これで敵視する二つの民族を統合するまでになっていなかった。（一六）

国外で囚われの身となった王の不在、王位の継承と簒奪をめぐる権謀術数、征服の結果として生じたノルマン人とアングロ・サクソン人の間の軋轢、土地の所有や相続をめぐる不安といった外患内憂を抱える様相は、スコットランドを舞台とする他の作品執筆の際にもスコットが繰り返した設定の一変型である。これらの記述は作品が発表された十九世紀前半のスコットランドにおいても葛藤や逡巡が継続したとされる、近接した過去になされたイングランドとの合同の結果としての現状、スコットランドもしくは「ノース・ブリテン」としての自意識、イングランドとの関係をめぐる、同時代的な議論を相対化する陰画でもある。

『アイヴァンホー』で特筆に値する点は、ノルマン人による征服によってイングランドにもたらされた変化やノルマン人とアングロ・サクソン人の間の不和が、作品世界を構成する森によって特に鮮烈に示されるという点である。ウィリアム一世はイングランドの「めぼしい森林をすべて〈フォレスト〉に指定し」「〈フォレスト・ロー〉の施行」によって「イングランドの森の歴史を変えた」（川崎　七四）とされるが、この歴史認識がみられるのが、サクソン人セドリックと農奴ガースの会話の場面である。ガースの飼い犬ファングズがノルマン人サー・フィリップ・ド・マルヴォアザンの猟場となった森に入り込み、猟場の番人によって前脚の爪を切り取られたことに対し、セドリックは激怒する。

「（中略）やつファングズが森の中をうろうろしているところをとっつかえました。そして申しますことに、やつの主人は森林監督の役目がござりますが、その主人の権利にさからってファングズは鹿を追っていたのじゃそうにござります」

「マルヴォアザンも、番人も二人とも悪魔にさらわれるがいい。（中略）あの林［筆者注：the wood］は立派な森林特許状によってもう森林ではないことになっている［筆者注：disforested］のじゃ。」（*Ivanhoe* 四二）

「過酷な御猟林法」(川崎　八七)により林(wood(s))から変容した森林(forest)の実態は「支配階級が自分たちだけの狩猟地と指定した地域」だったとされる(ibid., 七四)。のちの場面で発される修道院長の台詞によると、「森林と狩猟の仕事のこと」に使用されたのは支配階級が用いるノルマン・フランス語である(「そなたは男らしいというそなたの国のことばがことのほかひいきじゃが、(中略)森林と狩猟の仕事のことにノルマン・フランス語をどうしてご採用にならぬのじゃろうな」四八)。征服の結果としてイングランドに生じた変化、土地や自然、これらにまつわる利権が異なる法制度に支配され、征服者・被征服者間の不和の火種となるさまを森は象徴的に提示し、英雄伝説を醸成する場ともなる。この作品が伝説の英雄ロビン・フッドを登場人物として借用する理由も、森と御猟林法の両者と深く関わっている。なぜなら、ロビン・フッドは征服者の定めた法に抗い、森のなかで居住や狩猟を継続するからである(川崎　八〇―八八)。

以上挙げた例が示すように、森を主軸とする『アイヴァンホー』の構成は、同作品の時代設定に加え、コンディション・オブ・スコットランドに関心を注ぐウェイヴァリー・ノヴェルズ作品群の特性とも緊密に関わるものであるが、それ以外の要因とも絡まり合う。中世イングランドでは森とは一種の異界であった(川崎　八〇)。森は無秩序と秩序の間をも揺れ動く。シェイクスピア劇『夏の夜の夢』に描かれる森は無意識の世界であり(河合　一一三)、森で秩序から解放されることで、妖精の女王ティターニアと作品世界に形成された階級社会の底辺に位置する人間ボトムの逢瀬が可能となる(松岡　一一八)が、物語が最終的にオーベロンを中心とする秩序の回復と拡大に収束する場となるのも森である。『マクベス』で描かれるバーナムの森の実態は、森を装った人間だが、この森もマクベスが転覆した秩序の回復をもたらす。擬人化された森であるともいえるロビン・フッドがリチャード一世による秩序の回復に貢献する『アイヴァンホー』は、この文脈上にもあるともいえる。

『アイヴァンホー』の随所に、英文学の歴史上、神話的な位置にあるエドマンド・スペンサーの叙事詩『妖精の女王』（*The Faerie Queene*）由来のモチーフの翻案が散りばめられている。「妖精の女王」のごとく、リチャード一世は作中で他の登場人物たちによってその名が繰り返し言及されるにもかかわらず、なかなか実際には登場せず、登場後も『妖精の女王』のアーサー王子のごとく、その名はすぐには明かされない。「迷いの森」に迷い込み、たやすく魔術師に騙されては、虚像と真実を自力で見分けることもできない『妖精の女王』の「赤十字の騎士」のごとく、主人公アイヴァンホーもまた隙のない万能の騎士とはいいがたく、試合後に倒れてしまう。マシュー・ウッドコックは『妖精の女王』は、エリザベス一世を称揚し、その王位継承権を正当化する神話としての側面を持つと指摘するが、この意味で『妖精の女王』ではアーサー王伝説の大胆な書き換えが行われており、ケルトの英雄アーサー王は、エリザベス一世を表す「妖精の女王」に忠誠を誓う「アーサー王子」として、独立を失い権力も縮小された姿で登場する。イングランドの換喩であると解釈しうる「赤十字の騎士」が、妖精の女王に仕え、アーサー王子によって窮地から救われるように、アイヴァンホーもリチャード一世やロビン・フッドによる支援を必要とする。加えて、『妖精の女王』で使用される魔法や魔術には、自ら姿を変える「変身」や、あたかも姿が変わったような錯覚を与える「幻惑」が多くみられるが、アイヴァンホーも、リチャード一世も、自らの正体を隠す変装を繰り返す。

スコット自身が「歴史ロマンス」と定義する『アイヴァンホー』で、『妖精の女王』やロビン・フッド伝説との照応が喚起する神話的な世界と、小説の枠構造の内と外に描かれた複層をなす過去と現在の世界、さらに人間の歴史以前の太古の自然界を、時空や次元を超越して結びつけるのは森である（「何百本の樫の木、上の方は大きくひろがり、幹は短く、枝は広くのびていた。この樫はたぶん昔、ローマの兵隊が威風堂々と行進したのを（中略）見たことであろうが、その節くれだった腕を、快い緑の草地が作り出している深々とした敷物の上にさしのばしていた」*Ivanhoe* 一七）。

正統な君主による領地支配の必要性を暗示する「迷いの森」としてのスペンサー由来の寓意性と政治性、貧しき者を助けたと伝説にうたわれる義賊ロビン・フッドをかくまう場所としての民衆性、人智を超えた永続性、自然としての野性と人間の営みの埒外にたたずむ第三者性、そして作品刊行時の現実世界でも、縮小しつつも確かに存在する実在性と、自ら近代化を経験した同時代性が、この森に重なり合って表象される。先史時代や神話の世界といった過去や大過去を執拗に喚起しつつ現在に連絡する森は「空間化された時間」であり、「過去との持続性の感覚」、「時間の連続的持続の感覚」（富士川　一三一一五）といった、近代的な感受性によって形造られる。このような時空としての森の特性は、以下の描写にも顕れている。

一つだけ、大きな石は谷の底までころがり落ち、丘のふもとをめぐってなめらかに流れていた小川をせきとめていた。おだやかな、ほかのところでは音一つたてないこの小川も、この石にせきとめられ、かすかにささやき声を発していた。

（*Ivanhoe* 一八）

時の経過とともにドルイドのストーン・サークルを成した石に生じた変化を示す場面であるが、石はその態様を変えつつも消滅することはなく、小川との接触によって、現在も沈黙することなく、かすかなささやきを続ける。この描写にも、合同後のスコットランドのあり方をめぐるスコットの思索が通底するといえるだろう。

自然と人間、秩序と無秩序が重なり合う多義的な空間として表象された森は、近代に入り大きく変貌する。プライス、ギルピン、バークを例に挙げた今村の分析によると、ピクチャレスクの「森と風景、そして政治は全て同じアナロジーで説明され」、「時間の経過と共に様々な多様性を許容しながら理想的な美観を呈すべき形成され」た「自然の森」は、「不和の調和」の概念も表し、人間社会が形成される際にモデルとすべきものとされた（三五一三六）。またステファニー・L・バーチェフスキーによると、ロビン・フッド伝説はアーサー王伝説とともに、近代における「英国」のアイデンティティを再想像する言説のなかで、書き換えや利用が繰り返し行われ、英国近代における神話創造の装置として用いられた。つまり、多様な動植物が生息する場であり、変わりゆく時代とともに変貌しつつも存在を続ける『アイヴァンホー』の森は、征服や合同を経験した後の国民国家のあり方を象徴し、合同法以降のスコットランドが英国という枠組みのなかで、どのようにあるべきかを示すモデルとして造形されている。森と深いつながりを持ち、民衆の支持を集めるロビン・フッドという神話的な英雄像が、このモデルをさらに補強する。

興味深いことに、スコットが歴史を描き出す物語詩や小説では、自然や、自然の象徴もしくは親和性を持つものとして描かれた精霊を含む、前近代的な登場人物やモチーフは、しばしば近代へと向かう歴史のうねりを肯定し、後押しすらすることがある。『アイヴァンホー』の森もまた、作品の本筋で展開する歴史の動きを肯定する役割を担う。森はリチャード一世をかくまい、ロビン・フッドとともにその秩序回復を間接的に支援し、征服者ノルマン朝の系統を受け継ぐリチャード一世の王権の受容と盤石化に寄与する。作品の結末から円環状に回帰する冒頭の場面で描かれた、本筋の結末の数百年後という時空には、風光明媚で「愉しい」風景が拡がり、穏やかな後世の到来を予言する。近代的な風景の一部に収まった森は、一見調和的にその名残りを留め、「自然」という第三者的な立場から、前近代的なイメージも援用しつつ歴史の動きを正当化する。

読者を「大きな物語」へと誘いこみ、ある歴史認識、もしくは幻視へと誘導する『アイヴァンホー』の森は、スペンサーの「迷いの森」と同様に、体制を擁護する神話の装置としての役割を明らかに担う。同時に、大部分が馴化され、野性を奪われ縮小し、それでもなお森であるがゆえに「自由と生命力」（川崎　一〇三）を象徴し、深層には「文明が復讐を絶えず恐れ続ける」（ibid., 一〇四）自然としての脅威を秘め、冬の後にめぐり来る春には再生するその態様は、作品の結末で「そういうことを考えて見るのはいささか詮索にすぎることだろう」（*Ivanhoe* 四〇一）という留保とともに示唆される、自らの選択をめぐる主人公のもの思いの描写とともに、十九世紀前半のスコットランドに進展した英国化――そして近接した過去におけるイングランドとの合同という選択――をめぐる複雑な葛藤を潜ませる。

三　超現実的な自然と希薄化する土地——ジェイムズ・ホッグ『夏の夜の夢』

ジェイムズ・ホッグの詩集『夏の夜の夢』(*Midsummer Night Dreams*, 1822) は、空や月、彗星などの天体が、圧倒的な現実感とともに鮮烈に描かれた作品を多く収録する。シェイクスピア劇『夏の夜の夢』(*A Midsummer Night's Dream*) からあからさまに名を借りたこの詩集の執筆背景について、ジリアン・ヒューズは興味深い指摘を行なっている。

一八〇三年五月末から八月にかけて、エトリックの農場の賃貸契約が失効したホッグは、新たに借りる羊牧場を探すため旅に出かけたが、アウター・ヘブリディースに至る長旅となった (Hughes, *James Hogg* 五〇—五一)。ストーノウェイへと向かう船の甲板で、プレイドにくるまってシェイクスピアを読んでいると、巨大な鯨が現れ (ibid., 五二)、六月二十一日にバーヴァスにたどり着くと、白夜に魅了された (「北には明るい空、南では月が大海に光を放ち、そこに夜はなかった」[ibid., 五二の引用部　傍点原文])。鯨と白夜という、巨大で超現実的な自然現象をホッグが目にした夏至という時節は、新たな世界と、迷信や魔法の息づく旧い世界の境界とされる (Hughes, "Essay on the Genesis of the Texts." 八)。この体験のほぼ十年後に刊行が始まった、のちに『夏の夜の夢』となる作品群をホッグが構想した際にも、同名のシェイクスピア劇のように「超自然的な世界が、目ざめの世界の現実を形づくる」幻想詩を創作する意図があったとされる (ibid.)。

『アイヴァンホー』に描き込まれた征服以降の森林支配や土地相続の様態の変化 (一六) と反響しあう、土地をめぐる不安や混乱の感覚はこの詩集の収録作品にも滲出する。「太陽の巡礼たち」("The Pilgrims of the Sun") では、鮮やかな色彩とともに巨視的なスケールで描かれた空や天体が、主人公が精霊のような人物に誘われて天上に旅する過程で (「見知らぬ者は、エトリックの緑の上にのぼった／ルビーのような星を目指しているようだった」九五—九六行)、加速的に遠ざかり、暗く霞んで希薄化し、実体感を失う大地と鋭い対照をなし、大地は夜空の影となる。

彼らは頭上にひろがる天を見上げた。
近づくにつれて、星々は明るく輝いた。
それから彼らは暗い世界を見下ろした。
しかしすべてが薄墨色に霞んだ。

丘も谷も見分けることができない。
緑あふれる森がどこにあるのかもわからない。
しかし千もの星の影が、
曲がりくねった無数の河川に映るのがみえた。
川がどこに流れているのか、
昼間よりもはっきりと見分けることができた。（“The Pilgrims of the Sun” 一一七―二四行）

ボーダー地方のバラッドをなぞるように精霊や人魚に若者たちが連れ去られる「太陽の巡礼たち」や「人魚」（“The Mermaid”）では、後に残された地上の風景に、払拭しえないという逆説的な存在感を湛えた喪失感が前景化される。

詩「一八一一年の彗星に寄せる詩」（“Verses to the Comet of 1811”）は、この年に実際に出現し、裸眼でも長期間の観測が可能で、黄金期を迎えていた当時の英国の天文学の研究対象ともなった大彗星から着想した作品である（Rubenstein and Hughes 二〇八）。「真っ青な天蓋が放つ薄明り」は、「ヤロウの山々の緑にそっと忍び込み」（二―四行）、「連なる丘のそびえたつ頂きは」「影のように、たわんだ空をえぐる」（五―六行）。「一千年ものあいだ彷徨い続けた」彗星が、時空の感覚を混乱させるなかで、遠景と近景の位置関係も混乱し、固体と気体、実体と影の物質的な質感も逆転する。

『夏の夜の夢』もまた、一見幻想的な風景が、同時代に実際に起こった自然現象や、現実世界の政治的、心理的風景、さらには農場の契約をめぐるホッグ個人の事情をも織り込む現実性をあわせ持つ作品群といえるだろう。古典古代の叙事詩やシェイクスピア、スペンサーなどの先行文学作品やボーダー地方のバラッドを自在に横断しては模倣や実験を繰り返し、前衛的な近代小説の書き手でもあったホッグが、彗星のような超現実的な自然現象と、それに対峙する人間の姿を表現する際に、あえてシェイクスピアを借用し、比喩に富む幻想詩という形式を選択した点は示唆深い。

注

（1）バーンズの詩の引用部の訳は平井正穂編訳『イギリス名詩選』とロバート・バーンズ研究会編訳『ロバート・バーンズ詩集』によるが、部分的に筆者が変更を加えた箇所もある。『アイヴァンホー』の引用部は菊池武一訳、『妖精の女王』の引用部は和田勇一・福田昇八訳、ホッグの作品の引用部は拙訳による。引用部の頁・行番号は原典にもとづく。

参考文献

Burns, Robert. "A Red Rose." *Selected Poems and Songs*. Edited by Robert P. Irvine, Oxford UP, 2014, pp. 184–85.
——. "To a Mountain-Daisy, on turning one down, with the Plough, in April—1786." *Selected Poems and Songs*, pp. 87–88.
——. "To a Mouse, on turning her up in the Nest, with the Plough, November, 1785." *Selected Poems and Songs*, pp. 71–73.
Hogg, James. *Midsummer Night Dreams and Related Poems*. Edited by Jill Rubenstein, Gillian Hughes and Meiko O'Halloran, Edinburgh UP, 2008.
——. "The Pilgrim of the Sun." Hogg, *Midsummer*, pp. 3–50.
——. "Verses to the Comet of 1811." Hogg, *Midsummer*, pp.105–06.
Hughes, Gillian. "Essay on the Genesis of the Texts." Hogg, *Midsummer*, pp. xiii–xxiv.
——. *James Hogg: A Life*. Edinburgh UP, 2007.
Irvine, Robert P. Notes. Burns, *Selected Poems and Songs*, pp. 281–417.

Lamont, Claire, and Michael Rossington. Introduction. *Romanticism's Debatable Lands*, edited by Claire Lamont and Michael Rossington, Palgrave Macmillan, 2007, pp. 1–9.

Leask, Nigel. *Robert Burns and Pastoral*. Oxford UP, 2010.

Rubenstein, Jill, and Gillian Hughes. "Editorial Notes." Hogg, *Midsummer*, 177–226.

Scott, Walter. *Ivanhoe*. Edited by Graham Tulloch, Edinburgh UP, 1998.

Spenser, Edmund. *The Faerie Queene*. Edited by A. C. Hamilton, Hiroshi Yamashita, et al., 2nd ed., Routledge, 2013.

Woodcock, Mathew. *Fairy in* The Faerie Queene*: Renaissance Elf-Fashioning and Elizabethan Myth-Making*. Ashgate, 2004.

今村隆男『ピクチャレスクとイギリス近代』音羽書房鶴見書店、二〇二一。

河合隼雄、松岡和子『決定版　快読シェイクスピア』新潮文庫、二〇一八。

笠原順路「『序』として、そして『結語』として」笠原順路編著『地誌から叙情へ——イギリス・ロマン主義の源流をたどる』明星大学出版部、二〇〇四。

川崎寿彦『森のイングランド』平凡社、一九九七。

スコット、ウォルター『アイヴァンホー』菊池武一訳、岩波文庫、一九六四。

スペンサー、エドマンド『妖精の女王』和田勇一・福田昇八ほか訳、ちくま文庫、二〇〇五。

高橋和久「距離と分類——スコット『ウェイヴァリー』をめぐって」海老根宏・高橋和久編著『一九世紀「英国」文学の展開』松柏社、二〇一四、pp. 1–23。

バーチェフスキー、ステファニー・L『大英帝国の伝説——アーサー王とロビン・フッド』野崎嘉信・山本洋訳、法政大学出版局、二〇〇五。

バーンズ、ロバート『ロバート・バーンズ詩集』ロバート・バーンズ研究会編訳、国文社、二〇〇二。

平井正穂編訳『イギリス名詩選』岩波文庫、一九九〇。

富士川義之『風景の詩学』白水社、二〇〇四。

第五章　チャールズ・ラムと新川（ニュー・リヴァー）
——都会を縁取る自然

藤巻　明

はじめに

チャールズ・ラムは、ロンドンの中心部テンプル地区に生を享けて、生涯を首都とその近郊で過ごし、自ら「生粋のロンドンっ子」（『書簡集』三：二四二／三宅川　一六二参照）を以て任じていた。イギリス・ロマン主義と言えば、ウィリアム・ワーズワス、サミュエル・テイラー・コールリッジなどのいわゆる湖畔詩人が自然への愛を歌ったことがよく知られており、自然愛はロマン主義文学の特徴の一つとしてエコ・クリティシズムの研究対象として頻繁に取り上げられてもいる。しかし、もちろん、ラムと同じようにロンドンでほぼその生涯を送ったウィリアム・ブレイクやジョン・キーツのような詩人もおり、ロマン主義者全てが田園派というわけではない。実際のところ、ラムは、ほかならぬワーズワス宛に、田舎が嫌いで都会が大好きだという当てつけのような手紙を一度ならず書き送って、反自然派であることを強調している。

しかしながら、ラムが全く自然に関わるものに関心を示さず、もっぱら都会の雑踏、群衆、騒音、店舗、劇場だけを愛していたかというとそうではない。ウォルター・ペイターは『鑑賞批評集』所収のラム論の最後で、まだ田園の香りをそここに残していたロンドンを描いたことについて、いかにも愛おしそうに論じている。代表作『エリア随筆』でも、幼少期に親戚を頼って頻繁に訪れたハーフォードシャーの田舎屋敷の思い出を語る作品がある。母方の祖母が女中頭をしていたそのブレイクスウェア屋敷近くのアムウェルとチャドウェルの泉は、ロンドンに水を供給するために十七世紀初頭に作られた人工河川新川の水源であるだけでなく、ラムが一八二三年以後の比較的晩年に住んだ場所は、当時ロンドン北郊だったイズリントン、エンフィールド、エドモントンと、いずれも新川沿いの場所だったという不思議な因縁もある。

本論では、ラムの幼少期と晩年をつないでいたとも言える人工河川新川に焦点を合わせつつ、都会派の筆頭とも言えるラムと自然とのやや複雑な関わりを見て、風土と言えば自然愛だけに結びつけられがちなロマン主義の自然観の別の一面について考えたい。

一　ロンドンへの地域的愛着と死んだ自然

ラムは一七九七年七月にイングランド南西部サマセットシャーの村ネザー・ストウィのコテジに住んでいたクライスツ・ホスピタル校時代以来の友人コールリッジを訪ねて滞在した折、近所のアルフォクスデン・ハウスに住んでいたワーズワスを紹介されて生涯に渡る交友を結び、没後にはワーズワスに墓碑銘を書いてもらうことになる。初対面から四年後の一八〇一年一月三十日に初めて詩人宛に手紙を書き、『抒情歌謡集』第二版の献本に感謝すると同時に、ワーズワスの住む湖水地方訪問への誘いに謝意を表しつつ、初めての手紙としては随分大胆な断わりを入れている。要所のみを以下に引用する。

僕の人生で山を見られなくても余り気にならない。僕はこれまでの日々を全てロンドンで過ごしてきたので、数多く、しかも激しい地域的な愛着を抱いており、それは君たち山岳民族の誰もが死んだ自然に対して抱いているのと同じだ。（中略）僕の愛着は全く地域的なもの、純粋に地域的なものだ。僕には森や谷に対する情熱がない。（中略）僕には、君のところの山々がなくても、十分じゃないか。僕は君を羨んだりしない。

（『書簡集』一：二四一／三宅川　一一八―一一九参照）

ロンドンっ子としてのラムを強調したアーサー・シモンズは、右記引用で省略した名詞の列挙によるロンドン描写も含めて一ページに渡る引用を行ない、これこそ「ロンドンの詩」だと絶讃している（二四―二五）。

前年の一八〇〇年十一月二十八日付友人トマス・マニング宛手紙でもロンドンの街路の魅力を強調する列挙法は用いられており（一：二二三―二四／三宅川　七二参照）、二つの書簡に見られる愛着の対象の主なものを抜粋すれば、店、店の客、馬車、劇場、コヴェント・ガーデンの雑踏といかがわしい光景、街の女、夜景、酔漢、夜も眠らぬ街、群衆、塵芥に泥濘などだ。こうした都会ならではの光景が、「心に染み込んで、飽かせることなく僕を育む。驚異のこの光景が、人込みの街路をめぐる夜の散歩に僕を駆り立て、ごたまぜのストランド街で生命力の横溢を見て喜びの余りしょっちゅう涙を流す」とラムは言う（一：二四一／三宅川　一一八参照）。清濁併せ呑み、何が飛び出すか分からないびっくり箱のような都会の賑わいに引きつけられていることが一目で分かる。友人のウィリアム・ハズリットが、ラムにとって「ロンドンの街路は驚異と生命力に満ちたお伽の国である」（四一六）と評するのも頷ける。一方、ワーズワスは有名な喇叭水仙の詩に見るように、一人野原をさまよい、群れなして風の中に喜び踊る花々を見て勇気づけられ、後に独居と静けさのうちにその光景を回想して自らの心を躍らせる詩人である。せっかくの招待をすげなく断わられたワーズワスの苦虫を潰したような顔が想像できる。愛してやまない山野を「死んだ自然」、湖水地方の住人を「山岳民族」呼ばわりされて面白いはずがない。

一八〇〇年八月六日、それ以上に激烈な内容の手紙をラムはコールリッジに宛てて書いている。ネザー・ストウィ訪問の際、コールリッジは妻の零した熱いミルクが脚にかかって火傷をし、友人たちが近隣の野山を散歩するのに同行できなかった。しかし、一人戸外の東屋に取り残されて、一行の道のりを想像しているうちに、幽閉された孤独から解放されて慰めを得る。この経験の直後に書き上げた会話体詩の代表作の一つ「この菩提樹の木蔭はわが牢獄」はすぐには発表されず、一八〇〇年ロバート・サウジー編『年刊詞華集』第二巻に収録されて初めて活字になった。ラムに直接言及している箇所を引用する。

皆は彷徨を続けて
歓喜の真っ只中。だが、君が、僕の思うには、一番喜んでいるはずだ、
わが心根優しいチャールズよ！　というのも、君は焦がれ、
飢えて自然を追い求めながら多年に及び、
大都会に閉じ込められても、何とかうまく潜り抜けてきたのだから、
悲しくも忍耐強い魂を抱えて、災難と苦労と
不可思議な惨事のあいだを！（二六―三二行／一七九）

わが心根優しいチャールズよ！　最後の深山烏が
薄暮の空を羽ばたいてまっすぐに進み、
家路を急いだ時、僕はそれを祝福したのだ！　その黒い翼が、
（中略）
君の頭上をカーカー鳴きながら飛んで、魅力を
君のために振り撒いたと思われたからだ。わが心根優しいチャールズよ、君にとって
〈生命〉の存在を告げる音は何一つ不協和音とはならないはずなので。（六八―七〇、七四―七六行／一八一）

ロンドンに閉じ込められて暮らし、訪問の前年に姉メアリが狂気の発作から母親を殺すという不幸に見舞われて消沈するラムも、同様に今火傷をして東屋に幽閉されているコールリッジも、深山烏を離れた場所から同時に見て（というかラムもそうしているとコールリッジが勝手に思い込んで）、万物が一つの〈生命〉を通してつながっていることを感じて慰めを得ようとする励ましの詩である。

　ところが、ラムはこれを読んでも全く励まされないどころか怒り心頭に発した。

　後生だから（僕がこんなに真剣だったことはこれまでにない）、心根優しいなどと呼んでそれを活字にして僕を笑いものにすることはこれ以上やらないでもらいたい。やるのならもっと出来のよい詩でやってくれ。

（『書簡集』一：一九八）

一度では憤懣が収まらずに、八月十四日付の手紙で蒸し返して、「心根優しい」を消して、「酔いどれ犬」など、もっと当人にふさわしい形容詞に換えるよう提案をするだけでなく、不注意からチャールズという実名を出したと思っていたが、題名の後に「東インド会社のチャールズ・ラムに捧ぐ」とあるのを見て悪意から行なったと確信したとまで言って詰っている（一：二〇三）。会社勤めの身の上でラムがエリア随筆を書き始めるのはこれから二十年ほど後のことだが、その時、エリアという架空の人物を語り手としたことからも明らかなように、自分が東インド会社の社員でありながら文学に手を染めて、文人たちと付き合っていることが公になるのを憚っていたラムが、この暴露行為を無神経と思うのは当然である。あるいは、手紙で言及こそしていないが、ジェラルド・モンスマンの示唆する通り、「自分に降りかかった災難の公表」（三二行「不可思議な惨事」）にも苛立っていたかもしれない（五〇）。

　おそらくそれに劣らず気に障ったのは、姉の面倒を見ながらロンドンに暮らすことを幽閉と捉え都会生活を貶めて、自然の中に宿る汎神論的な一つの生命を皆が感じれば励まされるはずだというコールリッジの思い込みと、その考えを他人もありがたがれという押しつけだったと思われる。ジョン・ミルトン『楽園喪失』第九巻「人の多い都会に長く閉じ込められ」（四四五行／四九六）に由来する「大都会に閉じ込められ」（三〇行）という形容を、コールリッジがこの後に書く会話体詩の傑作「深夜の霜」では、父親を早く亡くし十歳でデヴォンシャーの田舎からロンドンへ出て、ラムと同じ寄宿学校に入り孤独な少年時代を過ごした過去の自分に適用し、「あの大都会で、薄暗い回廊に閉じ込められていた」（五二行／二四二）と回想する。このような言葉の使い回しができるのは、コールリッジが、ラムをロンドン居住という災難に遭って苦しんだ自分の同類に組み入れているからにほかならない。しかし、ワーズワス宛手紙に明らかなように、ラムは都会派としての自負を持っており、勝手に都会生活を忌み嫌う田舎派に引き入れられては堪ったものではない。三度繰り返される「心根優しい」という普通なら「讃辞」（マキロップ　一二〇）に聞こえる形容詞を目の敵（かたき）にしたのは、やはりモンスマンが推測するように、「子羊（ラム）のように優しい」という冗談にうんざりしていたのに加えて（五〇）、この言葉には柔弱の含みがあり、主体性がなく勝手に自分の思いを投影できる相手だと同輩に見くびられている可能性を鋭敏に感じ取ったからこそと考えられる。

ラムの見たロンドンに注目したアラン・D・マキロップは、この激しい反応に、「一七九〇年代の感傷崇拝、及び、湖畔派の自然崇拝との断絶」だけでなく、「湖畔詩人たちの恩着せがましい態度に対するある種の憤慨」を鋭く読み取っている（一二二）。ネザー・ストウィ訪問の翌年、コールリッジ家住み込みの弟子となっていたチャールズ・ロイドとラムの詩をコールリッジが公然とからかったことから仲違いが生じ、一八〇〇年までそれが続いたという事情も考慮すると、先に詩人として活躍を始めたコールリッジとワーズワスに対する遅参者のやっかみの気持ちも幾分かはこうした手紙に含まれていたようだ。友人の詩人たちへの微妙な感情を宿した田舎蔑視と都市礼賛だが、果たして、ワーズワス宛手紙で述べたほどにいわゆる自然は、ラムの中で圧倒的に小さな存在だったのだろうか。

二　緑の大地、町と田野

ラムが、都会を愛してやまなかったことは間違いないが、ワーズワスに語った山など屁とも思わないというやや不遜な自然軽視の発言とは異なる調子も『エリア随筆』正篇所収「除夜」には見つかる。「私はこの緑の大地を愛している。町と田野の面（おもて）を、言葉には言い尽くせぬ田舎の寂寥（せきりょう）や、街の嬉しい安穏さを愛している。私はここに自分の幕屋（まくや）を建てたい。」（正篇　六六／一：七一）この地上全体を緑の大地として捉え、そこには町と田野、つまり都会と田舎の両方があって、それぞれに魅力を放っており、そうした両面を含むこの大地に住みたいという願いを述べる。この後に続く一節では、大地のありがたみがしみじみと語られる。

> 太陽と空と微風（そよかぜ）と孤りきりの散歩、夏の休日、野の緑、そして肉や魚の美味、人とのつきあい、楽しい酒杯、蠟燭の光、炉端のおしゃべり、罪のない虚栄（みえ）や冗談、そして皮肉そのもの——こうしたものも命と共にみな消えてしまうのだろうか？（正篇　六七／一：七二）

この列挙法は、書簡でのロンドン礼賛を思わせるが、ここにではその時と違って、田舎と都会の両面が詠われている。引用の最後に示されているように、このエッセイでラムは自分に残された歳月が短くなり、まもなく寿命が尽きるかもしれないと激しい不安を感じて、現世への執着を常日頃よりも強く意識している。漫然と日々を送っている平時ではなく、除夜の鐘を聞いて来し方行く末をいつもよりもしみじみと考えさせられるいわば非常時の発言であり、ロンドンっ子としての矜持から身構えて田園派の詩人に物を言っている時よりは本音が出ているという見方もできる。

自身もロンドン東部のステップニー出身であるペイターはこうした二つの要素の共存をラムの描く首都ロンドンのうちに見て取った。ラムが最も愛していたのは、六十五年前のロンドン、コヴェント・ガーデンに古い劇場街があり、テンプル法学院の庭がまだ損なわれておらず、テムズが滑るように流れ、川の北と南どちらへ行ってもエンフィールドやハンプトンに野原が広がっていて、「まだ木々がしっかり立っている」そうした野原へと向かって、「堅い木でできた机から」思いがさ迷い出してゆく——野原は鮮やかになり、それから町（タウン）へ近づいてゆくが、その野原のうちの一つで、この筆者自身が覚えていることながら、ある雲の垂れ込めた初夏の日に、初めて郭公の鳴き声を耳にした——そのようなロンドンであった。

ロンドンが抱える二つの要素についての陳述は、さらに畳みかけるように続けられ、ロンドンが「月並みで」、「薄汚く」、「退屈そのもの」であっても、うららかな天気への反応、雨と晴天の際立つ違い、雄大な雲の群れなどの「郊外の牧歌がある種の壮大さを身に纏っているのも、大都市が背景に」あるおかげだと締め括っている（二二五—二二六／藤巻 四八三）。この一節は「除夜」でラムが述べる町と田野の共存についてのこの上ない解説になっているだけでなく、工業的発展一辺倒ではないロンドンの両面的な魅力を散文詩のように美しく表現している。

ラムの全体像について著書をなしたジョージ・L・バーネットも、ラムにおいては最終的に都市への愛が自然に勝ることを認めつつ、少年時代のハーフォードシャーの親戚訪問の経験などを通してしっかりと「自然への徹底的な共感」が育まれており、「ラムの自然愛は弱まることなく続いた。ロンドンのどこからでも一五分歩けば田舎に辿り着いた。」と指摘する（一九—二〇）。まず、幼少時の親戚訪問で自然への共感が育まれたという点については、長じてロンドンで会社勤めをするようになっても、休暇のたびにハーフォードシャーの田舎へ行くことが楽しみで、「それをまた味わえるという希望だけが一年間私を支え、私の監禁を耐えられるものにしてくれたのだと信ずる」（「恩給取り」続篇 九四／三：一〇四）と漏らしていることから、共感がそこで育まれその後も持続したことに疑いはない。

では、休暇以外の時に自然に接することは出来なかったのだろうか。当時のロンドンがどの程度自然に恵まれていたかについては、さまざまな議論がある。例えば、エコ・クリティシズムで知られるジェイムズ・マキューシックは、ブレイクの時代におけるロンドンの環境汚染を強調し、一八〇〇年にはさまざまな工場で用いられる蒸気機関は百以上あって、イングランド北部の工業都市に劣らず、その煤煙が大気汚染を引き起こす「巨大な工業の荒地」だったと指摘する（九八／川津ほか 一四八参照）。一方で、イギリス文学における田舎と都会の問題を幅広く論じたレイモンド・ウィリアムズによれば、十八世紀のロンドンは、「後代のいわゆる工業都市ではなかった。さまざまな職業と流通の一大中心地であり」、「周辺の田舎は全てこの都市への物質供給地に変貌させられた」とのことであり（一四七／山本ほか 二〇〇参照）、ペイターの回顧やバーネットの見解は間違っていないように思われる。少なくともラムの幼少期の十八世紀中、「田舎は手の届くところにあった」（マキロップ 一一〇）ようだ。

バーネットは、ラムの自然への共感が子供時代の親戚訪問などの経験によって育まれたと述べているが、そうした出来事を回想するエッセイの中で、ハーフォードシャーの自然はどのように描かれているのだろうか。

三　緑のハーフォードシャーと新川

ハーフォードシャーの親戚の家を訪問したことを主題とする『エリア随筆』には、「ハーフォードシャーのマッカリー・エンド」、「H――シャーのブレイクスムア」、「夢の子供達」の三つがある。母方の祖母メアリ・フィールドが女中頭として長く仕えたプルーマー家の邸宅ブレイクスウェアを、領主一家を気遣って偽名で呼んだのがブレイクスムアであり、マッカリー・エンドの農場には祖母の妹アンが嫁いでグラッドマン姓を名乗っていた。ハーフォードシャー西部セント・オールバンズ市の北にあるこちらの農場には、ごく幼い頃に一度姉メアリに連れられて訪問したことがあるだけで、ラム自身にその記憶は残っていないため、「まわりできれいな田野を散策した」（正篇 一八〇／一‥

一八五）という程度の大雑把な回顧しかされない。また、一八一五年に姉と友人を伴って再訪した際に見た光景も、「薪小屋や、果樹園や、鳩小屋のあった場所（建物も鳥も飛び去ってしまったが）へ行き」、「昔日の記憶を確認」する姉メアリの姿を描くに留まっている（正篇　一七八／一：一八二）。

州東端部の小村ウィドフォードにあったブレイクスウェア屋敷の方は、一八二一年に屋敷の当主が没した後まもなく遺言により取り壊されたと聞いてラムはいたたまれなくなり、一八二四年に随筆を執筆するまでの間にその地を訪問し、プルーマー家の新宅が出来てこちらの旧宅管理を任されて女主人のようになった祖母を慕って、三歳から十七歳までかなり頻繁に訪れていた屋敷を懐かしむ。そこでの描写は、自分の領地であると思い込むほど馴染んだ屋敷そのものに集中し、すぐ近くにあった小川の存在にさえ気づかず、むしろそんなところへ出かけるよりは、「自ら選んだ牢獄にいっそう厳重な囲いをめぐらし、人を締め出す庭の塀を立てて、より安全な縁輪（へりわ）の中に閉じ込もっていた」かったと打ち明けている（続篇　五／三：一六）。野外の景色で思い出されるのは、せいぜいのところ、「贅沢な果樹園」、「青々した芝生」、「栗鼠（りす）と終日（ひねもす）つぶやく木鳩（きばと）の棲処（すみか）」となる「秩序正しく植えられた樅（もみ）の木立」（続篇　九／三：二〇―二一）、だけだった。

「夢の子供達」に登場する「ノーフォークのさる大きなお屋敷」（正篇　二三〇／二：五六）も、匿名にして場所を変えているものの、ブレイクスウェア屋敷がモデルになっていることは明らかである。エリアは、実在しない自分の子供たちと対話をする「幻想」の中で、幼少時のお屋敷訪問を語り聞かせる。「がらんとした広い部屋部屋」から外へ出て、「広い古風な庭」を「独り占め」して、「水松（いちい）の樹や樅（もみ）の樹の間をぶらついて」、食べられもしない「赤い実や樅の実をとったり」、「青々とした草の上に寝転がったり」、養魚池の鮠（はや）や川梭魚（かわかます）を見て楽しみ、「桃やネクタリンやオレンジ」など子どもの好きそうな果物には見向きもしなかったと（正篇　二三三―三四／二：五九―六〇）。

いずれの随筆でも、田舎の光景として描かれるのは、小屋、果樹園、芝生、植林した木立、庭、養魚池など、人間の手が加わったものが中心で、バーネットが言うようにハーフォードシャーの田舎で自然愛が育まれたとしても、純粋な自然描写はこれらの作品では必ずしも行なわれておらず、自然そのものを詳しく描いたワーズワスやコールリッジの共感ぶりとはやはり差があると断定せざるを得ない。しかし、最初からラム自身が都会派を標榜して隠そうともしないのだから、湖畔詩人と同じような姿勢を期待するのは無い物ねだりになる。

では、ペイターも指摘する二つの要素が共存するロンドンへの折衷的な風土愛がどこかに見つからないだろうか。これについては、オックスフォード版『エリア随筆』の序文で、編者のジョナサン・ベイトが、「ロンドンの活気はともかくとして、田舎の潤いも必要とされる」との前置きの後、十七世紀初頭資産家の金細工師ヒュー・ミドルトンによって、ハーフォードシャーの水源からロンドンに飲料水その他を供給するために開かれた新川への言及が数多くあることに注意を向けている（序文 二〇）。ベイトはその後すぐに「H――シャーのブレイクスムア」へと話を移してしまい、ラムによる新川への言及を詳述しないが、田舎から潤いを運ぶ例として挙げられているこの新川をラムはどのように描写しているだろうか。

新川が登場する『エリア随筆』は、「三十五年前のクライスツ・ホスピタル校」、「蘇レル友」、「三十五年前の新聞」の三つである。最初の作品では、ラムでなく同級生だったコールリッジが、学校時代に「ニュー・リヴァーへの水泳遠足」に出かけ、「愉快に野原へ飛び出し」、「陽が暖かくなって来たところで服を脱ぎ、川の中で若鮠（わかはや）のように遊び戯れ」たことを懐かしく回想する。一文無しの生徒は空腹をこらえ、餌を食べる牛、小鳥、魚を羨ましく思いながら、日暮れて帰宅し食事にありつくと、「楽ではない自由の時間が終わったことを、半ば喜び、半ば残念に思った」様子がユーモアを込めて語られる（正篇 三〇―三一／一：三五―三六）。

二番目の作品は、一八二三年にラム姉弟が移り住んだイズリントンのコールブルックのコテジの目の前を流れる新川に、作家の友人ジョージ・ダイアーが、ラム家訪問から帰る際に一直線に川に突っ込んで溺れ、片眼の医者によって救命されるさまを面白おかしく描くもので、自然の潤いに相当する描写はない。むしろ、友人ダイアーを流し去ろうとした新川を、「贋物の川――液体の細工――惨めな導水渠」と呼んでその人工性を罵倒し、ジェイムズ・ブルースのナイル川源流探検記に倣って、

> 私が、アムウェルの谷間を歩きまわっておまえの支流の泉を探り、緑のハーフォードシャーや耕されたエンフィールド狩猟園をキラキラと流れる、身体に良いおまえの流れを遡ったのは、このためだったのか?

と大げさに嘆く。基本的に滑稽譚であるため、このあたりは水難事故を起こした川を悪役として敢えて戯画化していると考えられ、必ずしも本当に憎んでいるとは受け取れない。却って、すぐに少年時代の遡行の思い出が蘇る点に川への親しみが感じられる。続けて、「永遠の新参者という、何の意味もない僭称」と、年寄りなのに新入りという名前にまつわる冗談を飛ばし（続篇　一三四―一三五／四：一一一―一一二）、手紙でも同様の言葉遊びを一度ならずしている（二：三九四、四三四）ことも親しみを裏づける。

水源への遡行については、三番目の作品でさらに肉づけされて生き生きと語られる。「天気の良い夏の休日」、「日の出と共に」「威勢良く二人だけの探求を始め」、「ホーンジーの縁をめぐる花咲く野や緑の小径」を過ぎたが、

> 道は果てしなく、望みなくうねりくねりするようで、まるで油断のない川が、自分のみすぼらしい生地を見つけられるのを厭がり、我々を避けているようでもあった。しまいに我々はへとへとになり、死ぬほど腹が減って、日が沈む前に、トッテナムに程近いボウズ農場のあたりで腰を下ろしたが、思い立った大仕事はまだ十分の一しかやり遂げていなかった。（続篇　一五四―一五五／四：四〇―四一）

少年たちの遡行の出発点が、当時の新川の終点、クラークンウェルの新川貯水池(ニュー・リヴァー・ヘッド)だったとすれば、そこから力尽きたボウズ農場までの距離はわずか五キロ弱であり、相当難儀だったことが偲ばれる。

新川の歴史と現状を概観したマイケル・エセックス＝ロプレスティによれば、水源から終点までの距離は約四五キロだが、流れを緩くするためにリー川の西の一〇〇フィート（三〇メートル強）の等高線に沿って水路が掘削されたことから、等高線の湾曲部では川も激しく曲がりくねり、完成当初全長は六四キロ近くもあった（七―八）。その後、湾曲部は新水路や地下導管敷設などによって次第に減らされ（「新川遊歩道」三）、一九四六年に終点がクラークンウェルから約六キロ北のストーク・ニューイントンの二つの貯水池に移された後、現在の全長は約三二キロ（エセックス 一二）であり、ラム当時の正確な全長は不明だが、「十分の一」というのは概ね妥当な数字だと思われる。挫折する手前のホーンジーについては、溺れかけたダイアーがロンドン東部出身で、幼少時ここで水遊びをした思い出を詩に書いているという（ルーカス編『ラム著作集』二：四三二）。このダイアーの例を併せて考えると、新川が当時のロンドンっ子にとって、少年時代の貴重な遊び場として、清らかな空気や動植物に触れる機会を与えてくれる存在であり、都会におけるオアシス、ベイトの言う「田舎の潤い」だったのではないだろうか。

ラムは、ロンドンという都会で日々生活をしつつ、時に自然に触れることでバランスを取っており、そのバランスを象徴するのが人工河川新川だったように思われる。首都の発展とともに需要が増大する水資源を供給するという極めて実際的な目的のために作られた川ながら、それが小川として流れ始めると、岸辺に木々が育ち花が咲き、水中には魚が泳いでロンドン市民に擬似的とはいえ自然環境という副産物をもたらし、子供時代には遊び場として長じては散策の場として機能する。もちろん、それは湖水地方ほかの手つかずの自然とは異なるもので、都会という人工の中に囲われた自然で折衷的である。折衷的な点は、ハーフォードシャーの訪問記に表われる景色が自然と人工の中間物で占められていたこととも通底している。

ハーフォードシャーのアムウェルに発し、人造のため全長に渡って、幅一〇フィート、深さ四フィートと決まった規格でゆっくりと流れてロンドン中心部の貯水池に流れ着く新川（エセックス　七）。幼少期に頻繁に訪れたブレイクスウェアの邸宅は、この川の水源から五キロほどの近さにあった。幼年期の思い出の場所近くから流れ出した川は、その後のラムの人生とも少なからず関わっていた。

四　新川の流れとラムの人生

一八一七年以来居住していた都心の劇場街コヴェント・ガーデン近くのグレート・ラッセル通りから、当時まだ郊外だったイズリントンのコールブルック・ロウのコテジに転居し、新川にダイアーが沈み込む水難事件が起こる一八二三年以前、一八二〇年の春と夏の休暇に、ラムは一進一退を繰り返す姉メアリの健康を慮って、当時はロンドン郊外だったストーク・ニューイントンに夏の別荘を借りている。ここに、一八三一年から一八三三年にかけて、供給できる水量を増やすために二つの貯水池が作られる（エセックス　一八）前だったがもちろん川は流れており、これがラムの晩年における新川とのふれあいのきっかけとなったようだ（マキロップ　一一五）。もっとも、当の姉メアリは、春の野に出たのは久しぶりで、毎日新しい花が咲くのを見て親しみの感情を抱いたものの、「今のような物静かな喜びを楽しむ」よりもむしろ、「一生ラッセル通りに住んで、ロンドンの舗道を歩いていたい」というにべもない本音を手紙で漏らしている（『書簡集』二：二七三）。姉は弟以上に筋金入りのロンドンっ子だったようだが、これは「都会の方が、ずっと人目につかずにいられる」（『書簡集』一：一八九）ので、精神の病を抱えている身には生きやすいという意識ともつながっていた。

一八二三年にイズリントンに移住して郊外暮らしを選んだ後も、ラムはまるで離れがたいかのように、新川に沿って北へ向かって転居していく。一八二七年には新川の周りを今も町の公園が取り巻くエンフィールド、その二年後に、そこから少し南のエドモントン。結局、そこが終焉の地となり、弟より長生きした姉とともに、エドモントン万聖教会の墓地に眠っている。幼年期の水源近くでの思い出から、晩年の住居までラムの人生と並行して走ったかのごときこの川を、ラム研究の大家E・V・ルーカスが「奇妙なほどにラムの川」（『ラム著作集』二：四三四）と呼ぶのももっともだと思われる。新川を田舎の憩いを運んでくるものと定義したベイトも、「新川とラムの子供時代の田舎の訪問の間には比喩的な関係が築かれている（新川はこうして、ワーズワスの『序曲』におけるダーウェント川とほぼ似た役割を果たす）」と指摘する（序文 二〇）。

確かに、ワーズワスは、『序曲』（一八〇五）第一巻でこの長篇叙事詩に着手しても思うに任せず、さまざまな計画を練っては頓挫した挙げ句、コッカーマスにある生家のすぐ裏を流れていたダーウェント川が私の幼年期を育んでくれたのは、「こんなことのためだったのか」（二七一行／四八）と嘆く。「蘇レル友」で新川に向かって、「おまえの流れを遡（さかのぼ）ったのは、このためだったのか？」と嘆いた時、もちろんラムはワーズワスのこの一節を念頭に置いていた。この引喩からしても、ベイトの指摘する通り、新川が自分の少年時代を育んだとラムが考えていたことは間違いなく、そのような思いがあるからこそ、晩年に都心の気ぜわしい生活に疲れた時、ハーフォードシャーの田舎訪問や学校時代の遠足の思い出と結びついた新川縁へと気持ちが向かったのではないか。

とはいえ、このように晩年の十年以上新川沿いに暮らしながら、ラムがロンドン郊外を素直に称讃することはなく、とりわけワーズワスとの文通になると、郊外の田舎生活を過剰な程悪しざまに貶す傾向がある。一八三〇年一月二十二日付の手紙では、「退屈なエンフィールド」で食事を賄って貰う下宿生活を無為として嘆き、「かつてはロンドンがあり、われもまたあの古きイェルサレムの一員なりし」と都心生活の昔を懐かしむ（三：二四一／三宅川 一五九―六〇参照）。マキロップは、「ワーズワスのことを思い浮かべるとこのような言葉がつい口をついて出てしまう」（一一三）と指摘する。ラムは、首都ロンドンに留まり定職に就いて、自分と姉の生活を支えるために東インド会社の事務員として働かなければならない。湖水地方の大自然に囲まれて暮らし、支援者からの財政援助などを受けつつ、専業作家として執筆することなど望むべくもない。そんな自分の境涯を思うと、悠々自適の暮らしをしているように見える友人に羨望や妬みを感ぜずにはいられないのだが、都会派の矜持もあって、最初に紹介した手紙のように「君を羨んだりしない」とつい強がりを言いたくなってしまうのではないかと思われる。

もっと若い頃、バーネットが語り口の面でエリア随筆の先駆になったと評価する一八〇二年のエッセイ「ロンドンっ子」（一〇五）でも、「騒音、人ごみ、愛しい煙のただ中に育まれた」自分にとって、ロンドンがいかに愛しいかを語り都会への偏愛を隠していなかったが（ルーカス編『ラム著作集』一：四〇）、家庭と工場の石炭から排出される煤煙までも愛おしいという点については、誇張も含まれていると思われる。こうした煤煙はテムズ川の霧や靄と混じり合って、やがて煙霧となって年中立ち籠め、ロンドンを霧の都に変えていくのだが、このエッセイから二十年後、ラムはそうした環境破壊の危険性を鋭敏に感じ取って、それとなく警告してもいるからだ。『エリア随筆』の「新年の成人祝い」に、「ロンドン市長日はいつものように〝靄〟につつまれて立ち去った。一番短い日は深く黒い〝霧〟に覆われて去ったが、霧はこの小柄な紳士の全身を刺蝟（はりねずみ）のようにつつみ込んだ」（続篇　一九五／四：七九）とある。二十世紀初頭まで煙霧（スモッグ）という言葉は登場しないものの、エンドウ豆のスープ色の濃い霧がこの頃既に出現しており、実際に、気象条件などにより十一月九日の市長日から冬至までの期間にこうした霧が発生しがちだったという。何気ない記述だが、都会在住者としてラムはそうした大気汚染の徴候を抜け目なく正確に観察していたことが窺える。

古き良き昔を懐かしみ、日時計や噴水など実際の役には立たなくても心に潤いを与えるものが消えたことを嘆き、功利主義や能率第一主義に走ることを嫌悪したラムが、産業発展のためなら都会の環境が破壊されていいとは決して考えていなかったのは間違いない。「恩給取り」で、「親切な地震が起こって、あの呪われた紡績工場を嚥み込んでしまわないだろうか？」（続篇 一〇四／三：一一三）と願っていることからもそれは明らかだ。ロンドンの煙霧は多少脱線しているかもしれないが、田舎との対比で物質的に進歩した都会を全面的に支持していた訳ではないことのささやかな傍証にはなるはずだ。

結び

詩人たちとの遣り取りに見られるラムの都会礼賛と田舎軽視の発言を出発点に、湖畔詩人たちとは異なる生粋のロンドンっ子チャールズ・ラムの微妙な自然観を追ってきた。賑やかな都会の街路、人込み、店や屋台はラムにとって愛しいものだったが、自然から完全に切り離された人工的な都市空間の中で生きたいと願っていたわけではないことは見て取れたと思う。当時まだすぐ手の届くところにあった自然に触れてラムは育ち、新川での水浴びや水源遡行などの思い出を生き生きとユーモアを込めて描いた。もちろんそうした自然は、湖水地方のように手つかずの自然ではなく、人工的な都会を縁取るものだったが、ベイトの言うように、「田舎の潤い」をもたらしていた。人工河川新川は、ハーフォードシャーと都心を地理的に結びつけるだけでなく、水源近くにあった屋敷を訪問したラムの子供時代と川縁を転々とした晩年とを時間的にもつないでおり、自然と人工、田舎と都会の共存する折衷的存在として、都会っ子チャールズ・ラムの文学的風土を象徴していた。

ついでながら、アムウェルからストーク・ニューイントンの二つの貯水池までの新川の水路は、開削から四百年以上を経た今もなお健在であり、ロンドンの重要な水供給源の一つとして全体の八パーセント程度の供給を担っている

（「新川遊歩道」三）。その一方で、現在新川を所有管理するテムズ水道会社は、源流域から最初の終点だったクラーケンウェルまで四五キロに及ぶ「新川遊歩道」を、一九九二年以来十二年かけて整備し（「新川遊歩道」一、三）、川に沿って所々に標識や案内図を立てて散策の便宜を図っている。さらに、二十世紀半ばに水路を縮められて終点となったストーク・ニューイントンの貯水池は、二〇一六年に、ウッドベリー湿地自然保護区として市民に開放されて周囲には葦が生え野鳥が集い、縮められたその下流で所々水路が残されて公園の水場となっている場所とともに、文字通り都会のオアシスとなる憩いの場を提供している。

元々は水供給という実利的な目的のために開かれた人工河川だったが、遊歩道建設と川と貯水池の保全を通して環境保護運動とも結びつき、水供給という本来の目的を今なお果たしつつ、都会を縁取る自然の一つとして以前に増してロンドン市民に親しまれている姿をラムが見れば、古びてもなお永遠に新しい川を言祝（ことほ）いでくれるだろうか。

＊『エリア随筆』正・続篇からの引用は全て国書刊行会完訳版による。出典指示はまず英文原典である一八二三年と一八三三年の書籍初版の正続の別とページを、その後に南條訳四巻本の該当巻とページを記した。『エリア随筆』以外の英文からの引用は、既訳を筆者が担当したペイターのラム論を含め全て拙訳だが、参考になった既訳がある場合は該当箇所を示した。

引用・参考文献

Barnett, George L. *Charles Lamb*. Twayne, 1976. Twayne's English Authors Ser. (TEAS) 195.
Bate, Jonathan, editor. *Essays of Elia; and, the Last Essays of Elia*. By Charles Lamb, Oxford UP, 1987.
Coleridge, Samuel Taylor. *The Complete Poetical Works of Samuel Taylor Coleridge*. Edited by Ernest Hartley Coleridge, vol. 1,

Clarendon Press, 1912. *Internet Archive*, https://archive.org/details/cu31924102776576/mode/2up.

Essex-Lopresti, Michael. *Exploring the New River*. 3rd rev. ed., Brewin Books, 1997.

Hazlitt, William. *The Spirit of the Age: or Contemporary Portraits*. Colburn, 1825. *Internet Archive*, https://archive.org/details/cu31924102773870/mode/2up.

Lamb, Charles. *Elia. Essays Which Have Appeared under That Signature in the London Magazine*. Taylor and Hessey, 1823. *Google Books*, https://books.google.co.jp/books?id=D78PAAAAQAAJ&hl.

——. *The Last Essays of Elia. Being a Sequel to Essays Published under That Name*. Edward Moxon, 1833. *Google Books*, https://books.google.co.jp/books?id=EuUNAAAAQAAJ.

——. *The Letters of Charles & Mary Lamb*. Edited by E. V. Lucas, J. M. Dent & Methuen, 1935. 3 vols.

——. *The Works of Charles and Mary Lamb*. Edited by E. V. Lucas, vols. 1 and 2, Methuen, 1903. *Internet Archive*, https://archive.org/details/cu31924016657177; https://archive.org/details/cu31924016657185.

McKillop, Alan D. "Charles Lambs Sees London." *Rice Institute Pamphlet*, vol. 22, no. 2, Apr. 1935, pp. 105–27. *Core*, https://core.ac.uk/outputs/4465260.

McKusick, James C. *Green Writing: Romanticism and Ecology*. Macmillan, 2000.

Milton, John. *Paradise Lost*. Edited by Alastair Fowler, 2nd ed., Pearson/Longman, 2007.

Monsman, Gerald. *Charles Lamb as the London Magazine "Elia."* Edwin Mellen Press, 2003.

"The New River Path—A Walk Linking Hertford with Islington." https://shelford.org/walks/newriver.pdf.

Pater, Walter. *Appreciations: With an Essay on Style*. Macmillan, 1889. *Internet Archive*, https://archive.org/details/cu31924104003326/mode/2up.

Symons, Arthur. *Figures of Several Centuries*. Constable, 1916. *Internet Archive*, https://archive.org/details/figuresofseveral00symoiala/mode/2up.

Williams, Raymond. *The Country and the City*. Chatto and Windus, 1973.

Wordsworth, William. *The Prelude: A Parallel Text*. Edited by J. C. Maxwell, Penguin Books, 1971.

ラム、チャールズ『完訳エリア随筆』全四巻、南條竹則訳、藤巻明註釈、国書刊行会、二〇一四―一七。

マキューシック、ジェイムズ・C『グリーンライティング――ロマン主義とエコロジー』川津雅江、小口一郎、直原典子訳、音羽書房鶴見書店、二〇〇九。

三宅川正訳・解説『チャールズ・ラムの手紙――「エリア随筆」への萌芽――』英宝社、二〇〇三。

ペイター、ウォルター「チャールズ・ラム」藤巻明訳（『ウォルター・ペイター全集』第二巻『鑑賞批評集』四七二―八三所収、筑摩書房、二〇〇二）。

ウィリアムズ、レイモンド『田舎と都会』山本和平、増田秀男、小川雅魚訳、晶文社、一九八五。

第六章　ウィリアム・モリスとエピングの森
――『タイムズ』紙の議論を参照して

江澤　美月

はじめに

エピングの森はロンドンの北東部エセックス州に位置する緑地である。この森は一八七八年から百年ほどの間に複雑な植物相から単純な植物相に変化したことが指摘されている (Rackham No. 3347)。ウィリアム・モリス (William Morris, 1834–96) がこの森の保護に尽力したのはこの百年の初めの頃である。モリスは一八八五年の四月下旬から五月上旬にかけて、エピングの森の保護のために、『デイリー・クロニクル (*Daily Chronicle*)』紙の編集者に宛て三通の書簡を公開した。この時彼は親しい友人のフィリップ・ウェブ (Philip Speakman Webb, 1831–1915) やフレデリック・スタートリッジ・エリス (Frederick Startridge Ellis, 1830–1901)、シドニー・コッカレル (Sydney Carlyle Cockerell, 1867–1962) 等と共に実際に現地に足を運び森の状況を確認している (Morris, "Epping Forest" 3, Kelvin IV 278 n.3)。しかし一八九五年五月九日のこの公開書簡を最後に、彼はエピングの森について発言することも再び訪れることもなく翌年に死去した (Howes 2)。その最後の手紙の中で、モリスは当時の御猟場管理官 (verderer)[1] であったエドワード・ノース・バクストン (Edward North Buxton, 1840–1924) の著書『エピングの森 (*Epping Forest*)』(1885) からの引用を行っているが (Morris, "Epping Forest"3, Kelvin IV 275, 278 n.9)、同書は一八七八年のエピングの森法 (the Epping Forest Act) の制定から百年たった一九七八年に、初期の保存論者が依拠した本として注目された本である (Hunter 78–79)。

モリスは機械化から脱することで (Clark 18)、また古建築保護協会の活動を通して（竹多 五一—五二）環境に配慮したことが論じられる。一方で、彼が行ったエピングの森保護活動は論じられることが少ないようである。今回の調査で、モリスの公開書簡に先立ち『タイムズ (*The Times*)』紙でエピングの森の木の伐採について議論が交わされていること、またバクストンがモリスを批判していることがわかった。本稿ではそれらの議論を参照しながらモリスの発言の意義を検証する。

一　モリス発言前のエピングの森の状況

エピングの森に関するモリスの発言について考察する前に、それまでにこの森がおかれていた状況を概観する。エピングの森は一八七八年のエピングの森法によりロンドン市の管轄になるが、かつては、現在森に残る「エリザベス女王の狩猟小屋」(2) が示すように王侯貴族が狩りを楽しむ狩猟地だった。御猟場法のもとに、森を管理する世襲の長官が任命され、その下に副長官、騎乗管理官や、四人で構成され生涯その職に就く御猟場管理官 (verderer) が存在した。なかでも御猟場管理官の仕事は、狩りの獲物を守ることであり、特に禁猟期の鹿を保護することが重大な任務であった (Addison 18)。彼らは御猟場法廷を司り、三年に一度程度であるが、有罪とみなした者を保釈し判事のもとへ送った際には、報償として鹿を狩ることが出来た (Addison 19)。十八世紀には、御猟場管理官になることは、地元の土地所有者の中で社会的地位を確立することと見做され、選ばれるために多額の現金が積まれている (Addison 21)。御猟場管理官は御猟場法廷書記の任命権があったが慣例として、長官の執事を書記に任命し、万事うまく収まっていた。しかしこの局所的な古い体制は、都市であるロンドンが拡大し、エピングの森のある郊外まで、居住地が拡大することによって揺さぶりを受けることになる。御猟場管理官と土地所有者、そして周辺住民との間に軋轢が生じてくるからだ (Addison 22)。その兆候は既に一七〇〇年代に見られるが、一八四〇年代には、都市の肥大化に伴う不法な囲い込みが問題となっている。それと並んで問題となったのは、一〇六六年のノルマン征服の時代からの入会権所有者の権利だった。エピングの森では、森全般にわたって付近の住民が放牧することが出来、冬の燃料として木材を集めることが出来た。また、砂利と砂の持ち運びは、長年罰せられることがなかった (Addison 25) からである。一八四三年七月、土地の自由権保有者、謄本保有権者、森林教区内の住民を交えた話し合いがウッド・フォードのホワイト・ヘッドで持たれた時には王室に任命され、かつ、土地の自由権保有者から選出されている御猟場管理官が調停すべきであるとの意見が出されている (Addison 24)。しかし、一方に肩入れすることで他方の反発を招き自らの特権を失うことを危惧する御猟場管理官もいて、不法な囲い込みを取り締まることは先送りされた。

ウッド・フォードで囲い込みが問題となった背景には、エセックス州の工業化に伴い農地が南西部に広がったことと一八四〇年に鉄道の駅が開通して村の都市化が進んだために議会が空き地の活用を求め、囲い込みを奨励していたという事情もあった。一八四八年には議会が王室にエピングの森の権利を一九の領地の領主に売ることを奨励している (Addison 27–28)。

こうして領主による囲い込みが進む中、貧しい労働者階級の権利が特に保護された地域としてラウトゥンが挙げられる。ここでは、貧しい人々の囲い込みが多く、彼らは自分で小さな小屋を建て、周囲に茨で作った「うねるフェンス (rolling fence)」を廻らせていたがこれには、貧しい人々が密猟や盗みを働くよりも、小さな菜園を耕したり、豚小屋を建てたりする方が良いと考えたウィリアム・ホイッテッカー・メイトランド (William Whitaker Maitland, -1861) のような、実利的な考えを持った領主の存在があった (Addison 30)。メイトランドは一八五八年に、王室からの一三七七エーカーの森と狩猟権の売却に応じている (Hagger No. 1122)。

しかし、領主と領地内の住民の良好な関係は、ロンドン市がさらに拡大し郊外が再開発されると終焉を迎えることになった。ウィリアムの死後、後を継いだ孫のジョン・ホイッテッカー・メイトランド（John Whitaker Maitland, –1909）が、建築用地としてラウトゥンの自分の領地の売却を決めた時、入会地の木を若枝がたくさん出るように地上二、三メートルのところで木の幹を刈り込み（pollarding，以降ポラードと表記、川崎 六三―六四）枝払いした木を燃料のために売ることで生活していた労働者トマス・ウィリンゲール（Thomas Willingale, 1798–1870）との対立が起きているからである。ウィリンゲールはエリザベス一世（Elizabeth I, 1533–1603，イングランド女王 1558–1603）に与えられた伐採権を主張して（Hagger No. 1122）一八六五年十一月十一日の晩に息子や甥と共に木を伐採し、一八六五年十二月八日にエピング法廷に召喚された。この時判事はウィリンゲールが、古くからの権利の継続を懇願するのを聞き、メイトランドの訴えを退けている。しかし、翌年ウォルサム・アビィの判事が再びメイトランドの訴えを取り上げると、ウィリンゲールの息子と甥は、木に与えた損壊の罪で、各自罰金二シリング六ペニーの有罪判決となり、さらに支払いを拒否したことで一週間の懲役になった。ウィリンゲールは息子と甥の出所後、本論文の冒頭で触れたエドワード・ノース・バクストン、その兄のトマス・フォーウェル・バクストン（Thomas Fowell Buxton, 1837–1915）等の援助を受けてメイトランドを訴え、一八六八年には自身のみならずラウトゥンの居住者全体の伐採権を主張した（Hagger No. 1205）。

一八七〇年のウィリンゲールの死後、彼の訴えが無効となり（Hagger No. 1213）、一八七八年にエピングの森法が制定されて枝の切り取りが禁止された後も、ラウトゥンの労働者の抵抗は続いた。同法の制定後間もなくラウトゥンでは、かつてウィリンゲールが枝の切り取り権を主張して斧を振るった十一月十一日の晩に（Addison 32）、大勢が集まって例年通り木の伐採を行っている。そのうち一七名はエピングの行政長官の前で木を切り倒して各自訴訟費用を含め五シリングの罰金を言い渡されているが、次の市議会裁判所の会合でそのことが報告されると、今後伐採を行わない場合には罰金は科さないと布告することが奨励された（Addison 80）。

この緩い規制に変化が生じるのは、ヴィクトリア女王（Victoria, 1819-1901, 英国女王 1837–1901）が式典に臨席しエピングの森が公式に公衆に開放される一八八二年五月六日 (Addison 50) 頃である。この二年前の一八八〇年に、かつてウィリンゲールを支援した弟のバクストンが御猟場管理官の職に就いている。一八八一年十一月再びラウトゥンで一一名による木の伐採が発見された時には、違反の懲戒処分として各自二ポンドに諸経費を計上した罰金を課し、応じない場合には収監することが言い渡された (Addison 80)。これと並行してラウトゥンでは、闘争的に枝の切り取り権を主張する住民を刺激しないように、木を広い範囲で長い時間をかけ少しずつ刈り、森を整備していくことが行われた。この森林整備のシステムが始まったのもバクストンが御猟場管理官になって間もなくだった (Addison 84)。

二　モリスの発言とその背景

モリスがエピングの森の保存について『デイリー・クロニクル』で発言するのは、バクストンが御猟場管理官になって十五年ほど経った一八九五年である。今回の調査でエピングの森の保存について論争が始まるのは、その一年ほど前であることがわかった。本節では、はじめにモリスの発言で問題点を確認した後、その背景を確認し、再びモリスの発言に戻ることにする。

(1)　モリスの発言

まず『デイリー・クロニクル』におけるモリスの発言を確認する。同紙は一八九五年の『労働年報 (*The Labour Annual*)』によると、労働と社会問題について真摯に取り組んでいる進取の気性に富んだ日刊紙だった (Edwards

202)。モリスは一八九五年四月二十三日付の『デイリー・クロニクル』への第一の手紙で、まず、エピングの森は、自分の幼少時代の思い出の場所であることを主張している。

わたしはエピングの森の近郊（ウォルサム・ストウとウッド・フォード）で生まれ育ちました。ですから少年期、青年期には、ウォンステッドからセイドンスまで、ヘイル・エンドからファンロップ・オークまでは隅々まで知っていました。当時は、砂利泥棒と茨を巻いた垣根作り以外邪魔する者はなく、いつも楽しくとても美しいところでした。わたしが伺ったところによりますと、森の大部分が破壊されてからだいぶ時間が経っているようですのでこの問題に関する楽観的な見方があるのですが、現在残っている森がさらなる破壊の危機に瀕しているのではないかと案じております。(Morris, "Tree Felling" 3)

ここでモリスが「砂利泥棒」と「茨を巻いた垣根作り」を目撃していたことに注目したい。モリスは一八三四年生まれなので少年期は一八四四年頃になる。すると「茨を巻いた垣根作り」はちょうど領主メイトランドのもとで囲い込みを行っていた貧しい労働者の姿と重なる。砂利は一八七八年までは、入会地の権利として持ち出すことが出来たが、ここでモリスが「泥棒」といっているのは、一八九五年にはこのことが違法になっているからだろう。つまり、モリスは貧しいながらも入会地の権利の恩恵を受けてなんとか生計を立てていた人たちの姿を目にしていたことになる。

次に、モリスの主張に特徴的なのは、彼はシデの木 (hornbeam) をエピングの森固有の樹木と捉えていることである。

［エピングの森］の特徴としては、その多くは、シデの木の森であることでした。この木はエセックス州とハーツ州を除いて一般的に生育しているわけではありません。これは間違いなく［ブリテン島］では最大級であり世界的にも類を見ないと思われます。このシデの木は、四年から六年ごとに全て幹がポラードに仕立てられ (pollards) 木の枝が切られていました。そしてヒイラギの茂みとともに点在し結果として他にはない非常に珍しい特徴的な森になりました。

> ですからこのシデの森を損なわせる扱いは耐え難いと申し上げます。(Morris, "Tree Felling" 3)

シデの木は落葉樹である。モリスは幼少の頃、植物学者のジョン・ジェラルド (John Gerard, 1545–1612) の『植物誌 (*Herball*)』(1597) を愛読していたので (Mackail I 8, 314)、植物に詳しかったのだろう。『植物誌』を見ると、シデの木は、エルムの木のように大きくなり、丈夫なので矢や槍、風車の滑車など、様々な用途に使われ、樹液によって固くなると角（ホーン）のように固くなるのでシデ（ホーンビーム）の木ということがわかる (Johnson 173)。しかし、気になるのは、いかにこの木がこの森に特徴的なものとは言え、他にも木は存在するのに、モリスが何故かこの木にこだわっているように見えることである。彼は手紙の続きで、エピングの森に関する専門家が「一、この森を風景庭園あるいはゴルフ場にしようとしている。二、シデの木を間引くことが本当に必要だと考えている。」(Morris, "Tree Felling" 3) とわざわざ項目を立てて問題提起を行い、森を切り開いた場所には再び植樹すべきであること、それもシデの木を、と主張している (Morris, "Tree Felling" 3) からだ。

四月三十日に掲載された『デイリー・クロニクル』宛ての第二の手紙でも、モリスはシデの木の伐採について言及している。

> わたしは一、二年前に撮られた（いわゆる）**間引き**の写真を受け取りました。これは明らかに森の**切り開き**であって**間引き**ではありません。そこで、わたしはわたしたちが望んでいるのは、後者であって前者ではないと申し上げます。ほんの少し間引きをすれば、人は森の中を動き回れますし、度を越した間引きは、今でも記憶に残っているシデの木とヒイラギの木の茂みを冒険的に歩き回る楽しみを台無しにしてしまいます……。
>
> （Morris, "Is Epping Forest Being Destroyed?" 3，強調は原文によるもの）

ここでモリスはシデの木が間引きの範疇をこえて過度に伐採されていると指摘している。彼はシデの木の茂みを歩き回った経験があると述べているが、彼の頭の中にあったのは、『デイリー・クロニクル』への第一の手紙の冒頭で述べていた幼少期の風景であろう。それというのも彼は第二の手紙の中で、森の現在の状況を知らないことを認め、直近で行ったのは九年か十年ほど前であったと述べたうえで、「昔の森はわたしの脳裏に永久に焼き付いています」と述べているからだ (Morris, "Is Epping Forest Being Destroyed?" 3)。

一八九五年から十年ほど前というと一八八五年ごろになり、これはモリスが「生活の小芸術」と題し一八八二年に行った講演[3]を『美術講義』の中に収録したころになるが、この中にエピングの森のエリザベス一世の狩猟小屋ではじめて色褪せた緑葉のタペストリーを見た頃に思いを馳せるくだりがある (Poole et al. 206–07)。さらに彼は一八九〇年に『ユートピアだより――もしくはやすらぎの一時代、ユートピアン・ロマンスからの幾章 (*News from Nowhere: or an Epoch of Rest, Being Some Chapters from a Utopian Romance*)』(1891) を社会主義同盟 (the Socialist League) の機関誌『コモンウィール (*The Commonweal*)』に連載し、単に昔のエピングの森を懐かしむことを超えてもう一歩踏み込んでいる。それというのもこの話の主人公ゲストは、未来の世界で会った労働者階級の末裔であるディックから、エピングの森では一九五五年に大規模な家屋の撤去が行われて以来、木々が再び成長して気持ちの良い場所になっていると教えられ、次のように語っているからだ。

わたしが子供の頃、そしてその後長く経った頃、エリザベス一世の狩猟小屋とハイ・ビーチのあたりを除いて、森はほとんど皆、密に枝を出させるためにポラードに仕立てられた (pollard) シデの木がヒイラギの木と混じりあって構成されていました。しかし、約二十五年後、ロンドン市が管理を引き継いだ時、古くは入会地の権利の一部であった木の上部を切り取ったり、枝を切り取ったりすることはおしまいになりました。(Morris, *Collected Works* XVI 17)[4]

ここでモリスがエピングの森ではロンドン市の管轄下に置かれて以来、入会地で木を切る権利がなくなったと述べていることに注目したい。

話を『デイリー・クロニクル』の編集者に宛てたモリスの第二の手紙に戻すと、彼は続けて、ロンドン市のエピングの森委員会の二名のメンバーが木を伐採しているが、委員会はその行為に関係ないという主張があることに対し、市は当然のことながら責任があること、もしその行動が個人として行われているのであれば二名のメンバーは行う権利のないことを明らかに行っていると主張している (Morris, "Is Epping Forest Being Destroyed? " 3)。

一八九五年五月九日付の『デイリー・クロニクル』への第三の手紙では、実際にエピングの森を見た後の感想が述べられている。本論文の第一節で入会地の権利が特に保護された地域としてラウトゥンを挙げたがモリスが最初に訪れたのはここだった (Morris, "Epping Forest" 3)。その後森全般を見たモリスは木の伐採は森に損害を与えているように見えると述べ、モンク・ウッドやゼイドン・ウッズでも過度な伐採が起きていると述べている (Morris, "Epping Forest" 3)。さらにベリー・ウッドを見たモリスは、これから切られる予定の木に印がつけられていることに衝撃を受け、全体の印象を次のようにまとめている。

> 丸一日の調査の結果、最善の意図を持って行っていることとはいえ、森の管理は間違った方向に進んでいます。これは森の自然な外観とは相いれないものですが、議会の法は国民に自然な外観の保持を担保していました。現行の伐採の傾向は一方ではわたしたちのロンドンの森を庭園化しようとするもので、わたしたちの森は多かれ少なかれ他の庭園のようになるでしょう。他方では、あたかも材木市場のためであるかのように、かなり大きな木を育てることを意図しているといえるでしょう。(Morris, "Epping Forest" 3)

このように作為的な伐採であることを指摘した上で、モリスは御猟場管理官であるバクストンが出版したエピングの森のガイドブックから次の箇所を引用している。

「森の乾燥した場所ではブナの木が大部分はオークの木に代わる。この「針」葉樹は仮に非絵画的なポラードに仕立てられたシデの木 (hornbeam pollards) が競って芽を出すのを除去することで適切に手入れがなされるならば、将来の世代のために良質な材木を提供するだろう。チングフォードとハイ・ビーチ間の森では、よりよい木を提供するためにこのことが最近なされてきた。」

強調はわたしによるものです。そこでわたしは伐採の傾向について御猟場管理官お一人のこの発言以上のさらなる証拠をわたしたちが望むかお尋ねしたいと思います。バクストン氏は、非常に多くの言葉を費やして、森の特別な特徴を変えたいと述べておられます。すなわち、この他とは違う、例のない非常にロマンティックな森を取り払って、その代わりに、何の変哲もないものを残すということです。わたしは議会法に逆らってまでも、氏がそうする権利をお持ちであることを断固として拒否いたします。わたしは、先の手紙で申し上げましたように、シデの木は、森の中で最も重要な木であると断言いたします。なぜならこの木は森に特別な特徴を与えているからです。同時にわたしは、シデの木を犠牲にしてブナの木を植えることを勧めないと同様に、ブナの木を犠牲にしてシデの木を勧めることはいたしません。わたしは木を全て自然な状態にしていただきたいのです。それはそれほどやり渋ることではないでしょう。エピングの森の砂利に関してでもです。なぜなら、砂利はたとえば、森の火事が焼き払った場所、そして間もなく自生のカバノキが芽を出す場所にあるからです。(Morris, "Epping Forest" 3, 強調は原文によるもの)

モリスはバクストンの著書が、エピングの森の伐採の論拠となっているとみて、激しく非難している。シデの木をブナの木に植え替えることに反対しているからといって今、ブナの木が植わっているところをシデの木にする必要はない、とわざわざ断っているように、モリスが主張しているのは森を自然な状態に保護することである。その考えは砂利の撤去反対にも及んでいる。

この後モリスは、ロンドン市議会の委員会は、エピングの森を十七年間管理してきて、その間に十万本の木を伐採してきたこと、もしこの伐採のやり方を続けていけば、自然の森が失われてしまうこと、森の北の部分はまだ残されているので、すぐ反対の声を上げるべきだ、と主張している (Morris, "Epping Forest" 3)。

(2)　モリスの発言の背後にあるもの

続いてモリスが『デイリー・クロニクル』に投書することに先立ち『タイムズ』紙で繰り広げられたエピングの森に関する議論を検証する。議論は一八九四年三月二十三日、バーナード・ギブソン (Bernard Gibson) が、エピングの森の木が切られていると問題提起を行ったことで始まっている。

> 私は今日数人の友人と数時間、森特にモンクスウッドを散策して過ごしました。ここは森の中で最も美しい場所です。そこで憤懣やるかたなく、私は多数の見事なブナの木、多くのポラード仕立てされたシデの木 (pollard hornbeams) そして何本かの古い大きなオークの木が最近伐採され、倒れて横たわっていることをお伝えするために投書しました。私たちはさらに多くの木が引き抜かれているのを目の当たりにしましたし、既に売却のため持ち出された木があると伺いました。ブナの木の中には切り倒す準備として枝おろしがされ、切り払われた枝にはタールが塗られた木もあります。私たちは、明らかに既に当局に届いた抗議があって木の実際の伐採は少なくともしばらくの間、見合わせられていることを突き止めました。しかしそれでもなお木は取返しのつかないほど損壊を加えられたままです。
>
> (Gibson 23 Mar. 1894 9)

ここでギブソンが伐採されている木の種類として、モリスが保護を訴えていたシデの木を挙げていることに注目したい。ギブソンは、シデの木を「絵画的」と考えていることでもモリスと一致している。それというのも、彼は伐採された木の多くは、空洞であったり、一部朽ちたねじれた幹であったりするので、非常に絵画的ではあるが、切られた場合には薪以外の用途はなく材木としては価値がないと述べ（Gibson 23 Mar. 1894 9）、伐採の不必要性を際立たせているからだ。『デイリー・クロニクル』でモリスがシデの木を「絵画的」と考えていることは、彼が御猟場管理官のバクストンの著書からシデの木を「非絵画的」とする評価に反発することで示唆されていたが、それに先立つギブソンの『タイムズ』への手紙も、御猟場管理官であるバクストンに木の伐採の責任があるとみて批判している（Gibson 23 Mar. 1894 9）。

ギブソンの問題提起に対しては三月二十六日に「エピングの森委員会」の委員長フレデリック・ヤング（Frederick Young）が、エピングの森をどのように保存するかについては、庭園か公園にする案に加え、本来の自然森として残す案がある、と彼の意見を取り上げている（Young 26 Mar. 1894 6）。ヤングはまた、森の管理については、御猟場管理官とロンドン市に一任していると答えている（Young 26 Mar. 1894 6）。その上でヤングは、モンクスウッドのような場所の木の「間引き」を慎重に行うべきという点ではギブソン氏に同意するが、エピングの森の木を伐採し、材木として売って管理費用に当てようとしているとするのは誤解であると述べ、ギブソンの疑念の払拭に努めている（Young 26 Mar. 1894 6）。

ギブソンとヤングによって伐採の責任者とされ、のちにモリスに批判されることになる御猟場管理官のバクストンが発言するのはその翌日の三月二十七日である。バクストンの発言で特徴的なのは、先程から繰り返し確認しているように、木に序列があり「より絵画的な」木のために「劣った木」を取り除くべきであるということと、もう一つは、木の伐採を「思慮深く」行うべきであるということである。彼は「森の愛好家であるが、事情をわかっていない人の意見」が、自分たちのようにエピングの森の問題を長年辛抱強く見守ってきた者の判断を阻止することに強く反発している（Buxton 27 Mar. 1894 8）。このことは何を意味しているのだろうか。

バクストンが主張する「絵画的な」木と「思慮深い」伐採の関係性を説明していると思われるのは、エピングの森の野生生物の保護と自然の保持を訴えるエセックス・フィールド・クラブ（Travis 149）の初代会長で、終身副会長の座にあったラファエル・メルドラ（Raphael Meldola, 1849–1915）[5]である。彼は一八九四年三月三十一日に、「思慮深い」伐採について「木に致命的な損害を与えるのではなく、現在成長する余地もないほど混みあって光も届かず薄暗くて不自然な場所の絵画性を、かなり改善することが出来るだろう」と説明を試みている（Meldola 31 Mar. 1894 16）。ここで重要なのは、メルドラが、バクストンが行っているのは、森の中の「不自然な場所の絵画性」を改善することである、としていることである。この指摘は同日バクストンが次のように述べていることと呼応している。

私たちは徐々に過去の人工的な扱いの全ての痕跡を取り除き、自然が若い若木の力を見せようとも、古いオークの木がゆっくりと朽ちる様を見せようとも、その朽ちる様を部分的に隠す柔らかい表面の成長を見せようとも、自然に好きなようにさせたいと思っています。（Buxton 31Mar. 1894 16）

バクストンの考えは、「過去の人工的な扱いの全ての痕跡を取り除き」という部分を除いては、森を自然のままに保存したいと願うギブソン、そしてモリスと変わらないことがわかる。では、バクストンは森の木に施された何を「人工的な扱い」と感じ「非絵画的」と表現しているのだろうか。

森の美しさが、木の切り枝と関連していることは、三月三十日の『タイムズ』に掲載された「森の住人」の投書でわかる。「森の住人」は、枝が取り払われた木は不格好で、森にはその残骸が残っているとしたうえで、次のように述べている。

この枝の切り落としが森の美観をひどく損なっているので、エピングの森が公有地になった時に、切り落としの権利を買い取るために、ラウトゥンだけで七千ポンドを下らない金額が支払われた。そして私たちは今同じ監督者または非常に熱心な部下に、ラウトゥンの森で木を再び切り落とさせているのである。(A Forest Resident 30 Mar. 1894 3)

本論文の第一節で、木の「切り落としの権利」が、古くは入会地の権利として労働者階級に与えられてきたことを確認したが、ここでは労働者による「刈り取りの権利」の行使が、森の美観とは相いれないこと、そのため一八七八年のエピングの森法で森がロンドン市の管轄になった時に土地の買収が行われたこと、が述べられている。不思議なのは、エピングの森が市の管轄になってから二十年近く経った一八九四年に、木の枝の切り落としが行われていることである。このことに対しては、四月二日、ラウトゥン在住で、キングス・カレッジの元フェローであるA・P・ローリー (A. P. Laurie) が、エピングの森委員会の行為の違法性を問い、バクストンが意に反して、経費を抑えるために切り株を残しているというのであれば、誰が何の権限をもってそのようなことを行っているかを問い質している (Laurie 14)。また、ジョセフ・コックス (Joseph Cox) も、ベリー・ウッドからチングフォードまでの地域には、伐採するために印がつけられた木が何百本もあると証言し、まだ木が伐採されていない今の時点でそのことを止めることが重要である、と主張している (Cox 2 Apr. 1894 14)。

　ローリーが問い質した木の伐採に関する責任の所在については、バクストンが、五月四日の『タイムズ』への投書で答えている。

エセックス・フィールド・クラブがエピングの森を訪れた説明をさせていただきたいのですが、その後二時間にわたり議論がなされた結果、四一票の大多数対八票で、最近の伐採は「思慮深い」と認める決定がなされました。

(Buxton 1 May, 1894 11, 引用符は原文によるもの)

エセックス・フィールド・クラブは、先述したメルドラが初代会長を務めた自然保護団体であり、同クラブでは四月二十八日にエピングの森に対し管理委員会および御猟場管理官が行った措置の是非を巡って採決が取られた (Meldola 225)。しかし、この決定は出席者の総意ではなかったようだ。それというのもバクストンの投書が掲載された翌日の日付で『タイムズ』にフォレスト・ランブラーズ・クラブの書記であるJ・H・ポーター (J. H. Porter) が、五十名以上の棄権があった、と投書を行っているからだ (Porter 4 May 1894 14)。賛成を上回る棄権があったこの決定は何が問題だったのだろうか。

この間の事情を説明するのは、一八九四年五月三日付けの『ネイチャー (*Nature*)』に掲載された「エピングの森論争 (“The Epping Forest Controversy”)」である。この記事を見ると本論文で先に触れた、三月にこの論争を始めたギブソン、その意見を取り上げた「エピングの森委員会」の委員長ヤングもこの会合に出席しているとわかる。また、同誌には議論に先立ち御猟場管理官のバクストンがこれまでの経緯の説明をしたとの記述がある。

> モンクスウッドの徹底的な検証がなされ、E・N・バクストン氏が、管理委員会が今まで行ってきた方針の詳細な説明をし、今日の伐採の必要性に繋がる理由を指摘した。一同は、次にロード・ブッシュの検証に移った。この地域は、思慮深い伐採の美化された効果の例としては、ほぼ比類のない場所であり、森の運営が現在の管理委員会によって引き継がれて以来、繰り返し［伐採が］行われている。(“Epping Forest Controversy” 3 May, 1894 12)

したがってバクストンは、管理委員会の許可のもと、エピングの森の「思慮深い伐採」を繰り返し行ってきたことになる。

その後エセックス・フィールド・クラブの会合ではメルドラの主宰のもと議論が進み、次のような結果が出たと『ネイチャー』は伝えている。

公衆は将来、無責任で経験が浅く勢いにまかせて書き散らした乱筆家の意見を受け止めなくなるだろう。エピングの森には何世紀にもわたり枝の伐採権が存在したために、不自然で不体裁な状態にされた部分があるが、こうした乱筆家は、管理委員会が森を自然に近い状態に回復させようとして行っている行為を、大抵善意にかられてではあるものの、本気で阻止してしまうかもしれないのである。("Epping Forest Controversy" 3 May, 1894 12)

ここでは、かつて入会地の権利であった枝の伐採権が、森の景観を乱しているとの指摘がなされている。加えて管理委員会がその状態を是正するための活動をしているにも関わらず、雑誌への投稿者、つまりエピングの森の現状維持を訴える論客が世論を誘導してその活動を妨害しようとしているとの指摘もなされている。この後『ネイチャー』のこの記事は、当初評決をとる予定はなかったが評決をとるべきだという意見が出され、何らかの決議がなされるべきとなったこと、「森林基金」[6]の元委員長のヤングや投書で反対の立場を取っていた人々のスピーチがあったが、これらの人々は実地検証をした結果、自分たちの物の見方を修正する十分な理由を見出したこと、その結果「この会の総意としては、最近の伐採における管理委員会の全般的な活動は思慮深かった」との結論が賛成四一票対反対八票で採択されたと伝えている("Epping Forest Controversy" 3 May, 1894 12)。以上のことから、御猟場管理官のバクストンが、エピングの森で行っていた伐採は、かつて「入会地の権利」により労働者階級が伐採して美観が損なわれた森の木を、元通りに戻すための処置であり、そのことを「思慮深い」と表現していることがわかる。

バクストンが行っているエピングの森の伐採を「思慮深い」と高く評価したのは、エセックス・フィールド・クラブのみではなかった。同クラブの会合に出席したジョン・ラボック（John Lubbock, 1834–1913）が（"Epping Forest Controversy" 3 May, 1894 12）、詩人アルフレッド・テニスン（Alfred Tennyson, 1809–92）の死後、後継者として会長に就任した自然保護団体セルボーン・ソサエティもそうである。一八九四年五月三十一日の『タイムズ』を見ると、同ソサエティでは、イングランド南部に位置する、かつてウィリアム征服王（William I, c.1028-87, イングランド王 1066–87）

の狩猟地であったニューフォレストが荒れ地になっていることを引き合いに、エピングの森になされている伐採は全体として非常に思慮深くなされており、一本の良い木は数本の貧弱な木に勝るので、さらに多くの木が伐採されるべきであるとの意見が出ている。さらに、エピングの森では管理委員会と御猟場管理官の尽力でニューフォレストの二の舞になることは避けられるとの見通しが示されている ("Sir John Lubbock" 7)。

バクストンを擁護するこれら二つの自然保護団体の動向が伝えられると、反対派の意見も活発になった。その後の『タイムズ』を見ると、セルボーン・ソサエティの新会長ラボックの友人を名乗るオゥベロン・ハーバート (Auberon Edward William Molyneux Herbert, 1838–1906) が、同ソサエティでバクストンの「思慮深い」伐採を支持する論拠となったニューフォレストの現状に関するラボックの説明を正し、この森は家畜で荒らされているのでも、議会法が不備だから荒れているのでもなく、森の副監督者によって不法に伐採されている、と告発している (Herbert 9 June 1894 19, Herbert 16 June 1894 18)。ハーバートは同時にギブソンが所有しているエピングの森の写真をもとに、バクストンがエピングの森で行っている伐採は、森を「自然」なままに残すのではなく「嗜好」に合わせている、と批判している (Herbert 9 June 1894 19, Herbert 16 June 1894 18)。

不思議なのは、この時森の状態を撮影した写真が、証拠として伐採の抑止力とならなかったことである。その代わりに解決が期待されたのは専門家の提言である。ハーバートが、実際に現地に足を運べば意見が変わるとラボックにたしなめられ (Lubbock 11 June 1894 8)、そしてそうしていないことでバクストンから批判を受けると (Buxton 12 June 1894 11)、今度はハーバートに写真を提供したギブソンが議論に加わっている。ギブソンは、エセックス・フィールド・クラブの会合で同クラブの主だったメンバーが採決をとるべきではないとしていたことや、賛成したラボックもホーク・ウッドの六百本の伐採予定の木を見ていないことを背景に、この時行われていた専門家によるエピングの森調査の結果に期待を寄せた (Gibson 23 June, 1894 19)。

しかし専門家の提言は、ギブソンの期待とはかけ離れたものだった。『タイムズ』では六月二十七日付けで、ロンドン市に指名された専門家がエピングの森の伐採について出した提言が報じられている。それによると、専門家は、四月二十五日から五月二十二日、二十三日、二十四日の四回にわたり過去十四年間のうちになされた森林伐採の視察を行った結果、次のように判断した。（一）森の中および周辺の風景の景観は思慮深い伐採により改善されるかもしれないこと、（二）その一方で、既に存在する空き地はその数を増加させるべきであること、（三）ポラード仕立てのシデの木 (the pollard hornbeams) の中は徹底的な伐採が行われるべきであること、（四）ホーク・ウッドに関しては全体を刈り込んでも状況が改善されていないことが判明したこと、結論として専門家は、エピングの森でなされた伐採行為に関しては「思慮深く、賢明に」行っているということを鑑み、非難をしないとの提言を行っている (“Epping Forest” 27 June 1894 12)。

専門家の提言が公表された後、エピングの森では急速に規制が強化された。既に『タイムズ』には六月三十日に「エピングの森の状態 (“The State of Epping Forest”)」と題し、森周辺で起きている労働者階級による風紀の乱れや迷惑行為を指摘し取り締まりを求める近隣住民の声が取り上げられていたが (30 June 1894 7)、これに対しては七月四日に、森林監督局のF・F・マッケンジー (Francis Fuller M'Kenzie) が、今後そのようなことがあれば自分に直接連絡してほしいと投書で呼びかけている (M'Kenzie 10)。

つづいて八月四日になると、市のエピングの森委員会の名のもと新しく細則が十月一日から施行されることが通達され、詳細については無料配布する冊子を見るようにとの布告がなされた (“Epping Forest Acts” 4 Aug. 1894 1)。八月一日の記事で細則の例として挙げられているのは森林内の火気厳禁、酒類の販売禁止、禁猟月の復活、共有地の家畜放牧禁止、犬の躾の必要性であり (“The Regulation” 4) 一八七八年に禁止となった木の伐採については特に触れられていない。しかし施行が約一か月後に迫った九月八日に、専門家を名乗る人物が『タイムズ』への投書で、肥沃ではな

い エセックスにおいて、明かりや燃料になり、牛のくびきや水車の歯、道具の柄など汎用性の多いシデの木がいかに重要であるかを述べているのは(EXPERT 4)、かつて長く認められてきた入会地の木の刈り取り権復活を求めてであろう。ところが事態はそのようには向かわず、九月二十五日の『タイムズ』を見ると、王立園芸協会では「農業に不向きな荒れ地の利用化」について論じられ、エピングの森のシデの木を別の木に植えかえることが提案されている("Royal Horticultural Society" 10)。

このように周到に根回しがなされた後、翌年一八九五年の三月に、ロンドン市のエピングの森委員会が年次報告を提出するに至っている。この時森の管理で重要視されたのは、木々が混みあっている場所の伐採である。委員会の席上、先に確認した専門家の提言、エピングの森になされた行為に対しては、「思慮深く、賢明に」行っているということを鑑み、非難をしない旨が報告された。エピングの森委員会が確認した管理者の活動は次の通りである。

> [管理者]のやり方は常に広い範囲にわたって適度に間引きを行い、ある特定の場所を徹底的に間引くことだった。また数か所では見通しを継続して確保し、外観を考慮して直線の緑の騎馬道路を作るのに成功した。一六エーカーのウォンステッド・フラッツには排水設備を導入し、サッカーやクリケットが出来るように地面をならして非雇用者に仕事を提供した。("Epping Forest" 1 Mar. 1895 10)

ここでは木の間引きと、それを埋め合わせるかのようにサッカー場やクリケット場を作り、一時的に雇用創出を行っている実態が明らかにされている。

(3)　再びモリスの発言へ

モリスがエピングの森論争に参入するのは、この最高意思決定機関であるエピングの森委員会の意向が問われることになった時である。しかし、論争の口火を切ったのは彼ではなく、前年である一八九四年に、エピングの森でこれから伐採予定の木に印がつけられていることを指摘したコックスだった。コックスによるとベリー・ウッドでは行き過ぎた間伐が行われていて、十二か月前に伐採のため印がつけられてあった木は、数日前に行ってみると、専門家の提言で伐採が中止になったにも関わらず切り倒されていた。そのため彼は、委員会が専門家の意見を受けて適切に対処しているかどうかを確認したいと問題提起をしたのである (Cox 2 Apr. 1895 3)。委員会の不適切な対処を指摘するこの意見は、法廷弁護士と依頼人の間に入る事務弁護士であるヘンリー・ホームウッド・クラフォード (HY. Homewood Crawford) によってすぐに否定された。クラフォードはコックスの申し立ては事実に基づかないものであり、委員会は専門家の意見に基づき現場を見て行っていると反論したのである (Crawford 4 Apr. 1895 14)。それに対しコックスがベリー・ウッドでは三一二本の木が切り倒されていると述べると (Cox 6 Apr. 1895 12)、クラフォードは専門家として森林学者ウィリアム・フィリップ・ダニエル・シュリク (William Philipp Daniel Schlich, 1840–1925) の名前と木に印をつけた二名の人物の名前を公表し、法的に問題なく満場一致で森の景観と必要性に応じて伐採を行っていると反論した (Crawford 8 Apr. 1895 10)。それに対し、コックスが現場に派遣されたのではない残りの専門家の意見を尋ねると (Cox 10 Apr. 1895 10)、専門家のうちの一人として「樹木 (Sylva)」を名乗る論者が四月十二日『タイムズ』への投書の形で応じた。「樹木」は、切る木の識別を二名に委託するのは委員会の関知するところではないと断ったうえで、間引きに関する報告書の核心部分を引用している。

> ポラード仕立てのシデの木 (Pollard Hornbeams)。森の大部分はポラード仕立てのシデ (pollard hornbeams) で覆われている。部分的には、シデの木はおもしろい特徴を示している。しかし、ポラード仕立て (pollarding) の慣例は今も止むことはなく、今は木が茂って日が射さず、風も通りにくい。我々は、よりよい木を生育させ単調な森に変化を持たせるための最善の方法は、全般的にシデの木を間引くのではなく、徹底的に一掃をすることだと考える。(Sylva 10)

ここで明らかにされたシデの木を森から一掃する計画に対しては、コックスのみならず、前年エピングの森の保存を訴えたギブソンやハーバートも口々に異議を唱えている (Cox 18 Apr. 1895 6, Gibson 20 Apr. 1895 5, Herbert 17 Apr. 1895 8)。

モリスが『デイリー・クロニクル』に投書したのはこの時である。既に確認したように第一の手紙でモリスは、「砂利泥棒」や「茨を巻いた垣根作り」に言及し、市の管轄下になる前に労働者階級にとってこの森が生活の中で重要な位置を占めていたことを知っていることを示している。また、彼が保存にこだわっているように見えていたシデの木は、肥沃ではないエセックスにおいて労働者の燃料源であり、生活の中の様々な道具の材料として欠かせない重要な木であった。その木が一掃される計画があるときにモリスが既に一掃した場所に再びシデの木を植えるべき、と主張していることは、彼がいかにこの木の重要性を理解していたかを示している。さらに彼は専門家を「非常に危険な人物」と批判し、その理由を、市場のために材木を育てる仕事をする森管理人、あるいは植物園のために標本を集めることを仕事とする植物学者、あるいはパトロンの財源が許す限り庭や風景を低俗化させる風景造園家であるからとした (Morris, "Tree Felling" 3)。

第二の手紙を見ると、モリスは、第一の手紙で専門家が材木を商用にしているとしたことに対しW・R・フィッシャー (W. R. Fisher) の抗議を受けて弁解しているが、モリスがこの話を持ち出したのは、フィッシャーが支援している森林学者シュリクの名前が、先に確認したように『タイムズ』の議論の中で専門家として挙げられたからであろう。[7] 前年の『ネイチャー』でフィッシャーは、シュリクの著書『林業の手引き (*Manual of Forestry*)』を引き合いに、植林によって利益が得られ雇用が創出できることを論じ、その候補地の一つとしてエピングの森を挙げていた (Fisher, "Afforestation" 602–03)。さらにフィッシャーがモリスへの反論の中で、美的な審美眼を持った専門家を選出した、とバクストンの言う「絵画的な」木へと繋がる発言を行っていること (Fisher, "Is Epping Forest Being Destroyed? "3) を考えると、モリスが自分の表現の行き過ぎは認めつつ「フィッシャー教授の仰っていることは正しいと認めたいのですが出来ません」、と主張を撤回していない理由が理解できるだろう。

第三の手紙の特徴は、モリスが自分でエピングの森の現状を見た結果を踏まえての要望という形をとっていることである。このことは、かつてエセックス・フィールド・クラブの会合に出席したギブソンの例と比べると非常に重要であることがわかる。既に触れたようにギブソンは、この時エピングの森の写真を撮影したことによって、ニューフォレスト同様の破壊が起きる可能性があるとするハーバートの抗議を引き出している。ギブソンはまた、『デイリー・クロニクル』へのモリスの投書の直前に批判を行っているので、エピングの森が「思慮深く」伐採されているとする同クラブの会合の決定事項に、実は反対であったとわかる。しかしこの会合の内容を記した『ネイチャー』の記事では、出席者としてのギブソンの名前は挙がっていても反対意見者としては挙げられていないため、あたかも彼が決定事項に賛成したような印象が生まれている。

一方モリスは、自分がエピングの森の現状を把握した上で、現行の森の管理は間違った方向に進んでいると「非絵画的なシデの木」を植え替えるバクストンの案への反対を表明している。彼は、バクストンが五月三日の『タイムズ』への投書で次のように述べたことに対し、返答を行っているのである。

……木の大部分は、地面から一〇フィートのところで昔から今に至るまで定期的にポラード仕立てにされてきています (have been … pollarded)。茎はそれ故に非常に密に伸びており、ある場合には何百本にもなり、一エーカーにわたって伸びています。いまやポラード仕立て (pollarding) は議会法によって止められたのですから、もし成長する場所が確保できなければ結果はひどいことになるでしょう。四、五本の細い小枝のない大枝が光に向かって垂直に伸びています。側生枝がなく枝帚のようになった木は醜いと同時に不自然です。(Buxton 3 May 1895 15)

ここでバクストンは、ポラード仕立ての禁止に言及しているので、この議会法は一八七八年のエピングの森法のことであり、彼がこの投書を書いている一八九五年には、二十年近く経っていることになる。彼はまた、自著『エピングの森』でシデの木はどんなにひどく刈り込んでもすぐ伸びるので、枝おろしをする者が好んで刈り取ったと述べている (Buxton 111–12)。従ってシデの木は、モリスが『ユートピアだより』に書いたように、本来は茂っているはずである。それにも関わらずバクストンはポラード仕立てが依然として多く存在していると述べ、モリスに実際に森の現状を見て発言しているのかと問いかけている (Buxton 3 May 1895 15)。このことは一体何を意味しているのだろうか。

そのヒントは、モリスが第三の手紙を、エピングの森でパーシー・リンドリー (Percy Lindley) に出会った後に書いていることにある。モリスがリンドリーに会い、最も伐採が行われている場所を見たことは、この時の同行者の一人コッカレルが日記に記している (Morris, May I 91)。また、モリスの書簡を編集したケルヴィンによると、リンドリーはエピングの森周辺の住民であり、四月二十六日に『タイムズ』に投書している (Kelvin IV 278 n.3)。そこでこの日の同紙の投書を見ると、確かにリンドリーは、問題は、エピングの森が古くからあるイギリスの森林地帯として残るか、それとも刈り込まれて庭園になるかであると述べて (Lindley 4)、モリス同様、現状のまま森を保護するのがよいと考えているように見える。しかし、同日の『タイムズ』に掲載された別の記事を見ると、エピングの森保存集会に出席したリンドリーには、別の側面があることがわかる。

パーシー・リンドリー氏は、森の数か所の過剰な伐採について述べ、氏はそれを事情がわかっていない森林居住者によるものとした。市が地元の刈り取りの権利を止めさせるために、ラウトゥンに七千ポンド支払ったのち、彼らはモンク・ウッドに入り自分たちのために木を刈って、森の自然の美しさを損なわせた。("Epping Forest" 26 Apr. 1895 11)

ここでわかるのはエピングの森の刈り取りには二種類あることである。一つは、依然として労働者階級が行っている刈り取りであり、もう一つは労働者階級の「刈り取りの権利」を諦めさせるために森林管理者が行っている刈り取りである。リンドリーはそのことを踏まえ、労働者階級が、依然として刈り取りを行っていることを批判しているのである。

リンドリーに会ってこのことを知ったモリスはどうしたのだろうか。仮にモリスがリンドリーに刈り取りの現場を見せられて納得したのであれば、伐採を「思慮深く」行っていると述べただろう。しかし既に確認したように、モリスは第三の手紙で、御猟場管理官のバクストンが、「非絵画的」なシデの木に代わりブナの木を植えることで森の性質を変えようとしていることに反対している。さらに、ポラード仕立てを禁じた「議会法に逆らってまでも」御猟場管理官であるバクストンの権限を否定し、自然のままに任せることを求めている。したがってモリスは、リンドリーに会い、労働者階級がシデの木を刈り取って日々の生活に役立てていることを知ったうえで、彼らのために、公開書簡でシデの木を守ることを訴えたと言えよう。

しかもモリスは、第三の手紙で、市のエピングの森委員会の責任を徹底的に追及せず、委員会がエピングの森の保存について再考出来る余地を残している。そのことによりモリスは、単にバクストンに反論して終わるよりも、議論を呼ぶことで、バクストンの上位に位置するロンドン市の委員会が、労働者の枝の刈り取り権について再考してくれることを期待したのではなかろうか。第二の手紙を見ると、既に確認した通り、彼は専門家を任命した委員会の責任を問う形で締めくくっており（Morris, "Is Epping Forest Being Destroyed? "3)、当初は第三の手紙も委員会の責任を問うつもりだったと思われる。手紙の原稿には、「わたしは委員会の森林管理の傾向について、御猟場管理官のお一人のこの発言以上のさらなる証拠をわたしたちが望むかお尋ねしたいと思います。」（Kelvin IV 277）という文面があるからだ。しかし、本論文の第二節 (1) で確認したように、実際に投稿した手紙を見ると「委員会の森林管理の傾向」の部分が「伐採の傾向」となり (Morris, "Epping Forest" 3)、委員会の責任を問うのを止めていることがわかる。

実際モリスの主張は世の耳目を集め、各誌が彼の主張を掲載した。第二の手紙の後には四月三十日の『サザン・エコー (*Southern Echo*)』が、エピングの森がゴルフ場または公園になる懸念を伝え ("Epping Forest and its Environs" 2)、第三の手紙と同日の五月九日には『ダンディー・イーブニング・テレグラフ (*Dundee Evening Telegraph*)』が「ウィリアム・モリス氏とエピングの森 ("Mr William Morris and Epping Forest") と題し、モリスが森の自然保護に乗り出したことを伝えている (2)。しかし、全てが好意的な受け止めであったわけではなく、四月三十日の『エセックス・ヘラルド (*Essex Herald*)』のように、モリスが現地を見ていないことを批判し、エセックス・フィールド・クラブの活動に期待を寄せている記事もある ("Notes" 30 Apr. 1895 2)。その同じ新聞で、モリスが現地を見、バクストンの著書を引き合いに出して論じていると報じられた ("Notes" 14 May 1895 2) 効果は大きかったのだろう。五月十七日の『タイムズ』には、伐採に関する反対意見と全く異なる見地から専門家を招き、森を視察して報告することにしたとのエピングの森委員会の委員長の発言が掲載されている ("Epping Forest" 17 May 1895 9–10)。しかしモリスに分があったのはここまでだった。六月十四日の『タイムズ』では、新しい専門家が現地を視察した結果が報じられ、木の伐採についてこれまでの攻撃の正統性を見出すことはできなかったが、反対者の意見には誇張の例が多く見つけられたこと、伐採を止めるとポラード仕立ての木が密集しているところには必ず木の損壊が起きること、委員会に伐採を止めるように求める者は、一八七八年のエピングの森法で木の刈込は検挙対象になっていることを知らないようである、と刈り取りの権利に関して再考の必要がないとした委員会の決定を伝えている[8]からである ("Epping Forest" 14 June 1895 3)。

おわりに

本論文では『タイムズ』を参照し、モリスが晩年に行ったエピングの森の保護活動を通じて、労働者階級の支援を試みたことを考察した。エピングの森は、かつて王室の所有であったが、一八七八年にロンドン市の管轄になり、一八八二年にヴィクトリア女王から公式に公衆に開放された。しかし、森の木の伐採により、森の恩恵を受けていた貧しい労働者階級の人たちは、エピングの森法で木の伐採が禁じられたために、逆に森から排除される結果になった。彼らはかつてウィリンゲールが生活のために木の伐採権を主張したように、権力に公然と立ち向かうことはしなかったが、木の伐採が禁じられたのちも、秘密裏に伐採を続けていた。しかし彼らの伐採の痕跡がシデの木のポラード仕立ての形で残った時、当時御猟場管理官であったバクストンは、ポラード仕立てにされたことで「非絵画的」で「人工的な」シデの木を除去し、他の木に植え替えることで伐採を阻止しようとした。これが彼の行った「思慮深い」伐採である。バクストンの行為を支持したのは、自然保護団体であったエセックス・フィールド・クラブとセルボーン・ソサエティであり、彼らの後押しを得て、ロンドン市の専門家およびエピングの森委員会は、バクストンの行為を容認するに至っている。一方、森の現状維持を唱えバクストンに反対したのがギブソン、ハーバート、コックス、そしてモリスだった。『ユートピアだより』の記述が示すように、モリスは労働者階級による木の刈り取りが違法であることは承知していた。しかし、森の恩恵を受けて細々と生活している労働者たちの存在を知り、彼らに伐採を諦めさせるために、シデの木を他の木に植え替える計画があると悟った時、モリスはシデの木をあるがままに残すことを訴える形で、エピングの森法の刈り取りの禁止事項の再考を、最高意思決定機関であるロンドン市のエピングの森委員会に求めたのだと考えられる。

モリスの提言は退けられ、それから百年経ったエピングの森では、植物相が変化し、かつてシデの木の陰に生育していたプリムローズやエゾシダが、上の木が茂りすぎたために絶滅し、森の複雑性が失われて、単なるブナ林へと変わっていった (Rackham No.3339, 3347)。生態系のバランスが崩れたのは、労働者階級にポラード仕立てをやめさせ、木々の再生を阻害した結果であろう。したがって、労働者階級の人々の生活を支援するポラード仕立ての重要性を理解したモリスは、人にも自然にもやさしい自然と共生する社会の実現を目指していたと言える。

注

（1）エピングの森はこの時ロンドン市の管轄となっており王室の御猟場ではないが、市の管轄後も同じ verderer という単語が使われているので、御猟場管理官と訳すことにする。

（2）一五四三年にヘンリー八世（Henry VIII 1491-1547, 英国王 1509–47）によって建てられ、エリザベス一世（Elizabeth I, 1533–1603、英国女王 1558–1603）の命で再建された。

（3）『ウィリアム・モリス年表 (*The William Morris Chronology*)』(1996) には、講演が一八八二年一月にバーミンガム・ミッドランド協会で行われた際には、「生活の副次的な芸術 ('Some of the Minor Arts of Life')」の題名であったとの説明がある (Salmon with Barker 114)。

（4）『ユートピアだより』の訳は、松村達雄訳（岩波文庫、一九九九年）、川端康雄訳、晶文社、二〇〇三年）を参考に筆者が行った。

（5）メルドラは一八八〇年から一八八三年、一九〇一年から一九〇二年の二度にわたり、エセックス・フィールド・クラブの会長になっている (W. A. T. 346)。

（6）森林基金はトウモロコシや他の作物の徴収金によって積み立てられたものであり、ロンドン市がエピングの森を管轄下におくための財源となった (Hagger No. 1234)。

（7）フィッシャーは、委員会の報告書には、森の商用利用、すなわち外来種を導入して植物園にする、ゴルフ場にするなどについては記載がないと反論している (Fisher, "Is Epping Forest Being Destroyed?" 3)。

（8）この報告書について報じた『ネイチャー』によれば、この時の覚書の署名者の中に、モリスを批判したフィッシャーとモリスの発言に対抗することが期待されたエセックス・フィールド・クラブのメルドラが入っている ("Management" 159)。

参考文献

Addison, William. *Portrait of Epping Forest*. Robert Hale, 1981.

A Forest Resident. “Epping Forest.” *Times*, 30 Mar. 1894, p. 3.

Buxton, E. N. Buxton. *Epping Forest*. London: Edward Stanford, 1885.

——. “Epping Forest.” *Times*, 27 Mar. 1894, p. 8.

——. “Epping Forest.” *Times*, 31 Mar. 1894, p. 16.

——. “Epping Forest.” *Times*, 1 May, 1894, p. 11.

——. “Epping Forest.” *Times*, 12 June 1894, p. 11.

——. “Epping Forest.” *Times*, 3 May, 1895, p. 15.

——. “Epping Forest.” *Times*, 17 May, 1895, p. 9–10.

Christy, Miller. “The Hornbeam (Carpinus Betulus L.) in Britain.” *Journal of Ecology*. Jan. 1924, vol. 12, No. 1, pp. 39–94. *JSTOR* https://www.jstor.org/stable/2255546.

City of London. “The Epping Forest Act 1878.” https://cityoflondon.gov.uk.

Clark, Timothy. *The Cambridge Introduction to Literature and Environment*. Cambridge, 2011.

Cox, Joseph. “Epping Forest.” *Times*, 2 Apr. 1895, p. 3.

——. “Epping Forest.” *Times*, 6 Apr. 1895, p. 12.

——. “Epping Forest.” *Times*, 10 Apr. 1895, p. 10.

——. “Epping Forest.” *Times*, 18 Apr. 1895, p. 6.

——. “To the Editor of the Times.” *Times*, 2 Apr. 1894, p. 14.

Crawford, HY. Homewood. “Epping Forest.” *Times*, 4 Apr. 1895, p. 14.

——. “Epping Forest.” *Times*, 8 Apr. 1895, p. 10.

Edwards, Joseph, editor. *The labour annual, 1895*. 2nd ed., Labour Press Society Ltd.; “Clarion Office”; Fabian Society; William Reeves; Labour Literature Society Ltd, [1895]. Nineteenth Century Collections Online, link.gale.com/apps/doc/

“Epping Forest.” *Times*, 27 June 1894, p. 12.

"Epping Forest." *Times*, 26 Apr. 1895, p. 11.

"Epping Forest." *Times*, 1 Mar. 1895, p. 10.

"Epping Forest." *Times*, 14 June 1895, p. 3.

"Epping Forest Acts 1878 and 1880." *Times*, 4 Aug. 1894, p. 1.

"Epping Forest and Its Environs." *Southern Echo*, 30 Apr. 1895, p. 2.

"The Epping Forest Controversy." *Nature*, No. 1279, vol. 50. 3 May, 1894, pp. 12–13.

EXPERT. "The Hornbeams in Epping Forest." *Times*, 8 Sept. 1894, p. 4

Fisher, W. R. "Afforestation in the British Isles." *Nature*, 26 Apr. 1894, pp. 601–03.

——. "Is Epping Forest Being Destroyed? No! Says Professor Fisher." *Daily Chronicle*, 26 Apr. 1895, p. 3.

Foster, John Bellamy. "William Morris's Letters on Epping Forest; An Introduction." *Organization & Environment*, vol. 11, no. 1, 1998, pp. 90–92. *JSTOR*, http:// www.jstor.com/stable/26164872.

Gibson, Bernard. "Epping Forest." *Times*, 23 Mar. 1894, p. 9.

——. "Epping Forest." *Times*, 23 June 1894, p. 19.

——. "Epping Forest." *Times*, 20 Apr. 1895, p. 5.

Hagger, Nicholas. *A View of Epping Forest*. O-Books, 2012. (Kindle edition)

Herbert, Auberon. "The New Forest and Epping Forest." *Times*, 9 June 1894, p. 19.

——. "To the Editor of the Times." *Times*, 16 June 1894, p. 18.

——. "The Vandal Dressed up as the Expert." *Times*, 17 Apr. 1895, p. 8.

Howes, John. "William Morris and Loughton." *Loughton & District Historical Society Newsletter*. No. 162. September/October 2004, p. 2.

Hunter, John. "Epping: London's forest." *Built Environment Quarterly*. Vol. 4, No. 1 1978, pp. 78–80. *JSTOR*, https://www.jsot.org/stable/42921918.

Johnson, Thomas. *Selections from the Herball or Generall Historie of Plantes containing the description, place, time, names, nature & vertues of All Sorts of Herbes for meate, medicine or sweet-smelling use &c. gathered by John Gerard Master of Surgery London*. Velluminous, 2008.

Kelvin, Norman. *The Collected Letters of William Morris*. 5 vols. Princeton UP, 1996.

Laurie, A. P. "To the Editor of the Times." *Times*, 2 Apr. 1894, p. 14.

Lefevre, G. Shaw. "The Epping Forest Decision." *Times*, 17 Nov. 1874, p. 7.

Lindley, Percy. "To the Editor of the Times." *Times*, 26 Apr. 1895, p. 4.

"London Amalgamation—The Commissioner's report." *Times*, I Oct. 1894, p. 13.

Lubbock, John. "The New Forest and Epping Forest." *Times*, 11 June 1894, p. 8.

Mackail, J. W. *The Life of William Morris*. Longmans Green and co, 1899.

"The Management of Epping Forest." *Nature*, 13 June, 1895, pp. 158–59.

Meldola, Raphael. "Epping Forest." *Times*, 31 Mar. 1894, p. 16.

M'Kenzie, F. F. "The State of Epping Forest." *Times*, 4 July, 1894, p. 10.

Morris, May, editor. *William Morris: Artist, Writer, Socialist*. 2 vols. Edition Synapse, 2005.

Morris, William. *The Collected Works*. Russell & Russell, 1966.

——. "Epping Forest Mr. Morris's Report. The Editor of the Daily Chronicle." *Daily Chronicle*, 9 May, 1895, p. 3.

——. "Is Epping Forest Being Destroyed? The Editor of the Daily Chronicle." *Daily Chronicle*, 30 Apr. 1895, p. 3.

——. "Tree Felling in Epping Forest. The Editor of the Daily Chronicle." *Daily Chronicle*, 23 Apr. 1895, p. 3.

"Mr William Morris and Epping Forest." *Dundee Evening Telegraph*, 9 May 1895, p. 2.

"Notes from the 'Essex County Chronicle'." *Essex Herald*, 30 Apr. 1895, p. 2.

"Notes from the 'Essex County Chronicle'." *Essex Herald*, 14 May 1895, p. 2.

"Open Spaces." *Times*. 9 Nov. 1894, p. 7.

Pond, C.C. "Willingale, Thomas." *Oxford Dictionary of National Biography*. 2004. https://doi.org/10.1093/ref:odnb/38565.

Poole, Reginald Stuart, W. B. Richmond, J.T. Micklethwaite, E. J. Poynter, William Morris. *Lectures on Art: Delivered in Support of the Society for the Protection of Ancient Buildings*. London: Macmillan, 1882.

Porter, J. H. "Epping Forest." *Times*, 4 May 1894, p. 14.

Rackham, Oliver. *The History of the Countryside*. Weidenfeld & Nicolson, 2020. (Kindle edition.)

"The Regulation of Epping Forest." *Times*, 1 Aug. 1894, p. 4.

"Royal Horticultural Society." *Times* 26 Sept. 1894, p. 10.

Salmon, Nicholas with Derek Barker. *The William Morris Chronology*. Thoemmes, 1996.
"Sir John Lubbock At The Selborne Society." *Times*, 31 May 1894, p. 7.
"The State of Epping Forest." *Times*, 30 June 1894, p. 7.
Sylva. "Epping Forest." *Times*, 12 Apr. 1895, p. 4.
Travis, Anthony S. "Raphael Meldola and the Nineteenth-Century Neo-Darwinians." *Journal for General Philosophy of Science*, Vol. 41 No. 1. June 2010, pp. 143–72. *JSTOR*, https://www.jstor.org/stable/20722532.
Young, Frederick. "Epping Forest." *Times*, 26 Mar. 1894, p. 6.
W.A.T. "Prof. Raphael Meldola, F.R.S." *Nature*, Nov. 25 1915, 345–47.
Wilmer, Clive ed. *News from Nowhere and Other Writings*. Penguin, 2004.

ウィリアム・モリス『ユートピアだより』川端康雄訳、晶文社、二〇〇三。

――『ユートピアだより』松村達雄訳、岩波文庫、一九九九。

オリバー・ラッカム『イギリスのカントリーサイド――人と自然の景観形成史』奥敬一、伊東宏樹、佐久間大輔、篠沢健太、深町加津枝監訳、昭和堂、二〇一二。

川崎寿彦『森のイングランド』平凡社、一九九七。

竹多亮子「イギリス　ヴィクトリア朝時代における環境保護運動についての考察――オクタヴィア・ヒルとウィリアム・モリスの場合――」『日本福祉大学研究紀要――現代と文化』第一一二号、二〇〇五、四七―五七。

藤田治彦「ウィリアム・モリスのイギリス　①「ウォルサム・ストウとエピングの森」」『英語教育』vol. 53 No. 7 大修館、二〇〇四。

第七章　クリスティーナ・ロセッティと「象徴の森」

兼武　道子

はじめに

クリスティーナ・ロセッティによる中期の作品「旧世界の木立（"An Old-World Thicket"）」は、三六連からなる瞑想詩である。この作品は、自然の風景を描いている点でロセッティのものとしては珍しい。詩集『野外劇とその他の詩（*A Pageant and Other Poems*）』（一八八一）には全部で九九篇にのぼる作品が収められていて、寓意的な意味や役割を与えられて擬人化された季節や、山川草木とそこに住まう動物たちへの短い言及がある詩も散見される。しかし、ある程度の具体性と描写的な展開をもって風景を描く作品は、「旧世界の木立」が唯一のものといってよいだろう。

伝記批評家たちによると、この作品は、一八七七年にダンテ・ゲイブリエルの療養先のケント州でクリスティーナが見た、ある朝の日の出の情景に着想を得ているという。[1] 一家の知人であるセオドア・ワッツが印象的な筆致でこの時のことを書き残している。

クリスティーナは最初のうちはあまり興味を示していなかった。灰色だった空が、ゆっくりと色を変化させて青リンゴのような色に変わり、空を横切るライラック色の筋が徐々にピンクと金色になると、ついに太陽が、密集して生えている細く高いニレの木々の背後に昇って、木々を一本の巨大な木のように見せた。少ない葉を通して日光が差し込み、まるで濡れた葉が作る輝くレース模様を通したかのようになった時、彼女はどんな夕日もこの光景にはかなわないと言った。

そして太陽がさらに輝きを増し、……銀色の霧の帳に光を投げかけ、それを金の帳に変えた時、……彼女は立ってじっと見つめ、唇を動かしていたが、何をささやいているのか聞き取ることはできなかった。(2)

日の出を見るのは初めてだったというクリスティーナにとって、記憶に残る光景だったのだろう。「旧世界の木立」の末尾では、西に傾いてゆく太陽からの黄金の光を浴びて、まるでそれに応答するかのように、木の葉の一枚一枚が葉脈を金色に浮かび上がらせ、光の粒となった無数の水滴を輝かせる様子が、簡潔な筆致ながら、ラファエル前派の絵画を思わせるような細密さで美しく描き出されている。

とはいえ、この作品の冒頭と末尾に描かれる森と、そこに住む鳥たちの様子は、なぜか写実的という印象を与えない。作者あるいは語り手が目の当たりにしている光景を描写したというには緻密すぎる部分があり、それと同時に、個別的であるというよりはどこか類型的なのである。ロセッティがこの作品で描いたのは、どのような自然なのだろうか。考えてみたい。

一　ロマン派への応答

「旧世界の木立」の冒頭で、語り手は深い森の中にいる。多種多様な樹木が作る木陰には小鳥たちが戯れ、爽やかな風が吹き、どこからともなく聞こえてくる快い水音があたりに満ちている。しかし語り手は悶々として心楽しまない。鬱的な希死念慮に捉えられ、恐怖や不安、喪失感、怒りや絶望などの負の感情に次々と支配されながら、生にも死にも意味を見出せずに立ち往生した途端、思いがけずに宗教的な救済が訪れ、語り手は心の平安を見出す。いつしか太陽は低くなり、次第に紫色の影を濃くしつつある森の木々は、最後の光を浴びて、黄金色の模様を浮かび上がらせる。

この作品は、風景描写から始まり、その中に身を置いた語り手が内的独白を展開するという設定を持つことから、M・H・エイブラムズが「偉大なロマン派の抒情詩」と呼んだ一連の作品との類推で理解され、自然と語り手の精神の交流あるいはその不可能さを描くロマン派的な枠組みで論じられてくることが多かった。特に、自然の事物と心を通わせることが幼年時代のようにはできなくなり、「天上の光」(四)の喪失を自覚した語り手が、自然との関わりにおいて人生と永遠について考えを巡らせるワーズワスの「幼少時の回想から受ける霊魂不滅の啓示」(以下「霊魂不滅の啓示」と呼ぶ)や、夜空を見て、美しいと思いつつも、感情が全く動かないことを述べるコウルリッジの「失意のオード」との類似がこれまでに指摘されてきている。(3)「旧世界の木立」においても、これらの抒情詩においてと同様に、詩の冒頭での「外的」な自然と、語り手の「内的」な想念という対立の構図が、語り手の思索的な瞑想を経て、弁証法的に「止揚」されて一定の解決に達するというナラティブが読み取られてきた。(4)近年のエコロジー批評は、「旧世界の木立」に、自然との接触を契機として詩人が心を回復させてゆく癒しのプロセスを読み取ったり、人間による自然環境の収奪と和解のビジョンが提示されていると解釈したりしてきた。(5)これらの読解もまた、自然と人間の交流というロマン派的なテーマの延長線上にあると考えることができる。

確かに、「旧世界の木立」と「偉大なロマン派の抒情詩」の間には、場面の設定やテーマの面で明らかな類縁性が認められる。この作品が書かれたと思われる一八七七年の夏には、ロセッティはワーズワスとコウルリッジを読み返していたと言われる。(6)また、「旧世界の木立」で重要な役割を果たす鳥と水のモチーフや、繰り返し言及される語り手の半覚醒の状態は、ロセッティが好んで詩に用いたものである。(7)この詩が、先行するロマン派の詩人たちに対して意識的に応答する形で書かれ、ロセッティの詩人としての自覚がここに表現されている可能性は高いのではないかと推測される。

二　テクストの森

しかし、「偉大なロマン派の抒情詩」との類似は見られるものの、「旧世界の木立」を詳しく読んでみると、主に三つの点で書法は全く異なっていることが分かる。まず、「偉大なロマン派の抒情詩」においては語りの場が決定的な重要性を持っていて、「個別的 (particular)」で「特定 (localized)」の、屋外の場所でなくてはならない。(8) 例えば「ティンターン修道院上流数マイルの地で」の冒頭では、詩人は風景を広く見晴らし、「このこんもりと茂る楓」(一〇)のもとに憩いつつ、五年前の記憶と照らし合わせながら、「これら農家の畑地、これら果樹の茂み」(一一)「これらの生垣」(一五)を順番に列挙してゆく。描写している風景から語り手は少し離れて奥まった場所にいるはずであるが、「これら」を多用し、語り手が身を寄せている「この」楓の木と同じ距離感で風景を記述する。言及する一つ一つの景物を手にとるように見つめて慈しみ、さらに五年前の記憶の中の風景と照らし合わせることで、目の前の風景が事細かに語り手の意識の「いま・ここ」へと描き込まれてゆく様子を読み取ることができる。コウルリッジの「失意のオード」や「アイオロスの竪琴」においても同様で、語り手の周辺に展開する状況を指示代名詞を頻繁に用いて具体的に描写したり、無言の聞き手であるサラの存在に呼びかけたり語りかけたりする形で、個別的な状況が形作られてゆく。

その一方、「旧世界の木立」の冒頭で描かれる情景は、ワーズワスとコウルリッジに見られる克明さとは全く異なった感触を持っている。

目覚めていたのか眠っていたか（私には分からない）
ある森の中で私は道に迷っていたのか、いなかったのか
そこではどの母鳥も雛たちを
　どこかの葉陰に匿って育てていた
オーク、それともトネリコの、イトスギ、それともブナの、
銀色の葉を細かくざわめかせるポプラ、
プラタナス、それともより暖かい色のカエデ、
中心からひっそりと死んでゆくニレ、
　柔弱で気ままなツタ、
松、存在しうる緑で丈高いものたち全ての葉陰に。（一―一〇）

語り手の「いま・ここ」の意識は限りなく希薄で、一般的な木の名称が「それとも（or）」という曖昧な接続詞によってカタログのように並列され、最後は特定さえされないまま、際限のない緑の中に溶け込んでいっている。母鳥たちが雛を育てているのは「どこかの（some）」葉陰であり、それぞれの巣の様子が語り手の目に見えているわけではないらしい。ここには、個別的な状況や特定の場所を示唆する表現はほとんど何も見当たらないといってよいだろう。ひいてはワーズワスとコウルリッジの作品に見られるような、迫真的な描写性もない。半醒半睡の語り手が夢を見ているかのように物語るこの森は、「偉大なロマン派の抒情詩」がその中に設定されているような、自然の中の特定の場所というよりは、E・R・クルツィウスが「混樹の森」と呼んだ、ホメロス以来の文学伝統において受け継がれて

きた「理想的景観」の系譜に属しているといった方が近いと思われる。(9)

スペンサー『妖精の女王』冒頭の「迷い森」(第一巻第一篇第一三連)を想起させるようなロセッティの森には、後に詳しく見るように、目を奪うような色鮮やかな鳥たちが飛び交い、楽しげに囀っている。(10)

鳥たちが遊ぶ木陰は、
見えない太陽に向かって踊り、きらめいていた。
枝や葉は、どれもが影を作り、
　どの影も、さらさらと鳴り、戯れる
そよ風を受けて、揺れていた。

せせらぎの音が高まりも弱まりもせず
　爽やかな感覚をあたりに広げていた。
音は、ここでもそこでもなく、一帯に満ちていた、
　まるで大地全体が水を含んでいるようだった、
地中に深く張った根も、川岸のイチゴも。(二二六―二三五)

生命感にあふれたこの描写によって、理想的景観のもうひとつのトポスである「悦楽境(ロクス・アモエヌス)」が完成する。樹木と、泉や小川、草花、そよ風、鳥の囀りは、いずれも悦楽境を構成する伝統的な要素である。(11) そうはいっても、ロセッティの森にはどことなく悪と退廃の影が潜んでいるように思われる。ニレの木はキリスト教信仰の強さを象徴する植物だといわれるが、先に見たように「中心からひっそりと死んでゆく」。(12)「柔弱で気まま(weak and free)」なツタは、性的な放縦さを含意する可能性があるという。(13) また、鳥たちが食べるのは「蝶とも見まごう花」

（一一）で、その植物に実る「珊瑚の色や金のようなベリー」（一二）は、エデンの園に生える、善悪の知識をもたらす木を想起させる。ミルトンの『失楽園』では、サタンの言葉によると、禁断の木は「赤くまた金色に輝く多彩な美しい果実をたわわにつけて」(9. 577–78) いることになっている。[14] このように、「偉大なロマン派の抒情詩」における自然とは違い、ロセッティの自然は、先行するテクストを編み合わせた言葉の森だと言えるだろう。また、その自然は、ロマン派が賛美したような無垢で汚れのない自然ではなく、かすかに罪と悪の影がさす「堕落した自然」なのである。[15]

ワーズワスとコウルリッジと「旧世界の木立」の違いは、自然のあり方だけにとどまらず、詩の中で解決されるべき問題の描き方においても見られる。「偉大なロマン派の抒情詩」においては、語り手は「外の情景と密接に関わる」個人的な事象について思案を巡らせ、長い葛藤と逡巡を経て、最終的には一定の解決に達する。[16] 例えばワーズワスの「霊魂不滅の啓示」では、語り手は春の情景の中に身を置き、幼年時には自然が「夢の中の栄光と瑞々しさに包まれて」（五）見えていたのに、大人になってからはその光が平凡な日常に溶け込んで失われたことを嘆き、「あの幻の輝きはいまいずこに」（五六）と自問自答することから思索が始まる。コウルリッジの「失意のオード」においても同様に、目に映る夜空は「並外れて美しく見えるのだが／見えるだけで、心に感じて鳴り響くものがない」（三七―三八）という述懐があり、それが苦悩の核心となっている。しかし「旧世界の木立」で語り手が経験する感情的な葛藤は、ワーズワスやコウルリッジの語り手たちが吐露する個人的な悩みとはいささか異なっているように思える。

けれども、これまでに述べてきた光景を見ていた私は
　極度の疲労でくたくただった。
そして不安を抱えて歩いていた、まるで
　死、災厄、あるいは飢えが

頭上に垂れ込めて、恐怖に押しひしがれた人のように。

敗北続きの私の人生の、痛烈な敗北のそれぞれが
あの苦しみの時に私に立ちはだかり、私に挑みかかった。
そして私の力を全て、やるせない麻痺へ、
　私の安らぎを全て、葛藤へと変え、
私は自分自身を鋭いナイフで容赦なく突き刺した。

快い美しさは私を絶望に追いやり
　その充実感すらも私の怒りを刺激した
私の歩む道を孤独にし
　心労に心労を積み重ね
私の苦杯を満たしたかと思うと、私から全てをはぎ取って空っぽにした。

なぜなら、あるもの全てが、そうでないものにしか見えなかったから。
決してあり得ないものを明瞭に証していたに過ぎなかったから。
それは私の窮乏をより耐えがたいものにし、
　私の運命をいっそう空疎にし、
歓喜に満ちているからこそなお深く、私を悲しませた。（三六―五五）

語り手を取り巻く自然が美しければそれだけ疎外感を感じるという主題はロマン派的であり、「死、災厄、あるいは飢えが／頭上に垂れ込めて」いるという意識は、ワーズワスの「決意と自立」を想起させる。しかし「決意と自立」

では、詩人としての将来に不安を感じているという憂鬱の理由が明言されていたのに対し、「旧世界の木立」にはそれがない。深いメランコリーに陥った人がある段階において感じるであろうような、感情の激しい起伏は述べられているものの、悩みの内容が奇妙に欠落していて、特殊性が薄まっているように思われる。もっとも、韻の構成においては、「決してあり得ない (what might never be)」と「私の窮乏 (my poverty)」が、対照的な意味合いを持つ「歓喜 (jubilee)」と共に一つの韻を形成することによって、「窮乏」というテーマが対比的に強調されてはいる。さらに周辺の「はぎ取って空っぽ (stripped me empty and bare)」や「空疎 (blank)」などの語と「窮乏」が呼応することで、自然の豊かさや生命力の横溢と対照される形で、語り手の感じている欠落感が増幅されて提示されている。しかし、ロマン派の作品とは違って、苦しみの内容が個人的な表白という形で読者に対して具体的に明かされることはない。

「旧世界の木立」には、ダンテの叙事詩『神曲』の「地獄篇」から取られた「暗い森」というエピグラフが添えられている。批評家アースノーは、「暗い森」から始まって黄金色のビジョンで終わる「旧世界の木立」の枠組みが、『神曲』の構造のミニチュアになっていることを明らかにした。[17] 中間部分である語り手のメランコリーの描写も、叙事詩の伝統への応答となっている可能性がある。ミルトンの『失楽園』を想起させるものがあることを指摘したい。

その時、私の心は光への反逆者として立ち上がった。
　地と天と、深い海と高い空を駆け巡り、
　　憤怒と憂鬱を集め
怒りに怒りを、夜に夜を集合させた。
ああ、そのような反逆の苦しさよ、
　無力で、忌まわしく、憎しみに満ち、
運命という拘束のかんぬきを

蹴りつけては自らを傷つける、
　そして虚しく揺さぶりをかけるが、門を揺るがすことはできない。（七七―八五）

「光への反逆者」となり「憤怒と憂鬱」を抱いて天と地を駆け巡るというのは、まさにミルトンのサタンの姿を連想させる。また、かんぬきと門への言及は、第二巻でサタンが通り抜ける恐ろしい地獄の門を示唆しているように思われる（2. 643–5, 871–83）。さらに、「旧世界の木立」で全二一連の長さに及ぶ語り手のメランコリーの描写がクライマックスに達する以下のくだりには、犯した罪の重さを改めて自覚した『失楽園』でのアダムの長い独白が重ね合わされているのではないだろうか。

いったいなぜ私は息をするのだろうか、ため息しか出ないのに？
なぜ私は生きるのだろうか、これほど苦しい息をしながら？
ああ、辛い労苦、答えのない、なぜ！――
　しかし私は、私はいったいなぜ死ぬべきなのか、
生きていても希望がなく、死にも希望がないのに？

芝地や苔や落ち葉は
　無期限の安らかな寝床になる。

しかし芝地の下では蛆が蝕む――

　もしかすると、そこには悲しみも――

両方かもしれない、もしかしたら永遠に。今のように、一時だけではなく。（一〇一―一一〇）

生にも死にも絶望した「旧世界の木立」の語り手の言葉には、罪と罰の重さに打ちひしがれ、自分はサタンに匹敵するという理解に到達した(10. 841)アダムの独白からの反響を読み取ることができる。アダムは「なぜ私は依然として生きのび、なぜ死の嘲笑に／晒され、死に絶えることのない苦悩にいつまでも苛まれなければ／ならないのか！　私はあの宣告された死を一刻も早く迎え、冷たい／土塊になりたい！」と願いつつ、もし神から与えられた生命によって「必ずしも全面的に死ぬことができない」ならば「墓か或いはどこか／陰惨な場所で、私は永遠に生きる死者として横たわることになる／のではないのか？」(10. 773–89)という不安に苛まれる。この独白の後に間もなくアダムはキリストによる救済のビジョンを提示されることになるが、それと同様に、「旧世界の木立」においても救済が訪れる。ロセッティは「悪は私たちの美の感覚を通して攻撃してくることがある」という、ピューリタン的な考えを持っていたという。[18]そうだとすると、「旧世界の木立」においては、冒頭の美しい自然に心を寄せたことも、語り手にとっての悪であり罪の一部であったのかもしれない。ワーズワスとコウルリッジの自然に対する態度とは対照的だといえよう。

「偉大なロマン派の抒情詩」においては、個別的で具体的に設定された屋外の場所に身を置いた語り手が、周囲の自然と自己にまつわる瞑想を展開し、その独白を読者は「漏れ聞く(overhear)」構造になっている。[19]語りは現在形でなされ、読者は語り手の心中に去来する思いを、語りと同時的に経験してゆくことで、読者と語り手の間に独特な共感の関係が成立するのが特徴的だといえるだろう。「旧世界の木立」はこの点においても「偉大なロマン派の抒情詩」と異なっている。詩の全体は過去形で書かれ、しかもそのことを強調するように、語りの現在との隔たりが度々確認されるのである。語り手の鬱的な想念は読者をたじろがせるような迫力をもって語られるが、「あの苦しみの時に(in that bitter hour)」（四二）という言明によってあらかじめ回顧の枠組みが与えられている。また、詩の冒頭における「目覚めていたのか眠っていたか（私には分からない）(Awake or sleeping [for I know not which])」（一）という当時の状況は、後に「(眠っていたのか目覚めていたのか、分からないけれど)([Asleep or waking, for I know not which])」(六二)という形で繰り返され、詩で物語られる出来事が語りの現在とは区別されている。さらに、メランコリーの発作が描かれ始める箇所では、混樹の森でもある悦楽境に飛び交う小鳥たちの情景を指して、「けれども、これまでに述べてきた光景を見ていた私は(But I who saw such things as I have said)」(三六)とあり、語りへの自己言及が見られる。語りの現在は、楽園的な情景を「見た」自分とは別の、それらを「述べる」ところにあることが、さりげないながらもこのように繰り返して強調されているように思われるのである。語りの現在がこのように意識的に明示されることで前景化されるのは、冒頭で細かく「述べ」られている悦楽境の描かれ方である。さらに、この詩の最後にはキリストによる救済のビジョンが描かれるが、詩の題名は旧約の世界を指す「旧世界の森」になっていることも、冒頭の悦楽境と語りのレベルに読者の注意が引きつけられる要因に数えられるかもしれない。

三　象徴の森へ

作品冒頭の混樹の森と悦楽境は、この詩の中で一種異様な美しさで際立ち、独特な生命感を持っているように感じられる。その理由の一つとして文体が挙げられるだろう。

銀色の葉を細かくざわめかせるポプラ、
プラタナス、それともより暖かい色のカエデ、
中心からひっそりと死んでゆくニレ、
柔弱で気ままなツタ、

松、存在しうる緑で丈高いものたち全ての葉陰に。（六―一〇）

現在分詞 (silvery aspen trembling delicately) や短い形容詞 (ivy weak and free) と名詞という、簡潔で軽いタッチの組み合わせが連続することによって、森の様子が次々に描き出されてゆく。「中心からひっそりと死んでゆくニレ (elm that dies in secret from the core)」の場合は、現在形を用いた説明的な関係代名詞節によって、ゆっくりとした死が進行しつつあることが表されている。樹木を列挙した最後が「存在しうる緑で丈高いものたち全て (all green lofty things that be)」と、分類することを放棄したような体裁になっているのは、森に迷い込んだ当時の語り手が感じたであろう圧倒的な驚異の念を表していると同時に、世界の全ての木をこのカタログに取り込むことができればと願いつつ、その不可能さを感じている現在の語り手の思いが重ね合わされていると読み取ることもできるだろう。このような筆致は、アーサー・シモンズが『象徴主義の文学運動』で「森の木々の目録を作ることを蔑みながら、戦慄らしいものを抱いて自然から尻込みしているように見えるとき、私たちは実はその自然にもっと近づいていることになるのである」と述べた書き方に接近しているように思われる。[20]

象徴主義的な書き方は、小鳥たちについても見られる。

鳥たちの姿は全ての欲望をかき立てるようだった。
　まるで空の青さが点となって飛ぶよう、
舞い降りて歌うエメラルドの綿毛のよう、
　燃える石炭そのもののよう、
あらゆるもの、いかなるものにも鳥たちは見えた。

鳥たちは陽気に騒ぎ、さえずり、語らっていた
　よく調律された嘴の、音楽の舌で。
鳥たちが話すことは人の言葉よりも知恵があり
　それに比べると人の音楽は味気なく
人の最も精妙な思考も粗野もしくは脆弱に思えるのだった。（一一―二〇）

「鳥たちの姿は全ての欲望をかき立てるよう (Such birds they seemed as challenged each desire)」とあるように、視覚 (azure heaven, emeralds)、聴覚 (sing)、触覚 (downy, actual coals on fire) が言及され、「……のよう (Like)」が繰り返されることによって、やがて「あらゆるもの、いかなるものにも鳥たちは見えた (Like anything they seemed, and everything)」の中に取り込まれる。次の連で彼らが「音楽の舌 (tongue of music) で」囀り出すときには、聴覚の中に色彩や温度などの全ての感覚が溶け込んでゆくかのようである。韻のパターンも、この鳴き交わす鳥の歌声を補強し際立たせるかのように、微妙に崩されていて、前後の連では abbaa となっているのが、この二つの連については abbab となっている。この効果は、象徴主義の詩法と世界観が典型的に現れているボードレールのソネット「交感 ("Correspondances")」で、"comme" が繰り返されるにつれて「象徴の森」の万物が照応し、共感覚的な世界が徐々に歌として立ち上がってくる様子に似ている。

ベンヤミンはボードレールの「交感」について、「自然との関係における美は、『被われてある場合にのみ本質的に自己自身と同一であり続ける』のであり、「万物照応は、芸術の対象が、忠実に写し取られるべきではあるが、しかしそのことによって徹頭徹尾アポリア的な対象だということを明らかにする」と述べている。[21]「旧世界の木立」においても同様に、鳥の羽毛を青空やエメラルドや燃える石炭になぞらえる明喩を重ねてゆきつつ、最終的には「あらゆるもの、いかなるもの」に託すことによって、類似や類推を通して限りなく対象に接近してゆこうとしつつも、究極

的には言葉による自然の描写がもはや不可能であることを示しているように感じられる。さらに、鳥たちの囀りが、人間の紡ぎ出す言葉や思考や音楽よりも完全であるという発想においては、ミメーシスによる描写をすでに離れ、言葉の喚起力に最大限に頼ろうとする、純粋詩にさえ近づいてゆくような表現のあり方が指向されているともいえるのではないだろうか。シモンズが「美しい物事を魔術を使ってかのように喚起するために、描写が追放される。言葉がもっと精妙な翼に乗って飛翔するために、詩形の規則的な拍子が破壊される」と述べるとき、まさにロセッティの「旧世界の木立」は象徴主義へと向かう兆しを見せているのではないだろうかと思われてくる。(22)

このように、クリスティーナ・ロセッティによる「旧世界の木立」は、自然と語り手の交流という「偉大なロマン派の抒情詩」のテーマ設定を、混樹の森や悦楽境という古典以来のトポスや、『妖精の女王』、『神曲』や『失楽園』などの叙事詩の伝統と巧みに組み合わせている。その一方で冒頭部分での森の描き方には象徴主義的な詩法を予感させるものがあり、抑制的な筆致の中に先進的な性格を併せ持つ作品だといえるだろう。

＊「旧世界の木立」からの引用はペンギン版を用いた。訳は中央大学人文科学研究所の研究会で出席者の方々から頂戴したご意見を参考にさせていただいた。「旧世界の木立」以外の作品の訳は参考文献にあげた既刊の訳に拠った。

＊本研究は JSPS 科研費 JP16K02464 の助成を受けて行われた。

注

（1） Packer 320, Marsh 446.
（2） Marsh 446.

(3) Packer 321, Cantalupo 287.
(4) Harrison 49.
(5) Williams 10, 120. Mason 145-6.
(6) Packer 321.
(7) クリスティーナを含むロセッティ一家と親交があり、クリスティーナとは詩人として互いに尊敬し合っていたスウィンバーンも、彼女に宛てた「クリスティーナ・ロセッティに捧げるバラッド」("A Ballad of Appeal to Christina G. Rossetti") と「夢の国のバラッド」("A Ballad of Dreamland") において、これらのモチーフを用いて呼びかけている。特に「夢の国のバラッド」は一八七六年に出版されたものであり、「旧世界の木立」と創作年代が近い。(Roe 162)
(8) Abrams 76.
(9) クルツィウス 278.
(10)『妖精の女王』との類似については Rossetti, Humphries ed., 471 で指摘されている。
(11) クルツィウス 281.
(12) Cantalupo 294.
(13) Rossetti, Humphries ed., 471.
(14) 花が咲いていると同時に実もなっていて、春と秋が共存するかのようであるのも地上楽園の特徴だという。(ミルトン [上] 386)
(15) Cantalupo 285.
(16) Abrams 77.
(17) Arseneau 187–89.
(18) Bump 328.
(19) Abrams 76.
(20) シモンズ 20.
(21) ベンヤミン 323.
(22) シモンズ 19.

参考文献

Abrams, M. H. *The Correspondent Breeze: Essays on English Romanticism*. New York: Norton, 1984.

Arseneau, Mary. *Recovering Christina Rossetti: Female Community and Incarnational Poetics*. Basingstoke: Palgrave, 2004.

Baudelaire, Charles. *The Flowers of Evil*. Trans. James McGowan. Oxford: Oxford UP, 1993.

Bump, Jerome. "Christina Rossetti and the Pre-Raphaelite Brotherhood." *The Achievement of Christina Rossetti*. Ed. David A. Kent. Ithaca: Cornell UP, 1987. 322–45.

Cantalupo, Catherine Musello. "Christina Rossetti: The Devotional Poet and the Rejection of Romantic Nature." *The Achievement of Christina Rossetti*. Ed. David A. Kent. Ithaca: Cornell UP, 1987. 274–300.

Harrison, Antony H. *Christina Rossetti in Context*. Chapel Hill: U of North Carolina P, 1988.

Marsh, Jan. *Christina Rossetti: a Writer's Life*. New York: Viking, 1995.

Mason, Emma. *Christina Rossetti: Poetry, Ecology, Faith*. Oxford: Oxford UP, 2018.

Milton, John. *Paradise Lost*. Ed. Gordon Teskey. 2nd ed. New York: Norton, 2020.

Packer, Lona Mosk. *Christina Rossetti*. Berkeley: U of California P, 1963.

Roe, Dinah. "'Good Satan': the unlikely poetic affinity of Swinburne and Christina Rossetti." *Algernon Charles Swinburne: Unofficial Laureate*. Ed. Catherine Maxwell and Stefano Evangelista. Manchester: Manchester UP, 2013. 157–73.

Rossetti, Christina. *The Complete Poems*. Eds. R. W. Crump and Betty S. Flowers. London: Penguin, 2005.

——. *Poems and Prose*. Ed. Simon Humphries. Oxford: Oxford UP, 2008.

Swinburne, Algernon Charles. *The Poems of Algernon Charles Swinburne*. 6vols. London: Chatto, 1909.

Williams, Todd O. *Christina Rossetti's Environmental Consciousness*. New York: Routledge, 2019.

上島建吉編『対訳　コウルリッジ詩集』岩波書店、二〇〇二。

クルツィウス、E・R『ヨーロッパ文学とラテン中世』南大路振一、岸本通夫、中村善也訳、みすず書房、一九七一。

シモンズ、アーサー『[完訳] 象徴主義の文学運動』山形和美訳、平凡社、二〇〇六。

スペンサー、エドマンド『韻文訳　妖精の女王（上）（下）』福田昇八訳、九州大学出版会、二〇一六。

ベンヤミン、ヴァルター『パリ論／ボードレール論集成』浅井健二郎編訳、筑摩書房、二〇一五。

ボオドレール『悪の華』鈴木信太郎訳、岩波書店、一九六一。
ミルトン『失楽園（上）（下）』平井正穂訳、岩波書店、一九八一。
山内久明編『対訳　ワーズワス詩集』岩波書店、一九九八。

第八章　イーディス・ホールデンの再生
――あるエドワード朝婦人画家の田園日記

山田　美穂子

「自然はそれを愛する者の心を裏切ることは決してない」―ワーズワース
（『ネイチャー・ノーツ』の巻頭引用句）

はじめに

イーディス・ホールデン（一八七一―一九二〇）の『あるエドワード朝婦人のカントリー・ダイアリー』（以下、本稿では『カントリー・ダイアリー』と表記）は、一九〇六年の一月から十二月までの一年間、イングランド中部の野の花や生きものを描いた自然のアルバムである。各月にふさわしい扉絵に詩の引用が添えられ、絵画教室の生徒たちへの見本として作られた、完全な手書きの一冊で、長らく出版されることなく家族の本棚に眠っていた。

人見知りで「とても物静かな人柄」(Taylor 118) のイーディスは、四十歳で彫刻家の夫と結婚してロンドンに住み、自然の花や小鳥や動物の絵を得意とする子ども向け絵本の挿絵画家として地位を確立し、慈善事業にも大いに貢献していた。

今ではイギリスのグリーティング・カード類やファブリックの愛好家以外には知られておらず、人々はこの本をクリスマスに贈り合う。その精密だが温かみのある植物のスケッチやウサギやリスといった小動物のイラストを見ていると、彼女のほぼ同時代人で、やはり自然の動植物を題材にした絵本画家であるベアトリクス・ポター（一八六六―

一九四三）の世界的に有名な「ピーターラビット絵本」シリーズを思い浮かべずにはおられない。(1)

ヴィクトリア朝からエドワード朝にかけては、中産階級の家庭では女の子が花や小鳥を愛でること、それを写生したり刺繍したりして過ごすことが奨励されていたと言ってよい。ともに裕福なユニテリアン派の中産階級の娘であったベアトリクスもイーディスも、情操教育のためにはなんでも惜しみなく与えられている。総じてヴィクトリア朝の子どもは道徳と抑圧に苦しんだかもしれないが、同時に富がもたらす望外の教育的機会も享受したのだ（Gristwood, 一八）。ベアトリクスの場合は、ロンドンの「不幸せな子ども部屋」の、息詰まるような環境から脱出した先の湖水地方において自然の驚異に開眼するのだが、イーディスは幸い幼いときから、自宅があるバーミンガム近郊にふんだんに残っていた豊かな田園を享受することができた。

この『カントリー・ダイアリー』の特徴は、当時イギリスの一般家庭のガーデンにも咲いていた園芸種のチューリップやバラやユリではなく、野生の動植物が選ばれている点である。その描写は植物学的に正確で緻密だが、どこか初々しく、スケッチの対象である自然の事物に対する「センス・オブ・ワンダー」が感じられる。また解説も専門的に過ぎることなく、簡潔で明快である。

ひたすらイングランド固有の野の花が採集され、そこにワーズワースらロマン派の詩の引用と多少の備忘録が添えられたこの『カントリー・ダイアリー』には、制作年代や作者の出自を考えれば、イングリッシュネスを感じて当然だが、その徹底ぶりに気がつくのは、たとえばベアトリクス・ポターのデビュー作『ピーターラビットのおはなし』（一九〇二）の中で、農夫に追われたウサギのピーターが倒してしまうゼラニウムの鉢植えを見るときだ。園芸用ゼラニウムは今ではヨーロッパ全土で窓辺を飾るポピュラーな植物だが、もとは南アフリカ原産で、一六〇九年にオランダ植民地監督によってオランダにもたらされ、ヴィクトリア朝のイギリスで熱狂的な愛好者を生み、一般家庭にまで広く浸透した（遠山　二八九）。そうした、いわばイギリスに帰化したお馴染みの花さえ、イーディスの『カントリー・ダイアリー』には登場しない。

イギリスには十七世紀の王立学会創設、J・フッカーによるキュー王立植物園再編といった国家的な博物学プロジェクトの伝統が存在し、植物画家の系譜には著名な女性画家もいた。だが一般的な自然愛好家たちに目を移せば、十九世紀末から二十世紀初頭、人々の関心は富と権威の象徴でもある外国由来のエキゾチックな植物を離れ、山野に生えるイギリス固有の植物の魅力へと移っていたのは間違いない。イーディスのこの個人的な日誌もまた、この流れの中にある。

「一九一〇年の十二月に、あるいはその頃に、人間の性質が変わった」とヴァージニア・ウルフが講演「ベネット氏とブラウン氏」のなかで述べたのは一九二四年のことだった（ウルフ 七）。その一九一〇年、イーディスは独身最後の時をひとりロンドンで過ごしていた。彼女は手紙のなかで「今年の夏はフランス人の観光客が多いです。大きな展覧会を観に来ているのです。わたしは先週行きました――すべてが照明でライトアップされているのが何より素晴らしかった」と書いている（Taylor 163［傍点筆者］）。イーディスはこのときロンドンで、先にウルフが暗に称揚した「マネと後期印象派展」（一九一〇年十一月から翌年一月）を観ていないのは確かである。

一九二〇年三月、キュー・ガーデン近くで栗の木の若芽を折り取ろうとして池に落ち溺死する。その突然の悲劇は夫個人には大きな打撃だったが、大戦後の復興めざましいイギリス社会に大きな波紋をひろげることはなかった。

本稿では、イギリスの素人博物学愛好家の伝統と、女性教育の一環としての素描・水彩画の伝統、そして工業都市バーミンガムの富が可能にした「生活の中の美」が融合して、ミッドランドの自然と風土に固く結びついたエドワード朝特有の画家イーディス・ホールデンが生まれた過程を、アイナ・テイラー (Ina Taylor) による唯一の伝記『あるエドワード朝婦人：イーディス・ホールデンの物語』（一九八〇）の記述を軸に、『カントリー・ダイアリー』自体からの抜粋と手紙や日誌からの引用を交えて紹介する。その過程は先述のとおりベアトリクス・ポターのそれと時折交差し、興味深い比較をもたらすだろう。また、イーディス・ホールデンの人生は、父親の都合による頻繁な引越しが句読点となって区切られている。本稿も彼女の住みかの移動を目印に、四季で辿ってみたい。

一　春：生い立ち〜美術学校入学

イーディス・ホールデンの父アーサー・ホールデンは父親の死後、わずかな遺産を手にブリストルの実家を離れ、バーミンガムへ向かった。一八六五年のことである。新興の工業都市であったバーミンガムは旧弊な徒弟制度などから比較的自由であり、出身や身分にかかわらず「エネルギーと先見の明、そして資金を持つ者」であれば誰に対しても成功への道は開かれていた (Taylor 12)。そして彼は、三年後にはニス製造会社の共同経営者として経営権を持つまでになっていた。

ホールデンは非国教徒であり、ユニテリアン派の教会を強く支持していた。このことは後に、ホールデン家の子どもたちの精神に強く影響を与えることになる。バーミンガムは非国教徒の牧師に関する規制にひっかからず、そのため彼らの避難所となった (12)。またその政治的な雰囲気も、やや急進派よりのリベラルな思想の持ち主であったアーサー・ホールデンには好ましいものだったに違いない。実際彼は、一八六〇年代にバーミンガム市議会の急進派議員であったジョン・ブライトの熱烈な支持者でもあった。

ジョン・ブライトはクウェイカー教徒で、ベアトリクス・ポターの父方の祖父、エドマンド・ポターと親しい交友関係にあった。エドマンドは熱心なユニテリアン派の信徒で、マンチェスターにて捺染業を起こし、十九世紀半ばには世界最大のキャラコ捺染会社のオーナーとなった人物である。そのエドマンド・ポターの邸宅に出入りしていたのがコブデンやブライトら議員であったことから、ポター家の話題は自然と政治的なものが多かったという（テイラー（二〇〇一）一五—一八）。こうしてイーディス・ホールデンとベアトリクス・ポターには生まれる前から、裕福な非国教徒のフィランソロピストの教養豊かな娘、という共通点が用意されていたと言えるだろう。経営者として成功した後のアーサー・ホールデンの活動には宗教的・政治的信念が色濃く、やがてバーミンガムの市議会議員に選出され、三期目を迎えたチェンバレンと改革的な仕事をすることになる (Taylor 16)。

ホールデン家には次々と子どもが誕生する。長女エフィ・マーガレットはイーディスの四つ上、次女は生まれつき背中の悪いウィニフレッド（ウィニー）、次がアーサー待望の息子アーサー・ケネス、その後一年もせずに四人目のイーディスが一八七一年九月二十六日に生まれ、アメリカで有名な従姉にちなんでセカンドネームをブラックウェルと名付けられた。

この従姉エリザベス・ブラックウェルはアメリカで育ち、イギリス初の女性医師となった人物である。エリザベスの義理の妹にあたるルーシー・ストーンはアメリカでは有名な女性参政権運動家であり、強い関心を抱いたエフィは後にストーンの短い伝記を書いている (18)。「ブラックウェル」というセカンドネームの由来が示すように、イーディスの周囲には女性の知的活動と経済的自立を称賛する雰囲気があったことがわかる。

子どもたちの教育は主に母親のエマがおこなった。家庭教師としての経験から、彼女はまず年長の者たちに読み書きを教え、早くから文学に親しませた。幼い子どもから年長者まで詩の暗唱をさせられたが、子どもたちは喜んで成果を披露したという。家の中にはいつも大量の本があり、特に夫妻の共通の趣味である詩の本が多かった (19)。この膨大な英詩の素養が、後年イーディスの『カントリー・ダイアリー』の中に花開くのである。また子どもたちと両親は近隣の田園散歩を愛し、庭も熱心に手入れして花を咲かせた。こうした両親の自然美への興味関心が子どもたちを感化し、彼らもまた「春一番の福寿草やスイカズラのつぼみを熱心に探す」ようになる (20)。

子どもたちは成長するにつれ、母と共にヴィクトリア女王の行幸や、ジョン・ブライトの公的献身を讃えて制作された銅像の除幕式などの特別な行事に出席した。こうした背景からすれば、子どもたち、とくに女子たちが、同時代の同性の子どもたちと比べてより広範な教養と意識を持っていたことは驚くにあたらなかった(24)。

社交生活の割合が増すにつれて、アーサー・ホールデンは田園での静かな私生活を望むようになる。バーミンガムが発展するにつれ主要道路の交通量はさらに増大したため、一八八〇年にホールデン家は田舎へと引っ込んだ。今度の住所は、バーミンガムから一五マイルほど南のパックウッドの小さな村である、ダーリー・グリーンである。

近隣の地主の家パックウッド・ハウスの魚のいる池が、子どもだったイーディスのお気に入りであったようで、後に『カントリー・ダイアリー』の七月の章であの池を再訪したことを記し、毎週のように訪ねた折には「パックウッド・ハウスの池で摘まれた白いハスの花をもらった」と書いている（ホールデン 九一）。この地域にたくさんある農家は、子どもたちにとって魅力的だった。特にイーディスは生まれたての動物を見るのが好きだった。『カントリー・ダイアリー』の二月二十四日の項には、「ソリハルとベントレー・ヒースを抜けてパックウッドまで自転車で出かけた」とある（一八）。「教会に隣接したパックウッド・ハウスの庭にはスノードロップが群生していた。大きな花束にして持ち帰った。そこの農夫が生まれたての子羊を見せてくれた。その朝生まれた三頭のうちの一頭だという。私が腕に抱くと、少しも怖がらずに黒い顔を私の顔に近づけてくる。」イーディス十歳の頃のこの原体験が、後にスコットランドの農村で動物画に打ち込む素地を作ったのだと言ってよい。

その間にも子どもたちの教育は続いていた。母が娘たちの教育を受け持ち、家業を継がせるつもりの息子たちは学校へ送られた。ホールデン夫人は、チョーサーのような古典からブリス・カーメンやジーン・インゲロウのような当時のロマンティックな詩人まで、幅広く読んでいた。その母親の知識と熱意がうつったのだろう、娘たちは自主的にそれに取り組み、終生文学に関心を持っていた。『カントリー・ダイアリー』の中ではそれらの詩が繰り返し引用さ

れ、イーディスの英詩への関心と鑑賞眼の証左となっている。(2)

一八八四年、イーディスは十三歳でバーミンガムの市立美術学校に入学する。スケッチの才能を現し始めていたイーディスは「ちゃんとした画学校で授業を受けさせて」くれるよう両親を説得したのだった (Taylor 32)。この学校では、入学から二年以内に芸術学科の素描とモデル模写の試験に合格しなければ退学ということになっていたが、翌年四月にイーディスは素描の試験で最優秀の成績であった。美術学校でのエピソードのハイライトは、バーミンガム王立芸術協会の会長であったエドワード・バーン＝ジョーンズによる故郷再訪だろう。当時アートギャラリーでは彼とジョージ・ワッツの特別展が開かれており、バーン＝ジョーンズは美術学校の視察にやってきたが、ちょうどそのときイーディスは数学の授業中だったという (32)。

二　夏：動物画への目覚め

バーミンガム近郊の別の村、キングズウッドに越してまもなく、一九歳にしてイーディスはバーミンガム王立芸術協会の秋の展示会に油彩を出品することになり、家族は内覧会に招かれる栄誉に浴し大いに喜んだという (Taylor 38)。引き続きイーディスは良い成績を修め、線描三級試験で優等を、初級模写二級では優秀クラスに入った。この年の試験官は高名な挿絵画家、ウォルター・クレインであった。

彼女は勉強を楽しみ、刺激的な仲間に囲まれていた。それぞれ時期は異なるが、同期にはA・J・ガスキン、シドニー・ミートヤード、チャールズ・ギア、フローレンス・ラドランドらラファエル前派の影響の濃い画家たちがおり、みな世紀末前後には挿絵画家として地位を確立している。このバーミンガム市立美術学校は地方における最良という評判で、学生と作品を汽車ではるばるロンドンまで送ることなく、自前の敷地において芸術学科の入学試験を許可された最初の美術学校であった。全国コンペティションでは多くの賞がバーミンガムの美術学校出身者で占められ、やがては先に述べた画家たちを含む「バーミンガム・スクール・オブ・イラストレーション」などと称される挿絵画家たちが活躍し、創刊期の *The Studio* 誌にウィリアム・モリスによる賛辞が載るまでになった(39)。

この流れでゆけば、イーディスも遅かれ早かれ、子ども向けの詩集や物語に挿絵を描く画家として成功しても不思議はなかっただろう。しかし、彼女の真の関心はそこにはなかったようだ。専門を決める段階になって、動物画を選ぶのはイーディスにとって自然なことだった。彼女は動物植物を問わず、イギリスの野生のものに魅せられていたのだから。

イーディスが二十歳になったとき、学校の担当教員が、スコットランドで最近評判の動物画家ジョセフ・デノヴァン・アダムのもとで絵を学ばないかと推薦してきた。デノヴァン・アダムはスコットランド、スターリング近くのクレイグミルにある自宅にスタジオを立ち上げ、近隣のアーティストたちとコミュニティを作っていた。平和な川土手、美しい古いコテージ、古の城と修道院が揃った「絵になる」環境が芸術家たちを引きつけ、ある者は夏をこの辺りで過ごし、ある者はここに永住した。クレイグミルの美術学校は、地元の画家とよそから訪れる画学生たちの出会いの場所になっていたようだ。

デノヴァン・アダムの同時代人が、この一風変わった美術学校を次のように表現している。

クレイグミルの中心は馬小屋であり牛小屋であり、納屋と草原だった。そこでは牛、羊、馬やロバ、キジやガチョウが、生というのは結局生きるに値する、と考えるよう激励されるのだ。ここでは彼らは心地の良い囲いや巣箱の中でくつろぎ、あるいは新鮮な緑の草むらを邪魔されずに歩いており、画家たちは思う存分、動物たちの様々な気分や変わりやすい態度を観察しては、心ゆくまでスケッチすることができる。（……）［デノヴァン］の周囲には熱狂的な学生のつながりが紡ぎ上げられているが、そのこと自体が、彼の完全な自然主義の指導方法は良い結果を生む、という証拠なのだ。（Taylor 40）［試訳は筆者による］

当時としては先進的な考えの持ち主であった両親の賛同も得て、一八九一年の八月、イーディスは初めて長期に家を離れ、心弾ませて鉄道でハイランドへ向かった。ベアトリクス・ポターが毎年両親に連れられてスコットランドの別荘で夏を過ごし、自然を遊び相手とする喜びに目覚めたのとは環境を異にするが、彼女たちに共通するのは良家の子女の身振りとしてのお花のスケッチなどではなく、自然の物を野に置いて観察し、その一挙手一投足、あるいは目に見えるぎりぎりの細部まで描き尽くしたいという博物学的な願望であった。ベアトリクスが九歳のころ、死んだウサギの皮をはぎ、骨だけが残るまで煮てから骨格を観察し、詳細にスケッチしたエピソードがある（テイラー（二〇〇二）三六―三七）が、イーディスはやや穏健な形ながらも同じ動植物への興味を持っており、それは前述のダーリー・グリーンの農家で生まれたての子羊を見た頃から始まっていたにちがいない。

イーディスは、ハイランドの敷地内を自由に歩き回る動物たちに魅了された。学生たちは動物を相手に練習するよう促され、アダム氏はいつも近くにいて助言と励ましを与えた。クレイグミルの名物はハイランド牛の小さな群れであった。別の知人はこう書いている――「デノヴァン・アダムはハイランド牛が特にお気に入りだった（……）確かに彼らの毛深い頭と長い角は、彼らが集まっている険しい丘の斜面とそれに続く荒野に素晴らしく映え、どの種類の牛よりもピクチャレスクな存在だった」――「［アダム氏は］角のあるどんな動物にも不思議なパワーを及ぼし、どんなに恐ろしし気な雄牛も恐れなかった。怖がるな、そうすれば君は大丈夫だ、と彼は言う」（Taylor 45）。

デノヴァン・アダムの動物に対するアプローチ方法はイーディスに多くを教え、彼女はすっかり恐れ知らずになった。彼女は画材を持っては野原に出て、草を食んでいる動物のそばに少しも臆病さを見せることなく静かに腰を落ち着けた。この理想的な環境のなかで彼女の作品は目に見えて良くなり、教師は彼女の進歩に喜んだ。

一年はあっという間に過ぎ去り、翌一八九二年の八月、ホールデン氏はイーディスを連れて帰るためにスターリングまでやって来た。この一年は彼女にとって初めての楽しい経験で、その後もこの地を定期的に訪れては創作のためのインスピレーションを得ることになる。その後のイーディスの素朴で写実的な作風と、自然物をなるべくその生来の環境に置いて描く方法は、デノヴァン・アダムの影響を大きく受けている。

一八九七年、年を取るにつれてアーサー・ホールデンはもっと小さな家を好ましく思うようになり、キングズウッドから数マイル離れたドリッジの森の端にある、より小さくて近代的な家、ウッドサイドに家族を連れて引っ越した(60)。

この引っ越しは娘たちの美術学校での勉強にまったく影響しなかったようだ。スコットランドから帰ったイーディスは、動物をモデルに油彩を描いた。ハイランド牛を身近に見るのは無理なので、かわりに犬や馬を題材にして、グレイハウンドやコリーの鉛筆画、羊や馬をモデルにした絵を描いている。これはイーディスの動物画修業であり、やがてこの基礎が生きて、エドワード朝の到来と同時に隆興する子供向けの絵本の挿絵から動物図鑑のイラスト、果ては動物愛護協会のパンフレットにまで幅広く活躍する挿絵画家時代がやってくる。だがその前にまず、自然観察記『カントリー・ダイアリー』が描かれねばならない。そのきっかけは、不思議な縁として思わぬ方面からやってくる。

一九〇五年の休暇を終えて写生旅行から戻ったイーディスには、また新たな引っ越しが待っていた。

三　秋：実りの一九〇六年

六十九歳になったアーサー・ホールデンは、より小さくなった家族サイズに見合った貸家を求めてオールトンに移った。小さいが庭もあり、娘たち（イーディス、ウィニフレッド、ヴァイオレットの三人）は使用人とともに、家や庭の世話をした（Taylor 113）。

オールトンはバーミンガムにより近かったが、通勤族の村として発展中にも関わらず田園の良さを残していた。出版物である『カントリー・ダイアリー』（ファクシミリ版）の前身である手書き版の『ネイチャー・ノーツ』（原題は“Nature Notes for 1906”。以下『ノーツ』と表記）に記録されているように、イーディスはたくさんの小道を歩き、草原を歩き回ることができた。

イーディスのこの日誌の文章は客観的・理知的であり、エドワード朝に多く生み出された（たとえばP・G・ウッドハウスの「執事ジーヴス」シリーズに登場する過剰にロマンチックなマデライン・バセット嬢が好む類の）花や小動物や子どものスケッチに感傷的な韻文が添えられた宗教的な絵本とは似て非なるものであることは明白で、総じて彼女のナチュラリストの資質を示している。この節ではその点を、具体的な引用を挙げつつ明らかにしたい。

『ノーツ』の一年の始まりにおいて、イーディスは地元の田園の鳥や花の種類を調べ上げ、その魅力を発見することに集中している。彼女はスミレの森やスイセンの野原を見つけ、その説明文には新鮮さと興奮があふれている。少し抜粋して紹介する。

一月十一日　運河の土手沿いにある小さな森へ、スミレの葉を取りに行く。木下の枯れ葉をどけてみると、野生のアルムが白い葉しょうを土の中からのぞかせていた（……）ニワトコの木にはたくさんの新芽が緑に芽吹

いている。（ホールデン（一九九一）六）

二月十二日　今日もスミレの森へ。アルムがもうすっかり地面から顔を出していて、スミレの根がかわいらしいラッパのような若葉を見せている。森の地面にはレンプクソウの小さな若芽がびっしり。／帰り道でハリエニシダの花を摘んだ。（一五）

三月二十日　またラッパズイセンの野原へ。つぼみが黄色に色づきはじめている。ツグミの巣をふたつ発見。どちらもセイヨウヒイラギの茂みの中にあって、ひとつは空っぽだった。もうひとつの巣では鳥がどっかりと座っていた。（……）斑点入りの青い卵をのぞいてみたかったけれど、とうてい邪魔する気にはなれなかった。（二八）

こうした解説の側に観察された植物や鳥の挿絵が描かれ、その周囲に絵に相応しい詩の一節が手書きで添えられている。この場合は、シェイクスピアのソネットからの引用や、ワーズワースの「発想の転換をこそ」からの一節「そして聞くのだ！　ツグミの楽し気な笑いを／彼もまたつまらない説教者などではない」（平井訳、一五五）が添えられる、という案配である。

またイーディスは最近引っ越して近くなった元の古巣に自転車で出かけ、お気に入りを再訪する。七月にはキングズウッド時代に足しげく通ったに違いないバルサル・テンプルなる場所を訪ねている。こうして自転車で遠出をする若い女性の姿は、パンチ誌では相変わらず嘲笑の的ではあったものの、今ではヴィクトリア朝の家父長制度の軛を抜けて行動の自由を得たエドワード朝の女性のひとつの典型として知られるようになった。次の抜粋を読むと、自然の中で人間を相対化する考え方に馴染んでいる理知的な観察眼と、エドワード朝特有の人間中心主義（＝動物の擬人化）の両方を見出すことができる。

三月十日

自転車でブッシュウッドから半マイルほどのコリヤナギの畑へ。時折にわか雨の降るうっとうしい日で、田園は冷たく、くすんで見えた。（……）泥だらけの急な農道を、自転車を抱えて四分の一マイル近く下ることに。この人目につかない土手で、たくさんのヒメリュウキンカの花と、小さなイチゴの葉をつけたキジムシロの最初の花を見つけた。／農道を下りきると、自転車を斜面に立てかけて、柵の上でくつろいだ。見事な春の羽毛に生え変わった美しいカケスが、かん高く鳴きながら農道を横切り、反対側のカラマツの木立に飛び込んでいく。いつもは静かな場所に人間が入り込んできたことに腹を立てているのか。

（ホールデン　二五）［傍点筆者］

オールトンに越してまもなく、イーディスはシャーリー村の牧師E・バード師の姉妹と仲良くなった。バード嬢は少女四十人ほどのプライベートスクールをソリハルで開いており、一九〇六年の初めごろ、イーディスはそこへ赴いて美術を教えることに同意する（Taylor 116）。イーディスは、ミス・バードが生徒たちに出す課題（「自然の変化を日記につけてそれにふさわしい文学の引用を添える」）を毎週金曜日の自分の授業内で行うことにした。

イーディスは控えめで無口な人、という印象を生徒たちに与えたようだ。彼女は妖精めいた髪を後ろでひっつめ、首までのブラウスと長いスカートを身に着けていた。物静かな人柄で、どんなに描くとも生徒の努力を決して馬鹿にしなかったが、要求するレベルも高かった（118）。

イーディス自身が絵画教室用の標本を描いていることも分かる。五月一六日のエントリーには確かに、「今日の午後、絵のクラス用にアルムを摘みに行った」とある（ホールデン　六一）。彼女は採集したこれらの花を大事に紙に包んで籠に横たえ、自転車で学校まで持っていったという。

この日誌を通読して受ける印象がきわめて理知的、そしてある意味では非個性的であり、イーディスの内的生活があまり露わにされていないのは、これが女生徒向けのテキストのひな型として構想されていたことが関わっているだろう。これに比べれば、ベアトリクス・ポターが創造した擬人化された動物たちが主人公の絵本シリーズには、人間がほとんど登場しないにもかかわらず、ヴィクトリア朝の（ベアトリクスの目を通して見た）社会の滑稽で抑圧的な面が色濃く投影され、風刺の目が感じられる。

イーディスはこのソリハル女学校で四年ほど教え、ミス・バードはイーディスの美術教育に対する熱意と生徒たちへの関心に大いに励まされたと見え、任期の終わりにはイーディスとミス・バードは個人的に親しい友人となっていた (Taylor 121)。この四年間はイーディスの人生の中でも、報いられることが多く、自身は意識していなかったにしろ、実り豊かな季節であった。イーディスは明らかに初夏の暑い日を好んでいたようで、何度か「雲一つなく太陽が一日中まぶしく輝く素晴らしい日」とコメントを残している。特に六月と七月の章のエントリーには花やチョウの鮮やかな説明文があふれており、たとえば「背の高い紫色のジギタリスと花粉で重く首を垂れるスズキ」のスケッチ（ホールデン　八五）を見て、その手書きの説明文を読むと、読者は想像の中でその場所へ連れてゆかれるような求心力を感じずにはおられない。

ソリハル女学校は七月の終わりで夏休みに入り、イーディスはひとりスコットランドへ出発した。彼女の想像力を掻き立てたのは、この土地とウォルター・スコット卿との縁であるらしい。筋金入りの文学少女であったイーディスは『湖水の乙女』やウェイヴァリー小説に親しんでおり、原作ゆかりの地を旅するのに何日も費やしたのだった (Taylor 124)。イーディスが八月の扉絵に選んだ『湖水の乙女』からの引用は、彼女が望んだ以上に相応しいものになった。

遠くの雷雲は暗く垂れこめ
ベン・リーディの遠い丘を
包みこむ　紫の帷でもて（ホールデン　一〇七）

この年の夏、天気はひどく悪く、ベン・リーディ山の遠い頂上は始終雨雲に隠れていた。到着後すぐに友人の女性に書いた葉書によれば「雨が降り続け、絵はまだ全然描いていません」。不運にも天候は変わらず、『ノーツ』のこの月の終わりのエントリーには「今月、スコットランドではほとんど途切れることなく雨が降っていた。イングランドでは記録的な晴天続きだったというのに」（一一六）とある。

九月二十二日、ヴェナカー湖での一日の帰りがけには「水の上に素晴らしい日の入りを見る。丘の東側に反射した光は荘厳——金色、赤、茶色が深まり、丘の麓の紫と灰色の影に溶け込んでゆく」（一二五）。

九月二十五日、休暇はあっけなく終わった——「さようなら、スコットランド。そしてふたたびミッドランドへ」（一二九）。オールトンの自宅へ戻ったイーディスは自分の三十五歳の誕生日祝いに間に合った。そしてソリハル女学校の秋学期の始まりにも。

年末には雪が多くなり、イーディスは自宅の庭にエサを食べにやってくる鳥たちを観察し、二十世紀に入ってから最も寒いと言われた冬のあとに来る雪解けを待っていた。

四　冬：キュー・ガーデンでの出来事

一九〇六年以降、研究者は、イーディスの人生の襞を垣間見せてくれた『ノーツ』の恩恵に与ることができない。彼女は二度とこれを繰り返さなかったが、後まで自分自身の便利なポートフォリオとして役立てた。後年、イーディスはこの記録を見返しては、題材やアイデアを選び出し、その時々の新しい用途にふさわしくリサイクルしていたようだ。

今度も、変化のきっかけは別の土地からの呼びかけであった。一九〇七年、ロイヤルアカデミーへの出展に際してエフィ姉夫妻が住むロンドンを訪ねることで、イーディスの視野は社交面でも芸術面でも大いに広がった。ロンドンで過ごす間、姉妹は展示会やギャラリーを一緒に回り、各種のミーティングにも参加し、公園を散歩した。イーディスは多くの新しい友人を作り、その中にロイヤル・アート・カレッジで彫刻を学ぶアーネスト・スミスもいた。栗色の髪でヒゲを生やした親しみやすい人柄のスミスと、イーディスはロンドンで過ごす時間が長くなるにつれて親しくなっていった (Taylor 137)。

イーディスは自身の動物への関心から、王立動物虐待防止協会に定期的に寄付していた。やがて彼女のペンによるスケッチがグッズとして売られ、その売り上げが慈善活動に寄付されるようになる。このことは、ベアトリクス・ポターが「ピーターラビット」絵本シリーズの売り上げと湖水地方の自分の所有地をすべて、環境・歴史的建造物保護団体であるナショナル・トラストに寄贈していたことと呼応している。

一九〇九年ごろ、会社の経営不振のため経済的に苦しくなり始めていたホールデン家では、長い休暇を取ることもままならなくなっていた。病気の父の介護を妹と担うのに加え、離婚した弟の子どもたちの世話もすることになり、イーディスは使用人の少なくなった家で労働力としてあてにされていた。アーネスト・スミスは将来有望な若者でロイヤル・カレッジで職にもついたが、七歳年下の美大の助手は父アーサーの許しそうな結婚相手ではない。だがイーディスは幸運にも、子どもの本のイラストを受注するようになっていた。これが一九一〇年のことで、彼女は三十九歳になっていた。一九〇二年にウォーン社から初めての絵本『ピーターラビットのおはなし』を上梓していたベアトリクス・ポターに、八年の遅れで追いついたのだった。

イーディスが挿絵をつけた『日用の糧』(一九一〇) という子ども向け宗教書の前書きで、編集者はこの本が「クリスマスの時期に相応しい贈り物」であることを望む、と書き、「この小さな本は動物愛護のための集会では特に有用かもしれぬ」と書いている。このように、イーディスは動物画専門の絵本挿絵画家としての名声を確立しつつあったので、図鑑のためにライオンやホッキョクグマを描いてくれるよう頼まれたのも不思議ではない。その他にも『森のつぶやき』という詩集への挿絵や、子ども向けの科学読本『アニマル・アラウンド・アス』の挿絵を依頼されていた。

イーディス・ブラックウェル・ホールデンは一九一一年六月一日、アルフレッド・アーネスト・スミスとチェルシー登記所で結婚し、チェルシー地区のフラットへと引っ越した。

イーディスは結婚後も挿絵の仕事を続けた。一方アーネストは幸運にも、高名な彫刻家であるフェオドーラ・グレヒェン公爵夫人の共同制作者に抜擢された。セント・ジェームズ・パレスにある公爵夫人のスタジオは刺激的な現場で、様々な職業の人々が絶え間なく出入りしていた。ファイサル一世のような王侯がやってきては銅像のためのポーズを取ったし、絵画や彫刻界の名士たちが訪れた。最近ケンジントン公園のピーター・パンの像で有名になったジョージ・フランプトン卿は、公爵夫人の親しい友人でスタジオの常客だった。イーディスはいつも歓迎され、彫刻も面白いとは思ったが、本の挿絵という彼女自身のキャリアを追うことに迷いはなかったようで、一九一七年のロイヤルアカデミーにはふたたび出展している (179)。

イーディスの九年間の結婚生活については、ほとんど知るところがない——キュー・ガーデン近くのテームズ川支流で彼女の溺死体が見つかった、一九二〇年三月十六日火曜日までは。

月曜日の朝、イーディスはアーネストに頭痛についてこぼしたが、これは珍しいことでもなく、深く考えることなく看過された。朝食時の主な話題は来たるイースターの友人の訪問で、イーディスはそれを楽しみにしていた。アーネストはセント・ジェームズ・パレスのスタジオへ出かけ、イーディスは、もしかしたら午後には学生たちのボート練習を見に川へ行くかも、と言った。その夜アーネストが帰宅したとき、イーディスはいなかったがテーブルには夕食の準備がしてあり、彼女は友達の家に行ったのだろうと夫は推測した。彼女の遺体は、翌朝六時に発見された (190)。

検死尋問で、彼女はクリの木の若芽に手を伸ばしたことが判明した。手の届かない距離にある枝を折り取ろうと傘を伸ばした瞬間川に落ち、そのまま溺死したのだった。彼女と親しくない姉妹の間では、これは自殺なのではと考えたふしもあるが、親しい者の間ではそれはあり得ないことだった。義弟フレデリックの妻ドロシーとイーディスが霊的・宗教的な話をした際、イーディスは自殺を強く非難していたという(191)。

アーネストは妻を失ったことにより心痛の極致に達した。彼はチェルシーのフラットを売り、結婚前に住んでいた独身フラットに戻るが病人となり、そのまま一九三八年に亡くなった。イーディスが大切に所持していた『ノーツ』の手書き草稿は遺族のあいだで引き継がれ、長らく日の目を見なかった。

五　ふたたび春：一九七〇年代以降の再評価

一九二〇年にこの世を去ったイーディスは、冒頭で触れたウルフの講演を聴くこともなく、一九二八年に実現した全ての女性の参政権も行使できず、美と産業の都バーミンガムの衰亡も、やがてイギリスのみならず世界を巻き込んでゆく二度目の世界大戦も、そしてその戦争を生きぬいたベアトリクス・ポターの「ピーターラビット」絵本シリーズが世界中で人気を博したことも知らずに逝った。だが、彼女の遺したものの成り行きはその後、不思議な道のりをたどった。

一九七七年、前章で詳細に見てきた自然観察日記『ネイチャー・ノーツ』が、遺族によって『あるエドワード朝婦人のカントリー・ダイアリー』と題して刊行されるやいなや、瞬く間にベストセラーとなった。英米のベストセラーリストの座に六十三週間とどまった新記録によりギネスブックに載ったほどである。サンデー・タイムズ誌による一九七〇年代のベストセラーにも選出され、過去四十年間を通しての売り上げが歴代四位という記録を打ち立てた（『カントリー・ダイアリー』公式サイトより）。

英米についで人気の高かった日本でも、岸田衿子訳で出版された。だがその後日本語版は絶版となり、長く雌伏する。次にこの作品に波が押し寄せるのは、一九八〇年代である。

一九七〇年代に第二波フェミニズムの影響から、女性の科学者や医者を再発見し光を当てようという機運が起きた。アレクサンドリアのヒュパティアしかり、マリー・キュリーしかり (Ayres 198)。この流れの中で一九八〇年、本稿が依拠したアイナ・テイラーによる伝記が刊行された。これは遺族や存命の関係者に取材し、当時の写真や手紙、日記などの新しい資料を盛り込んだ画期的な伝記だった。当然これが、テレビ関係者の目に留まることになる。

一九八〇年代は、いわゆるヘリティッジ・フィルム隆興のときだった。「古き良き」英国文化回顧ブームの最中の一九八八年、セントラル・インディペンデント・テレビジョンにより『カントリー・ダイアリー』はテレビドラマ化される（全一二回）。当時三十二歳であったシェイクスピア女優のピッパ・ガード（一九五二―）がイーディス本人という設定で主演した、「ドキュメンタリー：美しいイギリスの十二カ月」と銘打ってもおかしくない本作品には、いま観ると不思議な味わいがある。

ドラマの筋立ては、冒頭にイーディスが溺死するシーンを置き、その急な死を嘆く夫が自宅のアトリエで『ノーツ』の手書き草稿に目を通しながら彼女のいた四季を回想する、というものだ。ドラマの中では季節ごとに選ばれた日付の説明文や日記のことばが、イーディス本人によるナレーションとして流れる。映像は空の雲の動きや、動植物のクロースアップが多く、自然番組に近い。しかし、中盤のスコットランド篇あたりから、未来の夫との密かなピクニックと小旅行、やがて廃墟となった古城でのプロポーズ、といった、やや時代がかった演出が施されている。前章で見た通り、実際には夫アーネストとの出会いは一九〇七年のことで、一九〇六年にハイランドを誰と旅行したのかは不明である (Taylor 127)。テレビ制作陣の、「エドワード朝婦人の日記」という惹句に相応しい古風な恋愛の風味を加味しようとする苦労がうかがえる。

このテレビドラマも大人気となり、その話題も冷めやらぬ一九八九年、別の関係者が保存していたという「1905年のネイチャー・ノーツ」という草稿を持つ女性が現れる。草稿は真贋判定され、専門家らによって一九〇六年版の『ネイチャー・ノーツ』の作者の手になるもの、すなわち「本物」であると認定されるのだ。こちらは *The Nature Notes of an Edwardian Lady* というタイトルで刊行され、一九七七年の『カントリー・ダイアリー』の姉妹編として、やはり世界中にファンを得た。日本でも一九九一年には『ネイチャー・ノート』(サンリオ社) と題してやはり岸田衿子の訳で発売されている。翌年一九九二年には、映画『眺めのいい部屋』でヘリティッジ・フィルム隆興の契機となったジェイムズ・アイヴォリー監督による映画『ハワーズ・エンド』が登場し、第六五回アカデミー賞で最多の九部門ノミネートという記録を作った。その流れの中に『カントリー・ダイアリー』のテレビ化作品を置いて観ると、田園の屋敷のたたずまい、明るい雑木林と草原、ブルーベルの咲き乱れる春の森など、イングリッシュネス度の濃い映像が『ハワーズ・エンド』とそこここで通底している。

おわりに

ベアトリクス・ポターの同時代人であり、子どもの絵本の挿絵という同じ領域での同期でありながら、ついにその名前がイギリスを越えて知られることのなかったイーディス・ホールデンを仔細に眺めると、一見物静かで社交の苦手な自然愛好家といった擬態の陰に、思わぬ個性を湛えている。自然観察によって引き出された、そのたぐいまれな科学的観察力と感傷の抑制は、田園に対する国家的なノスタルジーと文化的なプライド、あるいは楽天的な進歩信仰と小さい物／者へのまなざしといったエドワード朝イギリスの諸相の集大成を引き出した。本稿で引き合いに出したベアトリクス・ポターの大回顧展の副題「Drawn to Nature」（自然に魅せられて）をもじるならば、イーディス・ホールデンもまた、自然に引き付けられ、自然から成功を引き出した画家だと言えるだろう。

強い個性や声高な主張を持たなかったイーディスは、ヴィクトリア朝後期からの堅固な英国性と、ウルフの言うところの「自分の部屋」を手に入れたエドワード朝のモダンな女性芸術家という、イギリス社会の変容を体現する二つの顔を持つ。この相反する二つの顔は見飽きることがない。二つの顔と言えば、イーディスは奇しくも『カントリー・ダイアリー』一月の章の冒頭に「ジャニュアリーの語源はローマ神話の神ヤヌス。正反対の方向を見るふたつの顔を持ち、ひとつの顔は過去を振り返り、もうひとつの顔は来る年を待ち受けている」という語句を選んだ。彼女もまた自然のサイクルの内に過去を見、同時に未来を見ているが、その郷愁を誘ってやまない田園日記には彼女が生きる社会や時代との生き生きとした交流が感じられず、閉塞感を感知する読者もあるだろう。

一方のベアトリクスは、湖水地方でビジネスパートナーと結婚した年に『こぶたのピグリン・ブランド』（一九一三）を出版したが、その中の恋人たちは遂に田園の外へ出てゆく。ピグリンとピグウィグは「手と手をつないで、橋をわたり、おかのむこうのはるかなくにへ」と脱出して、そこでいつまでもダンスを踊るのだ。だが、「妖精めいた髪を後ろにひっつめ」た真面目なまなざしの画家イーディスは、この世から突然退場してしまう。四十九年の人生を通じて、彼女はいつもスコットランドの毛むくじゃらな牛と、イングランドの黄色いスイセンをスケッチしていた。その筆は忍耐強く「いつか生まれてくるシェイクスピアの妹」[3]の到来を待っているように見える。

注

（1）ポターが湖水地方に所有する広大な土地を寄付したナショナル・トラストは、二〇二二年二月十二日からヴィクトリア・アンド・アルバート美術館において、「ピーターラビットのおはなし」刊行百二十年周年を記念する「Beatrix Potter: Drawn to Nature」展を開催している（『ナショナル・トラスト・マガジン』二〇二二年春号、二二―二七）。

（2）刊行された『カントリー・ダイアリー』と未発表作であった姉妹編『ネイチャー・ノーツ』に引用される詩人の頻度をランキング風にまとめてみると、それぞれ次のような結果となった。『カントリー・ダイアリー』（一九〇六制作）一位、ワーズワース、ロバート・バーンズ。二位、エリザベス・B・ブラウニング。三位、シェイクスピア、スペンサー、ジーン・インゲロウ。姉妹編『ネイチャー・ノート』（一九〇五制作）一位、テニソン、シェイクスピア。二位、ワーズワース。三位、E・M・ホールデン（おそらく姉のエフィ・マーガッレト・ホールデンの詩作）。英詩に関してはきわめて保守的な好みが窺える。また、一九〇五年版に使用した引用が女学校の生徒のための教材としてはイングランド詩人の作品に偏ったことを踏まえ、翌年作成した『カントリー・ダイアリー』では引用する詩人の国籍や性別のバランスを考慮したとも考えられる。

（3）ヴァージニア・ウルフのエッセイ『自分ひとりの部屋』（一九二八）の最終行より。家父長制度の中で芸術家への道を絶たれた女性の存在を「シェイクスピアの妹」と名づけた。

引用・参考文献

Holden, Edith, *The Country Diary of an Edwardian Lady*. Webb&Bower Limited., 1977.

——, *The Nature Notes of an Edwardian Lady*. Webb&Bower Limited., 1989.

ホールデン、イーディス『カントリー・ダイアリー：エドワード七世時代のイギリス田園日記』笹山裕子訳、グラフィック社、二〇一五。

——『ネイチャー・ノート』岸田衿子・前田豊司訳、サンリオ、一九九一。

Allen, David Elliston. *The Naturalist in Britain*. Princeton University Press, 1994.

Antrobus, Helen. "Beatrix Beyond the Books", *National Trust Magazine* (Spring 2022). National Trust, 2022.

Ayres, Peter. *Women and the Natural Sciences in Edwardian Britain*. Palgrave Macmillan, 2020.

Gristwood, Sarah. *The Story of Beatrix Potter*. National Trust Books, 2016.

Taylor, Ina. *The Edwardian Lady: The Story of Edith Holden: Author of The Country Diary of an Edwardian Lady*. Webb&Bower Limited., 1980.

Todd, Kim. *Chrysalis: Maria Sibylla Merian and the Secrets of Metamorphosis*. Harcourt Inc., 2007.

大場秀章『植物学と植物画』八坂書房、二〇〇三。

川端康雄『ウィリアム・モリスの遺したもの：デザイン・社会主義・手しごと・文学』岩波書店、二〇一六。

木村陽二郎『ナチュラリストの系譜：近代生物学の成立史』筑摩書房、二〇二一。

遠山茂樹『歴史の中の植物：花と樹木のヨーロッパ史』八坂書房、二〇一九。

平井正穂編『イギリス名詩選』岩波書店、一九九〇。

南方熊楠『南方熊楠英文論考〈ノーツ・アンド・クエリーズ〉誌編』集英社、二〇一四。

山内久明編『ワーズワス詩集　イギリス詩人選（三）』岩波書店、二〇一四。

アレン、D・E『ナチュラリストの誕生：イギリス博物学の社会史』阿部治訳、平凡社、一九九〇。

ウルフ『ヴァージニア・ウルフ著作集七　評論』朱牟田房子訳、みすず書房、一九七六。

カーソン、レイチェル『失われた森　レイチェル・カーソン遺稿集』集英社、二〇〇〇。

ギッシング、ジョージ『ヘンリ・ライクロフトの私記』平井正穂訳、岩波書店、一九九一。

テイラー、ジュディ『ビアトリクス・ポター：描き、語り、田園をいつくしんだ人』吉田新一訳、福音館書店、二〇〇一。

テリー、ヘンリー『イギリス野の花図鑑』森ゆみ訳、パイ・インターナショナル、二〇一八。

トンプソン、フローラ『ラークライズ』石田英子訳、朔北社、二〇〇八。

日本ロレンス協会編『二十一世紀のロレンス』国書刊行会、二〇一五。

ラヴェラ、グウェン『ダーウィン家の人々：ケンブリッジの思い出』山内玲子訳、岩波書店、二〇一二。

映像他

Central Independent Television PLC. *The Country Diary of an Edwardian Lady*.　エイコーン・ヴィデオ、二〇〇六。

アイヴォリー、ジェームズ監督『ハワーズ・エンド』マーチャント・アイヴォリー・プロダクションズ、一九九二。

「カントリー・ダイアリー」公式サイト：The Country Diary—Better Living Through Nature (countrydiaryofanedwardianlady.com)（二〇二一年三月十九日閲覧）

第九章　隠喩としての自然
――コナン・ドイル「地球の悲鳴」について

大渕　利春

一　「地球の悲鳴」について

「地球の悲鳴」と聞いてどのようなイメージを抱くだろうか。インターネットで「地球の悲鳴」をキーワードに検索すると、環境保全に関するページが多くヒットする。このことからも人間の営みによって地球環境が破壊され、病んだ地球が叫び声をあげていると想像する人が多いのではないだろうか。

温暖化をはじめとする環境問題は全世界共通の課題で最大の関心事の一つである。環境問題が本格的に関心を集めるようになるのは二十世紀中盤頃からであるが、イギリスの作家アーサー・コナン・ドイルは世紀初めに「地球の悲鳴」と題する作品を発表していた。

コナン・ドイルは名探偵シャーロック・ホームズの生みの親として知られる一方、科学者エドワード・チャレンジャー教授を主人公としたSF作品ものこしている。チャレンジャー教授ものの長編ないし中編としては『失われた世界』、『マラコット深海』、『毒ガス帯』、『霧の国』がある。短編も二作あり、そのうちの一つが一九二八年に発表された「地球の悲鳴」('When the World Screamed')である。

「地球の悲鳴」は以下のような物語である。

物語の語り手ピアレス・ジョーンズはアルトワ式掘り抜き井戸の技術者で、チャレンジャー教授から掘削の依頼を受ける。アルトワ (Artois) とは掘り抜き井戸の掘削がヨーロッパで初めて行われたフランスの地名である。これは地下水の圧力を利用して自然に水を湧き出させる井戸の掘り方を指す用語である。

チャレンジャー教授によれば、地球は一個の生物で、ウニに例えられるという。教授は次のように述べている。

われわれが住んでいる世界はそれ自身生きた有機体であり、わしの信じるところでは、循環器、呼吸作用、それ自身の神経組織を備えているんだな。（一五二）[1]

地球が生物であるならば、大地の隆起、沈下、あるいは地震は地球の呼吸ゆえに発生することになる。火山は地球の吹き出物になる。そして、地球はその上で活動する人間のことを認識していないと教授は主張する。生物としての地球に、そこに寄生する微小動物としての人間の存在を知らしめるために、地球に穴を開けようというのが教授の目的で、その計画にジョーンズは協力することになる。教授の計画は人間に対する蚊の吸血行為に例えられる。教授は次のように述べる。

地球の注意を求めている――いや、注意を要求している人間が少なくとも一人――ジョージ・エドワード・チャレンジャー――がいるということを地球に知らせてやりたいと思うんだ。（一五五）

掘削現場を訪れ、穴の中に入ったジョーンズは様々な層が重なり合っているのを目にする。チャレンジャーの説を証明するようなその光景は次のように描写されている。

それはまことに異常な戦慄すべき光景であった。光沢のある灰色を帯びた物質から成る床面がゆっくり鼓動を打ちながら波打っていた。といっても、その動きは直接的ではなく、表面を流れてゆくおだやかな小波か律動のような印象を与えるのであった。この表面自体は完全に均等の物質から成り立っているわけではなく、その下には、すりガラスを通して眺められるように、ぼんやりとした、白みがかった斑点や気泡が見え、それがまたたえず形や大きさを変えているのだった。（一七六）

彼らが八マイル（約一二キロ）まで掘り進めたとき、地球が悲鳴をあげ、それは世界各地で耳にされた。その部分は以下のように描写されている。

と同時に、わたしたちの耳には、いままで聞いたこともないほど恐ろしい悲鳴が聞こえた。その恐ろしい叫び声を表現しようと試みた人は数百人もいたが、いったいそのうちのだれが果たしてそれを的確に表現しえたであろうか？それは苦痛、憤怒、威嚇、そして大自然の傷つけられた威厳が打って一丸となった戦慄すべき悲鳴であった。（一八三）

悲鳴とともに掘削に用いられていた機械類が穴から吐き出され、続けてタールのような黒い液体が噴き出される。この液体は地球の血液に例えられる。近くにいた人間たちはこの悪臭のする液体塗れになる。そして、最後にその穴が塞がる。地球に人間の存在を知らしめるというチャレンジャー教授の目的は達成されたことになり、彼は人々の賞賛を集める。

二　ガイア理論

コナン・ドイルはもともと医者であり、同時代の平均的な人々に比べれば遥かに豊富な科学的専門知識を有していた。「地球の悲鳴」でもその知識は披露されている。例えば、生物としての地球には栄養分が必要なはずだとのジョーンズの問いに対し、教授は地球の栄養分はエーテルだと述べる。エーテルは光を媒介すると考えられた物質で、アリストテレスが五元素の一つに位置付けたように、ヨーロッパでは古くから議論されてきた。物理学の領域においては、エーテルは空気を包むものと考えられた。宇宙はエーテルで満たされているとデカルトが考えたほか、ニュートンもホイヘンスもともにエーテル説を支持していた。十九世紀の物理学においてもエーテルは盛んに議論されていたが、二十世紀に入りアインシュタインの相対性理論によって、エーテルの存在は否定された。とはいえ、相対性理論は当時の最新の理論であり、コナン・ドイルはアインシュタイン以前の物理学の知識も本作の執筆に利用したと言える。中編『毒ガス帯』でもエーテルは重要な役割を果たしている。

他方、エーテルはオカルティズムの領域でも論議されてきた。すなわち、肉体と霊魂を結ぶ媒介としてエーテルは考えられた。とりわけ第一次大戦以降、コナン・ドイルはオカルティズムに傾倒していくことになるが、コナン・ドイルが本作にエーテルの概念を持ち込んだのは、オカルティズムの影響と考えた方が妥当かもしれない。エーテル研究で知られるオリバー・ロッジをコナン・ドイルは高く評価していたが、ロッジは同時に心霊の存在を信じるスピリチュアリストでもあった。「地球の悲鳴」はコナン・ドイルがオカルティズムに大きく傾倒していた時期に執筆されている。

そもそも地球を一つの生命体とみなす考え自体もオカルト的なものだが、実はこうした考えは古代ギリシアのプラトンにまでさかのぼることのできる古い考え方である。そして、人間と世界、地球、宇宙の間には「対応性」（コレスポンデンス）があると考えられてきた。M・H・ニコルソンは次のように述べている。

ターレスからガリレオに至るまで、世界は生きたものだった。それは精神に満ち、知的な生命体であった。そこには世界体と世界霊があった。宇宙は人間と同じく神の写しだからである。（ニコルソン 二〇八）

古代ギリシアにおいても、キリスト教以後の世界においても、宇宙、地球は人間と同様に神の創造物であり、文字通り生きた存在だった。いわゆる物活論である。そして、地球は人類を含むあらゆる生物を産み育む母なる大地としてのイメージを帯びることになる。キャロリン・マーチャントは『自然の死』において、女性としての地球がいかに文明・文化を担う男性によって侵犯され、自然が死んだかを考察している。マーチャントによれば、地球を一つの生命ととらえ、しかも女性であると考えるプラトンの思想は、ルネサンス期には新プラトン主義として復活し、産業革命以後の工業化社会の中で「自然の死」が訪れるまで様々な影響をヨーロッパ社会に及ぼし続けた。「地球の悲鳴」もこのような思想の流れに位置付けることができるだろう。

コナン・ドイル以降に目を向ければ、「地球の悲鳴」はいわゆるガイア理論を先取りした作品と言える。ガイア理論とはイギリスの科学者ジェイムズ・E・ラヴロックが提唱した理論である。これを簡単に述べれば、地球の生物と環境――大気、海、大地など――を単一の有機体とみなす理論である。この理論に「ガイア」の名をつけたのはラヴロックの友人の小説家ウィリアム・ゴールディングであった。ガイアとはギリシア神話の大地を司る女神である。既に述べたように、大地、地球を女性とみる認識は古くから存在した一般的なもので、ゴールディングは巧みなネイミングをしたと言えるだろう。「地球の悲鳴」でも母なる地球という表現が二回使われている。地球の環境は生物、大気の成分、海の成分らが影響し合い絶妙なバランスを保っている。そのバランスを崩すのが人間の活動であり、ガイア理論は人為的理由による環境破壊への反対活動の一つの根拠となっている。発表当初はこの理論に対する批判もあったが、一九九〇年代に入ると広く認められるようになった。[2]

三　地下世界への関心

「地球の悲鳴」執筆の背景には、十九世紀後半以降の地下への関心の高まりと、それに付随した大規模な土木工事があった。学問の世界では、ジェイムズ・ハットンやチャールズ・ライエルらが近代地質学の基礎を築いている。[3] 一八二五年にはギデオン・マンテルが発見したイグアノドンの化石が初めて先史時代の生物として認められた。一八四二年にはリチャード・オーウェンが恐竜 (dinosaur) という名称をこうした古代生物に与え、恐竜化石の発掘ブームがやってくる。また、古代遺跡の発掘のブームもこの時期に到来する。ポンペイの発掘は十八世紀に始まっているが、オリンピアの発掘は十九世紀前半、シュリーマンがトロイアの発掘に着手したのは一八七〇年である。このうちコナン・ドイルはポンペイを訪れたことがある。一八三四年にはブルーワー＝リットンが代表作とされる『ポンペイ最後の日』を発表している。こうした発掘の結果獲得された新たな知見が、ヨーロッパ人の時間認識に大きな変容を強いたことは想像に難くない。「地球の悲鳴」でも穴に入ったジョーンズは白亜層、ヘイスティング層、アッシュバーナム層らを目にしている。

地質学の発展の結果もたらされた地層の概念が人間社会を層としてとらえる認識を生み出したとの指摘もある。発掘作業は人間社会における下部構造、換言すれば社会の周縁に存在したものたち、への関心へとつながった。すなわち、貧困者、同性愛者、犯罪者、女性への関心である。マルクスも社会を上部構造と下部構造でとらえた。人間の精

神について言えば、フロイトに始まる精神分析の発展がこれと関連しているだろう。(4)

土木工事に関しては、一八五六年にはドーヴァー海峡トンネル構想が生まれている。一八七二年にはアルプスに全長一一キロのモンスニ・トンネル、一八八二年には全長一五キロのサンゴタール・トンネルの建設が開始されている。このように、世紀後半のヨーロッパでは大規模なトンネル工事が行われている。「地球の悲鳴」でも、チャレンジャーの計画がイギリス＝オーストラリア・トンネルの計画だとジャーナリストに誤解される。なお、ロンドンに地下鉄が開業するのが一八六三年である。

文学においても、ブルーワー・リットンの『来るべき種族』、ハーバート・リードの『グリーン・チャイルド』、H・G・ウェルズの『タイムマシン』、ジュール・ヴェルヌの『地底旅行』や『黒いダイヤモンド』など、地下世界を描いた作品が現れるようになる。ルイス・キャロルの『不思議の国のアリス』も最初は『地下の国のアリス』だった。コナン・ドイルに強い影響を与えたエドガー・アラン・ポウの『アーサー・ゴードン・ピムの冒険』も発表当時流布していた空洞地球説を取り入れている。ホームズものの短編「赤毛連盟」にも地下にトンネルを作る銀行強盗が登場する。ホームズもの以外では、短編「新しい地下墓地」はローマで発見された地下墓地をめぐる恐怖譚である。(5)

地下資源に対する関心も高まった時代だった。石炭の利用は古代からあったたが、本格化するのはやはり産業革命以後である。油田開発は一八五五年にアメリカで始まり、二十世紀に入ると石炭に代わってエネルギー供給の中心としての役割を今日に至るまで担っている。北海油田の開発が始まったのは一九六〇年のことだが、チャンレンジャー教授はイングランドには石油資源が存在すると述べている。とはいえ、コナン・ドイルの時代においてはエネルギーの中心は石炭で、炭鉱とそこから産出される石炭を用いた工場が林立し、社会に大きな影響を及ぼしていた。ルイス・マンフォードによれば、鉱山業こそ近代の産業資本主義を出現させた第一の動因であった。(6) ジュール・ヴェルヌの『黒いダイヤモンド』は石炭開発と地下世界への関心が融合した作品である。

一八八二年、アメリカを旅行したオスカー・ワイルドは炭鉱を訪れ、そこで働く工夫たちを称賛している。容易に想像されるように炭鉱で働くのは男性労働者たちで、エネルギー供給を担う彼らは文明社会を支えるある種の英雄と見られた。ミシェル・ピジュネは男らしさの表出の例として肉体労働者の男らしさに言及しているが、その中に鉱山労働者も含まれている。(7) チャールズ・キングスリーの『オールトン・ロック』(一八四八)では、地下採掘技術を英雄的なものとみる思想が描かれている。掘るということは真理の探究につながり、男性的な行為と考えられた。かつてないほど大規模な土木工事の成果は、まさに人類の成しえた偉業のシンボルであり、その従事者たちが英雄視されることに不思議はない。先の引用にあるように、チャレンジャー教授は地球に穴をあけ、地球に己の存在を知らしめるという行為に英雄性を見出しており、その成功によって周囲からも賞賛される。少なくとも自分一人の存在を地球という生物に認識させるという発想はたぶんに誇大妄想狂的ではあるものの、男性性賛美の究極の表出とも考えられるだろう。こうして男性の手による地下資源の探求、開発は、女性としての地球・自然と鋭く対立することになる。

四　女性としての地球

既に言及したマーチャントは『自然の死』において人類による自然開発の歴史をジェンダーの観点から概観、省察している。マーチャントに依拠しながら、自然と人間の関係の歴史を次に簡単にまとめる。

地球を女性とみなす思想は、大地、雨、日光などの自然現象が人間に実りを与えてくれるためであり、自然の生産性が子孫を生む女性の生産性と結び付けられたからに他ならない。ギリシア神話においても始原の大地神は女性、ガイアであった。他方、母なる大地が宿す天然資源の利用は古代から行われていたものの、そこに一定の歯止めをかけていたのも、この大地を女性とみなす思想であった。地下資源の採掘の是非をめぐる議論も古代からあったが、環境破壊をもたらすほどの過剰な搾取を防ぐ思想として大地＝女性の思想は機能していた。端的に言えば、大地に穴をあける、採掘という行為は性行為の隠喩、自然へのレイプと考えられたのだ。技術の発達とそれに伴う経済発展の希求との相克がありながらも、ルネサンス期頃までは野放図な自然開発を戒める抑制が効いていたわけだ。しかし、さらなる技術を求める欲望と経済的利益の大きさが女性としての大地という概念の正当性を損なっていった。ルネサンス期のイギリスを代表する知識人フランシス・ベーコンが鉱業技術における進歩の概念と家父長制を結び付け、自然を搾取する新しい倫理を生み出したという。(8) 産業革命以後はこの傾向が資本主義経済の発展とともに一層加速することになる。そして、技術革新の中心が炭鉱における技術であり、すなわち炭鉱は技術の象徴であり、他分野の技術も炭鉱技術に依存していた。十九世紀に都市が発達し、ロンドンのような大都市への人口流入が進んだわけであるが、マーチャントによれば、それらの都市はその外観をとってもみても炭鉱の延長にほかならなかった。(9)

ロザリンド・ウィリアムズは地下環境を定義づける特徴として自然を排除することと、生物を排除することをあげている。たしかに地下世界には植物、動物といった生物は希少で、太陽光も降り注ぐことはない。埋葬のイメージを想起すれば明白なように、地下は死者の世界とも考えられたのであり、オデュッセウスもハデスの支配する地下世界に下る。ダンテの地獄も地下にある。大地が女性と結び付けられたのはその生産性ゆえであったわけだが、その表面を貫いたところに存在する地下世界は生産性に乏しいと考えられた。地下世界は女性が排除され、子供を産むという生産性はもたず、技術を象徴する男性が支配する世界とも言える。要約すれば、大地に穴を穿つ行為は産む性としての女性が凌辱されることを意味し、穴を穿った結果もたらされる地下世界は女性が排除された世界となる。

五　コナン・ドイルと男性性

前章までの内容を踏まえ、チャレンジャー教授の行為を考えてみたい。

コナン・ドイルは男性性を求めた人で、それは彼がスポーツ愛好家であったことにも表れている。彼はスキーやサイクリング、ボクシング、クリケットなど様々なスポーツに手を染めている。そして、それは彼が創造した二人の人物、シャーロック・ホームズとチャレンジャー教授にも如実に表れている。

チャレンジャー教授のモデルについては、エディンバラ大学のウィリアム・ラザフォード教授だとコナン・ドイル自身が述べている。ホームズの男性性は様々に論じられているが、ホームズに物静かな印象があるのとは対照的に、チャレンジャー教授は豪放磊落な性格で男性性の表出という観点からすれば、よりそれを徹底させたキャラクターと言えるだろう。加えて、ホームズの行動範囲がロンドンを中心としたイングランドにほぼ限定されているのに対し、チャレンジャー教授は世界各地に足を延ばしている。シルヴァン・ヴネールは男らしさの訓練としての旅について考察しているが、そこでジュール・ヴェルヌの冒険小説に言及している。チャレンジャー教授も南米の人跡未踏のジャングルや深海などを冒険する。当時の秘境冒険小説の流行も、男性らしさの表出と解釈できる。(10) そして、秘境冒険小説における男性性の表出が帝国主義と結びついていることは言うまでもない。ボーア戦争に軍医として帯同したコナン・ドイルは帝国主義の擁護者であった。

前章で見たように、技術の基礎をなす科学も男性の領域と考えられた。ホームズも当時最新の技術を取り込んだ科学捜査を行っているが、やはり科学者であるチャレンジャーの方が科学と男性性の結びつきがより強調された人物である。ロスリン・D・ヘインズは西欧における科学者の表象を考察している。ヘインズによれば、英雄として科学者が表現されることがあり、それは発明家であったり、探偵であったり、世界の救世主であったりする。(11) チャレンジャー教授は冒険家としての科学者であり、未知の事象を探る科学者の姿が、人跡未踏の地をゆく冒険者の姿を借りて表現されたことになる。英雄としてのチャレンジャー、男性性の象徴としてのチャレンジャーのイメージが強調されるほど、彼が地球に穴を開けるという行為が、レイプの隠喩として見えてくる。

六　隠喩としての自然の復活

以上のように、チャレンジャー教授による掘削行為の根底には男性の力の誇示と女性の抑圧という構図が、コナン・ドイル自身が無自覚だったとしても、あるように思われる。その意味では、「地球の悲鳴」は現代の目から見れば時代遅れのジェンダー観に基づいた作品とも解釈できる。しかし同時に、行き過ぎた自然破壊に対して警鐘を鳴らす作品との素朴な解釈も可能であろう。

地球が叫び声を上げた後、地球規模での災害が発生している。チャレンジャーは人類を地球に寄生する微小生物と呼んでいるし、中編『毒ガス帯』では人類を地球に巣食う細菌と呼んでいる。コナン・ドイルは科学の力を信奉しながら、その力を無節操に行使し、自然を破壊し、環境を悪化させることには批判的な態度をとっていたと考えられる。

エーテルの解説でも述べたように、地球を一つの生命体ととらえ、それが最後に叫び声をあげるという物語は多分にオカルト的である。コナン・ドイルの心霊主義への関心はそれ以前からあったのだが、第一次大戦に従軍した息子が戦死したことが、彼をしてさらに心霊主義に傾倒させたと言われている。この方面での著作としては『新しい啓示』や『心霊主義の歴史』などがある。前者では、それ以前はディレッタントとして心霊について考えていたが、第一次大戦後真剣に心霊について考えるようになったと述べている。また、彼が妖精のフェイク写真を信じてしまった「コティングリー妖精事件」は有名である。

通常、オカルティズム、スピリチュアリズムと科学は対立するものと解釈される。実際、コナン・ドイルの時代には科学で迷信を打破しようとする科学者たちが多く存在した。しかし、コナン・ドイルにおいては、心霊主義と科学は対立するものではなかった。ホームズ物語に見られる理知的、科学的な推理と、妖精の写真を信じてしまう無邪気さには矛盾を感じざるをえないが、コナン・ドイル自身の中では、それらは矛盾するものではなかったようだ。

一九二六年に発表されたチャレンジャーものの長編『霧の国』は唯物主義者だったチャレンジャー教授が心霊の存在を認めるよう宗旨替えする様が描かれている。当時流行していた降霊会に参加したチャレンジャーは心霊の存在を厳しく否定する。しかし、物語の最後にはチャレンジャーは心霊の存在を肯定するようになる。それを示す一節は以下のようなものである。

> チャレンジャー自身も、すっかり人間が変わってしまった。彼の仲間や周囲の人たちも原因こそよくわからなかったが、その変化に気づいていた。彼は以前よりも優しい、控えめな、精神的な人間になっていた。彼の心の奥深くで、科学的手法と真実の代表者であった自分が、実のところ、長年にわたって、未知の世界における人間の進歩にたいして、おそるべき妨害をするという非科学的な態度を執ってきたという確信を持ったのである。こうした自己批判が、彼の性格の変化をもたらしたのだ。（『毒ガス帯』三三九―四〇）

コナン・ドイルは心霊を否定する科学者と論争することもあったが、ヘインズによれば、チャレンジャーは科学知識を用いてスピリチュアリズムに否定的な科学者を論破するための装置として機能している。[12] スピリチュアリズムを否定するのは科学的態度ではなく、むしろ非科学的態度だという考え方である。

ウィリアムスは地球を母とみなす隠喩としての自然が復活するためには、科学の発展を抑制するのではなく、さらなる科学が必要だとし、次のように述べている。

もしもエコロジー的破壊が甚だしく進行したなら、自然は隠喩としても死ぬだろう。自然が事実として生きていないかぎり、価値として生きていることはできない。だから私たちの第一の関心事は、自然の客観的な死を防ぐことでなければならない。そのために必要なのは、科学を減らすことではなくもっとふやすことだ。（ウィリアムス　七六）

地球を一個の生命体とみなす考えは、かつての地球＝女性と考える心性に通じ、結果的に自然への畏敬の念の復活につながる可能性をはらんでいる。これはマーチャントの言う隠喩としての自然の復活を意味する。そして、その実現のためには、科学と自然を対立させるのではなく、自然を復活させるために科学的知見を増大させることが必要だとウィリアムスは主張している。コナン・ドイルは『心霊主義の歴史』において、科学がキリスト教への信仰を損なったのではなく、科学はむしろ信仰を強化したと述べている。例えば、科学の進歩が、キリストの復活への信仰を蘇らせる、としている。

近代科学は地球を生きた有機的存在としてではなく、死んだ鉱山とみなした。一方、チャレンジャーがつくる穴は生きている。そして、地球が生きていることをチャレンジャーが証明できたのは、彼が最新の科学知識を有していたからである。科学の進歩が心霊の存在を証明する日がくるとコナン・ドイルは考えていた。同様に、自然に対する科学的知識、技術の進歩は自然の死を必ずしももたらすものではない。コナン・ドイルは地球やその自然は人間が容易に知り尽くすことができるような存在ではない、と考えていたのではないか。地質学や古生物学がもたらした知識によって、時間の意識は神話時代を越えるまでに拡張された。心霊研究によって、死の概念そのものも揺らいだ。今日の量子論の成果は、私たちの日常の感覚からすれば超常現象としか思えないような摩訶不思議なミクロの世界の様子を解明しつつある。天文学の進歩は大宇宙の神秘を私たちに教えてくれる。これらの科学の成果が人間の自然への敬意を高めているという側面は否定できない。科学は従来の宗教や神話を破壊したかもしれないが、自然への新たな畏敬の念を生じさせる力も有する。コナン・ドイルが望んだ隠喩としての自然の復活は、ガイア理論にみられるように科学の進歩とともに実現されつつあり、それと同時に環境保護の声が高まっている。

最後に

「地球の悲鳴」を当時のジェンダー観を反映した時代遅れの作品と攻撃することは容易い。掘削行為という地球への凌辱行為の結果チャレンジャー教授が賞賛されるという結末は、男性的力の行使が自然破壊をもたらすことの認識がコナン・ドイルには乏しかったゆえとも解釈できる。しかし、スピリチュアリズムへの傾倒を契機に、コナン・ドイルの自然観は変容し、それがチャレンジャー教授の変容に反映されていると考えられる。

「地球の悲鳴」を環境保護を訴える作品と解釈する場合、エコフェミニズムの観点からは不十分なものととらえられるだろう。ここにこの作品の、ひいてはコナン・ドイルの限界があると言える。それでも二十世紀初めにこの種の作品をのこしていたことに彼の先見性を見ることも不可能ではないだろう。

注

(1)「地球の悲鳴」および『毒ガス帯』からの引用は瀧口直太郎氏の翻訳を借用させていただいた。(東京創元社『毒ガス帯』収録。ページ数はこの文庫本のもの。)

(2)ラヴロックのガイア理論関連の邦訳本としては『地球生命圏　ガイアの科学』、『ガイアの復讐』、『ガイアの時代　地球生命圏の進化』があり、ガイア論に関する記述にはこの三冊を利用した。

(3)ジェイムズ・ハットンは地質学の父とされる一方、一七八五年に地球を一つの生命体とする説を発表している。しかし、ラヴロックによれば、十九世紀に入り、ハットンのこの説は無視された。(『ガイアの時代』三五―三六ページ)

(4)ウィリアムス、七二―七三ページ。

(5)地下世界を描いた文学については、Peter Fitting の *Subterranean Worlds: A Critical Anthology* が詳しい。

(6)マンスフォード、七八ページ。

(7)『男らしさの歴史』Ⅱ　第Ⅳ部　第二章「労働者の男らしさ」参照。

(8)このことについてはマーチャントの本に依拠しているが、より具体的には三七〇ページあたりを参照。

(9)マーチャント、二〇〇ページ。

(10)『男らしさの歴史』Ⅱ　第Ⅴ部　第一章「旅の男らしい価値」参照。

(11)*From Faust to Strangelove* のとりわけ九章 'The Scientist as Adventurer' 参照。

(12)Haynes, 141.

引用・参考文献

Doyle, Arthur Conan. *Professor Challenger II*. Ulwencreutz Media, 2008.

——. *The Maracot Deep*. Leipzig: Bernhard Tauchnitz, 1929.

Fitting, Peter ed. *Subterranean Worlds: A Critical Anthology*. Middleton, Connecticut: Wesleyan University Press, 2004.

Haynes, Roslynn D. *From Faust to Strangelove: Representations of the Scientist in Western Literature*. Baltimore and London: The John Hopkins University Press, 1994.

ウィリアムズ、ロザリンド『地下世界　イメージの変容・表象・寓意』市場泰男訳、平凡社、一九九二。

ヴェルヌ、ジュール『黒いダイヤモンド』新庄嘉章訳、文遊社、二〇一四。

コルバン、アラン編『男らしさの歴史　Ⅱ　男らしさの勝利――十九世紀』藤原書店、二〇一七。

丹治愛『ドラキュラの世紀末　ヴィクトリア朝外国恐怖症の文化研究』東京大学出版会、一九九七。

ドイル、アーサー・コナン『毒ガス帯』瀧口直太郎訳、創元推理文庫、一九七一。

――『失われた世界』中原尚哉訳、創元推理文庫、二〇二〇。

ニコルソン、マージョリー・ホープ『暗い山と栄光の山』国書刊行会、一九八九。

マーチャント、キャロリン『自然の死　科学革命と女・エコロジー』工作舎、一九八五。

マンフォード、ルイス『技術と文明』生田勉訳、美術出版社、一九七二。

ラヴロック、ジェームズ『ガイアの復讐』秋元勇巳監修、竹村健一訳、中央公論新社、二〇〇六。

ラヴロック、ジム『地球生命圏　ガイアの科学』星川淳訳、工作舎、一九八四。

ラヴロック、J『ガイアの時代　地球生命圏の進化』スワミ・プレム・プラブッダ訳、工作舎、一九八九。

第十章　ジェイムズ・ジョイスと汚れた都市ダブリン
――麻痺の中枢から近代化へ向けて

結城　英雄

はじめに

アイルランドはブリテン島の西に位置する、北海道よりわずかに大きな島である。北緯五一度二六分から五五度二一分、西経五度二〇分から一〇度二六分。島全体の形状は「子熊」に譬えられ、沿岸部近くに緩やかな山脈が点在し、中央部が平原であるため「洗面器」を連想させる。樺太と同緯度にありながら、暖流のメキシコ湾流に包まれ、気候は温和で景勝地も多いが、大地はピートで覆われ肥沃ではない。イギリスの植民地支配の下、森林が伐採され、未耕地も多く、牧畜を中心とした貧しい後進国である。それに加え、一八四五年に勃発した大飢饉を淵源として、経済も停滞、未婚率も高く、海外への恒常的な人口流出が続いている。これは百年以上も前のことで、今は南北に分離しつつもそれぞれ急速な経済発展を遂げている。その現況を見すえながら、南のアイルランド共和国のこの昔の風土を顧みたい。

参照枠として取りあげるのはジェイムズ・ジョイス（一八八二―一九四一）。自国アイルランドの動向に関心を示しながら、大陸でモダニズム文学を推進した作家である。主要な作品は短篇集『ダブリンの市民』（一九一四）、自伝的小説『若い芸術家の肖像』（一九一六）、ホメロスの『オデュッセイア』を枠組みとした『ユリシーズ』（一九二二）、多言語で書かれた死と再生の物語『フィネガンズ・ウェイク』（一九三九）の四作。(1) いずれも百年以上も前の都市ダブリンを舞台に、市民の生態を描きながら、国際的な作家として評価された。そうしたジョイスのひそみに倣い、アイルランド共和国は一九九三年にジョイスの十ポンド紙幣を発行した。文学者としてのジョイスの偉業は、アイルランドの観光業に資するだけでなく、海外からの投資を受けるのに益するところ大であった。ジョイスの紙幣はまさしくアイルランドの文化的通貨である。本稿では、この十ポンド紙幣を手がかりに、作品の舞台である「汚れた都市ダブリン」(2)を中心に、麻痺の中枢から近代化へ向けた、ジョイスのコスモポリタンとしての視線を探ることにする。

一　十ポンド紙幣

ジョイスの十ポンド紙幣の表側は、国家の特性を誇示するかのように、アイルランドの母語ゲール語を用い、若いころのジョイスの肖像とホースの丘を含むダブリン近郊の風景画を並べている。逆に、裏側は国際的な相貌を意識したかのように英語を使用して、ダブリンの地図を下図にして、ダブリン湾に注ぐリフィ川とその女性表象であるアンナ・リフィの画像が描かれている。そして多言語の作品『フィネガンズ・ウェイク』の手書きの冒頭部が引用され、その下に作者の署名が記されている。ジョイスは地方都市ダブリンを描きながらも、世界的な名声を博した文学者として、今日のアイルランドの近代化を象徴する人物でもある。そして紙幣の「すかし」には、アイルランドの独立を鼓舞した民族主義の化身、キャスリーン・ニ・フーリハンの画像が収まり、独立国家への道のりが暗黙裡に了承されている。

この十ポンド紙幣はまさしくジョイスの名声にあやかった、今日のアイルランドの自家宣伝である。アイルランドは独自の文化によって立つ国家であると同時に、国際社会と連動する開かれた国家である、といった印象を与えている。そしてジョイスの十ポンド紙幣を発行した一九九三年にEUに加盟し、「ケルティック・タイガー」と呼ばれる繁栄の時代へと向かうことになる。さらに一九九八年には、北アイルランドとの対立にピリオドを打ち、イギリスと和平協定を取り結ぶ。ジョイスの画像にあやかったこの紙幣は、国際化へと進展するアイルランドにとって、極めて都合がよかったのだ。ジョイスが国際的な作家として評価されたように、アイルランドも国際社会と連動した国家であると誇れるだろう。観光事業の推進や海外投資の参入へ向けた戦略として、アイルランドも国際的な相貌をてらう必要があったのである。

そう述べたところで、今日的なジョイス評価に鑑み、疑問もいくつか抱かせられる。ポストコロニアル批評が到来するまで、ジョイスはアイルランドを批判的に描いたと論じられてきた。しかも都市ダブリンを舞台にして、アイルランドの西に視点を向けることはなかったと言われる。W・B・イェイツたち同時代のアイルランド文芸復興運動家が牧歌的な西を描いたのとは対照的に、ジョイスが固執したのはあくまで東の都市ダブリンであった。紙幣の表側の風景はジョイスの文学が描いた、微視的な範囲を示唆している。とは言え、ジョイスの作品にはアイルランドをめぐる巨視的な構図も含み込まれている。ダブリンの市内を歩きながら、ジョイスも自らが同じ運命をたどることになる、海外移住者たちの姿を数多く目にしていたはずだ。その大多数の人々は後進地の西の出身者であった。十ポンド紙幣はそうした西の存在を空白にしている。

逆にジョイスは都市ダブリンを描くにあたり、その後進的な状況を暴くと同時に、近代化という時代の流れにも着目していたことを指摘しておきたい。創作の幕開けにおいても、「アイルランドの文明の流れを遅らせない」ために、その現実を認識することの必要性を説いていた（*LI* 64）。ジョイスは大飢饉という悪夢に苛まれた西とともに、汚れた都市ダブリンの近代化という現実にも目を向けていたと思われる。そのモダニストとしての文学が花開くのに、都市ダブリンの近代化の歩みという内発的な力も寄与していたはずだ。十ポンド紙幣はこの事実を誇ってしかるべきなのだが、ジョイスの「若い肖像」は彼がアイルランドから離脱せざるをえなかった内情をむしろ示唆している。

そして紙幣の「すかし」の意味も問いたい。アイルランドがイギリスの支配から脱することができたのは、一九一六年の復活祭蜂起を契機としている。W・B・イェイツとレイディ・グレゴリーの劇『キャスリーン・ニ・フーリハン』（一九〇二）が、その蜂起に影響を与えたと言われている。タイトルにその名前が冠せられている女性が、国家独立へ向けた血の犠牲を説いた劇であった。ジョイスの十ポンド紙幣の「すかし」にはヘイゼル・ラヴェリーの肖像画が収まり、「キャスリーン・ニ・フーリハンとして」と説明されている。復活祭蜂起は第一次大戦中のことで、ジョイスはトリエステに移り住みながらも、動乱の時代のアイルランドを見守っていた。したがって、その画像はジョイスの政治姿勢とも関わる大きな問題を孕んでいるだろう。

二　『ダブリンの市民』と西の現実

十ポンド紙幣の問題の一つは先述したように、西の存在を無視していることにある。表側のジョイスの肖像と並んだ地形はダブリン近郊に限られているが、ジョイスが西を不在化していたわけではない。後進地の西を隠蔽しているのは国家的な戦略とも思われる。ゲール語の使用がその内実を示している。現在では国民のほとんどが英語話者であり、ゲール語が国の公用語であるにもかかわらず、日常の会話では口にされることはない。西にゲール語地区が残され、国家の存立基盤として保護されているほどだ。アイルランドはイギリスの植民地支配の下、学校教育も英語で推進されたことに異を唱え、国家のアイデンティティを確立するため、独立後にゲール語を流布する政策を布くことになる。そのような経緯から、ジョイスにとってゲール語は失われた言葉として意識に深く刻み込まれ、後進地の西を連想させていた。短篇集『ダブリンの市民』の掉尾を飾る「死者たち」は、そうした西について含むところが大である。

ジョイスはロンドンの出版業者グラント・リチャードとの『ダブリンの市民』の出版交渉において、容赦のない粗削りの描写への修正を求められたのに対し、ダブリンは「麻痺の中枢」(*LJI* 134) であると述べている。一九〇六年のことで、出版交渉に業を煮やしたジョイスは、リチャードと決裂したが、しかし翌一九〇七年春に最後の物語「死者たち」を執筆する。そしてそれに先立ち弟スタニスロースに宛て、「アイルランドに対して不当に厳しかった」旨を語っていた (*LJI* 164)。そうした想いに即して書かれたのが「死者たち」で、これまでの物語のパリノードでもあるかのように、クリスマスのパーティで、主人公ゲイブリエル・コンロイにアイルランド人のホスピタリティを称揚させている。そして物語の最後で、ゲイブリエルはアイルランドという想像の共同体への共鳴であるかのような「寛容な涙」を流し、「西へ行くときが来た」(*D* 224–25) とつぶやく。

こうしてジョイスは、「死者たち」に溢れる寛容な視線によって立ち、先行の物語の改訂を試みる。出版交渉が難航したことも幸いした。「姉妹たち」からは兄に献身的な姉妹たちの姿が窺える。「小さな雲」では妻に叱られながらも、文学に親しむロマンティストのチャンドラーの日常を描き、逆に「二人の伊達男」では家庭のぬくもりに焦がれるレネハンの心情を綴っている。「下宿屋」や「母」では不用意な母親たちの行動の背後に潜む、娘の将来に心砕く姿に目を向けている。これらの改訂から感じ取れるのは、ジョイスが麻痺の中枢である都市ダブリンに対する批判を和らげたというより、人物たちの日常に寛容な視線を向けたということだろう。(3)

ひるがえって、ゲイブリエルが西への旅を決断するのは、その地が妻の郷里であっただけではない。パーティでアイルランド復興運動に熱心な同僚から、祖国の原点である西への旅の必要性を説かれたことも大きな契機であるだろう。西という地域は単なる田園地帯であるだけでなく、イデオロギーで潤色されたアイルランド文芸復興運動の拠点であり、農民はアイルランドを表象する存在でもあったのだ。ティム・ウェンツェルはこう述べている。

イェイツやアイルランド文芸復興にとって、風土や自然界が何よりも重要であった。これは過小評価することはできない。というのも、この運動の目的は何よりも、イギリスの永続的な存在からアイルランドの文化を区別する手段であったが、自然界との繋がりが失われていたことも重要であったのだ。したがって、その繋がりを取り戻すことこそ、詩人たちにとって至上の問題であったのである。(4)

物語の流れからすると、ゲイブリエルの西への旅という決断は、そうした風潮に触発されてのことと受け止められるが、彼には西の風土についての知識の蓄えがあるらしい。ゲイブリエルが妻と宿泊するグレシャム・ホテルの部屋は、ほのかな灯りに照らされたオコネル通りに面しており、その窓に雪があたり、そのはるか向こうには「西」が開かれている。こうしてゲイブリエルは西の中央平原やアレンの沼地へ、またその西のシャノン川の調べへと想像を広げる。そして妻のかつての恋人が眠る、教会墓地の微細な光景も視野に入って来る。西が後進地であったとしても、ゲイブリエルがその風土と、これまで無縁であったわけではない。

そうであるなら、ゲイブリエルが決断する西への旅は、牧歌的な風土を愛でるためではない、そう推してしかるべきだ。彼の想定している西は、今や影となってしまった「大勢の死者たちの群がる」(*D* 124) 領域である。イェイツたちが唱えた自然としての風土ではなく、アイルランド人の記憶に刻まれているトラウマをかかえた西であるだろう。一八四五年から五年余り、西はジャガイモの不作によって大飢饉に見舞われた。そしてその後五十年の間に、アイルランドの人口は八百万人から四百万人に減少し、アイルランド全域に構造的な経済不況が蔓延した。『ダブリンの市民』に溢れる麻痺はその後遺症とも言える。ゲイブリエルが決意する西への旅は、空間の移動というよりも、心の内でその現実と交信することであるだろう。「死者たち」というタイトルは言いえて妙である。(5)

ゲイブリエルの西への旅は様々なテクストによって彩られているが、西が大飢饉という陰惨な現実を潜在させている地域の意であることは再説しておきたい。『ユリシーズ』の主人公レオポルド・ブルームが、ジャガイモの「お守り」を所持していることも示唆的である。ジョイスは大陸に留まりながらも、西に位置する後進国アイルランドへの寛容な視線によって立ち、「死者たち」でコスモポリタンとしての自らの姿勢にバランスを図ろうとしたと思われる。大陸志向のゲイブリエルの西への旅の決断にも、そうした作者の姿勢が揺曳していよう。アイルランドへの「寛容の涙」においては、両者は異なるものではない。

三　『若い芸術家の肖像』における離脱の陥穽

コスモポリタンとしてのジョイスの姿勢への手がかりとして、ゲイブリエルと対照的に「東」へ向かう、『若い芸術家の肖像』の主人公、スティーヴン・ディーダラスを挙げておきたい。十ポンド紙幣の裏側に描かれたリフィ川はアイルランド海に注ぎ、世界の潮と交わる。ジョイスは世界文学という領域へと地平を広げながらも、ダブリンという地方都市を描き続けた。紙幣はそのジョイスの文学を示唆している。そうしたジョイスの若い時代を色濃く映し出しているのがスティーヴンで、(6)「アイルランド海の彼方にある、もろもろの民族のヨーロッパ」(*P* 181)への旅を決意している。

『若い芸術家の肖像』はスティーヴンの成長に合わせ、幸福な幼年期から大陸への離脱を決断する青年期までを描いている。この間、父親が経済的に没落したこともあり、家族は広い郊外住宅からダブリン市内のむさくるしい部屋へと移り住む。こうしてスティーヴンの感覚は市内の光景によって研ぎ澄まされ、文学者としての未来に希望を託すことになる。この時代のアイルランド人は、イギリスの政治支配の下で、民族主義の運動に心を揺さぶられると同時に、カトリック教会による精神支配を受けていた。スティーヴンの意識にもそうした時代の言説が刻み込まれている。大陸への離脱を決断するのは、そうした言説からの解放という憧れに端を発している。

作者ジョイスもリフィ川の岸壁から大陸へ旅だった。そう述べたとき、『ダブリンの市民』を除き、『若い芸術家の肖像』、『ユリシーズ』、『フィネガンズ・ウェイク』の末尾の意味を見失う恐れがある。それぞれ「ダブリン 一九〇四年―トリエステ 一九一四年」、「トリエステ―チューリヒ―パリ 一九一四年―一九二一年」、「パリ 一九二二年―一九三九年」と記されている。ジョイスはモダニズム文学の先駆者という姿勢をてらいながら、地方都市ダブリンを作品の舞台にし続けていたのである。この内実に鑑みると、大陸を拠点とするジョイスと大陸に憧れるスティーヴンとの間には、「十年」(*U* 10・1089) ほどの隔たりがあると思われる。

大陸への離脱というスティーヴンの決断は、リフィ川の北の河口での少女との出会いが契機であったことを想起したい。スティーヴンはその美しい容姿に至上の喜びを受け、現世を肯定する芸術家としての使命を感知する。

> 行く手の流れのまんなかに娘がたたずみ、ただ一人そして静かに海のほうを見つめていた。それは魔法によって不思議な美しい海鳥の姿に変えられた者のように思われた。長くほっそりしたあらわな脚は、鶴のそれのように華奢で、エメラルド色の海藻がひとすじ、何かのしるしのように肌についているほかは、まったく清らかだった。象牙のように豊かで柔らかな色合いの腿はほとんど臀のあたりまであらわにされ、ズロースの白い縁飾りが、柔らかな白い羽毛さながらにのぞいている。灰色がかった青のスカートは大胆に腰までたくしあげられ、後ろで鳩の尾のようになっている。胸は鳥のそれのように柔らかく華奢で、黒い羽毛の鳩のそれのように華奢で柔らかい。しかし長い金髪は少女らしく、その顔は少女らしくてしかもこの世の美のすばらしさに色づいている。(*P* 185–86)

スティーヴンは少女の姿に恍惚となり、心の内で「天なる神よ！」と狂喜する。そして「生き、過ちを犯し、堕ち、勝利を得、生から生を再び創造」(*P* 186) しようと決意する。少女とのこの出会いは、文学を天職とするための啓示であったのだ。少女の脚にはアイルランドを象徴する色彩の「エメラルド」が刻印されているが、スティーヴンが魅了されるその少女の美は、イェイツの憧れる美とは異なっている。イェイツは『葦間の風』（一八九九）所集の詩「マイケル・ロバーツ［彼］は忘れられた美を想起する」で、この世から忘れて久しい美をアイルランドの牧歌的な風景に探ろうとした。それと対照的に、スティーヴンは物語の末尾の日記に、イェイツの詩で謡われたマイケル・ロバーツの抱いた美を想起しながら、「そうではない。まるで違う。ぼくはまだこの世に現れていない愛らしさを描くのだ」(*P* 273) と述べている。

スティーヴンはイェイツたち文芸復興運動家とは異なり、現実から失われた美を回復することを潔しとしていない。だがこう記した数日後、彼は「西」から帰った人物の話を取りあげ、ゲール語を話す農民に恐怖を抱いている。それは山間部や西への恐怖にも等しい。イギリス支配へのゲリラ戦や、それを恐れたイギリス側の外出禁止の晩鐘、さらに大飢饉という悪夢を連想させるためだ (*P* 195)。スティーヴンの文学的使命がアイルランド民族の魂の創造にあるとしたなら (*P* 275)、矛盾を孕む認識である。「死者たち」におけるゲイブリエルの旅とは対照的に、西を不在化するスティーヴンの大陸への離脱は承服し難い。

ここでスティーヴンと少女の出会いに再び目を向けるなら、少なからず疑問を孕んだ出来事であったことに気づく。少女がスカートをたくしあげ、一人で海水と戯れているという情景など現実にはありえない。スティーヴンは学校で地獄の説教を聴いた後に悪魔の姿を想い描いていた (*P* 148–49) が、この少女もそれと対照的な幻影であるだろう。[7] 仮にそのような姿の少女が視界に入ったとしたら、それは貝拾いをしているだけの平凡な少女であったと思われる。少女が存在していないとは言えないが、啓示に至るまでのプロセスには懐疑的なところが多い。少女と出会う前に、スティーヴンは水浴をしている級友たちから、「ステパノス・ダイダロス」(*P* 182) とギリシア語で呼びかけられ、同じ名前を持つギリシア神話の偉大な工匠のダイダロスに自らを重ねる。そして「少年時代という墓場」(*P* 184) を葬り、文学者としての使命を感知した。

　スティーヴンの文学者としてのこの自己同定には、多分に皮肉が込められている。彼がダイダロスに自らの使命を投影したところで、「あっ、しまった、溺れちゃう」(*P* 183) という叫び声も聞こえた。スティーヴンはダイダロスであるよりも、むしろイカロスである、そう示唆していると思われる。彼はクレタ島の迷宮から飛び立ったダイダロスさながら、アイルランドという迷宮からの離脱に想いを急かされていたにすぎなかったのだ。かくしてスティーヴンは少女に鳥のイメージを仮託したのだろうが、これも翼を作り、鳥のように飛び立った工匠を連想したところが大きい。スティーヴンが自己劇化を図っていると推してしかるべきだ。

　スティーヴンの視線に入る少女が幻想であると言うとき、リフィ川の河口という設定も想起しておきたい。河口は汚染の臭いのする不衛生なところであり、美を愛でる設定ではない。H・G・ウェルズは一九一七年の『若い芸術家の肖像』についての書評で、不衛生な要素の描写が多く取り込まれていると語っている。そして文学的価値を認めながらも、この作品に溢れるイギリス人嫌悪は、前近的なアイルランドの内情によるものだと指摘している。

> 意図的に前景化されていると思われる特徴を軽視しようとするのは宜しくない。スウィフトのように、現代のアイルランド人作家ジョイス氏には、下水溝への妄執がある。彼は人生の普通の映像のなかに、現代の下水道設備や現代の礼節のおかげで、日常の交わりや会話から取り除かれたはずの側面を、取り戻そうとしているかに思われる。粗野でなじみのない言葉が、物語のあちこちに不愉快なほど、また不必要と思われるほど鏤められている。(8)

ウェルズの指摘する「下水溝への妄執」が文字通り不衛生な描写の謂いであるとするなら、『若い芸術家の肖像』では、むしろそうした側面は「意図的に背景化」されていると言える。たとえば、スティーヴンはダブリン郊外から市内に越した折、リフィ川の河岸を散策し、水面の黄色の泡に漂うおびただしいコルクを目にしている。そして賑やかな波止場の情景から、『モンテ・クリスト伯』(一八四四―四六)の舞台のマルセイの港を空想する。大陸への憧憬はこのころから芽生えていたと言えるが、目前の光景に意識を向けることはない。コルクはビール瓶の栓で、家庭からリフィ川へ流されていた。スティーヴンはダブリンがアルコール消費量の多い都市であるという現実に想い至ることがないだけではなく、奇妙なことに、リフィ川が放つ悪臭に包まれながら、嫌悪感を抱くこともない。

スティーヴンが嗅覚に鈍感であったとは思われないが、慢性的な悪臭に接することで、人々の知覚が鈍っていたとの疑義を抱く批評家もいる。[9] 作者ジョイスも『ダブリンの市民』に立ち込める悪臭に対して責任はないと述べながら(*LI* 63–64)、嗅覚を意識させる描写はない。それと対照的なのが『ユリシーズ』で、ジョイスは一九〇四年六月十六日という一日をめぐり、都市ダブリンの闇を描くと同時に、近代的な相貌も詳らかにしている。スティーヴンの大陸への離脱の契機となった少女との出会いについても、複眼的な視点からその陥穽が明らかにされている。

四 『ユリシーズ』における近代化

実のところ、『ユリシーズ』において、スティーヴンは再びダブリンに戻り臨時教師の仕事をしている。そして「おまえは飛んだ[……]パリに行って帰る。タゲリ。イカロス。《父ヨ、と彼ハ叫ブ》。海水に濡れそぼち、落ちて、のたうつ」(*U* 9・953–54)と自省している。タゲリとはダイダロスの甥タロスのことで、その才知に嫉妬したダイダロスに崖から突き落とされ、その鳥になったと言われている。スティーヴンはアイルランドからの離脱を顧み、自らをタゲリになぞらえ自己劇化しつつも、内心では海中に墜落したイカロスであったと意識していよう。『ユリシーズ』のもう一人の主人公である、「水の愛好者」(*U* 17・183)レオポルド・ブルームと異なり、スティーヴンが「水嫌い」(*U*

17・237）であるのもそのような経緯と関わっている。勤務先の学校で使用した教材、ジョン・ミルトンの『リシダス』（一六三八）も溺死の物語として心に響いている。

こうしてスティーヴンはサンディマウントの海岸を歩きながら、「ぼくも若かったよ」（*U* 3・136–37）と、離脱の前の未熟な啓示を回顧する。スティーヴンは大陸への憧れに促され、その眼ざしには現実感が欠けていたのだ。さらに後ほど「ダブリン。ぼくは色々と学ばねばならない」（*U* 7・915）と独白している。そのため今や海岸の光景に対する意識も異なり、視覚に映ずるままにこう観察している。

汚らしい干潟が、踏みしめる深靴を吸いこもうと待ち受けている。汚水の吐息を噴き上げながら。彼は用心して干潟をよけながら歩いた。固まりかけた砂のパン種に、黒ビールの瓶が腰まで埋まって、突っ立っている。歩哨だ。恐ろしい渇きの島の。海岸には壊れた樽の箍、陸には暗い巧妙な網の迷路。（*U* 3・150–54）

サンディマウントの海岸はリフィ川南岸にあり、『若い芸術家の肖像』でスティーヴンが少女を目にしたリフィ川北岸のドリーマウントの海岸と状況に変わりはない。しかしスティーヴンの意識は同じではない。今や悪臭や汚泥のみならず、アイルランド人の渇きを癒すビール瓶も目に映る。スティーヴンのこの知覚が自然なものであることは、ブルームの独白からも推し測れる。同じサンディマウントの海岸に立ち寄りながら、知人の死に同情して、「オコナーなんて気の毒だよ、妻と子供五人がこの浜のムラサキ貝にあたって死んで」（*U* 13・1232）とつぶやいている。この海岸の貝もリフィ川から流れ込む汚物のため汚染されていたのだ。スティーヴンの視界にはザル貝採りの男女の姿も入っている。

リフィ川の汚染についてブルームは、その川に架かった橋に立ち、川の流れに目を向けながら、「ルーベン・Ｊの息子はあの汚水を腹いっぱい飲んだろうな」（*U* 8・52–53）とつぶやいている。ルーベン・Ｊは吝嗇な金貸しで、結婚に反対された息子がその父から逃れ、リフィ川に飛び込んだが、救出してもらったという話である。当時、リフィ川は汚水の溜まり場であり、覆いのない下水道にも等しかった。両岸地区の排泄物などが放出され、悪臭を放っていたのだ。ブルームはそのことを指摘している。こんな逸話もある。ある男が自殺を図るため、毒を飲み、リフィ川の橋桁から首つりのためのロープを垂らし、あまつさえ拳銃で頭を打ち抜こうとしたところ、銃弾が逸れてロープが切れてしまった。かくして男はリフィ川に転落し、その汚水のために毒を吐き、一命を取り止めたという。[10]

リフィ川の汚染は緊急課題でもあった。悪臭を放っていただけでなく、満潮時には汚染水が逆流して、悪臭がたちこめたばかりか、ネズミなどの発生にともなって病原菌が家庭に侵入することにもなったのだ。ダブリンの死亡率の高さの要因でもあった。ジョイスが学んだ現ユニヴァーシティ・コレッジ・ダブリンの古典学の教授であった、ジェラード・マンリ・ホプキンズは、ニューマン・ハウスと呼ばれるその建物で、チフスのために亡くなっている。下水溝で生存するネズミからの感染によるとされている。

その一方、そうした汚れた都市ダブリンにも、その汚れを浄化するかのような、近代化を感知させるうねりがあった。その一つが路面電車の普及である。『ユリシーズ』で「ヒベルニアの首都の中心部」(*U* 7・1-2) と語られているネルソン記念塔の前は、その発着点で喧しい音を立てていた。市内のフリート通りとともに、郊外のピジョン・ハウスにある大きな発電所からの送電により、路面電車が市内の広範囲を網羅していたのだ。ジョイスは一九〇一年に「喧噪の時代」で民族主義によって立つアイルランド文芸復興運動を批判すると同時に、アイルランド人を「ヨーロッパで一番遅れた人種」(*CW* 70) であると揶揄したこともあるが、路面電車が定期的に往来するダブリンの光景は、その批判の撤回と思われる。[11] ジョイスが弟に宛てた手紙で記しているように、時刻表は人々の心の内に無意識に刷り込まれているほどであった (*LII* 111)。

路面電車の幕開けは馬車が軌道を牽引する馬車鉄道だったが、全面的に電力によって動くようになった。電力供給の不足のために「立往生」(*U* 7・1043) しても、それも瞬時のことであった。ダブリンの路面電車の普及はヨーロッパでもっとも誇れるものであったし、馬糞も減少し、衛生面への貢献もあった。こうしてダブリンは海外の「観光客」(*U* 10・340) を引き寄せた。ダブリンは人口三十万人ほどで、『ダブリンの市民』では「都市という仮面を纏っている」(*D* 39) と語られていたが、『ユリシーズ』では都市そのものとして描かれている。観光業は曙にあったものの、景勝地へと旅行者を向かわせ、地方との連結も図られていった。ジョイスはそうした変貌を描くことで、ダブリンを麻痺の中枢としてではなく、近代的な都市として讃えようとしたのだ。

ダブリンの近代化のもう一つの範例として、一八六八年に完成を見たヴァートリー水道の普及も挙げたい。ブルームはスティーヴンを家に連れて帰り、ココアを給するために、水道の蛇口をひねる。その行動について、「水は流れたか?」という語り手の問いをめぐり、「イエス」(*U* 17・164) という言葉に続き、ラウンドウッド貯水池からダブリンに至る配管設備が語られ、公共事業の恩典が縷々述べられている。単なる飲料水についてのこの微細なまでの情報は、読者一般に「倦怠感」を抱かせる、まさしく教義問答をてらったイタケ挿話の範例であると言われる。

なるほどブルームが水の属性として挙げる、「民主的な平等性」(*U* 17・185) には大きな誤解が含まれている。給水設備をめぐる受益者について、「貧困者層」と「支払い能力のある自立し健康な納税者層」(*U* 17・182) との格差が皮肉られているからだが、その一方で公共事業という観点から、この設備にダブリンの近代化を認める向きもある。(12) これは『フリーマンズ・ジャーナル』紙の社主サー・ジョン・グレイが推進した大事業であった。『ダブリンの市民』の「蔦の日の委員会室」で、政治よりも「資本」(*D* 128) を説く人物に対して否定的な評価が下されてきたが、ジョイスは『ユリシーズ』では近代化へ向かう都市ダブリンを前景化している。ヴァートリー水道もその一つである。

リフィ川の汚染をめぐっても、一九〇六年に下水溝設備が整備され、両岸からの放出はなくなった。総督の騎馬行列に対して、ウッド河岸から「ポドル川が忠誠の印に汚水の舌を垂らしていた」(*U* 10・1196) と語られている。ポドル川がリフィ川に注ぐのはウェリントン河岸であったが、ウッド河岸に土木事務所があったため、リフィ川の汚染に対するジョイスの皮肉によるものとされている。ブルームの家の便所も水洗で（*U* 8・279）、その早朝の汚物もリフィ川に流れこんでいただろう。それと対照的に、「むき出しの下水溝や掘り返した道路」（*U* 6・46）といった情景もあり、一九〇六年に完成する下水溝設備を見越しての描写であるとするなら、皮肉というよりユーモアと受け止めたい。

おわりに

ジョイスは『ユリシーズ』の後、奇妙にも、『フィネガンズ・ウェイク』においてはダブリンの近代化に疑問を投げかけている。それはリフィ川の描写にも明らかだ。物語は「川流れる。イヴとアダム教会を過ぎ、弧を描く河岸から湾曲する海へと向かい［……］ホース城とその周辺へとわれらを連れ戻す」と始まっている。海に注いだ水は雲となり、そして雨となって大地を潤し、小さな流れが大きな本流をなして、再び海へと流れ込む。これはダブリン市内を流れるリフィ川を讃えたような情景であるが、第一巻第八章で語られるそのリフィ川は変わらず汚物をダブリン湾に流し込んでいる。「イヴとアダム教会」は「アダムとイヴ教会」で、『ユリシーズ』で「汚水の舌を垂らしていた」ポドル川の近くにあり、リフィ川の逆流を示唆しているとも読める。

ジョイスは『フィネガンズ・ウェイク』に世界の川の名前を八百以上も取り込んだ。その理由をめぐっては、単なるカタログ化という指摘がある一方で、その意図を探る試みもある。たとえば、C・T・ハーは、都市を浄化するために汚物を海に流すリフィ川の描写に疑問を抱きながらも、こう述べている。都市ダブリンで近代化が図られたとしても、夢の世界においては、一九〇六年に下水溝設備が完成する以前の、汚物を垂れ流していた記憶が残されていると。そしてミシシッピ川の氾濫を映画化した、パレ・ロレンツのドキュメンタリー映画『川』（一九三七）にジョイスが影響を受けたことに着目し、『フィネガンズ・ウェイク』における世界の川のリスト化は、汚物による自然破壊への警鐘であると結論づけている。(13)

ハーの指摘は説得的であるが、物語の時系列も想起しておく必要がある。ジョイスは一九二二年のアイルランド自由国の成立 (*FW* 598・8–9) も、デ・ヴァレラによる一九三七年の後進的な憲法制定 (*FW* 596・8–9) についても言及している。その間のアイルランドは、カトリック教会を中心とし、女性の権利を無視した牧歌的な国家であり、ジョイスにとって反近代的な「悪魔の時代（デヴィルエラ）」(*FW* 473・8) が到来したと思われたのだ。(14) したがって、ジョイスは復活祭蜂起を正当化する、十ポンド紙幣の「すかし」の政治色に染まった一枚岩的な女性像にも不信感を抱いたはずである。国土も川も女性で表象されてきたことから、ジョイスがそのジェンダー化に疑義を抱いていたわけではない。むしろリフィ川という女性像に、複合的な相貌を投影しようとしたのである。ジョイスのアンナ・リフィは「アンナ・リヴィア・プルラベル」と称され、多様な女性像を表象している。イーヴァン・ボーランドは「女は川ではない［……］女は川である」と、詩「アンナ・リフィ」（一九九五）で複雑な女性の心理を謡った。いまだ「すかし」の女性像が流布する国情を顧みてのことだ。(15) ジョイスが十ポンド紙幣を手にしたら、最も不快感を抱く画像であるだろう。

注

（1）ジョイスの作品は以下のテクストを使用し、慣例にしたがい、引用箇所を明記した。*Dubliners* (London: Penguin, 1992), *A Portrait of the Artist as a Young Man* (London: Penguin, 1992), *Ulysses* (London: Bodley Head, 1986), *Finnegans Wake* (London: Faber, 1971), *Letters of James Joyce I, II, III* (New York: Viking, 1966), *The Critical Writings of James Joyce* (New York: Faber, 1959).

（2）後進的な「汚れたダブリン」への郷愁から、「親愛なる汚れたダブリン」(*D* 70, *U* 7・921) という呼称もある。
（3）Michael Patrick Gillespie, *James Joyce and the Exilic Imagination* (Florida: UP of Florida, 2015) 35–57.
（4）Tim Wenzell, *Emerald Green: An Ecocritical Study of Irish Literature* (Newcastle: Cambridge Scholars, 2009) 62.
（5）Frank Shovlin, *Journey Westward: Joyce, Dubliners and the Literary Revival* (Liverpool: Liverpool UP, 2012).
（6）Nels Pearson, *Irish Cosmopolitanism: Location and Dislocation in James Joyce, Elizabeth Bowen and Samuel Beckett* (Florida: UP of Florida, 2015) 7–8.
（7）Deborah Lawrence, "The Misprision of Vision: *A Portrait of the Artist as a Young Man*", *James Joyce*, ed. Harold Bloom (New York: Chelsea House, 1986) 113–19.
（8）H. G. Wells, "Review in Nation", *James Joyce: Critical Heritage* vol. 1, ed. Robert H. Deming (London: Routledge, 1997) 86–88. 強調筆者。
（9）Cheryl Temple Herr, "Joyce and the Everynight", *Eco-Joyce: The Environmental Imagination of James Joyce*, ed. Robert Brazeau and Derek Gladwin (Cork: Cork UP, 2014) 40.
（10）Joseph V. O'Brien, *"Dear Dirty Dublin": A City in Distress, 1899–1916* (California: U of California P, 1982): 18.
（11）Julie McCormick Weng, "From 'Dear Dirty Dublin' to 'Hibernia Metropolis': A Vision of the City through the Tramways of *Ulysses*", in *Joyce Studies Annual* (2015) 28–54.
（12）Michael Rubenstein, *Public Works: Infrastructure, Irish Modernism, and the Postcolonial* (Indiana: U of Notre Dame P, 2010) 55–60.
（13）Herr 53.
（14）Thomas C. Hofheinz, *Joyce and the Invention of Irish History: Finnegans Wake in Context* (Cambridge: Cambridge UP, 1995) 36.
（15）Melissa Dinsman, "'a river is not a woman': Re-visioning *Finnegans Wake* in Evan Boland's 'Anna Liffey'", *Contemporary Women's Writing* 7–2 (2013) 172–89.

第十一章　W・H・オーデンと宗教的風土
――「根づき」と「接ぎ木」

辻　昌宏

宗教的風土とは　風土というものを取り上げる時に、気候や海山などの地勢が含まれるのは当然だが、その地に根づいている、あるいは移植された宗教（移住した人々の宗教）というものも風土の一部と言えるだろう。たとえば、アメリカ南部の宗教的風土とも言うべきものが大統領選に少なからぬ影響を与えていると言う話を聞くと、（宗教的）風土が選挙で人々の投票行動を左右していることが窺えるわけである。まして、詩人や作家の精神活動に対しては、宗教的風土が無意識的あるいは意識的に影響を及ぼしていると考えるのは、ごく自然なことではないだろうか。

W・H・オーデンという人は、様々な宗教的・イデオロギー的風土を駆け抜けた後に、祖国を棄てる決意をしアメリカにやってきて新たな宗教的風土を見いだし、自分の思想的、宗教的、性的アイデンティティーに一定の揺らぎを抱えつつも、新たな風土に定住する決意をしたのではないか、というのが私の仮説である。もう少し詳しく述べると、宗教的風土というものは、その宗教が住民の大多数あるいは少数民族の場合はその民族の大多数によって信じられるようになって数百年以上経過していれば、とりあえず根づいている（ここでは「根づき」と呼ぶ）と言えるだろうが、宗教が他の場所に布教によって移植された場合には、どこから根づいている、どういう状態が達成されれば根づいていると言えるのか曖昧である。移植されたもの（ここでは「接ぎ木」と呼ぶ）とも言えるわけだ。オーデンは、この根づきと接ぎ木の間を揺らぎ続けていたのだと考える。接ぎ木というものは、ある木に種類の違う木を刺して、上手くいくと刺した方の木が生長して芽も葉も出れば実もなったりする。うまくつかないと、やがて枯れてしまう。もともとの風土、土台の違うところに異種のものをもってきて、それがうまく接続できる場合もあれば、できない場合もあるという意味で使いたい。また、オーデンには、宗教だけでなく、セクシュアリティ、詩作についても揺らぎが顕著に見られるし、三者は互いに絡みあっているので、並行して考察していきたい。

テクストの揺らぎ　オーデンの書くものは一見独断と偏見に満ちている。一瞬の言説を取り上げればドグマティックに見えるほど断定的な物言いをするのだが、時系列的に見ていくとかつて断言した教条的立場を墨守して一貫性を保つというのでは全くなくて、前言撤回に近い修正が加えられたりするし、詩作においては改訂、改作、作品全体の削除ということが稀ではない。むしろ一貫性に対する無頓着に驚くほどだ。また以前に述べたように、戦争が絡むと、自分の感想・考えの一部を公表して、イデオロギー的な観点において敵を利する可能性があると斟酌して自己検閲してしまうことがあったし、そうであると強く推定されることがあった（辻 2018, 199–206）。自己検閲が推定される例は、第二次大戦中の大英帝国に対する拒絶感である。

一九三八年にイシャーウッドとともに中国を旅し、日本の帝国主義的侵略・攻撃の醜悪さに激しい嫌悪を感じる。英国に帰ってからそれを繰り返し非難するうちにオーデンもイシャーウッドも抑鬱状態に陥る。大英帝国が帝国主義の醜悪さと無縁ではありえなかったことに気づいたからだと筆者は考えている。しかし大戦中は、母国が戦争の真っ最中でありかつ自分は母国に戻らず米国にいるのであるから母国に不利なことは言うをはばかられ、戦争直後も大英帝国のために戦って死んだ戦死者やその遺族を慮り（おもんぱか）、ついに言う機会を逃したというのが私の見方である。いずれにせよ、オーデンもイシャーウッドも、第二次大戦勃発後、イギリスに帰国する機会や働きかけはあったのだが、それを拒み、アメリカに留まることを選んだ。

セクシュアリティの揺らぎについて　オーデンはグレシャム・スクールというパブリック・スクールに在籍中から同性への愛情に目覚め、遅くとも大学生時代にはゲイであることを公言し、積極的に多くの男性と付き合っていった。

アメリカに移住し（一九三九年一月）、そこで年下の青年カールマンを恋人とした後に、なぜか女性と本格的に付き合い始め、周囲の友人たちを驚愕させたのだった。やがてこの交際は破綻する（接ぎ木は失敗に終わる）。ここでも、オーデンの一見、大胆なほどにおのれがゲイであることをフランクに認め語る立場と、アメリカに来て、恋人カールマンが他の男性に夢中になっていたにせよローダ・ジャフィというユダヤ系女性と肉体関係を伴う付き合いをするという行為にはセクシュアリティの自己認識の大きな揺らぎが存在することが容易に見て取れるだろう。つまり、以前はゲイを公言し罪悪感にはとらわれないという立場をとっていたにもかかわらず、同時に、オーデンの中には本来ゲイであることが悪で修正すべきもの、という考えも根深く植え付けられていたのだと考えられる。しかし強引な接ぎ木は失敗におわり、再び同性を恋愛・交際対象とするようになり、ジャフィとの交際を深く後悔することになる。

宗教と宗教代替物の間の揺らぎ　拙論では宗教と表記する時には、キリスト教とかユダヤ教といった通常の宗教を第一義的に指すが、マルクシズムやフロイトの精神分析のように、一部の人にとっては宗教の代替物、即ち、世界をまるごと解釈する装置として機能したイデオロギー（マルクスの対象は社会全体であり、フロイトは人間の精神活動全体という違いはあるが）も、それに準ずるものとして扱いたい。マルクシズムやフロイトの思想は、一神教的な風土無しに出現したと想像するのはきわめて困難だと考えるからであり、オーデンのマルクシズムから宗教への「転向」を包括的に扱う視点が必要だからだ。そもそも唯物論が、キリスト教神学の否定から成り立っているわけで、否定されるべきものを前提としているわけである。フロイトの場合も神学における不滅の霊魂としてではなく、意識・無意識あるいは自我・イド・超自我という形に心を腑分けして彼としては「科学的に」心を、無意識や抑圧を含めて分析していこうとしたわけである。先述のセクシュアリティの認識および揺らぎも、一神教的風土が醸成した道徳観・価値観と切り離しがたい関係を持っている。

オーデンの転向とリアクション　こういった一神教的なるものをかなり強引に一括りにしたとしても、オーデンのアメリカ移住に伴ってのマルクシズム的傾向からキリスト教への回帰は、友人・批評家を戸惑わせたが、キリスト教回帰の相貌が明らかになるのは数年が経過してからだった。その間にオーデンはアメリカで教会通いをほぼ二十年ぶりに再開し、キリスト教系の雑誌にエッセイをいくつも書くようになっていた。だから最初のうちは、左翼的な言辞が減少したことへの戸惑いが語られ、一九四五年になるとランダル・ジャレルのように「フロイトからパウロへ」という断定的なタイトルがオーデン論に対して付されるようになる。キリスト教への回帰の理由は、本人以外には茫漠としていたため、キェルケゴールを読んだせいにする者が少なくなかった。

ジャスティン・レプローグルはオーデンのイギリス時代とアメリカ時代におけるイデオロギーの連続性を追求しているが、レプローグルの議論では「マルクスとキェルケゴールは同じ哲学の学派の仲間であり、同じ哲学のアレーナで闘っているに過ぎない」としている（レプローグル 51）。つまりオーデンの変化・転向が、他の哲学的立場との違いと比較すれば、取るに足らない小さな差異でしかなかったかのような口振りだが、マルクス主義とキリスト教の間に存すると当時の人々が考えていた越えがたい溝を無視してしまっている。一方、オーデンの友人だったスペンダーの意見は、「オーデンは自分の詩に眩惑的なコメントをつけるための権威を求めていた」というものだった。「キリスト教は、人間の行動を説明するための仮説的前提だった」としている（スペンダー 30）が、人間の行動を説明するためなら、キリスト教信仰でなくても良いだろうという反論がすぐに浮かぶ。オズボーンは、オーデン自身の次の言葉を引いている。「カトリックであれ、マルクシズムであれ、一般的な観念の枠組みの価値は、作家の経験を組織化する際に……科学的な真実としてではなくて、即座に答えてくれる便利さにある」（オーデン 403）。以上の説明は、全体を描くにはどちらも便利だからどちらでも良かった、と言っているようなものではないか。それならば、転向しなくても良かったのではないか。しかしこの後のオーデンを見ると、これは不可逆的な変化で、彼がユダヤ教への関心やキリスト教回帰を棄てて再びマルクシズムやフロイトのコンセプトを中心に世界を観ることはなかった。その変化の不可逆性は上記の誰も説明できていないし、肝心な何かを見落としている可能性が高いと言えるだろう。

宗教への回帰　イギリスで活躍していた際には、左翼的言説、またそういう立場を反映した詩で高い評価を得ていた詩人オーデンが、アメリカに行ってキリスト教に回帰した、という事情、心の奥底の変容の解明としてはこれまでの通説は説得力に欠けている。キェルケゴールやそして通常忘れられがちだがチャールズ・ウィリアムズの宗教的著作を読んで感銘を受けたことはオーデン自身が述べている通りだが、かつては信仰に無関心になっていた彼がそういう著作に感銘を受ける状態にいかなる経緯で到ったのか？　読書がその人を変えることを否定はしないが、そもそも何が彼にその本を選ばせたか？　選ばせるに到ったのか、その本がインパクトを与える下地を作ったのは何であったのかを考えることにも意味があるだろう。

オーデンは、チャールズ・ウィリアムズの『鳩の降下——教会における聖霊の簡潔な歴史』という本を十六年間に何度も読み返したという。そう書いているのは一九五六年なので一九四〇年あるいは一九四一年以降何度も読んだということだ。聖霊の歴史を、である。ウィリアムズにオーデンが会ったのは一九三七年のことで、その時点では彼の著作をまったく読んでいなかったと認めている。しかし、オーデンは彼の独特の魅力に惹かれ、人格者は通常こちらを萎縮させるが、ウィリアムズには少しもそのようなところがなかったと述べている。彼はオックスフォード出版会で働いていたのだが、自身の宗教的著作、小説の他、出版者としては、キェルケゴールの本格的著作の紹介が功績とされている。ウィリアムズとキェルケゴールが、オーデンの改心、キリスト教回帰の触媒とされているわけだが、両者にはこうした密接な関係があるのだ。キェルケゴールのきわめてパーソナルな信仰やウィリアムズの柔軟な宗教性は、オーデンのような文学者がイデオロギー世界から信仰世界に軟着陸する助けにはなったであろう。

オーデンがウィリアムズに出会う前年の一九三六年にオーデンはマクニースと共にアイスランドを旅している。オーデン父子が自分らの先祖はアイスランド系だと信じていて、そのルーツをさぐるという高等遊民の自分探しの呑気な旅であった。しかし旅の最終地点で、スペイン内戦の報を聞き、現実に引き戻される。

スペインでの経験　その後、オーデンもマクニースも、時期はずれるのだが、スペイン内戦の現場に自らの意志で立ち会う。オーデンは結局のところ、スペインで運転手として内戦の補助的な役割を果たし、すぐに帰国した。マクニースは内戦最終局面でバルセローナに赴き、それを長編詩『秋の日記』の一部に組み込んだのだった。

オーデンは帰国後、有名な「スペイン」という詩を発表するが、ジョージ・オーウェルの批判を浴びると一部を書き換え、やがて全集を編む時にはその存在をまるごと削除してしまう。オーデンは当時、左派の詩人として有名で、国民戦線の側にたって参加したわけだが、現地では、フランコ派の蛮行だけでなく、国民戦線派の暴力的行為や、教会の破壊、聖職者への迫害も見聞きする。彼は、その時受けた衝撃については、スペイン内戦どころか、第二次大戦が終了してしばらく経過するまで口を閉ざしていた。「スペイン」に限らず、全詩集が出るたびに、書き換えや削除が激しい。全集という大地には根づかない、作者自ら刈り取った作品が少なくないのだ。マクニースが詩作を発表して一定時間が経過したらそれはもう自分の手を離れたものとして改作しなかったのとは対照的だ。

このあたりにも、オーデンのイデオロギーへの信念の揺らぎは明らかだろう。スペイン訪問とウィリアムズとの邂逅はどちらも一九三七年であった。一見なんの関係もなさそうな二つの経験だが、自分の根にあるキリスト教との関わり（意識的にはそこから遠ざかったと思っているのだが）に繋がっている。

中国においてキリスト教を接ぎ木する困難　一九三九年一月にオーデンはイシャーウッドとともに、日中戦争ただ中の中国へと旅立ち、二月から六月にかけて中国各地を訪れ、戦況を書き記している。詩の部分はオーデンが書き、散文はイシャーウッドの日記が主となっているが、オーデンのメモと統合したものである。当時の中国に滞在して、中国本土に爆撃を繰り返す日本軍を見て、すっかり日本嫌いになり、中国の人々に心を寄せるようになったオーデンとイシャーウッドの立場を理解するのはむずかしいことではないだろう。ただし、中国を発ち、日本、アメリカをへてイギリスに帰った後、オーデンとイシャーウッドは報告会を兼ねたレクチャーをイギリス各地でする。そこで日本を繰り返し非難するうちに、すっかり精神的にまいってしまう。それは日本の帝国主義の醜さを非難すればするほど、当時の大英帝国がいかにしてその地位を築いたのか、日本に似た蛮行はいささかもなかったと信じるほどオーデンもイシャーウッドも脳天気ではなかったからだ、という論はすでに書いた（辻 2021, 121–30）。

むしろ今回の拙論で取り上げたいのは、彼らが中国で布教活動をしている宣教師に会って現地の事情について話を聞いていることであり、そこから窺われる中国の宗教的風土、その後の彼らの体験から確認されるヨーロッパと中国の宗教的風土の決定的な相違、ありていに言ってしまえば、中国という風土においてキリスト教の接ぎ木のうまくいかなさについての見聞および経験である。オーデンやイシャーウッドは、特権的な立場にあり、香港でも大使館関係者や大学の副学長と会い、本土にはいってからも、大使館で他のジャーナリストへのブリーフィングに立ち会っている。彼らは厳密に言えばジャーナリストではなく、旅行記執筆を委嘱された作家である。また、中国語もまったく出来ず、中国人とのやりとりはすべて通訳を介している。だから、中国の現状を知るために、宣教師に会いに行ったのは賢明な態度というべきだろう。彼らは、中国に何年も住み、中国人と生活を共にして、布教活動を実践しているからだ。ここでの宣教師およびその妻のキリスト教布教の困難に対する嘆きはきわめて興味深い。彼らの言葉は日本に肩入れするとか、共産党や国民党に肩入れすると言ったこととはまったく無縁の次元であるがゆえに、信頼性も高いと思われる。広州での宣教師の語る話なのだが、二人は他の宣教師からも繰り返し同工異曲の話を聞いたという。イギリスの領事は沙面島という租界にいる。この沙面島は、珠江に面している人工島でイギリスとフランスが共同で居留地として作った。イシャーウッドとオーデンは、コロンボやシンガポール、香港の惨状を思い出しつつ、イギリス人の趣味の良さを認識したと述べている。いい気なものである。自分たちは整然とした区画を作り、西欧風で、広々としたヴェランダ、テラスのある建物を建て、並木のある大通りを通し、公園もそなわってゆったりと暮らしているが、アジアの人民のスラムはおぞましいというのである。しかしこれが一九三〇年代のイギリス人のごく率直な感想であっただろう。彼らは、地元の中国人が租界に入り込まないように厳重に対処している――中国人がいるとそこを日本人が攻撃・空襲するおそれがあるからだ。そしてそこから半マイルほど川を上ったところの Paak Hok Tung（または Paak Hok Dong）という小村にアメリカやイギリスの宣教師が住んでいた。オーデンらはそこに滞在することになった。サッカー場や学校、家々の庭を眺めながら小綺麗な道を通り抜けると、そこはロンドン郊外の快適な家並みのようであった、とも述べている。宣教師は紅茶を彼らにふるまうのだ。イギリスの風土をそのまま移植していることに注意しよう。遠くで日本軍の空襲の鈍い音が聞こえてもその家の女主人は「毎日のようにやってくるのですよ。ミルクと砂糖は？」と平然としている。オーデンもスペイン戦争の経験があるせいか、演劇論を滔々とまくし立てているが、戦争経験に乏しいイシャーウッドは動揺し目が泳いでしまった（オーデンとイシャーウッド 31–32）。

宣教師の妻は言う。「中国で、キリスト教教義を教えるのは難しい……中国人は生まれつき神話的なものには惹かれないのです。実践的道徳に浸っています。有徳の人生のための七つの法則を与えて欲しいなどと言う。来世の可能性よりも、はるかに強い関心を現世に持っています。こうしてこれらの若者たちは、教義を素早く習得し、師の質問に鋭敏に答えるようになったとしても、数年経つと、異教の哲学に再びもどってしまうリスクがあるのです」（前掲書 33–34）というのだ。つまり、道教的な風土に回収されてしまうのである。元の木阿弥というやつで、宣教師らの嘆きはそれとして理解はできる。これもまた、接ぎ木の失敗である。

それればかりでなく、宣教師は広東の知的若者たちの戦争に対する態度にも失望していた。最初は反日的なプロパガンダ、キャンペーンに共鳴したり参加したりしていたが、やがてそこから離れ、現場で戦おうとはしなくなる。あれはクーリーの戦いで、われわれの責務は戦後に始まる再建を準備することなのです、というわけだ。つまり労働者とインテリゲンチャが乖離していたのだ。西洋的な意味でのナショナリズム、国民の一体感が欠如していたと言いたいのだろう。ナショナリズムが無条件に良いものなのかについては、渡米後のオーデンは疑問を呈している。当時の中国はネイションが成立していなかったわけだが、いったん成立するとナショナリズムの肥大化が戦争の原因になることが多いからだ。

中国で得た違和感と気づき　日中戦争という構図のなかで中国人に心を寄せつつも、オーデンは雑誌『タイム』との未刊のインタビューで、「中国は全く異なる。スペインはわれわれの知る一つの文化だった。何が起こっているのか、物事が何を意味しているのかを理解できた。しかし中国は理解することが不可能だ。戦闘は別にするとしても、人間の命にまったくリスペクトを払わない国だ」と述べている（カーペンタ 239）。

オーデンは、中国を旅して、自分がまったく異なる文化圏、宗教圏から来た人間だということを自覚したのだ。アイスランドに行って、出された料理が靴底を噛んでいるようだ、などとほざいている時には、まさに目くそ、鼻くそを嗤うという事態だった。スペインはカトリック国ではあるが、所詮は同じキリスト教文化圏・宗教圏である。中国を旅すれば、中国人も、そして上海で最後に会話した日本人たちも、まったく異なる文化圏・宗教圏の人間で、蒋介石夫人のように、アメリカの学校で学びキリスト教徒である人は例外中の例外だということは、すぐに判ったであろう――たとえ当時、蒋介石の改宗に習ってキリスト教に改宗・入信するのが一部で流行っていたにしても。

オーデンとイシャーウッドにとっては、良くも悪くも日本人・日本政府が一つの鏡＝反面教師となった。日本人・日本政府は、自分の欠点（帝国主義の醜悪さ）を誇張して見せてくれた。人は自分の欠点を拡大して持っている人にはひときわ強い嫌悪を感じ、自分は違うと感情的反発をいだきがちだ。理性の強い人間は、しばらくたってなぜ嫌悪感をいだいたかに気づくのであり、オーデンやイシャーウッドもそうだった。そして、それとは別にキリスト教を学んでも数年たつと道教等に回収されてしまう中国人の神学生がもう一つの鏡となった。もう一つの鏡、中国人に照らし合わせると、自分たちはマルクシズムやフロイトに惹かれて宗教に無関心になっていようが、風土的には一神教的な風土にどっぷりと浸かっていたわけで、中国で中国人や日本人の「異質な」振る舞い、思考形態に接して、自分がそこからやってきた風土をはじめて認識できたのである。イギリスやヨーロッパにいる限り、カトリックかプロテスタントか、マルクシストか否かと言ったところに目が行き、それを軸に対立したりしているので、同じ風土にどっぷり浸かっているのだということを認識することがきわめてむずかしい。しかし中国に来てそれがわかったわけである。改宗するという意識でなく道教に「自然に」戻ってしまう中国人の話を繰り返し聞かされ、オーデンとイシャーウッドは、中国の病院で働く医師や宣教師からも、中国人患者にプレスビテリアンの賛美歌「血に洗われて」が全く好まれず、「天の王」と言うと徴税人の特別強力な親玉と受け取られるとか、ある病院では宣教師の活動に造反した患者たちが聖書をびりびりに破いたというエピソードを聞いている（オーデンとイシャーウッド 79, 248–49）。中国人が彼ら自身の精神的・宗教的風土に根づいており接ぎ木を拒むように、自分もまた一神教的風土に根づいていて、そこから完全に出ることは出来ないということを認識した、と私は考える。

そういった、より根源的な宗教的認識に突き当たったことと、帝国主義に対する嫌悪感をマルクシズム的に突き詰めていけば当然大英帝国の根本的否定へつながるわけでそれをなんとか回避したいという気持ちが相まって、マルクシズムを遠ざけるようになり、一神教的世界を探る方向にひかれていったのだと私は考える。

アメリカの宗教的風土　中国（人）や日本（人）と較べると、アメリカは明らかに一神教的風土を移住・入植によって移植して根付かせようとし、移植した人々が支配している国だ。とりあえず接ぎ木が成功した国なのである。

ここで注意しなければいけないのは、オーデンがアメリカで親しくなり恋人となったカールマンはユダヤ人であったことだ。つまりユダヤ教徒であったわけで、オーデンはカールマンと「結婚」したいと考え（当時、同性婚は存在していなかった）、「結婚指輪」を交わしており、オーデンにとってそれは単なるお遊びではなかった。彼はユダヤ教、ユダヤ人の思考、表現、ジョークにいたるまで非常に興味をいだき、イディッシュでジョークをひねることにたびたびチャレンジしたのだった――なかなか上手くはならなかったようだが。オーデンの友人の中には、カールマンが魅力を持ち続けたのは彼がユダヤ人だったからだとまで言うものもいるほどだ。それを考慮にいれると、マルクシズムやフロイトからキリスト教へ回帰したというのは、やや一面的で、むしろユダヤ・キリスト教的一神教的風土、一神教思想に回帰あるいは方向転換したのだと言ったほうがより正確だろう。

オーデンとユダヤ教およびユダヤ人との関係についてはベス・エレン・ロバーツの論考が参考になる。その中で紹介されているエピソードだが、オーデンはユダヤ人の信条・生活様式等々に深く関心を持つようになったので、自分がユダヤ教に改宗したらどうなるだろうかと思ったと、アラン・アンセンに話しているほどだ。ロバーツによれば一九三〇年代のオーデンの態度は、反・反ユダヤ主義だった。自分が育った中産階級の持つ反ユダヤ主義的傾向を拒否したのである。ユダヤ人は迫害の犠牲者というイメージを彼は抱いていた。オーデンがユダヤ人、特にアメリカに難民として逃れてきたユダヤ人に抱いたのは祖国を持たない、あるいはデラシネ（根無し草）的なところがあるというイメージで、自分もそうであるし、それが今の時代には望ましいと考えていた。

オーデンとアイスランドに旅して共著をものしたマクニースも、奇しくも、ユダヤ教徒の女性と結婚したのだが、マクニースの父は国教会の牧師であり、妻の一家も彼との結婚に反対していて、親族抜きで二人だけで式をあげたのだった――この二人の結婚は後に破綻してしまったのだが。

マクニースにしても、オーデンにしても、家庭内風土としてイギリス国教会は、空気のように存在していたわけである。マクニースの方が母が早く亡くなったためより重い空気として、オーデンの場合は父が医学者であったためにサイエンスという解毒剤があったものの、母は敬虔な信者でオーデンは幼いころからミサの補助役をしていた。イシャーウッドが明言しているように、戯曲の共作においてオーデンの書くコーラスのパートは、油断しているとすぐにミサの合唱のようになってしまうと嘆くほど、オーデンの身体には国教会の儀式が浸みこんでいた。そういった家庭内風土と訣別するかのように、二人ともユダヤ人のパートナーを選んでいるのは興味深いことだ。

風土の異なるところに、自分が育ったところにはない新たな思想、あるいは自分が無意識のうちに縛られている思想からの自由、接ぎ木の可能性を見出すのであろう。新たな思想的風土には興味を感じても、無意識まで支配されるおそれは極めて小さいからだ。一方中国については現状の悲惨さは共感を持って描写するが、中国の宗教、文化・文明を知ろうとか、それに対する敬意は、ほとんど見られない。彼らの地平を越えて接ぎ木に挑むことなど考えもしなかったのだ。逆に言えば、そこでオーデンは、自分とは異なる他者に遭遇したのである。

オーデンは、アイスランドに行った時にも、スペインに行った時にも得られなかった他者との邂逅を果たし、自分がどこから、どういう宗教的風土からやってきたか、自分の根がどこにあるかを自覚できたのだ。たしかに、道教や仏教と比較すれば、カトリックも、プロテスタントも、ユダヤ教でさえ、一つのグループに属することは明らかだ。それは知識としては常識かもしれないが、それを実感することはヨーロッパから出なければむずかしかっただろう。オーデンの前の世代のイェイツやエリオットはどちらも一時的にインド哲学に接近し、エリオットなどは仏教徒になろうかと考えたこともあるほどだ。イェイツも神智主義の会に入っていた時にインド哲学に触れた。オーデン世代は、イェイツの神秘主義やエリオットの中期以降のあまりの宗教的傾斜に、反発や警戒心があったろう。オーデンはインド哲学や仏教、道教に思想や教義として接近するのではなく、仏教や道教を宗教的風土として生きる中国民衆に直に出会い、その他者性を身を以て認識し、自分がその宗教的風土には生きられぬと悟ったのだ。

＊

彼らにとってマルクス主義やフロイトの精神分析は、神秘主義や宗教ではないもので、かつ世界を解釈することのできるはずの道具だった。しかし、マルクス主義的思想で帝国主義を問い詰めて行った結果は、祖国の拒絶、デラシネ（根無し草）になることであった。祖国の抱え込んでいた帝国主義を拒絶するようになった時に、彼と祖国を結びつけるもので残ったのが祖国のより古い層に根づいている一神教的風土であった。中国という非一神教的風土との邂逅が決定的契機となって、オーデンはアメリカ移住後には、キリスト教思想に回帰し、恋人カールマンを通じてユダヤ教の世界に新たに踏み込んでいったのであり、自らをアメリカの宗教的風土に接ぎ木させる試みに身を投じたのだと考える。

引用・参考文献

Auden, Wystan Hugh. *The English Auden—Poems, Essays and Dramatic Writings 1927–1939*. Ed. Edward Mendelson. Faber, 1977.

Auden, W. H. and Christopher Isherwood. *Journey to a War*. Random House, 1939.

Carpenter, Humphrey, *W. H. Auden—A Biography*. George Allen & Unwin, 1981.

Jarrell, Randall. 'Freud to Paul: The Stages of Auden's Ideology', *Partisan Review* vol XII :437–57. 1945.

Replogle, Justin. *Auden's Poetry*. University of Washington Press, 1969.

Roberts, Beth Ellen. 'W. H. Auden and the Jews.' *Journal of Modern Literature*, vol. 28, No. 3: 87–108, 2005.

Spender, Stephen. 'W. H. Auden and His Poetry.' (1953) *Auden. A Collection of Critical Essays*. Prentice-Hall, 1964

Williams, Charles. *The Descent of the Dove*. Longman, 1939.

辻昌宏「オーデンの旅と転進」富士川義之編『ノンフィクションの英米文学』金星堂、二〇一八年

――「W・H・オーデン、イシャーウッドの中国旅行と思想的・宗教的転回」『明治大学人文科学研究所紀要』第八八冊、二〇二一。

第十二章　廃墟のアレゴリーのポリティクス
――『サルガッソーの広い海』にみる自然／帝国の分解への可能性

松本　朗

一　はじめに

ジーン・リース (Jean Rhys)（一八九〇―一九七九）は、ヨーロッパで執筆活動を行ったカリブ諸島ドミニカ共和国出身の女性作家である。リースと言えば、ロンドンやパリで貧困と背中合わせの生活をするモダンな若い女性を描く小説を一九二〇年代から一九三〇年代に刊行した後に消息を絶ち、その数十年後の一九六六年に『サルガッソーの広い海』(*Wide Sargasso Sea*) を出版し、彼女が生きていたことだけでなく、このテクストで、シャーロット・ブロンテ (Charlotte Brontë)（一八一六―五五）の『ジェイン・エア』(*Jane Eyre*)（一八四七）では声を与えられていないカリブ諸島出身の女性人物の視点から見た世界を表象し直してイギリスの文壇をあっと言わせたことでよく知られる。彼女が一九二〇年代にパリでフォード・マドックス・フォード (Ford Madox Ford)（一八七三―一九三九）と親交を深め、彼の援助のもとで短編集を出版したことを考えれば、前半のキャリアはモダニズムに位置づけられると言えるが、現在の時点から彼女のテクストが有する政治性とイギリス文学研究の流れを俯瞰するなら、彼女はいわばアカデミズムの批評理論を先取りするような、同時代のヨーロッパ小説の批評の枠組みでは測りきれない先進性を備えた作家であったと考えられる。じじつ、『サルガッソーの広い海』が、後のポストコロニアル批評を先取りする側面があったことは明白であり、女性人物の表象にしても、リースが一九二〇年代から一九三〇年代に描いたロンドンやパリに住むモダンな女性人物は、服のモデルや販売員をしたり、画家のスタジオでモデルをするなどして働くなかで、貧困、堕胎、移民ゆえに受ける差別、あるいは既婚男性との恋の苦しみなど、二〇〇〇年以降に興隆した第三波フェミニスト批評でグローバリゼーションと格差の問題が広く論じられるようになってからようやく焦点が当てられるようになった問題を浮き彫りにしている。いずれも、リベラルなミドルクラスの白人女性に牽引された一九七〇年代の第二波フェミニスト批評では扱いきれなかった問題である。(1)

　そのようなリースのテクストの先進性のもうひとつが、風土、自然、環境の表象である。レイチェル・カーソンの『われらをめぐる海』に「サルガッソーの海」の海藻に関する言及があることはリース研究者の間では周知の事実であり、また最近のエコクリティシズムの観点からリースのテクストを環境文学として読み直す研究もあるが、(2)本稿では少し視点を変えてカリブの廃墟の表象とアレゴリーの問題という観点から『サルガッソーの広い海』が表象する風土、自然、環境の問題を考えてみたい。廃墟とかアレゴリーとか言うとゴシック小説の系譜を想起するのが一般的であり、リースが『ジェイン・エア』のゴシック的側面を意識してそうした要素を自身の作品に取り入れたのは確かだと思われるが、本稿が関心をもつのは、人文学における廃墟とアレゴリーの問題をめぐる二十世紀以降の議論の展開とこの小説テクストの同時代性である。アレゴリーとその歴史性の問題は、ヴァルター・ベンヤミンが「アレゴリーとバロック悲劇」(一九二八)で、スーザン・スチュアートが『廃墟のレッスン』で論じた重要なテーマであり、さらにベンヤミンの議論を踏まえたエリザベス・M・ディラウリー著『人新世のアレゴリー』によると、かつて植民地であった島の風土、自然、環境の問題は、グローバル化した世界の全体性と島との間の亀裂や綻びを象徴的にあらわすが故に、ポストコロニアリズムの問題と分かちがたく結びついているという。本稿ではそうした議論を視野に入れ、まずは『ジェイン・エア』を先行作品とする『サルガッソーの広い海』が、『ジェイン・エア』と同様にビルドゥングスロマンの系譜に連なる小説として世界の全体性を表象することを試みつつその不可能性を顕にする、マルクス主義的小説論で扱われる小説の系譜に連ねられることを確認する。その上で、全体性に内在する裂け目の一因である廃墟のアレゴリーの覆いの下に、この小説では、砂糖プランテーションや奴隷制社会の廃墟の表象等の資本主義と帝国主義が支配的であった歴史的文脈が横たわるだけでなく、資本主義の生産と循環のシステムを批判的に問い直す分解を司る白蟻の群れが描かれていることを考察する。言い換えれば、リースのテクストは、廃墟の中のそうした分解する生物に主人公を共感させることで、イギリス小説がよって立つ資本主義と帝国主義のシステムへのオルタナティヴなあり方の可能性を問うている。

二　『サルガッソーの広い海』の設定とプロットの先行研究の問題

まずは『サルガッソーの広い海』の設定とプロットを確認しておきたい。小説は三部から構成される。第一部は一八三三年の奴隷制廃止のしばらく後の、砂糖プランテーションが各所で廃墟と化したジャマイカが舞台となっている。『ジェイン・エア』でロチェスター氏に「バーサ」と名づけられる女性は、この第一部で少女「アントワネット」として登場し、一人称で語る。この「私」には母と弟がいて、三人は奴隷所有主であった父のお陰で元は裕福であったが、小説の冒頭では、砂糖貿易の衰退と父のアルコール依存症死のせいで困窮し、廃墟化した地域の傷んだ屋敷で暮らす身分に落ちぶれている。(3) そこへ、美人の母がイギリス紳士メイソン氏と再婚することになり、一家は元の生活水準を取り戻すのだが、一家が再び裕福になったことに激怒した近隣の解放奴隷たちが暴動を起こす。騒擾のなかで一家の屋敷に火が放たれ、家族はなんとか逃げ延びるものの、道中で病弱な弟は命を落とし、母親は抜け殻のようになる。第二部では、アントワネットは十代後半の女性に成長しており、継父メイソン氏が用意した持参金によりイギリス人男性と結婚したばかりである。ここでは、アントワネット、その夫、アントワネットの元乳母クリストフィーヌという三名の視点から代わる代わるそれぞれの状況の観察が語られるが、その過程で、当初は性的に惹かれ合っているように思われたアントワネットと夫との間に互いの文化や意思疎通をめぐって隙間が広がり、夫は召使いと性的関係をもつようになる。つらくなったアントワネットは事態を打開しようと呪術信仰オビアの術師でもあるかつての乳母クリストフィーヌを頼り夫の愛情を取り戻そうとするが、その一方で今度は、イギリス男性とカリブの女性の結婚では女性側が金銭的に搾取されると指摘するクリストフィーヌとアントワネットの夫の間で葛藤が深まり、アントワネットの心理状態は悪化する。第三部では、舞台はイングランドのソーンフィールド館と思しき屋敷に移り、『ジェイン・エア』の「バーサ」となったアントワネットが召使いグレース・プールの監視の下で監禁されている。最終場面においてアントワネットは、グレース・プールが居眠りをしている隙に彼女のポケットから鍵を抜き取ってドアを開け、火のついたろうそくを手に暗い廊下へと出ていく。

このテクストの先行研究では、長い間、リースがブロンテによる先行作品『ジェイン・エア』をいかに換骨奪胎し、アントワネット／バーサという人物をその内面を描いて救済することにくわえて、アントワネットの夫、アントワネットの元乳母クリストフィーヌ、ソーンフィールド館の召使いグレース・プールといった複数の人物の視点と心理を、カリブ諸島の砂糖プランテーションと奴隷制の歴史的背景の中に織り込んで語ることによって、いかにモダニズム的にリアリティを重層的にあらわしているかに焦点が当てられてきた。(4) そのように二十世紀モダニズム文学を強く意識したイギリス文学研究の枠組みの中で行われてきた先行研究の流れに変革をもたらしたのが、ポストコロニアル批評の論客ガヤトリ・C・スピヴァクによる論文「三人の女性のテクストと帝国主義批判」である。スピヴァクはまず、『ジェイン・エア』の語り手「私」が、能力主義と個人主義への信念を基に、ヨーロッパ的・キリスト教的

「自己」と非ヨーロッパ的・異教的他者を分け隔てる世界を創造し（"worlding"）、自己の人生をアレゴリカルに「魂を形成する物語」として物語り、それを読者に共有させる仕掛けをもつと論じる（246–49）。その上でスピヴァクは、そうしたヨーロッパ帝国主義的およびカント的「人間」の枠組みの外に追いやられ「他者」化されたカリブ出身の女性が、『サルガッソーの広い海』の末尾において、「あの人たちは私がイングランドにいると言うけど、そんなこと信じない」（107）と言い、彼女が「この段ボールの世界」（107）と呼ぶ屋敷に火をつけるのは、狂気の発露というよりはむしろ、ハードカバーで綴じられた本、つまり『ジェイン・エア』というテクストに入り込みそれに火をつけて、自死を遂げることを意味するとメタ・テクスト的議論を展開する。スピヴァクはこのアントワネット／バーサの形象に、怪物性を有する〈悪い女〉としての側面と、貞淑な妻として夫の後追い自殺をするインドのサティーの風習にも似た〈善良なる妻〉の二面性を読み取るのだが、その読みにしたがえば、この二作品は、両方ともイギリス帝国主義の暴力をあらわすアレゴリーとなっており（250–51）、その中で黒人の元乳母クリストフィーヌだけは、そのイデオロギーへの封じ込めに抵抗しうる、解読不可能な他者性を維持していると言う（253）。

スピヴァクの論文以降、この論文に言及せずに『サルガッソーの広い海』を論じることは不可能になるのだが、スピヴァクによるクリストフィーヌ解釈は、その議論に敬意を表しながらもカリブ諸島の文化に着目してクリストフィーヌの主体性が西洋的それとは異なる方法で成立することを示し、『サルガッソーの広い海』における複雑な多文化主義を論じる別の批評家によって反駁／補完されることになる（Parry 27–58）。その他、ポストコロニアル批評的にこのテクストを読む試みも、歴史的文脈の複雑さを考慮にいれたり、植民地原産のモノの歴史性に着目するようなアプローチが多く見られるようになり、(5) さらに最近では、カリブ諸島出身のクレオール作家であるリースの小説を国境を超えて（トランスナショナルに）読解されうるテクストとみなす研究も現れている。(6)

このように〈イギリス〉と〈カリブ諸島〉の間の相克と文化の越境性の両方が重要なテーマとなっている『サルガ

ッソーの広い海』研究の動向を踏まえるなら、このテクストが、両方の土地が共有する文学的伝統の重要なモチーフである亡霊や鏡や用いて、両方の文化の複雑な関係を示していることにも留意する必要があるのではないだろうか。言い換えれば、リースがその書簡で幼少期からの愛読書『ジェイン・エア』を批判するような小説を書くことについて自身の『ジェイン・エア』への敬意と愛着に繰り返し触れ、その小説を出版することで多くを失うのではと恐怖する自身の心に言及するように、(7) リースにとってこの小説の執筆と刊行は、〈イギリス小説〉全般を相手取るだけでなく、イギリス小説を読んで自己形成をして作家になった自分自身の作品をも対象に、肉を切らせて骨を断つ行為をしてみせることでもあり、それはすなわち、自身のテクストを含めた英語圏文学の再定義の試みとも呼びうる。

そのようなリースの複雑さ、いわばイギリス小説との繋がりと断絶の両方を示すモチーフが、『ジェイン・エア』と『サルガッソーの広い海』に共通して存在する廃墟 (the ruin) あるいは崩壊・堕落したもの (ruined, fallen) であると思われる。これは、『ジェイン・エア』の末尾近くにおいてジェインがロチェスター氏に再会するためにソーンフィールド館へ駆けつけるときに、「無」や「死の静寂」(472) のイメージを与える「黒ずんだ廃墟」(472) を発見し、「どのような物語がこの大惨事にはあるのでしょう?」(472) と物語を求めるのにたいして、リースのテクストが、その廃墟が出現するまでの物語を提示して応答するという関係が見られることからも明らかである。廃墟の形象を通じてこの二作品は繋がっており、さらにそこには、イギリスの地主階級、帝国主義、資本主義の問題が絡まりつつ横たわっているのである。以下では、まずはこの二つの小説が両方ともビルドゥングスロマンであることに着目し、小説の一ジャンルであるビルドゥングスロマンが全体性を志向すること、そしてこれらの小説が二冊ともそれぞれの仕方で全体性を表象することに失敗し、テクスト内に裂け目を生じさせていることを示す。その裂け目を覆い隠すのが廃墟のアレゴリーであり、リースは『ジェイン・エア』ではバーサの暴力の跡地である空虚な空間――否定性の一種――として表象される廃墟というモノを『サルガッソーの広い海』では具体的な歴史性として充溢させる。その廃墟は、人間の歴史が朽ちつつある虚しさと儚さを暗示するアレゴリーとなっているが、リースはさらにそこに自然を分解する白蟻を描き、ヒロインにその存在に共感させることで、帝国主義と資本主義のシステムにたいするオルタナティヴとなりうる人間的なもの (the animate) と非人間的なもの (the inanimate) の新たな関係の可能性を示している。言い換えれば、二つのテクストに共通する廃墟のアレゴリーによってテクストをこえて繋がれたアントワネットの成長物語が、別の人間のありようの可能性を提起しているのである。

三　ビルドゥングスロマンと全体性の表象の問題

フランコ・モレッティがその『世の習い——ヨーロッパ文化におけるビルドゥングスロマン』で論じるとおり、十八世紀末から十九世紀中葉のヨーロッパ各地でほぼ同時多発的に登場したビルドゥングスロマンというジャンルは、不安と変化への欲望を内面に抱えるミドルクラスの下層から出発する若者が、階級制等の社会の制約的な力と衝突しつつも、刺激的な社会の不安定さと流動性の中で一定の自由の獲得と階級上昇を果たし、年齢的にも知的にも成熟していくさまを描写する、「モダニティをあらわす「象徴的形式」」(5–6) と考えられる。ジェルジ・ルカーチ『小説の理論』に依拠しつつ、ドイツ、フランス、イギリスの各国で、それぞれの社会の経済的安定性と階級制の強さの度合いに応じてビルドゥングスロマンが少しずつ異なるかたちであらわれると論じるモレッティの議論は説得力がある。モレッティに言わせれば、チャールズ・ディケンズ (Charles Dickens)（一八一二—七〇）の『デイヴィッド・コパフィールド』(*David Copperfield*)（一八四九）やシャーロット・ブロンテ『ジェイン・エア』といったイギリスの典型的なビルドゥングスロマンは、社会が若者の自由を制約する傾向が強いがゆえに、主人公は受け身で、善玉と悪玉の区別が容易な他の登場人物との葛藤や社会での冒険をそれなりに経験するものの、最終的には「安全」を獲得し、物質的にも価値観的にもミドルクラスに収まるという、ヨーロッパ大陸の同ジャンルと比較するとナイーヴかつ道徳主義的な特徴が見られるという (181–99)。

ここで押さえておきたいのは、ルカーチが『小説の理論』において小説を論じる際に、「小説はそれ自体本質的な生の流れのうちに、その叙事詩的な総体性をあますところなく展開させようとする傾向をもっている」（九八）と述べるとおり、小説は叙事詩的に共同体や世界の全体性をあらわすことが前提とされている点である。この前提に基づいてモレッティは右記の議論を展開するのだが、モレッティの議論で重要なのは、ジャンルには歴史性がある、つまり、あるジャンルは、ある条件の下にある特定の時代のある場所に勃興し、やがて支配的形式となり、最終的にはそのジャンルが機能しなくなり、残余的形式が残る、という考え方である。その考え方にしたがうなら、ビルドゥングスロマンは十八世紀末から十九世紀前半にモダニティの時代の社会をあらわす「象徴的形式」としての歴史的使命を果たしたが、その効力は十九世紀後半には衰え、モダニズムの時代に入るとビルドゥングスロマンやそのサブジャンルである芸術家小説は従来的な意味では機能することができなくなる (229–44)。その要因は、チャールズ・ダーウィン（一八〇九―八二）やジークムント・フロイト（一八五六―一九三九）の議論の出現により人間の定義に変容が生じ、モダニズム期のビルドゥングスロマンが、小説という形式の中にすべてを統一的に包含することが不可能になり、小説の時間性に断絶をくわえるようなトラウマを表象したり、意識の描写によって主人公の自我の統一に分裂をもたらさざるをえなくなる点にある (244)。しかしながら、モレッティと同様にモダニズム文学が社会の全体性をあらわすことの不可能性に直面したことを「モダニズムと帝国主義」で論じるフレドリック・ジェイムスンは、興味深いことにモレッティとは少々異なる議論を展開する。ジェイムスンによれば、イギリス帝国の都会でモダニティの文化が発展し、さらに帝国が領土を拡大し、イギリス本国と植民地の間に時間的・空間的に断絶が生じたために、モダニズム期のイギリス小説は、見知らぬ異国の人びとという他者を含めた社会全体を包摂し、全体性として表象することができなくなるとの「形式的矛盾」を抱えるようになり (49–51)、それを象徴(シンボル)等の美学的言語で解消せざるをえなくなったというのである (51–56)。

そのように考えるとき、『ジェイン・エア』における「バーサ」なる人物の内面が表象されないのは、イギリス小説が必然的に抱える欠陥であると考えられる。カリブ諸島の見知らぬ他者であるバーサの内面は、カリブ諸島とイギリスは空間的に隔てられているがゆえに、必然的にイギリス小説の形式の中の裂け目とならざるをえない。それを受けてリースの『サルガッソーの広い海』は、『ジェイン・エア』では精神を病んだ、人間というよりは動物の状態に近いカリブ出身の女性として描かれている「バーサ」を主人公に一種のビルドゥングスロマンを書きつつ、二十世紀中葉のカリブ諸島出身の英語圏の作家として世界の全体性を補完的に表象することを試みたと考えられる。

そのような観点から『サルガッソーの広い海』を読み直そうとするとき、それでもなお世界の全体性を表象する試みは破綻を運命づけられていたのかと考えざるをえない。そのことは、モレッティが論じるとおり、アントワネットの〈意識〉に見られる自我の分裂によってテクストに裂け目が表出しているとのモダニズム文学的読解によっても論証可能であろうが、[8] この小説が一九四九年あたりの後期モダニズム期に構想されて、[9] 一九六六年に出版されたことを考慮するなら、むしろジェイムスンの顰に倣ってこのテクストの時間と空間の表象に着目するほうが適切ではないだろうか。

じじつ、『サルガッソーの広い海』において、ジャマイカとイングランドは空間的にも時間的にも隔てられていることが強調されている。小説の冒頭で主人公アントワネットの一家は困窮していて近隣の黒人たちから憎悪の念を向けられているが、そんな中、母親が唯一の相談相手であるラトレル氏に話すのは、ラトレル氏と彼女自身を含む旧奴隷所有主一族が「奴隷廃止法を制定したときにイングランドの人びとが約束した補償金を待っている」(9) ことである。だが、補償金が支払われるまでには「長期間待たなければ」ならず、ラトレル氏は待つ生活に耐えきれずに自死する(9)。このように冒頭からイングランドは、空間的にも時間的にも隔てられた土地として、しかも、ある意味では母国でありながら、砂糖貿易が利潤を生み出さなくなりカリブ諸島の関係者が用済みになると見捨てる他者なる国として、提示される。こうした両国の地理的隔たりと複雑な繋がりは、アントワネットとその夫が結婚した後も続く。結婚は「イギリスの法律」(66) に基づいて執り行われるため、アントワネットが持参金をもって夫と結婚した後、アントワネット自身は「無一文」(66) になり、夫の財産の一部であるかのような扱いになるが、夫婦が互いの出身国と文化について話すとき、ジャマイカにいながら夫はその土地を「非現実的」(47, 48) と言い、アントワネットも、話でしか知らないイングランドを「非現実的で夢のよう」(47, 48) と語る。ジャマイカにとってイングランドは法的に従属する父なる存在でありながら、その法的暴力のあまりの理不尽さゆえに、その支配者の代理的存在を目の前にして夫婦となっても実在している感覚をつかめない、捻れと矛盾がここにはある。その感覚は、アントワネットが夫に連れられてイングランドの屋敷に住み始めた後でも続き、それは、アントワネットが「あの人たちは私がイングランドにいると言うけど、そんなこと信じない」(107) と言い、イングランドを「この段ボールの世界」(107) と呼ぶことで示される。

すでに述べたとおり、スピヴァクはこの第三部をメタ・テクスト的に解釈し、アントワネットがテクストとしてのイギリスに火をつけると論じるわけだが、ジェイムスンの顰に倣って第三部をモダニズム期の小説の〈空間を認知する言語〉という観点から分析するなら、「あの人たちは私がイングランドにいると言うけど、そんなこと信じない」(107) と言うアントワネットの空間の認知には、二つの空間を繋いで一つの世界図とすることができない、世界の全体性の裂け目が刻み込まれていると考えられる。しかしここで重要なのは、単にリースが二つの空間の断絶を示すだけで終えていないことである。小説のエンディングにおいて、蝋燭を手にしたアントワネットは次のように語る。

ようやく私は、自分がなぜここへ連れてこられたのか、何をしなければならないのかを理解した。隙間風が入り込んだのだろう、炎が揺れて、消えてしまったかと思った。でも手で覆うと蝋燭の火は再び燃え始め、暗い廊下を明るく照らした。(112)

ここで「暗い廊下」に"dark passage"という英語表現が用いられていることに留意したい。"passage"はこの文脈では「廊下」を意味するが、リースがメタ・テクスト的に『ジェイン・エア』との関係を考え、カリブ諸島とイギリスを含む世界の全体性を捕捉しようと意図していたことを踏まえるなら、"passage"に大西洋の「航路」という意味も暗示されていると考えることは十分に可能だ。そしてその二つの"passage"を通ってアントワネットが向かうのは、この闇と光が拮抗する中で、イギリス文化を象徴的にあらわす屋敷に火をつけて廃墟とするという行動（アクション）である。したがって、『ジェイン・エア』の重要な場面を引用してアントワネット／バーサによる屋敷の廃墟化への行動（アクション）で終わる『サルガッソーの広い海』が、冒頭でも廃墟を物語の原＝風景とするある種のメビウスの帯的な捻れをともなった反復が見られることは偶然ではない。廃墟は、「廊下／航路」で繋がれるこの二つのテクストにおいて決定的に重要かつ両方のテクストが共有するモチーフであり、イギリスとカリブ諸島という二つの地理的空間が繋がりえない、テクストを統一する世界の全体性にはどうしても裂け目が生じてしまう歴史をも示す両義的な形象なのである。

ただしここで重要なのは、廃墟が『ジェイン・エア』の歴史を下に隠しもつアレゴリーとして表象される点である。なぜなら、二十世紀中葉以降の読者は、ソーンフィールド館の廃墟は、イングランドの法的・経済的暴力に抵抗しようとするバーサによる放火行為と、時間の経過の中での家具等の腐蝕の残骸であることを知っているからである。つまり廃墟は、イングランドのカントリーハウスやカリブ諸島のプランテーションの過去の繁栄や栄華の残骸であるがゆえに、儚さや虚しさを示す道徳的アレゴリーとして、その時間性の下に具体的な歴史性を覆い隠す機能を有する、歴史性を複雑なかたちで表象する比喩的形象なのだ。それゆえ廃墟は、栄華の儚さをテーマとするその特徴ゆえにときに美化されて芸術作品の対象となるが、その覆いの下には支配的文化と劣勢文化の相克の歴史が必ず存在する。

このようにアレゴリーが単に美学に重きを置く比喩的形象ではなく、政治性があることを暗示しつつ覆い隠す両義的な特徴を有することは重要である。フレドリック・ジェイムスンは「メタファーからアレゴリーへ」において、現代の作家は現代世界をアレゴリーを使ってあらわすことに惹きつけられる傾向があると述べる。

現代という時代にアレゴリカルなものが魅力を有するとするなら、その理由は、それが、裂け目、不均衡、断絶、内的隔たり、比較の不可能性が見られるあらゆる種類の関係をあらわす型となるからである。つまり、アレゴリカルなものは比喩的表現として世界の不均衡をあらわす役割を果たす。(25)

そうした美的表現技法であるアレゴリーが有する複雑な政治性は、現代の自然、風土、環境の問題を考える際にとりわけ有効であるようである。エリザベス・M・ディラウリーは『人新世のアレゴリー』において、グローバルな多国籍企業がネットワークとして地球上を覆う現代の時代に、ローカルな個人と地球という対立軸を意識して自然、風土、環境の問題をあらわす際にはアレゴリーが決定的に重要な役割を果たすと論じる。

私たちは地球を一つの全体性として意識しつつも、地球上の一つの種である人間の立場に固定されている——この分離状態で、アレゴリーは決定的に重要な役割を果たす。地球という空間とローカルな場所の間の断絶に直面する際に、アレゴリーこそがこの対立と取り組むための最善の形式のように思われる。(11)

ジェイムスンやディラウリーの議論を受けるなら、カリブ諸島というローカルな島と三角貿易によりグローバルなビジネスを展開するイギリス帝国の関係全体を一つのテクストにあらわすことの困難に直面して、リースが『ジェイン・エア』でバーサがソーンフィールド館に火をつけて廃墟にすることに目をつけ、『サルガッソーの広い海』の冒頭の設定を廃墟化した砂糖プランテーションと主人公の生家とし、それらをアレゴリーのモードで使用する選択には、先行作品のゴシック小説的モードを引用する以上の意味と意図があるということになる。一見儚さを示す美的形象でありながら、それは、ローカルとグローバルの分断や暴力の痕跡である裂け目を下に覆い隠す見せ消ち的形象なのだ。では、そこには具体的にどのような歴史性が複雑なかたちで表象されているのか。次節では、ベンヤミンおよびスーザン・スチュアートによる廃墟とアレゴリーの歴史性の問題に関する議論を参照しつつ、『サルガッソーの広い海』を分析していく。

四　『サルガッソーの広い海』における廃墟のアレゴリーのポリティクス
――廃墟の過去、現在、未来

『サルガッソーの広い海』の冒頭で「私」が語り始めるとき、すでに「私」の一家は、一八三三年の奴隷制廃止以降、経済的に零落しているだけでなく、近隣の元奴隷の黒人たちから憎まれているせいで、クリブリと呼ばれる地所のみならずその周辺の道路一帯は人が寄りつかない荒れた状況となっていて、補修などは「過去の出来事」(9) であることになっている。このように「私」が居住する空間は「過去」の奴隷を使う暴力的経済体制の儚き終焉の跡であると歴史性を帯びたかたちであらわされる。重要なのは、リースが二項対立的なイメージを使ってこの荒れた土地を描くことである。たとえば聖書のイメージを引用しつつ、クリブリの「庭」は次のように語られる。「私たちの庭 (garden) は、聖書の庭のように大きくて美しく、生命の樹 (the tree of life) もあった。けれど庭は荒れ果てて (wild) しまった。小道には雑草が生い茂り、死せる(dead)花のにおいが生き生きと咲き誇っている花の香りと混ざっていた」(10–11)。この庭が奴隷所有者にとっての楽園に過ぎず、これを支えているのは砂糖プランテーションで労働させられる奴隷たちの地獄であったことは明白だが、おそらくそうした背景を反映して、イギリスの白人が「生命の樹」の実を食べたことにより、現在の「庭」は「堕落」して「荒野」となり、そこでは「生」と「死」の香りが混ざりあっている。キリスト教的世界観は、あまりの暴力によりもはや失われているのだ。

　このように二項対立のイメージを駆使しつつ、死相を織り交ぜて歴史の中の没落や変容を描くやり方は、ベンヤミンによると「アレゴリー的なものの見方の核心」である。ベンヤミンは、象徴（シンボル）とアレゴリーを峻別し、アレゴリーには歴史性があると論じる。

> 時間というカテゴリーを記号論の領域にもちこんだことは、右の二人の思想家の偉大なロマン主義的洞察であったが、この時間という決定的なカテゴリーのもとでこそ、象徴とアレゴリーの関係を印象的かつ定式的に言い表わすことができるのだ。つまり、象徴においては、没落の変容とともに自然の変容して神々しくなった顔貌が、救済の光のなかに一瞬みずからを啓示するのに対して、アレゴリーにおいては、歴史の死相〈facies hippocratica［ヒポクラテスの顔］〉が硬直した原風景として、見る者の目の前に広がっているのである。そもそもの初めから付きまとっている、すべての時宜を得ないこと、痛ましいこと、失敗したことに潜む歴史は、ひとつの顔貌――いや髑髏の相貌をもってその姿を現わす。そしてこのような髑髏には、たとえ表現の一切の〈象徴に特有な〉自由が、形姿の一切の古典的調和が、一切の人間的なものがまったく欠けていようとも、この最も深く自然(Natur)の手に堕ちた姿のなかには、人間存在そのものの自然〈本性〉のみならず、ひとつの個的人間存在の伝記的な歴史性が、意味深長に謎の問いとして現れている。これがアレゴリー的なものの見方の核心、歴史を世界の受難史として見るバロックの現世的な歴史解釈の核心である。（二〇〇―〇一、強調筆者）

引用から、ベンヤミンの議論とリースによる廃墟のアレゴリーの表象には、キリスト教的世界と近代的帝国主義が終末期に入っていることを経験した者同士に共有されたある種の同時代性があることがわかる。ベンヤミンによると、アレゴリーは、キリスト教的象徴（シンボル）が機能しえなくなった世界の、没落した悲劇的な歴史を、日常的に目にする事物や風景の背景にあらわすために用いられる。リースもまた、ジャマイカのカリブ諸島を描く際に、キリスト教的世界観がいまだ揺るぎなかった時代のヨーロッパのロマン派のように象徴（シンボル）を特権的に用いるのではなく、敢えて『ジェイン・エア』と『サルガッソーの広い海』を繋ぐ廃墟の形象を、アレゴリーを用いて、ヨーロッパの帝国主義と資本主義のシステムの産物である砂糖プランテーションをあらわすことによって、ヨーロッパの暴力の結果として廃墟が存在していることを明らかにしているのだ。

　ジャマイカの廃墟にはこのようにアレゴリカルに奴隷制廃止以前の砂糖プランテーションの歴史が埋め込まれるだけではない。時間の経過によって廃墟は徐々に朽ちていくが、その暴力の歴史は現在形で上書きされる、つまり、廃墟の地帯一帯とアントワネットたち一家の屋敷が、一家がメイソン氏と母親の結婚で再び裕福になったことに怒った元解放奴隷たちによって放火され、廃墟の上にさらに暴力の歴史を刻み直す。暴動の中、家族とともに馬車に乗り込んだ後、アントワネットは振り返り、暗闇の中で家が燃えて、夕焼けのように空が黄色と赤に染まっているのを見て、庭の花々もすべてが焼き尽くされるのだろうと思う (27)。このように赤と黒といった弁証法的イメジャリーの用い方を維持しつつ、ここでリースは、『ジェイン・エア』の「黒ずんだ廃墟」（472、強調筆者）との言葉と呼応させるかのように、アントワネットに次のように語らせる。「暴動が収まったら、黒ずんだ塀と、馬に乗るための踏石以外は何も残っていないだろう。塀と踏石だけはいつまでも残る。あれだけは誰も盗んだり燃やしたりできないもの。」(27)。この小説の屋敷のヴェランダやヴェランダの外側の庭へと続く土地がカリブの植民地時代の暴力の歴史を跡づける「戦場」を模した造形になっていることはすでに先行研究によって明らかにされているが (Emery, "Rhys's Material Modernism" 66–71)、その名残りである塀と踏石は、ポスト植民地時代の新たな暴力の層である、元解放奴隷による報復的暴力の跡を刻んでなお廃墟として残り続ける。

その廃墟的なものの跡にさらに新たに現在形の暴力の痕跡として連なるのが、第二部以降のアントワネットの表象である。アントワネットと夫の結婚は、夫の内的独白やイギリスへの書簡によれば、愛情ではなく強い「性的欲望」(55) のみによる結びつきであったせいで、「暗闇の中で欲望、憎悪、生、死がほぼ同等のものとなる」(56) 特徴を有していた。つまり、異文化で生まれ育った二人が身体的に性的欲望を消費するなかで、情動的には「欲望と憎悪」、「生と死」といった対極的要素が紙一重の様相を帯びる。そのような二人の間でかわされる会話は互いへの無理解を露わにするだけのものになっていくのだが、そんな中で、夫が召使いと性的関係をもつ (83–84) ようになることもあり、アントワネットはラム酒を常習的に飲むようになり (78)、彼女が夫の目には精神の病をきたしているように映りはじめる。「アントワネットの部屋のドアが開いた。彼女を目にしたとき、衝撃で口がきけなくなった。髪はぼさぼさのままだらりと伸びた状態でギラギラと燃えるような目にかかっていて、顔全体は紅潮して腫れ上がっていた。足は裸足だった」(87)。その状態でアントワネットは「喉が渇いた」とラム酒を求める (88)。ある先行研究によると、都会を設定とするリースの一九三〇年代の小説テクストでカリブ出身の女性人物がラム酒を飲むとき、ラム酒は、その女性の人種的異種混淆性と性的乱交を暗示する換喩(メトニミー)として機能し、一緒にいる男性人物がその女性人物をそうした目で見るようになると論じられているが (Nesbitt 309–10)、おそらくこの場面もそのように解釈されるべきだろう。つまり、アントワネットへの性的欲望を失った夫の目には、右記の場面のアントワネットは、性的欲望に衝き動かされ自制心と正気を失った、性と酒を欲する〈堕落した女〉(the ruined, fallen women) として映っており、ここにはアントワネットと廃墟 (the ruin) とのパラレルな関係を読み取ることができる。この小説は、たしかに、〈堕落した形象〉である〈廃墟的なもの〉を鍵となるモチーフとしていて、アレゴリーとしての〈堕落した女〉の歴史もアントワネットの人物像に書き込んでいる。

しかしながら、『サルガッソーの広い海』においては、イギリス的価値観から〈堕落した形象〉と見なされる〈廃墟的なもの〉が、スピヴァクが論じるようにイギリス帝国主義をめぐる過去の暴力をアレゴリカルにあらわすにとどまっていない点こそが重要である。言い換えれば、そこには廃墟のアレゴリーの未来も示されていると思われる。それは単に、アントワネット／バーサが最終的に放火という行動（アクション）を起こしてイギリスの支配に反逆を試みるというだけではない。廃墟に佇むアントワネットに、世界や地球の帝国主義、資本主義の生産と循環を中心とするシステムを解体し、そのバランスを図り直す特徴が微かに付されている。

そのことは、友人はおらず母親とも親密な関係をもっていない孤独な主人公であるアントワネットが、物語の冒頭近くで、廃墟と化した砂糖プランテーションの跡地を歩く場面で見られる。廃墟の中でアントワネットは、人間から疎外されている感覚を口にし、むしろ白蟻や蛇に共感していく。

> 私はもう一方の道を行き、かつての砂糖工場ともう何年も回転していない水車の脇を通りすぎた。そこはクリブリの地所なかでも見たことのない場所で、道も小道もわだちもなかった。レーザーグラスの鋭い葉で足や腕が切れることもあったけれど、そんなときも「人間よりずっといい」といつも思った。黒い蟻に、赤い蟻、高いところにある巣に白蟻がうじゃうじゃ群れなしているのも見たし、土砂降りの中でずぶ濡れになって、蛇を見たこともあった。それでも、人間よりずっといい。
>
> ずっといい。人間よりずっとずっといい。
>
> 太陽の下で何も考えずに赤や黄色の花々をじっと見ていると、まるでドアが開いて、そこから違う場所へ出て、違う存在になったかのように感じられた。私なんかじゃない存在。(16)

「蛇」の登場があらためて堕落後の楽園世界のイメージを強調しているが、荒野となった廃墟を歩いて通常なら気味が悪く有害だと思われる虫や動物がいる風景に「人間よりずっといい」と居心地の良さを覚えるアントワネットは、その場所にいながら「違う場所」の「違う存在」になる感覚を想像的に味わう。人間としてか別の生物としてかは明らかではないが、同じ太陽の光を受けて別の仕方でこの地球に存在するオルタナティヴな存在の可能性がここでは提示されている。後にイギリス人の夫に〈狂女〉や〈堕落した女〉のレッテルを貼られることを運命づけられている彼女が、別の仕方でこの世界に存在することを夢想するのは必然かもしれないが、興味深いのは、この仮定法的な想像の世界で白蟻が言及されていることである。白蟻は、一般的には害虫のイメージが強いが、群れでコロニーを形成し、自然界で分解に携わる、重要な役割を果たす生物である。

藤原辰史は『分解の哲学――腐敗と発酵をめぐる思考』において、『資本論』を「自然史」として描いたマルクスによってすでに、労働を自然と人間の物質代謝として捉える考え方が採用されていたことを重視する（五三）。したがって、藤原は、マルクスの継承者であるアントニオ・ネグリとマイケル・ハートが『〈帝国〉――グローバル化の世界秩序とマルチチュードの可能性』で地球上にネットワーク上に広がるグローバルな資本主義の謂いである〈帝国〉を物質循環の原理に貫かれた空間として敢えて形態学的・自然史的用語を用いて論じ、それが分解や「腐敗をあらかじめ予想して、腐敗した箇所をきちんと利用するシステム」である世界秩序であると論じていることを一方では評価する（藤原　五一）。しかし藤原は、もう一方では、ネグリとハートが〈帝国〉の体内で「相利共生しつつ、最終的には廃棄される」（藤原　五九）マルチチュードを〈帝国〉への対抗軸となる、〈共〉として協同する勢力と見なしながらも、マルチチュードも結局のところ〈帝国〉を一時的に故障させながらも最終的にはその「生産・建設の主体」（藤原　六二）の一部として〈帝国〉の暴走に巻き込まれるだけであることに不満を唱える（藤原　五一―六四）。藤原が説くのは、〈帝国〉の生産と循環の暴走過程に巻き込まれることなく〈帝国〉を腐敗死させるような、自然界を分解、腐敗、発酵させる力を活性化させる方法の必要性である（六二―六四）。

もちろん、『サルガッソーの広い海』における廃墟を歩くアントワネットの白蟻への言及と、それへの共感から喚起される自身のオルタナティヴなあり方への可能性は、直接的に帝国を腐敗死させる力にはならないかもしれない。しかしながら、砂糖プランテーションという帝国主義と資本主義の負の遺産である廃墟を歩くヒロインに、うじゃうじゃと群れをなして枯木、落葉、虫の死骸を腐敗させ自然界の分解作用を担う白蟻に共感させ、人間界への嫌悪を口にさせるこのテクストの批判の矛先が宗主国イギリスやヨーロッパ文学の伝統だけではない可能性は否定できない。リースはここにおいて、ある意味では、身に付けられた近代ヨーロッパ文学の伝統から自身を引き剥がし (unlearn)、あらたにヨーロッパ近代の帝国主義と資本主義から離れたオルタナティヴな存在のあり方を廃墟のアレゴリーの中に書き込むことで、国境を超えたオルタナティヴな文学のあり方をあらためて身につけようと (relearn) していたのかもしれない。

五　結び

本稿では、ジーン・リース『サルガッソーの広い海』を、この小説が先行作品である『ジェイン・エア』と共有する廃墟のモチーフに焦点を当てて読み解くことを試み、『ジェイン・エア』では〈狂女〉として人間以下の存在として表象されるカリブ諸島出身の女性を主人公として同テクストを〈前史〉から語り直すリースのテクストが、ベンヤミンの廃墟のアレゴリー論と磁場を共有し、廃墟の美学の覆いの下に見え隠れするヨーロッパの帝国主義と資本主義の仕組みを歴史性として暗に表象していることを論じた。二つのテクストを繋ぎ、廃墟をアレゴリカルに表象することによってイギリス文学の一つの側面を批判し、ヨーロッパ文学の伝統から身を引き剥がすリースのテクストは、同時に、廃墟の中に自然界を分解する白蟻とヒロインの関係をオルタナティヴな存在のあり方の可能性を示唆するものとして書き込むことで、独自の仕方であらたにヨーロッパ文学の再創造の可能性を構想しているのではないだろうか。

＊本研究はJSPS科研費18K00430の助成を受けている。

注

（1）アンドレ・ドイチ社の編集者ダイアナ・アトヒル宛ての書簡（一九六六年。日付不明。）においてリースは、シャーロット・ブロンテ著『ジェイン・エア』を読んだときに「これは一方側――イギリス側の見方だわ」と「苛立ち」を覚えたと『サルガッソーの広い海』を執筆する動機について記し、自身とイギリス的な視点を対極的なものとして捉えている（Rhys, "Selected Letters" 144）。『サルガッソーの広い海』執筆以前にもイギリス側の視点やイギリスの文壇および読者大衆には違和感を覚え、それを女性の表象の観点からも強く感じていたようである。たとえば、一九四九年十月四日付けのペギー・カーカルディ宛ての書簡では、アメリカ合衆国の出版業界と違ってイギリスの出版業界は「不快な事実」を書かないよう作家に圧力をかけると不満を述べる。「だから、これまで娼婦の美点をまじめに描く物語が書かれていないの。世に出るのは、イギリス風の主婦数名か、二人ばかりの修道女が登場するものと相場が決まってる。こういう人たちのいやらしさとか、もったいぶった偽善的なおしゃべりとか、意地悪なら、並みの編集者は受け入れるのよ。」（Rhys, "Selected Letters" 132-33）と述べ、イギリス社会が、そのミドルクラス的価値観で受け入れられる、目に入れてもよい範囲の人間の負の側面しか見ようとしないことを指摘する。二〇〇〇年以降の第三波フェミニズムの論客が、ミドルクラスの自律性を有する女性のフェミニズムでは下層階級の女性や移民女性の窮状を救えないと、第二波フェミニズムの陥穽を指摘したが、リースはすでに二十世紀半ばにその問題に気づき、文学の世界においてもそうした尺度が影響力を揮っているとして指摘しているのである。

（2）たとえば、Savory (2015) を参照。

（3）英領西インド諸島の奴隷経済およびプランテーション経済は、奴隷制廃止以前の一八〇〇年頃からすでに利潤を生み出せなくなっていた。こうした経緯についてはウィリアムズの第一七章を参照。

（4）たとえば、Emery (1990) は、そうした視点からモダニズム文学の周縁に位置づけられるものとしてリースのテクストを論じている。

（5）歴史的文脈の複雑さを考慮し、カリブ諸島の文化や当地の黒人召使いに着目してポストコロニアル批評的にこのテクストを読む試みとしては、Hai, Thomas を参照。同様の視点から、Gregg はリースを〈クレオール女性〉と定義し、その視点から論じている。モノの歴史に着目する批評としては、ラム酒に着目する Nesbitt の議論や屋敷などの空間に着目する Savory (1998) の議論もあるが、植民地の住宅のベランダという空間に着目する Emery (2015) の議論が秀逸である。

（6）一例として、Lopoukhine et al. を参照のこと。

（7）数例を挙げるなら、一九五九年九月二十七日付けのフランシス・ウィンダム宛ての書簡でリースは、シャーロット・ブロンテについて「敬服している。エミリー・ブロンテも。」と記しており (Rhys, "Selected Letters" 137)、やはりウィンダム宛ての一九六四年の（日付のない）書簡では、『ジェイン・エア』に批判的な小説を出版することで「失うものがある」ことを理解していると記している (Rhys, "Selected Letters" 143)。

（8）リースの小説をトラウマという観点から分析した研究書としては、Moran を参照。

（9）これは、一九四九年十月四日付けのペギー・カーカルディ宛てに書かれたリースの書簡から窺える。ここでリースは、「一七八〇年頃の西インド諸島を舞台にした小説を執筆中」であり、「半分ほど出来ていて、残りの半分は頭の中にある」(Rhys, "Selected Letters" 132–33) と記している。

引用文献

Brontë, Charlotte. *Jane Eyre*. Penguin, 1996.

Carson, Rachel L. *The Sea around Us*. Penguin, 1956.

DeLoughrey, Elizabeth M. *Allegories of the Anthropocene*. Duke University Press, 2019.

Emery, Mary Lou. "On the Veranda: Jean Rhys's Material Modernism." *Jean Rhys: Twenty-First-Century Approaches*, edited by Erica L. Johnson and Patricia Moran, Edinburgh University Press, 2015, pp. 59–81.

——. *Jean Rhys at "World's End": Novels of Colonial and Sexual Exile*. University of Texas Press, 1990.

Gregg, Veronica. *Jean Rhys's Historical Imagination: Reading and Writing the Creole*. University Of North Carolina Press, 1995.

Hai, Ambreen. "'There Is Always the Other Side, Always': Black Servants' Laughter, Knowledge, and Power in Jean Rhys's *Wide Sargasso Sea*." *Modernism/Modernity*, vol. 22, no. 3, 2015, pp. 493–521.

Jameson, Frederic. "From Metaphor to Allegory." *Anything*, edited by Cynthia C. MIT Press, 2001, pp. 24–26.

——. "Modernism and Imperialism." *Nationalism, Colonialism, and Literature*, edited by Terry Eagleton, et al., University of Minnesota Press, 2001, pp. 43–66.

Lopoukhine, Juliana, Frédéric Regard, and Kerry-Jane Wallart, editors. *Transnational Jean Rhys: Lines of Transmission, Lines of Flight*. Bloomsbury, 2021.

Moran, Patricia. *Virginia Woolf, Jean Rhys and the Aesthetics of Trauma*. Palgrave Macmillan, 2007.

Moretti, Franco, and Albert Sbragia. *The Way of the World: The Bildungsroman in European Culture*. Verso, 2000.

Nesbitt, Jennifer P. "Rum Histories: Decolonizing the Narratives of Jean Rhys's *Wide Sargasso Sea* and Sylvia Townsend Warner's *The Flint Anchor*. *Tulsa Studies in Women's Literature*, vol. 26, no. 2, Fall, 2007, pp. 309–30.

Parry, Benita. "Problems in Current Theories of Colonial Discourse." *Oxford Literary Review*, vol. 9, no. 1, July 1987, pp. 27–58.

Rhys, Jean. "Selected Letters." *Wide Sargasso Sea*. W.W. Norton & Company, 2016, pp. 132–45.

——. *Wide Sargasso Sea*. W.W. Norton & Company, 2016, pp. 9–112.

Rhys, Jean, and Diana Athill. *Smile Please : An Unfinished Autobiography*. Penguin, 2016.

Savory, Elaine. *Jean Rhys*. Cambridge University Press, 1998,

——. "Jean Rhys's Environmental Language: Oppositions, Dialogues and Silences." *Jean Rhys: Twenty-First-Century Approaches*, edited by Erica L. Johnson and Patricia Moran, Edinburgh University Press, 2015, pp. 85–106.

Spivak, Gayatri Chakravorty. "Three Women's Texts and a Critique of Imperialism." *Critical Inquiry*, vol. 12, no. 1, Oct. 1985, pp. 243–61.

Stewart, Susan. *The Ruins Lesson: Meaning and Material in Western Culture*. University of Chicago Press, 2020.

Thomas, Sue. *The Worlding of Jean Rhys*. Greenwood Press, 1999.

ウィリアムズ、E『コロンブスからカストロまで（Ⅱ）——カリブ海域史　一四九二—一九六九』川北稔訳、岩波書店、二〇一四。

ネグリ、アントニオ、マイケル・ハート『〈帝国〉——グローバル化の世界秩序とマルチチュードの可能性』以文社、二〇〇三。

藤原辰史『分解の哲学――腐敗と発酵をめぐる思考』青土社、二〇一九。

ベンヤミン、ヴァルター「アレゴリーとバロック悲劇」『ベンヤミン・コレクションⅠ　近代の意味』浅井健二郎編訳、久保哲司訳、筑摩書房、一九九五、一六八―三二二。

ルカーチ、ジェルジ『小説の理論』原田義人・佐々木基一訳、ちくま書房、一九九四。

第十三章　自然から芸術へ
――アドコック、ヒーニー、ダーカンの詩

髙岸　冬詩

はじめに

自然に親しみ、自然の美しさに感動することは、人が味わうことのできる特権的な愉楽の一つである。そして、イギリスやアイルランドの詩人たちは、詩作を通して人々に当地の自然に対する様々な見方、愉しみ方を提供してきた。詩人による自然の描き方は様々であるが、画家が自然の一場面を額縁に収めて風景画を描き、写真家がファインダー越しに風景を捉えてシャッターを切るように、詩人にも絵画や写真のようにある種の芸術的フレームを設定して、自然を切り取り提示する手段がある。絵画や写真へのアナロジーを利用し、自然の一場面を読者に注目させ、自然への親しみを涵養する手法は、詩人の選択肢の一つであろう。

一方で、眼前の自然自体を対象とするのではなく、自然を描いた画家の作風に感化を受け、同じような作風で詩を創作するケースや、風景を描いた既存の絵画作品に触発され、その作品を下敷きにして詩を書くケースもあるだろう。そうした際には、参考にした画家や絵画と自らの詩の手法との関係に、ある種の自意識が働き、メタ・ポエティックな側面を示すことも考えられる。いずれの場合も、自然と絵画と詩の関係を読み解いていくことで、詩への理解や愛着も深まっていくはずである。そのような観点から、本エッセイでは三人の現代詩人の作品を取り上げ、自然から芸術へと読者を導くそれぞれの特色豊かな詩法を検証してみたい。

一　アドコック

まずは風景画の枠＝フレームへの注目という点で非常に興味深い詩を書いた、イギリス現代詩人フレア・アドコック（一九三四―　）を取り上げる。彼女の詩「テートを後にして」がその詩であり、普段無意識に眺めていた自然の景観が、美術館の「壁に掛かっていた室内の絵」を鑑賞した直後に、アーティストの意識を経由した芸術に一変する、啓示的とも言える体験を綴った一篇である。その詩の全文（四行連句九連、三六行）を引用して、考察してみたい。

テートギャラリーのバッグに
数枚の絵葉書を入れ、他のイメージは
頭に詰め込み外に出て、階段で足を止め
川の向こう岸を眺めると

新しいイメージが広がる。軽やかな明るい建物、
ひとすじの茶色い川、そしてあなたは、あの空を
誰が描いたのだろうと想う――コンスタブル？
いいえ、明るすぎる。クローム？　いいえ、官能的すぎる――

あまりにも純粋なラファエロ前派の空？
かもしれない。立ちのぼる白い煙を除けば
快晴の空（今日の、つまり、四月の空。
別の日だと違うかもしれないけれど、

気にしない。どんな空でもいい。）
細部を求めて右下に目を移してみよう。
カモメたちが泥を突いている、二ブロックのオフィス街と
ジョージ王朝式テラスハウスの下で。

今度は左に目を向け、実を上下に揺らす
プラタナスの木々と、あの煉瓦造りの建物、
そして赤いバスを収めてみよう……ちょうどそこ、
灯柱で切り取って。足場は入れたままにしておこう。

それがあなたの次回作。このような戸外の絵が
あの壁に掛かっていた室内の絵を見るまで
存在していなかったなんて不思議だ。
でも、今はここに存在している

全景（パノラマ）から進み出て
ファインダーに進化したあなたの目の前に
列をなして。あなたが眼の筋肉を絞れば、
それらを切り取ることができる。

あなたは人物を拡大してみたり
（あのリュックを背負った少年を）、静物画、

> 抽象画、都会風景も思いのまま。誰が描いたのでもない。
> 光が描いたのだ。あなたは
> 審査員を務めるだけ。あなたが目を留めた
> 絵の周りに好きなだけスペースをあけて
> 悦に入ればいい。芸術（アート）は自ずと増殖する。
> あなたが枠（フレーム）に収めるものはすべて芸術（アート）だから。（アドコック　一五六―五七）

テートの室内から外に出た瞬間に見えるロンドンの空やテムズ川の風景は、普段とは決定的に違って見えるという新鮮な発見からこの詩は始まる。頭の中に残るギャラリーで見たばかりの絵のイメージ、例えばコンスタブル、クローム、ラファエロ前派の描いたそれぞれの空と比較されて、目の前の空は自ずと芸術的な色合いを帯びてくる。そして、漫然と自然を眺めるのではなく、絵画や写真のフレームを意識して自然の一シーンを切り取ってみれば、その風景は異化されているのだ。具体的にアドコックが例示するのは、テムズ川の茶色い水、河畔の空、プラタナスの木々、カモメといった自然景観の特色であり、ジョージ王朝式テラスハウスや赤い二階建てのバスなど、ロンドン社会の特徴的モチーフが加えられる。そしてそれらを灯柱や足場などを枠にして切り取れば、テムズ河畔の見事な風景画が作り出される。このロンドンの風景画の構図が立ち現れる件には、アドコックの詩的手腕が十二分に発揮され、この都会の象徴的なエクフラシスが創出されていると言えるだろう。

　ただ、こうして枠の中に収められて完成した風景画は、実際に絵筆を用いて描かれた絵画ではない。「あなたの次回作」（二一）[1]は、自然のパノラマから進み出て「あなたの目の前に／列をなして」おり、あなたが「ファインダーに進化」した「眼の筋肉を絞れば／それらを切り取ることができる」（二七―二八）のである。六行目に「あなたは、あ

の空を／誰が描いたのだろうと想う」とあるが、その絵は三一行目にある通り「誰が描いたのでも」なく「光が描いた」ものなのである。こうして「あなた」が写真家のような芸術的感性を研ぎ澄まし、風景をファインダーのような視点で見つめれば、どのような景観も思いのままに視野に収めることができるのだ。そして、美術展出品審査や飾り付けの比喩を巧みに用いて、あなたは「審査員を務めるだけ」（三三）でよく、自由に絵を選び、自由にスペースをとって絵を飾り、「悦に入ればいい」と主張する。最後には、「あなたが枠（フレーム）に収めるものはすべて芸術（アート）」だから、「芸術（アート）は自ずと増殖する」と主張し、アドコックは自信たっぷりに読者を豊穣な芸術の世界へと導いているのである。このように、誰もがアーティストになれるというメッセージによって、アドコックは自然そのものが芸術的風景に溢れる美術館に変わりうる印象を与えることに成功しているのであるが、逆説的に言えば、自然が芸術によって見出されるというよりも、芸術が自然を創造するヴィジョンを提示している、と言っても過言ではないだろう。まさに「芸術（アート）は自ずと増殖する」のである。この詩は、自然が芸術に変容するプロセスを、見事に示してみせた顕著な例ということができるだろう。

二　ヒーニー

次に、北アイルランド出身の現代詩人シェイマス・ヒーニー（一九三九―二〇一三）の有名な詩を数篇とりあげてみよう。彼は出世作「掘る」（ヒーニー　三―四）で、農業に従事した祖父や父の後を継がず、鋤をペンに持ち換えて詩作の道に進むと宣言したことで知られるが、むしろそれゆえに、彼の詩には農村風景が頻出し、農業に関わるモチーフが多用されている。例えば、故郷の地名を冠した詩「モスボーン――二篇の献呈詩」（ヒーニー　九三―九四）は、故郷の村モスボーンの懐かしい記憶にまつわる連作詩であるが、まず一篇目の「陽光」では、真昼の陽光を浴びた揚水器のある静謐な庭の風景と、この詩の献辞にも名前が記されたヒーニーの伯母メアリーが、台所でパン作りをする室内の様子が描かれている。

陽光

メアリー・ヒーニーへ

陽光が降り注ぐ人けなさがあった。
庭のヘルメット型揚水器の
鉄は熱くなり、
吊りバケツの水は

蜜のようにとろけ
太陽は留まった
毎日の長い昼下がり
壁に立てて冷えていく

鉄板のように。
そして、彼女の両手は
パンをこねる板の上でせわしなく動き、
赤々と燃えるストーブが

粉まみれのエプロンをつけ
窓際に立つ
彼女の方へ
熱の円盤を放っていた。（「陽光」一—一六）

そして、二篇目のソネット「種イモを切る人々」では、種イモ切りの農作業風景が描かれている。

彼らは何百年も昔の人々のようだ。ブリューゲルよ、
私が彼らを正しく描ければ、あなたにも分かるだろう。
風が吹き抜ける防風林の背後に
彼らは生垣の下で半円状に跪いている。
種イモを切る人々だ……（「種イモを切る人々」一—五）

この二篇を読んで、ヒーニーはオランダ絵画を意識している、と考えるのは極めて妥当であろう。事実同じ考えを抱く読者は多いようで、ヒーニーはインタビューで、「陽光」は「一度ならず、オランダ室内絵画、例えばフェルメールと比べられてきました。あなたは絵画的効果を意図していたのですか?」との質問を受けている（オドリスコル 一七三）。これには「意図したわけではありません」と否定しているが、「種イモを切る人々」については、ブリューゲルの名に言及していることもあって、次のように述べている。

彼（＝ブリューゲル）の絵の場面には常に親しみを感じていました——干し草畑、農民の結婚式、雪の中の狩人たち、子供たちの遊びなど。情景の大きな迫力と同時に、最小の細部まで明晰に描かれているのです。冬の木に止まる鳥た

ちゃ、股袋の刺繡なども。（一七四）

「種イモを切る人々」では、こうしたブリューゲルの特長に倣う形で、北アイルランドの農民たちが「防風林の背後」に「半円状に跪いて」作業する情景を捉えると同時に、彼らがナイフでジャガイモを切り分ける「最小の細部」を、ヒーニーは次のように活写する。

各々の鋭利なナイフが
物憂げに各々の種イモを掌の上で
半分に切り分ける。乳白色の輝き、
そして中心には黒い透かし模様が。（八―一一）

そして最後の三行には、ヒーニーがこの詩を書いた意図が垣間見られる。

ああ、暦に則した習慣よ！　彼らを覆う
黄色のエニシダの下、そこにいる私たちすべて、
匿名の私たちを描いた小壁（フリーズ）を制作しよう。（一二―一四）

農村には、暦に従って毎年変わらず繰り返される習慣があり、毎年同じ時期にエニシダの黄色い花が辺り一面に咲くというアイルランド特有の自然の理があって、農作業に携わる人々は常に匿名、無名の人々であるという真理もある。それらを、ギリシャ建築のフリーズに彫刻するかの如く詩文に刻もう、という芸術的な意図を詠っているのがこの詩なのだ。ヘザー・オドノヒューが、「モスボーン」の二篇の詩は共に、時間の流れや歴史の外にある、という主

旨の指摘をしているが（オドノヒュー 一九二一―九三）、確かにヒーニーは、ブリューゲルらの画法に倣いつつ、慣れ親しんだ故郷の自然を、直線的時間から切り離された芸術作品に結実させようとしているようだ。「陽光」が、献辞にもあるように伯母メアリーに対する個人的回想に特化し、「種イモを切る人々」では地元の匿名の農民たちにスポットを当てる、という違いこそあるが、共にアイルランドの自然の中で素朴に日々の生活を送る人々を、時間を超越した芸術として刻みつけようという、詩人ヒーニーの芸術家意識を見出すことができるだろう。

自然を芸術の枠によって捉えるという、ヒーニーの芸術志向を窺える詩は他にもある。例えば、彼の名を世に知らしめることになった一連の「ボッグ詩」の代名詞的作品である「沼地（ボッグランド）」（ヒーニー 四一）は、彼の友人でもあった同郷の画家T・P・フラナガンが描いた、アイルランドのボッグ＝沼地の風景に触発されて書いたとされる詩で、フラナガンへの献辞が記されている。

沼地

T・P・フラナガンへ

我々には夕暮れ時に
大きな太陽をスライスする大平原がない――
到る所で目は
侵食する地平線に身をゆだね、

一つ目巨人の目のような湖に
誘い込まれる。囲いのない我が国は
太陽の視線の中で硬く干からびてゆく

沼地そのものだ。（一―八）

まず、献辞に記した同郷のフラナガンに詩の冒頭で「我々」と呼び掛けて、「我々には」、アメリカの大平原＝プレイリーのような、沈んでいく太陽を水平に「スライスする」地平線はない、と述べる。代わりに、「目」のメタファーで暗示される太陽を、一つ目巨人の円い目のような湖ないし沼が浸食し、沈めていくイメージで表現された、「沼地そのもの」である祖国アイルランドの泥炭沼の風土を共有していることを確認する。このように、アメリカとアイルランドの対照的な風土の特徴を、フラナガンの沼地の絵画に触発されたヒーニーが、詩のことばで呼応する形で提示した例と言えるだろう。そして、ことばは静止した絵画とは異なり、太陽や地平に動きを与えることができる。アメリカ大陸では、大平原の地平線が太陽を「スライスする」。アイルランドでは、太陽と沼地が互いにしのぎを削り、太陽は「湖に／誘い込まれ」、逆に沼地は太陽の視線を浴びて「硬く干からびてゆく」というように。

ここでもう一つ注目すべきは、六行目の「囲いのない」という形容辞である。絵画では「ないもの」を表現することはできないが、詩のことばはそれができる。このことばが暗示するのは、アイルランドがその歴史において、外敵の侵入に繰り返し晒されてきたことである。また詩の中盤、後半には、沼地から回収された過去の事物、アイルランド・ヘラジカの骨（「彼らは巨大なアイルランド・ヘラジカの／骸骨を泥炭より掘り出し」九―一〇）やボッグ・バターへの言及（「百年以上も／底に沈んでいたバターが／塩気を含み白くなって発掘された」一三―一五）、歴史を物語る地層への言及もあって（「我々の開拓者たちは掘り続ける、／中の方へ、下の方へと向かって、／／彼らが剝していくすべての地層に／以前のキャンプの跡があるようだ」二三―二六）、ヒーニーの個人的記憶に基づいた詩「モスボーン」とは異なる時間的様相を呈してくる。つまり、風景画の視覚的ヒントを手掛かりに、目に見える自然の更なる深層を探ることで、地層に埋蔵された歴史を発掘していくのである。この「我々の開拓者たち」が地下へと掘り続ける方向は、アメリカの開拓者が西方へ土地を切り拓いていった水平方向のベクトルとは対照的に、下方へのベクトルを表している。そして最後の二行において、ボッグの最下層の究極の可能性（「沼地の穴には、大西洋の海水がしみ込んでいるのかもしれない。／ぬかるんだ中心には底がないのだ」二七―二八）へと辿着するのである。こうしてヒーニーは、絵画に描かれたアイルランドの風景から、目に見えない地下に埋もれた歴史の断層に思いを馳せ、想像の中でボッグの深層を露わにしていくのである。こうしたヒーニーの歴史の深層へのこだわりは、ボッグから発掘されたミイラを題材にした一連の詩群の創作へと繋がっていくことになる。

三　ダーカン

次に、絵画への特別な思い入れを表明するアイルランド現代詩人、ポール・ダーカン（一九四四―　）のケースを見てみよう。彼は、ダブリンの国立美術館からの依頼で制作した詩画集『女にいかれて』の序文で、「私の仕事は詩を書くことであるが、それ以外で常に執心していたのは美術館と映画館だった」と述べ、「無人島には画集と映画台本を持っていく」と公言している（ダーカン　x）。その言葉通り、この詩画集は、国立美術館の絵画から、映画台本にも擬えられるような物語詩を編み出し、それを絵画写真に添えたユニークな作品集に仕上がっている。主に登場人物のナレーションが中心になっているので、本論文の主題とは外れる詩も多いが、絵画に描かれた自然と芸術の関係について考察できる詩も含まれている。ここでは、十七世紀オランダの画家カレル・デュジャルダンの〈乗馬学校〉という絵を下敷きにした同タイトルの詩「乗馬学校」（ダーカン　五〇―五二）を取り上げ、詩全体の解釈を試みてみたい。(2)

この絵には、乗馬学校の中庭で乗馬指導する人々の点景が画面奥に、中央前景には赤いケープを羽織った男が白馬を手綱で引いている様子が大きく描かれ、背景には青空を黒やグレーや白の積乱雲がダイナミックに覆い、山の稜線、糸杉、建物と中庭の壁などが描かれている。詩は語り手による背景への言及と、芸術への理念らしき台詞から始まる。

糞、丸石、壁、糸杉、
平和を目指す芸術への喜び、
アイリッシュ・スカイズの冷たい目をした騎手と
グレイ・オブ・ザ・ブルーズを導いている私では
比べるべくもない。

私は赤いケープをまとい、
ケーヴ・ヒル・マウンテンの下
グレイ・オブ・ザ・ブルーズを導いている。
私の両眼は歴史に盲目
私の両手は歴史に盲目。（一一一〇、ボールド体の原文はイタリック体）

絵の中央に描かれ、白馬を手綱で引く赤いケープの男が語り手の「私」であることは明白であるが、「私」が単なる馬主や乗馬学校の講師という人物像を越えて、「平和を目指す芸術」の信奉者と目される点が重要である。そう考えると、「私」はこの絵を描いた画家デュジャルダン自身で、この詩がメタ・ポエティックな語りの構造を備えていると解釈することも十分に可能である。一方、元の絵画の風景は、デュジャルダンが晩年に移住したイタリアのものと考えられるが、七行目のケーヴ・ヒルはベルファストの山であることから、ダーカンは詩の設定を北アイルランドに変更しているようだ。その上、二行目の「平和を目指す芸術」というフレーズには、シェイマス・ヒーニーの詩「収穫の藁結び」（ヒーニー　一七五）へのアリュージョンがある点に注目すると、ダーカンは「私」にヒーニーの像を重ねていると推測でき、語り手の人物設定は一層複雑さを帯びてくる。

ダーカンが引いているヒーニーの一節は次の通りである。

芸術の目標は平和
それがモミ材の箪笥に留めていた
この華奢な細工のモットーになりうる――　（「収穫の藁結び」二五―二七、二五行目の原文はイタリック体）

「この華奢な細工」とは、収穫への願いを込めて、ヒーニーの父が手作りしていた藁結びである。この父親の思い出の品である繊細な手工芸品は、同時に平和を目指すモットー、より具体的には、北アイルランド紛争下で平和を祈念する標語にもなり得る、と解釈することができるだろう。そして、このヒーニーのモットーをダーカンが取り入れていることで、「乗馬学校」に込められたメッセージも明らかになってくる。ベルファストを見下ろす山ケーヴ・ヒルには、反乱や紛争で傷ついた戦いの歴史が付きまとい、暗雲が立ち込めた空はそれを暗示しているかのようである。だが話者である「私」は暴力的歴史には目を向けず（「私の両眼は歴史に盲目」九）、それについて書くことも拒み（「私の両手は歴史に盲目」一〇）、「糞、丸石、壁、糸杉」（一）という泥臭い環境の中で、牧歌的に白馬を導きながら、馬と過ごす平和な時間に喜びを感じる自身の姿を肯定的に描いているのだ。つまりこの話者には、平和への思いを詩に込めるヒーニーのペルソナが重ねられており（前章で考察したヒーニーの詩と比べるなら、「モスボーン」の作者ヒーニーと重なると言えるだろう）、同時に、暴力の歴史を忌避する詩人ダーカン自身のペルソナも投影されていると考えて差し支えないだろう。

この解釈に加えて、三行目の「アイリッシュ・スカイズの冷たい目をした騎手」には、W・B・イェイツの詩のパロディを見てとることができよう。「アイリッシュ・スカイズ」は次行の「グレイ・オブ・ザ・ブルーズ」と共に、馬の名前と考えられるが、イェイツの詩「アイルランドの飛行士が死を予見する」（イェイツ 一八四―八五）の語り手で、戦闘機を操縦し戦死したロバート・グレゴリー少佐を連想させる。また「冷たい目をした騎手」には、やはりイェイツの詩「ベン・ブルベンの麓で」（イェイツ 三七三―七六）の有名な最終節（そしてイェイツの墓碑銘でもある）「冷たい目を向けよ／生に、死に。／馬上の人よ、過ぎてゆけ！」へのエコーがあり、「アイリッシュ・スカイズの冷たい目をした騎手」の一行は、死の悲劇性を象徴する高尚な詩を書いたイェイツを暗示するパロディと解釈できるだろう。

これに対し、四行目の「グレイ・オブ・ザ・ブルーズ」は、〈乗馬学校〉に描かれた、青空に湧き立つ不穏な灰色の雲を反映するかのような馬の名前で、白馬には似合わない皮肉を含ませているが、語り手の「私」は、不穏な空をバックに、馬糞の落ちた泥臭い土の上で、この不穏な名を持つ美しい白馬を悠々と導いているのだ。この三行目と四行目の空と土の対比を通して、イェイツを暗示する高尚な馬とは、自分の馬が「比べるべくもない」（五）と口では謙遜しているようにも聞こえるが、実は語り手の強い自負も垣間見えてくる。この語り手が、前述の通り、ヒーニーやダーカン自身のペルソナとするなら、アイルランドの悲劇的な歴史よりも眼前の自然に目を向け、徹底して暴力を憎み、生を肯定するダーカン自身の平和への信念が打ち出されていると想像できるだろう。他所でも書いたので詳しい議論は省くが、この二行の背景には、イェイツに対するダーカンの反感に根差した皮肉な感情も影響しているのかもしれない。(3)

ただ、もう一度詩の冒頭部分に戻ると、語り手の「私」が眼前の自然に目を向けているとしても、それは「平和を目指す芸術」（二）とも述べられている。その自然と芸術の関係を精査するため、この詩の次の部分（一一―二二行）を以下に引用する。語り手は白馬の姿に「両目を開けて」（一四）、絵に描かれた馬の各部位の特徴を忠実に描写し、馬の肉体や毛並みの美しさを印象付けていることが分かる。

毎朝四時に起床して
グレイ・オブ・ザ・ブルーズを導く。
平和を目指す芸術への喜び。
彼の手綱を持ち、両目を開けて見る。
彼の斑模様の後半身、
彼の夏毛。
彼の結んだたてがみ。
彼の櫛で梳かした尻尾。
彼の白鳥の顔。
彼の猪首。
彼の背筋。
彼の小さな、踊り跳ねる装飾音。（一一―二二）

絵の中の男が自ら「毎朝四時に起床して」馬を連れ出す行為に言及しているが、再び「平和を目指す芸術への喜び」（一三）という詩行の挿入により、次に列挙される馬の各部位への言及は、実際の馬よりもむしろキャンバスに描かれた白馬の絵画表現自体への注目を読者に呼びかけた詩行と読むのが妥当だろう。こうして、現実の馬はデュジャルダンの絵筆によって描かれることで、平和を体現する美しい絵画の白馬となり、絵のフレームの中に立ち現れることになるが、同時にその馬の細部を、ヒーニー／ダーカンが詩のことばで赤いケープの男に語らせ、忠実に一つ一つを追記するという、絵画に詩を重ねた二重のプロセスを読者に確認させることになるのだ。
そして詩はさらにもう一段の踏み込みを示す。「馬」が「自分の作品」に、そして「歌」に変容していることが、この後の流れで判明する。

私は自分の作品に誇りを持っている。
平和を目指す芸術への喜び。
私が歌を導く流儀に。
私が両手の中、太短い指の間に
手綱を持つ流儀に。
私は自分の歌に話しかける。
私の歌が私に話しかける。
黒々とした天候の中で、
最高に晴れた時間を過ごすのだ。（二八—三六）

前連の引用の最終行（二二行目）、馬が「踊り跳ねる装飾音」に喩えられた時点で、すでに暗示されているが、この連では、「私」が導いていた「馬」が、作品としての「歌」にすり変えられていることが分かる。デュジャルダンの絵では、白馬が手綱を持つ男に顔を向け、男は馬を見つめつつ話しかけているように見えるが、詩の中の「私」は自分の「歌」に話しかけ、「私の歌が私に話しかけ」ているのである。つまりここで語り手の「私」は、馬を描いていた画家に代わり、明らかに詩歌を作る作曲家ないし詩人としての芸術家の正体を現しているのだ。実は、この詩で最初に引用した第二連目のイタリック体（本論文ではボールド体）表記の五行連は、僅かなヴァリエーションを示しながら、詩全体を通して五回繰り返されていて、まさしくそれが歌のリフレインの役割を担っていることが分かってくる。また、この部分の引用中、「太短い指の間に／手綱を持つ流儀に」（三一―三二）というフレーズには、再び、ヒーニーの詩「掘る」の有名なラスト三行「人差し指と親指の間には／ずんぐりとしたペンがある。／私はそれを用いて掘る。」（二九―三一）のエコーを聴くことができるだろう。そうなると「私」が指の間に持っていた手綱に、詩歌を書くためのペンのイメージが重なり、やはりダーカンの意図において、この語り手にはヒーニーのペルソナが重ねられていると推測できるのだ。そして「私」は、背景に迫る「黒々とした天候の中」（三五）でも、馬＝歌と「最高に晴れた時間」（三六）を過ごすことができると書かれている。この力強い二行には、自然の中での馬との交流から、平和の表象としての作品を生み出す絵画／音楽／詩が一体となった芸術の力に、喜びと誇りを見出す作者ダーカンの思いが凝縮されているとも言えるだろう。

ただこの後、詩の終盤には、冷めた現実認識を示す連が挿入される。語り手は「歌」が終わりに近づいていることを読者に意識させつつ、「戦いを目指す芸術への悲しみ」（四六）という、これまでの主張と対蹠するフレーズを提示している。

私の歌がつなぎ綱の限界に近づいている。
戦いを目指す芸術への悲しみ。
オペラグラス、ヘリコプター、テレビ中継班。
私たちの殺し合いがニュースになる。
私たちはカーテンコールに応えている、
私たちの最後のアンコールだ。
私たちの本性に従い、

カメラのレンズを覗き込むのではなく
お互いを見つめ合う。
忘却の淵の中へと、消えていく。（四五―五四）

この連で示唆されているのは、当地では「私たち」同胞同士の殺し合いが行われているという紛争の（具体的には北アイルランド紛争の）事実であり、それが社会の関心を引くので、オペラグラス（本来は芸術鑑賞のための道具）で覗き見られ、ヘリコプターが動員されて戦闘現場が中継され、テレビで報道されるという、悲しい現状である。それが今度は舞台芸術のカーテンコールの比喩を用いて、私たちの「最後のアンコール」として提示されているが、たとえ最後だけでも「お互いを見つめ合う」人間らしい姿で観客の喝采に答えたとしても、幕が下りれば、この芝居もいずれは歴史の「忘却の淵の中へと、消えていく」、という認識が仄めかされているのではないだろうか。

しかしそのような悲しい現実認識を示した後、さらに詩のラストの五五―五九行目には、最初に引用した第二連目と全く同じ五行連のリフレインが再掲されて、むしろ肯定的な余韻を残して詩は締め括られる。最終的に、白馬を導く「私」が「歴史に盲目」であるというメッセージが、歌のリフレイン形式に載せて、読者に届けられるのである。ここにダーカンの最終メッセージを読みとるとすれば、画家デュジャルダンが描いた〈乗馬学校〉における、土に根差した自然の中で男が美しい白馬と触れ合う場面を下敷きに、ヒーニーへのエコーやイェイツへのパロディを交えながら、決して消すことのできない紛争の現実を、平和を旨とする絵画、詩歌の芸術によって塗り替えようとしていると言えるのではないか。ただし、ダーカンの詩の特徴でもある皮肉なパロディ精神も垣間見えるため、どこまでが彼の本心なのかを見極めるのは実は容易ではないが、ダーカンの芸術に対する姿勢が、ヒーニーと同様、あくまでも平和を目標としているという点で、真摯なものであることは間違いないだろう。

おわりに

ここまで、詩人が自然を芸術的視点から捉え、作品化する様々な形について、アドコック、ヒーニー、ダーカンの詩を取り上げて例証してきた。アドコックは、自然を芸術的視点により異化すれば、誰もがアーティストになれると促しつつ、自身もロンドンのテムズ河畔の風景を枠で切り取った、見事な詩のエクフラシスを提示していた。ヒーニーの「モスボーン――二篇の献呈詩」は、オランダ絵画の巨匠の作風に擬せるような手法で、幼少時の中庭と台所の個人的記憶を、また自然の中でジャガイモを切る同郷の農民たちの姿を、二篇の詩に刻みつけた。「沼地」では、同郷の画家の絵をきっかけに、アイルランドの典型的な風土であるボッグを詩のことばで掘り起こし、「モスボーン」とは対照的にアイルランドの歴史のプロセスを踏まえて、その地層の謎を解き明かした。そして、ダーカンの「乗馬学校」では、オランダ画家デュジャルダンの同タイトルの絵を下敷きに、絵に描かれた白馬を導く赤いケープの男の語りという設定の下で、北アイルランド紛争の現実を背景に掲げ、ヒーニーやイェイツへのエコーを巧みに織り込みつつ、自然の中の白馬を絵画の白馬へ、さらに白馬を詩歌へと変容させ、平和を願う芸術というモットーを詩の形で提示していた。三詩人がそれぞれの個性的な手法で、魅力的な自然の相からさらに実りある芸術作品としての詩を生み出す実例を示したと言えるのではないだろうか。

注

（1）これ以降、詩の引用後のカッコ内の漢数字は、詩の行数を表すことにする。
（2）残念ながらここに〈乗馬学校〉の画像を示すことはできないが、インターネットで画像を参照してほしい。（一例を挙げると、

https://www.pubhist.com/w17777 で白黒写真を参照可能。）

（3）拙論「ポール・ダーカンの自画像」で、ダーカンが大伯父のジョン・マクブライドを「一九一六年復活祭」において揶揄したイェイツに反感を抱き、ジョンと離婚したモード・ゴンを貶めることで、ジョンの復権を目論んだ経緯について論じている。

引用参考文献

Adcock, Fleur. *Poems 1960–2000*. Bloodaxe Books, 2000.
Durcan, Paul. *Crazy About Women*. National Gallery of Ireland, 1991.
Heaney, Seamus. *Opened Ground: Selected Poems 1966–1996*. Farrar, Straus and Giroux, 1998.
Mc Donagh, John. *The Art of the Caveman: The Poetry of Paul Durcan*. Cambridge Scholars Publishing, 2016.
O'Donoghue, Bernard ed. *The Cambridge Companion to Seamus Heaney*. Cambridge UP, 2009.
O'Driscoll, Dennis. *Stepping Stones: Interviews with Seamus Heaney*. Faber and Faber, 2008.
Yeats, W. B. *The Poems*. Edited by Daniel Albright, Everyman's Library, 1992.
髙岸冬詩「ポール・ダーカンの自画像」『ノンフィクションの英米文学』金星堂、二〇一八。

第十四章　闘う忍耐
——ワーズワスを読むド・マンを読む

鈴木　英明

はじめに

ひとつの場所はその歴史と切り離すことができない。ある場所には、さまざまな時間の層とその集合的な記憶が積み重なっているからである。そして、その場所の現在が殺伐として無味乾燥なものに変わってしまい、失われた本来的な場所‐時間——これを有機的全体性としての「自然」と呼んでよいだろう——から現在の自分が切り離されていると感じるとき、失われた「自然」を起源に設定し、これにノスタルジアを抱きつつ合一することに救済を見いだす思考のパターン、一般的に疎外論と呼ばれる思考のパターンが生じる。またこれとは逆に、失われた「自然」を遠い未来の時点に回復されるものとして設定しこれとの合一を希求する思考は、終末論ないしは黙示録のパターンに合致しているといえる。このように疎外論と終末論は、それぞれが向かう時間的な方向は逆であるが本質的に表裏一体である。両者が起源あるいは未来の彼方に設定する「自然」はともに幻想であり、「いま、ここ」の現実性は、この「自然」からの隔たりによって否定的に規定され、幻想に従属するものになってしまうからである。幻想に従属して、ぼやけて不確かになってしまった現実は、われわれが思考し行動するための立脚点とはなりえない。しかし、充溢した幻想に比べて「いま、ここ」の現実が干からびて味気ないものに感じられるとき、疎外論と終末論（以後、両者をまとめて疎外論と呼ぶ）はとりわけ強烈な魅力を放つことになるだろう。近年重要性を増しているように思えるエコロジー思想やエコクリティシズムが放つ魅力のなかにも、疎外論的な思考の魅力が混入している可能性がないとはいえない。ポール・ド・マン（一九一九―八三）は、主にロマン主義文学を論じた一九五〇年代～六〇年代の著作において、疎外論的な思考のパターンを――あたかも、疎外論の魅力に囚われた自分をそこから懸命に引き離そうとするかのように――執拗に吟味＝批判している。本稿は、ド・マンのワーズワス論を読み直すことによって、疎外論をめぐる文学言語と自然との関係を再検討するメタクリティークの試みである。

一　パストラル的思考

ジョナサン・ベイトは『ロマン派のエコロジー』(*Romantic Ecology*, 1991) において、「エコロジカルな視点を持つ思想（大地への敬意や、経済発展と物の生産を人間社会の究極目標とする考えは正統なのかという疑問）の歴史を探ろうとすれば、我々はロマン主義の伝統のまっただ中に入り込まざるを得ない」と述べ、ワーズワスを「自然の詩人」に復帰させる必要性を主張している（Bate 9; 二六）。[1] ベイトのこの著書は、ワーズワスの作品に対して「緑の読解」を行なった、現代における最初の重要な試みだろう。この著書の基盤となっている図式のひとつは、フリードリヒ・シラーのいう「ナイーヴ（素朴）」と「センティメンタル（情感的）」との対立である。シラーによれば、「ナイーヴな」詩人とは、古代ギリシャ人のように自然を直接経験するか、もしくは自身が自然そのものであるような詩人であり、これに対して「センティメンタルな」詩人とは、近代人の宿命として自然を失った詩人、失われた自然を意識的な内省によって理想、理念として回復しようとする詩人である（シラー　二四八―五三）。

この区分にしたがえば、ワーズワスをはじめとする近代のロマン派詩人は「センティメンタル」である。ベイトは、「自然との再結合を目指す「センティメンタル」の中心的詩形式はパストラルの一変奏 (a version of pastoral) になる」と述べ（Bate 104; 一六六）、ド・マンの論文「フォルマリズム批評の袋小路」("The Dead-End of Formalist Criticism," 1956) を引用している。ベイトが引用している次の箇所は、ド・マンがウィリアム・エンプソンの『牧歌の諸変奏』(*Some Versions of Pastoral*, 1935) を論じている一節である。

> パストラルの約束事（コンヴェンション）は、区分し、否定し、法を制定する精神と、自然なもの本来の単純さとを永遠に分離することでなくて何であろうか。……このパストラルのテーマこそ事実上詩の唯一のテーマであり、詩そのものであることは、疑問の余地のないところである。実のところエンプソンは、一つのジャンル研究であるかのような、誤解を招く書名〔『牧歌（パストラル）の諸変奏』〕の下で、詩全体の存在論を書いたのであった。("The Dead-End" 239)[2]

自然と内省する精神とが分離されているがゆえに、この精神は失われた自然との「再結合」を目指す。これが「センティメンタルな詩」――すなわちロマン主義の詩をはじめとする近代詩――の中心的詩形式であるパストラルの伝統的なテーマである。しかしベイトは、これを踏まえたうえで、「パストラル詩」という副題が付けられたワーズワスの「マイケル」は、自然と精神との「再結合」を目指すだけではなく実際にそれを実現している、「ナイーヴな」要素を含む新しいタイプのパストラルであるという。ベイトによれば、羊飼いのマイケルは自然そのもの、つまり「ナイーヴ」であり、ワーズワスが「マイケルの生涯を語る目的は、若き詩人達に、彼らには欠けている自然との一体化の実例を与えることなのである」(Bate 104; 一六七)。しかし、たとえマイケルが自然と一体化した「ナイーヴ」の実例として示されているとしても、「マイケル」という詩が自然そのものであるわけではなく、ましてや作者のワーズワスが自然と一体化した「ナイーヴな」詩人であるわけでもない。むしろ、ワーズワスは自然から分離された「センティメンタルな」詩人であるからこそ失われた自然を理想、理念として回復しようとした、という方が実情に近いだろう。

ベイトは、パストラルに関連してド・マンの先の論文を引用するのであれば、同じ論文においてド・マンが強調している次の論点についても言及すべきであっただろう。エンプソンは、『牧歌の諸変奏（パストラル）』の「プロレタリア文学」と題された第一章で、牧歌はプロレタリア文学と同じ哲学的理念に発している、と述べている（Empson 22; 二二）。これを受けてド・マンは、ベイトが先に引用した箇所の直後のパラグラフにおいてこういっている。「その主張においてではないとしてもその動機において、マルクス主義は究極的に、それ固有の結論をとことん突き詰める忍耐（patience）を欠いた詩的思考〔パストラル的思考〕である。ここから、分離と疎外を中心的な主題とするエンプソンの著書がマルクス主義に依拠しつつはじめられている理由が理解できる」（"The Dead-End" 240）。ここで混乱を避けるために整理しておきたい。先に述べたように、パストラルのテーマは、自然と精神との分離であり、かつ、この分離が解消不可能であると知りながら――知っているがゆえに――両者の再結合を目指すことである。他方で、右の引用でド・マンが述べる「忍耐を欠いたパストラル的思考」とは、自然と精神との分離が実際に解消可能であると考え、両者の一致を約束しそこに救済を見いだす思考、つまりは疎外論である。ド・マンは、I・A・リチャーズやT・S・エリオット、およびジャン＝ピエール・リシャールらをはじめとする英仏語圏における批評の動向に疎外論への傾きを読み取り、その「忍耐」の欠如を批判しているのだ。ここから振り返ると、ベイトが「この詩〔「マイケル」〕でワーズワスは、英詩の伝統にシラーの「ナイーヴ」を回復したのである」と性急に述べるとき（Bate 104; 一六七）、そこに潜在する疎外論的傾向を指摘しないわけにはいかない。では、ド・マン自身はそのワーズワス論において、疎外論に陥ることを警戒して、自然と精神との分離を凌ぐ忍耐をワーズワスの詩に読み取ることに終始しているのだろうか。

二　自然の事物へのノスタルジア

ド・マンのワーズワス論の主なものとしては、「ワーズワスとヘルダーリンにおける天と地」(“Heaven and Earth in Wordsworth and Hölderlin,” 1965)、「ワーズワスとヘルダーリン」(“Wordsworth and Hölderlin,” 1966)、「ワーズワスにおける時間と歴史」(“Time and History in Wordsworth,” 1967) などがある。これらは発表年が近く、その論述にも重なる部分が多いため、それぞれをひとつのワーズワス論の「諸変奏」とみなして構わないだろう。これらのワーズワス論を検討するまえに、これらに先立って発表された「ロマン主義におけるイメージの志向性の構造」(“Intentional Structure of the Romantic Image,” 1960) の要点を押さえておきたい。というのも、ド・マンはこの論文において、詩の言語（およびそのイメージ）と自然との関係を原理的に考察しており、これがのちにルソー、ワーズワス、ヘルダーリンらを論じるための準備作業になっているように思えるからである。この論文でド・マンは、次に引用するフリードリヒ・ヘルダーリンの「パンと葡萄酒」第五連の詩句を手がかりにして自然（の事物）と言葉（のイメージ）との関係を説明している。

……いまや彼〔人間〕は彼の最愛のものに命名する、
いまや、いまや、それを告げるべく言葉は花のように生じなければならない。(“Intentional Structure” 2; 六)

ド・マンによれば、自然の事物である花は、何かを模倣することなく比喩の助けも借りずにはじめから存在しており、その存在と本質は花のなかで一致している。これに対して詩人の言葉は、「命名する」という行為によって生じるとき、「花のように」という比喩に頼らなければならない。言葉およびそのイメージは自然の事物とは別次元のものであり、「花」という言葉は、自身とは異なる花という存在を指し示すことしかできず自然の存在そのものにはなれない。いわば、言葉は存在の比喩であることしかできない。したがって、先のヘルダーリンの詩句でいわれているように、言葉は自然の存在（花）のように生じる、ということはありえない。それでもヘルダーリンが「言葉は花のように生じなければならない」というのは、詩の言葉が、存在論的に優位にある自然の事物をつねに志向しているからである（"Intentional Structure" 4–5; 八―九）。しかし、ド・マンが「自然の事物へのノスタルジア」と呼ぶこの志向性、願望は、「挫折することをあらかじめ運命づけられている」（"Intentional Structure" 7; 一二）。繰り返せば、詩の言葉（イメージ）と自然の事物は本質的に異なっており、言葉が自然の事物の存在論的地位に到達することは不可能だからである。

ド・マンによれば、この「挫折の冒険」を十九世紀の詩はさまざまなパターンで変奏しており、詩の言葉が自然の存在を凌駕しているかに見えるステファヌ・マラルメにおいてすら事情は変わらない。「『骰子一擲』におけるマラルメ作品の究極的イメージは、自然の実体という遍在する「海」で溺死する詩人のイメージであり、詩人の精神はこの「海」に対して無意味な戦いを仕掛けることしかできないのである」（"Intentional Structure" 8; 一四）。ロマン主義の詩人においても、マラルメのようなロマン主義以降の詩人においても、自然という存在の優位性は、言語、精神、意識が自然に合一しようとして失敗する経験として表象される。こうした詩人たちは、パストラルのテーマである自然と精神との分離を解消しようとして挫折した痕跡を記しているといえる。しかしド・マンは、これら近代詩人たちが落ち込んだ「袋小路」とは別の道を、あるいは自然と精神との分離を耐え凌ぐ忍耐とは別の道を、ルソー、ワーズワス、ヘルダーリンというロマン主義の先駆者たちの作品に探ろうとしているように思える。

三　別の自然

「ロマン主義におけるイメージの志向性の構造」において、ド・マンはこれら三人の作品から一作ずつ引用しているのだが、それぞれの引用がきわめて長いため、ここでは特に重要と思える一部のみを示すことにしたい。ルソーについては『新エロイーズ』から引かれている。アルプスの心臓部ともいわれる高地ヴァレーに滞在するサン＝プルーがヒロインのジュリに宛てた書簡の一部である。

そこ〔空気が清浄で微細な高山〕では省察は……なにかしら静かな悦楽を帯びるのです。人間たちの住みかから高く上ってゆくとき、低劣な、地上的な感情はすべてそこに打ち棄てていく思いがし、また天空の域に近づくに連れて、その変わるところのない清浄な何ものかに魂が染まる思いがします。（"Intentional Structure" 11; 一七）

ワーズワスからの引用は、『序曲』（一八五〇年版）第六巻の「アルプス越え」の場面にかかわる詩句である。

……あの想像力の衝動を
もっと謙虚に乞い願う。それは
これらの威厳ある流れから、向こうの輝く崖から、
多くの世界の不変の形から、
紺碧のエーテルに住む純なる者たちから、
人間が生きながらえるかぎりもちこたえる、
死が近づけないこれらの森から送られてくる。（第六巻 四六一―七一）（"Intentional Structure" 12; 一八）

ヘルダーリンについては「帰郷」から引用されている。詩人がスイスから帰郷する途上で目にした日の出の場面である。

されど　銀の嶺々はやすらかに高みに輝き
雪はいまあまねく薔薇色に燃ゆ。
そしてさらにいや高く光の上に　いと浄らの
至福の神は住んで　聖なる光の嬉戯を喜ぶ。
ひそやかに神はひとり住む、その容貌明らけく
エーテルの世界より生命を授けんと身をかがめ、……（"Intentional Structure" 13; 二一）

ド・マンによるこれら三つの引用は、そのどれもがアルプスを舞台とし、地上的で物質的な自然から天上的で非物質的な別の自然への移行を示している。ここにおいて詩の言葉は、「自然の事物へのノスタルジア」から離れ、それ自体が天空に宿る光の、エーテルのように清浄な性質を帯び、自然と言葉（精神、意識）との根本的に新しいタイプの関係を告げようとしているかに思える。こうした別の自然、別の関係についてド・マンはこういっている。

詩の言葉は、ヘルダーリンの「パンと葡萄酒」における「花」、つまり大地の果実のような存在ではなく、天空から生じたものとなる。存在論的な優位性は、最初は地上の、パストラル的な「花」に宿っていたが、もはや物質、事物、大地、石、花と同一視できない存在――この存在を、お望みならば「自然」と呼び続けてもかまわないが――へと移されている。事物へのノスタルジアは、その本性からして個別的に現前しえないような存在へのノスタルジアとなっている。（"Intentional Structure" 15; 二三、傍点は引用者）

「パンと葡萄酒」における「花」がド・マンによってここで「パストラル的」と形容されているのは、この「花」が精神と分離した自然であり、精神がノスタルジアを抱く対象としての自然の感覚的事物であるからだ。そして、ド・マンがルソー、ワーズワス、ヘルダーリンからの引用に読み取っているのは、精神（意識）と別の自然との関係である。別の自然とは、もはや石や花のような物質と同一視できない存在、「個別的に現前しえないような存在」であり、こういってよければ、それは霊的存在のようなものである。(3)

ここで、ド・マンの論述に対していくつかの疑問が生じる。精神（言葉）と別の自然（霊的存在）との新たな関係において——先のド・マンからの引用によれば——別の自然が存在論的に優位にあり、精神（言葉）は別の自然（霊的存在）に対してもやはり「ノスタルジア」を抱くのであれば、パストラルの場合と同様に、ここにおいても精神（言葉）と別の自然（霊的存在）とは分離されたままなのだろうか。そして、ルソー、ワーズワス、ヘルダーリンは、結局はパストラルと同型の思考を反復していることになるのだろうか。いやそうではない、とド・マンは答えるだろうが、この論文においては明確な説明は見当たらない。しかし、その答えを探る手がかりはある。それは、ド・マンがワーズワスのいう「想像力」に言及している一節である。

別の自然（霊的存在）に対する新たな洞察を可能にする力をワーズワスは「想像力」と呼んでいる、そうド・マンは主張している。この「想像力」は、「花のように生じる」自然のイメージを作りだす力とは根本的に異質であり、「想像力が生みだす類のイメージについては、そうしたイメージが、慣れ親しんだ隠喩という比喩からわれわれが想定するようになったイメージとはあまり共通点がないということ以外、ほとんど何もわかっていない」（"Intentional Structure" 16; 二四）。イメージのこうした地位（ステイタス）の変化について、この論文の末尾でド・マンはこう述べている。

> われわれは、イメージの地位のこうした変動が、今日の詩を絶えざる消滅の脅威にさらす危機とどのように結びつい

ているのかを理解しはじめたばかりである。とはいえ、他方でイメージは、〔想像力以外の〕精神のいかなる活動も与えることができないように思える希望の宝庫であり続けているのだが。（"Intentional Structure" 16–17; 二四）

ここで「希望」という言葉が唐突に使用されていることに驚かざるをえない。しかも、ここで論文が締めくくられているため、この「希望」について説明は一切なされていない。想像力の行使という精神の活動が生みだすイメージが希望の宝庫であると述べることによって、ド・マンはいったい何をいおうとしたのだろうか。想像力という精神の力能と、「別の自然」や「希望」とはどのような関係にあるのだろうか。こうしたことについて考えるために、ド・マンの別のワーズワス論を読んでみよう。

四　想像力と希望

前節における『序曲』からの引用箇所において想像力はすでに言及されていたが、ワーズワスが想像力について述べたもっとも有名な詩行は『序曲』の以下の部分だろう。

想像力よ！　そなたは、何処からともなくわき出る煙霧のように
眼前にたち現われ、私の詩の展開するその前面に
わきのぼるのだが、いま、あのちからが
あらん限りの能力をもって、私めがけて
わき立ってきたのだ。私は、雲の中に踏み迷ったようだった。

そして、その雲を、あえて払いのけようとはせずに、立ち止まっていた。
が、すっかり立ち直っている現在、私ははっきり私の魂にむかって言える。
そなたの栄光を、いましっかりと、私は認識しているのだと。感覚のひかりが、
突如、閃光とともに消えさり、そこに
目に見えなかった世界が、われわれに開示される、そんな時の
あの強烈な強奪、あの畏るべき約束のおとずれてくるその時こそ、
偉大さというものがそこに宿り、
人間の老若は問わず、そこにこそ偉大さがひそむのだ。
人間の運命、人間の本性、人間の住む場所、じつに、そこにこそ
すべて、無限という性質があるのだ。
そこには希望、いかにしても消すことのできない希望があり、……

（一八〇五年版 第六巻 五二五—四〇行）（ワーズワス 二一四）

ド・マンは論文「ワーズワスとヘルダーリン」でこの箇所を引用するに際して、『序曲』第六巻で描かれたアルプス旅行について説明している。フランス革命が勃発して約一年後の一七九〇年七月に、ワーズワスは連れのロバート・ジョーンズとともに南フランスからアルプスへ徒歩旅行をした。旅の一団のなかには、七月十四日の革命祭から戻る途中の三部会の代表団がいた。ワーズワスらはこの陽気な代表団の革命精神に捉えられ、活気に満ちた歴史的行為が与える喜びに浸っている、そうド・マンは記している。ワーズワスらはこの陽気な一行と別れてグランド・シャルトルーズ修道院に立ち寄る。『序曲』には書かれていないが、ド・マンはこの修道院がフランス革命に熱狂する暴徒によって閉鎖されたという史実を指摘している。それからワーズワスらは、ふたたびアルプスをめざして歩き始めるのだが道に迷ってしまう。途中で出会った農夫に道を尋ねると、目的地であるアルプスをすでに越えてしまってい

ることに気づく。『序曲』では、「つまり、わたくしたちは、すでにアルプスをこえてしまったのだ」という詩句のあとに、先に引いた想像力をめぐる一節が続くのである。[4]

「ワーズワスとヘルダーリン」においてド・マンは、フランス革命における「行き過ぎた」行為、そしてワーズワスらが知らぬまにアルプスを越えてしまうという「行き過ぎた」行為の直後に想像力に関する省察が始まっていることを重視している。未来へ向かう「行き過ぎた」行為の失敗に気づいたあとに、想像力は「何処からともなくわき出る煙霧のように／眼前にたち現われ」る。つまり、ワーズワスにとって想像力は、未来を目指した過去の企図の失敗、挫折について内省する力として現れる。この力が開示するのは、感覚的な自然の事物ではなく（「感覚のひかり」は消え去るのだから）、「目に見えなかった世界」、つまり前節で述べた、「個別的に現前しえないような」別の自然（霊的存在）である。[5]そしていまならこういえる。この別の自然（霊的存在）とは、過去において実現されなかった未来、過去の（革命等の）失敗によって頓挫した、未来形で書かれた歴史である、と。こうした別の自然（霊的存在）が開示される時は、「あの畏るべき約束のおとずれてくる」時なのだが、これは終末論的な時ではない。なぜならば、その「約束」はすでに破られている、挫折しているからである。ド・マンはこういっている。「ワーズワスにとって歴史的終末論は存在せず、あるのはただ、……終末論における失敗した時をめぐる果てしない内省のみである」（"Wordsworth and Hölderlin" 59; 七六―七七）。ド・マンの論述を敷衍していえば、この内省の「果てしなさ」は、先の『序曲』からの引用における「無限という性質」のことであるだろう。想像力による果てしない内省の「無限という性質」に「いかにしても消すことのできない希望」がある、というワーズワスの詩行をおそらく踏まえて、ド・マンはこう述べている。

想像力という呼称を通じてワーズワスがいわんとしているのは、個人的なものであれ歴史的なものであれ、きわめて

> 壊滅的な事態が起こった際に反省〔内省〕が機能する可能性である。想像力は希望と未来を生み出すが、ここでいう希望と未来は、歴史の進歩のことではないし、人間の歴史を無価値にしてしまうような永遠の死後の生のことでもない。それ〔希望と未来〕は、……破滅のあとも持続していくそうした反省の可能性のことである。
> （"Time and History in Wordsworth" 88; 一四七―四八）

例えば大災害や戦争などの「きわめて壊滅的な事態」が起きたとしても、そのとき想像力は、過去の失敗のために実現されなかった潜在的な未来、すなわち非感覚的な別の自然（霊的存在）をイメージとして生み出す。このとき（精神と自然との分離を本質とし、精神が自然にノスタルジアをいだくパストラル的思考とは異なり）、精神と、イメージとしての別の自然＝霊的存在の両者に対して、存在論的な優劣はつけられない。というのも、精神が内省する霊的存在というイメージも別の精神だからである。そしてこのイメージは、破滅的な出来事のあとでも持続する内省の力、つまり想像力によって果てしなく生み出される。前節の終わりに引用したド・マンの言葉の意味が、ここでようやく理解できるようになる。すなわち、「〔想像力以外の〕精神のいかなる活動も与えることができないように思える希望の宝庫であり続けている」のは、以上のような霊的存在＝イメージなのだ。そしてこの「希望」は、過去における「非業の」未来についての内省がもたらすものでもあるのだから、生者たちだけのものではなく、「紺碧のエーテルに住む純なる者たち」である死者たちのものでもあるだろう。

以上のように、ド・マンがワーズワスの作品に読み取る想像力は、過去の挫折の経験を未来に向けて内省する精神の力である。「フォルマリズム批評の袋小路」におけるド・マンの文言を再び用いるならば、そうした想像力は、終末論＝疎外論に抗う「忍耐」の力でもあるといえる。ただしこの場合の「忍耐」は、何かを耐え凌ぐ消極的な忍耐ではなく、「希望と未来を生み出す」積極的な力による「闘う忍耐」である。ド・マンのワーズワス論は、エコクリティシズムとは一見無縁に思えるが、後者のうちに潜む疎外論に抗う力を示しているという意味で、くり返し立ち戻らねばならないテクストなのである。

注

(1) 以後、ベイトのこの著書からの引用の訳文は日本語版を使用したが、訳文に変更を加えた部分がある。引用したページ数については、丸カッコ内にまず原著のページ数を示し、そのあとに日本語版のページ数を示す。引用した訳文を一部変更したことや、日本語版を参照した場合のページ数の示し方は、本稿のこれ以降の引用においても同様である。

(2) 引用した訳文における亀甲括弧内の文言は本稿の筆者が補足したものである。以下同様。

(3) アミリア・クライン (Amelia Klein) は、ワーズワスは自然を「客観的に」描写することに異を唱えている、つまり、人間が主体で自然が客体であるとする二分法をワーズワスは曖昧にしていると述べたうえで、この「曖昧さ」のよって来たるところをド・マンは誤解していると主張している。クラインによれば、ド・マンはワーズワスの詩の「曖昧さ」の原因を、ワーズワスが「自然の事物へのノスタルジア」に完全に身を委ねてしまい、「対象とイメージ、想像したものと知覚したものとを区別することが困難になっている」ところに求めている ("Intentional Structure" 7)。しかし、それが「困難になっている」以前に、ワーズワスの詩においてはそもそも「対象とイメージ、想像したものと知覚したもの」という対立的カテゴリーが疑視されているのであって、こうした「曖昧さ」と「自然の事物へのノスタルジア」とは直接的な関係はない、というのがクラインの主張である (Klein 122)。しかし、すでにみたように、クラインが引用しているド・マンの論文を最後まで読めば、ワーズワス（そしてルソーとヘルダーリン）の詩の言葉は、「自然の事物」という客体に向かうことから方向を変え、「個別的に現前しえないような」、主客関係の定かではない別の自然へと向かっている、とド・マンが述べていることがわかる。

(4) アラン・リウ (Alan Liu) は、『序曲』の想像力をめぐるこの一節にはアルプス越えを行うナポレオンという歴史的事象が潜在していると述べ、自己、自然、歴史の三者と想像力とのかかわりについて独自の主張を展開している (Liu 23–31)。

(5) ジェフリー・ハートマン (Geoffrey Hartman) は、ワーズワスが想像力と呼ぶものは自然から引き出されたイメージと本質的に対立している、と考える稀な批評の例として、ド・マンの論文「ロマン主義におけるイメージの志向性の構造」を挙げている。そしてハートマンは、ド・マンのような考え方と、ワーズワスが自然を超越するのは自然自体の導きによるのだという自身の主張とは、それほどかけ離れてはいないと述べている (Hartman, 598–99)。しかしド・マンは、ハートマンは「想像力を自然化してしまう。つまり、想像力を自然界に残っているその起源にふたたび結びつけてしまう」と述べ、自身とハートマンとの違いを強調している（“Time and History in Wordsworth,” 90; 一五〇）。

引用文献

Bate, Jonathan. *Romantic Ecology: Wordsworth and the Environmental Tradition*. London: Routledge, 1991. ジョナサン・ベイト『ロマン派のエコロジー――ワーズワスと環境保護の伝統』小田友弥・石幡直樹訳、松柏社、二〇〇〇。

de Man, Paul. “The Dead-End of Formalist Criticism.” *Blindness and Insight: Essays in the Rhetoric of Contemporary Criticism*. 2nd ed. Minneapolis: U of Minnesota P, 1983. 229–45.

——. “Intentional Structure of the Romantic Image.” *The Rhetoric of Romanticism*. New York: Columbia UP, 1984. 1–17. ポール・ド・マン『ロマン主義のレトリック』山形和美・岩坪友子、法政大学出版局、一九九八、五―二四。

——. “Time and History in Wordsworth.” *Romanticism and Contemporary Criticism: The Gauss Seminar and Other Papers*. Ed. E. S. Burt, Kevin Newmark, and Andrzej Warminski. Baltimore : Johns Hopkins UP, 1993. 74–94. ポール・ド・マン『ロマン主義と現代批評――ガウス・セミナーとその他の論稿』中山徹・鈴木英明・木谷厳訳、彩流社、二〇一九、一二四―五七。

——. “Wordsworth and Hölderlin.” *The Rhetoric of Romanticism*. New York: Columbia UP, 1984. 47–65. 前掲書、六一―八五。

Empson, William. *Some Versions of Pastoral*. New York: New Directions, 1974. ウィリアム・エンプソン『牧歌の諸変奏』柴田稔彦訳、研究社出版、一九八二。

Hartman, Geoffrey H. “A Poet’s Progress: Wordsworth and the *Via Naturaliter Negativa*.” *The Prelude 1799, 1805, 1850*. Ed. Jonathan Wordsworth, M. H. Abrams, and Stephen Gill. New York: Norton, 1979. 598–613.

Klein, Amelia. “The Poetics of Susceptibility: Wordsworth and Ecological Thought.” *Studies in Romanticism* 58 (Spring 2019): 105–28.

Liu, Alan. *Wordsworth: The Sense of History*. Stanford: Stanford UP, 1989.

Wordsworth, William. *The Prelude 1799, 1805, 1850*. Ed. Jonathan Wordsworth, M. H. Abrams, and Stephen Gill. New York: Norton, 1979.

シラー、フリードリヒ『美学芸術論集』石原達二訳、冨山房、一九七七。
ワーズワス、ウィリアム『ワーズワス・序曲』岡三郎訳、国文社、一九六八。

第十五章　キャリル・チャーチルと「奇異なる他者」
――『スクライカー』と『はるか遠く』に見るエコロジー表象の困難

岩田　美喜

キャリル・チャーチル（Caryl Churchill 一九三八―）の作風をひとことで表現するならば、「社会主義的フェミニズム」になろうことに、あまり異論は出ないだろう。これは今や、読み直しを図るにせよ、新たな視点から補強するにせよ、チャーチルについての多くの論考が議論の出発点として措定する基盤になっている (Adiseshiah 1–6; Aston and Diamond 3–7; Itzin 279; Kritzer 2; Luckhurst 14–24)。こうしたチャーチルの立場は、マーガレット・サッチャー時代に執筆・上演された彼女の代表作のひとつ、『トップ・ガールズ』（*Top Girls* 一九八二）のような戯曲からも鮮明に窺うことができる。サッチャーの標榜する新自由主義を内面化した主人公マーリーンと、労働者階級の女性が置かれた立場を体現する姉ジョイスを対立軸とし、偽ってジョイスの娘として育てられているマーリーンの実子アンジーを、女性同士を断絶させる社会構造の犠牲者として描くこの戯曲は、チャーチル自身が「フェミニスト劇のようにして始まり、社会主義演劇へと展開していく」(Betsko and Keonig 82) 構想に基づいて書かれたものだと述べている。[1] この作品の背景にあるのは「サッチャーのような政策を奉じる女性が首相になるなら、女性の首相が生まれることは前進と言えるのかどうか」(Betsko and Keonig 82) という想いだったというチャーチルの問題意識の根幹にあるのは、女性の権利獲得という単独的な主張のみならず、もっと広範な文脈から見た支配と抑圧の構造に対する異議申し立てであると言えよう。

この視点のゆえに、フェミニズムはもともとポストコロニアリズムやエコクリティシズムなど、支配や搾取の問題と取り組む隣接的な批評と連携しやすいのだが、チャーチルにもこの傾向は顕著に見られる。例えば、『トップ・ガールズ』と並ぶ彼女の代表作『クラウド・ナイン』（*Cloud Nine* 一九七九）は、第一幕の「ヴィクトリア朝のアフリカにおけるイギリス居留地」と第二幕における「一九七九年のロンドン」(*Plays 1* 248) を同一の人物たちが生きているという超現実的な設定になっているが、これは執筆に先立つワークショップの場で「植民地主義的抑圧と性的な抑圧にはパラレルな関係がある」(*Plays 2* 245) という議論が出たことに端を発している。文学の政治性に対する信念という点で一貫しつつ、主題の射程の広さと形式的な実験性という点では融通無碍な多様性を見せるチャーチルの作品には、その傾向の変化に焦点を絞った論考も少なくない。しばしば指摘されるのは、九〇年代に入ると非言語的なパフォーミング・アーツへ高い関心を寄せるようになるということであり、この時期のチャーチルは「ダンスや身体演劇の持つ革新的でダイナミックな世界や、ピナ・バウシュと彼女のヴッパタール舞踊団やDV8フィジカル・シアターの芸術監督ロイド・ニューソンら国際的な知名度を持つ斯界人たちの非凡な作品へと目を向け」て、「自身の身体表現への興味の高まり」を積極的に打ち出した分野横断的な芝居を書くようになる (Luckhurst 133)。チャーチルには一九八六年にすでに、振付師のイアン・スピンク（Ian Spink 一九四九―）を交えてデイヴィッド・ラン（David Lan 一九五二―）と共同執筆した『小鳥が口一杯』(*A Mouthful of Birds*) という作品があり、ワークショップを通じた協働性の高い創作スタイルは彼女のもともとの特徴のひとつでもあるが、九〇年代には特にスピンクや作曲家オーランド・ゴフ（Orlando Gogh 一九五三―）らとの共同制作を通じ、積極的に非言語的要素を作品へ取り入れようとしていた。

こうした言葉の使い手としての自分を敢えて縛るような様式的変化と相俟って時に重視されるのが、作品に込められた政治的メッセージの先鋭化である。例えば、チャーチル研究の第一人者エレイン・アストンは、『これは椅子です』（*This is a Chair* 一九九七）第三場のタイトルである「労働党の右派転向」という語句を切り口に、世紀転換期のチャーチルはグローバル資本主義のとどまることなき一強化に直面して自らの演劇が上げるべき〈声〉を再考する必要に迫られ、「実験的かつ省略法的」(Aston, "But Not" 145) な手法でブレヒトの提唱した叙事演劇を一新したのだと主張する。また、シーラ・ラビヤールは、チャーチルが『酸素がた、た、た、足りない』(*Not Not Not Not Not Enough Oxygen* 一九七一）のような初期のラジオ・ドラマ時代から大気汚染の問題へ関心を寄せて来たことを指摘した上で、『はるか遠く』(*Far Away* 二〇〇〇）のような世紀転換期の作品では環境正義が「もはやその土地の問題ではなくグローバルな問題」として扱われるとともに、「ポスト・ヒューマンな環境理解の可能性」を示唆するものになっていると論じている (Rabillard 102)。

ラビヤールが指摘するように、チャーチルには最初期のラジオ・ドラマ時代から間欠的に環境破壊への言及がある。だが、エコロジーが顕著に中核的な主題となるのは、彼女の変化の時期である九〇年代から世紀転換期の作品群においてであると言えるだろう。本稿では、近年エコロジカルな視点から読まれることが多くなったチャーチル作品の中でも、『スクライカー』(*The Skriker* 一九九四）と『はるか遠く』を取り上げ、それがエコクリティシズムへの関心が高まった一九九〇年代以降の文学批評との対話を先取りして形成している可能性について考えたい。そのためにまず次節では、九〇年代初頭から世紀転換期のエコロジーをめぐる批評的動向を概観し、それをふまえて『スクライカー』と『はるか遠く』を分析する。環境は、前者においてはスクライカーを中心とした妖精たちのかたちを、後者においては万物が万物と闘争を繰り広げるポストヒューマンな世界戦争のかたちを取り、いずれの場合も登場人物たちにとって危険なものとして描かれている。だが、両者を精読すれば、そこには二十一世紀になってからティモシー・モートンが提唱した「ダーク・エコロジー」の概念と共通するエコロジー表象がすでに見られるとともに、エコロジーのダークな側面を文学が描くことの難しさそのものが、重要な問いとして読者／観客に突きつけられているのではないだろうか。

一　ロマン派のエコロジーと自然なきエコロジー

言うまでもないことだが、一九九〇年代の英文学批評において「エコロジー」という概念が重要視されるようになったのには、なんといってもジョナサン・ベイトによる『ロマン派のエコロジー』（一九九一）の功績に因るところが大だろう。ベイトは、一九八〇年代に盛んだったマルクス主義的なロマン派批評が、ウィリアム・ワーズワス（William Wordsworth 一七七〇―一八五〇）やサミュエル・テイラー・コールリッジ（Samuel Taylor Coleridge 一七七二―一八三四）の詩に見られる自然描写を革命思想に敗れた失意の詩人たちによる逃避の表れ、政治的な理想の空洞化を埋めるブルジョワ的な慰藉と解釈したことに対する反論として、ロマン派にとっての環境とは何かを再定義した。ベイトによれば、ロマン派のイデオロギーとは「ジェローム・マガンの主張する、コールリッジの『政治家の手引き』のような自意識的に理想主義的でエリート主義的なテクストに体現される想像力と象徴の理論ではなく、ラスキンの『フォルス・クラヴィジェーラ』のような自意識的に実用的でポピュリストなテクストに体現されるエコシステムと疎外されていない労働の理論」(Bate 10) なのである。

ロマン派のイデオロギーとは逃避的なものではなく、むしろ実社会にコミットするものだと主張するベイトにとって、では「エコシステムと疎外されていない労働の理論」とは、具体的に何を意味していたのだろうか。『ロマン派のエコロジー』はまず、「エコロジー」という語が動物学者エルンスト・ヘッケル（Ernst Haeckel 一八三四―一九一九）の造語であり、ヘッケル自身は生物が他の生物や環境と持っている相互関係を探求する学問分野という意味でこの語を用いていたことを確認し、「エコロジーとは全体論的な学問なのである」(Bate 36) と概括する。これを前提とすれば、ワーズワスの『湖水地方案内』（*A Guide through the District of the Lakes* 一八一〇、改訂版一八三五）が訴えた機械化による小規模な地場産業の衰退や労働の断片化への批判は、エコロジーの全体性を取り戻そうとする試みであり、後にジョン・ラスキン（John Ruskin 一八一九―一九〇〇）が書簡体の労働者向けパンフレット『フォルス・クラヴィジェーラ』（*Fors Clavigera* 一八七一）で提唱した、その土地の自然環境と密接に結びついた家内制労働の復古運動もその根本を同じくするものである。ロマン派詩人たちの〈自然への回帰〉というトポスは、マガンのようなマルクス主義批評家の目から見ればフランス革命の理想が恐怖政治に堕するさまを目の当たりにした彼らの逃避活動ということになるが、ベイトはそのような解釈を一蹴して自然を謳うことの社会経済的意義を論じ、「自然の経済と村落の経済は相互依存の状態」にあるため、「土地を守ることと小規模な地場産業を復活させることは、切っても切れぬ双子の目標だった」(Bate 52) のだと指摘する。

文学研究における自然表象の政治性を浮き彫りにしたベイトの研究は、今なお決して否定され得るものではない。だが『ロマン派のエコロジー』の主張は、前近代的な生活様式の過度な理想化につながりかねない点や、自然と人間との一体化を言祝ぐ態度が結局のところ人間中心主義的な視点を脱し得ていない点などが後のエコクリティシズムからの批判の対象ともなった。もちろん、自然を人間中心の功利主義的な視点から捉えることの問題性は、一九七二年に開催された国連人間環境会議ですでにノルウェイの思想家アルネ・ネス（Arne Naess 一九一二―二〇〇九）によって指摘されている。彼は、資本主義経済の枠組みを所与のものとし、人間に資する範囲で行われる環境保全運動を「浅薄なエコロジー」と呼び、それと比して、人間の自己が人間以外の多様な生物体と分かち難く関わっており独立して存在し得ないことを前提とした、人間以外の種の多様性や権利を重視するエコロジー思想「ディープ・エコロジー」を提唱した (Clark 23–24; Gerrard 20–23)。ただし、ディープ・エコロジーの背景にあるのもやはり、人間を包み込むような大きな倫理的規範としての自然へ自己を同一化していこうとする志向であり、それ自体ロマン派から派生した考え方であると見做されることも多い。

『ロマン派のエコロジー』に対してより根本的な問題を突きつけたのは、ティモシー・モートンが二〇〇七年に上梓した『自然なきエコロジー』であろう。人間存在の非人間存在に対する優越性を否定する「オブジェクト指向存在論（OOO, object-oriented ontology）」を提唱する哲学者モートンは、マルティン・ハイデガー（Martin Heidegger 一八八九—一九七六）によるギリシア語「フィシス（physis）」とラテン語「ナチューラ（natura）」を巡る論考を前提に、「自然＝ネイチャー」を所与のものとする考え方に警鐘を鳴らす。ハイデガーによれば、古典ギリシア語における「フィシス」は本来「自ら生起する存在の領域」と解され、モノとして様式化された自然界を指す「ナチューラ」とは本質に異なる豊かな意味を内包していた。だが、ギリシア語のフィシスがラテン語のナチューラへと翻訳されたことにより、あるがままの豊かな万物の本性を意味していた「フィシス」がオブジェクトとしての「ナチューラ」へ縮小され、その系譜上にある西洋近代の「ネイチャー」は人間存在を危険なほどに特権化してしまったのだ（Clark 56–59）。いくら自然を倫理的規範として称えたとしても、そのようにモノとして捉えている限り、それは環境に対する暴力であるとモートンは言う。なぜならば、「〈自然〉と呼ばれる何かを台座の上に据えてそれを遠くから崇め奉ることは、家父長制が〈女性〉の像に対して行っていることを環境に対して行う」ことに過ぎないからであり、端的に言えばそれは「サディスティックな崇敬という逆説的な行為」であると同時に、自然を理想化された「呪物（fetish object）」として消費することを意味するのである（Morton, *Ecology* 5）。

ディープ・エコロジー思想や『ロマン派のエコロジー』は、美学的に操作されたイデオロギーとして〈自然〉を扱うことで自然の呪物化に加担してしまっているが、本来的な存在としてエコロジーが立ち現れるとき、それはもっと汚らしく忌まわしく無目的であるはずだろう。モートンはそれを「ダーク・エコロジー」と呼び、ダーク・エコロジーは「他者を偽装された自己と認めることで自他を和解させるヘーゲルの弁証法に従うロマン派とは袂を分かつ」と宣言する（Morton, *Ecology* 196）。(2) 他者を自己へと止揚することではなく他者を他者のまま認めることこそが真に倫理的なエコロジー思想であり、その核となるのは〈赦し〉の概念だとするモートンによれば、「自身の本性のままでいるために、〈赦し〉はカエルがキスした途端に王子様になってくれることなど期待しない」(Morton, *Ecology* 196) のだ。

彼の「ダーク・エコロジー」という概念は、『自然なきエコロジー』では結論部近くで簡潔に提起されたにとどまるが、その続編とも言える『エコロジカルな思想』（二〇一〇）では補助線として「網状組織（メッシュ）」という概念が導入され、より詳しい説明が与えられている。まず、エコシステムを形成するあらゆるものは網状組織的に相互関係にある。命を育む大地が貝殻の死骸から形成されているように、「網状組織（メッシュ）とは、無限の関係性と無限の差異から成っており」(Morton, *Ecological* 30)、そこに中心／周縁、生／死、人間／動物といった二項対立的な区別はありえない。そもそも「動物」といった名称自体が、人間がいかに他者と他者性に対して不寛容かを示唆しているとモートンは述べ、その代わりに「奇異なる他者 (strange stranger)」(Morton, *Ecological* 41) という語句を提唱する。「奇異なる他者」という表現は、我々を取り巻くものを理解し、所有することの不可能性と、それゆえにこそ分からぬものを分からぬまま受け入れる重要性を教えてくれるからである。

ジャック・デリダ (Jacques Derrida 一九三〇―二〇〇四) 的な意味での〈歓待〉を念頭においたモートンの、エコロジーとは本来ダークな「奇異なる他者」であり、我々がそれに対して取るべき態度は理解と一体化ではなく〈赦し〉であるという主張は、資本主義的な枠組みの中で人間に都合の良い環境保全を目指す修正主義的環境保護運動への痛烈な批判となっている。だが、初期のエコクリティシズムを超克しようとするこうした議論は全般に、グローバルな環境破壊が加速度的に進行した二十一世紀になってから現れて来たものだ。しかし、一九九四年一月二十日にロンドンのナショナル・シアターで初演されたチャーチルの『スクライカー』は、このような理論的言説化を待たずして同様の懸念を演劇的に表現し得ている可能性を、次節で論じて行きたい。

二　スクライカーの二重性とエコクリティシズムの二重拘束

ごく単純に要約すると『スクライカー』は、ジョージーとリリーという二人の十代後半の少女――前者は嬰児殺しで精神科に強制入院させられており、後者はお腹に赤ん坊を宿した状態でロンドンに出ようと考えている――のもとにタイトル・ロールの妖精が現れ、彼女たちを黄泉の国に連れて行こうとする一幕劇である。現実世界と異世界が重なり合う本作の劇構造は、R・ダレン・ゴバートの表現を借りれば「パリンプセスト」であり、「それぞれの世界が異なる言語を有している」(Gobert 20)。具体的には、ジョージーとリリーがリアリズムの言葉遣いで語る一方、舞台に横溢するスクライカー以外の数多の妖精や精霊たちには台詞が一切与えられておらず、身体言語で語るようになっている。その二つの世界を行き来するスクライカーは言葉を発するものの、音韻的な近似性が意味の繋がりを絶え間なく侵食していくような独特の詩的言語を用いる。初演当初はこうした形式的な実験性と、スクライカーを演じたキャサリン・ハンターの身体性の高い演技に注目が集まることが多く（逆に言えばそれ以外にあまり注目を集めることなく）、例えばラルフ・エリック・レムシャルトは、「もしも『スクライカー』が最終的にチャーチルの主要作品に含まれることがないとしても（それについては全く分からない）、彼女の演劇的な声が持ち続けている独創性は否定し得ない」(Remshardt 123) ということばで初演時の劇評を締めくくっている。

だが、エコクリティシズムが成熟してくるにつれて『スクライカー』をめぐる評価は変わってゆき、「近年では、チャーチルのもっとも重要なエコロジーに関する声明として議論されることが多くなっている」(Rabillard 97) とラビヤールは指摘する。スクライカーは、劇中のト書きが示すところによれば「変幻自在の変身者であり、死の先触れであると同時に、「非常に古く、傷を負った (ancient and damaged)」(*Plays 3* 243) 存在であるが、これは作者が彼女を大地そのものの精霊として想像している可能性を示している。実際、物語の前半でアメリカ人旅行者の姿になってリリーに話しかけるスクライカーは、テレビが電波を受信する仕組みをしつこく尋ねてリリーを困らせたのち、次のように漏らす。

スクライカー　じゃあ、毒はどうやって作るの？
リリー　え？　何？
スクライカー　あんたら人間は私を殺し続けてる。それを分かってる？　私は病人、病んだ女だ。別に言いたくないなら秘密にしておけばいい、探り当てる方法は他にもある。その類のことなど知る必要もない。知るべきことはほかに沢山あるんだ。私が瀕死だと知ってさえいれば、私が苦しんでることも十分あんたに分かるはずだと思いたいよ。
リリー　ご病気なんですか？　何かお手伝いできることは？　(*Plays 3* 256)

このやりとりから観客には、人間の技術について知りたがるスクライカーの好奇心の根幹にあるのは「何故人間は地球に害をなすのか」という疑問であり、彼女はいわば傷ついたエコシステムの体現者であることが看取される。だが、ひとつの台詞の中で「知る／分かる (to know)」という動詞を五回も繰り返していることが逆説的に示唆するように、彼女には人間が何故そんなことをするのかが分からないらしいし、リリーにもスクライカーが何を訴えているのかは分からないのである。

人間とスクライカーは互いが互いに対して理解不能な他者として描かれているが、言葉そのものが理解不能な訳ではない。すでに述べたように、人間に擬態していない時のスクライカーは音韻上のつながりに惑溺して論理的なシンタックスから逸脱するような語り方をするのだが、観客が注意して耳を傾ければ、そこに折り込まれた意味の糸をたどることは十分に可能である。この戯曲は、まず「豚のような男に馬乗りになった巨人」(*Plays* 3 243) が石を投げて退場すると、スクライカーが実に一五〇行を越える長大な独白を呪文のように呟くが、それが作品の前口上の機能を果たしており、この劇世界では人間が触知できる世界を包むように異界が存在していることを観客に知らしめる。以下の引用はその長大な独白の冒頭部分だが、拙訳ではスクライカーの文体的特徴を伝えることが叶わないため、この台詞にかぎって原文を併記する。

スクライカー　聞いた彼女の自慢をけだものめいたロースト・ビーフを食べる衛兵、娘は紡げた尺渡りきちんと紡いだとてもみすぼらしい麦藁を金糸に……

SKRIKER. Heard her boast beast a roast beef eater, daughter could spin span spick and spun the lowest form of wheat straw into gold …　(*Plays 3* 243)

開口一番スクライカーは「彼女の自慢を聞いた」と語るが、その後は即座に"boast–beast–roast"という脚韻と"boast–beast–beef"という頭韻を組み合わせ、さらに"roast beef"から"beef eater"(ロンドン塔の衛兵)を連想し、"eater"から"daughter"と再び脚韻で別のセンテンスを作り出すなど、一見意味中心の発話から逸脱した語りをしているかのようだ。だが、「彼女の自慢」、「娘が紡ぐ」、「麦藁を金糸に」といった鍵となる表現を繋いでいけば、ここで話題にされているのはグリム童話の「ルンペルシュティルツヒェン」であることが十分に推測可能であろう。周知のように「ルンペルシュティルツヒェン」は、父の虚言のせいで麦藁を金に紡ぐよう王から命じられた娘が、初子を譲るという約束で小人の助けを得て、王に見初められる物語だ。小人は、王妃となった娘の産褥の床へ約束を果たしてもらいに現れるが、王妃の懇願により三日以内に自分の名前を当てられたら諦めると約束をする。だが、土壇場で小人の歌を盗み聞いて彼の名が「ルンペルシュティルツヒェン」だと知った王妃はその名を告げ、小人は悔しさのあまり自分の身を引き裂く。先に引用した「あんたら人間は私を殺し続けてる」というスクライカーの台詞とこの前口上を併せて考えれば、この戯曲はおそらく西洋の民話に語られてきた異世界と人間の関係を、いかに連綿と人間が自然から益を得ながらそれを痛めつけて来たかを示すメタファーとして提示しているのである。

伝承的な語りの枠組みとエコロジーの主題を重ね書きする手法は、物語の後半でジョージーを冥府へ連れて来たスクライカーがワインを飲むよう勧める場面でも繰り返される。この時、かつてジョージー同様にスクライカーによって冥府へ降って来たらしき「破滅した少女」(*Plays 3* 270) が、冥府の飲食物を口にすると二度と戻れなくなるとジョージーに忠告する。怯むジョージーにスクライカーは、「地球温暖化を感じてその後ずっと幸せに暮らしました、ってことになりたくない？ (Don't you want to feel global warm and happy ever after?)」(*Plays 3* 270) と問いかける。これはもちろん、体を温める薬としてワインを勧める定型化した物言いが自由連想法で「地球温暖化」と結びつけられた表現であるが、このようなスクライカー特有の言い回しは実際は、日本神話で言うところの黄泉竈食（よもつへぐい）に当たる致命的な食物を、地球にとって致命的なダメージと二重写しにし、さらにそれを伝承民話の語り口で語るという、この戯曲そのものの構造を凝縮した台詞なのだ。また、エコロジーを体現するスクライカーと仲間たちは、スクライカー以外は現世では言葉を発しないものの（ただし、冥府では歌のかたちで言葉を発する）常に舞台の上を蠢いて人間に不気味な影響を与えており、例えば作中で舞台を横切る会社員たちはみな背中にスランプキン（スコットランド民話に登場する邪悪な精霊）を背負っているが、誰もそれに気づいていない。エレイン・アストンは、『スクライカー』を「ダーク・エコロジー」の概念を先取りした戯曲と解釈し、モートンがエコロジーの〈暗さ〉を徹底的に認めることが逆説的にエコロジーとの関係回復の唯一の道だと主張するように、「スクライカーによる毒された冥府への道行きは、我々が平等主義的でエコロジカルな幸福の感覚を取り戻せるかもしれないという希望のもと、チャーチルが我々を連れていく道行きでもある」(Aston, "Caryl" 67) と述べている。

確かに、スクライカーをロマン派美学イデオロギーによって理想化されないエコロジーの象徴と解釈すれば、なぜスクライカーが嬰児殺しのジョージーや妊娠中のリリーという十代後半のよるべないシングルマザーたちばかりに目を付けるのかという点にも、単に妖精が人間の赤ん坊を欲しがるのは西洋民話共通のモチーフだという前提を超えた、エコロジカルな観点からの説明が可能になる。大気や水質の汚染、地球温暖化と森林の減少など、人間の都合によって破壊された環境が人間に与える皺寄せをもっとも悪いかたちで受けるのは、彼女たちのような安定した経済基盤を持たない女性たちであり、次世代の子どもたちであるからだ。この点は、冥府降りから戻って来たリリーが一瞬の間に現世で長い年月が経過していたことを悟り、老いさらばえたひ孫から罵倒されるこの戯曲の結末にもよく表れている。スクライカーは、人間によって損なわれた太古の大地の精という被害者であるが、同時にジョージーとリリーを誘惑して破滅させる加害者としても描かれているのだ。彼女が体現する加害／被害の二重性は、人間自身が環境に対して奮う暴力性が環境に投影され、ジュリア・クリステヴァ的な〈アブジェクト〉として人間に襲い掛かってくる構図を表現していると言えるだろう。

ただし、スクライカーにそのような二重性が付与されていること自体に、実は大きな問題が含まれている可能性はないだろうか。スクライカーは一見、人間にとって「奇異なる他者」と言っても良いように見える。例えば、エリン・ダイアモンドは、『スクライカー』の完成とほぼ同時期にチャーチルが英訳したセネカの悲劇『テュエステス』(Seneca, *Thyestes* 一世紀頃)を参照しながら、チャーチルの手によるこの二作を「ポストヒューマン悲劇」だと論じている (Diamond 751–58)。(3) だが『スクライカー』におけるエコロジーは、人間自身が環境に及ぼす暴力性を外在化して妖精に投影している点において、やはり「ダーク・エコロジー」という概念が提唱するような「奇異なる他者」として描かれている訳ではなく、民間説話の持つ伝統的な擬人化の思考プロセスに回帰しているように思われる。とすれば、エコロジーを擬人化して馴致することはそれを歪めることではあるが、結局人間は自分に似せてしかエコロジーを想像することができないという二律背反を、むしろこの戯曲は浮き彫りにしているのではないか。

その一方でもちろん、エコクリティシズムが常に孕んでいる理論と実践の乖離という危険性を発展的に解消しようとする立場からすれば、人間には理解不能なエコロジーに妖精という〈かたち〉を与え、我々の情動にはたらきかけられるようにした『スクライカー』の着想は評価の対象にこそなれ、問題にはなり得ないだろう。認知心理学・認知言語学を取り入れた学際的なアプローチによる「アフェクティヴ・エコロジー」を提唱するアレクサ・ヴァイク・フォン・モスナーは、「認知論的エコクリティシズムは、いかにして環境の語りそれを見る者を感覚的・情動的にその物語に巻き込んでいくかを解明する手がかりになる」とともに、こうしたアプローチは「より政治的・倫理的な傾向の強い文学批評や映画批評と連携できる」(Mossner 190–91) ものであると訴えている。こうした考え方からすれば、妖精に仮託されているからこそ、『スクライカー』のエコロジー表象は実践的な力を持ち得ることになる。本稿の冒頭でも触れた『クラウド・ナイン』や『トップ・ガールズ』といった初期の代表作から強い政治的メッセージと高度に急進的な演劇的実験性を両立させてきたチャーチルが、エコクリティシズムの抱えるこの二重拘束を予見的に焦点化した作品が、『スクライカー』であったと言えるのかも知れない。

三　『はるか遠く』と「奇異なる他者」としてのエコロジー

エコロジー運動は人間中心主義を徹底的に脱すべきという理論的な主張と、エコロジーを語るには人間の情動に効果的に訴えるべきであるという実践的な立場に、文学は橋をかけることが可能なのかという問題意識は、二〇〇〇年十一月二十四日にロンドンのロイヤル・コート・シアターで初演された『はるか遠く』にも継続して見られるように思われる。これはジョウンという女性のライフ・ステージを切り取る三つのそれぞれ独立した場面から成る戯曲で、とくに第二幕の死刑囚の行進の場面が名高い中期以降のチャーチルの代表作であるが、一般的には本作は、全体主義的国家体制を批判した政治的寓話として解釈されることが多い。

分析に入る前に戯曲の内容を概観すると、第一幕では、何らかの事情で伯母であるハーパーの家に引き取られた少女ジョウンが、到着の晩に悲鳴を聞きつけ、伯父が子どもたちを含む多数の人々を納屋に連行して暴行する様子を目撃して、伯母に事情を尋ねる。伯母は当初、叫び声には「それは梟だね」(*Plays 4* 136)、血の染みには「午後に犬がトラックで轢かれたんだ」(*Plays 4* 138) と言って誤魔化そうとするが、ジョウンが何もかもを見てしまったことを知ると、今度は「おじさんはみんなを手助けしてるんだ」(*Plays 4* 140)、「お前は今や、世の中を良くするための大きな運動の一部を担ってるんだ。誇りにしなくちゃ」(*Plays 4* 142) と、伯父の行為に善の意味づけをする。第二幕では、成人したジョウンが帽子の工房で働き出す。彼女の隣にはトッドという熟練工がおり、二人はオートクチュールの帽子の芸術性や労働者の権利について理想主義的に語り合うが、会話が進むうちに観客には、彼らが作っているのは公開処刑される囚人たちが処刑場へ行進するさいに恥辱の証として被せられる帽子であることが分かる仕組みになっている。最終幕では、どうやら動植物や大気すらをも巻き込んだポストヒューマンな世界戦争が発生しており、ジョウンと結婚したトッドがハーパーと敵味方の最新状況について意見を交換している。観客は最後に、ジョウンが今や手練れの工作員であるらしきことを知る。

チャーチル自身の解説によれば、これらの場面は「同じ少女が全てを経験し、その間、敵対関係の規模が拡大していくという以外は全く無関係に見えるかも知れないが、私が思うに、これらの三つの場面は、登場人物たちの『正しい側につきたい』という欲望によってでも結びついて」(*Plays 4* x) いる。いわば、世界が善悪の二元論で分けられない複雑なものとして立ち現れる時に人間はかえって明確な善悪を求めがちだというアイロニーを、この芝居は冷徹な筆致で描き出しているのである。かくて、『はるか遠く』は、テロとの戦いが声高に叫ばれた二十一世紀初頭には、現今の世界情勢に対する明敏な政治批評として解釈されることになった。例えば、『インディペンデント』紙は二〇一九年八月十八日付で「時代を超えた最良の戯曲四〇本」という特集記事を組み、同紙の劇評担当者であるポール・テイラーとホリー・ウィリアムズがそれぞれ二〇本の戯曲を選んだが、古今の西洋演劇を渉猟した四〇本の筆頭としてテイラーが挙げたのは、チャーチルの『はるか遠く』であった。テイラーは選出コメントで「『はるか遠く』は、終末論的な要素を幻想的な要素に溶け込ませるチャーチルの比類ない才能を示す、ひねりの効いたおとぎ話である」と述べ、不条理劇的な場面を通じて「美徳と悪徳、〈奴ら〉と〈われわれ〉の間には単純明快な境界線が存在するという政治家が好む悪質な神話」を巧妙に批判していると高い評価を与えている (Taylor and Williams, no pagination)。

テイラーの総評はもちろん適切なものであり、第三幕におけるトッドとハーパーによる以下のようなブラック・ユーモアを湛えたやりとりは、たしかに分断化が進む世界情勢に警鐘を鳴らすものだと言えよう。

ハーパー　象がオランダ側についたってのがね。象のことはずっと信用していたのに。

トッド　俺はエチオピアで家畜の群れと人間の子供を射殺した。スペイン軍の混成部隊とコンピューター・プログラムと犬にガス攻撃をしたことだってある。手袋もはめないまま、この手で椋鳥を引き裂いた。直にやるのが好きなんだ。だから、俺を疑うような言動はよして欲しいね。

……………………

ハーパー　言ってることが分からないね。鹿はあたしたちの味方じゃないか。うちの側について、もう三週間になる。

トッド　そりゃ知らなかったよ。あんたも自分で言ってたろ。

ハーパー　鹿からは天性の善良さが透けて見えるよ。あの優しい茶色の目を見りゃ分かるだろ。(*Plays 4* 157)

世界のあらゆるものを敵と味方に分断し、味方を善、敵を悪と意味づけすることの矛盾と滑稽さと危険性——たとえば、鹿は彼らの味方となってわずか三週間だというのに、ハーパーは鹿には「天性の善良さ (natural goodness)」が窺えると主張している——が、彼らの会話から示唆されているのは明らかだろう。だがそれと同時に、家畜と人間の子供とコンピューター・プログラムが無差別にガス攻撃の対象となる世界戦争の描写は、『はるか遠く』をポストヒューマンなエコロジー文学として読む可能性を拓いてくれてもいる。

家畜と人間の子供を射殺した夫同様に、最終幕のジョウンもまた戦闘員となっており、「猫二匹と五歳に足りない子供を一人殺した」(*Plays* 4 158) と、こともなげに口にする。ラビヤールは、観客に情動的な嫌悪感を引き起こすであろう、人と動物を同列に殺傷する台詞の繰り返しが、実際は本作の要諦であるととらえ、「チャーチルは、自明のものとされている人間と動物の立場の違い……それ自体が、観客自身が自然界に対して振るうありふれた暴力を許容可能なものと思わせる手段になっている可能性を仄めかしているのだ」(Rabillard 101) と、鋭く指摘している。人間が自然界に対してふるう暴力が舞台の上で反転して表象されるという劇構造には、『スクライカー』と共通する面もあるように思われる。だが、作品がエコロジーを妖精として明確に擬人化している『スクライカー』とは異なり、『はるか遠く』においては人間以外の存在が語ったり歌ったり、そもそも登場すること自体が一切ないために、人間存在と非人間存在が同じ地平に混在している世界観そのものが登場人物のエゴイスティックな妄想である可能性をも排除していない点に留意すべきだろう。すでに引用したように、第一場のハーパーはジョウンが耳にした人間の悲鳴を「梟の鳴き声」、地面に染みた人間の血を「犬の血」だと主張することで、夫の暴力を糊塗しようとしていた。このように、芝居の冒頭で作中人物による隠蔽の意図を持った人間／非人間の混同を観客の記憶に植え付けることによって、作品は第三幕のハーパーとトッドの会話も額面通り受け取って良いのかどうかについて微妙なゆれを生んでいるのである。

同様に、第二幕のジョウンとトッドによる帽子作りの場面も、二人（主にトッド）が芸術の崇高さと自分達職人の権利を高らかに語りながら、彼らの労働と芸術が実際は全体主義国家による恣意的な大量虐殺に加担していることについて全く無感覚であるという苛烈なアイロニーとなっていることはもちろん、環境から疎外された労働の在り方というエコロジー文学の観点から解釈することも可能だろう。ベイトが論じたロマン派のエコロジー観に基づいた労働と芸術は自然と調和したものであり、ロマン派の系譜上にあるウィリアム・モリス（William Morris 一八三四―九六）の表現を借りれば、「釣り船の舵を取りながら風のそよぎと波の打ちつけを心から感受できる者が、人の生み出す音楽に聞く耳を持たないことなどあり得ない。真に活気ある芸術を生み出せるのは、衒学者ではなく職人のみである」(Morris 115) ということになる。ところが『はるか遠く』では、帽子作りというクラフト・アーツは衒学の領域に完全に組み込まれてしまっている。第二幕の冒頭で、これがプロの職人として作る初めての帽子だと言うジョウンにトッドが「カレッジでは帽子を専攻したの？」と尋ねると、彼女はこともなげに「卒業制作の帽子はキリンで、高さは六フィートでした」(*Plays 4* 143) と答えるのだ。

第二幕の進行に伴い、二人の作業台の前にある作りかけの帽子は、どんどん「巨大でとっぴ」(*Plays 4* 146) になり、囚人たちの処刑前日には「法外で本末転倒」(*Plays 4* 147) になるとト書きが指示するように、彼らが従事する芸術と労働とは自然との調和といったロマン派的理想とは対蹠地にあり、彼らが生息する環境のどこにも馴染まないグロテスクなオブジェクトの生産活動でしかないのである。ジョウンの帽子はその週の最優秀賞を受賞するものの、第二幕を締める二人の会話は、彼らの帽子がロマン派的な芸術の息吹きから遠く離れていることをかえって強調する。ここでジョウンはせっかくの仕事が囚人の処刑とともに失われてしまうのを惜しみ、「帽子が死体と一緒に焼かれちゃうの、すごく残念」(*Plays 4* 150) とトッドに告げ、彼は「違うね、むしろそこがいいんだよ。帽子とは儚いものだ。何かの隠喩みたいに」(*Plays 4* 150) と答える。芸術的な帽子の儚さとそれゆえの意味を一見繊細に語り合う二人は、週に一度大量に処刑される人々の遺体については全く感受性をはたらかせることができないのである。こうした登場人物たちが真の共感性が欠落したままに動物や芸術を恣意的に語る傾向が、第一幕、第二幕と繰り返し示されることで、エコロジー演劇としての『はるか遠く』は、『スクライカー』よりもさらに突き放した筆致で、人間がいかに自分の恣意的にエコロジーを歪めて認識してしまうかを浮かび上がらせているのではないだろうか。

ペータ・テイトは、非人間的存在や環境全般についての人間の精神の感度を高め得るジャンルとして演劇を高く評価し、チェーホフの『三人姉妹』（Anton Pavlovich Chekhov, *Three Sisters* 一九〇〇）とチャーチルの『情と情報』（*Love and Information* 二〇一二）を分析対象として取り上げながら、「気候変動への情動的な反応やより広範な化学的知見に取り組む際の演劇と上演が持つ力は、とりわけ予見的である」(Tait 1501) と述べている。総論的な考えとしては、演劇というジャンルは非人間的存在の視野に立つことを情動的に比較的容易にする力を持つというテイトの主張に特に異論はない。だが、『はるか遠く』に限っていえば、むしろこの戯曲が強調しているのは、エコロジーをあるがままに理解するのがいかに難しく、人は常に分からないものを自分に都合の良いように理解しがちであるか――モートンの用語を借りれば、エコロジーとはいかに「奇異なる他者」であるか――ということではないだろうか。

第三幕の終わりでは、ジョウンがトッドとハーパーの会話に混ざり、もはや誰が敵で誰が味方か分からぬ危険な状態の中で自宅に戻ってきたことを語る。

ジョウン　もちろん鳥は私を見てた、皆私が歩くのを見てたけど誰も理由なんて知らなかった、任務かもとは思ったかもね、誰もがあちこちうろついてて誰も理由なんて知らない、それに実際私は猫二匹と五歳に足りない子供を一人殺したから、任務とそう違いはなかったし、一日くらい休んで家に帰って何が悪いのかも分からなかったし、だってそれが済んだら最後までちゃんと続けるから。鳥が怖かった訳じゃない、怖かったのは天気、この辺りの天気は日本の側についたから……。でも川がどっちの側についたのかは分からなかったから、私が泳ぐのを助けてくれるかも知れないし、溺れさせるかもしれなかった。川の中ほどは流れがすごく早くて、水は茶色く濁っていたけど、それに何か意味があるのか私には分からなかった。だからほとりにずっと立ち尽くしてた。だけど、これしか道はないことは分かったので、私はとうとう川に足を差し入れた。水はすごく冷たかったけど、とりあえずその時点では、冷たいだけだった。足を流れに差し入れただけでは、次に何が起こるのかはまだまだ分からない。どちらにせよ、足首のあたりにぴちゃぴちゃと水が寄せる。(*Plays 4* 158–59)

これが、芝居全体を締める最後の台詞になるが、ここでも『スクライカー』を彷彿とさせるくどさで、ジョウンは「知る／分かる (to know)」という動詞を繰り返している。だが重要なことに、この長い台詞の前半では、鳥や天候の立場を「分かる」と繰り返していたジョウンが、中略の後に登場する川については「分からない」を繰り返していることである。もちろん、この芝居においては、実際に舞台の上に鳥や天候が登場するわけではないので、本当に鳥は敵方なのか、天候が日本と同盟を結んだのか、観客には明確に知る由もない。しかし、少なくともこの時点では、ジョウンはハーパー同様に敵／味方の二元論的な認識論で語っている。だが、川については「中ほどは流れがすごく早くて、水は茶色く濁っていた」様子が、何を意味するのか分からなかったと述べている。これは、観客にとっては(よほど河口近くのゆったりした流れでもなければ) 川として当たり前の現象のように思われるが、「敵か味方なのか分からないので、急流が危険かどうか分からない」というジョウンの思考法を媒介にすることで、川は作中人物のジョウンにとって恐るべき奇異なる他者であるのみならず、観客にとっても異化効果を持って新たに我々の認識の再考を促すことになるのである。

作中の「川」の理解不能性が、作品を超えて観客の再考を促すはたらきを持っている可能性は、最後の二文でジョウンが用いる主語と時制が、それまでの「わたし (I)」を主語にした過去形から突如総称的な二人称の現在形 ("you can't tell what's going to happen"; "The water laps round your ankles in any case") に変化することからも窺えるだろう。作中のジョウンは、川が敵か味方か分からないまま一歩を踏み出し、どうやら自宅へ帰還した。同じような一歩を、この開かれたエンディングは観客にもまた要請しているのではないだろうか。『はるか遠く』は、この謎めいた不条理な世界大戦を劇の中の「はるか遠く」のこととして観客が受け流すことを良しとしない。これは観客にとっての「奇異な他者」であり、それを理解できないままに受け入れることが求められているのだ。

キャリル・チャーチルが一九九〇年代から世紀転換期にかけて執筆・上演した『スクライカー』と『はるか遠く』は、同時期に盛んになったエコクリティシズムの議論の展開を、奇しくも演劇的なかたちで先取りしたものとなっている。これらの戯曲では、ロマン派的なエコロジーの理想化や一体化は退けられ、よりダークなものとして描かれているが、『スクライカー』においては理解不能なエコロジーを擬人化という理解のプロセスを通じて描かざるを得ないという矛盾を露呈することとなった。だが『はるか遠く』の最終場においては、人間の口からのみ語られるポストヒューマンな世界大戦は、劇中人物にも観客にも究極的に把握不能な「奇異なる他者」として描かれ、それに対して我々がどのような態度を取るのかを問いかけてくるのである。

注

（1）『トップ・ガールズ』は、姉ジョイスに向かい「階級なんて信じない。誰だってやることさえやれば何だって出来る」「愚か、怠け者、怖がりな奴らに仕事の斡旋なんてしない」(*Plays 2* 140) と啖呵を切ったマーリーンが寝ようとしたところ、夢遊病の気味があるらしいアンジーがふらふらと現れ、「怖いの (Frightening)」(*Plays 2* 141) と繰り返す場面で終わる。キャリア・ウーマンの叔母マーリーンに憧れながら、アンジーはそのマーリーンに物理的にも比喩的にも拒否された暗部として扱われているという強烈なアイロニーがこの結末からは窺える。これ以降、チャーチルの作品からの引用は全て全集版に拠り、括弧内では著者名を省略して巻数と引用ページのみを示す。

（2）ただしモートンは、ロマン派文学全体が自然を美学的に処理して呪物化しているとは考えていない。コールリッジの『老水夫行』（*The Rime of the Ancient Mariner* 一七九八）において老水夫が海蛇に対して抱く親近感や、『フランケンシュタイン』の名もなき怪物などに、彼の提唱する「ダーク・エコロジー」の要素を看取している (Morton 158–59, 194–95)。

（3）ダイアモンドによれば、タンタロスの亡霊の呪詛から始まる『テュエステス』と『スクライカー』は、超自然的存在の語りが枠物語となる点でよく似た劇構造を持っており、劇中の人間世界は、常に超自然世界の干渉を受けている。この両作において、「人間—非人間の複雑な絡まり合いは人間にとって致命的であり、そのことが劇中人物の心、そしておそらくは観客の心を、悲劇においてもっとも後を引く悦ばしい感情——すなわち受苦の感情——で満たす」(Diamond 758) のだというのが、彼女の主張である。

引用文献

Adiseshiah, Siân. *Churchill's Socialism: Political Resistance in the Plays of Caryl Churchill*. Cambridge Scholars, 2009.

Aston, Elaine. "But Not That: Caryl Churchill's Political Shape Shifting at the Turn of the Millennium." *Modern Drama*, vol. 56, no. 2, 2013, pp. 145–64.

——."Caryl Churchill's Dark Ecology." *Rethinking the Theatre of the Absurd: Ecology, the Environment and the Greeting of the Modern Stage*, edited by Carl Lavery and Clare Finburgh, Bloomsbury, 2015, pp. 59–76.

——, and Elin Diamond, *The Cambridge Companion to Caryl Churchill*. Cambridge UP, 2009.

Bate, Jonathan. *Romantic Ecology: Wordsworth and the Environmental Tradition*. Routledge, 1991.

Betsko, Kathleen, and Rachel Koenig. *Interviews with Contemporary Women Playwrights*. Beech Tree Books, 1987.

Churchill, Caryl. *Plays 1*. Methuen, 1985.

——. *Plays 2*. Methuen, 1990.

——. *Plays 3*. Nick Hern Books, 1998.

——. *Plays 4*. Nick Hern Books, 2008.

Clark, Timothy. *The Cambridge Introduction to Literature and Environment*. Cambridge UP, 2011.

Diamond, Elin. "Churchill's Tragic Materialism; Or, Imagining a Posthuman Tragedy." *PMLA*, vol. 129, no. 4, 2014, pp. 751–60.

Gerrard, Greg. *Ecocriticism*. Routledge, 2004.

Gobert, R. Darren. *The Theatre of Caryl Churchill*. Bloomsbury, 2014.

Itzin, Catherine. *Stages in the Revolution: Political Theatre in Britain Since 1968*. Methuen, 1980.

Kritzer, Amelia Howe. *Th e Plays of Caryl Churchill: Theatre of Empowerment*. Palgrave, 1991.

Luckhurst, Mary. *Caryl Churchill*. Routledge, 2015.

Morris, William. "The Society of the Future." *The Commonweal: The Official Organ of the Socialist League*, vol. 5, 13 April, 1889, pp. 114–15.

Morton, Timothy. *The Ecological Thought*. Harvard UP, 2010.

——. *Ecology without Nature: Rethinking Environmental Aesthetics*. Harvard UP, 2007.

Rabillard, Sheila. "On Caryl Churchill's Ecological Drama: Right to Poison the Wasps?" *The Cambridge Companion to Caryl Churchill*, edited by Elaine Aston and Elin Diamond, Cambridge UP, 2009, pp. 88–104.

Remshardt, Ralf Erik. "*The Skriker* by Caryl Churchill." *Theatre Journal* vol. 47, no. 1, 1995, pp. 121–23.

Tait, Peta. "Love, Fear, and Climate Change: Emotions in Drama and Performance." *PMLA* vol. 130, no. 5, 2015, pp. 1501–05.

Taylor, Paul, and Holly Williams. "The 40 Best Plays of All Time, from *Our Country's Good to A Streetcar Names Desire*." *The Independent*, 18 August 2019, Factiva. INDOP00020190818ef8i002jp.

第二部

アメリカ文学

第十六章　アメリカの原風景と、T・S・エリオットの心象風景

東　雄一郎

一　おぞましい不毛の荒野

一六二〇年、英国教会からの分離を主張するピューリタンがケープコッドに上陸しプリマス植民地の建設に着手する。ピルグリム・ファーザーズは約束の地（カナン）に辿り着くアブラハムと同じ神命に従っていた。極寒の地の疫病等で百余人の入植者の半数が半年の間に死亡する。植民地総督ウィリアム・ブラッドフォードは『プリマス植民地の歴史』（完全出版　一八五六）に初期のマサチューセッツを記録している。神の啓示は現実の出来事の中にあると信じるピューリタンはその実録を尊重した。彼らは自己修練の禁欲と内省に救済を求め、勤勉に日記を書き自己の不安を解消させていた。彼らが新世界で初めて目にしたものは「おぞましい不毛の荒野」(a hideous and desolate wilderness) である。

見渡す限りおぞましい不毛の荒野、野獣や野人で溢れ、その数は見当もつかない。それに所謂ピスガの山頂に登り、この荒野から人々の希望を養う約束の地を眺めることもできない。どこを見ても（天を仰ぐ場合は別だが）外界の事物に慰めや満足を得ることは皆無に等しい。（中略）背後を見ると、そこには人々が渡ってきた広漠とした大海が横たわり、それが今や大きな障害物、越えがたい障害物となり、世界のあらゆる文明の地から人々を隔てている。

（一六二〇年九月六日）

「文明」から隔絶する「荒野」にブラッドフォードは野蛮な混沌を感知した。その「荒野」には神がモーセに約束の地を示したピスガの山（申命記　第三四章）もない。入植者はこの白紙の「荒野」に永続的植民地、清浄な楽園を建設しようとした。この理想郷建設（アメリカ合衆国の誕生）自体がユートピア的ロマン主義思想の発現である。

二　新世界のロマン主義

アメリカ文芸復興の中心運動であるロマン主義は、「時は金なり」の合理主義的社会に対し、原始自然における理想社会の実現を夢みた。その人間の平等・人権意識は民主主義や共和主義の理想に通じ、現実に新たな意味を与える創造的想像力、自己表現、改革に価値をおく。その自然礼賛は田園の牧歌生活に憧れ、自然は神秘の豊饒な宝庫とみなされた。

ロマン主義と国家主義が高揚した十八世紀のアメリカを描くクレヴクールの『アメリカの農夫からの手紙』（一七八二）を読み、ロマン派のシェリーやコールリッジはその「高貴な野人」(the noble savage)「原始自然」「天国のような簡素さ」に強い共感を覚えた。エマソンやソローが自然回帰を唱える以前のアメリカ独立革命当時、クレヴクールは「荒野」における牧歌的農耕生活を称えていた。但し『翼ある蛇』の著者D・H・ロレンスは『アメリカの古典文学』の中で真の農夫ではないクレヴクールの「快適で小奇麗な自然」(the sweet-and pureness of Nature) を糾弾した。

ロデリック・ナッシュは『荒野とアメリカ人の精神』（二〇〇一）で特にソローの荒野観がアメリカ人の思考精神に甚大な影響を与えたと主張する。野性の象徴である「荒野」は、簡素、自立、寛容、信頼の生活を実践するソローの精神的覚醒の場であり、アメリカ人の精神的原風景や心象風景は「荒野」にある、とナッシュは言う。

「荒野」のロマン主義は十八世紀のエマソンの超絶主義を通してアメリカの精神風土に根づいた。超絶主義は感覚を超越する直観による真理の把握を主張する神秘思想であり、その源泉はエマソンとイギリスのロマン派との出会いにある。アメリカのロマン主義は実にトランスアトランティックである。一八三二年、エマソンは妻エレンを肺患で失い、心の空洞を埋めるかのようにヨーロッパに旅立ち、ワーズワース、コールリッジ、万物を精神の象徴とみなす『衣裳哲学』のカーライルと面会し、その三年後に『自然論』を発表する。定量化された時間に支配される産業社会を批判するカーライルと、エマソンとの生涯に亘る親交は周知の事実である。エマソンの超絶主義はスウェーデンボリィの神秘主義的・汎神論的宗教観に加え、コールリッジやカーライル経由のドイツ観念論、カントの先験思想にその源がある。

十九世紀初頭の新世界は多くの「荒野」を有し、文明と野性との共存、白人と先住民との共生の可能性を残していた。原始自然に暮らす人々は「堕落以前のアダム」(Adam before the Fall) を自負し、そこに地上楽園を建設する「新たなアダム」(New Adam) の神話が生まれる。未開の自然は純粋素朴な人間の理想郷となる。『レザーストッキング物語』(一八二三―四一) の作者ジェイムズ・フェニモア・クーパーはロマン主義的ユートピア志向を具現化し、伝説的開拓者ダニエル・ブーンを範とする「高貴な野人」ナティ・バンポーを創出した。ナティは文明を嫌い、森林や荒野で暮らす技術をもつ「高貴な野人」であり、ヨーロッパ人とアメリカ先住民両方の最良の伝統を受け継いでいる。詩人ロバート・ブライが『アイアン・ジョン』の「エピローグ」に言う「動物の創造主やその神秘性」や大地母神に関連する野人も「高貴な野人」の系譜にある。

三　ブライアント、エマソンの梵我一如

ウィリアム・カレン・ブライアントの『タナトプシス』（死の考察）の内省的憂鬱さはイギリスのトマス・グレイやエドワード・ヤング等の墓地派（Graveyard School）の影響を受けている。ホイットマンの晩年の作品やディキンスンの初期の作品にもその影響が色濃く認められる。森の散策を生涯続けたブライアントは、自己と自然と神を一体化するエマソンの神秘的・汎神論的自然観に共感し、トマス・コールを始祖とするハドソン・リバー派の画家との親交を深めた。エマソンはこの画家たちの代弁者であった。コールはクーパーの作品を絵画化した。ブライアントの七十歳の誕生日を祝いアッシャー・B・デュランドは『気の合う者』（*Kindred Spirits* 一八四九）を描いたが、キャッツキル山の崇高な自然の中で対話するコールとブライアントの姿は、アメリカの自然美を協議する真の開拓者の姿である。十九世紀中期に活躍するハドソン・リバー派の画家は、ニューヨークから北上するハドソン川峡谷の自然風景、その大自然の崇高な美を主に描いた。彼らは勃興する国家の発見、探検、移住を主題とし、荒野というアメリカ固有の自然の中に神の存在やエデンの園を投影する。この心象風景の典型はコールの代表作『エデンの園』や『理想郷の夢』である。

ブライアントは地平線の辺りを飛ぶ一羽の鳥の姿を捉え、次の「水鳥に」を創造した。

洛陽に空は燃え輝き
遠く、バラ色の深みをぬけ
落ちる露にもぬれ、独り飛び立ち
おまえは何処へゆく

猟師がおまえを撃とうと
その両の眼で追っても虚しく
茜空に黒く、天がける
　おまえの姿が浮かびゆくだけ

　おまえが求めるのは、水草ゆれる湖
小波たつ岸辺、広大な川の淵
はたまた、うねり寄せ消える大波に
　洗われる大洋の磯辺か

　未踏のあの岸辺をたどる
おまえを気遣い、その行方を導く
大いなる力があり、寂寞とした無窮の空を
　おまえは独りさまよい、迷うこともない

一羽の「水鳥」を導く「大いなる力」(Power)、神の摂理が自然界に充溢すると詩人は言う。ジョナサン・エドワーズが唱えるカルヴィニズムの「怒れる神」の恩寵は、人間の自由意志を否定する自然の中に潜在する。

　一八四六年のエマソンの『詩集』はイギリスの十七世紀の形而上詩にも類似する。彼の優れた瞑想詩の基盤は次の「ロードーラの花」(カナダシャクナゲ)にみられる神即自然、汎神論的象徴主義である。

その花の由来を訊ねられ

五月、海風が私たちの侘びしい住まいを吹き抜け
森中に、咲いたロードーラの花が湿地の奥で
葉のない花を大きく広げていた
砂地や緩やかに流れる小川を喜ばそうとして
水たまりに落ちた紅紫色のいく片(ひら)もの花びらが
黒い水を華やかな美で飾りたてていた
猩々(しょうじょう)紅冠鳥がここに休み、翼を冷やし
その衣装を粗末なものとする花に求婚するかも知れない
ロードーラの花よ！　賢者らがおまえに、なぜ
この地と空で魅惑の美が消えるのかと問うなら
そのときは、彼らに、こう告げるがいい
目が見るために創られるなら
美は美しく存在するだけでいいと
なぜ、おまえはいるのか、あぁ、バラと競う者よ！
私は訊ねようとは思わなかった、知りもしなかった
でも、ただ何も知らない私は、思えばいい、ここに
私を呼びよせた同じ力が、お前も呼び寄せたのだと

至純の「美」はロマン派の詩人の共通主題である。この作品は前半八行の「美」の描写と、後半の教訓から成る。「ここに／私を呼び寄せた同じ力」(The self-same Power that brought me there) は先の「水鳥に」の神の「大いなる力」

と同一のものであり、万物の多はこの普遍者・至高者の一に帰する。

エマソンが『自然論』で説く梵我一如（宇宙原理と個体原理の合致）、つまり「一の中の多」として、自然は多様な形態を無尽蔵に呈示する。小文字の nature は「原始的本質」であり、人間の human nature も含む無数の「種」をもつが、それらは全て大文字の Nature（神）に帰一する。それ自体で完結する Nature は悠久不変であり、「最初の起源」(first origin)・「究極の根源」(final cause) である。万物は神の現象であり、宇宙間の森羅万象は神性を宿す。『自然論』は言う。Nature の森の大地に立つと人は無垢な子供に帰り、そこで真の信仰と理性を得ると。人は「一個の透明な眼球」(a transparent eyeball)「無」(nothing) となり、「普遍者」(the universal Being) が自己の全身をかけ抜け、「神の一部」(part or parcel of God) となる。自己とその背景を全て「無」とするアメリカの広大な自然を、エマソンは空虚とは捉えず、「無」が新たな精神の創生母胎であると考える。「無」の周囲利用はプラグマティックである。創生の喜びを生み出す力は、自然と人間との和合にあることは言うまでもない。

四　アメリカ詩のアダムの血統

「アメリカの広大な大地は新たな詩人を必要とする」（『詩人論』）とエマソンは新たな認識を示す預言者詩人の出現を渇望し、ウォルト・ホイットマンがそれに応えた。この雑食性の強い詩人は「自己の歌」で「私は矛盾していると言うのか」と自問し「なるほどそうだ、私は矛盾している。（私は巨大だ、私は無数のものを含んでいる）」と断言する。

アメリカの後進の詩人の多くがホイットマンの包括的自己を教訓としている。それは自己を歌うホイットマン、民主主義者・民衆主義者のホイットマン、吟遊詩人のホイットマン、人類を賛美する国際主義者のホイットマン、実用主義者のホイットマン、理想主義者のホイットマン、神秘主義者のホイットマン、雄弁に政治を語るホイットマン、幻視・預言者のホイットマン、社会的・政治的・性的変革を望む急進主義者のホイットマン、天性の自然児を演じるホイットマン、自己滅却の死を瞑想する晩年のホイットマン、カフカに「私は常にホイットマンを崇拝していた」と言わしめた健康で楽天家のホイットマンである。

『草の葉』の全体は「草の葉のように単純な言葉」(simple as leaves as grass) で書かれ、この「自己の歌」は宗教詩人エマソンの「ロードーラ」にある無知「ただ何も知らない私」(my simple ignorance) を歌う。『草の葉』は両手に草を抱え、その意味を詩人に訊ねる子供の「草って何」(What is the grass?) の純真な疑問に始まる。青々と輝く「夏草の穂先」は希望と不滅の象徴である。

現実主義者のホイットマンは「騒々しくて、肉づきがよく、好色で、よく食らい、飲み、産みふやす」人物、神秘家・夢想家のホイットマンの信仰は「多くの信仰の中でも、最大のものであり、同時に最小のものであり／古代の崇拝も現代の崇拝をももちあわせ、古代から現代におけるすべての信仰を抱え込むもの」である。「私は達成された極致だ」と預言者詩人は言い放つ。

そして私は未来の者たちの母胎
私の足は既に階段が尽きるあたりに達している
一つ一つの段に幾時代もの歴史が束ねられている

「肉体を歌う詩人」「魂を歌う詩人」は「あらゆる男性も女性も、この私と一緒に未知なるものへと旅立たせる」と宣言する。

この現実的かつ幻視的詩人に魅了された一人が、『新選詩集』(*New and Selected Poems* 一九九二) で全米図書賞、『アメリカの原始人』(*American Primitive* 一九八四) でピューリッツア賞を受賞し、自然と一体化する詩人と評されるメアリー・オリバー (Mary Oliver 二〇一九年没) である。彼女は故郷オハイオ州のメイプルハイツ、ニューイングランド、ケープコッド半島の突端のプロヴィンスタウンとその周辺の自然を愛し、散歩を通して自然界から得た霊感や感動を手製のノートに書き留めた。彼女は風景や自然界の動植物を観照し、簡潔な表現力で自然を描く。彼女の自然の理解や観照は、対象である自然への愛から生じている。

先駆的エコロジストのソローは『ウオールデン』の「結び」で「その眼を内に向けよ、その心の中にまだ未発見の千もの地域を見出すだろう。その地を旅して、自家の宇宙誌の大家となれ」と言う。オリバーはこの教えを忠実に実践し、「田園育ちだから」の中で「私には樹木の五感、水みたいに流れる六感がある」と告げる。この本然的直観をもつオリバーは超絶主義の継承・発展者である。

ホイットマンを「慈愛の詩人」「私の兄、叔父、最高の師」と讃えるオリバーの「建造者たちの歌」(Song of Builders) の内容は、彼女独自の「アメリカの自然の歌が聞こえる」である。

夏の朝
丘の斜面に
腰をおろし
私は神を思う

大切な暇つぶし
近くを　見ると
一匹のコオロギが
丘の斜面の穀物を動かしている

こちらへ、あちらへと
何と偉大な生命力
何と謙虚な努力
人の生き方も

このようなものであれば
みんながそれぞれ
人知れず各自のやりかたで
宇宙をつくり続けている

自然の観照と想像力によって、この作品は宇宙と自己との合一感の喜びを歌っている。
電脳空間の記号文化に蹂躙される現代生活は生のイメジャリを喚起しない。オリバーは自然について次のように述べている。

常に自然は象徴的イメジャリの強大な宝庫でした。詩は古代芸術の一つであり、他の全ての芸術と同じく始原の大地の荒野の中からその産声をあげたのです。しかもその誕生は、視覚、感覚、聴覚、嗅覚、触覚、そして記憶の作用によりました。つまり記憶とは「ことばで覚えておくこと」です。人間の内面界の不可視的恐怖や欲望を描く一方で、その知覚的経験がどのようなものであるかを「覚えておくこと」です。詩人は認知できる現実の出来事や経験を利用して、不可視的内面経験を解明しました。つまり詩人は比喩的言語を使いましたが、その際に頼るべきは自然界の中に存在する比喩的言語でした。（『詩の手引き』一〇六）

この「自然界の中に存在する比喩的言語」に関する言説は、エマソンの「自然論」の第四部「言語」(Language)の精神の象徴や比喩としての自然を念頭においている。オリバーの「自然界」「始原の大地の荒野」は、ホイットマンの「インドへの道」の詩句を借りれば、物質文明を超えた「インド以上のものへの道」を辿って到達できる「人知の太初の楽園」である。

五　変身願望の比喩的言語

「半ば野蛮な国」(a half-savage country)の「荒野」からイギリスに渡るエズラ・パウンドは「ホイットマンについて思うこと」(一九〇九)で「彼はアメリカだ。彼の粗雑さはとても酷い悪臭を放つが、それこそがアメリカだ」と評した。ヘンリー・ジェイムズもエリオットもパウンドと同じく、自分が嫌悪する祖国のあらゆる側面を『草の葉』と結びつけていた。ただし膨張する巨大な自我を歌う『草の葉』はアメリカ人にしか書けない。

パウンドは自由詩と自己礼賛の点でホイットマンと和解し、アメリカ詩の森を最初に切り拓いたのは「あなた」とホイットマンを評価した。「あなたと私は同じ樹液でできている、同じ根からできている」(「和解」)。パウンドの『詩篇』は自己を英雄とし世界を再創造する偉大な試みである。ホイットマンもパウンドも万物を自己のイメージの中に吸収する。

一九二八年エリオットは『草の葉』に触れ、その大部分は戯言だと述べた。彼は一九二七年にイギリスに帰化し、翌年に出版した『ランスロット・アンドルーズのために』の序文に「文学は古典主義、政治は王党派、宗教はアングロ・カソリック」と公言した。ヨーロッパからの無産階級の大衆、その激しい情熱と獣性が渦巻く『草の葉』に対し、エリオットはラフォルグの道化の劇的独白の技法や、語り手の断片的意識を使い自己防衛の偽装を行う。この偽装は、彼がアメリカ人である自己から逃れ、他者になるためのものであった。だが彼の作品には「ライラック」や「ツグミ」等のホイットマン固有のイメージが多く登場する。

「プルーフロックの恋歌」「ゲロンチョン」『荒地』（一九二二）は、ホイットマンの自己礼賛への反駁である。エリオットは常にホイットマンから自分を切り離そうとしていた。彼の不毛な文化的土壌意識（アメリカの荒野からの逃亡）と、『草の葉』を否定する心情とは同根であった。彼の強迫観念は「半ば野蛮な国」の住人ではない他者、ヨーロッパ人になることであった。

この変身願望の具体例は『荒地』の変幻自在のテイレシアスの導入である。オウィディウスの『変身物語』から援用される両性具有の預言者が『荒地』の全ての登場人物を統一する。「チェスの遊戯」の「ピロメラの変身の絵画」も『変身物語』からである。無数の他者からの借り物の陰に詩人の肉声が隠れている。これが詩人の「個性からの脱却」(an escape from personality)・「非個性」(impersonality)・「歴史的意識」(historical sense) 詩法である。

「芸術の素材は常に実人生にある」（「四人のエリザベス朝の劇作家」）が、詩が伝達するのは「実人生からの抽象」である。仮面や劇的告白の技法によってエリオットの詩の私的要素は非個性化・客体化される。「非個性」という反ロマン主義的技法を通して、エリオットはアメリカ市民としての自己の痕跡を抹消し「私」の世界から完全に逃れる。従って詩人の自己は無となる。

『荒地』の「個人的でまったく意味のない不平不満」（自己の魂の叫び）、精神の主観的起点は、「客観的等価物」(objective correlative) の技法により、詩人自身の声から離脱し、他者のものに変容する。「今夜、私の神経はとても悪いの。そうよ、おかしいの。一緒にいてよ」（「チェスの遊戯」）。『荒地』執筆中の詩人は、金銭を巡る父との諍いに加え、病弱で精神不安を抱えエーテル中毒の妻ヴィヴィアンに苦悩し、彼女の保護者の立場から逃れたいと願っていた。

パウンドの産婆術にもよるが、本来が自己の逆境と苦悩を歌い、自己の感情を解放するはずの『荒地』の根源的感情は、私的「情緒」とは異次元の現実となる。『金枝篇』の文化人類学の枠組み、「聖杯伝説」の死と再生の神話構造、系統的文学的隠喩、エピグラフ等、他者からの借物によって、エリオットの私的「情緒」は無機質化・他者化・客体化される。

この客体化の技法の効用から、読者は各自の個人的・文化的分脈から、詩人の魂の声を自由に解釈できるようになる。作者自身の声が抹殺される『荒地』の原風景は、読者に懐疑と不安と不毛意識を強く印象づける。二十世紀初頭のモダニストは、人間の本質と宇宙に関する共有の仮説が消滅する神隠し的真空状態、「無」の現実に直面していた。この消滅の精神風土の中で「無」に新たな意味を与えるために、作者の肉声も神隠しにあう。

「プルーフロックの恋歌」で女性への求愛をためらう男の自我は分裂し、抑圧された人格の「君」を、分身の「私」が行動に駆り立てる。慎重紳士のプルーフロックの内面の葛藤は、詩人自身の「私」と、他者への変身願望をもつ「私」の葛藤でもある。この「私」は「君と私」になり、その自己陶酔的孤独が劇化される。この複合的「君と私」は、「仮想の都市」の中、語り手の想像世界での住人、万人、孤独な非存在となる。初期の詩や『荒地』には実体のない亡霊のような登場人物に溢れている。この蜃気楼的現存は『四つの四重奏』「リトル・ギディング」の「懐かしい複合的亡霊」(a familiar compound ghost) に発展する。

ヨーロッパのエリオットは話し方も身振りもイギリス人以上にイギリス人らしくなった。保守主義者のエリオットはヘンリー・ジェイムズと同じく、イギリスの貴族階級には知的潜在力があると信じていた。生家のユニテリアン派の信仰を捨てアングロ・カソリックに改心したエリオットの宗教的感情も、想像的過去と詩人自身を結びつけるものであり、カンタベリー寺院の大主教ウィリアム・ロードやランスロット・アンドルーズやジョージ・ハバート、ジョン・ダン等の伝道師や詩人の聖域に寄せる彼の憧れに近かった。

エリオットの伝統は、エマソンのロマン主義と同じく、トランスアトランティックである。それはアメリカ南部農本主義運動のテートやランサムのフュージティブの伝統の発見にも類するが、「歴史的意識」（過去と現在との共時性）による伝統は、合衆国の領土内には存在しなかった。その伝統はエリオットが他者になるための装置に他ならない。

六　記憶の自然（過去の再生）

一八八八年、エリオットはアメリカの南部と西部が合流する中西部、ミズリー州のセントルイスに生まれ、ニューイングランドの精神風土の影響を受けて成長した。この事実が作品の中で頻繁に示唆されている。彼はセントルイスを南部の町と考えていた。彼は「『ハックルベリー・フィン』序説」（一九五〇）の中で、同郷のマーク・トウェインの作品が偉大な小説である要因は、神として人間の生活を律するミシシッピー川の存在と、鋭い現実観察眼をもつ孤独な少年ハックの存在にある、と指摘する。大河と共に永遠にさまよう自然児ハックの姿に、彼は自身の姿を重ねている。もっともトウェインの作品はエリオット家では俗悪な禁書であった。

『四つの四重奏』の「ザ・ドライ・サルヴェイジェズ」（原義 three savages「三人の野人・三つの岩」）はマサチューセッツ州ケープアン半島の東北部の沖の岩礁群名で、この近郊のセイラムに曾祖父のアンドルー・エリオットは、イギリスのサマセット州のイースト・コーカー村から移住した。エリオット家はユニテリアン派の牧師であり、哲学者の祖父ウィリアム・グリーンリーフの代にセントルイスに移った。ユニテリアン派のエリオット家の使命は道徳的に荒野を文明化することであった。一神論者のユニテリアン派は三位一体説に反対し、その教義はプロテスタント諸教会の内でも最も霊聖化した知的なものである。エマソンもユニテリアン派の牧師であった。

アメリカのエリオット家の始祖アンドルーは十七世紀のセイラムの魔女裁判の裁判官を務め、ボストンのオールド・ノース教会（ポール・リビアの『真夜中の疾駆』でも有名）の牧師となった。ニューイングランドのケープアン半島訪問はエリオット家の夏の恒例行事であった。大西洋の対岸世界にトム少年は常に思いを馳せていた。彼の作品に描かれる花崗岩に波が砕ける海岸風景はこの半島の景観による。ニューイングランドの美しい海岸風景の追憶は、詩人の中で自分の子供時代の永遠の相に結ばれていた。見当識を扱う「マリーナ」の海も、『聖灰水曜日』の海も、忘却の彼方に埋没する詩人の一瞬を捉えている。

白い窓から花崗岩の岸の方へと
海をめざし白い帆はなおも飛び、海をめざして走る
こわれない翼
失われたライラックと失われた海の声に
失われた心は高まり、歓喜する（『聖灰水曜日』第六部）

「白い窓」から神性の黎明が射し込み、復活の象徴「ライラック」が咲く海岸風景が描かれる。白い帆船の「こわれない翼」(Unbroken wings) に運ばれ、この詩の話者の魂は歓喜の内に永世を約束する碧海へ向かう。

「ザ・ドライ・サルヴェイジェズ」ではミシシッピー川がアメリカ土着の「強固な褐色の神」(a strong brown god) として描かれている。この神は「人が忘れたいことを／思い出させるもの」(reminder/Of what men choose to forget) である。

この川のリズムは子供の寝室にも

四月の戸口の前庭に茂るニワウルシにも
秋の食卓のブドウの香にも
冬のガス灯の夕べの団欒にも潜んでいた。

「ニワウルシ」(ailanthus) は「天国の木」とも言われる。川のリズムは、人間の生活や人間の内なる記憶にもあり、やがて太古の創造を思わせる悠久の海のリズムに、最後には永遠の宇宙のリズムに合一する。

エリオット家のイギリスの先祖の地イースト・コーカーへの想像的回帰は次のように描かれている。一九三七年、詩人はこの地を実際に訪れた。イースト・コーカーの教会には詩人の遺体が納められている。

あの野原で
近づきすぎなければ、そう、近づきすぎなければ
真夏の夜に、音楽が聞こえてくる
か細い笛の音と小太鼓の音が
そしてかがり火をめぐり踊る村人の姿が見える

詩人の変身願望は、現在に内在する過去、自己の先祖の地に回帰する。この一節の田園の風情は中世の「死の舞踏」をも暗示し安穏で土俗的であり、シェイクスピアの『真夏の夜の夢』をも想起させる。詩人はその詩行と意識にイギリスから新大陸に渡ってきたピューリタンである自分の起源を記録する。「私の初めに私の終わりがある。」『荒地』から『聖灰水曜日』を経て『四つの四重奏』の巡礼の航海に至ると、エリオットの作品は伝統の発見、共時的「歴史的意識」「非個性」の詩法から大きく逸脱する。彼は捨てた祖国の「私」の起源や経歴をよく示し、その作品は主観的感情を強める。それは詩人のホイットマンへの回帰である。

私は岸辺に座り
釣り糸を垂れていた。背後には乾いた平原が広がっていた
せめて自分の土地だけでも秩序立てようか？
ロンドン橋が落っこちる　落っこちる　落っこちる（『荒地』第四部「雷の曰く」）

この「私」は、非人称化された万人、詩の瞑想的語り手、生命の象徴である魚を釣りあげ不毛の「乾いた平原」(the arid plain) を復活させようとする魚夫王、つまり「自分の崩壊」(my ruins) に「こうした断片」(These fragments) で抗してきた「私」である。この「私」は空虚と混乱に満ちた広大な展望の中、現代の混沌を統制し秩序づけようとする。だが、引用の一節には孤独な人間の故郷喪失感が潜んでいる。この場面は第三部「劫火の説教」の「レマンの湖岸に座り私は泣いた」の再現であり、「詩篇」（一三七篇一節）の「われバビロンの河のほとりに座し、シオンを偲び涙する」とバビロン捕囚期のエルサレムへの望郷の念を示唆する。

故郷や生国からの離脱者の自然は、記憶の自然・過去の再生であり、その「断片」に「秩序」を与えていく過程で、過去の自然が象徴的意義をもつようになる。特に幼年期の鮮明な印象は「時の中にあり時の外にある瞬間」(the moment in and out of time)「突然の啓示」(the sudden illumination「ザ・ドライ・サルヴェイジィ」）として心の中に甦り、生涯の精神的支え「究極の根源」となる。「これが記憶の効用」（「リトル・ギディング」）である。

中西部生まれのエリオットはイギリスの宗教詩人となるが、その想像的記憶はアメリカの原風景に立ち返る。『四つの四重奏』の「バラ園」と「葉陰に潜む子供たち」や「リンゴの木に隠れた子供たち」の「笑い声」の源泉は、詩人のセントルイスの幼年時代の鮮明な記憶である。

足音が記憶の中にこだまする
私たちが通ったことのない通路を抜けて
開けたことのない扉に向かい
バラ園に入る。私の言葉は
こうして、あなたの心にこだまする。（「バーント・ノートン」第一部）

詩人の姉たちが通っていた女学校メアリー・インスティテュートは高いレンガ造りの塀に囲まれ、祖父ウィリアムが建てた施設であった。その記憶がこの一節に甦っている。幼いトムの家の裏庭には日よけの木が数本植えられ、その裏庭と校庭とは塀で仕切られ、塀には開かずの扉が取りつけられていた。「さあ、早くして、ここ、今、いつも――」トムはその扉の陰で子供たちの隠れた笑い声を聴いていた。

私たちは探求を止めない
すべての探求が終わると
私たちが出発した場所に到達し
はじめてその場所が分かるだろう。
未知の、覚えている門を抜ける
すると最後に残された未発見の地は
かつての最初であったところ（「リトル・ギディング」第四部）

アメリカ精神や生活の原風景は十七世紀の「不毛の荒野」である。青年エリオットの原風景は第一次世界大戦後の不毛と荒廃の地であった。二十世紀のエリオットの原風景は、文明が悉く崩壊した「荒野」にほかならなかった。彼はアメリカの「荒野」の「無」から逃れ先祖の地に戻る。だが、そこでも彼は再び世界大戦後の「無」の強迫観念にとらわれた。彼は二重の荒地を体験したのである。『荒地』という「無」からの再建・復活・再生は、建国以来のアメリカ人の新たな楽園、神の国の建設のユートピア志向を受け継いでいる。

『四つの四重奏』の「冷たい暗闇と空虚な荒廃の地」(the dark cold and the empty desolation「イースト・コーカー」)を抜け「未知の、覚えている門」(the unknown, remembered gate) に入ると、そこには「かつての最初であったところ」があり、詩人は旋回する時間という現実の中の「静止点」(the still point) の意義を探る。

エリオットの反ロマン主義的「非個性」の極致は、「原始的本質」「最初の起源」(nature) の「私」・自己の歌への回帰となった。『四つの四重奏』に甦る「突然の啓示」とその「バラ園」の幻想は、ダンテの『神曲』の至高天における純白のバラとの連想の内に、詩人のアメリカの幼年期の復楽園的記憶の中に現れる。「私の終わりに私の初めがある。」

引用・参考文献

Bloom, Harold. *Bloom's Classic Ccritical Views: Walt Whitman*. Bloom's Literary Criticism, 2008.

Bly, Robert. *Iron John*. Georges Borchardt, 1990.

Bryant, William Cullen. *Poetical Works of William Cullen Bryant-Household Edition*. FQ Books, 2010.

Bradford, William. *Of Plymouth Plantation, 1620 in Modern English (1856)*. 'Lil Beethoven Publishing.

Dr. Ferber Linda. *The Hudson River School: Nature and the American Vision*. Rizzoli Electa, 2009.

Eliot, Thomas Stearns. *The Complete Poems and Plays of T. S. Eliot*. Faber and Faber, 1975.

——. *The Sacred Wood*. Alfred. A Knopf, 1921.

——. *For Lancelot Andrewes*. Faber and Faber, 1929.

——. *Selected Essays 1917–1932*. Faber and Faber, 1932.

____. *Collected Poems 1909–1962*. Faber and Faber,1962.

_____. *The Poems of T. S. Eliot*. Faber & Faber, 2015.

Emerson, Ralf Waldo. *Essays*. The Library of America, 1990.

_____. *Essays and Lectures*. Library of America, 1983.

Gardner, Helen. *The Composition of Four Quartets*. Faber & Faber, 1978.

Matthiessen, F. O. *The Achievement of T. S. Eliot: An Essay on the Nature of Poetry*. Oxford UP., 1935,

Millhouse, Barbara Babcock. *American Wilderness*. Black Dome Press, 2007.

Nash, Frazier Roderick. *Wilderness and the American Mind*. Yale University Press, 1970.

Oliver, Mary. *Blue Pastures*. Harcourt Brace & Company, 1991.

____. *New and Selected Poems*. Beacon Press, 1992.

____. *Poetry Handbook*. A Harvest Original Harcourt, Inc., 1994.

Thoreau, Henry David. *Collected Essays and Poems*. Library of America, 2001.

Whitman, Walt. *Complete Poetry and Collected Prose*. Library of America, 1982.

亀井俊介『荒野のアメリカ』南雲堂、一九九五。

第十七章　震動するエロティックな〈肉体＝魂〉
——ホイットマンとディキンスンの詩の人間と宇宙

梶原　照子

序論

ウォルト・ホイットマンは一八五五年に、「わたし自身の歌」二四節で、「ウォルト・ホイットマン、アメリカ人、荒くれ者、ひとつの宇宙」（二九）[1]と宣言した。詩篇に表題もなく、一人称の語り手「わたし」が「あなた」に滔々と語り続ける型破りな詩集『草の葉』初版のなかで、語り手が初めて正体を明かすのが「ウォルト・ホイットマン［……］一つの宇宙」という宣言である。「宇宙 (a kosmos)」としての自己表象は、万物と共感し包摂し続ける「わたし」がマクロコスモスである広大無辺な宇宙にまで拡大する、という想像的な比喩と、人体が宇宙の物理現象と連動するミクロコスモスである、という科学的な認識の両方を含んでいる。「衝動また衝動さらに衝動／つねに世界の生殖衝動が」（二四）「宇宙の内竜骨は愛」（一六）という詩行でも、人間の生殖衝動と宇宙生成の原動力を同質だと見做したが、このように人間の内外が連動して万物が繋がる宇宙観を詩に描き出せたのは、詩人の想像力だけでなく同時代の文化思想が寄与したからだろう。

十九世紀半ばのアメリカでは、近代科学の発展とともに疑似科学思想——骨相学、動物磁気催眠術、心霊主義、自然療法など——が流行し、伝統的な宗教と拮抗しながら、新たな人間観、世界観が形成されつつあった。『草の葉』初版が骨相学専門のファウラー・アンド・ウェルズ社から出版されたことが端的に示すように、ホイットマンは（疑似）科学に傾倒しており、『草の葉』には同時代の科学言説が散見される。[2] しかし本論の主旨は、十九世紀の科学思想のアメリカ詩への影響を辿ること自体にあるのではない。伝統的な宗教言説によって人間が語られるときの「肉体(Body)」と「魂(Soul)」という概念が、（疑似）科学言説を取り入れた詩人の手によって、どのような新しい表象を得たか、またその表象が導く宇宙観を探るのが主眼である。

ホイットマンの『草の葉』の「肉体」と「魂」の表象から人間と宇宙のヴィジョンを探るとき、十九世紀後半にエミリ・ディキンスンがホイットマンと同様に（疑似）科学思想を活用して「肉体」と「魂」を新たに表現したことは着目に値する。十九世紀アメリカの女性達は雑誌記事や書籍、講演を通して科学思想を学び流行させたが（ピール一六一―二五）、なかでもディキンスンはアマスト・アカデミーやマウント・ホリヨークの高度な科学の授業を享受していた。テリー・ブラックホークに拠れば、「ディキンスンは当時の他のどの詩人よりも広範囲に科学技術の語彙を詩に活用した」（二五九）。そして「宇宙(universe)」という語彙は三一篇の詩に登場している。[3] 過去の研究において対照的な枠組みで捉えられてきたホイットマンとディキンスンであるが、[4] 新しい科学思想が伝統的な宗教と拮抗し、ときに融合していく十九世紀の文化潮流のなかで両詩人が創出した人間表象には多くの共通点がある。アメリカ現代詩の父と母とも称される二人の天才詩人が、産業化が急速に進む環境のなかで、科学と宗教と芸術について思索し、表現した人間と宇宙のヴィジョンを紐解くことは、二十一世紀の我々の道行きを照らす縁となるだろう。

一　受動的なエロティシズム――語り手の身体感覚

「わたしは肉体の詩人／またわたしは魂の詩人」（「わたし自身の歌」二六）と歌ったホイットマンに対して、ディキンスンは「わたしは肉体を持つのを恐れる―／わたしは魂を持つのを恐れる―」(F一〇五〇)[5]と語った。シアラ・ウォルスキィはディキンスンに見られる「肉体と魂を所有することへの根深いアンビバレンス」の背景として、女性が「肉体と感情」に結び付けられ、男性が象徴する「精神性と理性」に対して従属的に位置づけられる「精神力のヒエラルキー」を指摘する(一三四)。ディキンスンのF一〇五〇はジェンダー差異化された(女性の)肉体と(男性的な)魂という歴史的現実に対する心理的葛藤を露呈したものと言える。一方、ホイットマンは心理的葛藤も詩のなかで昇華させる。しかし、両者はともに肉体と魂が本質的には同一であると考えていた。ディキンスンはF一四四八で「電気の疾風に乗れば―／肉体は―一つの魂だ―／両者の同一を教えられれば―／なんとたやすいことか―／このような羽枝を脱ぎ去ることも／不滅を目指して」と語った。[6]肉体と魂の一致を感じ取るために必要な「電気の疾風」に関しては、科学思想のなかでも「電気(electricity)」の知識が拡げた〈肉体＝魂〉の詩的表現について、第二節で詳述する。ここでは、両詩人が描く〈肉体＝魂〉が受動的なエロティシズムを享受することを分析する。

ディキンスンのF三四八を見てみよう。アドリエンヌ・リッチが「この詩の主旨は、伝統的に『女性的な』役割――創造的ではなく受動的、画家ではなく鑑賞者、音楽家ではなく傾聴者、行為者ではなく受容者――を選び取ることである」(一六九)と指摘したように、詩人は受動性を称揚する。「わたしは―絵を―描きたいと思わない／むしろ絵そのものになりたい」という願望で始まる第一連で、語り手は画家となって絵を描くよりも、「絵そのもの」でありたい、と願う。続く詩行「その輝く不可能性／の上に―甘美に―とどまり／あの指がどのように感じられるか思いを馳せる」において、語り手はキャンバスの上の絵具をかき混ぜる画家の指が自分の肢体を愛撫する感触について思いを馳せており、焦点は能動的な「芸術家」ではなく受動的な「絵」の「わたし」の身体感覚である。続いて「その類稀な―天空の―かき混ぜが―／これほど甘美な責め苦を―／これほど豪華な―絶望を―呼び起こす」では、画家の「指」が「わたし」の躰にもたらした恍惚感が前景化される。芸術家の指の「かき混ぜ」によって「わたし」は天空に上昇する心地を覚え、「甘美な責め苦」「豪華な―絶望」のような、他者のもたらす快感に吾身を委ねる。

第二連の冒頭は第一連と類似した二行で始まる――「わたしはコルネットのように話したいとは思わない―／むしろコルネットの音そのものになりたい」。第一連と同様に、芸術家によって生み出される芸術そのもの、ここでは、音楽家が演奏する音になりたい、という願望を語り手は表現する。躰を音楽家に委ねた「わたし」である音は、「天井の方に柔らかく持ち上げられ／それから外に、気楽に流されて―／エーテルの村々を通り抜け―／わたしは膨らんだ気球となる／ひとつの金属の唇―／わたしの舟橋に渡る埠頭―によって」と描写されるように、コルネットの「唇」によって上昇させられて大気の海をたゆたい、「わたし」は「気球」のように膨らまされる。その躰の描写は性的恍惚感と妊娠を想起させ、女性的・受動的・創造的である。

第三連では第一、二連のパターンを破る転換があり、語り手は、詩人によって生み出される詩そのものになりたい、と言う代わりに、定冠詞で唯一無二であると示された「耳 (the Ear)」を持つ方が良い、と言う。

わたしは詩人になりたいとは思わない―
それよりも―耳を持つ―方が素晴らしい
魅了され―無力で―満たされて―
崇められる自由、
なんと崇高な特権
どれほど素晴らしい天賦の才になるだろうか
もしわたしに自分を気絶させる技があったなら
メロディの―稲妻で！

第三連では、詩の創造の瞬間を模索する詩人の語りに揺れが生じる。語りは叙述的ではなく感覚的になり、その破綻した論理構造を通して、語り手自身の衝動や陶酔が伝わってくる。詩人は抽象的に詩そのものになりたいというパターンを踏襲するよりも具体的な手段を探求しており、「耳を持つ—方が素晴らしい／魅了され—無力で—満たされて—」を鍵として見出す。能動的に「無力 (impotent)」でも他者を受容する陶酔に満たされた身体感覚を得ることが「耳」の獲得と喩えられ、その特別な感受性で、世界に潜む「メロディの—稲妻」を聴き取り、自らを恍惚と気絶させる技を持つことだ、と語られる。「メロディの—稲妻 (Bolts – of Melody)」は物理的には矛盾を孕む表現である。bolt(-s) の語義は『エミリ・ディキンスン用語集』に拠れば「閃光、稲光の放出、唐突に電気が充満すること」、ディキンスンが愛読していたノア・ウェブスターの『アメリカ語辞典』一八四四年版には「いかずち、光の流れ、太矢のように疾走する姿から名付けられた」と載っており、視覚的な稲光として捉えられる。通常の五感では音として聞えてこない「稲妻 (Bolts)」を聴覚的な「メロディ (Melody)」と結びつけて、詩人は「稲妻」を脳裏に閃く光として視るだけでなく聴く。それを可能にする「耳」を持つのが詩人であり、世界に溢れ潜む「メロディの—稲妻」とは詩の言葉が身体感覚に顕現する瞬間の比喩だろう。

次にF四七七を見てみよう。[7] この詩では一人称の語り手ではなく二人称で対象化された主体を通して、受動的なエロティシズムが音楽と「いかずち (Thunderbolt)」による気絶の比喩で描かれる。

彼はあなたの魂を指でまさぐる
演奏家が最高潮の楽音を奏でる前に—
鍵盤に触れる指さながらに—
彼は徐々にあなたを気絶させる（第一連）

第一連で「あなたの魂を指でまさぐる」「彼」の指の動きが「演奏者が（ピアノの）鍵盤に触れる」様子に喩えられ、「あなたの魂」は演奏者のなすがままに演奏される楽器に喩えられる。演奏者の指が奏でる音は、彼の指によって「あなた」が上げる音声であり、性行為を想起させる。「徐々に」という表現が、単に「気絶させる」よりも、一音一音強めるように、時間をかけて「あなた」の官能を高めていく愛撫の生々しさを描き出す。続く第二連で「エーテルの暴風に／あなたの脆い本性が備えられるようにする」と語られるように、「彼」は「エーテルの暴風」に喩えられた性的快感の上昇に「あなたの脆い躰」が備えられるように、「ハンマーを（ピアノの弦かつあなたの躰に）より弱く打ち下ろす」。「彼」が段階的に音楽と快感を高めてくれるなか、「あなた」は第三連で「皇帝のいかずち（imperial Thunderbolt)」に喩えられる絶頂の瞬間を迎える。

あなたの息は―整い―
あなたの脳は―冷たく泡立つ―時を得るが
ひとつの―皇帝のいかずちを―見舞う
それはあなたの裸の魂の表皮を剥ぐ―　（第三連）

第三連の前半で「息は―整い」「脳は―冷たく泡立つ」時に恵まれても、後半の絶頂は「皇帝のいかずち」の一撃を見舞う体験であった。その圧倒的な衝撃は、丸裸の魂のさらに内奥を露わにするがごとく表皮を剥ぎ、「あなた」の感覚主体を剝き出しにする。ここでは魂が触知できる肉体のごとく描かれることと、肉体の内部の魂のさらに内奥を曝け出される徹底した受動性が精神的かつ肉体的な恍惚をもたらすことを確認しておこう。受容者はこの絶頂体験を経て第四連の「宇宙は―静か―（The Universe – is still –)」という啓示を得、心身が鎮静化する。

F三四八と四七七の両方において、受動性が感覚主体に恍惚感をもたらすとともに次元の異なる真理に至らしめる。そのような究極の恍惚が「稲妻」や「いかずち」の比喩で描かれたことについては「電気」を観点に後述するが、先に、ホイットマンの詩の受動的なエロティシズムについても考えてみよう。「耳」で聴く受動的な態度がディキンスンの詩の特徴だったが、ホイットマンの語り手もまた受動的に「聴く」行為に徹することがある。エド・フォルサムが「聴覚の神秘」（九〇）を主題にしていると評した「わたし自身の歌」二六節がその好例である。

「わたし自身の歌」二四節で「わたしを通して、多くの長く沈黙していた声」（二九）を放出していた語り手は、二十六節で立場を逆転させて、「わたしはしばらく何もせず聞くだけにしよう／そして聴いたものをわたしの中に蓄積し……音がわたしの助けとなるに任せよう」（三一）と思い決め、「［……］をわたしは聴く」の文の列挙を通して、都市の内外の様々な音声を聴き、それらを自己のなかに摂取する。そしてオペラ観劇に基づく詩行において、「声」の音楽を受動的に聴くことが性的な絶頂感をもたらし、五感が鋭敏に連動していくなかで、恍惚感から存在の根源の謎に至る、というF三四八や四七七と似た道筋を語り手は辿る。

わたしは訓練されたソプラノの歌声を聴く……彼女は愛の握りの絶頂のようにわたしを痙攣させる
オーケストラは天王星の軌道より遠くまでわたしを旋回させ、
わたしの胸から名状しがたい熱情を搾り取り、
深淵の恐怖の海水を飲ませて、わたしをドクドク震動させ、
わたしを海に浮かべる……わたしは素足で波打ち際の海水をパシャパシャ浴びて……緩慢な波に素足を舐められる
わたしは裸で海にさらされ……苦い毒を含む雹に身を切られる
蜂蜜の味のモルヒネに浸されて……喉笛に死の綱が巻きつき窒息する
息を吹き返すと謎の中の謎を体感する
そしてそれこそを我々は**存在**と呼ぶ（三二頁、六〇二―一〇行）

歌声を聴くことが躰にもたらす効果は、六〇二行目に顕著に表れているように、性愛行為が躰にもたらす効果と似通う。「愛の握り (love-grip)」はおそらくホイットマンの造語であり、「わたしの愛の握りの絶頂」とは自慰行為の快感の高まりを表す。オルガスムの躰の痙攣と同じく、ソプラノの歌声は「わたしを痙攣・震動させる」のだ。続く詩行で、歌声と一体となったオーケストラの音楽は、語り手の躰を「天王星の軌道より遠くまで旋回させ」たり、「深淵の恐怖の海水を飲ませて、わたしをドクドク震動させ」ており、語り手の身体感覚においては、声・音それ自体が行為者となって受容者の「わたし」に圧倒的な力を振るう。受動的に身を委ねた語り手の聴覚が共感覚的に他の五感と連動し、とくに海水に浸る比喩で語られる六〇六行目から、原初的な身体感覚である触感と味覚で音楽を感じ取る。「緩慢な波に素足を舐められ」、快感が高まり触感と味覚がますます鋭敏になった語り手は、「裸で（音楽の）海にさらされ・・・苦い毒を含む雹に身を切られる」ように感じる。「苦味」や「毒」に続いて、より明らかな味覚の形容詞のついた「蜂蜜の味のモルヒネ」に躰を頭まで深く浸されて、その甘く痺れる海水が口中に満ちた語り手は「喉笛に死の綱が巻きつき窒息する」ように体感する。死に等しい絶頂感に達した後、語り手は死から蘇り、「謎の中の謎」を感じ取り、それを「**存在** (Being)」と呼ぶ。

この一節の直前で「宇宙 (the creation) のように大きく生き生きしたテノールがわたしを満たす／円形に伸び縮みする彼の口がわたしに注ぎ込み満湛に満たしてくれる」（三二）と語ったとき、詩人は歌声が自己に流れ込み充満する感覚と「宇宙・創造 (the creation)」による充足を同一視した。つまり、歌声による受動的な恍惚感は自己意識の変革とともに「宇宙・創造」の本源を垣間見せると暗示されており、「**存在**」の顕現は詩的創造力の啓示でもある。音楽を受動的に聴いて湧き上がる情動が性的恍惚感と重なり、音楽的・性的な絶頂を経ることによって存在と創造の謎に迫る、という道筋がディキンスンの詩と同じである。また二人とも、受動的なエロティシズムを表現する際に、躰の内奥まで剥き出しにされて他者に侵入される体験として描く。さらに、絶頂の瞬間を、ホイットマンは痙攣・震動、ディキンスンはいかずちに喩えており、電気的な震動のイメージが重なっている。

二　震動するエロティックな〈肉体＝魂〉——電気としての肉体と魂の一致

それでは、両詩人が電気・電流 (electricity) を主題にした詩のなかから、ホイットマンの「わたしは電気の体を歌う (I Sing the Body Electric)」[8] とディキンスンのF 一六三一を取り上げてみよう。

わたしは電気の体を歌う
わたしの愛する人々が群れをなしてわたしを包み、わたしも彼らの体を包む
わたしが彼らに同行し、応え、彼らの穢れを払い、
彼らを魂の充電で満湛に充電するまで、彼らはわたしを放さないつもりだ。(九八)

冒頭で「わたしは電気の体を歌う」と宣言した後、語り手が説明するのは、「わたしの愛する人々」との肉体的接触によって「彼らを魂の充電で満湛に充電する (charge them full with the charge of the Soul)」行為である。自己の電気を他者の体に充電することは魂を注ぎ込んで充電することと同義である、と「充電」の反復によって強調しており、魂は物理的な電気として体感される。ホイットマンがここで、電気が人間の情動によって発生し、また情動を伝達すると考えたのは、動物磁気説を踏襲しているからだが、その概念を肉体と魂の関係性に置き換えたことが重要である。

科学用語の「電気」を伝統的には宗教用語の「肉体」と「魂」に結び付けた修辞法はディキンスンにも見出せる。

なくして悔むのは揺らぐ肉体ではなく―
永久不変の心臓だ
一千年間それを打ち負かしてきた
愛だけに従ってきた―
愛の熱情、電気のオール
それを運び墓を通り抜けさせた―
その特権を否定されて、わたしたちは
慰めもなく推し測る―（F一六三一）

ニナ・ベイムに拠れば、このF一六三一ならびにF一四二四、一四四八、一五五六、一六一八、一六三一は心臓が電気的刺激によって動くことを提唱する（一三四）。電気的刺激が心臓を動かすという科学知識に基づいて、F一六三一の前半四行では「永久不変の心臓」が「一千年間それを打ち負かしてきた (had it beat)」と綴られる。"had it beat" は「揺らぐ肉体」を「負かしてきた」という、肉体に対する不滅の心臓の優越性を示すだけでなく、文字通り「それを打ち鳴らし続けた」という、電気的刺激による心臓の鼓動と肉体生命の存続を含意する。永久不変の「（大文字の）心臓 (Heart)」が、個々の限りある寿命の「（小文字の）心臓 (heart)」に鼓動・命を与え続けてきた、と言い換えられる。この不滅の心臓は「愛だけに従ってきた」と付言されており、ホイットマンと同様に、電気は単に機械的な物理現象ではなく、人間の情動「愛」が作用するという思想が見られる。後半四行で「愛の熱情、電気のオール (the electric Oar)」が「それ (it) を運び墓を通り抜けさせた」と綴られる。「それ」は電流として墓まで伝搬されるだけでなく死後も墓から伝導されるのだ。この多義的な「それ」はテクストの「心臓」「愛」だけでなく、墓に流出入する人間の本質としての「魂」を含意すると思われる。F四七七で描かれたように人体の奥に魂が内在しているとディキンスンが想像していたなら、F一六三一は「魂」という言葉を使わずに〈魂の不滅〉を〈永続する電流〉として捉え直したと分析できる。不滅の生命、魂、心臓、愛、墓の連想はホイットマンの「わたし自身の歌」五、六節にも見られる。「墓から生えた美しい髪」に見える「草」は不滅の生命を表し（一六）、「あなた、わたしの魂」が「わたしの肋からシャツをはだけ、わたしの剥き出しの心臓に舌を挿し込む」（一五）描写は、擬人化された魂が心臓に流入して肉体とのエロティックな結合を果たしたことを表すだけでなく、心臓を動かす電流の性質を示す。

ホイットマンもディキンスンも、心理的な情動を魂の機能とみなし、肉体に流出入する電気を通して、魂と肉体は同一のものである、と主張する。「わたしは電気の体を歌う」第一節で、ホイットマンは「もしも体が魂と同じだけのことをできないなら／もしも体が魂でないなら、魂とは一体なんだ？」（九八）と問う。ハロルド・アスピズに拠れば、人体解剖学に魅せられていたホイットマンは、この詩を書くために人体について最新の医学書を読み、医者達と話し、人体解剖図を研究した（二二四）。その結果が第九節のおよそ百個の肉体細部の「解剖学的カタログ」（アスピズ 二二四）であり、「髪、首、髪、耳」に始まり「足首、足の甲、球形の踝、足の指、足指の関節、踵」まで人体を下りながら内臓も性器も描写している。このような科学的で物質的な肉体描写の帰結が「おお、私は言う、これらは体だけでなく魂の部分や詩なのだ／おお、今こそわたしは言う、これらは魂なのだ！」（一〇七）という宣言であることを忘れてはならない。物理的に生々しい肉体の感触は、魂の感触ともなるのである。ディキンスンもF四七七で、指でまさぐり愛撫できるような、肉体の内奥の物質的な器官として魂を描いていた。

ホイットマンとディキンスンは同時代の大衆的な科学思想をどのように活用し、ずらして、肉体と魂の一致を表現したのか。デイヴィッド・S・レノルズは、一八五〇年にファウラー・アンド・ウェルズ社から出版されたジョン・ボヴィ・ドッズの『電気の心理哲学』に着目する。

動物磁気と電気の語彙を彼［ホイットマン］は使用しており、動物磁気催眠術師の影響が窺える。ドッズの本は電気理論を当時もっとも詳細に説明したものだった。ドッズは偏在する磁力流動体の概念を創造物のすべてを説明できる理論に変えた。「一八三〇年以降」と彼は書いた。「私は電気が**精神** (MIND) と不活性**物質** (MATTER) を連結する繋ぎであるだけでなく、創造主が使役する偉大な媒介だと唱えてきた。」「電気は」と彼は続けた。「偏在する媒介として、大気中に充満しており」自然界の働きを統治して自然界を神に連結させている、と。（二六一）

ドッズが、電磁力の流動体が大気中に溢れて自然界を統治する働きを創造主の力と見なしたことも、電流と創造力の比喩を考えるのに参考になるが、それ以上に私が着目するのは、ドッズが電気を「**精神**と不活性**物質**を連結する繋ぎ」と叙述していることである。動物磁気の言説では、「思考する精神・心 (mind)」と「物質 (matter)」の関係を説明するものとして電気があり、宗教的な「魂」と「肉体」の語彙では語られていない。一八五〇年代のスウェーデンボリ主義者達が、霊的な大気の流出入を表すインフラックス、エフラックス、アフレイタスの概念と動物磁気を結びつけたとき、その融合的な概念もホイットマンは詩に取り入れており（レノルズ　二六七）、ホイットマンの「精神と物質」から「魂と肉体」への表現の転換はその影響によるものかもしれない。しかし、ホイットマンは動物磁気の「人間の心と自然界の物質の関係」から人間主体の本質を探ることに重点をずらした。個人の魂と肉体の組成から、自己と他者の肉体かつ魂の交流の命題まで、電流を鍵に思索した。

ディキンスンが電流についての（疑似）科学をどれくらい信じていたかは、宗教と同様に科学に対してもときに懐疑的だったため[9]、単純に測れないが、先述したようにF一六三一他数編の詩は電気的刺激が心臓を動かすことを提唱し、F一二六三は稲妻が電気だという事実を反映しており（ベイム　一三四）、少なくとも同時代の科学知識を理解した上で、F三四八の「稲妻」やF四七七の「いかずち」の比喩を用いた。ピールに拠れば、十八世紀末の電気の研究では三種類の電磁力――「稲光」に観察される「自然の磁力」、動物や人間が持つ「動物磁気」、人工的に作られる

「機械磁力」——が存在すると信じられていた（三四四）。またウェブスターの辞典の「電気」の定義は「非常に微細な流動体の作用、それは殆どの体の中に拡散しており、動きが著しく速く、自然界で最も強力な媒介の一つである。名称はこの流動体の作用と流動体自体に与えられている」であった。このような電気の科学的研究や語義をディキンスンは熟知していただけでなく、ピールが着目した一八六二年五月の『アトランティック・マンスリー』の匿名記事「霊魂」も読んでいたかもしれない。(10)記事に展開された霊魂と電気の関係をディキンスンが把握していたなら、一八六二年に作詩したF三四八と四七七に影響したとも考えられる。記事の著者は「霊的形態が物質的な体の内部に含まれているというのは古代から普遍的な信念である」という前提の下に、スウェーデンボリの「照応」とプラトンの「現世の万物は、霊的形態という高次元の天界に存在した模範を擬えた物質的形態にすぎない」という説を紹介しながら、電気を心霊の磁力の反映として説明する──「彼らの理論が真実なら、物質界で我々が電気と呼ぶ奇妙な力の先例は霊的磁力なのかもしれない。今までのところ、電気の法則を殆ど何も知らず、おそらく電気の**原因**だろう**霊的な**牽引と反発の法則について何も知らないのだ。」

二重映しになった心霊界と物質界の体系論のなかで、心霊の働きが物質的には電気として出現する映像が浮かぶ。この「霊的形態」と「電気」を結び付けた心霊主義の言説をディキンスンもホイットマンも取り入れたが、詩人達は、記事の著者が体系化した心霊界と物質界に弁別された世界観ではなく、「霊的形態」と「物質的な体」と「電気」のすべてを現実の世界に見出し、身体感覚を通して蝕知できるものとして描き出した。それは「電気」として「震動するエロティックな〈肉体＝魂〉」である。

結論――ホイットマンとディキンスンの詩の繋がる人間と宇宙

ホイットマンとディキンスン二人とも、宗教の教義によって魂の存在を信じるのではなく、科学的に、生々しい物理的な現象として魂の存在を信じ、肉体と魂の一致を主張した。ディキンスンのF三四八では「メロディの―稲妻」に打たれる絶頂感が詩の創造力と結びついていたが、宇宙に充満する魂が電気として身の裡に流れ込み、自己を震動させる現象を想像し、その現象を引き起こすことこそ詩の創造だと考えていた、と言える。ホイットマンは稲妻の比喩を用いていないが、「わたし自身の歌」二六節を振り返れば、語り手が恍惚感を覚えるときに、躰が「震動・痙攣し」「ドクドクと律動的に震動し」ていた。二八節でも「触感」が「わたしを震動させて新たな自己に目覚めさせ」(三二)ており、他者の声・音・触感的な愛撫を受けると自己の身の裡に電気が流れて震動するのである。他者の魂かつ肉体が電気となって流れ込み、震動させられる「わたし」は、恍惚感とともに「新たな自己」や宇宙の「存在」を垣間見ており、その特別な体験は詩人が読者にもたらしたいと願ったものだった。他者を受容し恍惚となって震動する〈肉体＝魂〉は、逆に他者に、宇宙の海に向かって電気として流動する〈肉体＝魂〉ともなる。ホイットマンとディキンスンにとって、そのような「震動するエロティックな〈肉体＝魂〉」の身体感覚を具現化するのが詩の創造力だった。

十九世紀アメリカの天才詩人二人が創出した新しい人間像「震動するエロティックな〈肉体＝魂〉」は、新たな宇宙観の創出でもあった。人間が科学技術によって開拓する客体として自然環境を見るのではなく、電気という科学的かつ霊的な媒体によって繋がる同一生命体として森羅万象を捉えていた。彼らの繋がる人間と宇宙のヴィジョンは、二十一世紀の深刻な環境問題に具体策を与えるものではないが、連動する宇宙の身体感覚が詩の力で人々にもたらされるとき、未来の意識変革への道筋を照らしているように思えるのである。

＊本稿は、『明治大学人文科学研究所紀要』第八九冊（二〇二二）掲載の論文「震動するエロティックな Body/Soul ——ホイットマンとディキンスンの身体感覚」の原稿の一部を大幅に加筆修正したものである。

注

（1）『草の葉』全六版（一八五五—九二）の加筆修正を通して最終的に「わたし自身の歌（Song of Myself）」の題名になる長編詩は、『草の葉』初版（一八五五）のときには表題も節（section）分けもなかった。本稿において「わたし自身の歌」を引用する際には、出典は初版に拠り、括弧内に頁数を記す。また適宜、最終的な節番号も記す。

（2）ホイットマンと（疑似）科学については、アスピズ、レノルズ　二三五—七八、タグル、ローベル参照。

（3）『エミリ・ディキンスン詩コンコーダンス』参照。

（4）ベッツィ・アーキラが二〇二〇年に概括したように、そもそも十年前まで両詩人の研究者は「二つの異なるグループ」に分かれる傾向にあった（一〇一）。二〇一七年に『ホイットマンとディキンスン——対話』が本格的な比較研究の端緒となったが、本稿で詳述する両者の身体感覚の描き方を比較研究したものは見当たらない。

（5）本稿におけるディキンスンの詩の引用は、R・W・フランクリン編集の『エミリ・ディキンスン全詩集』に拠り、F詩番号で記す。

（6）ウォルスキー　一二九参照。

（7）F四七七のAB稿のうち、語彙はA稿のままB稿の連分けを再現したフランクリンの『読書版』を本稿でも採用してF四七七とする。

（8）『草の葉』初版の表題のない五番目の詩として初出し、一八五六年版で「肉体の詩」の詩題を得、一八六〇年版で「アダムの子等」詩群の三番となり、一八六七年版で決定版の詩題と冒頭の一行“I Sing the Body electric”を得て節分けされる。版ごとの変遷については、ノートン版の注を参照。この詩の引用は一八六七年版『草の葉』に拠り、括弧内に頁数を記す。

（9）「科学—学者達はそう言う」で始まるF一四七では、ピールが「語り手の目は花々を見て、理論的でよそよそしい「学者達」が提示するよりも直接的な体験を享受する」（一五）と解釈するように、語り手は科学の解剖学的観察を批判し、身体感覚で得る直観的体験を重視する。科学全般に対する懐疑ではないが、ディキンスンは科学的分類法の弊害も見抜いていた。

（10）ピール　三四六参照。

引用文献

Aspiz, Harold. “Science and Pseudoscience.” *A Companion to Walt Whitman*, edited by Donald D. Kummings, Blackwell Publishing, 2006, pp. 216–33.

Athenot, Ēric, and Christanne Miller, editors. *Whitman and Dickinson: A Colloquy*. U of Iowa P, 2017.

Baym, Nina. *American Women of Letters and the Nineteenth-Century Sciences: Styles of Affiliation*. Rutgers UP, 2002.

Blackhawk, Terry. “Science.” *An Emily Dickinson Encyclopedia*, edited by Jane Donahue Eberwein, Greenwood Press, 1998, p. 259.

Dickinson, Emily. *The Poems of Emily Dickinson: Variorum Edition*. Edited by R. W. Franklin, 3 vols., Belknap Press of Harvard UP, 1998.

Emily Dickinson Lexicon. 2007–2020, Brigham Young University, edl.byu.edu/index.php.

Erkkila, Betsy. *The Whitman Revolution: Sex, Poetry, and Politics*. U of Iowa P, 2020.

Folsom, Ed. Commentary. *Song of Myself with a Complete Commentary*. Walt Whitman. Introduction and commentary by Ed Folsom and Christopher Merrill. U of Iowa P, 2016.

Peel, Robin. *Emily Dickinson and the Hill of Science*. Fairleigh Dickinson UP, 2010.

Reynolds, David S. *Walt Whitman’s America: A Cultural Biography*. Alfred A. Knopf, 1995.

Rich, Adrienne. *On Lies, Secrets, and Silence: Selected Prose 1966–1978*. W. W. Norton, 1979.

“Spirits.” *The Atlantic Monthly*, vol. 9, no. 55, 1 May 1862, pp. 578+. American Historical Periodicals from the American Antiquarian Society, link.gale.com/apps/doc/ULJVST267581719/AAHP?u=meiji&sid=AAHP&xi d=db646931. Accessed 15 Mar. 2021.

Tuggle, Lindsay. “Science and Medicine.” *Walt Whitman in Context*, edited by Joanna Levin and Edward Whitley, Cambridge UP, 2018, pp. 347–58.

Webster, Noah. *A Dictionary of the American Language*. 1844. Webster Search in Emily Dickinson Lexicon.

Whitman, Walt. *Leaves of Grass*. Brooklyn, 1855. The Walt Whitman Archive, whitmanarchive.org/published/ LG/1855/whole.html.

Accessed 4 Sept. 2010.

——. *Leaves of Grass*. New York: W. E. Chapin & Co., Printers, 1867. The Walt Whitman Archive, whitmanarchive. org/published/LG/1867/whole.html. Accessed 13 June 2019.

——. Leaves of Grass *and Other Writings*. Edited by Michael Moon, Norton Critical Edition, expanded and revised ed., W. W. Norton, 2002.

Wolosky, Shira. "Emily Dickinson: Being in the Body." *The Cambridge Companion to Emily Dickinson*, edited by Wendy Martin, Cambridge UP, 2002, pp. 129–41.

Wrobel, Arthur. "Pseudoscience." *Walt Whitman: An Encyclopedia*, edited by J. R. LeMaster and Donald D. Kummings, Garland Publishing, 1998, pp. 557–60

第十八章　ポストヒューマン・ホイットマン
——『草の葉』における物質的アイデンティティの諸相

川崎　浩太郎

はじめに

バイオテクノロジーや情報テクノロジーの急速な進歩とともに、主体的で自立した人間を成立させる前提となる自然、動物、機械などの人間でないものと人間とを隔てる境界が相互に侵食し不明瞭になっている現代、ルネサンス以降広く浸透してきた伝統的なヒューマニズムの基幹をなす「人間」という概念が見直しを迫られている。こうした状況を受け、二十世紀後半頃からポストヒューマニズムという概念が文学研究においても頻繁に用いられるようになったが、その定義は必ずしも一様ではない。プラモッド・ナヤーによれば、その流れには二つの枠組みがある。一つは映画やサイバーパンク小説に見られるように「技術的、生物学的な改造によって〈人間〉を向上させる」ような概念を指し、これは一般的にはトランスヒューマニズムと呼ばれる。もう一つは、そのような「ヒューマニズムの強化」を批判的に検証するクリティカル・ポストヒューマニズムと呼ばれる立場から、人間の特権性を脱中心化し、「他の生命体と共進化し、環境やテクノロジーと網の目状にかかわりを持つ集合体として」人間を扱おうとする概念である（三―一一）。こうした議論を踏まえたうえで、さしあたって本論では、人間中心主義に基づいた伝統的なヒューマニズムの問いなおしの契機となる人間観を総称してポストヒューマニズムと呼ぶこととする。

自然界の有機生命体や物質、機械と連続性を持つ人間の自己像というのは人工知能や遺伝子組換が実現した現代にのみ特有な現象なのだろうか。『アメリカ古典文学研究』（一九二三）においてD・H・ロレンスは、伝統的なヒューマニズムの観点から、物質、機械、動物などと人間とは、本質的に異なるものだとして、ウォルト・ホイットマン（一八一九―九二）を蒸気機関車になぞらえ「機械的な」「スーパーヒューマン」であるとし、またその脳には「動物性」が宿っていると揶揄した（一七二）。もちろんロレンスがここでいうところのスーパーヒューマンが今日のポストヒューマンを指すわけではないが、ロレンスの慧眼が、ホイットマンの中に従来の人間という概念を逸脱する要素を見いだしていた点は興味深い。十九世紀アメリカで普及した電信テクノロジーや動物磁気説の流行がホイットマンの詩学に影響を与えたことがしばしば指摘されるが、これらが電流や磁気を介した人間を含む他の生命体や物質との交流であると考えれば、ポストヒューマン的なアイデンティティの萌芽を『草の葉』に見いだすことも十分可能なのではないか。本論では、ホイットマンのポストヒューマン的想像力を検証することでその起源を探り、様々な環境危機に直面する二十一世紀を生きる我々の関心事とどのように接続可能なのかという点にも言及できればと思う。

一　エコクリティシズムにおけるホイットマン

『草の葉』の極めてグリーンなイメージにもかかわらず、一九八〇年代後半に台頭した初期のエコクリティシズムにおいて、ホイットマンが積極的に取り上げられることはなかった。[1] その理由はおそらく、ホイットマンが自然の歌い手であっただけでなく、十九世紀の進歩主義と結びついた産業主義の歌い手でもあったからであり、M・ジミー・キリングスワースの言葉を借りれば、初期エコクリティシズムが「政治的な環境保護主義による自然保護を強調し、テクノロジーの発展への抵抗運動に重点を置いてきた」からである（『コンパニオン』三一二）。その後、環境批評の射程が多様化、拡大する動きの中で、ホイットマンと自然・環境との関係について扱った論考にも増加の兆しが見られるようになる。ロレンス・ビュエルは、『環境的想像力』（一九九五）における環境中心主義の方向性を軌道修正し、『絶滅危機の世界のために書くこと』（二〇〇一）では、産業主義や都市の景観も環境の一部として考察対象に加え（六―八）、再定住という視点から、都市の遊歩者としてのホイットマンのアイデンティティ形成に対する都市の影響について考察している（九一―一〇三）。また、こうした二十世紀後半のエコクリティシズムの流れを継承しつつホイットマンを専門的に論じたキリングスワースは、『ホイットマンと地球』（二〇一〇）において、ホイットマンの詩的言語とそれが構築しようとする自然との緊張関係を精査している。ごく大まかにいえば、キリングスワースは、彼が「十九世紀アメリカにおけるもっとも非凡なエコポエム」（一九）と呼ぶ「この腐植土」や「静かで辛抱強い蜘蛛」などの所産的自然を描いた作品を評価しているのに対し、「インドへのパッセージ」や「レッドウッドの歌」など帝国主義やグローバリズムを内包する後期の能産的自然に関する作品には概ね批判的である。さらに、二〇一四年にはクリスティン・ゲアハートが、特定の地域に根ざした詩人の環境意識とともに、先行研究に欠けていた同時代の環境言説とのインターテクスチュアルな関係を踏まえ、エミリィ・ディキンスンと共にホイットマンの作品に見られる環境への謙虚な姿勢について再評価を加えようと試みている。

こうしたエコクリティシズム主流派とでもいうべき研究が深まり多様化する一方で、ポール・アウトカはマテリアル・エコクリティシズムなどの知見を援用しつつ、ポストヒューマニズムの観点からホイットマンを捉えている。「ホイットマンを（解）体する」（二〇〇五）と題する論考では、エコクリティシズムの領域でしばしば議論となった自然が所与のものであるという主張と、自然は言語によって構築されたものであるとする主張について、「わたし自身の歌」六節における子供が草について尋ねるシーンを引用し、ホイットマンの象形文字的言語が上記議論における二極化を回避するとの説明はシンプルでありながら示唆に富む（四四―四七）。「わたし自身の歌」が言語によって物質としての自然と人間を和解させる作品であるとする一方で、「生命の海とともに退きつつ」については、言語による自然の表象不可能性についての詩であると読み、人間界と自然界を隔てるものは言語であり、人間が言語によって自然を構成するのではなく、自然が我々を構成しているのだという環境意識を啓発する作品であるとする（五一―五四）。こうしたある意味唯物論的な『草の葉』の読解は、後のアウトカの『フランケンシュタイン』論（二〇一一）へとつながってゆく。同論考においてアウトカは、ホイットマンも例に挙げつつ、十九世紀に進化論や有機化学が進歩したことで、人間の自我や物質としての身体と自然の連続性が確認され、我々の中に物質的アイデンティティが生じたことがポストヒューマンの起源であると示唆している（三一―三二）。こうしたアウトカのモデルも踏まえつつ、次章から、『草の葉』における物質的アイデンティティの様々な側面について具体例を検証して行くこととする。

二　初期『草の葉』における物質的アイデンティティ

ホイットマンの詩学の最大の革新性は、精神／身体という二項対立を覆し、カルヴィニズムによって抑圧されてきた身体の地位を復権させた点にある。ダーウィニズムの登場以前であったにもかかわらず、『草の葉』初期の版にすでにみられるホイットマンのこうした身体性、物質性は、人間が他の生物から進化したものであり、人間の身体は自然界の物質の一部に過ぎないということを示唆する当時としては極めてラディカルな思想を含むものであった。こうした詩学は、原子という最小構成単位まで自分自身の身体を解体することで他者との同一性、平等性をうたった「わたし自身の歌」の冒頭部や、「わたしの舌、わたしの血液のあらゆる原子はこの土壌この大気から作られ」といった、身体と土壌や大気との物質的同一性を主張した詩行、三二節における動物と語り手の隣接性を主張した詩行からも容易に見て取ることができる。そのような意味では、人間とその体内細菌との共生関係を説明したエド・ヨンによる二〇一六年の一般向けの科学書の原題が、「わたしはいろんなものを包含してるんだ」(I contain multitudes) という『草の葉』の有名な一節から取られていることは象徴的だ。人間の体内には無数のバクテリアが存在し、それぞれが互いの進化にも大きくかかわっているという。人間とは、独立して存在するものではなく、ポストヒューマン的人間観によれば、「動物、植物、人間の種や、皮膚や、機能を超えた物質と非物質の混成と交換の結果」なのだ（ナヤー九）。ホイットマンが他の多くの同時代作家と異なる点は、自然を人間の外部にある存在として表象するのではなく、自然界に存在する他の有機体や物質と人間との根源的連続性を認め、自然界の事物や機械それ自体の一部になろうとした点にある。「わたし自身の歌」の最後に語り手が自分の身体を大気や土壌へと拡散する様が示すように、ホイットマンの身体観の特徴のひとつはその流動性にあり、人間とそれを取り巻く環境との間の物質の流転によって人間／自然という二項対立を回避する。両者の連続性を認めるホイットマンのこのような身体／自然観には、極めて現代的な環境意識を見て取ることが可能であり、伝統的ヒューマニズムにおける人間という概念の中心性、特権性を解体しうるものである。

このようなホイットマンの独特の身体観は、必然的にそのテクノロジー観とも接続される。ホイットマンは自然だけでなく、電信や蒸気船、蒸気機関車などの機械を「抗いがたいほど申し分のない詩の素材」と呼び、詩の中に取り込んだ。また、植字工としての経験や知識を活かして出版にこぎつけた初版は、多分に当時の印刷や写真技術の進歩に依存したものであった。十九世紀初頭に飛躍的に発展した印刷、写真テクノロジーや印刷物の流通手段などを最大限に利用し（レイノルズ　四五）、ホイットマンは、入念な構想の下で、『草の葉』という自分自身のクローンとも言うべき複製を作り上げたといえる。印刷技術に関する用語を用いた初期の作品として、「さまざまな仕事を讃える歌」と題されることになる詩篇から後に削除された冒頭の箇所は、物質としての詩集や活字、印刷機械の背後に存在する自己像を読者に提示する。

もっと近くに来てくれ
恋人たちよ、近くに押しかけて僕のいちばんいいものを受け取ってくれ、
僕に身を委ねもっともっと近くにきて、君のいちばんいいものをくれ。

まだ用事は済んでいないんだ……君はどうだ？
冷たい印字と輪転機と濡れた紙に隔てられて僕はすっかり凍えてしまった。
紙と印字があってうまく通り抜けられない……僕はどうしても通り抜けて身体と魂で触れあいたいのだ。
（一八五五、八七）

ここでホイットマンは、詩人自身の分身としての詩集を手に持ち読んでいる読者／恋人との直接的、身体的な接触を夢想しているが、両者を隔てるのは、「冷たい印字や輪転機や濡れた紙」である。つまり、ホイットマンの欲望を挫くのは印刷テクノロジーという障壁であるともいえる。だが、同時に詩のテクストを経由し、現実には実現し得ない他者の身体との接触を可能にするのもまた、印刷テクノロジーである。第三版以降の版においてホイットマンは、同時代の読者ではなく、死を経由して未来の読者と対峙することを求めるようになるが、自分自身の身体を物質としての本、精神をテクストに移植するという象徴的な死を経由することで、時空を超えた未来の読者と出会い、その手に抱かれ読まれることで不滅性を獲得しようとする。こうした著者とその複製としての詩集の関係性におけるホイットマンの姿勢について、クラウス・ベネシュは「サイバネティック」であると評しているが（五九―六〇）、当時の印刷テクノロジーを利用することで自分の身体や精神の複製を作り、時間や空間の制約を逃れ、死による身体の消滅という

人間の限界を超越するという想像力は、極めてポストヒューマン的であるといえるだろう。このような想像力が、ホイットマンの物質的アイデンティティを示唆するだけでなく、記憶や想像力をデータとして本という物質に記録するという発想は、今日の情報テクノロジーやバイオテクノロジーを強く想起させるものですらある。

三　身体の欠損と補綴

『草の葉』初期の版における自然と一体化するホイットマンの流動的身体観は、物質的でありながらも主体性を持った語り手「ウォルト・ホイットマン、ひとつの宇宙」の名の下で、有機的に調和していたようにもみえる。だが南北戦争を契機として、その身体観、自然観、テクノロジー観は大きく変質する。戦闘で負傷したと報じられた弟のジョージを見舞うために訪れた野戦病院でホイットマンが目にしたのは、「荷馬車一杯分もの切断された脚、足、手、腕等々」（『全散文作品集』二六）であった。こうした断片化された身体は、ラカンのいう鏡像段階以前の「寸断された身体」を想起させるものであり、南北戦争以前の『草の葉』における自我によって制御され統一された身体とは大きく質を異にする、真に物質としての身体である。ホイットマンの伝記の中でレイノルズは、戦後の作品がテクノロジーとヒューマニズムの間で分裂をきたすようになったことを指摘しており（四五二）、ベネシュもまた、南北戦争に従軍看護師としてホイットマンが参加し、最新兵器の犠牲となった兵士たちの切断された身体部位を間近に見た経験が、テクノロジーの主題について沈黙するようになったことの一因であると示唆している（一七二―七八）。南北戦争における従軍看護師としてのトラウマ的な経験が、かつては「頭のてっぺんから爪先まで完璧な」身体を歌っていたホイットマンのその後の身体観に大きな変化をもたらしたと考えることはごく自然だろう。

一方で、世界初の近代戦となった南北戦争において、手足の切断を余儀なくされた兵士が多数出たことが、その後の身体補綴技術の改良、発展、普及に繋がったという事実にも留意すべきだ。手足を失った兵士たちに対して、連邦政府が提供した義足は、ベンジャミン・フランクリン・パーマーやジェイムズ・エドワード・ハンガー等の人物が考案した非常に精巧なもので、それまでの簡素な木の棒とは大きく異なるものだった（キャロル、フィーニー）。こうした義肢にホイットマンが直接言及することはないものの、四肢の一部が欠損した数多くの兵士たちの看護をしたホイットマンが、連邦政府によって義足の配給が行われていたことをまったく知らなかったとは極めて考えにくい。ベネシュが主張するように、南北戦争後のホイットマンがテクノロジーについて沈黙するようになった側面はあるにせよ（一七五―七七）、むしろ作品中ではより積極的にテクノロジーを取り込み、労働者ではなく労働する機械を描くようになったことは、レイノルズによって指摘されているとおりである（五〇四）。脳卒中による麻痺を経験した中年以降のホイットマンが、身体機能を補完する為の道具や機械に依存するようになったことについては、兵士たちの四肢の切断や、精巧な義肢によるその補綴を目の当たりにするという看護師としての経験が影響している可能性は否定できないだろう。

四　人間／自然、人間／機械を接続するパッセージ

大西洋横断ケーブルの敷設、スエズ運河の開通、大陸横断鉄道の完成を契機として書かれた「インドへのパッセージ」（一八七一）は、戦後の『草の葉』における人間と自然と機械の物質的同一性を確認することに伴うロマン派詩人の葛藤がもっとも端的に表れた作品といえるだろう。語り手は「パシフィック鉄道があらゆる障壁を乗り越えるの

を」俯瞰的に見て、聞くことから描写を始め、やがてその視点は汽車の中へと移動し、移動する汽車と共にアメリカの風景を眺めるようになる。この視点の移動にともなって、語り手は、汽車と同じ立ち位置から、「二筋の優美な線路／詩行（ライン）」によってアメリカの風景を一つに繋ぎ、鉄道がヨーロッパからアジアへの陸路を結びつけたことを称えつつ、その技術的偉業に言葉で意義を与える詩人の役割を汽車と共にパフォーマティブに実行する。「パッセージ」という語はこの作品を特徴づける多義的なキーワードであり、第一義的には鉄道や水路などの道を指し示しつつも、同時に詩のテクスト、電信や機関車などの機械、さらに時間的、空間的に移動することをも含意する。いわばホイットマンは、この作品において詩のテクストという伝達媒体としてのヴィークルと、鉄道という移動手段としてのヴィークルに自己同一化した、極めて物質的なアイデンティティを持つ、ポストヒューマン的語り手であるといえる。

だが当然のことながら、ホイットマンが意図的にポストヒューマンの役割を自ら演じているわけではない。むしろ、この詩の中でホイットマンがはからずも露呈しているのは、人間としての自我とポストヒューマン的な自我の間で分裂したアイデンティティである。たとえば以下の詩行でホイットマンは、伝統的ヒューマニズムに基づいて、自意識を持つことによって自然と乖離した人類の悲劇を確認している。

ああ、この子供らの熱い思いをいったいだれが沈めるのか、
このたゆまぬ探究をだれが正しかったといってくれるのか、
感情をもたぬ大地の秘密をいったいだれが語ってくれる、
だれがわたしたちを大地に結びつけてくれる、この不自然に切り離された自然はいったい何だ、
わたしたちの愛情にとってこの大地はいったい何だ、（我々に答える鼓動もなく、愛をそなえぬ大地、
冷たい大地、墓場となる場所、）［……］（四一五）

当然こうしたホイットマンの嘆きは人間と自然が別のものであるという伝統的ヒューマニズムに基づいた認識に由来する。だが、それと同時に「不自然な自然」(Nature so unnatural) という撞着語法は、自然とは異なる自意識を持った人間と分離しているが故に、自然が不自然であるという自然観を示唆し、逆説的にではあるにせよ、物質から構成されるモノとしての人間の身体とモノとしての自然には本来連続性があることを意図せずとも認めているともいえはしないだろうか。つまりホイットマンが意図せずともこの一節で露呈しているのは、人間と自然が乖離しているという両者の異質性ではなく、むしろその両者の根源的な物質的同一性なのである。

キリングスワースが批判するように「インドへのパッセージ」は、今日から見れば帝国主義的拡張主義や、進歩それ自体が自己目的化したその後のアメリカが歩んだ産業資本主義の発展を想起させることは否めない。だが、「人間とアートが再び自然と融合する」(「誇り高き嵐の音楽」) といった詩行が示すように、「真の神の息子」である詩人が、アートによって自然と人間の乖離を埋めるという発想がオルフェウス的な神話を想起させるだけでなく、現代的には、自然と連続した物質的アイデンティティを持つポストヒューマン詩人が、機械と同一化することでテクノユートピアの実現を夢想しているとも読める。一方でこうした想像力は、機械によって人間の能力を拡張したトランスヒューマニズムに接近するものでもあり、人間の特権性や中心性を固定、強化するという見方もできるだろう。しかしながら、「パッセージ」という語の持つダイナミズムや流動的性質は、伝統的なヒューマニズムに基づく静的、固定的な人間観を回避し、むしろ、同じ物質から構成される人間と自然、人間と機械を接続するというポストヒューマン的な想像力によって、人間中心主義を見直す契機へと現代の読者を誘うのである。

五　身体拡張としての蒸気機関車

ホイットマンは一八七三年一月に脳卒中を患い、左半身の歩行機能にも障碍が残ったため、それ以降は移動する際には、親密な関係にあったピーター・ドイルをはじめとした友人らから介護されつつ、彼らから贈られた杖や車椅子を愛用していた。七〇年代に入るまで、一般的に考えられているよりもホイットマンは蒸気機関車それ自体にはあまり関心を払っていなかったものの、麻痺の残る中で自分の死を予感した一八七五年の冬に書かれた「冬の蒸気機関車へ」における語り手は、蒸気機関車の駆動力、移動能力を称え、そこに自己同一化している。当然その理由のひとつは、麻痺による身体機能、特に歩行機能の衰えを補完するための道具として機関車を捉えているからだといえるだろう。キャムデンで療養を続ける中、彼は一八七三年八月の手稿の中で自分の健康状態、特に歩行能力についての困難について、「脚は相変わらず麻痺したままで、移動がまったく不可能というわけではありませんが、遅々として大きな困難を伴います」（『ノートブックス』九三六）と記述している。脚の麻痺による移動の困難を嘆きつつ、一方で同時期に書かれた詩の中では機関車を「移動と動力の象徴」と呼んでいることは偶然ではないだろう。

汝よ我が叙唱のために、
冬の一日がいま暮れゆくなか、嵐は吹きすさび雪が降るなか、
甲冑を身に纏い、汝の律動的な二重の鼓動と痙攣性の脈動よ、
円筒形の身体、金色の真鍮、銀色の鋼鉄、
重々しい二本の横棒、平行に連接棒を繋ぎ、汝の両脇で旋回し往復する、
その韻律は、喘ぎ咆哮し、今ふくらんだかと思えば、遠くへ消えていく、
正面に巨大なヘッドライトが突き出て

長々と薄く漂う蒸気のペナントはわずかに紫味を帯び、
濃密でくすんだ雲をその煙突からはき出し、
固く接合されたその骨格、バネとバルブ、車輪の震え瞬くきらめき、
後方には車両の列が従順で楽しげに従う、
風の中も凪ぎの中も、時に迅速に、時に緩やかに、だが絶え間なく邁進する、
時代の旗標、移動と動力の象徴となって、大陸を脈動する、
せめて一度、わたしがここで汝を見ているいま、
嵐と吹きすさぶ突風と降りしきる雪とともに、
昼には警笛がその音色を轟かせ、
夜には静かな灯火を軽快に揺らしつつ
詩神に仕え、詩に溶け込んでくれ。（四七一―七二）

聴覚的な側面からいえばこの詩篇は、機関車の音を模倣した類音や頭韻などによって入念に構成されており、冒頭部の停止状態からやがて勢いを増し走り出す機関車の重厚な動きを再現している。th音で始まる一～一二行目においては、多用されるs、b、fなどの擬音によって、機関車が蒸気を噴出する音を効果的に再現している。また、弱強格の反復は、機関車の主連棒や連結棒の往復運動だけでなく、遠ざかってゆく汽車の音を模倣するものだ（クロンカイト 一七一―七二）。そして一八行目の「烈しい喉を持つ美しき者！」という頓呼法によって、機関車のパーツであるスロートと詩人の喉（スロート）が、音読する声帯の振動をとおしてひとつに融合し、ホイットマンの身体は機械と同一化し、補完される。ホイットマンは、喉、声帯をとおして音読される詩行の中に機関車の音を取り入れることで、蒸気機関車と自己同一化し、麻痺した身体機能の補完、拡張を詩的想像力の中で成し遂げているのだ。

一方で視覚的な描写に目を向けると、細密に描写される機関車の各パーツの動きは、「痙攣性の脈動」(beat convulsive)といった語によって心臓の鼓動になぞらえられると同時に、重厚な機関車の描写は極めてファリックである。「ブルックリンの渡船を渡りつつ」や「オープンロードの歌」でも用いられている「ペナント」の語にも、当然ファリックな響きがあるが（舌津　一三一―一三二）、麻痺によって欠損した身体能力を補完するテクノロジーとして、ホイットマンが蒸気機関車に自己同一化する背景には、こうしたエロティックな欲望と移動への衝動とが密接に結びついているといえるだろう。また、当時ペンシルヴェニア鉄道会社の制御手の職に就いていたドイルへの同時期に書かれた手紙には、「僕（ホイットマン）はよくここに座ってずっと汽車を眺めながら君のことを考えてるんだ。」（『書簡集』二七二）という一文も見られる。「冬の蒸気機関車へ」の執筆時期から一年ほど前に書かれたこの手紙の中では、鉄道会社で働くドイルと蒸気機関車が同時に連想されていることはあきらかであり、ドイルへの別の手紙においても、「（汽車に）慣れて好きになった。」との記述も見られる。手紙におけるホイットマンの数少ない蒸気機関車への言及は、いずれもドイルと関連しており、「冬の蒸気機関車へ」においてホイットマンは、「移動と動力を象徴」し「大陸を脈動する」機関車の公的な役割を称えつつも、移動の目的地として恋人を想定しつつ、麻痺によって衰えた身体機能をその力強い駆動力によって補完、拡張するために、蒸気機関車と自己同一化しているのだ。

おわりに

本論では、『草の葉』における物質的なアイデンティティの諸相について確認してきたが、「はじめに」で述べたナヤーのいうポストヒューマニズムの二つの立場が『草の葉』にはすでに胚胎していることはあきらかだろう。すなわち、「冬の蒸気機関車へ」に見られるように、テクノロジーによって身体機能を拡大するトランスヒューマン的想像力が時に働いている一方で、「インドへのパッセージ」のように、人間、自然、物質、有機生命体、機械などの間の物質的連続性を確認し、その境界を解消する方向へと想像力が働いていることもまた事実だ。現代とはまったく異なる人間／自然観が自明であった十九世紀アメリカにおいて、ホイットマンがどちらの立場を強調しているかは、ここではさして重要ではない。重要なのは、百五十年前に書かれた『草の葉』にすでに今日の我々の人間観の再定義につながるような物質的アイデンティティの萌芽が見られ、そのポストヒューマン的想像力が、現代人の人間や自然についての認識にどのような変容をもたらすかということである。人新世と呼ばれる地質年代に入ったといわれる今日、大量絶滅、温暖化に伴う自然災害、原発事故や放射能汚染、パンデミック、戦争などなど様々な環境危機に直面する我々にとって、後者の立場における隣接性の認識、人間中心主義に基づく人間の特権性を再考し、地球上であらゆる生命や物質が相互に網の目状に関わり合っているという認識にのみ、地球の未来が「自然と人間とがもはや切り離され、散らばってしまうこともなく、／神の真の息子が両者を完全に融合する［……］。」というユートピアとなりうる一縷の望みが残されているように思われる。

＊本稿は、二〇二一年九月に日本アメリカ文学会東京支部月例会分科会詩部門にて口頭発表し、その後、『駒澤大學文學部紀要』第七九号に投稿した原稿の一部を大幅に加筆修正したものである。

注

（1）一方で日本国内に目を向けると、二〇〇〇年に吉崎が『自選日記』におけるティンバークリーク手記をネイチャーライティングとして評価し、ティンバークリーク周辺の自然がホイットマンの自己再生の場として機能するパストラル装置であるとする研究がある。

引用文献

Benesch, Klaus. *Romantic Cyborgs: Authorship and Technology in American Renaissance*. U of Massachusetts P, 2003.

Buell, Lawrence. *The Environmental Imagination: Thoreau, Nature Writing, and the Formation of American Culture*. Cambridge: Belknap, 1995.

——. *Writing for an Endangered World: Literature, Culture, and Environment in the U.S. and Beyond*. Cambridge, MA: Harvard UP, 2001.

Carroll, Dillon. "After the Amputation." *National Museum of Civil War Medicine*, 23 Feb. 2017. Accessed 22 Aug. 2021. <www.civilwarmed.org/prosthetics/.>

Cronkhite, G. Ferris. "Walt Whitman and the Locomotive." *American Quarterly*, vol. 6, no. 2, 1954, pp. 164–72. JSTOR, Accessed 17 Aug. 2021. <www.jstor.org/stable/3031211.>

Feeney, William R. "Proselytizing Prosthetics—J.E. Hanger and the Growth of an Industry." *National Museum of Civil War Medicine*, 24 Feb. 2017. Accessed 22 Aug. 2021. <www.civilwarmed.org/prosthetics2/.>

Gerhardt, Christine. *A Place for Humility: Whitman, Dickinson, and the Natural World*. Iowa City: U of Iowa P, 2014.

Killingsworth, Jimmie M. *Walt Whitman and the Earth: A Study in Ecopoetics*. Iowa: U of Iowa P, 2004.

——. "Nature." *A Companion to Walt Whitman*. Ed. Donald D. Kummings. Malden, MA: Blackwell, 2006.

Lawrence, D. H. *Studies in Classic American Literature*. 1923; rpt. New York: Penguin, 1977. 『アメリカ古典文学研究』大西直樹訳、講談社文芸文庫、一九九九。

Nayar, Pramod K. *Posthumanism*. Cambridge: Polity P, 2014.

Outka, Paul. "Posthuman/Postnatural: Ecocriticism and the Sublime in Mary Shelley's Frankenstein." *Environmental Criticism for the Twenty-First Century*. Eds. Stephanie LeMenager, Teresa Shewry, and Ken Hiltner, New York: Routledge, 2011.

——. "(De)composing Whitman." *Interdisciplinary Studies in Literature and Environment*, vol. 12, no. 1, Oxford UP, 2005, pp. 41–60. Accessed 4 February 2021. <http://www.jstor.org/stable/44086359>.

Reynolds, David S. *Walt Whitman's America, A Cultural Biography*. New York: Alfred A Knopf, 1995.

Whitman, Walt. *Complete Prose Works*. 1892. The Walt Whitman Archive. Gen. ed. Matt Cohen, Ed Folsom, and Kenneth M. Price.

Accessed 5 August 2021. <https://whitmanarchive.org/published/other/CompleteProse.html>.

——. *The Correspondence*. vol. 2: 1868–1875. Ed. Edwin Haviland Miller. New York: New York UP, 1961.

——. *Notebooks and Unpublished Prose Manuscripts*. Ed. Edward F. Grier. 6 vols. New York: New York UP, 1984.

——. *Leaves of Grass and Other Writings*. Ed. Michael Moon. New York: Norton, 2002.

——. *Walt Whitman's Leaves of Grass: The First (1855) Edition*. Ed. Malcolm Cowley. New York: Penguin, 1986.

Yong, Ed. *I Contain Multitudes: The Microbes Within Us and a Grander View of Life*. London: Vintage, 2016.『世界は細菌にあふれ、人は細菌によって生かされる』安部恵子訳、柏書房、二〇一七。

舌津智之「情動の響き——「ブルックリンの渡しを渡る」にみるホイットマンの欲望」『身体と情動——アフェクトで読むアメリカン・ルネサンス』竹内勝徳、高橋勤編、彩流社、二〇一六。

吉崎邦子「ネイチャーライターとしてのホイットマン——自己再生とパストラル装置——」『ホイットマン研究論叢』第一六号、日本ホイットマン協会編、二〇〇〇。

第十九章　エミリ・ディキンスンの反「癒し」の鳥たち

金澤　淳子

はじめに

コネティカット丘陵西に位置するアマストでは、十九世紀にどのような音を耳にしたのだろうか。エミリ・ディキンスンが自室の窓から聞いた音をマータ・ワーナーは想定する――のどかな田園地帯のアマストでは一八三〇年代から七〇年代にかけての産業化に伴い、人口が五三パーセント増加し、鉄道が敷設され、テキスタイル工場や製紙工場が次々と建ち、六〇パーセントの森林が消えていく、そうした時代に響いた音を（四六）。

この「音の風景」には鳥の声が含まれる。ディキンスンの詩の一五パーセントには鳥が登場し（スキナー　一〇七）、彼女の創作の頂点とされる一八六三年は、鳥の登場もピークとなる（ワーナー　六〇）。鳥の種類や役割も様々で、アンジェラ・ソービー曰く「可愛い」鳥（"A Bird, came down the Walk –"）、「倹約家」の神に不満を訴える雀（"Victory comes late –"）、時刻の推移に従って囀る一羽の鳥（"At Half past Three"）、断末魔のなかキャロルを呟くヒバリ（"Kill your Balm – and it's Odors bless you –"）などその例は枚挙に暇がない。ワーナーは、ディキンスンが聞いたであろう鳥たちの「子孫」の声を集めて、二十一世紀の読者に届けようとする。(1)

ワンクリックで鳥の声が響く。その声はどこまでもニュートラルであり、紐づけされたディキンスンの詩とは無関係に聞こえる。だが、ディキンスンの詩で最も鳥が登場した時期にあって、その声は時として、執拗に、耳障りに響く。ディキンスン家が購読していた『アトランティック・マンスリー』でラルフ・ウォルド・エマソン、H・D・ソロー、T・W・ヒギンスン等のエッセーが掲載され、人間と自然との関係へ読者の注意を促した時でもある（ゲアハルト *EDJ* 五九—六〇）。自然観のパラダイムが大きく変化した時代にあって、ディキンスンの詩の耳障りな鳥たちに、自然との交感とは異質な要素を見出せるのではないか。この声を拾いあげることによって、十九世紀アメリカで書かれた詩に潜む、「音の風景」の回復を試みたい。

一　鳥の声に苛立つ

フランクリン版三九八番の詩（"The Morning after Wo –"）では、鳥の陽気な鳴き声は語り手に苦痛を与える。(2)

苦悩の翌朝は
よくあることに
以前に生じたことすべてを凌ぐ
歓喜のために

自然は気にかけず
花々を積み重ね
慶びをいっそう見せびらかし
その犠牲者は凝視した

鳥たちが旋律を弁じたて
一語ずつ発音する
まるで金槌のように—その旋律が
まるで鉛の祈祷のように生きものの上に

あちこちで降り注ぐと鳥たちがわかっているなら
慶びの歌を修正するだろう
十字架の音部記号を
受難の調べを適合させるために

花が華やかに散り、鳥が陽気に啼く。語り手の暗い心情とはあまりにもかけ離れている。冒頭行「朝」(morning) はその響きから「喪」(mourning) も想起させ、死別による苦悩を連想させる。だが、この詩は死者を悼むエレジーではなく、苦悩を抱える語り手が自然に対して覚える違和感が主題になっている。

「自然」の無頓着な仕草として、「気にかけず」、「花々を積み重ね」、「慶びを見せびらかし」と並ぶ。「自然」を擬人化して解釈すること自体、「感傷的誤謬」といえるかもしれない。第二連最終行「自然の犠牲者」とは、この勝手な「誤謬」によって「自然」に心傷つけられた語り手を指す。この語り手は自身の苦悩をキリストの磔刑と結び付け、その暗い心情に鳥が音調を合わせれば良いのにと苛立つ。

目の前では春爛漫、冬の死から春の再生へと自然のサイクルが巡る。常軌を逸しているのはむしろ語り手の方かもしれない。語り手と自然との齟齬を表わすうえで、教会に関わる言葉が用いられている。この詩の清書は一八六二年秋、南北戦争の最中になる。牧師や教員が戦争の大義を説き、若者たちを戦場に駆り立てた時代、「弁じたてる」(declaim)は当時、アマストの大学の礼拝堂で行われた「熱烈な説教」の語調や身振りを思わせる(レイダ 第二巻二六)。実際、一八六二年三月にはディキンスンと親交があったフレイザー・スターンズがアマスト大学教授ウィリアム・スミス・クラークの演説に共鳴して従軍するも戦死し、ディキンスン家の人々は衝撃を受けている。スターンズ戦死について友人のサミュエル・ボウルズに宛てた手紙で、ディキンスンは訃報の言葉から受けた衝撃を鉛に喩えている——「ふたつか三つの鉛の言葉が—とても深く落下して圧し掛かり続けるのです」(二五六)。[3] 鉛の金属的な冷たい触感は、銃弾を思わせる。スターンズが犠牲になったミニエ式銃弾は、南北戦争で数多く使われた。円錐鉛弾の暴力的な痛みを、鳥の耳障りな鳴き声に結びつけ、さらにそれを祈祷に喩えること自体、教会に対するディキンスンの否定的な眼差しが感じられる。バートン・リーヴァイス・セント=アーマンドは、ここにニュー・イングランドの厳格なピューリタニズム批判を解釈する(一二六)。

また、この詩では、語り手を主語とする一人称が見当たらない。人称代名詞は自然や鳥に使われ、語り手の存在は「自然の犠牲者」、「生きもの」など、自然界の創造物のひとつに過ぎない。語り手自身は姿を表わさないまま、その苦しみのメトニミーの如く、最終連で「十字架の音部記号」(Crucifixal Clef) が "k" の頭韻を伴って響き渡る。

二　集積/分断する詩群

草稿集(以下、ファシクル)二〇の最初の紙片には四篇の詩が清書され、そのひとつが先に見た "The Morning after Wo—" である。[4] シャーロン・キャメロンはこの四篇の詩に物語を読む(一二〇)。なるほど現世から来世への魂の変遷を捉えることができそうだ。それに加えて、ひとつの死を巡る、複数の視点もまたこの詩群に見出すことができる。

例えば、"A train went through a burial gate,"（三九七）では、墓地の場面になる。

葬列が墓地の門を通り過ぎ
一羽の鳥が突如鳴き始めた、
トリルで、声を震わせ、喉を震わせて
墓地全体に鳴り響いた。（一―四）

ここで「声を震わせ」、「喉を震わせ」と鳥の所作だけが並び、それを聞く語り手の感情には何ら触れていない。一連最終行では墓地全体に鳥の声が響き渡り、その存在感を印象づける。だが鳥も何かしら察したのか、第二連になると調べを整えて、別れに相応しい音調にする――と語り手は解釈する。鳥が別れを告げようとした複数形の「人々」(men) とは葬列者たちを指すのか、それとも死者たちなのか。死者は男性か、または女性も含まれるのか。語り手は、葬列者の一人なのか、或いは死者の一人かもしれず、どれも推測の域を出ない。

"The Morning after Wo –"（三九八）と"A train went through a burial gate,"（三九七）のどちらの詩にも、語り手を示す主語はない。同じ鳥の鳴き声を聞いたとしても三九七番では「人々にさよならを言う」と解釈し、三九八番では、「ひと」と鳥の区別はなく、同じ「創造物」の立場から、鳥の声に苛立つ。また、同じ紙片の"Departed – to the Judgment –"（三九九）では、最後の審判へと出立した「創造物」を、大きな雲が招き入れる。死者の魂の変容の物語であると同時に、墓地に響く鳥の声を耳にする会葬者、死者、または傍観者など異なる視点を束ねた詩群として読むことができる。見方を変えるならば、鳥の声をいくつかの視座に分けた詩群ともいえる。同じファシクル二〇の二枚目の紙片に清書された"To hear an Oriole sing"（四〇二）では、コウライウグイスの歌声の印象が、聞き手次第でいかに変化するか、その仕掛けを説明する。

耳のつくりが
聞こえる鳴き声を
陰気にも美しくもする（七―九）

ディキンスンの同時代人ウォルト・ホイットマンは、一八六五年四月に暗殺されたエイブラハム・リンカンの死を悼み、"When Lilacs Last in the Dooryard Bloom'd"を書いた。ライラックの花咲く季節、ツグミが静かに囀り、その聲に詩人は共鳴して詩行を紡ぎだす。一方、これまで見てきたディキンスンの詩では、鳥たちの歌声は必ずしも人間の心情と呼応するものではない。しかも、「音調」を合わせてコントロールする役は鳥に委ねられている。

三　散策するディキンスン

先の二篇（三九七と三九八）をディキンスンが清書したのは一八六二年秋頃とされる。その半年ほど前の四月から文芸批評家、奴隷解放運動家トマス・ウェントワース・ヒギンスンとの文通が始まり、ディキンスンが自然散策を楽しむ様子が書簡から窺われる。

わたしの仲間についてお尋ねですね　丘です―そして日没―あとは犬―私と同じくらいの大きさで、父が買ってくれました―彼らは人間よりも優れています―知っていて―それでいて話しません―そして昼の水溜まりの音は―わたしのピアノの音に勝ります。（二六一）

丘陵に囲まれたアマストを、愛犬カーロを伴って散歩する（レイダ第二巻二一）。次第に家族以外の人々を避けるようになっていくディキンスンにとって、自然のなかで過ごす時間には深い意味があったに違いない。ロレンス・ビュエルは、ネイチャーライティングにおいて、自然現象に語り手が気づく形と、環境それ自体が姿を表わす形とを挙げ、特に前者にあっては、散歩、放浪、探検、探究などの「周遊のナラティヴ」を指摘する（二一九）。ヒギンスンが一八六二年『アトランティック・マンスリー』に次々と発表したエッセイ「鳥たちの生活」や「花々の行進」もその例に連なり、「鳥たちの生活」では野山を散策し、数多くの鳥たちの巣作り、卵の様子、鳴声、姿などの情報を季節の変遷と共に記している。鳥たちに親しみを感じながらも、その根底には、どんなに鳥に関する知識や情報を得たとしても生命の不思議までは理解できないとする、自然への謙虚な姿勢がある。

私にはそれ［鳥］を手に掴み、生命を押し潰す力がある、だがこのようにしてもその神秘を得ることはできないし、鳥の意識の中心はどんなに遠い惑星の軌道よりも私には本当に遠くにある。（四五七）

この時期のヒギンスンにとって「散策」は特に必要なものであった。奴隷制反対論者として過激に行動し、戦争に備えて軍事訓練に勤しんでいたものの、いざ戦争が始まっても家庭の事情で従軍を諦めざるを得ない（エデルスタイン二四七―四八）。戦時に、文人としてどう生きるべきかを思案しつつ自然散策するうちに、心身すべてを自然に任せ、自然に埋没する。「花々の行進」の次の一節は、そんな彼の心情を反映する。

非常に贅沢な大気に包まれ、体の隅々まで感覚が流れ込み、じっと座っているだけで満たされる瞬間が多くある。（四八二）

エマソンのエッセイ『自然』の「透明の眼球」とも連動する、ロマン派的な感覚がここにある。ヒギンスンのエッセイを愛読していたディキンスンもまた散策を精神的な糧としていたに違いない。散策のなかで出会った風景が、詩作と結びつく瞬間はヒギンスン宛ての手紙からも窺われる。

わたしが散歩で出会った栗の木をあなたもお気に召すと思います。突然目に留まり、空が花盛りなのかと思いました。（中略）それから、果樹園では音なき音がして、それをわたしは人々に聞かせるのです。（二七一）

栗の木が、つと目の前に聳え立つ、エピファニーのような瞬間。一瞬後には逃してしまいそうな「音なき音」を言葉にすることに使命感を覚える。送り先不明の手紙の下書きでも散歩について触れている――「カーロ［愛犬］とあなたとわたしとで牧草地を一時間歩くとして、コメクイドリ―そして彼の銀色の咎め―以外、誰が気に掛けるでしょうか」（二三三）。エバウェインはトランセンデンタリストたちの「逆影響」をディキンスンに認め、自然と人間との「霊的な連結を象徴的に解釈する」のとは異なる姿勢を見出す（五六）。ディキンスンにおいて、必ずしも自然（鳥）は人間の内面を具現するものではない。やがて散策の範囲は狭まりながらも、見慣れた風景の再認識を重ね、人間と自然の「照応」が成り立たない場面を詩で展開していくのである。

四　春を危惧する語り手

一八六二年の夏に清書された三四七番 "I dreaded that first Robin, so," の詩の語り手も森を散策する。春の到来を伝える生きものたちを避けようとする。

私はあの最初の駒鳥を恐れた、そのように、
でも彼は慣らされている、今では
私は成長した彼に慣れている
多少は苦痛を受けるけれど

私は生き延びることさえできたらと思った
あの最初の叫びが過ぎるまで
森のすべてのピアノも
私を切りさいなむ力はなかった。

私は水仙に出会う勇気がなかった
その黄色い上着が
私を突きさすのを恐れたから
私自身のとはそんなにも異質な装いで

草が急いでくれたらと望んだ
出会うときが来て
彼はとても背が伸びすぎて、一番伸びた草は
背伸びをして私を見る

蜂が来るのには耐えられなかった
離れていてくれればと願った

彼らが行くあの暗い国々で、
どんな言葉を彼らは持っていたのか、私に対して。（一―二〇）

この不安はどこから来るのだろうか。駒鳥に指示形容詞「あの」が付くのは、過去に同様の経験があったものと推測させる。長いニュー・イングランドの冬を経てようやく巡ってくる春を、本来なら歓迎してもよいはずだ。ディキンスンと付き合いのあったジェイムズ・マクレガーは「春のアマストほど素敵な場所はない。少年時代、私は春に酔いしれた」（ロンバルド 三五）と回顧する。エッセイで鳥たちの出現を嬉々として記すヒギンスンとは異なり、ディキンスンの語り手は、春を告げる生きものに出会い、衝撃を受けることに尻込みする。鳥の声に、花の鮮やかな黄色の眩しさに、巣作りを始める蜂に、連ごとに過敏に反応する。そして精神的な衝撃は、身体的な危害を表わす動詞「切りさいなむ」、「突き刺す」となって現れる。しかし最終二連になると、語り手は生き物たちに近づく。

でも彼らはここにひとつも欠けずいる
どの花も避けることはなかった
私に優しく敬意を示して。
カルヴァリの女王としての私に

それぞれ私に挨拶して行く、
そして私は、子供じみた羽飾りを
揚げる、彼らの思慮の足りない太鼓の音に
死別の悲しみに応えて。（二一―二八）

森の生き物たちが勢揃いして語り手と挨拶を交わす。語り手の境遇を示す表現、「カルヴァリの女王」および「後に残された」から、先の詩と同様、死別の苦悩を経験したものと推測できる。「羽飾り」は葬式につける黒い羽飾りとも考えられる（レイター 九六）。森の気配はここでも冬の「死」から春の「再生」への移り変わりを伝えている。

ここでは語り手が主語「私」として繰り返し現れ、さらに、過去形から現在形への時制の変化に従って、語り手の不安は多少和らぐ。最初は「叫び」として耳に入る鳥の声は、やがて「ピアノ」の音となり、自然を受け入れていく。が、一連二行目で鳥を主語にした受動態（"But He is mastered"）には、鳥と語り手との微妙な影響関係が見え隠れする。

五　反「癒し」の自然

先の三四七番の詩の「黄色い上着」についてリシン・シューは、ウィリアム・ワーズワースの詩 "I Wandered Lonely as a Cloud" の黄水仙と呼応させて解釈する。ワーズワースの「自称私的セラピー」としての「楽観的な」自然散策について、十九世紀アメリカ読者の賛否両論の受容と照合させている（三一）。そして第三連最終行の花の「装い」に付された形容詞 "foreign" を、シューは「イギリス式」の色として解釈する。ただし、「自然」は、そもそも人間にとって「慣れない他者の」(foreign) 存在であることも意味しているだろう。

一八六五年『アトランティック・マンスリー』掲載のエッセイ「鳥たちと共に」のなかで、ジョン・バロウズは駒鳥をアメリカの鳥のなかでも「自生の民主的な鳥」として紹介し、その親しみ深さに触れて、「騒がしく、陽気で、隣人思いで、家庭的で、精神的に勝気で、大胆」であると書く（五一六）。この「騒がしく、陽気」な特徴が裏目に出て先の詩の語り手の神経に障ったのだろう。ワーズワースが散策したように、ディキンスンの詩の語り手も苦悩を抱えて散策に出る。が、ディキンスンの語り手にあっては、自然は決して「癒し」とはならず、花々の「黄色」は心に突き刺さる。自然の強烈なインパクトにやがて「慣れ」ながらも、その「思慮の足りない」行いはなおも心に重く残る。語り手の心情とは異質な、「自然」の"foreign"な要素が、何度も繰り返される。クリスタン・ゲルハルトも指摘するように、「女性を中心とした癒しの空間」および「人の感覚」を中心とする自然観は、ここではもはや成り立たない（三三一）。自然との隔たりを、私たちは痛感する。

ディキンスンの「鳥」を巡っては、ヴァージニア・ジャクソンが、十九世紀初期のイギリス・ロマン派から、一八九〇年代（ディキンスンの第一詩集出版の頃）への移り変わりを指摘する。イギリス・ロマン派における、詩人の届かない場所で啼く鳥、詩の霊感を与える鳥から、一八九〇年代のアメリカにあっては鳥＝詩人へと変遷する。一八六二年夏頃に友人ホランド夫人に宛てた手紙には明らかに詩人の分身としての鳥が登場する。

　今朝、庭のふもとの小さな茂みに、一羽の鳥が降りるのを見つけました。何のために歌うのだろう、誰も聞いていないのに、と私は言いました。喉の鳴咽、胸の震え、「私の仕事は歌うことです」と言って彼女は飛び去ったのです。（二六九）

耳を傾ける者がいなくとも歌う鳥——その後の詩人ディキンスンの歩みを知る現代の読者には、詩人の姿を鳥に投影することは容易だ。が、これまで見てきた詩群では、自然の具現である鳥に対して違和感が何度も繰り返される。

さて、ディキンスンよりも二十年遡って一八四三年、マーガレット・フラーは安らぎを求めて五大湖へと旅立った。フラーの『一八四三年五大湖の夏』（一八四四）は、エマソンの『自然』およびヘンリ・デーヴィッド・ソローの『ウォールデン』と並び、十九世紀アメリカの重要なネイチャーライティングの作品といえる。フラーは父亡き後、家族を養うために働き、ここに来て休息をとると同時に、この先の身の立て方を思案する必要があった。友人の援助を得て、ようやく旅に出る。ここで顕著なのは、旅で出会う風景に癒しを得るどころか、冒頭から、フラーの神経が滝の音に苛立つことだ。

私の神経は、このような大気で緊張しすぎて、視覚と聴覚の絶え間ないストレスにうまく耐えられない。ここでは絶え間ない創造の重さから逃れることができないからだ。他のすべての形や動きが行きつ戻りつ、潮は満ちたり引いたり、風はその最も強力な時に、強く突風で吹き、ここでは絶え間なく、疲れを知らぬ動きがある。寝ても覚めても逃れることはできない。（三）

日々の重荷から逃れるために出掛けたはずの旅先で、持病の頭痛も禍いし、大滝の絶え間ない水の音や動きが執拗に迫ってくる。やがて視覚と聴覚に結びついてネイティヴアメリカンの幻影が浮かび上がる。フラーの旅行記は、その後ネイティヴアメリカンや女性の境遇に思いを馳せる旅として展開していく。スーザン・ベラスコ・スミスが指摘するように、この旅行記はフラーにとって、エマソンの理想主義から卒業する分岐点となり、「心の内面への旅の感覚」(xix)を象るものとなる。フラーは五大湖の壮大な風景を経験して、その後ニューヨークに出てジャーナリズムの世界に入り、やがて動乱のイタリアへと渡る。一方、ディキンスンはアマスト近隣や実家の敷地の散策を経て、やはり動乱の南北戦争の最中、詩人として成熟していく。ふたりの経験や境遇には違いがあるものの、自然への違和感を認め、そこから内面の洞察へと入っていく道筋に、ふたりの自然観の繋がりを捉えることができる。[5]コーディ・マーズが指摘する「ネガティヴ・エコロジー」は、フラーとディキンスンに共通し、自然に対するお決まりの類型的な姿勢が崩れるその瞬間に、私たち読者は立ち会うことになる（二一〇）。

むすび

人間の苦悩になんら構うことのない自然。ディキンスンの詩では、「癒し」を与えるどころか、むしろ不快感や違和感を与える「自然」に出会う。自然への拒絶反応は、七八〇番の詩 "The Birds reported from the South —" においても共通する。語り手は南からやってきた鳥の報せや、花々を拒絶して背を向ける。最初の連で気になるのは鳥が南からやってくることだ。「会葬者」「喪章」「死者」等々、死の存在が点在するこの詩では、「南」は戦地を思わせる。

鳥たちは南からやってきて報告した
私への至急便の報せを
芳しい突撃、私の小さな急使たち
でも私は耳が聞こえない　今日は
花々は訴えかけていた、臆病な群れたちが
私は扉をしっかり締めた
花たちよ蜂たちのもとに行きなさい、と私は言った
これ以上私を悩ませないで、とも。（一―八）

一八六三年に清書されたこの詩を、メアリ・クーンは南北戦争と結び付け、ディキンスンが花や鳥を「自然」のメトニミーとして用いて「自然を表わす比喩を不安定にする」方法に注目する。「自然」は絶えず変化して「相互に作用する部分の集まり」となる（一六〇）。クーンの解釈を援用するならば、「自然」に向き合う語り手の視座もまた固定せずに揺れ動く。

ここで目に留まるのは、原稿に書き込まれた代案である。語り手が主体となる詩句と共に自然が主体になる代替案が原稿に書き込まれている。例えば "She – never questioned Me –" の代案として "I never questioned Her –" があり、また "I am deaf – Today" の代替案として "you must go away" が書き込まれ、人間と自然のふたつの視点の間で詩は揺れる。クリスタン・ミラーが述べるように、代案の存在は、「異なったパラダイムを生み出す」（四七）。そしてひとつの詩の中で、複数の規範が同時に作動するとき、視点の主軸が揺らぎ始める。

冬の死から春の再生、そして夏へと向かう四季のサイクルにおいて、違和感を覚え、拒絶反応を語り手は起こす。この一方的な語り手を揶揄するが如く、同じ紙片の詩群どうしが重層的な視点を担い合う。ロレンス・ビュエルの指摘する「予想される境界への戦略的暴力を行う」能力を、こうした詩群に見出すことになる（二三二）。産業化だけではない。南北戦争もまた多大なる自然破壊をもたらした（マーズ　二一九）。二十一世紀の現在もなお地球上であらゆる破壊が続く。反「癒し」の自然と向き合う、ディキンスンの詩作の営みは、人間中心の擬人化を脱して、複層的な視点を生み出す。そのときに響く「声」を掬い上げてこそ、偽りのない「音の風景」を象ることになるはずだ。

注

（1）Marta Werner "Dickinson's Birds." <https://dickinsonsbirds.org/project> Accessed 10 Mar. 2022.
（2）ディキンスンの詩の引用はフランクリン版からとし、編者が詩に付した番号を記す。
（3）ディキンスンの書簡の引用は、編者ジョンソンが付した番号を記す。
（4）"I took one Draught of Life –"（三九六）、"A train went through a burial gate,"（三九七）、"The Morning after Wo –"（三九八）、"Departed – to the Judgment –"（三九九）の四篇。
（5）コーディ・マーズはフラーが滝の荘厳さを感じることができない場面として言及している。

参照文献

Bayless, Ryan S. "The Breakdown of Pathetic Fallacy in Emily Dickinson's Bird, Came Down the Walk." *Explicator*, vol. 69, no. 2, 2011, pp. 68–71.

Buell, Lawrence. *The Environmental Imagination: Thoreau, Nature Writing, and the Formation of American Culture.* Harvard UP, 1995.

Burroughs, John. "With the Birds." *Atlantic Monthly*, vol. 15, no. 91, pp. 513–28.

Cameron, Sharon. *Choosing Not Choosing: Dickinson's Fascicle*. U of Chicago P, 1992.

Dickinson, Emily. *The Poems of Emily Dickinson*, edited by R. W. Franklin, Harvard UP, 1998. 3 vols.

——. *The Letters of Emily Dickinson*, edited by Thomas H. Johnson and Theodora Ward, Harvard UP, 1958. 3 vols.

Eberwein, Jane Donahue. "Outgrowing Genesis? Dickinson, Darwin, and the Higher Criticism." *Emily Dickinson and Philosophy*, edited by Jed Deppman, Marianne Noble, and Gary Lee Stonum, Cambridge UP, 2013, pp. 47–67.

Edelstein, Tilden G. *Strange Enthusiasm: A Life of T. W. Higginson*. Yale UP, 1968.

Fuller, Margaret. *Summer on the Lakes, in 1843*. introduction by Susan Belasco Smith, U of Illinois P, 1991.

Higginson, Thomas Wentworth. *The Magnificent Activist: The Writing of Thomas Wentworth Higginson*, edited by Howard N. Meyer, U of Chicago P, 2000.

Gerhardt, Christine. "Emily Dickinson Now: Environments, Ecologies, Politics: Commentary." *ESQ: A Journal of Nineteenth-Century American Literature and Culture*, vol. 63, no. 2, 2017, pp. 329–55.

——. ""Often seen – but seldom felt": Emily Dickinson's reluctant Ecology of Place." *Emily Dickinson Journal*, vol. 15, no. 1, 2006, pp. 56–78.

Hsu, Li-Hsin. "'The light that never was on sea or land': William Wordsworth in America and Emily Dickinson's 'Frostier' Style." *Emily Dickinson Journal*, vol. 25, no. 2, 2016, pp. 24–47.

Jackson, Virginia. *Dickinson's Misery: A Theory of Lyric Reading*. Princeton UP, 2005.

Kuhn, Mary. "Dickinson and the Politics of Plant Sensibility." *ELH*, vol. 85, no.1, 2018, pp. 141–70.

Leiter, Sharon. *Critical Companion to Emily Dickinson: A Literary Reference to Her Life and Work*. Facts on File, 2007.

Leyda, Jay. *The Years and Hours of Emily Dickinson*. Yale Up, 1960. 2 vols.

Lombardo, Daniel. *Amherst and Hadley: Through the Seasons*. Arcadia, 1998.

Marrs, Cody. "Dickinson in the Anthropocene." *ESQ: A Journal of Nineteenth-Century American Literature and Culture*, vol. 63, no. 2, 2017, pp. 201–25.

Miller, Christanne. *Emily Dickinson: A Poet's Grammar.* Harvard UP, 1987.

Skinner, Jonathan. "Birds in Dickinson's Words." *Emily Dickinson Journa*l, vol. 20, no. 2, 2011, pp. 106–10.

St. Armand, Barton Levi. *Emily Dickinson and Her Culture: The Soul's Society*. Cambridge UP, 1984.

Sorby, Angela. "'A Dimple in the Tomb': Cuteness in Emily Dickinson." *ESQ: A Journal of Nineteenth-Century American Literature and Culture*, vol. 63, no. 2, 2017, pp. 297–327.

Werner, Marta. "Sparrow Data: Dickinson's Birds in the Skies of the Anthropocene." *Emily Dickinson Journal*, vol. 30, no. 1, 2021, pp. 45–85.

第二十章　ざわめく木々、流れ行く水
――ハーストン作品をめぐって

西垣内　磨留美

はじめに

アフリカ系の女性作家ゾラ・ニール・ハーストンには、連邦作家計画に参加して書かれた「イートンヴィル、見たまま」という二ページに満たぬ短いエッセイがある。出身地であるフロリダ州イートンヴィルのガイドとして、いわば、言葉で地図を説明したもので、「何があって、何があって」という説明の中にも、ハーストンらしい表現が含まれていて興味深い文章である。その小品だけでも、建物や道路といった人工のもので町が説明されつつも、イートンヴィルが自然とないまぜになった町であることがわかる。短い文章の中の一段落にさえ、「散在するオークの木」「樹木の茂った丘」「灌木のあるアフリカの草原のような」「木陰の土地」「小さな茂み」「立派なオレンジの果樹園」が登場する（一二五）。そのイートンヴィルはまた、作家の主要作品『彼らの目は神を見ていた』（以降、『彼らの目は』）では、「森のなかのなんにもない場所」から出発したと言及される（三二）。さらに、ガイドの同じ段落には、二つの湖、セベリア湖とベル湖が現れる。そして、この小品は、「イートンヴィルの最も著名な住人、世界一大きな」ベル湖のワニを登場させて結ばれるのである（一二五）。このワニが短編『汗』にも登場し、滑稽な表象として一役買っているのも、イートンヴィルを愛し、作家としてこの地を多くの作品の舞台に取り上げ、また、文化人類学者としてこの地をフィールドとしてアフリカ系文化の保存に貢献したハーストンであればこその扱いであるように思える。彼女を育み、その活動に大きな影響を及ぼしたイートンヴィルは、多様な木々と「太陽のねぐら」である湖の町なのである（「イートンヴィル、見たまま」一二五）。彼女の周りにあった自然が作品の中で大きな存在となったことは、言うまでもない。

本稿では、作家にとってその故郷で常にそこにあった木々と水の表象に着目し、いくつかの作品を検討することとしたい。

一　ざわめく木々

ハーストンの最初の長編小説『ヨナのとうごまの木』はその名が示すように、ヨナととうごまの木をめぐる聖書の物語のイメージが全編を貫いている。ニエベを滅ぼすと言って、ヨナを使者として差し向けたにもかかわらず、神はその都を救済する。なじるヨナに向かい、日差しを避けるために神から与えられ喜んだのも束の間、一晩で枯れたとうごまの木さえ、お前は惜しんでいるではないかと、神は返すのである。とうごまの木は、ヨナの幸運と不服の象徴である。作品では、その放蕩を懲らしめ、主人公ジョンを現在の地位から引きずり下ろす比喩として「とうごまの木を切る」という表現があることで明確なように（一五四）、とうごまの木はジョンの幸運、名声を示す。しかし、とうごまの木が使われた聖書の物語が、最終的には、赦しと愛を伝えるものであったことを考慮すると、さらに付加される意味があるかもしれない。ハーストンは、イートンヴィルの地で何不自由ない子供時代を送るが、母の死とともにそれは暗転する。継母と折り合わず、放浪と苦難の日々が始まるのである。父母、自分の姿を描くことで、感情の出口を模索しているようにも見える。過去を描くことは父への怒りを反芻することにもなる。しかし、単に怒りを表現するだけでは文学作品たり得ない。過去を振り返りつつも、聖書の木を借景として、作者の冷静な目で、一人のアフリカ系男性を中心に、奴隷制後の民族の姿を描いたと言っていいだろう。

最高傑作『彼らの目は』においては、木の重要な表象として梨の木が現れ、曖昧なイメージではなく、主人公ジェイニーの行動、内面と結びつくことによって具象化される。梨の木が前景化され、その示すものが大きく訴えかけてくる次の場面である。

神秘を見に来るようにと、それが彼女を呼んだのである。何もない茶色の茎から、きらめく葉の芽吹きへ、それから純潔な真っ白の花へと。彼女は強く揺さぶられた。どうして？　なぜ？　すっかり忘れ去られ、また蘇ってきたフルートの歌みたいだ。何？　どうして？　なぜ？　耳で聴いた歌ではない。この世の薔薇が香りを放っている。起きているときには彼女を抱きしめ、眠りにつけば愛撫した。気づかれずに彼女を突き、体の奥深くに沈んでいたもの、ぼんやりとしか感じられなかったものと、それは結びついていた。今、姿を現し、意識されることを求めたのである。（一〇）

彼女の深いところで梨の木と交信し、その本質、生きるということ、命をジェイニーは理解するのである。

この場面は、花の中に潜っていく蜂の場面に繋がれる。「ガクがアーチ状になって愛の抱擁を受けている。花は濡れ、根から小さな枝に至るまで歓喜が溢れ、木は恍惚と震えている。これが結婚なんだ」（一一）。このイメージの使い方、視覚的な描写も見事である。「結婚」についてのジェイニーの覚醒、その説明に費やす何時間にも匹敵するものを、読者の心のうちに一瞬にして鮮明に展開する効果を持っているのではなかろうか。ウェザースが指摘するように、『彼らの目は』の梨の木は、他の木に比して情報量が多く、そのイメージが現れる頻度も多い（二〇二）。啓示が訪れたかのようなジェイニーの覚醒は、ジェイニーに結婚観をもたらし、この結婚観は花や蜂のイメージを伴って喜びや幻滅の尺度として働くことになる。「私の花びらはもう彼に向かって開いていない。気づいたとき、彼女は二十四歳で、結婚して七年が経っていた。ある日台所で彼が彼女の顔を叩いたときにわかったのだ」（六七）。二番目の夫ジョーとの結婚についてジェイニーの認識はこのように描かれ、三番目の夫ティーケイクとの出会いは、「彼は花——春の梨の花の蜂かもしれない」とジェイニーに思わせるのである（一〇一）。

ジョーとの結婚に夢破れたジェイニーの描写の中に現れる木にも触れておこう。

　ある日彼女は、自分の影が店の仕事をして動き回ったりジョディの前でひれ伏したりしているのを見た。木陰で座っているときのことだった。風が髪や服を吹き抜けていた。孤独を癒す誰かがそばにいる。（七三）

ここで言う孤独はジェイニーが結婚前に感じていた「宇宙のような寂しさ」に連なるものである（二〇）。「もう寂しくはなくなるだろう」（二〇）。若かった彼女が、祖母に勧められた最初の夫ローガンとの結婚を前に考えたことである。ジェイニーが自分の影を見た場面では、守るもの、安らぎの場として木陰が現れる。また、森は、ジェイニーの祖母がジェイニーの母となるリーフィーをだき抱え、逃げ込んで、農園主の妻の攻撃から逃れた場所でもあった。しかし、周囲から守る機能は隔離と背中合わせともなる。ローガンの家は「誰も行ったことがない森の真ん中の切り株のような寂しいところ」で「なんの香りもなかった」（二〇—二一）。木にまつわる表象であっても、梨の木のイメージから程遠い描写が現れ、最初の結婚の暗雲に読者は気付かされるのである。多くの女性にとって、森が負の意味を持っていたことも看過すべきでないだろう。ハーストンは、リーフィーが受けたレイプの場として森を選ぶことも忘れなかった。

　印象的な梨の木の場面で性的な目覚めが強調され、また、女性にとっての負のイメージが内包されつつも、『彼らの目は』において、木は、必ずしも性的な表象に限定されていたわけではなかった。作品における木の中心概念としては、早くも第二章で現れていると言っていいだろう。「自分の人生は大きな木だとジェイニーは感じていた。苦しいことや楽しいこと、したこと、これからすることの詰まった葉っぱで覆われた木だ。始まりと終わりが枝の中にあった」（八）。木はジェイニーの人生を提示する中心的な表象となるのである。

『彼らの目は』の梨の木と同様の役割を果たす桑の木が、『スワニー川の天使』に登場する。その主人公アーヴェイの場合も、桑の木は性的イメージに重ねられる。アーヴェイと恋人ジムは、「木陰で手に手を取った。低く垂れ下がったしなやかな枝で隠されて外からはほとんど見えなかった。涼しい緑色の、平和な聖堂なのだった」（三七）。また、威風堂々と揺れる大きな桑の木の陰は、二人にとって「緑の洞窟」「大きな緑のテントの中」と形容されるのである（四九）。しかし、外界から遮断されるという機能は、やはり負のイメージを加えることになる。そこでジムは暴力的にアーヴェイの体を奪うのである。「本能がアーヴェイに何かを告げていた。彼女は必死になって枝にしがみついた。無駄だった」（五一）。安らぎの場は恐ろしい場所へと姿を変えたのである。ジムは、圧倒的な離れ難い存在となっていき、性的な場面にレイプの方向性を持たせたことは、プア・ホワイトという出自からくる劣等感とともに、アーヴェイの結婚の形を決定づけたように見える。

とはいえ、この作品でも木は性的イメージで終始することはなかった。母を看取るために、西フロリダのスワニー川沿いの町ソーリーに帰ったアーヴェイの目に映るのは、故郷の木々である。

南フロリダにあるようなみずみずしさのあるエキゾチックな雰囲気はなかったが、その森には緑あふれる逞しさがあって好ましかった。世界中のどこにだってこんなに綺麗なオークの木はない、とアーヴェイは思う。南フロリダにはなくて恋しかったハナミズキ、そしてサルスベリやつるバラがドアの前に植えられていた。欲しいと願っても南ではうまく育たない木々であった。（三〇一）

フロリダの自然を愛した作者の木々への思い入れを彷彿とさせる描写である。

母を看取り、一連の行事が終わった後、葉の落ちている桑の木が春には芽吹き、夏には生い繁る様をアーヴェイは思い描き、来し方を思う。「やがてこの木は威風堂々と夏空に枝葉を広げ、大きな気品ある緑の天蓋になるだろう。ここで彼女の幼い夢は始まった。荒々しい恍惚の中で本当の人生が始まったのだ」(三〇五)。桑の木は彼女にとって「聖なる木」であり、「ブーケのように心に飾りたい」と願う木である（三〇六）。現在に目を転じると、高速道路が彼女の木の前にあった。ピカピカ光る車が行き交う世界だ。そして、木とその世界の間に彼女の生家が建っていた。「木の意味からすると、あんなものは家じゃない」と彼女は思う（三〇六）。プア・ホワイトという出自の象徴であり、遠く離れても彼女を苛み続けたからである。今、アーヴェイは「ゆっくりと立ち上がり、一度裸の枝を見上げ、決心とともに家の方に歩いていく」(三〇七)。彼女の次の行動は家に火を投じることであった。木の下で燃え盛る家を見つめるアーヴェイは歓喜に包まれるが、やがて平和な静けさが訪れる。

そんなふうに感じたことはなかった。忙しなく弾んだり転がったりし続ける不完全なボールのようにいつも感じていたのだった。今、揺るぐことのない究極の安息が訪れたと感じたのである。……彼女はもはや分裂してはいなかった。引き裂かれたり、剥ぎ取られたりすることはもうない。平和を手に入れ、人生と和合した。目に見えて彼女を悩ませたものは炎と化し、彼女は命の木の元にいたのである。……生きているうちには幸せになれないかもしれない。それでも、彼女は行くべき道を知った。そしてありのままに物事を見ることができた。そのことは安らぎともなったのである。(三〇七—〇八)

過去との訣別、人間としての回復、その理解が訪れるとき、桑の木の姿が契機ともなり、またその瞬間のアーヴェイを支えるのである。物語が展開するにつれ、アーヴェイにまつわる木のイメージは、性的な表象から、辛苦を経たのち人間として安定を得る人格形成の終末部分を含む彼女の人生そのものへと発展していくと考えられる。アーヴェイを守る存在であった桑の木は、暴力的な性行為の場となって恐れをもたらす存在ともなったが、最後には彼女を支え彼女自身を投影する存在となる。木の表象は、アーヴェイが守られる立場から自身で立つ力を得た人間へとその歩みを進めることを告げるのである。

二　流れ行く水

木が人物とともにあった作品を前章で見たが、ハーストンの作品には長編、短編を問わず、水に関わる描写もまた数多く見られる。故郷は中央フロリダ、イートンヴィル。多数の湖がある地方である。水が身近にあったことも無縁ではないだろう。

優れた短編作品「金ピカの七十五セント」では印象的な湖の場面が描かれる。

> 家に帰ろうとジョーが湖を回っていたときには、やせた月が銀の舟に乗って湖に浮かんでいた。誰かが湖上の月のことをジョーに聞いたとしても、気がつかなかったと答えたろう。だが、彼の感性は見ていたのだ。月のせいでジョーはミシーが恋しくてたまらなくなった。子どものことを考えずにはいられない。もう結婚して一年が経つ。お金も貯めた。子どもを作らなくては。男の子がいいだろう。（九九〇―九一）

まずはセクシュアリティが前面に置かれるが、進行する物語の中で、この場面は大きな状況転換の前触れであったことがわかる。家に帰ったジョーは、寝室に妻と他の男がいるのを目撃してしまうのである。信頼が崩れ、昨日まで溢れんばかりであった若い夫婦の幸せは崩壊する。語りのトーンは変わり、揺れ動くミシーの内面が開示される。

これまでだ。これで終わりだ。もうジョーはいつものように帰っては来ないだろう。ドアを開け放ち、ジョーのためにこざっぱりとポーチを掃除する必要もないのだ。朝ご飯を作ることも、ジョーのジャンパーやズボンを洗って糊付けすることも、もうない。もう何もないのだ。（九九二―九三）

前段で生き生きと示されていた男女の楽しげな会話は影を潜め、湖の場面を挟んで、夫婦の内面に切り込んでいく作家に導かれ、読者は深みを覗き込むのである。この流れがあってこそ、白人キャンディー屋が発する言葉の空虚さが光る。「あんな黒んぼたちみてぇになりたいもんだね。いっつも笑って、心配事なんかありゃあせん」（九九六）。ジョーの次の客に向けた言葉である。この軽薄な一言の中で、アフリカ系の人々が背負ってきたステレオタイプ、また、その苦悩への無理解に声を上げさせるハーストンの技量がここにある。

前章で扱った『ヨナのとうごまの木』においても、ジョンが家を出てまさに新しい世界へ旅立とうというとき、水のイメージが現れる。川向こうの新世界に向け川を渡るという行為は、特に目新しい構図ではないが、服を脱ぎ、橋を渡って運んでから、再び戻って、「流れの速い川に飛び込み、力強く泳ぎ切った」という動きは目を引く所作である（一二）。確固たるジョンの意志を感じさせる。

『スワニー川の天使』では、水のイメージは母の葬儀を終えたアーヴェイの変化を描写する背景となる。アーヴェイは夫ジムの海老取り船に初めて乗る決心をする。

「どうしても一緒に行きたいのよ、ジム。あんたのやり方に満足なの。一緒に行って、あんたが色々やってのけるのを見たくてたまらない。そうさせてくれるならね。」

「本気か？　アーヴェイ。」少し間を置いてジムは尋ねた。
「今ここで飛び出したくて、うずうずしてるのよ。」（三二一）

作品の最後は次の文によって締めくくられる。「彼女は勤めを果たしていた。そう決めたのである。太陽を招き入れ、そして夫の傍らで、再び気持ちよく丸くなった」（三五二）。誤解を招く表現である。ここでハーストンが用いた"serve"という語、そして、夫に寄り添う幕切れ――アーヴェイの姿を歯痒く受け止めた読者から批判を受けた最終場面である。『彼らの目は』のように、ヒロインの自律がはっきりと打ち出されていない点で、難解と言えるだろう。しかし、重要なのは、立場や職種なのだろうか。仕事が何であれ、選択する意志が彼女のものであるとき、また、誇りを持って働いているとき、非難の言葉を投げるのは妥当なのだろうか。船の中、アーヴェイの横で眠る夫は、「丸くなって、おむつをしていた頃のケニーみたいに彼女にしがみついている。アーヴェイはジムを守り癒したい思いで胸がいっぱいになって、涙が出てきた。彼女を頼りきって、腕の中で無防備に眠りこけている」（三五一）。そして、アーヴェイの思いはここに至る。「ジムは彼女のものだった。彼のために働くのは彼女の特権なのだった。身の回りの世話をしながら、死ぬまで一緒に、幸せと安らぎの中で、そんなふうに続けていくことは」（三五一）。アーヴェイが与える立場でもあることもまた示されるのである。偏った見方への警告とも取れる。『彼らの目は』の最終章、ジェイニーの物語を聞き終えたフィービーは言う。「あんたの話を聞いて、十フィートも背が伸びた気がするよ。もう今までの自分で満足しない」（一八二―八三）。これは女性の成長の伝授として有名な場面であるのだが、ここでフィービーの今後の変化について言及されるのは、夫に釣りに連れて行ってもらうということだけである。もはや以前の彼女ではないが、フィービーはやはり妻の仕事、日常へと帰っていく。話を聞かせたジェイニーのほうも、「地平線まで」旅をして、今は戻り、一人落ち着いた暮らしを始めることが示唆される（一八三）。彼女らがこれから行く道に隔てを設けることがあってはならない。

確かに、"serve"という語やアーヴェイが選んだ「母親としての仕事」は読者を困惑させる。しかし、『スワニー川の天使』の最終章では、それだけでなく、「気づいた」、「知った」などの表現が多用されることに注目する必要がある。「ジムのことを知らなかったように、いや、自分のことはもっと、知らなかった。今まで苦難だと思っていたことが、誉れだったのだと今わかったのである」(三五一)。認識という切り口において、アーヴェイは新たな局面に至っていることが提示されるのである。作品の締めくくりの文につながる船上のアーヴェイの姿は、「波打つ水」を前に描かれる。

日が昇り手すりを越えて船の中まで入ってきた。アーヴェイは、ジムを起こさないように気をつけながら起き上がり、頭上の電灯を消して、堂々と太陽に向き合った。そうだ、大きな光がするようにと告げたことを彼女はしているのだった。(三五二)

覚醒のイメージと見ていいのではなかろうか。前進する道として、アーヴェイが何を選択したのかではなく、どのように選択したのかに注意が払われるべきだろう。

『彼らの目は』では、さらに多彩な水の表象が現れ、その結果、重層的な役割を担っていると考えられる。二番目の夫となるジョーとの出会いの場面、ジョーが何事もなくジェイニーの前を通り過ぎようというとき、ジェイニーはポンプに駆け寄り、勢いよく水を出して音を立て、ジョーを立ち止まらせるのである。そして、ジョーはジェイニーをイートンヴィルへと連れ去る。水しぶきとともに、単に労働力とみなされていた彼女の日常は劇的に変化することになるのである。水の表象は、いわば新局面への呼び水であろう。まずは、先述の作品に見られる、物語の大きな展開を示唆する機能である。

水のイメージとしてはより強く明確な印象を読者に残すのが、ハリケーンがもたらしたオキーチョビー湖の洪水である。一九二八年のハリケーンによるオキーチョビー湖の氾濫や上陸したもののうちで最大級であった一九三五年のレイバー・デイ・ハリケーン、また、ハーストン自身が遭遇した一九二九年のバハマ諸島でのハリケーンをもとに、一連のハリケーンに関わる場面は描出された。ここで展開する光景は、視覚に訴えかけてくる。「それは年老いたオキーチョビーを目覚めさせ、その怪物は寝床でのたうち始めた。のたうち、不平たらたらの気難しい世間のようにぶつくさ言い始めたのである」（一五〇）。ゆっくりと、不気味に動き始める。

異形の野獣は寝床を離れた。風速二百マイルの暴風が鎖を解いたのだ。彼は堤防を引っつかみ、集落に出会うまで押していった。まるで草であるかのように根こそぎにして、征服者であったはずの者たちを追い、襲った。堤防を、家々を薙ぎ倒し、人々を家の材木諸共に薙ぎ倒した。海がその重い踵で地を踏み締め、歩いたのである。

「湖が来る！」ティーケイクが喘いだ。（一五三）

ハーストンの筆によるオキーチョビー湖の氾濫はかくの如しである。渦中でジェイニーは言う。「神様が仕事をしてなさる」（一五〇）。そして、本作のタイトルの元となった一文「彼らは暗闇を見ているようだった、しかし彼らの目は神を見ていた」はここで登場する（一五一）。怪物を背後で動かしているのは神であることが、登場人物の意識を通して認識されるのである。

終息は、このように描かれる。

それから、角張ったつま先の死神は帰った。壁も屋根もない家に立ち、非情な剣を真っ直ぐに掲げたのである。彼の蒼白い馬は、水の上を地の上を轟音を立て疾走して行った。瀕死の時は過ぎた。死者を埋葬する時であった。（一六〇）

当然ながら、巨大なハリケーンは脆弱な土地に多くの死をもたらす。埋葬について看過できない現実がある。ハリケーンの研究者クレインバーグによると、一九二八年のハリケーンの後、全ての白人の犠牲者はウェストパームビーチの市立霊園の集合墓地に葬られ、家族が確認できるように遺体にタグが付けられた。しかし、六七四名のアフリカ系の犠牲者は、文字どおり穴に放り込まれ、忘れ去られたのである（「一九二八年のハリケーン」）。

クレインバーグは、湖の氾濫は小説の描写より遅く着実に水位が上がったとしているが、アフリカ系の人々や季節労働者に与えた影響について、ハーストンは非常に正確であったと同記事で指摘している。怪物や神の比喩に力を得た描写だけではなかったのである。

湖の氾濫が遠因となって、ティーケイクも命を落とす。狂犬病になり、ジェイニーを襲い、危険を感じた彼女に射殺されるのである。ティーケイクにとってもジェイニーにとっても痛ましい死であった。風呂本が「水の精霊たち」で論じているように、ヴードゥの水の精霊と死者とは密接な関係がある。ハーストンは『告げよ我が馬』において「テト・ローの儀式」という節を設け、水に関わるヴードゥの儀式を紹介している。ヴードゥの研究者でもあったハーストンは、背後にある水と死の関係性も知っていたと考えるのが自然であろう。ハーストンが主要人物の死と水の力を結びつけた背景となっているかもしれない。

さらにハーストンは水の表象の意義を重ねていく。ティーケイクを失って、新たな局面を迎えるジェイニーの人生の暗示となり得ている点にも注目しよう。「破壊的、同時に創造的な力が嵐の中にあり、ジェイニーを完全に自立した女性に変える」と指摘されるように（リーガー　一五五）、壊滅的なハリケーンの全てを奪う力だけでなく、それに相反する要素、しかし、時系列を考慮に入れると、矛盾とはならない要素が見られるのである。ある意味で安寧であった過去の生活を捨て、ティーケイクと共にエヴァーグレーズにやって来たジェイニーは、前夫ジョーとの抑うつ的な人生から解放されたかに見える。しかし、依然、主導権を握っているのはティーケイクで、対等な関係を築くまでには至っていない。ティーケイクの死によって得られたものがあったのである。ティーケイクを埋葬して、イートンヴィルに戻ったジェイニーは、「ティーケイクが来る前みたいに空っぽじゃない」という言葉を発することができる（一八二）。喪失感ではなく満たされている印象をもたらす言葉である。全てを無に帰したかに見えたハリケーンは、新たな局面を呼び起こし、そこに一人立つジェイニーを置いたのである。

『彼らの目は』の最終場面が水のイメージで彩られることも特筆すべき点であろう。この作品は、海のイメージを伴う「網」という言葉が用いられて締め括られるのである。

それからティーケイクがやってきて彼女の周りを跳ね回った。ため息の歌は窓から逃げ出し、松の木々の頂で光っていた。太陽を肩掛けにしたティーケイク。もちろん彼は死んでいなかった。彼女が彼のことを感じたり思ったりするのをやめない限り、死ぬはずがない。彼の思い出が壁にキスして回り、愛ときらめきを描いているのだった。安らぎがあった。魚獲りの大きな網のように、自らの地平線を彼女は引っ張ってきた。世界の真ん中から引っ張って、自分の肩に纏ったのである。網の中には人生が溢れんばかり！「見に来て」と彼女は魂を呼び寄せた。（一八三―八四）

夫を失い、葬って、戻ったその家は、もはや空虚なイメージでは語られない。もはや抑圧に耐える場所でもなかった。ジェイニーが死の影で覆われ、終幕を迎えるとするならば、多くの女性の希望を映す存在とはなり得ず、作品の評価も異なるものになっていただろう。ジェイニーが引き入れたその網は、様々な生を掬って、彼女の元にある。作品の最終場面は、新たな生に向かうヒロインの船出の場面でもあったのである。

むすび

モリスらは、幾多の作家がフロリダの動植物を扱っているが、ハーストンは無意識にそれらを吸収して育ったと述べ、その特異さ、また言及する種類の多さを指摘している（一―四）。ハーストンはリアルな設定のため、自然な言葉のため、中心となる象徴を創造するために、フロリダの動植物を用いているのである（モリスほか　一）。

ハーストンが木々をはじめ、「自然」に語らせたことは、それぞれに深さがある。人物の描写のみならず、時にアフリカ系アメリカ人の民族性に、時に人種を越えた女性の問題に絡む内容をも含む。「草木はともに住む人にどこか似るものだ」、『スワニー川の天使』の語りであるが、ハーストンの考えと言ってもいいだろう（一）。木は土に還ってまた芽吹く。辛酸を舐めてのち、安らぎを手にする『スワニー川の天使』のアーヴェイ。生きることの意味を悟る『彼らの目は』のジェイニー。真の命がもたらされたと言ってもいいかもしれない。その姿をより鮮明に映したのが、共にあった木であった。

大きな転換点を示唆する水の表象の効果的な使い方をも、ハーストン作品の読者は目の当たりにする。新局面への「呼び水」を使い、死のその先に存在するものが示されたと考えられる。

視覚効果をもって、テーマや節目を読者に示した上で、ハーストンが木々、水に語らせたものは、連想を呼ぶ。効果的な描出はイメージを増幅し、読者が広げる余地を残してくれるようにも思える。その恥部をも含め、民族を直視し、問題を暴露しつつも、ハーストンの視線の先にあったのは、否定、抗議ではなかった。アフリカ系女性の過酷な歴史や死の影も内包しつつ、大きく再生へと統合されていく。自然の表象も、悲劇、不幸で終わらなかった。作家ハーストンの姿をよく伝えるものとなっているのである。

本稿では、いくつかの作品を取り上げ、木々と水の表象について検証してきた。背景に、イメージに、内包されるものを語らせつつ、その世界に読者を取り込んでいく技量、語り部の表現力を、私たちは表象の鮮やかさに触れながら確認することになったと言えよう。

参考引用文献

Hurston, Zora Neale. "Eatonville When You Look at It." *Go Gator and Muddy the Water*. New York: W.W. Norton, 1999.

——. *Jonah's Gourd Vine*. 1934. New York: Harper & Row, 1990.

——. *Seraph on the Suwanee*. 1948. New York: Harper & Row, 1991.

——. *Tell My Horse*. 1938. New York: Harper & Row, 1990.

——. "The Gilded Six-Bits." 1933. *Novels and Stories*. New York: The Library of America, 1995.

——. *Their Eyes Were Watching God*. 1937. New York: Harper & Row, 1990.

風呂本惇子「水の精霊たち——カリブ系移民作家エドウィージ・ダンティカの作品から」『木と水と空と——エスニックの地平から』東京：金星堂、二〇〇七。

Morris, Ann R., Margaret M. Dunn. "Flora and Fauna in Hurston's Florida Novels." *Zora in Florida*. Gainesville: UP of Florida, 1991.

Rieger, Christopher B., "Clear-cutting Eden: representations of nature in Southern fiction, 1930–1950" (2002). LSU Doctoral Dissertations. 2905. https://digitalcommons.lsu.edu/gradschool_dissertations/2905.

"The Florida Hurricane of 1928," Florida Frontiers article. Posted 31 May 2016. https://myfloridahistory.org/frontier/article/121.

Weathers, Glenda B. "Biblical Trees, Biblical Deliverance: Literary Landscapes of Zora Neale Hurston and Toni Morrison." *African American Review*, Vol. 39, Nos. 1–2, 2005.

第二十一章　『色を塗られた鳥』と森の表象
――コジンスキーからマルホウルへ

伊達　雅彦

はじめに

ジャージ・コジンスキー（Jerzy Kosinski）の『色を塗られた鳥』（*The Painted Bird*, 1965）は、第二次世界大戦中のホロコーストを背景にした小説である。[1] 発表から半世紀以上が過ぎた二〇一九年、この小説が映画化、公開されるというニュースを耳にした時、それを知る者はおそらく等しく眉を顰めたに違いない。余りに残酷で凄惨な描写が繰り返し登場するこの小説をどのように映像化するのだろうかと怪しんだはずである。それら嫌悪すべき場面を可能な限り極小化するか、最初から存在しないものとして無視するか、のいずれかであろうことは容易に想像できた。もちろん、忠実な映像化の困難さを暗示しつつ婉曲化する可能性もある。しかし、いかなるアダプテーションを採用しても、それが回避策である限りこの作品の本質的な部分は失われてしまうだろう。なぜなら蛇蝎視すべき人間の残虐性こそこの小説が俎上に上げた主たる問題のひとつと思われるからである。

ホロコーストの嵐が吹き荒れる東欧の片隅で展開するこの物語が活写したのは、紛れもなく人間の内奥に潜む負の部分だ。監督のヴァーツラフ・マルホウル（Václav Marhoul）は、原作内に散見される目を背けたくなる場面を避けるどころか、むしろ積極的かつ果敢に映像化しており、原作をかなり忠実に映画化したと言える。この映画版では（本論では便宜上、原作小説を『色を塗られた鳥』、映画版を公開時の邦題『異端の鳥』として表記する）、マルホウルの映像化により原作のテクストに沈潜していたあるイメージが顕在化する。それはこの小説の自然、特に「森」である。『色を塗られた鳥』は、流浪する一人のユダヤ人少年や彼を取り巻く人間の設定に目が向けられることが多かった。だが、本論では、『色を塗られた鳥』と『異端の鳥』を並置し、そこに在る自然の表象に目を向けることで、ホロコースト・ナラティヴにおける森の表象について考えてみたい。

一 ホロコースト映画における森

ナチス・ドイツのアウシュビッツ強制収容所は、一九四〇年に現在のポーランド南部オシフェンチウムに開所された。オシフェンチウムのあるマウォポルスカ県はポーランドの南端に位置し、クラクフを県都とする農業を主とする地域である。現在は、美しい田園地帯が広がる自然に恵まれた地方として知られる。アウシュビッツの他にも、ナチス・ドイツの強制収容所は、目的や収容人数によって労働収容所、通過収容所、絶滅収容所等に分かれヨーロッパ各地に点在した。大小合わせてその数約二万とも言われる。こうした歴史的事実を基に、いわゆる「ホロコースト映画」と呼ばれる一群の映画作品は、ドイツはもとよりポーランドやウクライナ、ベラルーシ、ハンガリー等の東欧を舞台にすることが多い。ナチスの強制収容所の背景となる空間は、必然的に東欧の森や平原といった自然になる。

例えばダーナ・ヴァヴァロヴァ監督の『アウシュビッツ行　最終列車』(二〇〇六)は、邦題が示す通りアウシュビッツに移送されるユダヤ人を載せた列車内部を舞台とした作品である。第二次世界大戦末期のベルリンで、残留ユダヤ人が駆り集められ、グルーネヴァルド駅で移送用貨車に詰め込まれアウシュビッツに運ばれるところから物語は始まる。グルーネヴァルド駅はベルリンの西端に位置し、アウシュビッツの他、ザクセンハウゼン、テレージェンシュタット、マイダネク等、各地の強制収容所に向かう列車の始発駅として悪名高い。そこから移送されたユダヤ人は一九四一年秋から一九四五年春までの間に計一八六回、約五万人に上った。移送に使われたのは主に家畜運搬用の貨物列車であり、牛や馬なら七～八頭を載せるスペースに百人以上が押し込まれたという。つまり強制収容所に着く以前から既にユダヤ人たちは非人間的な過酷な環境に置かれていたのであり、登場人物の一人が「いっそのこと早くアウシュビッツに着いてしまえばいいのに」と吐露するほどに貨車内は耐えがたい空間と化していた。

『アウシュビッツ行　最終列車』が主として映し出すのは、移送用列車内で絶望感と闘いながら懸命に生への出口を見出そうとするユダヤ人たちの姿である。ベルリン市街で拘束された彼らの目に映る窓外を流れる東欧の森や平原は、解放や自由の象徴としてのそれであって単なる自然の景色ではない。実際、鉄格子が填められた貨車の窓から森を眺めるある登場人物の脳裏を過るのは、ホロコースト以前の平和な時代に「陽光の降りそそぐ緑豊かな森」を散策した光景である。

他にも、例えばエドワード・ズウィック監督による『ディファイアンス』（二〇〇八）も森を主たる背景としたホロコースト映画である。実話ベースの作品で、第二次世界大戦中、ナチス・ドイツに占領されたベラルーシの森の中で逃亡生活を続けながら、対独パルチザン活動を展開し約千二百人の同胞ユダヤ人の命を救った実在のビエルスキ兄弟が主人公だ。この映画で森は迫害されたユダヤ人の逃避先であり、潜伏場所として描かれる。彼らの中には森の中で結婚式を挙げるカップルもおり、概して肯定的な空間として描かれている。このように、ホロコースト映画の多くで描かれる森は、常にナチス等の反ユダヤ主義者たちの迫害を逃れたユダヤ人の避難所や潜伏場所として表象されていることが多い。(2)

また現実の地理的状況から、森がナチスの強制収容所に設置された鉄条網の外側に見える場合も少なくない。近距離に見えている場合もあるし、少し離れた所に目視できる作品もある。強制収容され、十分な食事も与えられない劣悪な環境下、過酷な労働に従事させられ、いつガス室送りになるか分からない疑心と恐怖の中で生き永らえていたユダヤ人にとって、おそらく鉄条網の外側にある森は逃避先であり、生存の可能性を感じさせてくれる空間に見えたはずである。森は鉄条網内の囚人にとっては自由そのものだったとも言える。

これを逆手に取った演出をしているのが『シンドラーのリスト』（一九九三）である。この作品に登場するナチスの強制収容所は、周知の通りアウシュビッツ強制収容所ではなく、クラクフ郊外のプアシュフ強制収容所である。映画ではこの収容所の所長であるアーモン・ゲートの残虐性が衆目を集めたが、この収容所自体の描き方にも工夫がなされている。前述の通り、多くのホロコースト映画では、収容所の周囲は鉄条網などが張り巡らされ、その先に森が見える。しかし、プアシュフ強制収容所の鉄条網の向こう側に見えているのは崖なのである。実際の記録写真を見る限りプアシュフ強制収容所の周囲にも森は視認できるが、映画ではその周囲にあるのは森ではなく切り立った山肌、つまり崖である。おそらくスピルバーグは収容所の外部に森という空間を見せないことで、囚われのユダヤ人の絶望感の強度を上げようとしている。

このようにホロコースト映画の場合、ナチスの残虐性や非人間性と表裏を成すように広大な森が視聴者の目に入るケースが多い。ただし、一言で森と言っても東欧の森は日本のそれとは植生が異なるし、いわゆる十八世紀イギリスのピクチャレスクな森でもない。強制収容所が設置されるのは、山岳地帯ではないため森と言っても垂直方向に伸びる高い山々はイメージされない。その自然はむしろ水平方向に広がる伸びやかな空間で、森は山とセットというよりも平原とセットであり、見上げるというよりは見渡す空間である。映画『異端の鳥』が教えてくれるのは、そうした基本的、前提的な森に対する視覚的感覚を補正する必要性だ。ホロコースト映画は基本的にはユダヤ人への虐待が描かれた捕囚と殺戮の物語群である。捕囚の舞台となるのは例えば『戦場のピアニスト』（二〇〇二）のようにワルシャワ等の街中の場合もあるが、近郊の森の中のシュテトルであることも多い。そして強制収容所は、広大な自然が広がる郊外に、その多くが作られたのは先述の通りである。それゆえに森を強制収容所と対比すれば、当然のごとく森が避難所のように見えてくるし、『最終列車』のように狭い空間である貨車から見える森は楽園的ですらあるように描かれる。

二　ユダヤ系アメリカ文学に見る森

コジンスキーは、一九九三年にユダヤ人を両親にポーランドのウッチで生まれた。その後、一九五七年に渡米、以後一九九一年に他界（自殺）するまでアメリカで執筆活動を続けた。そのため彼は、アメリカ文学におけるユダヤ系作家の枠で論じられることが通常で、ここでもその範疇内でいくつか具体例を挙げながら対比的に見ていくことにしよう。(3)

長年ユダヤ系アメリカ文学の代表格と目されていたのが一九七六年にノーベル文学賞を受賞したソール・ベローである。彼の作品に見られる森で誰もが想起するのはおそらく『雨の王ヘンダソン』（一九五九）に出てくる森だろう。アフリカの熱帯地方が主な舞台のため日本語としては「森」というより「密林」や「ジャングル」というイメージになるかもしれない。ベローがこの作品で創造したアフリカはやはりユダヤ系のメルヴィル・J・ハースコヴィッツ等による人類学の研究を参考に創造した空間であり、ここで描かれる森は、現実世界のアフリカの森というよりは象徴性の高いプリミティヴな森である。アフリカはアメリカと対照をなす「原初の地」として描かれ、それゆえ、そこに在る森もまた原初の森と言えるだろう。その森は主人公ヘンダソンが、文明化されたアメリカでの混乱した精神生活から脱出を図った末にたどり着く自己回復の空間であり避難所である。また、一九六四年発表の全米図書賞受賞作

『ハーツォグ』においてもマサチューセッツ州のバークシャーの森が使われている。主人公ハーツォグは大学教授で、高度な知識人でありながら、同時にまた精神的混乱を抱えた人間であり、森の中に暮らし自己回復を図る。バークシャーと言えば、メルヴィルやホーソーンを連想させる場所でもあり、レオ・マークスの『楽園と機械文明』(一九六四)を持ち出すまでもなく、パストラルな空間として描かれもする肯定的な空間である。

ベローと同じ一九一五年生まれのユダヤ系作家としてもうひとりアーサー・ミラーを取り上げよう。彼らの場合、生年が同じだけでなく奇しくも没年までもが同じ二〇〇五年であり、共に八十九歳でこの世を去った。まさに同時代を生きた二人のユダヤ系作家である。アメリカの戯曲作品の代表作とも称されるミラーの『セールスマンの死』(一九四九)の主人公ウィリー・ローマンは、六十歳を超えた、もはや将来の夢や希望も潰えかけた初老の男である。作品中、失意の彼に夢や希望の可能性を囁くのは実兄ベンの幻影で、ベンはウィリーに「俺は十七歳の時にジャングルに入り、二十一歳で出てきた。それで金持ちになったよ」と語る。一九四〇年代のニューヨーク、ブルックリンの下町に暮らし、客に媚び諂い売り上げ金額に日々腐心するセールスマン稼業のウィリーにとって、アフリカのゴールド・コーストにあるダイヤモンド鉱山に入って「一山当てた」ベンは羨望の的だ。ここでも『雨の王ヘンダソン』と同じようにアフリカのジャングル(森)は、汲々とした都会の日常に囚われて生きる現代人の鬱屈した内面を解放する空間と見なされる。(4) 定年も間近に迫った凡庸なセールスマンの野心を掻き立て、その夢が叶う幻想を与えるに十分な肯定的空間として言及されている。

では、今度はコジンスキーと同じ一九三三年に生まれたフィリップ・ロスの場合はどうだろうか。彼らもユダヤ系作家として同時代を生きた二人ではあるが、ロスは「亡命作家」コジンスキーとは違いアメリカ生まれである。ユダヤ系作家と雖も二人の生育環境は大きく異なる。概して言えば、ロスは多作であり、その作品世界も多様だ。その中にネイサン・ザッカマンを主人公とする、いわゆるザッカマン・シリーズと呼ばれる作品群がある。例えば、映画化もされた『ヒューマン・ステイン』（二〇〇〇）もそのひとつで、ここでのザッカマンは先の見えないライターズ・ブロックに陥った作家として登場する。ベローのハーツォグと同様に精神的に不安定になった彼もまた世俗の人間関係を絶ち、ひとりで森の小屋に暮らしている。しかも、その場所はハーツォグと同じ、「バークシャー地方の山奥」なのだ。映像化されたその森は都市部からは隔絶した場所であり、やはり、ここでもザッカマンの回復を担う避難所として表象されている。もちろん、ユダヤ系アメリカ人作家の描く森が全て避難所というわけではない。そもそもベローやロスの描いた森は「（架空の）アフリカの森」や「アメリカの森」であり、東欧の森ではない。また、ホロコーストとも無縁である。(5)

「東欧の森」を主たる舞台としたユダヤ系アメリカ小説としては、ジョナサン・サフラン・フォアの二〇〇二年発表のデビュー作『エブリシング・イズ・イルミネイテッド』がある。フォアは一九七七年生まれで、当然、戦争体験はなく、ホロコーストも直接は知らない世代で、いわゆるポスト・ホロコースト作家として認知されている。『エブリシング・イズ・イルミネイテッド』において彼はホロコーストを生き延びた祖父の当時の足跡を辿るため自分と同名の主人公に東欧ウクライナを旅させている。この作品もユダヤ系のリーヴ・シュレイバー監督の手で映画化されているが、そこに映し出される森はホロコースト時代の過去と結び付けられているため、やはりどこかに暗い影を落としている。現在の場面における緑豊かな穏やかな森も、第二次世界大戦中には反ユダヤ主義の凄惨な出来事が起こった空間なのである。作者自身の自伝的でリアルな物語をベースにしており、ベローの『雨の王ヘンダソン』におけるような観念的な森ではなく、悲劇の実体を伴った森である。この物語の中心的な話題のひとつにトラキムブロドという既に滅んだシュテトルが登場するが、むろんトラキムブロドは架空ではなく、過去に実在したシュテトルだ。映画の中にもその事実を刻した銘鈑が映じられるが、そのことが背景の森にも歴史性を含意させる。また映画のキーヴィジュアルに使用されている地平線まで続く広大なひまわり畑は、舞台が平坦な土地空間であることを再認識させてくれる。

三　小説『色を塗られた鳥』と映画『異端の鳥』

では、改めてコジンスキーの『色を塗られた鳥』における森はどのように描かれているのか見て行こう。実際『色を塗られた鳥』の中には森の描写が頻出し、その森は「ホロコースト」というキーワードに照らした際に特に意識すべき背景となる。結論から言えば、コジンスキーの『色を塗られた鳥』における森は、ホロコースト・ナラティヴによくある「避難所」という単純で硬直的な空間としては描かれない。そこは放浪する主人公の少年をナチスの脅威から庇護してくれる一方で、永続的な安全を保障しない。特に冬季には過酷な環境となる東欧の森林地帯は、ナチス・ドイツという人間による恐怖、言い換えればホロコーストという人災から回避可能な場所となり得ても、自然環境としての厳しさを緩めることはない。

森に付随して描かれるのが近隣の村落社会である。そこに住む地元民は概して差別的で暴力的な人間ばかりだ。つまり、ユダヤ人少年にとって、ナチスのユダヤ人狩りが猛威を奮うこの時代、森の近くに点在する村落社会の反ユダヤ主義も脅威なのである。第二次世界大戦中にポーランドやウクライナで見られた反ユダヤ主義に代表されるように歴史的に根深い反ユダヤ主義もある。従って、少年にとって、レイシズムの渦巻く当時の非ユダヤ人村落社会もまた森と同等かそれ以上に危険な因子で満ちていると言える。主人公の少年は自然環境としての森にも、また、森の近辺に暮らす人間の暴力にも痛めつけられている。

ではマルホウルが『異端の鳥』で映像化した森と村落社会はどうか。テクストではあまり意識化されないものの、コジンスキーが描いた村落社会は圧倒的な自然の中にある。人間社会とは言え、それは小さな集落的なコミュニティに過ぎず、慣例や風習に支配された集団である。人間関係も濃密で、他者が人目に付かずにコミュニティに潜り込める可能性は皆無である。少年の苦境は、そのユダヤ人的またはジプシー的外見の他、言語的な問題でも引き起こされる。この映画で使用されている言語は、インタースラーヴィクと呼ばれるスラヴ系の言語を基に作られた人工言語であり、主人公のみならず多くの観客が「未知の言語」体験をすることになる。人々が「何を言っているのか分からない」世界なのだ。それに主人公は何よりもまず少年であることで大人との適切な対話の方法が分からない。意思疎通ができないまま、彼は一方的に差別・虐待される。

小説の第二章、辿り着いたある村で彼はジプシーの少年と間違われ捕われ虐待される。そしてその後「賢いオルガ」と呼ばれる老女に買い取られる。オルガは村人の病気や怪我を治す「医者」として一目置かれているが、その実「医者」というよりは「占い師」と呼んだ方が適切で、その治療法は非科学的で呪術的である。物語の背景が第二次世界大戦、つまり二十世紀であることを考えると完全に時代錯誤である。森は、おどろおどろしい悪霊や悪魔の住まう空間と認識され、村人を恐れさせる。そうした村落社会に蔓延る偏った宗教性は、土地の言い伝えや迷信、悪しき習慣と相まって、多分に不寛容で排他的だ。結果として、正体不明のジプシー的他者はそれが子供でも忌むべき不吉な存在となる。ユダヤ人であればなおのこそ、それはナチス・ドイツのお尋ね者に他ならず、即刻引き渡さなければ自分たちの集落にも害が及ぶ。

森は人間を差別しないが、人間は人間を差別する。少年に救いの手を差し伸べる人間もいるが、自然の中に暮らしていても全ての人間が寛容である証左にはならない。また、森は人間の想像を超えた仕打ちをすることはないが、コジンスキーが『色を塗られた鳥』で描いた村落社会の人々は人種的差異に狭量であり、苛烈な虐待行為も躊躇なく行う。結局それはナチスと同じなのである。森はホロコースト映画にあるような避難所という一面も垣間見せはするものの、森を近隣の村落社会を含めた空間と見れば、そこは恐怖の空間に他ならない。

『異端の鳥』で映像化されたグロテスクな場面はおそらく想像を超えて観る者を戦慄させる。例えば、ある男が妻との不義の関係をもったその間男に復讐するため、その目を抉り取る場面や、ナチスの収容所に移送される列車から飛び降りて命を落とすユダヤ人の無残な姿なども原作のままに映像化されている。そして、主人公の少年は、こうした場面の目撃者になる。『色を塗られた鳥』の主人公が一般的な成人、すなわち「大人」ではなく「少年」に設定され、彼の心が非人間的な光景で蝕まれていくことで、この作品は更に悲壮なものになっていく。同時にまた、ここでの森は少年の目、つまり子供の目を通して表出した森であることも忘れてはならないだろう。この少年の目がこのホロコースト小説の森の在り方を他のホロコースト・ナラティヴとは異質なものにしている。基本的に大人と子供では、当然のことながら森への対峙の仕方が異なっているからだ。『ディファイアンス』のように大人にとっては避難所に足り得る森であっても、単独行動の少年にとって、そこは生存の場としては余りにも過酷な空間なのである。

『色を塗られた鳥』には少年が放浪している場所が、具体的にどこなのか地名は出てこない。コジンスキーによれば、この作品の舞台設定は「東欧のどこか」(Teicholz 一二三) なのだが、概括的に言っても、東欧の森林地帯は気候帯で言えば亜寒帯であり、冬期は厳しい寒さに見舞われる地域である。生活力のある経験値の高い大人であれば対応できる厳冬期の森であっても、サバイバビリティの低い子供にとってはその対応は数段難しい。コジンスキーは実際に子供時代にホロコーストに巻き込まれ主人公の少年と同じような環境下で生活した経験があるとされ、その時の記憶や体験から生み出された森である可能性は高い。小説の冒頭のセンテンスには、

第二次世界大戦の開戦初週、一九三九年の秋、東欧の大都市から六歳の少年が、他の何千という子供たちと同様、両親の手で、ある遠い村に避難させられた。

と明示されている。「大都市」で両親と共に暮らしていた六歳の少年が「遠い村」に疎開のため来たのである。[6] 非都市圏、つまり自然の中で生きていくサバイバビリティは、この時点ではほぼゼロであることが冒頭で宣言されてい

る。物語は、第二次世界大戦の終結する一九四五年に両親と再会し、その一年後十三歳になる一九四六年までを描いているが、六歳からの七年間、少年は東欧の見知らぬ土地を放浪しながらホロコーストを生き延びる。ノーマン・ラバーズも指摘するように「子供」であることが本作品では重要な要素なのである。(Lavers 五三) 自然の脅威と人間の脅威の二つに翻弄されながら、少年はサバイバビリティを日々向上させ、外見以上に成人化していく。その意味でこの物語はイニシエーション・ストーリーの側面も持ち合わせていると言って良く、結果として森も「教育的」であり、イニシエーターの役割を果たしている。

原作『色を塗られた鳥』はその差別や暴力描写が残酷で苛烈な部分もあり、想像だに恐ろしい場面もあることは先に述べた。リアリズムとすればあまりに惨たらしいため、悪夢のファンタジーのようにも読める。それゆえ映画化する際はカラーでの映像化は正視に耐えられないとの判断からか、『異端の鳥』はモノクロ作品である。スピルバーグの『シンドラーのリスト』は、ドキュメンタリーやニュース映像的効果を狙いモノクロ作品にしたようだが、『異端の鳥』の場合、主人公の少年の目に映った東欧の自然が、「生きた心地のしない世界＝モノクロの色彩を喪失した世界」とマルホウルが解釈した結果なのだろう。前述の作品も含め、陰鬱なホロコースト映画と雖も、その多くは通常はカラー映像である。例えば、ユレク・ボガエヴィッチ監督作『ぼくの神様』(二〇〇一)は、ユダヤ人強制連行が始まったポーランドで、十一歳の少年ロメックが東部の小さな村に疎開させられるところから物語が始まり、『色を塗られた鳥』とほぼ同じである。ただこの映画は通常のカラー映像であり、疎開先の村やその周囲の自然は美しく長閑で、モノクロで撮られた『異端の鳥』のように暗鬱な空気は漂ってはいない。『色を塗られた鳥』には、ユダヤ系の小説に見られるコミック・リリーフやユーモアの要素が皆無であり、この点をとってもモノクロで映像化されたのはおそらく正解だったのである。

このように、森も村落社会も等しく脅威でしかない少年にとって、安住の空間を求めた時、その境界を越えては戻り、戻っては越えるという往還の選択を取らざるを得ない。自然の脅威と人間の脅威、どちらが死に直結するのか、少年は常に危険な選択に迫られている。マルホウルの映像化で特に認識させられるのは、森の輪郭である。つまりこの作品で視覚化された森はその輪郭がはっきりしており、森の内部と外部の境界線が明確なのである。東欧の画家、例えばクロアチアの画家イヴァン・ジェネラリッチ（Ivan Generalić）の絵画の中にも、そうした森と平原の光景が散見される。そして、『異端の鳥』では主人公の少年がその森と平原の境界近辺で立ち止まる場面がある。それはあたかも森にも平原にも安心や安全が見い出せないため、つまりその両者の危険性から身を守るための最善の位置取りのようにも見える。

おわりに

最後にコジンスキーの他の作品にも少し触れよう。彼の長編作品は、いずれも描写が過激なものが多い。その中でも、例えば、一九七〇年に発表され映画化もされた『そこに在りて』(*Being There*) は比較的穏やかなポスト・モダン的作品である。邦題『チャンス』に示される通り、主人公チャンスは「偶然に (by chance)」にこの現代社会に生まれ出たような身元不明の人間で、ある富豪の屋敷に「庭師」として抱えられている。草木に関する知識は豊富だが、人間的な喜怒哀楽の感情が希薄で、彼自身が「草木」的な植物的人間と言える。全ての事象を善悪の区別なくただ受容するのみ。反発も反論もせず、不条理も感じない。タイトルの通り「ただそこに在るだけ」なのである。こうした普遍性こそが、まさに「自然」であり、『異端の鳥』に描かれる自然と通底しているようも見える。人間を積極的に攻撃もしなければ、慈悲を持って守りもしない。「ただそこに在るだけ」である。

また、ユダヤに関する宗教的かつ伝統的なイメージの一つに流浪がある。放浪の民としてのユダヤ人像を生み出す歴史的背景にディアスポラがあるからであろう。コジンスキーの『色を塗られた鳥』は、通常、ホロコースト小説として考えられているが、第二次世界大戦を背景にした東欧世界の流浪を運命づけられたユダヤ人少年の物語としても読める。過酷な彷徨であり、容易にディアスポラのイメージと重なる。ディアスポラは、果てしない避難の連続であったとも言え、この文脈では、「自然＝庇護」という公式は安易には成立しない。

『色を塗られた鳥』を原作とする『異端の鳥』における脅威の森のイメージは、一般的なホロコースト映画で表象される森とは一線を画している。反ユダヤ主義に染まった人間社会からの逃避先とはならないだけでなく、自然独自の脅威が圧倒する空間としての森は、ホロコースト・ナラティヴに更なる閉塞感と絶望感をもたらす設定と言えよう。ユダヤ系作家コジンスキーが『色を塗られた鳥』で描いた森は、半自伝的なものにせよ、想像力の産物にせよ、あくまでもホロコーストを背景にした「東欧の森」なのである。それはどのような意味においても平穏な空間ではない。マルホウルの『異端の鳥』は、そのことを再認識させてくれる。

注

（1）ジェフリー・ストークス (Geoffrey Stokes) とエリオット・フレモント＝スミス (Eliot Fremont-Smith) による "Jerzy Kosinski's Tainted Words" というコジンスキーに対する中傷記事が *The Village Voice* 誌（一九八二年六月二十二日号）に掲載された。その結果、コジンスキーの文学的評価は大きく揺らぐ結果になった。例えば、本論で扱う *The Painted Bird* も、最初にポーランド語で書かれて、他人の手で英訳された作品であるとされ、この記事がコジンスキーの自殺の遠因になったという指摘もある。コジンスキー自身の発言の信憑性も薄くなったが、真偽のほどはいずれにせよ不明である。

（2）『ディファイアンス』の舞台となった場所は、ナリボキ・フォレストと呼ばれる所だが、現実的にはそこでは暴力的な行為も行われている。カティンの森事件など、森が虐殺の舞台となっている例もある。

（3）ヘンリー・デイヴィッド・ソロー (Henry David Thoreau) の『ウォールデン 森の生活』（一八五四）や『メインの森』（一八六四）等、ユダヤ系アメリカ文学の範疇を超えたアメリカ文学全体にも当然多くの「森」が表象されているが紙面の都合で本論では触れない。

（4）アメリカ国外の森（ジャングル）に移動する行為は、森に「入る」というよりもアメリカを「出る」という行為に比重があるかもしれない。非アメリカ的な場所には「夢」があり、森は「楽園」として描かれる。アメリカを脱出して中南米ホンジュラスの森（ジャングル）を舞台とするポール・セロー (Paul Theroux) の『モスキート・コースト』（一九八一）等などが想起される。

（5）『るつぼ』（一九五三）のような十七世紀のセイラムの魔女裁判を題材した作品の場合、森は悪魔の儀式が執り行われる場所として使われている。

（6）主人公の少年を「ジプシーの少年」と見る向きもあるが、「東欧の大きな町」の出身であること、物語の最後で描かれる彼の両親の描写からやはり「ユダヤ人の少年」と見るのが妥当だろう。

引用・参考文献

Kosinski, Jerzy. *Being There*. New York: Grove Press, 1999.

——. *The Painted Bird*. New York: Pocket Books, 1966.

Lavers, Norman. *Jerzy Kosinski*. Boston: Twayne, 1982.

Lupack, Barbara Tepa. Ed. *Critical Essays on Jerzy Kosinski*. New York: G. K. Hall & Co.,1998.

Marx, Leo. *The Machine in the Garden. Technology and the Pastoral Ideal in America*. New York: Oxford University Press, 1964.

Sloan, James Park. *Jerzy Kosinski: A Biography*. New York: Dutton,1996.

Teicholz, Tom. Ed. *Conversaitions with Jerzy Kosinski*. Jackson: U. P. of Mississippi, 1993.

DVD

『アウシュビッツ行　最終列車』(*Der Letzte Zug*) アネック、二〇〇九。

『異端の鳥』(*The Painted Bird*) トランスフォーマー、二〇二一。

『白いカラス』(*The Human Stain*) ギャガ、二〇一九。

『シンドラーのリスト』(*Schindler's List*) ジェネオン・ユニバーサル、二〇一二。

『チャンス』(*Being There*) ワーナー・ホーム・ビデオ、二〇一〇。

『ディファイアンス』(*Defiance*) ポニーキャニオン、二〇〇九。

『ぼくの神様』(*Edges of the Lord*) パイオニアLDC、二〇〇二。

第二十二章　滝の音が消えたとき
——太平洋岸北西部の河川開発表象

馬場　聡

はじめに

太平洋岸北西部は、全米屈指の降水量を誇ることで知られる。秋から春にかけて毎日のように降り続く雨は大地を潤し、大小さまざまな川をなす。とりわけ、カスケード山脈の西側にあたるオレゴン州西部はコロンビア川の中・下流域に加え、ウィラメット川に代表される支流が流れ、水と緑の大地と呼ぶにふさわしい。作家ワシントン・アーヴィングが『アストリア』（一八三六）で素描したように、ビーバーの生息域であったこの流域は十九世紀に毛皮貿易の拠点として栄えた。その後、現在に至るまでオレゴン州は「ビーバー・ステイト」という愛称で親しまれている。

河川網に覆われたオレゴンは文字通り「川の文学」を育んできた。たとえば、ゲーリー・スナイダーの自然詩「フローイング」（一九七四）のコロンビア川、州の桂冠詩人ローソン・フサオ・イナダの短編「花の少女たち」（一九九三）のウィラメット川、さらにはリチャード・ブローティガンの短編集『芝生の逆襲』（一九七一）のロング・トム川、バリー・ロペスのネイチャー・ライティング『リバー・ノーツ』（一九七九）のマッケンジー川など、川を描いた作品は枚挙にいとまがない。こうした作品を読むと、コロンビア川水系が織りなす豊饒な自然が、地域的アイデンティティの形成に少なからぬ貢献をしていることがわかる。

もっとも、これまでコロンビア川水系が手つかずのままの「自然な」状態であったわけではない。ニューディール期以降、治水や電力供給を目的として、この水系にはカナダおよび合衆国政府によって六十以上のダムが建設されてきた。しばしば環境汚染の問題が取り沙汰されるマンハッタン計画のプルトニウム精製拠点、ハンフォード・サイトもこの流域に位置している。本稿では連邦政府が制作したダム建設プロモーション映画や、この流域を描いた文学作品における河川開発表象の変遷を追うことで、ナショナルな開発に回収される地域の姿やそれに対抗する言説について考えてみたい。

一　河川開発とプロモーション映画

一九三七年に合衆国内務省傘下の機関としてボンネヴィル電源開発公社（ＢＰＡ）が設立されたのを契機に、ワシントン州からオレゴン州に至るコロンビア川水系の治水と電源開発を目的としたダム建設事業がはじまる。もちろん、このプロジェクトはフランクリン・ルーズベルトが推進した公共事業の流れを汲み、建設に携わる人員は、雇用促進局（ＷＰＡ）によって調達された。公共事業を円滑に進めるためには、地域コミュニティの理解と協力が不可欠であったため、ＢＰＡの広報局長スティーヴン・Ｂ・カーンは映画制作部局を設置し、一九三九年から河川開発の重要性を訴える映画を断続的に制作し続けた。数あるＢＰＡ映画の中でも、『ハイドロ――アメリカン・ドリームを実現する電力』（一九三九）とそのリメイク版である『コロンビア川――アメリカ最強の流れ』（一九四九）は、ダム建設を強力に推進するためのプロパガンダという性格が色濃い。

河川開発がニューディールの産物であることはもとより、ＢＰＡ映画もその直接的な恩恵を受けている。例えば、『ハイドロ』の音楽を演奏したロサンジェルス・シンフォニー・オーケストラは、雇用促進局傘下の連邦音楽計画

（ＦＭＰ）によって組織された楽団である。つまり、太平洋岸北西部の雇用創出を目的のひとつとする河川開発のプロモーション映画の音楽を、不況のなかで食い扶持を確保できなくなった音楽家たちが演奏したわけだ。

『ハイドロ』のオープニングは件の楽団の演奏による荘厳な楽曲が流れる中、雄大なコロンビア川の姿がロング・ショットで映し出される。ナレーションは、この地域をルイス＝クラークの西部探検にさかのぼる歴史的文脈に位置づけ、その未来をボンネヴィル・ダム建設にはじまる太平洋岸北西部の包括的な開発に見る。発電所や送電網の整備のあかつきに実現する夢の電化キッチンに象徴される幸せな生活様式、さらには電力を利用した金属・重工業の振興による経済発展のわかりやすいイメージが矢継ぎ早に開帳される。「アメリカの北西部では、電気の力が雇用と国防を強化する」という台詞とともに映し出される戦闘機の製造過程をフィーチャーした軍需工場の映像は、来る戦時下において水力発電用のダム建設が安全保障上の重要な課題であることを印象づける。

『ハイドロ』の公開後ほどなくして、広報局長スティーブン・カーンは、新たなプロモーション映画『コロンビア川』の制作に着手する。完成した映画を見る限りにおいては、その狙いは竣工間近のグランド・クーリー・ダムによって、民衆の暮らしが向上することを広く世間にアピールすることにあったようだ。カーンは合衆国議会図書館のディレクターにしてフォーク・ミュージック収集家のアラン・ローマックスに紹介されたウディ・ガスリーに、映画の挿入歌の作曲を依頼する。

ＢＰＡの活動史『川の力——太平洋岸北西部における継承されるＢＰＡの遺産』（二〇一二）において、「現在の基準から言えば、ダストボウルが生んだラディカルなソングライターと北西部に拠点をおく連邦政府の電力会社というのは、職業的に奇妙な組み合わせである」（六四）と述べられているように、確かにこの組み合わせは意表を突く。ヤネル・イェイツの評伝によると、ガスリーはＢＰＡから依頼された仕事について、「政府の財政で作られる新しいダムは、民衆の救いようのない貧しさを終わらせるための一助となる」（八一）と考えていたようだ。[1] ここで挿入歌「豊かなる牧草地」の一節を見てみよう。

干からびた砂漠の大地から緑の豊かな牧場へ
グランド・クーリー・ダムからほとばしる水
俺のような流れ者はこの国のいたるところにいる
俺たちはこの不況に負けずに働き、勝利する日まで戦い続ける

砂嵐によって不毛の地と化した中西部と太平洋岸北西部の緑の大地は対照をなし、新たに建設されるダムから勢いよく流れ落ちる水は、苦境にあえぐ移民たちの希望として描かれる。

オレゴン州ヴァンポートに壊滅的な被害をもたらした一九四八年五月の洪水を受けて、治水のためにダム建設が不可欠なことをアピールするために、大戦中に一時的に中断していた『コロンビア川』制作プロジェクトは再開され、翌四九年に完成する。リメイク元の『ハイドロ』と大きく異なるのは、本作の制作が中断されて以降、つまり第二次大戦中から戦後にかけての状況が書き込まれているところだ。ナレーションには、ダムからの電力供給により、軍需工場の稼働が可能になった経緯や、マンハッタン計画のプルトニウム製造拠点、ワシントン州ハンフォードに関する言及が含まれている。

コロンビア川の力を活用して、かつてないほど速い戦艦を作った。最も重要だったのは、アメリカのために飛行機を作ったことだ。全戦闘機の三分の一を作るためのアルミニウムの精錬に寄与した。これは、重さにして年間五億ポンド相当にあたる。合衆国内に戦闘が飛び火しないように要塞を建設した。勝敗の流れを変えた。兵士たちの命を救った。水温が高くなるグランド・クーリー・ダム下流の不毛な丘陵では、文字通り、魔法のように、原子爆弾が誕生した。こうしてコロンビア川の力によって、太平洋地域に出兵していた兵士たちを予定よりも二年早く帰還させること

ができたのだ。

このくだりで興味深いのは、大量の水と電力を必要とするプルトニウム精製に、コロンビア川流域のダムが貢献したことを喧伝している点だ。コロンビア川、ヤキマ川、スネーク川の合流地点に位置するハンフォード・サイトがマンハッタン計画のプルトニウム精製拠点に選ばれたのは一九四二年のことだった。戦後、冷戦期においてはソ連との核開発競争に対応するために施設の拡張が図られた。本作では、核の軍事利用以外にも、コロンビア川流域における原子力発電所の必要性が強調されており、原子力の軍事・民生双方のデュアル・ユースの促進は、核の時代のＢＰＡが目指すところであったようだ。さらにナレーションは民主主義、自由主義、資本主義が三位一体となった西側陣営のイデオロギーを流域の河川開発と関連付ける。

強大な力をもつコロンビア川は国家に挑戦状を突きつけている。私たちの民主主義が、この偉大な川を開発する活力を有していることを示そう。あらゆる価値、あらゆる人々のために。世界の他の国々が追従するような模範を示そうではないか。彼らが自由と食料、そして平和と豊饒を手にすることができることを証明するのだ。これこそコロンビア川の挑戦だ。

この引用から明らかなように、コロンビア川の開発は冷戦期の世界における覇権、というより大きな枠組みに接続される。環境地理学者であるクリストファー・スネッドンは『コンクリート革命——巨大ダム、冷戦期地政学、合衆国開拓局』（二〇一五）において、冷戦期のダム開発が国内の産業発展の原動力となることに加えて、他国に対する技術支援が「予想された共産主義のグローバルな拡大を食い止める極めて重要な手段」（一）であったと看破する。こうして、本作の構想段階で措定された大恐慌以降という歴史的文脈は、冷戦という戦後の状況に挿げ替えられた。『コロンビア川』の終盤では、ガスリーの「豊かなる牧草地」が流れるなか、ヴァンポート洪水により土地を追われた民衆の姿が映し出されたのち、画面に現れる地図上に九つの新たな建設予定地が示される。そのひとつはオレゴン州ポートランドからほど近いコロンビア川沿いの町、ザ・ダルズを示している。

二　滝の音の消滅と対抗するテクスト

『コロンビア川』が示した新たなダム建設予定地のひとつ、オレゴン州ザ・ダルズでは、一九五二年からダムの建設がはじまり、五七年に完成を見る。ゲーリー・スナイダーの自然詩「フローイング」（一九七四）には、セリロ滝で自然と共生する先住民の姿が描かれている。スナイダーがこの詩を公刊した時点において、滝はすでにザ・ダルズ・ダムに沈んでしまっていた。したがって、この詩に描かれる滝とそこでサケ漁を生業にする先住民の姿は、スナイダーの想像力が呼び起こした失われた過去ということになる。先に検討したふたつのＢＰＡ映画には、この滝でサケを捕る先住民の映像が含まれているが、それはコロンビア川流域を歴史化するための単なる挿話に過ぎない。本来的に公共事業のプロモーション映画なので、流域開発によって破壊される自然や、数千年にわたって川と共に暮らしてきた先住民の生活圏の喪失といった負の影響が語られることはない。

一九六〇年代、アメリカ対抗文化期に活躍した作家、ケン・キージーの代表作『カッコーの巣の上で』（一九六二）の語り手、チーフ・ブロムデンは白人の母と先住民の父をもつハイブリッドという設定で、精神を病みオレゴン州の精神病院に収容されている。ブロムデンの幻視の語りに頻出する幼少期の記憶の舞台は、セリロ滝に位置する先住民の村だ。セリロ滝付近にザ・ダルズ・ダムが完成した一九五七年に、滝の音は止み、この村は水没した。

僕にはコロンビア川の滝の音が今でも聞こえる。これからもずっと。大きなチヌーク・サーモンを銛で突いたチャーリー・ベア・ベリーの雄叫びが聞こえるのだ。水面をばたつく魚の音、裸の子供たちが川堤で笑う声、干物棚のそばにいる女たちの声。遠い昔の音が聞こえる。（七七）

他人とのコミュニケーションを遮断するために聾唖者を装うブロムデンは、混濁する意識の彼方に流れ落ちる水の音と付近で暮らしていた部族の声を聴く。ダム建設によって失われたセリロ滝界隈のサウンド・スケープは、ブロムデンの語りの中でつかの間の回復をみる。作品の随所に織り込まれた滝の記憶は次に引用する箇所で、ダム建設交渉の場面に転じる。先住民のリーダーであったブロムデンの父は、強引にダム建設のために土地を手放すように要求する政府の役人との交渉にあたっていた。

町のやつらは政府にダムを建設してもらうことを望んでいた。というのも、金が入り、建設工事で職を得ることができ、ダムができればインディアンの村が消えてなくなると考えたからだ。魚臭いインディアンの部族なんぞ、政府の保証金二十万ドルをもって、悪臭ともどもどこかへ行けばいい、ということだった。パパが書類にサインしたのは利口だった。抵抗したところでどうにもならなかったのだから。いずれにしろ、政府は遅かれ早かれ、ダムを作っていただろう。（一六五）

前節に関連付けるならば、ここでいう「町のやつら」を国策映画に共感し、ナショナリズムに包摂された人々になぞらえることもできるだろう。恐慌後にオレゴンに移住した中西部の農民や、あるいはもっと前からこの地に住み着いていた人々、つまり「町のやつら」とは〈民衆〉の総称とも考えられる。当然、ここで言う〈民衆〉とは白人であって、先住民は含まれない。

この小説の主題はシステムによる管理と個人の自由である。ブロムデンによれば、合衆国のあらゆる人々は「コンバイン」と呼ばれるネットワークによって管理されているという。コンバインのエージェントである強権的な看護婦長が牛耳る精神病院は、管理国家アメリカのミニチュア・モデルと解される。興味深いことに、この作品では「電気」や「ダム」に否定的なイメージが付されている。前者の例として、繰り返し詳述される電気ショック療法や「髪の毛のように細い電線をあらゆる方向に張りめぐらせて、自らの権力を確実に行使する」（二六）母権的看護婦長の様子などを挙げることができる。後者の例は「夜更けに巨大な水力発電ダムの上に立っていると聞こえるような音。低く、容赦のない、残忍な力を思わせる」（八二）、「ロボットによって人々が切り刻まれているダムの中心部の大きな機械室」（八七）といった表現だ。これらは、病院の恐ろしさを形容するブロムデンの幻視の語りである。ロボトミー手術を経て廃人となった白人の盟友マックマーフィーを安楽死させたのちに、ブロムデンは電子制御された精神病棟の要、「コントロール・パネル」を破壊し、逃亡する。作品の末尾では、逃亡するブロムデンの向かう先が示唆されている。

僕は最後にカナダに行くかもしれない。でも、その前にコロンビア川に寄ろうと思う。ポートランド、フッド川、ザ・ダルズにも顔を出してみたい。そして、村にいたころ顔見知りだったやつらのなかに酒で身を持ち崩していない者がいるかどうか確かめてみたい。政府がインディアンらしく生きるという彼らの権利を金で奪ってしまってから、どうやって暮らしてきたのかを知りたい……いずれにしても、昔住んでいた渓谷のあたりをもう一度見ておきたいのだ。もう一度それをはっきりと頭の中に刻んでおきたい。僕はずいぶん長い間そこを離れていたのだから。（三一一）

従来、この作品は冷戦期の順応主義や管理社会を批判する作品として読まれてきた。もちろん、そうした読み方はきわめて妥当である。とはいえ、太平洋岸北西部における冷戦期公共事業という文脈から読み直せば、この作品にローカルな自然と先住民文化が、ナショナルな公共事業によって潰えてしまう状況への批判を見ることができる。電気ショック療法に典型を見るように、語り手ブロムデンの恐怖の対象、つまり、ダムがもたらす電気は、本作品において国家＝システムによる個人の管理の隠喩となる。この作品が六十年代対抗文化のマスターピースとされる所以は、ローカルな事象に対する批判を対抗文化的な体制批判の言説に昇華している点にある。

作家であるキージーのコロンビア川開発に対する関心は、いったい何に由来するのだろうか。『パリス・レビュー』（一三〇号、一九九四年）に掲載されたロバート・フェイゲンのインタビューによれば、オレゴン州スプリングフィールドで育ったキージーは、子供の時分に父親に連れられて度々セリロ滝を訪れている。そこでは、先住民が滝に組んだ足場に立ち、遡上するサケを銛でつく様子が印象的に語られるのと同時に、ダム建設が先住民に与えた影響についても言及され、「インディアンに対する意識というのは私が書くすべてのものにおいて極めて重要なのです」（一五五）と述べている。こうした先住民と滝の喪失に対する作家の関心は、習作時代に書かれた未発表作品『セリロ滝に日は暮れて』（一九五六）にも表れている。この作品はキージーがオレゴン大学在学中に「ラジオ／テレビ脚本執筆法」という授業の課題として提出したテレビ・ドキュメンタリー風のフィクションである。脚本に付された序文には次のような一節がある。

> この物語は現実にはまだ起きていないことですが、概ね真実といえます。今、こうした状況が起ころうとしているのです。あと数カ月でザ・ダルズ・ダムは完成するでしょう。そして、いにしえの、美しいセリロ滝は消滅し、先住民の部族は村から追い出されるのです。……これは書くに値する物語なのです。（八）

この引用部から明らかなように、若きキージーは竣工間近であったザ・ダルズ・ダムを批判的に見ていたようだ。開発に伴うセリロ滝の消滅によって生活様式の変容を迫られる先住民に寄り添う態度は、のちに書かれた『カッコーの巣の上で』に引き継がれている。

三　コロンビア川水系開発表象の広がり

キージーのみならず、太平洋岸北西部とゆかりのある作家たちは、さまざまな形でコロンビア川水系の開発に応答する作品を紡いできた。オレゴン州に生まれ、コロンビア川を挟んだ対岸のワシントン州ヤキマ・バレーで育ったレイモンド・カーヴァーもその一人だ。初期の短編「六〇エーカー」（一九六四）はヤカマの先住民が主人公である。この短編の終盤で、家の中に放置された亡き父親が使っていたサケ漁の漁具が前景化される。ここで描写される「サケ突き用のヤス」（五九）は、セリロ滝におけるサケ漁に特有な道具として知られている。このくだりは、ザ・ダルズ・ダムの建設によって失われたセリロ滝とその近隣に暮らしていた先住民の伝統的な生活様式の喪失を強く印象づける。作品の末尾で主人公は貝殻を耳に当てて波の音を聴くように、「滝の轟を聴くために両手で耳を覆い」（五九）、ダム建設によって失われたセリロ滝の音を聴こうとする。この場面では『カッコーの巣の上で』の語り手と同様に、失われたサウンド・スケープのつかの間の回復が試みられている。

ザ・ダルズ・ダムに沈んだセリロ滝の「滝の音の消失」に言及する書き手は、キージー、カーヴァーにとどまらない。一九五〇年代末からオレゴン州ポートランドで創作を続けたSF／ファンタジー作家、アーシュラ・K・ル・グウィンもその一人だ。ル・グウィンの晩年の詩「セリロ滝にたたずむ年寄りたち――一九五七年コロンビア川のザ・ダルズ・ダム」（二〇一〇）は、コロンビア川の水門が閉じられ、ダムが完成するその瞬間を活写する。年老いた先住民たちは、セリロ滝にたたずみ、滝の音に先人の声を聴き、部族の過去を知る術としてきたという。絶え間ない瀑布のとどろきは、そこに生きる先住民の歴史の連続性を示唆する比喩に他ならない。ところが、水門が閉じられた瞬間に、滝の音は沈黙し、いにしえの先人との時間を越えた関係は断絶してしまう。キージー、カーヴァー、ル・グウィンのテクストに描かれるセリロ滝は、視覚的なイメージよりもサウンドを前景化している点が面白い。それは、河川開発プロモーション映画の映像スペクタクルに対抗するサウンド・テクストと呼ぶに相応しい。ダム建設のプロセスと電化された文明がもたらす豊かな生活を視覚的に開帳する映画においては、ナレーションと挿入曲によってコロンビア川の轟は完全にかき消されている。

これまで挙げた作品はすべて白人作家によるものであるが、先住民作家はコロンビア水系の開発をどのように描いているのか。ウィリアム・リースト・ヒート＝ムーンの『ブルーハイウェイ——内なるアメリカへの旅』（一九八二）は、作家が幹線道路を避け、地図上にブルーで記載された裏街道を通りながら全米を旅した経験をもとに書かれたトラベル・ライティングである。この作品では、作家がコロンビア川流域を訪れた際に知己を得た河川開発の経緯と先住民のおかれた状況の変化が淡々と叙述されている。「ルイスとクラークにしても、いにしえのチヌーク族の人々にしても、ボンネヴィル・ダムのことをあまり良くは思わないだろう」（二三一）というくだりは、白人と先住民双方の血を引くヒート＝ムーンらしい論評といえる。

ワシントン州スポケーン出身の先住民作家、シャーマン・アレクシーの詩「世界の終わりのパウワウ」（一九九六）では、グランド・クーリー・ダムをはじめとする水力発電用ダム、さらにはプルトニウム製造拠点であったハンフォード・サイトの原子炉までもが破壊された終末的ヴィジョンが提示される。コロンビア川の河口から、破壊されたダムを横目にサケが遡上する先は、コロンビア川の支流、スポケーン川である。河川開発とともに築かれた太平洋岸北西部の文明が朽ち果てたあと、川を上ってきたサケとともに火を囲み、パウワウの儀式が開かれる。ダムと原子炉によって発展した現実の当該地域にかわって、そこに立ち現れるのはバイオ・リージョナルなコロンビア川流域の姿だ。

太平洋岸北西部ゆかりの作家たちが一様に河川開発を否定的に描いたわけではない。作家リチャード・ブローティガンは、ワシントン州タコマで幼少期を過ごし、のちにオレゴン州、コロンビア川支流であるウィラメット川沿いの町ユージーンで青年期を送った。短編集『芝生の逆襲』（一九七一）の中の自伝的掌編「きみのことを話していたのさ」には次のような一節がある。

七歳か八歳、いや六歳のときだったろうか。その映画を見たのは一九四一年か四二年のことだった。……田舎の電化についての映画で、三〇年代の典型的なニューディール的道徳を子供たちに伝えるものだった。……彼らは大きな発電機のあるダムを建設し、田舎に電柱を建てて、畑や放牧地に電線をはってまわった。……私は世界中のあらゆる場所に電気が行き渡るように願った。世界中の農民がラジオでルーズヴェルト大統領の声を聴けるようになるといいなと思った。（七八―七九）

このくだりで言及される映画の描写は、ＢＰＡ制作の『ハイドロ』との共通点も多い。とはいえ、この時期には連邦政府の様々な組織が水力発電用ダム建設のプロモーション映画をリリースしているので、作品を特定するには至らない。[2]いずれにしても、この作品を見る限りにおいては、ダム建設とそのあかつきに達成される電化生活を肯定的にとらえていることが分かる。国家を挙げて、公共事業による雇用の促進と生活の向上を進めた時代のプロモーション映画の受け止め方としては、さして違和感はない。とはいえ、代表作『アメリカの鱒釣り』（一九六七）を読めば、ブローティガンが開発によって損なわれた自然に対して十分に意識的であったことも分かる。伝記的な事実によれば、本作はブローティガンが一九六一年にコロンビア川水系スネーク川界隈にマス釣りを目的として滞在した折に執筆された。「クリーヴランド建造物取り壊し会社」という章では、ジャンク品を売る店の倉庫で「中古の鱒のいる川」が「一フィート単位で」（一六八）切り売りされる不思議なさまが語られる。批評家トニー・タナーはこの作品に通底するトーンを「何かが失われている喪失感」（四〇八）と端的に表現する。タナーがいう、失われつつある「何か」とは『アメリカの鱒釣り』という題名が示唆するように、アメリカの手つかずの自然やアメリカ的パストラリズムであるように思われる。ブローティガンがスネーク川河畔で本作を執筆した時期には、流域に水力発電用のダムが立て続けに建設された。一九五八年にはブラウンリー・ダム、六一年にはオックスボー・ダムが竣工し、当時、サケ科の魚類の遡上を妨げることが問題視されていた。「クリーヴランド建造物取り壊し会社」を先述した「きみのことを話していたのさ」と併読することで浮かび上がるのは、ニューディール期の河川開発をめぐる希望に満ちた言説が、自然破壊への警鐘という環境主義の言説に転化する瞬間である。

おわりに

本論ではナショナルな欲望に後押しされる形で進められたコロンビア川流域開発が、ＢＰＡ映画やガスリーの楽曲のような河川開発のプロモーション表象をもたらすと同時に、それらとは相反する批判的な言説を紡いできたことを確認した。批評家マイケル・パウエルは当該地域を描く文学作品を論じる際に、ザ・ダルズ・ダムの完成とセリロ滝の消滅を表象上の重要な参照点ととらえ、「現在もオレゴン文学の底流には、ダムによって堰き止めることができない物語の流れがあり、それはセリロ滝に轟いている」（二三九）と述べている。パウエルが言うように、セリロ滝の消滅から半世紀以上が経過した現在も、コロンビア川とその開発をめぐる物語はノースウェスト文学の中心を占めている。オレゴンを拠点として活動する女性作家・詩人エリザベス・ウッディが二〇一六年に先住民として初めて、州の桂冠詩人に選出されたことは記憶に新しい。ウッディの創作上の関心は常にコロンビア川流域の過去と現在を結びつけることにある。

コロンビア川を河口部のアストリアから、ポートランド、ボンネヴィル、ザ・ダルズへとハイウェイ沿いに北上すると、面白いように川の姿が変化していく。川には人間の歴史が刻まれ、時として、国家のイデオロギーをもその景観のうちに取り込む。雄大な自然の中を流れる大河を遡るときに突如として姿を現す巨大なダム群は、ニューディール以降の太平洋岸北西部開発の足跡に他ならない。こうした流域の景観からは見えにくい歴史の細部を補完するのが、ここで検討した数々の川の文化表象なのだ。川の表象を「読む」ことは、川とそこに生きる人々の姿を精緻に観察することに限りなく等しい。

＊本稿は日本アメリカ文学会東京支部三月例会（二〇二一年三月二十七日）における研究発表「ダム建設公共事業とコロンビア川表象史――ニューディールから冷戦まで」の発表原稿および、拙論「ダム建設事業とコロンビア川流域表象史」（『英米文化』五二号、二〇二二年）を大幅に加筆し、改稿したものである。

注

（1）ガスリーが楽曲提供するに至った経緯の詳細については、拙論「ダム建設事業とコロンビア川流域表象史」（二〇二二）を参照のこと。

（2）レイチェル・ディニは『オール電化の物語』（二〇二一、七三―七四）において、この映画を農村電化事業団（ＲＥＡ）制作の『パワー・アンド・ザ・ランド』（一九四〇）ではないかと推測している。

引用文献

Alexie, Sherman. "The Powwow at the End of the World." *The Summer of Black Widows*. Hanging Loose Press, 1996.

Bonneville Power Administration. *Power of the River: The Continuing Legacy of the Bonneville Power Administration in the Pacific Northwest*. BPA, 2012.

——. *BPA Film Collection: Volume One, 1939–1954*. BPA, 2013.

Brautigan, Richard. "I was Trying to Describe You to Someone." *Revenge of the Lawn. / The Abortion. / So the Wind Won't Blow It All Away*. Houghton Mifflin, 1995.

——. *Trout Fishing in America*. 1967. Dell, 1974.

Carver, Raymond. "Sixty Acres." 1969. *Raymond Carver: Collected Stories*. Eds. William I. Stull and Maureen P. Carroll. Library of America, 2009.

Dini, Rachele. *All-Electric Narratives: Time-Saving Appliances and Domesticity in American Literature, 1945–2020*. Bloomsbury, 2021.

Faggen, Robert. "Ken Kesey, the Art of Fiction, No.136." 1994. *Conversation with Ken Kesey*, edited by Scott F. Parker, UP of Mississippi, 2014, 147–69.

Guthrie, Woody. "Woody Sez." *People's World*, 7 Mar. 1940.

——. *People's World*, 8 Mar. 1940.

Heat-Moon, William Least. *Blue Highways: A Journey into America*. 1982. Back Bay Books, 2013.

Hydro: Power to Make the American Dream Come True, directed by Kahn, Stephen B. ,1939, BPA, 2013.

Kesey, Ken. *One Flew Over the Cuckoo's Nest*. Penguin, 1962.

——. "Sunset at Celilo." 1956. Ken Kesey Collection, AX 279, U of Oregon.

Le Guin, Ursula K. "The Elders at the Falls: The Dalles Dam at Celilo Falls on the Columbia, 1957." 2010. *Finding My Elegy: New and Selected Poems*. Houghton Mifflin, 2012.

Powell, Michael. "Oregon." *Updating the Literary West*, edited by The Western Literature Association, Texas Christian UP, 1997. pp. 239–45.

Sneddon, Christopher. *Concrete Revolution: Large Dams, Cold War Geopolitics, and the US Bureau of Reclamation*. U of Chicago P, 2015.

Snyder, Gary. "The Flowing" 1974. *Mountains and Rivers Without End*. Counter Point, 1996.

The Columbia: America's Greatest Power Stream, directed by Kahn, Stephen B., 1949, BPA, 2013.

Tanner, Tony. *City of Words: American Fiction 1950–1970*. Harper & Row, 1971.

Yates, Janelle. *Woody Guthrie: American Balladeer*. Ward Hill Press, 1995.

馬場聡「ダム建設事業とコロンビア川流域表象史」『英米文化』五二号、二〇二二年。六三—七九。

第二十三章　愛国的イデオロギーとしての自然
――映画『ノマドランド』についての一考察

峯　真依子

はじめに

クロエ・ジャオ監督・脚本・撮影の『ノマドランド (Nomadland)』は、リーマンショック以降の景気後退に続く経済的かつ社会的変動の中、年齢的には中年から高齢者、階級的にはミドルクラスの人々が、路上に出ることを余儀なくされたことを描いた映画だ。彼らはノマドもしくはワーキャンパーと呼ばれ、アメリカ中を移動し、季節労働者として車中で暮らす。夏季には国立公園での清掃、秋には農場でビーツの収穫、クリスマス・シーズンにはアマゾン倉庫と、臨時の雇用者から提供される駐車スペースと収入を求めて移動する。大恐慌時代と決定的に異なるのは、アマゾンが彼らの主な収入源となっている点である。

原作ジェシカ・ブルーダーの『ノマド』の映画化にあたり、主人公ファーンという架空の人物が作られたことに加え、原作には殆ど描かれていなかった自然の描写が全編を貫いていることは、映画の最も注目すべき点である。(1) ファーンの眼差しは、強靭で、雄弁だ。ファーンが、朝焼けか夕焼けか判別できないような、ピンクとブルーの混在する不思議な色が溶け合う薄暗い空の下、遠くを険しい横顔で見つめる。そして自分と同じ境遇の人々も、その視線で見つめる。観客は、このファーンの目を通してノマドたちの人生をつぶさに見、またそのまなざしを通してアメリカの壮大な自然を見ることになる。

アカデミー賞のお墨付きを得る前からすでに各紙で高い評価を受けていたが、この映画を評価しない声もあった。世に出回っている映画に対する賛否両論をまとめた「ニューヨーク・タイムズ」によると、「ノマドランドは美しくみえるかもしれない……しかし……国中の数千もの労働者に行われてきた痛ましいことを過小評価している……」というのが、一般的な批判者らの意見である。[2]たしかに、その劣悪な労働環境で悪名高いアマゾン倉庫の休憩時間にザ・スミスの歌詞が話題に上り、「好きだね」「私も」「(歌詞の意味が)深いよね」と労働者らが談笑したとき、ケン・ローチの作品ならまだしもハリウッド映画でブリット・ポップが引用されることの不自然さも含め、有り体にいえば嘘くささはあった。

一方、同じ記事によると「映画は決してアマゾンについてだったわけではなく、ただそのディテールはより大きなヒューマニズム的考察の一部」というのが、擁護者らの言い分のようである。なるほど、夫の死、旅人のはかなさ、共助のコミュニティ、誇りを失わないこと、人間の強さが全編を通して描かれていた点で普遍的な物語であろう。

しかし、である。原作が追ったアマゾンの深刻な労使関係の問題性が描かれていなかったと憤慨する映画評の多くが、自然の雄大さを描写する、映画の至る所で使用されたロングショットについては、総じて無批判であったのはなぜなのか。本稿が問題にしたいのは、その点である。いわゆる階級闘争の話をしている批判者も、まるでそこだけは思考停止に陥ったかのように、なぜ映画に出てくる自然には簡単に説得されてしまうのか。答えは、単にアメリカの自然が圧倒的に雄大で美しいからだ、ということになるのかもしれない。しかし、アメリカにおいて自然というテーマが看過できないのは、それを見つめることで何かから目を逸らさせる危うさがあるからである。

本稿では、映画『ノマドランド』の自然描写をきっかけとして、自然がナショナリズムと強く結びついたイデオロギーとして機能してきた側面を振り返りたい。そしてもう一つ見逃してならないのは、この映画が実に自然の景観のカットに挟まれたロード・ナラティヴの形をとっている点である。結論を先取り的に言えば、この映画は、自然と移動が両輪となったマニフェスト・デスティニーへのオマージュであるといえるのではないか。

よって本稿は、この映画が描いたアメリカの自然が持つ愛国的イデオロギーと移動の諸相が、様々な文学作品に繰り返し登場するレトリックであること、そしてこれからも文学のみならず、映画、アートなどで繰り返されるに違いない強固なイデオロギーであり、かつこれが国民的ナラティヴであることについて考えてみたい。

一　フィクショナルなものとしての自然

主演のフランシス・マクドーマンドはあるインタビューで、「あるジャーナリストが、映画の中の私の表情について、『国立公園を訪れているようだ』と言いました。その言葉をとても気に入っています」と述べている（サーチライト 一七）。「国立公園を訪れている」ときの表情が演技に表現されたことが、アメリカという文脈においては、心の琴線に触れる誉め言葉足り得るというその不思議さを理解するためには、この文脈の自然の意味が形成されるに至った歴史的経緯を、まず簡単にたどっておく必要があろう。

エリック・カウフマンは、まだ新しい国としてヨーロッパと肩を並べたがっていたアメリカは、誇れる自国のアイデンティティを死に物狂いで探す中で、それを自然の中に見出したことを指摘する。歴史と文明を持つヨーロッパ人から「アメリカは国ではない、大陸だ」と言われると、それに対する返答として、「アメリカ人は、ナショナリスティックな目的のために自然という新しい美を利用し始めた」（六七一）のである。たとえばカウフマンは、ある画家が、訪問中のヨーロッパ人に、「アメリカ人としての責務でもって川の光景を称賛し、見せびらかすこと以上に国民としての義務はない」と言ったことを挙げる（六七二）。ヨーロッパ人に山、川、高原、湖をみせながら、これがアメリカという国だ、と誇りをもって説明する態度が、未来の可能性以外ににとりたてて誇れるものがない中で醸成されていった。

また、対ヨーロッパとしての国民のアイデンティティとなった自然は、国内で国民統合のための一つの「美的なフィクション」としても機能するようになる。様々な宗教的セクトや人種が集合し、地方にも主権が存在するアメリカでは、バラバラになりかねない政治的構造に対してイデオロギー的なバランスをもたらす何かが必要だった。この国家的問題に対する解決策として、紛争無しに社会的紐帯を約束する自然が見出されていく。それをアンジェラ・ミラーは「自然のレトリック」呼ぶ（二〇八―〇九）。ミラーは十九世紀の複数の風景画を分析しながら、アメリカの自然の景観は本来、土地固有のローカル性があってしかるべきであるが、合成的な景観としてより一般化されていくことを分析したのちに、次のように総括している。

> アメリカ人として、われわれはアメリカの景観である逆巻く草原、自由に流れる川、紫の山の偉大さに対する真摯でかつ激しい愛を告白する。しかし困難なのは、この特別な景観がどこにあるのかということは実際のところ想像ができないのだ。……それはいつだってロマンティックな景観だったのだ……この景観は、アメリカの文化的なナショナリズムのひとつの発明だった。そういったイメージをじっと見つめることは、ナショナルな自己肯定の魂を拡大させる儀式だった。（二一二―一三）（傍線部筆者）

つまり具体的な枝葉末節が脱ぎ去られ、抽象化されたフィクショナルなアメリカの自然が、集合的信仰対象として心にイメージされることで、人々が一つのコミュニティとして結ばれる。自然がこうして強力な国民統合のイメージとして用いられていったことは、なぜワシントンD・Cではなく、サウスダコタ州のマウント・ラッシュモア国立記念碑に、大統領たちの顔がグロテスクに並んでいるのかということで証明される。政治と自然、国家と自然の結びつきが、あれほど明示的になった例はないのではないか。自然の中の方が政治的なモニュメントを可視化させるのにはふさわしく、それによってこそ、アメリカ国民としてのアイデンティティを高め、人々を結び付け、彼らに忠誠を誓わせることができるのである。

とすれば、その自然の中の大統領たちがいるまさにサウスダコタ州が、この「ノマドランド」の主なロケ地となったのは単なる偶然なのか。

「こんな風景ほかにないわ」
「さすがバッドランズ国立公園」

サウスダコタのバッドランズ国立公園で清掃の仕事中の、ファーンと友人のリンダ・メイが言う「ほかにはない」場所とは、おそらく「本当の」アメリカを表出する西部の景色である。しかし総じて言えば、具体性が取り除かれた抽象的な、あくまでもイメージとしての西部・中西部である。たとえば映画では、国立公園のバッドランズ、ウォータークオーツ、これらの具体的地名以外は、そこがアメリカのどこでもない、ただ中西部のどこかということしかわからない。

最初の場面でどこからともなく現れた主人公が、人っ子一人いない高原でしゃがみ込んで用を足し、ヴァンに戻り、また走り始める。闇夜に浮かぶドライブインの「ミッドウェスト」というネオンサインは、その場所の抽象性だけをくっきりと際立たせる。移動の途中、主人公は西部のどこかのゴーストタウンの崩れかけながら残る廃屋を物珍しそうにのぞくが、やはりそれがどこなのかは判別がつかないのである。この映画において用いられた場所の抽象化の作業は、過去に国民統合のために行われてきたナショナルな自然の愛国的イデオロギーのパターンを想起させる。それは古くなっておらず、この映画の合成的な中西部もまた「ナショナルな自己肯定の魂を拡大させる」効果があるのではないか。

だが、改めて考えたい。なぜ映画にとって他の自然ではなく、中西部の自然であることが意味を持つのか。イーフー・トゥアンは、「フロンティアに関する一八九三年のターナーの仮説は、教養ある大衆に共感を呼び起こした。間違いなくその理由のひとつは、それが古くからの曖昧な推定に知的な基盤を与えることができたからである。その推定とは、アメリカ人の特徴やその組織の美点は、何らかのかたちで大地から——それを所有し、そこで働き、それと格闘し、その自然の贈り物から最大限の繁栄と自由を獲得する、フロンティアの人々から——引き出されたというものなのである」と、述べている（一〇二）。

すなわち、西部的なる自然は、「襟を正す思いになる何か」なのである。アメリカの最たる美徳を湛えた、フロンティアの人々とのつながりを呼び起こす聖域だからである。人々のフロンティアへの信仰にも近い思いは、思いのほか根が深い。事実、カウフマンによると、殆どのアメリカ人たちは、立ちはだかる荒野にキリスト教的独立国家を樹立した者たちだという自己認識はなくとも、自分らをフロンティアの根源的なものと接触を保つ「自然国家生まれ」と見なしているという（六七九）。映画は、西部らしい景色を映し出すようでいて、その実はフロンティアへの信仰回帰を促している。

もっとも、阿部珠理が言うように、たとえフロンティアが「個人の勇気と努力次第で、生産性の高い農地や牧草地に変わり、彼らの財産となった」がゆえに、「自由と富を約束するアメリカの夢」となった歴史があっても、植民者にはそこが手つかずの原野にみえただけで、「インディアンたちが、おもに狩猟移動型の生活をしていたため、自然がそのまま残っていた」にすぎなかった（一一六）。そのことは、いくら強調してもし過ぎることはない。

俳優に対する「国立公園を見ているよう」という評価は、アメリカ人の一定のコンテクストを共有する者でなければ出てこないだろう。それが誉め言葉になりうる文脈とは、荒野を苦労しながらも突き進んだこの自然国家の建国の物語に自分も参加しているという自覚を、俳優自身が演技を通して観客に呼び起こさせることに他ならないからである。その意味でこの映画は、主人公ファーンの視線の向こうにある自然を見、自然との神聖なつながりを通じて過去のフロンティアとのつながりを今ひとたび回復させる、まさにアメリカ人としての矜持を呼び覚ます物語でもあるともいえる。

二　ロードを旅して自然をめぐる

ここで映画からは少し離れて、この映画の持つ根本的なナイーヴさを明らかにするために、アメリカ人がどのようにして「自然を見る」ことを学んできたのかを、三つのガイドブックをもとに確認したい。自然を見るという行為は一見当たり前のようにみえるが、じつは特別な行為である。たとえばオギュスタン・ベルクは、農民は自分の耕作地を風景と呼んだりしないと言う。山や川を見てそれを風景と捉えることができるには、絵や詩歌などで教育され、仕込まれた視線、なにか特別な図式を獲得する必要があり、そのような教育がなければ、われわれが知覚するのは、風景ではなく環境にすぎないことになるという（一一二）。

アメリカにおいては、ガイドブックという非常に特殊な形で自然を見るというナショナリズムの啓蒙活動が、近代国家の成立と国家統一のために行われた。まず、一八七二—七四年に出版された絵のように美しい自然というコンセプトの『ピクチャレスク・アメリカ』の二巻本。(3) 次に、一九一四—二一年の西部を中心とした国内旅行の促進キャンペーンの『まずアメリカを見よう』の十七巻本。(4) さらに一九三五—四三年、ニューディール政策で連邦作家計画がアメリカの景色を全国津々浦々に調査・網羅した『アメリカン・ガイドシリーズ』の三つのガイドブックが、人々に自然をどうみるかを文字通り案内(ガイド)するブックとして、教育的な役割を果たした。(5) 出版社、幅広い旅行産業、アメリカ連邦政府というように、ガイドブックは、その都度プロモーターの規模を拡大させた。十九世紀末から二十世紀前半にかけて新興した観光産業において旅行のインフラが整備されるに伴い、ごく限られたエリート層だけでなく、現地生まれの中産・上流階級である白人に国中を見て回るよう促したのが、これら三つのガイドブックであった。

マーグリート・シェイファーが詳細に明らかにしたように、三つのガイドブックは旅行を単なる旅行ではなく、旅行者に何をみるべきか、どう見るべきかを教えた。国家の理想像を念頭に置いて、各プロモーターたちは、アメリカの風景全域で理想化された新しい国の歴史と伝統を「発明」し、地図を作った。そこには、それらを国のアイデンティティとして人々に共有させ、「アメリカ市民になることの儀式」として観光を機能させる明確な目的があった。一方、旅行者は、鉄道から車への交通革命の波と、ミドルクラスの繁栄に後押しされて、歴史の足跡をたどり、国を直接見ることで、ますますこれらのキャンペーンに応えていった。その結果、旅の物語、旅行日記、そのときのスクラップブックには、多くの旅行者がロードに出て「本当の」アメリカを見つけたと記すようになる。現地生まれの中産・上流階級の白人は日常生活の束縛を離れ、「英雄的もしくはこの国の正当なる者」として自らを再想像させる場所に出向いていった(四—五)。そこで、前節で確認した自然の愛国的イデオロギーが、どのようにガイドブックを通じて人々に浸透していったのかを明らかにするために、ここで三つガイドブックの内容を若干紐解いてみたい。

一つ目の『ピクチャレスク・アメリカ』は、アメリカ各地の銅板印画による風景画と、その場所についてのエッセイで綴られている。たとえば、ノースカロライナ州のフレンチ・ブロード川周辺についてのエッセイの一部を抜粋すると、「フレンチ・ブロード周辺の天然資源……は殆ど無限だ。アシュビルからグレイト・ウェスタン・ターンパイクまでの一二〇マイル以上は、鉄鉱石の山々、莫大な銅と砂金を含む鉱脈、銀と金の岩脈にまたがっており、また数マイルは、非常に細かい粒子の大理石の層の上を走るが、その色合いは、純白から、複雑な色の混ざる優美かつ深みのであるバラ色やピンクの色合いを経て、また最も暗く最も光沢感のある黒までのありとあらゆる色調なのである。川はあらゆる医療的効能を持つ源泉、とてつもない高さの滝、人が覗き込もうものなら身震いする底なしのような深さの穴、野生動物だけが知っている月桂樹の鬱蒼とした険しい藪、白人が足を踏み入れたことのない森を抜け……フレンチ・ブロードは、なんと珍しく、豊かで、そして絵のように美しいことよ」と、風景を讃えるレトリックが満載である（ブライアント、一巻　一四九）。ちなみに、上下巻あわせ一、一四四ページのどこをとっても同様のトーンが延々と続く。

二つ目の『まずアメリカを見よう』では、巻を増すごとにカラーの風景画に白黒の風景写真が混ざってゆく。また一九二〇年のアメリカではまだ目新しかったが、移動手段が鉄道から自動車になっていく過程が如実にわかる。『アメリカ西部の七つのワンダーランド』という一冊を開くと、全体としてはイエローストーン、ヨセミテ国立公園、グランドキャニオンなどの絵と写真が多くあり、宿と車での行き方、入り口などがエッセイ仕立てで丁寧に書かれている。その巻頭には、「真の平安のためには、無垢な空の下へ出で、色彩鮮やかな岩山、そびえ立つ松、そして険しい渓流のある山々に分け入り、自然の近くに行かねばならない。仲間の巡礼者たちが同じ目的地を目指そうとも問題ではない。望むとおり、最大限独りになれる手つかずの荒野には常に孤独の感覚があり、また僻地は常にあるからだ」とある（マーフィー　前書き）。西部への旅行者を「巡礼者」と呼ぶ点が、実に興味深い。

三つ目の『アメリカンガイド・シリーズ』は、完全にハイウェイを中心に車で移動することを前提にして記述が進む。あまりに出版数が多い為その特徴を集約させることはできないが、それでもガイドシリーズの成長に伴い、「ロード」は進歩と開拓者の遺産のシンボル」として描写された（ガンダー　一七一）。たとえば、開拓者を最もトリビュートした一冊として知られる『オレゴン・トレイル』には、「その道のマイルごとに、そこを通り過ぎて行った無数の記憶が満ちている。今日の滑らかで近代的なハイウェイは、当時はミズーリ川からコロンビア渓谷下流まで五ヶ月を要する、旅の最大の山場となった舗装も何もされていない危険な道だった」と、ハイウェイに開拓者の歩みを被せる（フェデラル・ライターズ・プロジェクト　一二三）。

以上が、ごく一部であるが、三つのガイドブックの具体的な記述である。これらのガイドブックを通じて「この国の風景を見て回る」ことが本来、中流・上流階級の白人にとってこの国を継ぐ者として、自らの誇りを高める通過儀礼として機能していたことを考えれば、ある一つの仮説が浮かぶ。すなわち、現代アメリカのいわゆるロード・ナラティヴとは、自然を巡礼しアメリカ人となるためのこの三つのガイドブックが、ひとつのプロトタイプだったのではないか。少なくとも、三つのガイドブックの「アメリカを見つける旅」というコンセプトは、ロード・ナラティヴと呼ばれる様々な文学作品や映画において、ある種の既視感を我々にもたらしはしないか。それが愛国的であろうがなかろうが、『オン・ザ・ロード』で大陸を縦横に疾走するディーンとサルしかり、多くのロード・ムービー作品や、アメリカを探すということがメタなテーマになっている可能性のありそうな作品は、枚挙にいとまがないのである。[6]

『ノマドランド』の場合、一見したところ路上生活を強いられた人々の物語であるが、その実は、ロードを旅して自然をめぐるというガイドブックが意図した典型的な愛国的通過儀礼のパターンを踏んでおり、三つのガイドブックの延長線上にあるとさえ解釈することが可能ではないか。もちろん、結局のところエンターテインメントとして映画が面白いのであれば、何も問題はないという向きもあろう。

しかし、ことは意外に厄介である。それはロードを旅して自然をめぐるという形式が、長きにわたり目の前の解決困難な問題を棚上げし、それを巡る思考が成熟「しない」ことを許してきたからである。そもそも連邦作家計画の「アメリカン・ガイドシリーズ」はその形式の妙に気づき、実際に作成時に利用した。ワシントンD・Cから全国にいるライターに指示を与えた一九三六年の「アメリカン・ガイド・マニュアル」には、こう書いている。

ツアーは該当する州のセクションについて切れ目のない叙述を提供するよう。また種類の相違に関わらず、興味を引くところのすべてを、該当する道に沿って、それらが位置するままに描写すること。（五）（傍線部筆者）

同様に、一九三九年の「アメリカン・ガイド・マニュアル」ではあからさまに、アメリカは「トピック的にでも年代順でもなく地理学的に語られる」必要があると明記されている（三）。繰り返せば、ガイドブックはアメリカ人としてのアイデンティティを喚起・強化するものであり、国民統合、人々のアメリカへの同化を促した。そのとき、自然が国民統合に役立つことはそれ以前のガイドブックを通じてすでに証明済みであったが、もうひとつ、「道に沿って」書くことで、アメリカの抱えるたえざる難問としての民族的、人種対立を、ロードこそが無効にできることに連邦作家計画は気づいたのだった。よって「アメリカン・ガイドシリーズ」は、たとえば「インディアンの虐殺」にも、「インディアンによる白人の虐殺」にも深入りすることなしに、それらを道に並列に並べて記述し、前へ進んだ（アイザーンへイゲン　一八七―八八）。このロード・ナラティヴの形式の妙によって、ガイドブックは、あらゆる対立を避けながら、ただ、ロードを通り過ぎたのだった。

映画では、ファーンが一度だけ、怒りを露にする場面がある。怒りの矛先は、リーマンショックの頃の儲け話をしていた不動産屋である。ファーンの姉妹が、「ノマドがやっていることは、開拓者らがやったことと変わらない」と口をはさみ、ファーンの誇りを少し回復させる。翌日にはヴァンに乗りこみ、また移動が始まる。こうして対立が表面化することはあっても、怒りはその場限りのものであり、ただ、そこを通り過ぎていく。

車が故障しても、車中泊で誰かにヴァンをノックされる恐怖に怯えることがあっても、明確な敵、いわば社会の根本的矛盾は決して見えない。これこそがロード・ナラティヴの妙で、思考が成熟する前に次に進むからである。人々が路上生活を強いられている一％と九九％の間の、天文学的次元の格差を生み出す社会の陥穽を見つめることなく、この映画の真骨頂ともいえる自然のロングショットが始まると、透明感のある旋律のピアノ曲が流れ、ファーンの儀式のような風景を見る姿が映される。生きることは苦しい。しかし、アメリカはあまりにも大きくて、美しい。賃金は得た、食べ物が買える。ガソリン代が賄える。苦しみはおいていこう、さあ、自然に抱かれ、前を向いて進もう。社会的圧迫から生み出されたノマドの、自然における精神的再生がループされるともいうべきか。

さて、映画の終わり方は、原作とは真逆になっている。原作は、本人役で登場したリンダ・メイがノマド生活を続けながら突破口を見出し、土地の所有を実現する。そして、ニューメキシコの建築家マイケル・レイノルズが考案したその再生可能なシステムで、食料、水、電気、冷暖房を自ら生み出し、砂漠と調和しながら生きることを可能にする有機的住宅アースシップに定住する予感で終わっている（ブルーダー 三四六）。

一方、映画は、移動から移動で終わる。ファーンが出てきたのは、ネバダ州北西部のブラックロック砂漠のエンパイアであり、不況で主幹産業が消えた後、郵便番号が消滅した町である。この町は、原作にも登場する。ただ、映画の後半で変調が起こる。ファーンは、ヴァンで移動を続けた先に太平洋にまで行きついたということを示唆させながら、海岸沿いを走っている。車を停める。孫が誕生したというノマド仲間の男性の家で歓待を受け、その家での定住の誘いを受けるが、どうも居心地が悪い。夫の死、末期がんのノマド仲間と、主人公には死の匂いが漂っていたのとは対照的に、その家は新生児が命の勢いを発散している。恐る恐る抱いてあやすファーン。西漸の果てにファーンにとってのフロンティアが終焉を迎え、生命と定住という真逆の選択が今、目の前にある。

ある朝、誰も起きていない早い時間、リビングの大きな窓の外に広がる景色をじっと見ているファーンの後ろ姿。意を決したようにヴァンに乗り込むと、海を後にする。今度は行きついた西の果てから内陸に向けて、来た道をひき返してひたすら逆走する。真っ先に向かった先は、アマゾンである。エンパイアから出ざるを得なかったファーンが、次は自らの意思で、アマゾンという世界中に君臨しつつある新たな帝国に参加するかのようである。その意味で、かつての移動と拡張というアメリカの帝国主義は、アマゾンに接続されることで終わっていないのかもしれない。いわばマニフェスト・デスティニーの二十一世紀における新たな様相が、『ノマドランド』の自然のカットを至る所にはさんだ移動の描写には、ひそやかに宣言されていたのではないかと思われる。

おわりに

映画の中で、国立公園で仕事中のファーンに声をかける人物が出てくる。「あなたにはアメリカ人という特権が（ある）。どこへでも移動できる」と言われ、ファーンは「確かにそうね」と頷く。本稿では詳しく扱うことはできなかったが、映画のほぼ全員のノマドが白人であり、非白人はほんの一握りであった。原作では、ブルーダーがそれについて、「おそらく戸外での『不自由な生活』を楽しむには、ある種の特権的地位が必要なのだろう」と結論付けている（二五三）。つまり、この「アメリカ人」は「白人」と言い換えた方が、原作にとっても現実にとってもより正確だったはずだ。白人中心の旅物語が、かつてのマニフェスト・デスティニーへのオマージュを孕んでいるのは、当然の帰結だったのかもしれない。

その点で、ジャオ監督の次の作品が、マーベルのヒーロー物語『エターナルズ』であったことは、決して驚くに値しない。むしろ、この『ノマドランド』の方が、マーベルに接続する物語だったからだと考えた方が良い。なぜならこの映画がすでに、愛国的な自然に包まれた、アメリカの「古き良き」帝国的イデオロギーを補強する映画であったからである。それについては、すでに見てきたとおりである。

アメリカにおける自然が愛国との共犯関係にあった過去を振り返れば、この映画がアマゾンの労使関係をことさら描かなかったことが問題なのではなく、自然を描いたことの方が大きな意味を持つことを注視しなければならない。暴力にさらされてきた側にとってみれば、自然の美によって、簡単に丸め込まれ、黙らされるわけにはいかないはずだからであり、同様に、移動によって、その痛みが通り過ぎて全てなかったことになるわけにはいかないからである。

＊本稿は、日本学術振興会科学研究費補助金若手研究Ｂ「一九三〇年代連邦作家計画のガイドブックにおけるアメリカン・ナラティヴの創出」［科研費研究者番号 90808693］による研究成果の一部である。

注

（1）原作では、ブルーダー三一八、三三二頁に自然描写が見られる。
（2）https://www.nytimes.com/2021/02/18/movies/nomadland-review.html?smid=url-share
（3）Bryant, William Cullen, ed. *Picturesque America; or, The Land We Live In*. Vols. 1 and 2. New York: D. Appleton, 1872–74.
（4）*The "See America First" Series: In Search of National Identity, 1914–1931*. Vols. 17. Tokyo: Athena Press, 2018.　このシリーズについての詳細は次を参照されたい。小笠原亜衣「幻視する原初のアメリカ――「まずアメリカを見よう」キャンペーンとヘミングウェイの風景」『〈風景〉のアメリカ文化学――シリーズ・アメリカ文化を読む２』野田研一編、ミネルヴァ書房、二〇一一、一七七―二〇〇。
（5）ここでは当時の四八州、すなわち四八冊を指すが、国の報告書によれば、一九四二年四月の時点で二七六冊の本、七〇一冊のパンフレット、三四〇冊のリーフレットが出版された。このシリーズについての詳細は次を参照されたい。峯真依子「連邦作家計画『米国各州案内』についての試論――故郷を出現させるガイドブック」『エスニシティと物語り――複眼的文学論』松本昇監修、西垣内磨留美・君塚淳一・中垣恒太郎・馬場聡編、二〇一九、金星堂、一一一―二四。
（6）ロード・ナラティヴが時代を経るにつれて中流・上流白人男性中心の旅物語から白人の下層階級、女性、マイノリティへと多様化していったこととそのことが持つ意味に着目するのは改めて興味深いテーマだといえる。それについては松本昇・中垣恒太郎・馬場聡編『アメリカン・ロードの物語学』金星堂、二〇一五、を参照されたい。

引用・参考文献

American Guide Manual. “Supplementary Instructions #8 to The American Guide Manual,” 18 January 1936.

——. “Supplementary Instructions #11-E to The American Guide Manual,” rev. 6 January 1939.

Federal Writers’ Project. *The Oregon Trail: The Missouri River to the Pacific Ocean*. New York: Hastings House, 1939.

Gander, Catherine. *Muriel Rukeyser and Documentary: The Poetics of Connection*. Edinburgh: Edinburgh UP, 2013.

Isernhagen, Hartwig. “Identity and Exchange: The Representation of ‘The Indian’ in the Federal Writers Project and in Contemporary Native American Literature.” *Native American Representations: First Encounters, Distorted Images, and Literary Appropriations*. Ed. Gretchen M. Bataille. Lincoln: U of Nebraska P, 2001, 168–95.

Kaufmann, Eric. “‘Naturalizing the Nation’: The Rise of Naturalistic Nationalism in the United States and Canada.” *Comparative Studies in Society and History*, vol. 40, no. 4, 1998, pp. 666–95, http://www.jstor.org/stable/179306. Accessed 5 Apr. 2022.

Miller, Angela. “Everywhere and Nowhere: The Making of the National Landscape.” *American Literary History*, vol. 4, no. 2, 1992, pp. 207–29, http://www.jstor.org/stable/489986. Accessed 5 Apr. 2022.

Murphy, Thomas Dowler. *Seven Wonderlands of the American West*. Tokyo: Athena P, 2018.

Shaffer, Marguerite S. *See America First: Tourism and National Identity, 1880–1940*. Washington, DC: Smithsonian Institution P, 2001.

阿部珠理『メイキング・オブ・アメリカ——格差社会アメリカの成り立ち』彩流社、二〇一六。

サーチライト・ピクチャーズ・マガジン『ノマドランド』劇場用プログラム、一八号、株式会社ムービーウォーカー、二〇二一。

ジャオ、クロエ『ノマドランド』ＤＶＤ、二〇二〇年、ウォルト・ディズニー・ジャパン。

トゥアン、イーフー『コスモポリタンの空間——コスモスと炉端』阿部一訳、せりか書房、一九九七。

野田研一「序——風景の問題圏」『〈風景〉のアメリカ文化学』、一—一六。

ブルーダー、ジェシカ『ノマド——漂流する高齢労働者たち』鈴木素子訳、春秋社、二〇一八。

ベルク、オギュスタン『日本の風景・西欧の景観——そして造景の時代』講談社現代新書、一九九〇。

第二十四章　終末の地球に降り立つ　クロエ・ジャオ『ノマドランド』

川村　亜樹

はじめに――クロエ・ジャオ映画と自然環境

ベネチア国際映画祭金獅子賞、トロント国際映画祭観客賞を手中に収め、第九三回米アカデミー賞作品賞を受賞した『ノマドランド』（二〇二〇）の監督クロエ・ジャオは、大抜擢となった次作のマーベル映画『エターナルズ』（二〇二一）に関するインタヴューで、「私たちは、文字通り、種（species）としてこの惑星を離れてどこか別の場所へ行こうとし、ホームを離れて何か――意味、土地、ゴールド、機会――何であれ、を探しますが、結局歳を取るにつれ、ホームに帰ろうとします」（ザイード n.p.g.）と語っている。人類を地球に生息する種とみなすこの思考は、彼女の作品が近代的な人間の主体に関する概念に再考を迫り、人新世、そして、気候変動がもたらすであろう終末に対する文化、芸術による政治的応答を議論するうえで格好のテクストであることを示唆する。実際、彼女の登場人物たちは、自然環境と相互的な影響関係を持ち、カンヌ国際映画祭、監督週間で上映された『ザ・ライダー』（二〇一七）では、ロデオでの事故により身体不自由となったカウボーイたちが、西部劇が孕むマッチョなイメージを撹乱しつつ、広大な自然を背景として、制御困難な馬や牛との分かちがたい関係を展開している。また、恐竜が蘇る『エターナルズ』は、地質学的な時間のなかでの地球の存亡を賭けた戦いをテーマとしている。

そして、『ノマドランド』については、ロボット化が進むアマゾン倉庫での高齢者たちの過酷な労働実態を暴くべく、リーマンショックがもたらした生活困窮者のハウスレス生活に焦点が当てられているが、映像には美しい山並みのみならず、地層や恐竜などが断片的に散りばめられ、人類を圧倒する地質学的時間が漂う。特に、オープニングとエンディングに登場する、二〇一一年に閉鎖されたネバダ州エンパイアにあったジプサム社の石膏プラント、その「帝国」消滅後の終末的空間は、人類の絶滅を想像させるかたちで人新世の議論を喚起する。また、ロードムービーともいえる本作で、主人公ファーンが住居にするバンガードと名付けられた貨物用ワゴン車は、作品をとおして雪や氷に覆われた厳しい自然とともにある。ジェシカ・ブルーダーによるルポルタージュ原作『ノマド――漂流する高齢労働者たち』(二〇一七)でも、ノマドたちが滞在するキャンプ場などで自然環境が言及されているが、やはり脚本のト書きでの天候の説明は目を引く。

したがって、ジャオの監督、脚本家としての作家性を最も際立たせる一つの要素は、自然環境という科学的テーマを、人間ドラマとして感情豊かに表現するところにある。彼女は別のインタヴューで、原作について、「ページをめくるごとに、まさにユニバーサルな感情、すなわち、集合的な喪失感、生活様式の喪失を感じました。[……]登場人物たちに命を吹き込み、彼/彼女らの物語をユニバーサルなものとし、観客と彼/彼女ら(の物語)を、最初に感情的に結び付けたい」(アーサー n.p.g.)と述べている。その言葉通り、ノマドたちの調査をする作者兼語り手のブルーダーや、調査対象のリンダ・メイらのエピソードをつなぎ合わせて、夫を癌で亡くした女性主人公を作って別の男性と出会わせ、現実には生きているスワンキーも物語終盤に癌で死なせる、悲しみがこもった人間ドラマを展開し、観客が環境問題というユニバーサルな物語と向き合うための表象文化の可能性を高めた。その際、苦しい余命をもたらす癌という設定も気候変動による終末を暗示する。

ただ一つ残念なのは、原作において詳細に説明され、結末に希望をもたらす「アースシップ(Earthship)」という自然環境との共生を追求する建築の取り組みが、映画ではあまり扱われていない。そこで本章では、近年の環境批評を参照し、人新世をめぐる議論の現状を踏まえたうえで、映画『ノマドランド』の原作、脚本を辿り、天候、地層や恐竜、閉鎖された町エンパイアについてのシーンを中心に、人新世の果てにある人類の絶滅がいかに想像されているかを考察し、アースシップの意義を検討したい。

一　人新世とリーマンショック

ノーベル化学賞受賞者パウル・クルッツェンらが考案したとされる人新世という地質年代は、いま現在、科学的には非公式であるが、その一方で、現代思想、環境文学などでも議論されてきた経緯がある。たとえば、キャスパー・ブルーン・イェンセンは『現代思想』の人新世の特集号で、「人新世とは巨大な未来生成装置なのです。私たちの誰もが「それ」の一部であり、それが「ありとあらゆる面で」人々に影響を与えると想定されることから、人新世は記述や理論における関わりだけでなく、倫理的で、政治的で、美学的な応答を要請するのです」（四八）と述べている。ただ結局のところ、文化や芸術をとおして、生態系、地球環境に対して、どのような具体的な政治的目標が見えてくるのだろうか。歴史学者ディペッシュ・チャクラバルティによる『惑星時代における気候の歴史』（二〇二一）を足掛かりとして探ってみたい。

チャクラバルティは、地球 (globe) と対比させるかたちで、人間を脱中心化する惑星 (planet) の危機に対する政治的理論は、「生活の網の目のなかで、変化しつつある人間の位置の新たな理解」（九一）を基盤とする必要があるとした。「新たな理解」とは、人間と世界、文化と自然、主体と客体、中心と周辺のさらなる一体化であり、「政治思想はこれまで人間中心であった。人間の関心の外部に「世界」を絶えず置いておくか、「外部」からの侵入として、人間の歴史の時間への噴出を扱ってきたが、この「外部」はもはや存在しない」(一七八)と説明している。そして、「人新世とは、地球 (earth) が我々の政治的な目標を掲げる際の安定した土台を提供しているという確信を、地質学的なものを日常に持ち込むことで撹乱する」(一八〇)としている。ティモシー・モートンの見通しはさらに暗い。

人新世は、人間の領域と、いわゆる自然のあいだの差異を崩壊させる。境界線の崩壊は、私が世界の終わり (the end of the world) と呼びたい状態をもたらしている。つまり、舞台装置の上におけるように、人間的な諸々の出来事をそれに対して意義あるものとする、重要な安定した背景が崩壊してきているのだ。それに続いて、距離の喪失によって、不気味なものと奇妙なものが強烈に感じられるようになってきている。(一五八)

そもそも人新世は、地質学的に人類が地球環境に与える影響を表現する用語だが、篠原雅武の「人新世の問題は、人間にはコントロールできない自然とともに生きていく存在として人間のあり方を考え直すことを迫るものであると考えることもできる」(七九)という指摘も踏まえれば、気候変動がもたらす「世界の終わり」、終末の認識を「迫る」用語になり、文学や映画は少なくともその緊迫感を表現するうえで役立つだろう。

その一方で、ジェイソン・ムーアが人新世の代わりに資本新世という用語を提案し、スラヴォイ・ジジェックが、気候変動による生態系の危機解決の鍵を資本主義とした(「マルチスピーシーズの未来と文化の研究」一八〇)。これに対し、チャクラバルティは、「せいぜい五百年の資本主義の視点からのみで人類の歴史を語ることはできない」(一三七)、さらには、「ヨーロッパの帝国や資本主義が生み出した、純粋にグローバルな時代は終わり、我々はグローバルと惑星的なものの境界に生きている」(二〇四)と応答する。資本主義に対する革命が約束されたとしても、たとえ数百年であろうと近代化、グローバル化が地球環境に与えた爪痕を消し去ることはできず、気候変動についてはすでに一線を越えてしまっている点を勘案すればチャクラバルティは正しい。

とはいえ、国家の発展レベルに応じた二酸化炭素排出量の観点からではない、現在のアメリカ文学で地球環境への意識が最も高い作家の一人、ジョナサン・フランゼンによる、気候変動がもたらす終末と経済格差に関する見通しは傾聴に値する。

宗教であれ、核であれ、小惑星であれ、他の種類の終末には少なくとも二元的な整然とした死がある――ある瞬間、世界はそこにあり、次の瞬間、永遠に消え去っている。それとは対照的に、気候による終末は厄介だ。厳しさを増す危機のかたちで、文明が綻びはじめるまで無秩序に悪化する。事態が非常に悪化しても、もしかすると、すぐにではなく、そして、全員に対してでもなく、私にとってでもないかもしれない。(n.p.g)

癌のように、気候変動の終末は比較的ゆっくりと経過し、それゆえ苦しみも長期的となる。そのうえ、皆が等しく悪影響を受けるわけでもない。この指摘を踏まえれば、惑星としての環境問題と、グローバルな経済活動が広がるなかでの古い産業に従事してきた労働者の切り捨ては不可分の関係にあり、やはりどちらか片方しかみないで今後の地球の舵取りをするわけにはいかない。

リーマンショックを地質学的時間軸で捉えた『ノマドランド』は、まさにこの難題に正面から向き合っており、不動産投資、そして、現在の資本主義を問題視し、それと同時に、人類の絶滅が想像されるとともに、地球との繋がりの可能性が提案されている。具体的には、ファーンはバンガードの修理費を借りるために姉の家を訪れた際、ホームパーティの席で不動産投資の話になるが、「買う余裕がない家を買うために、貯金をはたいたり、借金したりするのを人に勧めるのっておかしいと思う」(ジャオ　六五)と、あからさまに非難し、主人公が語ることで本作における重要なメッセージとなり、リーマンショックを持たざる側から総括する。

さらに、ファーンらノマドたちが参加するキャンプ集会で、リーダーのボブ・ウェルズは、「タイタニック号は沈みかけており、経済の状況は変化してきている。俺の目標は救命ボートを出して、できる限り多くの人たちをボートに乗せることさ」（ジャオ 一八）と語る。リーマンショック後に生活困窮者となった人々を救出する、という趣旨の発言だが、タイタニック号の比喩には氷河がつきまとい、経済と自然環境の危機的状況が同時に想起される。実際、ファーンは単に経済的に困窮しているだけでなく、厳しい自然環境のなかでサバイバル生活を送っている。八七ページで執筆された脚本の冒頭から、ト書きにおいてバンガードは「絶え間なく凍てついた景色のなかを旅する」（一）設定で、「猛吹雪の夜にはガソリンスタンドに乗り入れ」（一五）、「嵐が近づいてきたときにはタイヤがパンクし」（二六）、「雪が降るなか、ガラガラの駐車場に止められている」（五八）。ジャオは観客を感傷に浸らせるため、過酷な自然環境で執拗に主人公を苦しめる。その結果、タイタニック号の比喩と重なり、持たざる者から苦しみを味わうという気候変動の先にある終末を連想させる。

二　終末を想像する

種の絶滅は歴史的に繰り返されてきた。ダナ・ハラウェイが、「「人新世／資本新世」という境界期には多くの意味合いがあるが、その一つは、二十一世紀の終わりごろに地球に生息しているであろう一一〇億人ほどの人々のみならず、他の生き物たちにとっても、回復不能ないいしれぬ破壊が確実に進行中だということだ」（一〇二）と具体的な時期まで示して述べているように、人類も地球の歴史から逃れることはできないようだ。ウルスラ・K・ハイゼに言わせれば、「人々はもはや、未来における突然の大規模な悪化を予測する代わりに、現在においてゆっくりと、徐々に、小規模に起こる悪化を目撃する」（「エコ・アポカリプスにおける惑星的未来」二七六）と、フランゼンの言葉を彷彿させるかたちで、終末はすでに起こりつつある。だが、いま現在、どれほどの数の一般の人々が「回復不能な破壊」を認識できているだろうか。

ハイゼは、「フレドリック・ビューエルが、終末を想像することが減って、危機に適応する、あるいは、慣れてしまい、継続的な環境の悪化や周期的な災害をニューノーマルとして受け入れてしまうことを危惧し、継続するリスクシナリオにどう積極的に関わって生きるかについての理論的枠組みや新たな語りを重視した」(「エコ・アポカリプスにおける惑星的未来」二七七) ことに着目し、『絶滅を想像する——絶滅危惧種の文化的意味』(二〇一六) でも、「生物多様性、絶滅危惧種、絶滅は主に文化的な問題で、何に価値を置き、何を語るかという課題であり、科学的な問題は二次的でしかない」(五) と、新たな理論的枠組みと語りの重要性を強調した。こうした言説からも、環境問題に対して文学や映画が果たす政治的役割の一つは、やはり終末に対する認識を、現在すでに発生している事象として社会に促すことといえるだろう。

その好例として、『ノマドランド』は連想の域にとどまらず、絶滅や終末そのものを前景化する。キャラクター設定においてもジャオの環境への意識は明白で、名前に関していえば、ファーン (Fern) はシダを意味し、深読みすれば、恐竜と時代をともにした植物で、人類を絶滅へと向かわせる気候変動を引き起こす物質、石炭の原材料でもある。そして、他の登場人物たちと地質学的時間に浸るなかで、彼女の視界には繰り返し恐竜が現れる。たとえば、野外で石を販売する店で働いていると、「サスペンダーをして、不格好なカウボーイハットを被った、ウォルト・ホイットマンの小説からそのまま出てきた」(ジャオ 二五) ような若者、デレク (Derek) と出会う。衣装まで特定する小説的な説明であり、ホイットマンが象徴する環境文学を志向するジャオの作家性を示している。そして、二人が再会するとき、人民の支配者を意味する名のデレクは絶滅の預言者となる。

デレクはシルバーのライターケースを取り出す。茶色の石が入っていて、彼はそれをファーンに渡そうとする。

デレク「(続けて) あんたに持ってて欲しんだ」

ファーン「(受け取って) ……ありがとう。ホント綺麗ね。何の石?」

デレク「恐竜の骨だよ」(ジャオ 七一—七二)

また、ファーンはデイヴという男性から好意を持たれるが、彼はサウスダコタ州のバッドランズ国立公園でツアーガイドをしており、彼女も彼のツアーに参加する。「約七千五百万年前、浅い海が大平原地帯を覆っていましたが、最終的に陸の平原が移動して海底の土地を上昇させ、水は引いていきました」(ジャオ 四〇) といった説明があり、彼女を囲む巨大な岩々とともに、地質学的な時間の流れが示される。そして、「ドア・トレイル」は彼女にとって「別の惑星みたいな」(ジャオ 四〇) ところで、地球に意識を向けられる。そのうえで、二人は同州にある「ハイウェイ沿いの不毛な一区画の土地に、金属フェンスで囲まれて立っている有名な八〇フィートのウォール・ドラッグ・ストアの恐竜」(ジャオ 五一) を訪れ、デレクの場合と同様のプロット展開で、彼女、そして、観客は、「不毛な」で示唆される終末的な光景のなかの種の絶滅を直視する。

さらに、本作のラストシーンはまさに人間が消え去ったあとの終末的空間となっている。ファーンはバンガードを走らせて砂漠を通り抜け、廃墟と化した社屋に向かっていく。映像では、操業が停止された瞬間がそのまま凍結されたかのようで、彼女以外、暗い社内に人の姿はない。原作の描写はさらに直接的で、「訪問者たちはその場所をチェルノブイリと比べた。遮られた生活の一覧。工場の事務所では、机上に飲み終わっていないコーヒーのカップ、閉鎖の日付を示したままたのカレンダー」(ブルーダー 四四) と、リアルな終末が広がるチェルノブイリに喩えられている。加えて、脚本では、敷地内の芝生に動物のリャマが住みついている。元々、会社が雑草対策でヤギを飼い、コヨーテがきてヤギを食べはじめ、そのコヨーテ対策でリャマが二頭連れてこられたが、いずれにせよヤギはいなくなって、リャマが残ったという経緯で（ジャオ 八五）、会社が操業を停止し、従業員が去ったという意味で、文字通り人間が消滅したあとに生ずる、人間の支配が及ばない生態系を提示している。

映像では最後に、ファーンは夫との記憶が詰まった空き家に入っていき、空虚な部屋でしばらく佇むが、やがて家の扉、そして、敷地を囲むフェンスを抜け、人の姿がまったくない砂漠に出て、再びバンガードを走らせる。雪が残る寒々とした広大な自然のなかで、バンガードが小さくなっていき、作品は終わる。前のシーンで、暖かい家庭で一緒に暮らそうというデイヴからの誘いを断り、サブテキストの領域になるが、最後に空き家に戻ったことは、亡き夫を忘れられないことを示唆し、サントラと相俟って悲しみが募る。したがって、扉を出る行為に解放感はなく、むしろ、人間社会に囚われていた動物が、人間の消滅によって囲いの外にさ迷い出るといった様子ですらある。実際、扉に鍵はかかっておらず、フェンスもファーンが開く必要はなく最初から開放されている。こうして観客は、エンパイアという現実世界に存在する、現在の一部としての終末的空間に対峙し、この町を廃墟にしたのはリーマンショックであったとしても、もう一つの重要なテーマ、気候変動による終末をいかに想像するかを認識させられる。

三　地球に降り立つ

本章の冒頭で、人類は種としてこの惑星、すなわち地球を離れてどこか別の場所へ行こうとする、というジャオの言葉を紹介したが、その行動が、実際に終末的状況に置かれたノマドたちにとって不可能なことは言うまでもない。チャクラバルティが「人間の幸福のための政治は、この惑星の居住可能性の問題との対話、つまり、人間の歴史がこの惑星の複雑な生命の歴史の一部に過ぎず、生物多様性がこの惑星を居住可能にする際に極めて重要になることへの気づきでなければならない」(一九五)と述べるように、ノマドはもちろん、人類の大半にとって、ノスタルジーを帯びた過去の回復ではなく、サステナブルな新たなホームの獲得こそが、終末に差し掛かった現在において真に政治的な課題となる。ブルーノ・ラトゥールが掲げる「地球に降り立つための闘い」(一三七)である。

本作においては、キャンプ集会で、ある講師がノマドライフについて、「私はこのライフスタイルが好き。自由で、美しく、地球とつながっている」(ジャオ 二二)と、「地球とのつながり」を強調する。この精神は他の登場人物にも共有されており、癌に侵されたスワンキーはファーンに石のコレクションを見せ、カヤックで旅した記憶を語り、アイダホのヘラジカ、コロラドのペリカン、そして、夥しい数のツバメを見て、エピファニーに包まれた瞬間を回想する。単に自然を美化、神聖化しているわけではなく、自分は十分生き、人生は完了した、すぐ死んだっていいと言い、実際、本作のエンディング間近で彼女は弔われており、自然環境の、世界の一部となったことを示している。同様に、ファーンも岩の崖から森を見渡して自分の名前を叫び、バッファローを観察したあと、夕暮れ時に小川に身を浸し、きらめく水面に自身の裸体を浮べる。このセリフのない印象的かつ詩的なシーンでも、流れに身を任せて自然と一体化している。

こうした精神にもとづいて、リンダは建築を学び、アースシップという工法で家を建てようとし、土地を購入する。この工法の名称自体、惑星を離れる宇宙船とは対照をなす、皮肉がこもった政治性を帯びている。また、サステナビリティを強調する、「私は自分の家を建てたことがなかった。このアースシップは私が誇りを持って孫たちに残してやれるものなの」「何世代にも渡ってそこにあって、私たちみんなより長く持つだろうね」(ジャオ 四二)という言葉においても、「誇り」が政治的強度を示している。とはいえ、映画においては、中盤で、このセリフと、リンダがファーンらと「アースシップに乾杯」して、自給自足で環境に優しく、芸術的と説明される以外、具体的なシーンがない。そこで、ラトゥールの『地球に降り立つ——新気候体制を生き抜くための政治』(二〇一七)を参照し、ブルーダーの原作における、アースシップのいま現在の価値について検討したい。

本書においてラトゥールは、近代化、そして、リーマンショックを引き起こしたグローバル化の末に、「もはや誰にとっても、確実な「安住の地」はない」（一九）、「新たな普遍性は、地面（ground）が徐々に崩れ落ちる感覚を私たちが共有し始めたことから生じている」（二四）と、チャクラバルティやモートンと意見を共にする。だが、一つ異なるのは、「自然」とは違う、「惑星地球（planet）の全体ではなく、その表層にあたるクリティカルゾーンの薄いバイオフィルム（生命の薄膜）である。それが土壌（soil）と世界（world）という対立する二つの存在を結びつける」（一四二）「テレストリアル」という用語を導入し、大地（earth）や土地への結びつき（八六）を強調する。そして、こうした土壌、土地への政治的執着の根底には、

> 最近の状況において衝撃的なのは、収奪に苦しんでいる人々が完全に行く先を見失ったと感じていることだ。彼らは自分自身について、また自分たちの利害についてうまく表現することができない。またさらに衝撃的なのは、誰もが彼らと同じような状態に陥っていることだ——移動する人々も移動しない人々も、「現地民」と自らを呼ぶ人々も部外者のように自らを感じている人々も、誰もがみな、持続的に居住できる土地を足元に持てず、どこかに避難地を求めている人のように振る舞っている（一五〇—五一）

といった、『ノマドランド』の空間に他ならない、リーマンショック後の終末的状況がある。それゆえ、「持続的に居住できる土地」へのヴィジョンは、プライベートの域を超えて、いま現在において求められる普遍的な価値となる。だからこそ原作の最後に、ブルーダーはリンダに実際の土地での建設計画を語らせる。

アースシップはニューメキシコの建築家マイケル・レイノルズによって考案され、南極以外のすべての大陸ですでに実際に建築されており、缶、ボトル、タイヤなど廃棄物を材料として利用し、リンダが「何年も思い描いたアース

シップは砂漠の不毛な土地から立ち上がり、［……］食料、水、電力、加熱、冷却のための再生可能なシステムを備えた、家ではあるが、生きもの、砂漠と調和して存在する生命体として、彼女ら全員よりも長く持つであろう」（ブルーダー　二五一）建築物である。レイノルズ自身、「わたしたちはここにいる人々に、この惑星と繋がること、そこから離れないことを教えています」（ブルーダー　三六）と語っており、まさにノマドたちに「地球に降り立つ」ための具体的な手段を与えている。映画のエンディングの喪失感、悲壮感とは対照的に、アースシップを建設するスタートに立ったところで終わる原作には希望が満ちている。

おわりに

本作において、グローバリゼーションの権化たるアマゾンの倉庫に回収されそうになっていた、ノマド代表のリンダは、現実にはアースシップでの定住を求めて砂漠へ逃れようとする。かつてジル・ドゥルーズは「ノマド的生活様式は最初の状態ではなく、定着した諸集団に突然生じる冒険として、外からの呼びかけ、運動としてみなされます」（一八六）とし、「ノマド的生活者は移民のしかたで移動する人々とはかぎらず、反対に動かない人々こそそうでした し、コードを逃れながら同じ場所に居つづけるためにノマド的生活をとりはじめる人々もいたのです」（一八八）と述べた。この言葉に従えば、リンダの挑戦は、ノマドを単なる生活困窮者の別名とせず、その生活様式を、希望に満ちた冒険として、近代化のコードから逃走する契機に変える。

宇宙からこの惑星、地球を眺めるのではなく、人間よりも長持ちするアースシップを建設し、地質学的時間のなかで、いま現在すでに起こりつつある終末の兆候を示す砂漠を次の住処にしようとする、すなわち、地球に降り立とうとするノマドたちを描くことは、人新世に対する文学や映画による政治的応答といえる。ジャオは環境問題という科学的テーマについて人間ドラマを作り、近代化のコードを逸脱するほどの強度をもったユニバーサルな喪失感、あるいは、人新世という新たな大きな物語を観客に突き付けた。その延長線上で、ブルーダーとリンダの政治的挑戦の意義は大きいはずである。

引用参考文献

Aurthur, Kate. “Chloé Zhao on Making Oscars History and How She Stayed True to Herself Directing Marvel's 'Eternals.'” *Variety*. 28 Apr. 2021. https://variety.com/2021/film/directors/chloe-zhao-oscars-nomadland-marvel-eternals-dracula-1234961719/. Accessed 22 Feb. 2022.

Bruder, Jessica. *Nomadland: Surviving America in the Twenty-First Century*. W. W. Norton and Company, 2017.

Chakrabarty, Dipesh. *The Climate of History in a Planetary Age*. The University of Chicago Press, 2021.

Eternals. Directed by Chloé Zhao, Marvel Studios, 2021.

Franzen, Jonathan. “What If We Stopped Pretending?” *The New Yorker*. 8 Sept. 2019. https://www.newyorker.com/culture/cultural-comment/what-if-we-stopped-pretending. Accessed 22 Feb. 2022.

Heise, Ursula K. *Imagining Extinction: The Cultural Meanings of Endangered Species*. The University of Chicago Press, 2016.

——. “Multispecies Futures and the Study of Culture.” *Futures of the Study of Culture: Interdisciplinary Perspectives, Global Challenges*, edited by Doris Bachmann-Medick, Jens Kugele, and Ansgar Nünning, De Gruyter, 2020, pp. 274–87.

——. “The Planetary Futures of Eco-Apocalypse.” *Apocalypse in American Literature and Culture*, edited by John Hay, Cambridge University Press, 2020, pp. 268–80.

Nomadland. Directed by Chloé Zhao, Highwayman Films, Hear/Say Productions, and Cor Cordium Production, 2020.

The Rider. Directed by Chloé Zhao, Caviar, Highwayman Films, 2017.

Zaid, A'bidah. "Geek Interview: Director Chloe Zhao Says Eternals Is an Exploration of Humanity, and for MCU Fans to Critique." *Geek Culture*. 1 Nov. 2021. https://geekculture.co/geek-interview-director-chloe-zhao-eternals/. Accessed 22 Feb. 2022.

Zhao, Chloé. *Nomadland*. 12 Jan. 2019. https://8flix.com/assets/screenplays/n/tt9770150/Nomadland-2020-screenplay-by-Chlo%C3%A9-Zhao.pdf. Accessed 22 Feb. 2022.

イェンセン、キャスパー・ブルーン「地球を考える――「人新世」における新しい学問分野の連携に向けて」藤田周訳『現代思想』十二月号、青土社、二〇一七、四六―五七。

篠原雅武『人新世の哲学――思弁的実在論以後の「人間の条件」』人文書院、二〇一八。

ドゥルーズ、ジル「ノマドの思考」本間邦雄訳『ニーチェは、今日？』筑摩書房、二〇〇二、一六五―九五。

ハラウェイ、ダナ「人新世、資本新世、植民新世、クトゥルー新世――類縁関係をつくる」高橋さきの訳『現代思想』十二月号、青土社、二〇一七、九九―一〇九。

モートン、ティモシー「この美しいバイオスフィアは私のものではない」小嶋恭道訳『現代思想』十二月号、青土社、二〇一七、一五二―六七。

ラトゥール、ブルーノ『地球に降り立つ――新気候体制を生き抜くための政治』川村久美子訳、新評論、二〇一九。

あとがき

イギリス文学

本書は自然・風土・環境という観点から文学テクストを読む試みである。これらは文学に内在したテーマとして、一九八〇年代には自然描写に着目したネイチャライティング論が、さらに一九九〇年代には自然と人間との関りへと視野を広げたエコクリティシズが流通した。そして今世紀に入り、フェミニズムやポストコロニアリズムを含む、環境批評として幅広い領域を網羅している。すでに「文学・環境学会」も設立されている。ジョナサン・ベイトの『ロマン派のエコロジー――ワーズワスと環境保護の伝統』（一九九一）を嚆矢として、チェリル・フェルティとハロルド・フロム編著『エコクリティシズム読本』（一九九五）なども刊行された。そして人間中心主義の視点を問う環境批評へと広がり、今や数多くの研究書が著されている。

富士川義之「危機の時代を生きるラスキン――先駆的なエコロジスト」（序にかえて）は、そうした批評の流れを見すえながら、十九世紀末のジョン・ラスキンの危機意識を取りあげている。『風景の詩学』（一九八一）は広がりのある斬新な著書であった。そして本論文は自然・風土・環境といった問題に対するラスキンの警鐘をめぐり、その内的プロセスを巧みに跡づけ、論集の範例となっている。

本書のイギリス文学は、対象とする作者や作品に即して、年代順に収めている。自然・風土・環境という大きなテーマを枠として、執筆者の視点によって立つ独自の論考であるが、中心軸は不思議なほどしっかりとしている。各論はラスキンに流れ込む自然観と、ラスキンから流れ出る環境論として読める。

巻頭の原田範行「ナボトの葡萄畑――アイルランド的気候風土とスウィフト文学」（第一章）は、スウィフトが作庭していた「ナボトの葡萄畑」を取りあげ、自然環境の内在化という観点から、アイルランドの気候風土に鑑み、風刺家でもある文学者の特徴を巧みに論じている。続く論考はラスキンを岐路としつつも、この外側の環境と内側の認識との間の力学に大きく関わるものと言えそうだ。

まずはロマン派詩人についての一連の風景の詩学論が続く。道家英穂「ワーズワスの『クブラ・カーン』批判と『自然への敬虔の念』」（第二章）は、ワーズワスが愛でる自然観をめぐり、コールリッジの人工的な自然を描いた「クブラ・カーン」と対照させ、外と内との親和性をあざとく析出している。上石実加子「太陽が消えた夏――バイロンの『暗闇』をめぐる光と闇」（第三章）は、バイロンの一八一六年に書かれた終末論的な詩「暗闇」について、前年のタンボラ火山の噴火の余波がその基礎にあるとして、この詩の内包する闇の背景を取りあげ、同時代の興味深い事象へと論を広げている。吉野由起「ロマン派期スコットランドの文学と自然――ロバート・バーンズ、ウォルター・スコット、ジェイムズ・ホッグ」（第四章）は、詩人たちが自然像を描出するに際して、土地、場所、風景といった現実世界との緊密な絡み合いがあるとして、テクストへの具体的なアプローチを試みている。藤巻明「チャールズ・ラムと新川（ニュー・リヴァー）――都会を縁取る自然」（第五章）は、都会派ラムと自然との関りについて、人口河川新川が都会を縁取る自然としてラムに潤いを与えていたと、これまでの研究の空白部に新たな視座を示してくれている。

時代が下りラスキンと同時代の風土をめぐっては、環境破壊へと関心が広がっている。江澤美月「ウィリアム・モリスとエピングの森――『タイムズ』紙の議論を参照して」（第六章）は、単純な植物相へと変貌したエピングの森をめぐり、ウィリアム・モリスの関りを探りながら、当時の資料を渉猟してその背景を詳しく検証している。兼武道子「クリスティーナ・ロセッティと『象徴の森』」（第七章）は、ロセッティの瞑想詩「旧世界の木立」を取りあげ、

「偉大なロマン派の叙情詩」というより、むしろ先行するテクストを編み合わせた森であり、象徴主義的な詩法へ向かった先進的な詩であると論じている。

そして二十世紀に入り、自然・風土・環境への多様なアプローチが試みられる。山田美穂子「イーディス・ホールデンの再生――あるエドワード朝婦人画家の田園日記」（第八章）は、一九〇六年の一年間のホールデンの自然のアルバムを取りあげ、繊細な自然観察を論じている。大渕利春「隠喩としての自然――コナン・ドイル『地球の悲鳴』について」（第九章）は、ＳＦ「地球の悲鳴」を取りあげ、地球そのものが生きた有機体であるとして、地下資源の開発による悲鳴を追求している。結城英雄「ジェイムズ・ジョイスと汚れた都市ダブリン――麻痺の中枢から近代化へ向けて」（第十章）は、麻痺の淵源としての大飢饉、都市ダブリンの汚染、その近代化という順で、ジョイスとアイルランドの風土を接続している。辻昌宏「Ｗ・Ｈ・オーデンと宗教的風土――『根づき』と『接ぎ木』」（第十一章）は、宗教という風土に着目し、中国訪問を契機に、アメリカという風土に根づくこととなったと、オーデンの来歴の核心を論じている。

さらに今世紀に向かい、自然・風土・環境についての文学者の眼ざしも先鋭化して、その枠組みをめぐるメタレベルの描写が前景化されている。松本朗「廃墟のアレゴリーのポリティクス――『サルガッソーの広い海』にみる自然／帝国の分解への可能性」（第十二章）は、『ジェイン・エア』への問題提起と評価されるジーン・リースの作品についての先行研究をさらに穿ち、廃墟や白蟻といった描写にイギリス文学への批判を探っている。髙岸冬詩「自然から芸術へ――アドコック、ヒーニー、ダーカンの詩」（第十三章）は、三人の著名な現代詩人を取りあげ、自然をめぐる絵画と詩の繋がりから、メタ・ポエティックな視点によって立ち、馴化された風景に対する詩人たちの独自の視座を論じている。鈴木英明「闘う忍耐――ワーズワスを読むド・マンを読む」（第十四章）は、自然と内省する精神との関りについて、ド・マンのワーズワス論を再読する、まさしくメタクリティークの試みである。

掉尾を飾る岩田美喜「キャリル・チャーチルと〈奇異なる他者〉――『スクライカー』と『はるか遠く』に見るエコロジー表象の困難」（第十五章）は、〈奇異なる他者〉という言葉に示唆されているように、先端のエコロジー論に寄り添うチャーチルの劇を論じている。そしてスウィフトで始まった自然・風土・環境をめぐるエコクリティシズムの括りとして、ポストヒューマンの諸問題についても裨益するところ大である。

こう述べたところで、大いなる不安に襲われている。それぞれの論考の各パラグラフや各節の文章に魅了され、木を見て森が見えなかったかも知れないし、目次を繰り返しただけのような気もしないではない。しかし自然・風土・環境への視線を異にする、文学を楽しめたことだけは述べておきたい。そして貴重な時間を割いていただいた各執筆者に御礼を申しあげたい。今や日常生活においても汚染や災害など切実な問題になっている。ラスキンの語った「十九世紀の暗雲」から百年以上の時が流れた今日、不安の度合いがさらに深まっている。ジェイン・スマイリーのアメリカの「大農場」ならぬわたしの小さな家庭菜園も、一夜にして驚きくべき事態に見舞われ、沈黙ならぬ癇癪を覚えることもある。隣接する菜園からの逃亡者の犯行である。路傍で悠然と繁茂する外来種のコセンダングサ（ひっつき虫）にも、厄介な存在として、敵意を向けてしまう。エコロジーとの折り合いは難しい。

本書は『ノンフィクションの英米文学』（二〇一八）に続き、富士川義之先生の発案により企画された。コロナの感染が始まる前のことで、感染拡大後もいずれ収束するであろうと楽観していたが、いまだ危機を感じているのが現状である。大学の事情とコロナ感染の不安を抱え、三人の執筆予定者が辞退され、残念ながら空白ができてしまった。それでも時は流れ、ようやくのこと刊行の運びとなり、安堵している次第である。

なお、イギリス文学の執筆者数は多く、編集を担当された金星堂の倉林勇雄さんには、色々とご面倒をおかけしてしまった。お詫びと同時に、大らかにご対応していただいたことに、御礼と感謝を申しあげます。

［結城　英雄］

アメリカ文学

日本では二〇一五年に「持続可能な開発目標（SDGs）」が始まって以来、地球の資源を効率的に利活用する循環型社会への関心が急速に高まっているが、これは奇妙な現象である。江戸時代の「吾唯足知」を実践していた人々は、日光を重要な唯一のエネルギー源として居住空間や庭園を考え、日々の暮らしに必要な物資の大半を植物資源に依存していたからである。江戸時代の庶民の夜の明かりは仄暗い行燈（ロウソクは大店用）だけで、その油はゴマ油、ナタネ油、エゴマ油等の植物油が主流であった。人々は、ただ寝るだけの夜に強い照明を必要としなかった。江戸社会は自給自足の、徹底的に無駄をなくす循環型社会であり、現在の環境3R、リユース（reuse）、リデュース（reduce）、リサイクル（recycle）を実践していた。人々は物資をその限界まで賢く使い、食材も必要なときに必要な分だけ入手していたので、食品ロスもなかった。アズビー・ブラウン氏の『江戸に学ぶエコ生活術』（阪急コミュニケーションズ）に目を通すと、実用的な江戸時代の人々が創意工夫によって、如何にサステナブルに暮らしていたかがわかる。

日系アメリカ人一世の地球科学者（気候学・気象学）、プリンストン大学上席研究員、アメリカ科学アカデミー会員の眞鍋淑郎理学博士が二〇二一年にノーベル物理学賞を受賞するが、その授賞理由の一つは「地球温暖化の確実な予測」である（他は「地球気候の物理的モデリング」「気候変動の定量化」）。地球温暖化の研究・予測の理論的基礎を確立された博士は、コンピューターによる気候のシミュレーションモデルを開発し、半世紀以上も前から、二酸化炭素（人間活動による温室効果ガス）の増加が地球温暖化（気候変動）を起こすと警鐘を鳴らし続けてきた。地球温暖化による近年の気候変動は、氷河の融解、海面水位の上昇、洪水、強大なハリケーン、大規模な森林火災、旱魃と飢餓、動植物の生息範囲の変化、農作物の不作、不漁、疫病の拡大等、人間の生活や自然の生態系に甚大な影響を与えている。

地球温暖化の主因となる二酸化炭素の増加を防ぐには、石油や石炭、天然ガス等の化石燃料に頼らず、温室効果ガスを排出しない再生可能エネルギー、太陽光・風力・地熱・中小水力・バイオマス等を利用し、温室効果ガス排出量と森林等による吸収量のバランスをとることが重要である。資源に乏しい日本は、化石燃料がエネルギー供給の八割以上を占め、エネルギー自給率は一割を下回り、その大半を海外に依存している。国内生産が可能な再生可能エネルギーは、温室効果ガスを排出せず、エネルギーの安全供給を保障し、近未来の循環型社会の構築を約束する資源である。

日本のバイオマス燃料に話を限れば、有名なバイオマス発電は、大分県日田市の「グリーン発電大分」である。昔から林業や製材業等の木材産業が盛んな当地では、林地残材や未利用間伐材、製材過程で生じる木屑を利用する発電所を建設し、隣接する園芸ハウスに排温水を安価で提供することで、低コスト・低炭素化農業も実現させている。バイオマス燃料は、林地残材ばかりか、稲藁、家畜排泄物、生ごみ等、農産漁村で入手可能な生物資源を有効活用し、自然環境機能を維持増進し、その地域の持続発展を可能にしている。だが、バイオマス発電は、小規模分散型の設備になるため、収集・運搬・管理に多額のコストがかかる。

アメリカのカリフォルニア州は、精力的に脱炭素のクリーンエネルギー政策を推進している。同州は二〇四五年までに炭素排出量をゼロにする目標の法案を成立させ、再生可能エネルギー百パーセントを目指し、太陽光発電の拡大と共に、電気自動車（ＥＶ）の普及を進めている。同州はクリーンエネルギーによる循環型社会構築の範を示している。同州には、風力発電や地熱発電等の発電所が存在していたが、年間の日照時間が長い気候風土が太陽光発電の導入を容易にした。同州に本格的な太陽光発電が登場したのは二〇〇六年頃であり、州政府も積極的に家庭向けの太陽光発電の普及に努めた。全米で太陽光発電設備が最も多い同州に続くのが、フロリダ州、そしてテキサス州である。日照時間の長い地域に太陽光発電が導入される。季節や天候に大きく左右される太陽光発電は、光がない場所や、日照時間が短い地域には不適切である。

再生可能エネルギーの主力である現在の太陽光発電のパネルの製品寿命は二十五年から三十年と言われ、製品寿命が尽きれば発電設備から、パネルを含む廃棄物が出る。廃棄物の処理には高額費用がかかる。パネルの種類によっては有害物質の鉛、セレン、カドミウムを含むため、放射性廃棄物と同じく、その廃棄物も「管理型最終処分場」に埋め立てなければならない。大量廃棄の時期においては、その処分場が逼迫する。悪質な産廃業者による不法投棄の問題も出てくる。太陽光発電の設置には、広大なスペースの確保が必要であり、百万キロワット級の発電施設には、都内の山手線の内側とほぼ同じ敷地面積が必要となる（原子力発電なら、約〇・六平方キロメートルで済む）。

太陽光発電のパネルは山林を切り拓いて設置される場合が多く、剝き出しの山肌の斜面に無数のパネルが張り付いている光景は圧巻と言うよりは醜悪であり、伐採工事により木と山の保水力が減衰し、雨後の土砂崩れが生じる。皮肉にも、自然環境に優しいはずの太陽光発電が自然破壊を引き起こし、多くの人命を奪う。二酸化炭素を吸収する山林が、太陽光パネル設置によって消滅している。放置されたパネルから、有害物質が地下に流入し、土壌・水質汚染が発生する。太陽光発電は両刃の剣である。

地球生態系の一部である人間は、急激な産業化・都市化を実現し、物質文明を拡大すべく、自分の「家」である自然生態系とその秩序を破壊してきた。サステナブルな地球生態系は、人間生活と自然との親和・調和・協和のバランスの上に成り立っている。「エコ」(eco-) は「共生」の意味である。生態学 (eco-logy) と経済 (eco-nomy) は共に「棲家」「家」を意味するギリシャ語の「オイコス」を語源としている。環境と経済とは不可分な関係にあり、それらの根底には、賢明な家長による管理（家政）という意味が潜んでいる。

生態学も経済も、本質的に利他的な活動であり、共同体の在り方を考える学問である。この economy に「経世済民」(「世を治めて民の苦しみを救う」の意) から日本語の「経済」という訳語が充てられた。急激な気候変動、地球温暖化、気候危機、ポピュリズムの台頭、新自由主義的資本主義の経済格差、民衆の分断、これらはすべて連鎖している。十八世紀半ばの産業革命開始以降の物質文明を支えてきた我欲の人間中心主義はその限界を遥かに超え、人類が今後に生き残るには、思想の地殻変動を起こさなければならない。

本書のアメリカ文学が、この思想の地殻変動に多少なりとも寄与することを願っている。その対象となる作者や作品は、十七世紀のプリマス植民地建設の「おぞましい不毛の荒野」の端緒から、ホイットマンとエミリ・ディキンスンの疑似科学思想に溢れる十九世紀を経て、ジェシカ・ブルーダーのノンフィクション小説『ノマド　漂流する高齢労働者たち』（二〇一七）を脚色・映画化したクロエ・ジャオ監督の『ノマドランド』（二〇二〇）に至るまで、年代順に収められている。

梶原照子「振動するエロティックな〈肉体＝魂〉」は、万物に繋がる人間の内外の連動（ミクロコスモスとマクロコスモスとの照応合致）、肉体と魂の一致を表現するホイットマンとディキンスンの詩法を、十九世紀の電気力学や電磁学の視点から考究する。金澤淳子のディキンスン論では、南北戦争という甚大な自然破壊や、人為に無関心な自然の実相が、〈反癒し〉の複層的な鳥のイメージを通して詳述される。ここで、金澤淳子著『エミリ・ディキンスンの南北戦争』（音羽書房鶴見書店）を併せて読むのも面白い。西垣内磨留美は、ハーレム・ルネッサンスのゾラ・ニール・ハーストンにとっての、フロリダ州のイートンヴィルの木々と水（動植物）の自然の深い意義と、その増幅するイメージ（連想）を探り、民話と現実が共存するハーストンの作品を解明する。西垣内にはハーストンの優れた翻訳『マグノリアの花　珠玉短編集』（彩流社）がある。

ホロコースト・ナラティヴにおける森の象徴性を考察する伊達雅彦はユダヤ文学・文化の優れた研究者であり、ジャージ・コジンスキーの『色を塗られた鳥』論で「森は人間を差別しないが、人間は人間を差別する」と忠告する。この考察はSDGsの十七の目標の「貧困をなくす」「飢餓をゼロ」「人や国の不平等をなくす」「平和と公平をすべての人に」等に深く関わる卓見である。伊達雅彦編著『現代アメリカ社会のレイシズム』（彩流社）も正しく神品である。馬場聡「滝の音が消えたとき」は、コロンビア水系の豊かな自然とその地域的なアイデンティティ、ノース・ウェストのオレゴン文学の底流を呈示する。馬場は河川開発、特に巨大なダム建設とニューディールの雇用促進局の史実の背後に隠れる川の多様な文化表象を解読する精緻な論考を提供している。

峯真依子『ノマドランド』論「愛国的イデオロギーとしての自然」（ロード・ナラティヴ論）は川村亜樹が描くクロエ・ジャオの映画世界とは異なるが、峯がいみじくも論述するように、抽象化されるアメリカの自然は人々の心の「集合的信仰対象」となり、強靭な「国民統合」のイメージとなる。川村の『ノマドランド』論は、自然環境との共生を可能にする循環型オフグリッド建築の取り組み「アースシップ(Earthship)」の意義を探求している。この両者の論考は『ノマドランド』に描かれる「遊牧の民の地（キャンピングカーの車上生活者の地）」アメリカの高齢貧困労働者の実像を鮮明に伝える。『ノマドランド』と二〇一七年の映画『ラ・ラ・ランド』（ロサンゼルスの愛称、意味は現実離れした世界）と観比べてみるのも一興であろうか。

最後に、富士川義之先生企画の本書の出版を快諾して下さった金星堂の福岡正人社長、煩雑な編集に辛抱強く従事された倉林勇雄氏に、心から謝意を表すものです。

［東　雄一郎］

伊達 雅彦（だて まさひこ） 尚美学園大学総合政策学部教授

『現代アメリカ社会のレイシズム』（共編著、彩流社、2022年）、『ジューイッシュ・コミュニティ』（共編著、彩流社、2020年）、『ユダヤの記憶と伝統』（共編著、彩流社、2019年）、『ホロコースト表象の新しい潮流』（共編著、彩流社、2018年）、『ユダヤ系文学に見る聖と俗』（共編著、彩流社、2017年）など。

馬場 聡（ばば あきら） 日本女子大学文学部教授

「ダム建設事業とコロンビア川流域表象史」（『英米文化』52号、2022年）、『ブラック・ライブズ・スタディーズ―― BLM運動を知る15のクリティカル・エッセイ』（共編著、三月社、2020年）、『エスニシティと物語り――複眼的文学論』（共編著、金星堂、2019年）、『アメリカン・ロードの物語学』（共編著、金星堂、2015年）、『ブルースの文学――奴隷の経済学とヴァナキュラー』（共訳、法政大学出版局、2015年）など。

峯 真依子（みね まいこ） 中央学院大学現代教養学部専任講師

Rewriting America: New Essays on the Federal Writers' Project（共著、University of Massachusetts Press、2022年）、『奴隷の文学誌――声と文字の相克をたどる』（単著、青弓社、2018年）、『アメリカン・ロードの物語学』（共著、金星堂、2015年）、『亡霊のアメリカ文学』（共著、国文社、2012年）、『バード・イメージ――鳥のアメリカ文学』（共著、金星堂、2010年）など。

川村 亜樹（かわむら あき） 愛知大学現代中国学部教授

『ブラック・ライブズ・スタディーズ：BLM運動を知る15のクリティカル・エッセイ』（共著、三月社、2020年）、『エスニシティと物語り――複眼的文学論』（共著、金星堂、2019年）、『トランスパシフィック・エコクリティシズム――物語る海、響き合う言葉』（共著、彩流社、2019年）、『アメリカン・ロードの物語学』（共著、金星堂、2015年）、『亡霊のアメリカ文学』（共著、国文社、2012年）など。

アメリカ文学執筆者一覧

東　雄一郎（あずま　ゆういちろう）　駒澤大学文学部教授

『ジョン・ブラウンの屍を越えて』（共著、金星堂、2016年）、『私の好きなエミリ・ディキンスンの詩』（共著、金星堂、2016年）、『亡霊のアメリカ文学』（編著、国文社、2012年）、『記憶の宿る場所』（共著、思潮社、2005年）、『ハート・クレイン詩集、書簡散文選集』（翻訳、南雲堂、1994年）など。

梶原　照子（かじわら　てるこ）　明治大学文学部教授

“Tasting/Loving/Writing the Other: The Sensuous Poetics of Li-Young Lee and Walt Whitman” (*Textual Practice*, doi: 10. 1080/0950236X.2022.2077422. Published online: 26 May 2022)、「プラスとヒューズの「探求」――『エアリアル』にたどり着くまで」（『フォークナー』24号、2022年）、『わたしの好きなエミリ・ディキンスンの詩2』（共著、金星堂、2020年）、「叙事詩、抒情詩、モダニティ――ジャンルからみるWhitmanの初期の詩学――」（『英文学研究』第88巻和文号、日本英文学会、2011年）など。

川崎　浩太郎（かわさき　こうたろう）　駒澤大学文学部准教授

『ノンフィクションの英米文学』（共著、金星堂、2018年）、『アメリカン・ロードの物語学』（共著、金星堂、2015年）、『亡霊のアメリカ文学』（共著、国文社、2012年）、『ホイットマンと19世紀アメリカ』（共著、開文社、2005年）、『記憶のポリティックス』（共著、南雲堂フェニックス、2001年）など。

金澤　淳子（かなざわ　じゅんこ）　東京理科大学教養教育研究院准教授

『エミリ・ディキンスンの南北戦争』（音羽書房鶴見書店、2021年）、『私の好きなエミリ・ディキンスンの詩2』（共著、金星堂、2020年）、『アメリカの旅の文学――ワンダーの世界を歩く』（共著、昭和堂、2009年）、ヘレン・ハント・ジャクソン『ラモーナ』（共訳、松柏社、2007年）、“Dickinson, Thoreau, and John Brown: The Voice of the Voiceless” (*Thoreau in the 21st Century: Perspectives from Japan*、金星堂、2017年）など。

西垣内　磨留美（にしがうち　まるみ）　長野県看護大学名誉教授

『ブラック・ライブズ・スタディーズ』（共編著、三月社、2020年）、『エスニシティと物語り――複眼的文学論』（共編著、金星堂、2019年）、『衣装が語るアメリカ文学』（共編著、金星堂、2017年）、『マグノリアの花――ハーストン珠玉短編集』（共訳、彩流社、2016年）、『エスニック研究のフロンティア――多民族研究学会10周年記念論集』（共編著、金星堂、2014年）など。

岩田　美喜（いわた　みき）　立教大学教授

『ライオンとハムレット―― W. B. イェイツ演劇作品の研究』（松柏社、2002 年）、『兄弟喧嘩のイギリス・アイルランド演劇』（松柏社、2017 年）、『イギリス文学と映画』（共編著、三修社、2019 年）、"Johnson and Garrick on *Hamlet*," *Johnson in Japan*, ed. Kimiyo Ogawa and Mika Suzuki (Lewisburg: Bucknell UP, 2020), "Topophilia in Tohoku," *Peter Robinson: A Portrait of His Work*, ed. Tom Philips (Shearsman, 2021).

大渕　利春（おおふち　としはる）　駒澤大学文学部英米文学科准教授

『栴檀の光』（共著、金星堂、2010年）、『亡霊のイギリス文学　豊穣なる空間』（共著、国文社、2012年）、『チョーサーと英米文学』（共著、金星堂、2015年）、『ノンフィクションの英米文学』（共著、金星堂、2018年）、『イギリス文学を旅する60章』（共著、明石書店、2018年）。

結城　英雄（ゆうき　ひでお）　法政大学名誉教授

『「ユリシーズ」の謎を歩く』（集英社、1999年）、『ジョイスを読む』（集英社、2004年）、『ダブリンの市民』（翻訳、岩波文庫、2004年）、「『ユリシーズ』を読む――100のQ＆A――16」（『すばる』、2019年）。

辻　昌宏（つじ　まさひろ）　明治大学経営学部教授

ルイ・マクニース『秋の日記』、『ルイ・マクニース詩集』（共訳、思潮社、2013年）、『オペラは脚本（リブレット）から』（明治大学出版会、2014年）、「ハムレットはエリザベス女王を密かに表象していたのではないか？」（『明治大学教養論集』554号、2021年）。

松本　朗（まつもと　ほがら）　上智大学教授

「難民たちの英文学――オリヴィア・マニングのバルカン三部作と後期（レイト）モダニズム」『書くことはレジスタンス――第二次世界大戦とイギリス女性作家たち』（河内恵子編、音羽書房鶴見書店、2022年刊行予定）、"A New Perspective on Mary Carmichael: Yuriko Miyamoto's Novels and *A Room of One's Own*." *The Edinburgh Companion to Virginia Woolf and Contemporary Global Literature* (Edinburgh UP, 2021)、「ライフ・ライティングが形成する作者と読者の共同体―― M. G. オスル編『ある独り身の女性のノート』とヴァージニア・ウルフ『自分だけの部屋』」『照応と総合――土岐恒二著作集＋シンポジウム』（吉田朋正編著、小鳥遊書房、2020年）、『イギリス文学と映画』（共編著、三修社、2019年）。

髙岸　冬詩（たかぎし　とし）　東京都立大学人文社会学部教授

ルイ・マクニース『秋の日記』『ルイ・マクニース詩集』（共訳、思潮社、2013年）、クレア・ロバーツ『ここが私たちの上陸地』（翻訳、思潮社、2018年）、「ポール・ダーカンの自画像」『ノンフィクションの英米文学』（金星堂、2018年）、「Till/Untilの詩学」『照応と総合――土岐恒二個人著作集＋シンポジウム』（小鳥遊書房、2020年）。

鈴木 英明（すずき ひであき）　昭和薬科大学教授

「約束するテクスト――ポール・ド・マン『読むことのアレゴリー』第11章の政治的射程」『言語社会』第13号、「隔たりの経験――ポール・ド・マン「時間性の修辞学」における襞」『レイモンド・ウィリアムズ研究』第1号、ド・マン『ロマン主義と現代批評』（共訳、彩流社）、ジジェク『性と頓挫する絶対』（共訳、青土社）ほか。

Borders: Fairies and Ambivalent National Identity in Andrew Lang's *The Gold of Fairnilee*." *The Enclave of My Nation: Crosscurrents in Irish and Scottish Studies* (Aberdeen: AHRC Centre for Irish and Scottish Studies, 2008).

藤巻　明（ふじまき　あきら）　立教大学文学部教授

トマス・ド・クインシー『湖水地方と湖畔詩人の思い出』（翻訳、国書刊行会、1997年）、『肖像と個性』（共編著、春風社、2008年）、チャールズ・ラム『完訳エリア随筆 I-IV』（註釈・解説、翻訳南條竹則、国書刊行会、2014年－17年）、「チャールズ・ラム『エリア随筆』と韜晦（ミスティフィケーション）――事実と虚構の狭間」（『ノンフィクションの英米文学』金星堂、2018年）。

江澤　美月（えざわ　みつき）　一橋大学非常勤講師

「『オックスフォード・アンド・ケンブリッジ・マガジン』とラファエル前派――「ラスキンとクォータリー・レビュー」に注目して」（一橋大学全学共通教育センター『人文・自然研究』第16号、2022年）、「キーツとフランス革命後のイギリス」（『専修人文論集』第109号、2021年、「ウィリアム・モリスと詩のコックニー派―『グウィネヴィアの弁明とその他の詩』を契機として」（一橋大学全学共通教育センター『人文・自然研究』第15号、2021年）、「エリザベス・ギャスケルとリー・ハントー『メアリ・バートン』批判の背景」（日本ギャスケル協会編『創立30周年記念 比較で照らすギャスケル文学』大阪教育図書、2018年）。

兼武　道子（かねたけ　みちこ）　中央大学文学部教授

「空虚と過剰――ロチェスターの修辞」『伝統と変革――一七世紀英国の詩泉をさぐる』（共著、中央大学出版部、2010年）、『十七世紀英詩の鉱脈――珠玉を発掘する』（共訳、中央大学出版部、2015年）、"Rhetoric as a Critique of Grammatology: Orality and Writing in Hugh Blair's Rhetorical Theory"（博士学位論文、東京大学、2015年）、「ヴァージニア・ウルフとギリシア――ギリシア旅行日記と『ジェイコブの部屋』」『ノンフィクションの英米文学』（金星堂、2018年）。

山田　美穂子（やまだ　みほこ）　青山学院大学教授

「ことばの届かない領分で―― "And Their Reputation Does Not Depend Upon Human Speech"」『言葉と想像力』（共著、開文社出版、2001年）、「イングリッシュネス――『南』へのノスタルジアの諸相」『ギッシングを通して見る後期ヴィクトリア朝の社会と文化』（共著、渓水社、2007年）、「ドイル再生――不条理劇の系譜」『一九世紀「英国」小説の展開』（共著、松柏社、2014年）、「フォード・マドックス・フォード『パレードの終わり』の再評価：衰退するEnglishnessの肖像」（『青山学院女子短期大学紀要』68号、2014年）、「書く／描く女たちの一九二四年――ウルフ、ラヴェラ、クリスティー」『ノンフィクションの英米文学』（共著、金星堂、2018年）。

編者

富士川　義之（ふじかわ よしゆき） 元東京大学文学部教授

『風景の詩学』（白水社 1983 年、復刊 2004 年）、『ある唯美主義者の肖像――ウォルター・ペイターの世界』（青土社、1992 年）、『英国の世紀末』（新書館、1999 年）、『ナボコフ万華鏡』（芳賀書店、2001 年）、『新＝東西文学論』（みすず書房、2003 年）、『きまぐれな読書』（みすず書房、2003 年）、『ある文人学者の肖像』（新書館、2014 年）、編訳『ウォルター・ペイター全集全 3 巻』（筑摩書房、2002 年－2008 年）ほか。

イギリス文学執筆者一覧

原田　範行（はらだ のりゆき） 慶應義塾大学文学部教授

『「ガリヴァー旅行記」徹底注釈』（共著、岩波書店、2013 年）、『召使心得　他四篇――スウィフト諷刺論集』（ジョナサン・スウィフト著、翻訳、平凡社、2015 年）、『風刺文学の白眉――「ガリバー旅行記」とその時代』（NHK 出版、2016 年）、『世界文学へのいざない――危機の時代に何を、どう読むか』（共著、新曜社、2020 年）、『フォルモサ――台湾と日本の地理歴史』（ジョージ・サルマナザール著、翻訳、平凡社、2021 年）。

道家　英穂（どうけ ひでお） 専修大学文学部教授

『揺るぎなき信念――イギリス・ロマン派論集』（共著、彩流社、2012 年）、『死者との邂逅――西欧文学は〈死〉をどうとらえたか』（作品社、2015 年）、ロバート・サウジー『タラバ、悪を滅ぼす者』（翻訳、作品社、2017 年）、『ノンフィクションの英米文学』（共著、金星堂、2018 年）。

上石　実加子（あげいし みかこ） 駒澤大学文学部教授

『もうひとりのキプリング　表象のテクスト』（松柏社、2007 年）、『現代インド英語小説の世界　グローバリズムを超えて』（共著、鳳書房、2011 年）、『グローバル化の中のポストコロニアリズム：環太平洋諸国の英語文学と日本語文学の可能性』（共著、風間書房、2013 年）、“Heroism and Acrocity in ‘The Bull that Thought’,” *The Kipling Journal*, Vol. 91, No. 369, July, 2017.

吉野　由起（よしの ゆき） 東京女子大学准教授

「叙事詩の創造――ジェイムズ・ホッグ『女王の夜曲』と「羊飼いの暦」」（木村正俊『スコットランド文学の深層――場所・言語・想像力』春風社、2020 年）、「アンジェラ・カーター『夜ごとのサーカス』(1984)：フェアリー・テイル言説の再話」（高橋和久・丹治愛編『二〇世紀「英国」文学の展開』松柏社、2020 年）、“Writing the

自然・風土・環境の英米文学

2022 年 12 月 25 日　初版発行

編 著 者　富士川 義之
　　　　　結城　 英雄
　　　　　東　　 雄一郎

発 行 者　福岡　 正人

発 行 所　株式会社 金 星 堂

（〒101–0051）東京都千代田区神田神保町 3–21
Tel. (03)3263–3828（営業部）
(03)3263–3997（編集部）
Fax (03)3263–0716
https://www.kinsei-do.co.jp

組版／ほんのしろ　Printed in Japan
装丁デザイン／岡田知正
印刷所／モリモト印刷　製本所／牧製本

ISBN978-4-7647-1216-4 C1098